Tanja Steinborn

Die Legenden Lýsistratas

Für meinen Papa, den tollsten Menschen, den ich kenne – in dieser und in allen anderen Welten.

Für Nicole, die mit mir gemeinsam nach der Blauen Blume sucht. Eines schönes Tages werden auch wir sie gefunden haben.

Für meine RingConnies, die die Magie unwiderruflich in mein Leben
gebracht haben

Tanja Steinborn

Die Legenden Lýsistratas

Auf der Suche nach der Blauen Blume

Bibliografische Information der Deutschen Nationalbibliothek:
Die Deutsche Nationalbibliothek verzeichnet diese Publikation in der Deutschen Nationalbibliografie; detaillierte bibliografische Daten sind im Internet über http://dnb.dnb.de abrufbar.

TWENTYSIX – Der Self-Publishing-Verlag
Eine Kooperation zwischen der Verlagsgruppe Random House und BoD – Books on Demand

Herstellung und Verlag:
BoD – Books on Demand, Norderstedt

ISBN: 978-3-740-72531-0

Inhaltsverzeichnis

Prolog

Zu einer anderen Zeit

Das Läuten der Glocken besiegelte das Ende ihrer Liebe. Seit Wochen hatte sie diesen Tag gefürchtet und gleichzeitig herbeigesehnt, hoffend, dass ihr Liebster sich am Ende für sie entscheiden würde. Aber das hatte er nicht.

Ihre Kehle brannte, Tränen bahnten sich den Weg in die Freiheit und alles in ihr wollte schreien. Ihren Schmerz, ihre Wut - sie wollte all dies hinauslassen und dennoch blieb sie stumm. Sie zog sich die Kapuze ihres Umhanges über ihren Kopf, so tief wie möglich in ihr Gesicht und suchte das Weite. Musste fort aus dieser Stadt, konnte keine Sekunde länger verweilen. Denn man kannte sie hier; die mitleidigen und wissenden Blicke der Bevölkerung konnte sie nicht auch noch ertragen.

Sie überlegte, ob sie es riskieren konnte ein Pferd zu stehlen, doch was, wenn man sie fasste? Das würde bedeuten, man würde sie vor den König führen. Nein, das konnte sie nicht wagen, sie musste sich zu Fuß durchschlagen.

Also rannte sie los, immer darauf bedacht, die Hauptstraßen und jeglichen Menschenauflauf zu meiden. Sehr bald konnte sie die Stadt hinter sich lassen; lediglich der Wind, der in einer ungünstigen Richtung stand, wehte ihr gelegentlich Lachen und Musikfetzen des fröhlichen Gelages um die Ohren, mit dem die Stadtbewohner den Verlust ihres Glückes feierten.

Sie erklomm den Hekla Hügel, der Aufstieg fiel ihr heute schwer, obwohl sie eigentlich robust war. Endlich oben angekommen, musste sie sich einen Moment niedersetzen und ausruhen, während sie überlegte, wohin sie gehen sollte. Nach Hause, konnte sie schon lange nicht mehr. Hier war ihr Zuhause gewesen. Nun erkannte sie verbittert, welch fatalen Fehler sie begangen hatte, als sie wider besseres Wissen alles für einen Mann aufgegeben hatte.

Nach einer Weile hatte sie keine Tränen mehr, die Wut war verraucht, zurück blieb nur Leere. Ein verschwommener Plan hatte in ihrem Kopf Gestalt angenommen, als sie sich aufrappelte. Sie würde sich nach

Norden zum großen Meer durchschlagen, vielleicht konnte sie auf einem Schiff aufgenommen werden und irgendwo in einem fernen Land, wo niemand sie und ihre Geschichte kannte, ein neues Leben beginnen. Der schnellste Weg dorthin war durch den Schwarzen Wald, aber sie zögerte einen winzigen Augenblick, als sie sich dessen ersten Zipfeln näherte. In der Stadt wurden sich seit langem Geschichten über diesen Wald erzählt, eine schauriger als die andere. Einige berichteten von einem mächtigen Dämon, der von einer Höhle mitten im Herz des Waldes beherbergt wurde; andere erzählten von einer bösen Hexe, die die Bäume befehligte und Tiere verzauberte. Sie hatte diese Geschichten als Ammenmärchen alter Waschweiber abgetan und Furcht lag eigentlich nicht in ihrem Naturell. Aber als sie nun in den Wald hineinblickte und nichts als Nebel und Dunkelheit sah; als sich die schwarzen Äste der nahen Bäume wie gierige, knorrige Finger nach ihr streckten und eine unheilvolle Stille davon zeugte, dass der Wind wie abgedreht war, durchfuhr sie ein kalter Schauer. Jedoch eine Umkehr erschien ihr unmöglich, also schnürte sie ihren Umhang fester und ließ sich von der Finsternis des Waldes verschlucken.

Die ersten Stunden, die sie unbeholfen daher strauchelte, ging alles gut. Zwar wunderte sie sich, dass ihr kein einziges Tier, nicht mal der kleinste Vogel, begegnete, doch in ihrem Gemütszustand kamen ihr die Düsternis und die Einsamkeit gelegen. Eine gewisse Unruhe und eine Gänsehaut konnte sie nicht ganz ablegen, aber nach einer Weile gewöhnte sie sich daran und wurde etwas entspannter.

Als sie etwa die Hälfte des Waldes hinter sich gelassen hatte, geschah es: die Stille, wurde noch stiller; die Dunkelheit noch schwärzer. Eine kleine klare Quelle, an der sie eben noch ihren Durst gestillt hatte, gefror innerhalb von Sekunden zu Eis.

Etwas abgrundtief Böses bahnte sich den Weg zu ihr, kam immer näher, schien mit unsichtbaren Armen nach ihr zu tasten. Sie begann zu rennen, wobei sie über Wurzeln und Unebenheiten stolperte. Plötzlich war ihr Kummer so unwichtig, ihr Leid so gering, wo das einzig tatsächlich Wichtige auf dem Spiel stand, was es in dieser und in allen anderen Welten gab: das Leben selbst.

Es gab kein Entkommen, natürlich nicht. Welch‘ grausamer Streich des Schicksals, dass es sie hierher geführt hatte. Sie fiel hin, versuchte auf allen Vieren weiter zu kriechen, verzweifelt darauf bedacht, sich bis zum bitteren Ende zu wehren.

Schließlich war es vor ihr, das absolute Böse, in kleinerer Gestalt, als sie erwartet hatte, das Gesicht verborgen unter einem schwarzen Kapuzenumhang. Es begann mit lieblicher, heller Stimme zu reden.

„Seht Euch an, mein hübsches Kind, was die Liebe aus Euch gemacht hat. Kriecht auf allen Vieren wie minderes Getier.“

„Lasst mich in Frieden!“, schrie sie mit brüchiger Stimme.

„Frieden?! Kann es je wieder Frieden geben, nachdem was Euch widerfahren ist?“

Sie schluckte. Woher wusste diese Kreatur Bescheid?

„Wer seid Ihr und was wisst Ihr über mich?“

„Mein liebes Kind, ich weiß mehr als Ihr möchtet und weniger als Ihr fürchtet. Ich habe viele Namen, doch den einen, den man mir bei meiner Geburt schenkte, werde ich Euch nicht verraten. Noch nicht. Wenn es Euch nach einem Namen für mich dürstet, nennt mich Herrin der verlorenen Herzen.“ Das Böse lachte. „Und ja ich weiß, das klingt leicht übertrieben.“

„Was wollt Ihr von mir?“

„Meine Liebe, ist das nicht offensichtlich? Euch! Oder vielmehr Euer armes, verlorenes Herz. Ich möchte Euch das Zuhause schenken, was Euer Liebster Euch nicht geben wollte.“

„Woher wisst Ihr davon?“

„Euer Herz weint so laut, dass ich es durch den ganzen Wald hören konnte. Was hat er Euch angetan? Euch sitzen gelassen? Gar ein anderes Weib vorgezogen?“

Sie schwieg.

„Ach kommt schon, erzählt es mir. Erleichtert Eure Seele.“ Das Böse streckte ihr eine schneeweiße Hand entgegen. „Aber steht erst mal auf, Ihr sollt nicht wie ein Hund zu meinen Füßen liegen.“

Sie erhob sich, berührte die Hand aber nicht. „Er ...“

„Ja?“

„Es gab keine andere Frau. Er hat mir bis zum Schluss gesagt, dass er mich liebt und ich glaube ihm. Immer noch."

„Warum seid Ihr dann alleine in diesem Wald, mit Tränenspuren in Eurem hübschen Gesicht und nicht bei ihm?"

„Weil ... ihm Loyalität wichtiger war. Er ist nun ein Ritter der Königsgarde. Seine Schwertleite hat heute stattgefunden."

Das Böse zischelte, ein spöttischer Unterton legte sich in seine Stimme.

„Das ist ja noch schlimmer als ein anderes Weib! Er zieht Enthaltsamkeit und Krieg Euch vor!"

Sie spürte wie der Schmerz zurückkam und konnte kaum gegen die Tränen ankämpfen.

„Ja. Er hat sein Leben lang davon geträumt, Ruhmestaten in der Leibgarde zu vollbringen, ist seit Ewigkeiten eng mit dem Kronprinzen befreundet. Als wir uns kennenlernten, geriet sein Entschluss ins Wanken. Ich habe gehofft ... unsere Liebe wäre stärker als seine Loyalität, ich stünde ihm näher als der Prinz. Bis heute. Ich habe alles für ihn aufgegeben, habe mich ihm ganz und gar geschenkt, doch letztendlich waren seine Gefühle für mich nicht ausreichend."

„Armes Ding. Was wollt Ihr jetzt tun?"

Sie schluchzte. „Ich weiß es nicht. Mir bleibt nur, von hier zu verschwinden. Vielleicht kann ich woanders neu anfangen."

„Ja, das könntet Ihr versuchen. Vielleicht wäre das Glück nach all dem Elend auf Eurer Seite und Ihr könntet tatsächlich neu beginnen. Aber wisst Ihr, mit dem Glück ist es so eine Sache. Es interessiert sich nicht für einfache Wesen wie uns. Glück ist etwas für die Reichen, die Adligen und die Schönen. Vielleicht eilt Euch Euer Ruf als gefallenes Mädchen bis über die Landesgrenzen hinweg voraus. Vielleicht ist Euer Leben verwirkt."

Sie blickte auf und spürte eine trotzige Regung. „Aber was habe ich für eine andere Wahl? Soll ich mir das Leben nehmen? Würde Euch das gefallen?"

Wieder lachte das Böse. „Oh Liebes, wo denkt Ihr hin! Das wäre solch eine Verschwendung. Habt Ihr mir eben nicht zugehört? Ich biete Euch ein neues Heim. Oder zumindest so etwas in der Art."

„Ein Heim?“

„Schließt Euch mir und meinem Orden an. Darin sind lauter solch edle Jungfern wie ihr, deren Herzen gebrochen wurden.“

„Ich bin schon lange keine Jungfrau mehr.“

Das Böse überschlug sich geradezu vor Lachen. „Nun, das bin ich auch nicht. Tatsache ist, keine meiner Damen ist eine Jungfer im wörtlichen Sinne. Es sind junge, starke Frauen, die dank meiner Hilfe herausgefunden haben, dass es etwas viel Erstrebenswerteres gibt als die Liebe.“

„Und was wäre das?“

„Macht, mein liebes Kind, Macht. Wenn Ihr Euch uns anschließt, werdet Ihr den Rausch von Gewalt kosten, das Ansehen von Autorität genießen und Euch an dem süßen Geschmack der Vergeltung laben.“

Sie zögerte. Tatsächlich klangen diese Worte verlockend und sie sehnte sich danach, ihre Pein endlich hinter sich zu lassen. Aber sie traute dem dunklen Wesen nicht.

„Was ist der Preis?“

„Ihr werdet nur in unseren Gemächern hausen und keine anderen Menschen außer den Ordensschwestern sehen, es sei denn ich erlaube es Euch. Ihr werdet eine harte und entbehrungsreiche Erziehung unter mir erdulden müssen, doch am Ende wartet eine große Belohnung.“

„Die da wäre?“

„Magie“, flüsterte das Wesen verführerisch, „dunkelste, mächtigste, erhabene Magie. Damit werden Euch alle Tore der Welt offen stehen. Ob Ihr dann immer noch woanders neu anfangen oder Euch an Eurem Geliebten rächen möchtet: kein Weg ist für Euch dann unbegehbar.“

Sie zögerte nach wie vor, als das Böse seine Kapuze abnahm und sein wahres Gesicht zeigte. Und sie war verblüfft und sich plötzlich ihrer Sache ganz sicher, denn sie hatte dieses Gesicht schon einmal in ihrem Leben gesehen.

Erneut wurde ihr eine weiße Hand entgegen gestreckt. „Seid Ihr dabei?“

„Ich bin dabei!“

Sie legte ihre Hand in die des Bösen und plötzlich war alle Trauer aus ihrem Herzen verschwunden, denn dort war nur noch Platz für Dunkelheit.

1

Die Lady aus dem fernen Osten

Heute

Alastríona

Schon seit Wochen war die Burg Uallach mit eifrigem Treiben erfüllt. Der kleinste Ziegelstein sollte poliert, jedes Pferd gestriegelt, jede winzige Fensterluke blank geputzt sein für den großen Tag.

Bunte Blumenranken zierten den Burghof, die Musikanten und Gaukler probten ein letztes Mal ihre Kunststücke, die sie heute Abend zur Ehren der Gäste aus dem Osten darbieten würden.

Meyla Vending stand in ihrem kleinen Kämmerchen und beobachtete dies alles aus dem Fenster. Je fröhlicher und ausgelassener die Stimmung auf der Burg geworden war, desto mürrischer wurde ihr eigenes Gemüt. Für sie war die Ankunft der Familie Freisting, Herzöge der Stadt Dálach, dem Tor des Ostens, alles andere als ein Grund zur Freude.

Seufzend ging sie vom Fenster weg und betrachtete trübsinnig das kleine Räumchen, das seit fast fünf Jahren ihr Zuhause war. Es war karg eingerichtet, mit einem schmalen Holzbett, einem Stuhl, einem kleinen Tisch mit einem Waschkrug darauf und einer großen Truhe für ihre wenigen persönlichen Habseligkeiten. An der Wand, die ihrem Bett gegenüber lag, gab es einen gut gefüllten Bücherschrank, ein Geschenk von Kronprinz Breandan. Jedes Mal, wenn er sie in all den Jahren in ihrem winzigen Gemach besucht hatte, war der Bücherbestand gewachsen. Der Prinz wusste eben, womit er ihr eine Freude machen konnte, denn niemand kannte Meyla so gut wie er.

Sie ging zum Schrank und betrachtete liebevoll die vielen bunten Buchrücken, von denen jeder eine andere Geschichte verbarg. Dieser Gedanke stimmte sie traurig, denn Meyla befürchtete, dass ihre eigene Geschichte an diesem Hof mit dem heutigen Tage enden würde.

Sie erinnerte sich zurück an ihre erste Zeit auf der Burg, eine junge wilde Frau von zweiundzwanzig Jahren, mit ungepflegtem, unbändigen Haar, zerschlissener Männerkleidung und einem trotzigen Ausdruck in den Augen. Welch Glück, dass Breandan seinen Großvater, den damaligen König, hatte überreden können, dass sie bleiben durfte. Das Königshaus hasste unbeglichene Schulden und die Schuld, in der die Fürstenfamilie Catharnach bei Meyla stand, war unermesslich: sie hatte Breandan das Leben gerettet, nachdem er betrunken in den Leith gefallen war.

Also hatte sie bleiben dürfen und da sie auf Grund ihrer gehobenen Herkunft (von welcher der König bis heute nichts ahnte) dem Lesen und Schreiben mächtig war, wurde ihr erlaubt in der königlichen Bibliothek zu arbeiten.

Die Jahre waren ins Land gezogen, Meyla und der Prinz hatten sich angefreundet, sodass sie ihm irgendwann sogar ihre wahre Herkunft verraten hatte. Breandans Vater Eanruig war diese Freundschaft immer ein Dorn im Auge gewesen, doch solange er selbst nicht auf dem Thron gesessen hatte, war seine Macht beschränkt. Vor einem knappen Jahr jedoch war der König verstorben und Eanruig zum neuen Herrscher von Lýsistrata gekrönt worden. Für seine erste Amtshandlung hatte er sich die Zukunft seines ältesten Sohnes vorgenommen.

Meyla schreckte aus ihren trüben Gedanken hoch, als es an der Tür klopfte. Sie glaubte zu wissen, wer sie besuchte.

„Herein."

„Mylady, darf ich eintreten?", fragte der Kronprinz schüchtern.

Meyla lächelte schwach. „Ich sagte doch herein."

Breandan kam in ihr Zimmer, schloss leise die Tür hinter sich und betrachtete ihren Bücherschrank. „Heute habe ich leider nichts mitgebracht. Die letzten Tage war ich zu beschäftigt."

„Das denke ich mir. Wann trifft der hohe Besuch ein?"

„Am Nachmittag."

„Wie schön."

Meyla setzte sich auf ihr Bett und wartete. Sie war sich nicht ganz sicher, was genau der Prinz ihr sagen wollte.

„Mylady ... Meyla ... ich möchte, dass du heute in meinem Hofstaat dabei bist, wenn die Freistings hier ankommen.“

„Wieso, Breandan? Wieso quälst du mich so?“

Er ging vor ihr in die Hocke und nahm vorsichtig ihre Hand. „Du weißt, dass ich sie nicht heiraten will. Diese Frau, sie ist fast noch ein Mädchen und bedeutet mir gar nichts!“

„Du kennst sie doch gar nicht, vielleicht lernst du sie lieben.“

„Aber *dich* kenne ich. Du bist in meinem Herzen, seit dem Tag, an dem du mich aus dem Fluss gefischt hast. Das weißt du, oder?“

Traurig betrachte sie ihn; die kurzen rotblonden Haare, den Stoppelbart, der sie beim Küssen gekitzelt hatte. Für einen Moment hatte sie das Gefühl, dass ihr Herz vor Verzweiflung zerspringen müsste und ihre Kehle brannte. Aber sie hatte seit dem Tod ihrer Mutter vor sieben Jahren nicht geweint und auch jetzt schluckte sie ihren Kummer hinunter.

„Das ändert aber nichts. Du bist jetzt verlobt.“

„Ich kann dagegen nichts tun. Und mein Vater hat ja nicht Unrecht, die Verbindung mit den Freistings sichert uns den Osten. Davon abgesehen ... ich bin über dreißig Jahre alt. Es wird Zeit, dass ich eine Familie gründe.“

„Na dann: herzlichen Glückwunsch“, bemerkte Meyla spöttisch.

„Jetzt sei nicht so. Meyla ... ein Wort von dir ... nur ein Wort ...“, er flüsterte jetzt, gleichwohl konnte sie seine Verzweiflung deutlich heraushören. „Wir können meinem Vater sagen, wer du wirklich bist und schon wärst du die Braut.“

Sie seufzte. „Ein Leben als König und Königin von Lýsistrata. Siehst du mich wirklich so? Für immer an diese Burg gefesselt?“

„Ich dachte, du wünschst dir genauso eine gemeinsame Zukunft wie ich.“

„Das tue ich. Aber nicht auf diese Weise.“

Für einen winzigen Augenblick gestatte sie sich, von einer Zukunft an Breandans Seite zu träumen, wie sie sie sich vorstellte. Nicht als Prinzessin, daran hatte sie keinerlei Interesse, sondern auf Schiffen, auf Pferden und zu Fuß; Abenteuern entgegen, beim Entdecken neuer Inseln,

Erkunden ferner Länder und Freundschaft schließen mit unbekannten Völkern.

„Lauf mit mir davon“, sagte sie schließlich, „lass den goldenen Käfig hinter dir.“

Der Prinz schnaufte. „Und dann? Sollen wir von dem leben, was wir im Wald erlegen und im Freien schlafen?“

„Wir hätten die Sterne über uns. Wir bräuchten nach niemandem zu fragen, auf keinen Menschen Rücksicht nehmen und hätten einander.“

„Du weißt, dass das nichts für mich ist. Ich mag mit vielem, was mein Vater macht, nicht einverstanden sein, aber ich schätze mein Leben hier mit all seinen Annehmlichkeiten.“

Das Bild vor ihrem Auge verblasste, sie war nun alleine auf den Schiffen oder hoch zu Ross. Dies war ihr Traum von einem aufregendem Leben; Breandan dagegen war kein Abenteurer, er war ein Prinz, der Kronprinz noch dazu und er würde irgendwann hoffentlich ein besserer König sein als sein Vater.

„Ja, das weiß ich“, antwortete sie, diesmal ebenfalls flüsternd. „Wir beide sind eben nicht füreinander bestimmt.“

Der Prinz wurde zusehends verzweifelter. „Ich kann aber nicht zulassen, dass du ganz aus meinem Leben verschwindest. Wenn du nicht die Prinzessin an meiner Seite sein willst ... dann sei wenigstens meine Mätresse.“

„Was?!“

„So können wir trotz allem zusammen sein! Allzu ungewöhnlich ist das nicht ...“

„Du denkst allen Ernstes, dass ich mich dafür hergebe? Auf dich zu warten und jede Nacht darauf zu hoffen, dass deine Frau keine Lust hat und du dich mit mir tröstest?!“

„Meyla bitte, so wäre das ganz gewiss nicht. Ich würde dafür sorgen, dass du ein gutes Leben hier bei Hofe hast.“ Er beugte sich vor und versuchte sie zu küssen.

Sie stieß ihn so heftig von sich, dass er stolperte und auf dem Hintern landete.

„Ich kann nicht fassen, was hier gerade passiert. Als wäre dieser Tag nicht schrecklich genug! Erst ist dir ein Leben voller Behaglichkeit wichtiger als ich und jetzt bietest du mir großherzig an, deine Mätresse zu werden. Als wenn ich das nötig hätte und mein Leben nicht auch ohne dich leben könnte! Ich kann grade zum ersten Mal in all den Jahren, die wir uns kennen, sehen, dass du tatsächlich der Sohn deines Vaters bist!“

Das traf ihn. Er lachte entmutigt in sich hinein, erhob sich langsam und ging mit schweren Schritten zur Tür.

„Vielleicht hast du ... vielleicht habt *Ihr* Recht, Mylady. Gewiss mögen Euch meine Wünsche selbstsüchtig erscheinen und das sind sie in gewisser Weise auch. Aber denkt nicht allzu schlecht von mir. Es war nicht Grausamkeit, die aus mir gesprochen hat, sondern Kummer. Ich kann mir nicht vorstellen mein Bett, geschweige denn mein Leben, mit einer Fremden zu teilen. Vergebt mir, Lady Vending.“

Meylas Herz brach bei der förmlichen Ansprache. „Ich vergebe Euch, Prinz Breandan.“

Er verließ ihre Kammer und sie wusste, dass er diese Tür zum letzten Mal geschlossen hatte.

Nach Breandans Abgang hatte sie fest vor, sich bei der Ankunft der Freistings in der Bibliothek zu verkriechen und erst am nächsten Tag, wenn das festliche Willkommensbankett vorüber war, wieder aufzutauchen.

Letztendlich aber hatte die Neugier gesiegt und nun stand sie mit im Hof, in der hintersten Reihe zwischen den Kammerjunkern und Zofen. Sie fröstelte und wünschte sich, dass der Frühling endlich kommen möge. Sehnsüchtig hatte sie in den letzten Wochen bei ihren Spaziergängen durch Alastríona immer wieder ihren Kopf gen Himmel gehoben und Ausschau nach den Kranichen gehalten, aber sie ließen dieses Jahr auf sich warten und das Wetter blieb nass und kalt.

Auch heute war der Himmel grau, der zukünftigen Prinzessin würde sich die Stadt bei ihrer Ankunft nicht von der besten Seite zeigen. Schließlich verstummte das Gemurmel, die Menschen nahmen eine angespannte Haltung ein, denn die Königsfamilie hatte soeben den Hof betreten und sammelte sich unter dem weißen Musikpavillon in seiner Mitte.

Breandan trug seinen besten Anzug aus rot-goldenem Brokatstoff, der erstklassig zu der Farbe seiner Haare passte, sein Gesichtsausdruck war anmutig und stolz. Obwohl sein jüngerer Bruder, Prinz Adair, und sein Vater,

König Eanruig, ihn beide um einen ganzen Kopf überragten, hatte er eine genauso würdevolle und erhabene Ausstrahlung. Königin Aignéis stand mit blassem Gesicht hinter den Männern, untergehakt bei Adairs Gemahlin Catrìona.

Sehr bald würde noch eine Frau in dieser Reihe stehen. Obwohl dieser Gedanke Meyla schmerzte, hatte ihr das Treffen mit Breandan am Vormittag die Augen geöffnet und sie konnte schweren Herzens akzeptieren, dass es für sie beide ohnehin niemals eine gemeinsame Zukunft gegeben hatte.

Plötzlich bewegte der König ruckartig seinen Kopf in Meylas Richtung und ihr war, als würde er ihr finster zulächeln. *Das kann nicht sein,* dachte sie in einem Anflug von Panik, *ich stehe im Schatten in der hintersten Reihe zwischen all diesen Menschen. Er kann nicht wissen, dass ich hier bin.* Ungeachtet dieser vernünftigen Gedanken begann ihr Herz zu rasen und ihr Nacken zu kribbeln. König Eanruig hatte seit jeher ein ungutes und bedrohliches Gefühl in ihr ausgelöst und sie war ihm wo sie konnte aus dem Weg gegangen. Die Geschichten, die sich die Bediensteten in der Burg hinter vorgehaltener Hand erzählten, waren grausam und kaum zu glauben. In all ihren Jahren auf Uallach hatte sie in den Trakt, in dem die königliche Familie schlief, noch nie einen Fuß gesetzt.

Meyla schloss für eine Sekunde die Augen und atmete tief durch; als sie erneut zum Pavillon blickte, unterhielt sich der König so fröhlich lachend mit seinen Söhnen, dass sie sich fragte, ob sie sich das eben nur eingebildet hatte.

Die königliche Leibgarde bezog schließlich Posten vor dem Pavillon, Meyla spürte wie einige der Zofen bei diesem Anblick aufgeregt tuschelten. In der Tat waren die Soldaten in diesem ganz besonderen Heer nicht bloß außergewöhnlich stark, sondern viele von ihnen auch außerordentlich ansehnlich. Doch Meyla hatte für das Geschnatter der Damen am Hofe lediglich ein müdes Lächeln übrig, schließlich wusste jeder, dass diese Ritter unerreichbar waren.

Nun ja, es hätte schlimmer kommen können, dachte sie bitter, *wenn ich mich in einen Soldaten der königlichen Leibgarde verliebt hätte.*

Denn den Rittern der Königsgarde war es verboten zu heiraten, ihr Leben war voll und ganz dem Schutz der Königsfamilie verschrieben.

Sie hatten gerade vollständig Stellung bezogen, als aufgeregtes Hufklappern endlich die Ankunft der vornehmen Gäste verkündete.

Das Haus Freisting war das kleinste und am wenigsten wohlhabende der vier Fürstentümer Lýsistratas, obwohl sie über das größte Landstück herrschten. Deswegen war Meyla überrascht von dem Prunk der vier großen goldenen Kutschen, alle gezogen von strammen, tiefschwarzen Rössern.

Der Anblick der Diener und des Hofstaates, die nun zuerst die vorderen Kutschen verließen, entsprach eher Meylas Erwartungen: alle waren schlicht und einfach in tristen Farben gekleidet. Ganz anders als die Bediensteten von Uallach, wo selbst der niederste Stallknecht noch ein ordentliches, warmes Gewand trug. Die Tür der vorletzten Kutsche wurde geöffnet und einem alten, weißhaarigen Mann hinaus geholfen: Herzog Conrígh, dem Wächter des Ostens und Großvater der zukünftigen Prinzessin. Er humpelte mit seinem Gehstock Richtung Pavillon, wo er sich leicht vor der Königsfamilie verneigte. Dann nickte er Breandan zu, der sofort vom Pavillon hinunterkam und sich mit Herzog Conrígh in Richtung der letzten Kutsche bewegte.

Meyla hielt den Atem an, als sich die Kutschentür öffnete und Breandan galant seine Hand ausstreckte.

So sah sie schließlich zum ersten Mal jene junge Frau, die den Mann heiraten würde, den sie begehrte:

Lady Nansaidh war klein und zierlich, in ein hellgraues Spitzenkleid gehüllt. Lange, aschblonde, feenhafte Locken waren leicht zurückgebunden und gaben die Sicht auf ein zartes, hübsches Gesicht frei. Sie hatte besorgt drein blickende Kulleraugen und einen Schmollmund, der sich nun zu einem scheuen Lächeln verzog.

Unsicher ergriff Nansaidh Breandans Hand und stieg elegant aus der Kutsche.

Meyla brach plötzlich der Schweiß aus, sie hatte das Gefühl zu ersticken. Schnell drückte sie sich an den Menschen vorbei, die gerade eh nur Augen für das schöne Mädchen aus dem Osten hatten, rannte durch das kleine Tor in die verwaisten Burggärten; doch sie verweilte nicht, sondern rannte weiter, vorbei an der Schmiede bis zu den Ställen, von wo ein weiteres Tor hinaus in die Stadt führte. Die Wachen kannten sie und hoben bei ihrem gehetzten Anblick fragend die Augenbrauen, ließen sie aber wortlos passieren.

Erst als sie die kleine Zugbrücke überquert hatte und unterwegs Richtung Stadtkern war, hatte sie langsam das Gefühl, normal atmen zu können.

Wie dumm sie gewesen war, wie hochmütig! Sie hatte immer geglaubt, dass dieses junge Mädchen keine Gefahr für sie war. Ein lästiges Übel zwar, was ihrem eigenen Glück im Wege stand, dennoch hatte sie Nansaidh nie als wirkliche Nebenbuhlerin um Breandans Herz betrachtet. Meyla war sich seiner Gefühle recht sicher, allerdings hatte der kurze Anblick der baldigen Braut gereicht, um diese Sicherheit zum Einsturz zu bringen.

Breandan war immer schon gemächlich, fast ein wenig verstaubt gewesen, sodass es eigentlich ohnehin an ein Wunder grenzte, dass er sich überhaupt für die raue und stürmische Meyla erwärmt hatte. Aber dieser zurückhaltenden, bescheidenen Unschuld mit dem Feengesicht, die er umgarnen und betören konnte, würde er früher oder später mit Haut und Haaren verfallen.

Meyla hätte am liebsten laut geschrien, doch die Geräusche aus einer nahen Schankstube bewahrten sie davor.

Genau das brauch ich jetzt, dachte sie, *einen Humpen Bier oder vielleicht sogar einen Becher guten Wein, der meinen Kummer wenigstens für ein paar Stunden betäubt.* Sie vergewisserte sich, dass sie ein paar Taler dabei hatte und betrat das Wirtshaus.

Die Zeit verflog, die Dämmerung war nicht mehr fern. Meyla fühlte sich angenehm müde, ihr Kopf war wie leer gefegt, aber dies kam ihr schließlich gelegen und war genauso beabsichtigt. Sie war bekannt in der Stadt und besonders bei den Stammgästen der Schankstuben auf Grund ihrer - manchmal durchaus schlüpfrigen - Zoten beliebt. Deswegen waren ihre paar Taler gar nicht nötig gewesen, die Männer hatten ihr ein Bier nach dem anderen spendiert.

In dem Moment, als sie beschloss, dass es nun an der Zeit war zur Burg zurückzukehren, ging die Tür des Wirtshauses auf und eine dicke Städterin kam aufgeregt hineingestürmt.

„Schnell nach draußen, eilt euch. Die Kraniche kommen!“

„Was?“, fragte Meyla überrascht. Jedes Jahr freute sie sich auf den Flug der stolzen Vögel über die Stadt, die auf dem Weg in den Norden waren - Meylas Zuhause. Für die Menschen des Westens war der Flug der Kraniche das Zeichen dafür, dass der Winter vorbei war, für Meyla waren sie ein Stück Heimat. Dass sie ausgerechnet heute über Alastríona flogen, erschien ihr wie ein Omen.

Sie erhob sich und folgte den freudig erregten Wirtshaus-Besuchern nach draußen auf die Straße, wobei sie feststellte, dass sie kaum noch grade gehen konnte.

Von überall her kamen die Menschen freudestrahlend gelaufen, hielten sich an den Händen, lachten und tanzten, einige sangen sogar.

Meyla hob den Kopf und erblickte von weitem die prachtvollen Tiere, wie sie elegant ihre Flügel schlugen und eins wurden mit dem inzwischen wolkenfreien und vom Abendrot verfärbten Himmel.

Es war wie Magie und gerade als ein befreites Lachen in ihr aufsteigen wollte, prallte sie unsanft mit einem großen, braunhaarigen Fremden zusammen. Schon ohne die Wirkung des Bieres wäre dies ein heftiger Stoß gewesen, doch so verlor Meyla gänzlich die Kontrolle über ihr Gleichgewicht, fiel zu Boden, stieß sich den Kopf unsanft an einem Regenfass ... und glitt unverzüglich hinüber in das schwarze Reich der Bewusstlosigkeit.

2

Der Bauer mit dem blauen Blut

Seòras

Ein paar Stunden zuvor saß Balfour Dunham in der Stube seines Bauernhofs und blickte aus dem Fenster hinaus in die Morgendämmerung.

In der Hand hielt er einen noch dampfenden Becher Tee, um seine Schultern lag ein Schaffell und wärmte ihn; Thor, der schwarze Hofhund, lag lautstark schnarchend zu seinen Füßen. Balfour liebte diese einsamen, ruhigen Minuten kurz vor Sonnenaufgang sehr, eine Zeit, die nur ihm alleine gehörte. Sobald der gelbe Feuerball aufgegangen war und die Nacht endgültig verscheucht hatte, würde sich die Stube mit Leben füllen: seine Geschwister, sein Schwager, sein Freund Gleann, manchmal auch seine Nichten und sein Neffe - sie alle würden sich für einen arbeitsreichen Tag stärken und dabei ausgiebig schwatzen.Vor allem das Mundwerk seiner Schwester Àlainn stand niemals still, was ihn grade in diesen frühen Morgenstunden schon oft zur Weißglut gebracht hatte.
Aber jetzt wurde er wehmütig beim Gedanken daran, denn vielleicht würde er heute zum letzten Mal für lange Zeit mit seiner Familie frühstücken.

Die alte Holztreppe im Flur knarzte, wenige Sekunden später erschien Àlainn in der Stube, noch in ihrem Nachtrock, die langen Haare offen und ungekämmt, mit dunklen Ringen unter ihren Augen. Doch sie lächelte, was ihre Grübchen zur Geltung brachte, und ihr Blick war bestimmend wie immer.

„Wusste ich doch, dass du hier bist."

„Wieso auch nicht? Ich sitze jeden Morgen hier."

„Na ja, ich dachte du würdest an deinem letzten Tag im eigenen Bett vielleicht etwas länger schlafen wollen."

„Ich kann mich nicht erinnern, jemals lange geschlafen zu haben."

„Nein, da hast du Recht."

Sie nahm ihm ungefragt seinen Tee aus der Hand, trank einen Schluck und setzte sich auf den Stuhl gegenüber. Nachdenklich betrachtete sie ihn. „Bist du aufgeregt, großer Bruder?“

Balfour lauschte einen Moment in sich hinein. „Komischerweise gar nicht. Eher etwas gefühlsselig.“

„Wieso das? Du hast jahrelang auf diesen Tag gewartet.“

„Ja und nicht mehr wirklich daran geglaubt, dass es nur die entfernte Möglichkeit gibt. Jetzt, wo es tatsächlich so weit ist, frage ich mich, ob es wirklich die richtige Entscheidung ist.“

„Balfour. Sieh mich an.“

Er blickte in Àlainns Augen, die von derselben Farbe waren wie seine eigenen. Doch nun waren sie gerötet, was ihm verriet, dass seine Schwester des Nachts um ihn geweint hatte.

„Es bricht mir das Herz, dass du gehst. Die Kinder können sich ein Leben ohne ihren Onkel nicht vorstellen. Cailean hat Angst davor, wenn du fort bist in deine Fußstapfen treten zu müssen. Und dennoch ist es die richtige Entscheidung. Du hast davon geträumt, ein Ritter der königlichen Leibgarde zu werden, seit du ein kleiner Junge warst. Die Bewohner von Seòras haben dich mitleidig belächelt, als du mit deinem Holzschwert durch die Gegend gesprungen bist, weil sich dieser Traum doch für den Sohn eines Bauern nie erfüllen würde. Tja und du weißt genau, was die Menschen heute über dich sagen.“

Balfour lächelte. „Ja.“

„Heute sagen sie ‚Balfour Dunham, dessen Blut so blau ist wie seine Augen‘. Diesen Ruf hast du dir hart erarbeitet. Du hast seit Vater fort ist nur geschuftet, hast dich für uns aufgeopfert und diesen Hof am Leben gehalten, sechzehn Jahre lang. Jetzt bist du mal an der Reihe.“

Er seufzte. „Dennoch fühlt es sich an, als würde ich euch im Stich lassen.“

Àlainn lächelte und legte ihre Hand auf seine. „Das ist Unsinn. Wir haben unser Leben gut im Griff. Eik und ich werden diesen Hof am Laufen halten. Oder zweifelst du etwa an mir?“

„Nein, ganz gewiss nicht. Du könntest eine ganze Burg befehligen und hättest alle im Griff, Schwesterchen.“

„Und Cailean wird auch noch seinen Platz in dieser Welt finden. Sorge dich nicht. Du wirst uns stolz machen als der erste Bauer Lýsistratas, der zum Ritter geschlagen wird.“ Balfour nahm ihre Hand und küsste sie, als vom oberen Stockwerk ein leiser Ruf ertönte.

„Mami, Mami ... wo bist du?“

Àlainn drückte noch einmal seine Hand, bevor sie sich erhob und nach oben zu ihrer ältesten Tochter ging. Balfour stand ebenfalls auf, um ein letztes Mal das Frühstück für seine Familie zuzubereiten, bevor er bald hoffentlich ein neues Leben beginnen würde.

Zwei Stunden später fütterte Balfour die Schafe und Ziegen, als sein Schwager Eik zu ihm kam, um ihm Gesellschaft zu leisten.

„Lass mich das doch machen. Damit musst du dich an deinem letzten Tag auf dem Hof wirklich nicht plagen.“

„Das macht mir nichts. Ist ja vermutlich ohnehin das letzte Mal für lange Zeit.“

„Du wirst sicher nicht in letzter Minute rührselig werden?“

„Nun ja. Nicht rührselig. Aber besorgt.“

Eik nahm ihm den Futterbeutel ab, griff beherzt hinein und warf eine handvoll in den nächsten Trog. „Weißt du, ich habe stets zu dir aufgeschaut, schon als wir noch Knaben waren. Du warst so mutig, so stark und dabei irgendwie edel. Ich war stolz darauf, dein Freund zu sein und mit dir gemeinsam durch die Wälder zu streifen und Ritter zu spielen. Aber für mich war es eben genau das: ein Spiel. Für dich war es mehr, bereits damals. Meine Eltern haben immer gesagt 'Wenn es jemand aus Seòras hinausschafft und sein Bauernblut hinter sich lässt, dann der Dunham-Junge'.“

„Dennoch bin ich noch hier.“

„Das Schicksal hat es eben nicht gut mit deiner Familie gemeint. Nach dem Verschwinden eures Vaters ... war alles anders. Aber du hast dich deiner Verantwortung gestellt und bist nicht einfach deinen Träumen hinterhergelaufen. Du hast deine Geschwister durchgebracht. Ich weiß nicht, ob ich das gekonnt hätte, ob ich nicht irgendwann zusammengebrochen wäre.“

„Ich bitte dich! Du bist einer der verlässlichsten Menschen, die ich kenne."

„Ja, weil ich eine starke Frau an meiner Seite und liebende Eltern und Geschwister hinter mir habe. Ihr musstet alleine zurechtkommen."

Balfour betrachtete Eik, der nun liebevoll ein kleines fressendes Lämmchen streichelte. Nein, um Àlainn brauchte er sich wirklich keine Sorgen machen, die von diesem sanften und gütigen Mann seit Jahren auf Händen getragen wurde. Und ob Cailean seinen Weg besser finden würde, wenn Balfour weiterhin auf dem Hofe bliebe, war ohnehin fraglich.

Brüderliche Zuneigung für seinen Schwager, den er sein Leben lang gekannt und geschätzt hatte, durchflutete Balfour und er umarmte ihn kurz. Dieser klopfte ihm gerührt auf die Schulter.

„Keine Sorge, Großer. Wir passen auf deinen Hof auf."

„Dass du immer noch 'Großer' zu mir sagst, obwohl du mich seit über einem Jahrzehnt einen ganzen Kopf überragst."

„Manche Gewohnheiten sind schwer abzuschütteln."

„ Das stimmt. Übrigens ist es ab jetzt eigentlich dein Hof. Du bist von nun an der älteste Mann im Haus."

Eik schmunzelte. „Das mag auf dem Papier vielleicht stimmen, aber wir wissen gewiss beide, wer der eigentliche Herr im Hause ist."

„Àlainn", sagten beide gleichzeitig und begannen laut zu lachen.

Balfour verließ den Stall und ging hinaus auf den Hof, wo Gleann gerade ihr Pferd sattelte. Sein treuester Freund und Bewunderer würde ihn selbstverständlich nach Alastríona begleiten. Als Gleann ihn erblickte, begann sein ganzes Gesicht zu strahlen, wie es einfach seine Art war.

„Seht ihn euch an, den zukünftigen Ritter der Königsgarde!"

„Abwarten. Noch bin ich nicht aufgenommen. Ich habe lediglich einen Bittgesuch beim Kronprinzen gewährt bekommen."

„Ach, nur eine Frage der Zeit."

„Lass uns den Tag nicht vor dem Abend loben. Bei der Zeremonie meiner Schwertleite dürft ihr mich alle beglückwünschen kommen, falls sie denn jemals stattfindet."

„Balfour Dunham, du hast seit jeher erreicht, was du wolltest. Du wirst auch dies bewältigen."

Gleann liebte und vergötterte alle Dunhams bedingungslos. Seit er als Kind in einer stürmischen Nacht an die Tür des Bauernhofes geklopft hatte, war er fester Bestandteil der Familie. Er war halb verhungert gewesen, durchgefroren, nur in Lumpen gehüllt. Niemand wusste genau, wo er herkam oder was mit seinen Eltern geschehen war. Balfours Vater Niall hatte wenige Wochen zuvor seine Frau verloren und niemand hätte es ihm übel genommen, wenn er das fremde Kind zum Waisenhaus nach Alastríona gebracht hätte. Doch der kleine dünne Junge mit den traurigen Augen hatte sein Herz gerührt und so hatte er ein weiteres Maul, das gestopft werden musste, aufgenommen und Gleann ein Zuhause gefunden.

Balfour war mehr als froh darüber, dass er ihn zur Burg des Königs begleitete.

„Bereit?", fragte Gleann.

„Nicht wirklich. Aber wir reiten dennoch los, dann sind wir am Nachmittag in der Stadt."

Balfour nahm seinen Leinenbeutel mit seinem wenigen Gepäck, den er nach dem Frühstück neben der Tür abgestellt hatte und befestigte ihn am Sattel des Pferdes.

In diesem Moment ging die Haustür auf und seine gesamte Familie trat hinaus ins Freie:

Àlainn, mit ihrem dreijährigen Sohn Dànaidh auf dem Arm; ihre beiden Töchter Stella und Peigi; sogar sein jüngerer Bruder Cailean.

„Falls du gedacht hast, wir ersparen dir einen schwülstigen Abschied um dein schlechtes Gewissen zu entlasten, dann hast du dich aber ganz schön getäuscht", grinste Àlainn.

Balfour hörte Eik, der grade aus dem Stall kam, leise kichern.

„Natürlich nicht. Ich weiß schließlich, wie sehr du dich über jede Gelegenheit freust, mir das Herz noch schwerer zu machen."

Die kleine Peigi begann zu weinen; Stella, das älteste von Àlainns Kindern, die zeitlebens besonders stark an

Balfour gehangen hatte, rannte auf ihn zu und umarmte ihn stürmisch.

„Oh Onkel Balfour, wir werden dich so vermissen."

Balfour ging in die Hocke und sah ihr fest in die Augen. „Ihr werdet mir auch furchtbar fehlen und du ganz besonders, Stromer."

„Wenn du das nächste Mal bei uns bist, hast du dann ein Schwert?"

„Das will ich stark hoffen."

Er umarmte Stella, anschließend Peigi und auch Dànaidh ließ sich einen Schmatzer auf die Wange drücken.

Caileans Gesicht war verschlossen, aber als Balfour ihm die Hand entgegen streckte, ergriff er sie.

„Pass gut auf sie alle auf, Cailean, auch auf dich selbst. Denk an alles, was wir besprochen haben." Cailean öffnete den Mund um etwas zu sagen, doch dann besann er sich, drehte sich abrupt um und verschwand im Haus.

Eik verabschiedete sich herzlich, bevor er die Kinder nahm und Cailean ins Haus folgte, sodass Balfour einen letzten Moment mit Àlainn alleine hatte. Er zog sie an sich, atmete den vertrauten Duft ihrer Haare nach Äpfeln und frischem Heu ein und wünschte sich kurz, sie würde mit ihm gehen, um die Welt zu entdecken, wie sie es sich als Kinder immer ausgemalt hatten.

Nach einer Weile machte sie sich von ihm los und lächelte ihn an, obwohl in ihren Augen Tränen standen. „Das ist jetzt also der Abschied."

„Sieht ganz danach aus."

Sie zupfte ein kleines Blatt aus seinem Haar. „Meine Güte, ich hoffe sie waschen dich und scheren dir deine Mähne, bevor sie dich in eine Rüstung stecken."

„Deine Scherze waren schon mal besser, weißt du."

„Es ist schwierig, unterhaltsam und heiter zu sein, wenn einem das Herz bricht."

„Ich sag ja, du nutzt jede Gelegenheit, es mir schwerer zu machen."

„Das ist schließlich meine Pflicht als kleine Schwester."

„Mag sein."

Er küsste sie auf die Wange. „Lebewohl, Àlainn. Wenn irgendetwas ist, schicke eine Brieftaube nach mir und ich werde in wenigen Stunden hier sein."

„Lebewohl, Bruderherz. Mögen die Götter dich leiten."

„Und was ist mit Glück? Wünschst du mir das nicht? Ich werde es brauchen."

„Nein, Balfour. Du brauchst nur dich selbst, dann wird sich schon alles fügen. Auf Wiedersehen zur Schwertleite!"

Balfour drückte sie ein letztes Mal, dann drehte er sich um und ging eilig zu Gleann und ihrem Pferd. So verließen sie den Dunham - Hof in Richtung eines neuen Lebens, ohne dass Balfour einen Blick zurück warf.

Zu Fuß war es eine mehrstündige Reise von Seòras nach Alastríona, von der Balfour jede Minute genoss. Gleann verwickelte ihn nicht in Gespräche, sondern ließ ihn in Ruhe seinen Gedanken nachhängen, sodass ein angenehmes Schweigen sie auf ihrem Weg begleitete.

Balfour labte sich an den Schönheiten, welche die Natur ihnen auf ihrer Reise bot: das melodische Rauschen des Windes in den Bäumen, der verlockende Duft nach vom Tauwasser feuchtem Gras, das freundliche Plätschern von Bächen; kühle, aber nicht unangenehme Winterluft, die ihm in die Wangen biss. Der Westen Lýsistratas war reich an grünen Wiesen und dichten Wäldern, die eine Heimat für die verschiedensten Tiere boten, an Teichen und erfrischenden Quellen. Balfour kannte diese Gegend in - und auswendig, doch gerade weil er das Gefühl hatte, hier zu Hause zu sein und dauerhaft zurückkehren zu können, wollte er mehr von der Welt sehen. Nun, wo der Abschied von seiner Familie, der ihm seit Wochen schwer im Magen gelegen hatte, vorüber war und eine hoffnungsvolle Zukunft lockte, ergriffen Leichtigkeit und Frohmut von ihm Besitz.

Übermütig stimmte er ein altes Volkslied an, was er früher, besonders als er noch Kind war, oft und gerne gesungen hatte.

„Der Wind in den Bäumen, die Sterne so klar,
erzählen Dir flüsternd, von dem, was mal war,
vom Bauernkind das in die Welt hinaus zog
und den König um den Throne betrog."

Als er zum Refrain kam, stimmte Gleann mit ein:

„ Bauernkind, Bauernkind, mutig und stark,
ging seinen eigenen Weg,
war sein Antlitz auch ärmlich und karg,
das Herz war tapfer und beseelt.

Hinfort von dem Hof, zu Fuß und zu Pferd,
zog es das Volke in seinen Bann,
vor den Toren der Stadt griff es zum Schwert,
und verteidigte den kleinen Mann.

Bauernkind, Bauernkind, wurde ein Held,
und seine Gefolgschaft blieb treu,
sie sahen wie das Reiche des Königs zerfällt,
so wurden sie sorglos und frei.

Als der Thron dann leer, weil der König war tot,
viel die Entscheidung nicht schwer,
bevor uns ein neuer Tyranne droht,
muss das Bauernkind her.

Bauernkind, Bauernkind, die Krone ist dein,
trag sie mit Bescheidenheit,
magst du auch noch ein Volksheld sein,
so droht Dir doch Häme und Neid.

So zog das Bauernkind frohsinnig ein,
in Hallen aus Marmor und Stein
und dachte verwundert im neuen Heim,
ich war geboren um König zu sein.

Bauernkind, Bauernkind, vergesse nur nie,
trotz all Deinem Wagemut,
all Deiner Klugheit und Deinem Genie,
bist Du dennoch von Bauernblut.“

Als sie das Lied beendet hatten, pfiffen und summten sie noch eine Weile jeder vor sich hin, bis schließlich am fernen Horizont die stolzen Stadtmauern Alastríonas aufragten.

„Nun wird es ernst“, sagte Gleann.

„Ja“, antwortete Balfour, „schauen wir mal, ob Alastríona, Hauptstadt Lýsistratas und Tor des Westens, einen Platz für ein wagemutiges Bauernkind hat.“

Die vier Hauptstädte Lýsistratas waren Kóróna im Norden, Dálach im Osten, Cùllodain im Süden und Alastríona im Westen. Jede dieser Städte war von einer meterhohen, streng bewachten Stadtmauer geschützt; im jeweiligen Zentrum stand eine Burg, in der die Fürsten der einzelnen Reiche hausten und regierten. Diese Fürsten waren genauso unterschiedlich wie die Gebiete, über die sie die Macht hatten: der Osten galt als altmodisch, sanft und zurückhaltend; der Süden war fortschrittlich und feurig; der Norden zurückgezogen, ohne viel Interesse an den Belangen der anderen Länder; der Westen wohlhabend und manchmal überheblich.

Alastríona hatte natürlich einen besonderen Stand, denn sie war nicht nur die Hauptstadt des Westens, sondern die Hauptstadt des gesamten Landes, da in ihr die Königsfamilie Catharnach von ihrer prunkvollen Burg Uallach aus über ganz Lýsistrata herrschte. Neben der Burg war das größte Treiben auf dem gewaltigen Marktplatz, auf dem sich Händler aus aller Welt tummelten und welcher sich über die ganze Hauptstraße erstreckte. In kleineren Seitengassen waren die Handwerkerzünfte untergebracht, in der Nähe der Burg fand man viele urige Gasthöfe und Schänken, ja es gab sogar einen kleinen Hafen. Das Leben in der Stadt war laut und hektisch, allerdings auf Grund der vielen fremden Besucher und Gäste von außerhalb, sowie einiger protziger Feiern des Königshauses, auch bunt und niemals langweilig. Es war eine wohlhabende Stadt mit sehr wenig Armut; Krüppel und Bettler waren rar gesät. Auch Krankheiten und Epidemien gab es selten, was der hohen Anzahl an Gelehrten, Alchemisten und Medici zu verdanken waren, die Alastríona dank der einzigen Universität des Landes beheimatete.

Obwohl Balfour bereits oft in Alastríona gewesen war, um auf dem Markt einzukaufen oder mit den eigenen Hoferzeugnissen zu handeln, erfüllten ihn der Lärm und der Gestank der Stadt im ersten Moment immer wieder mit Bestürzen.

Nachdem sie das große Haupttor problemlos passiert hatten, wurden Balfour, Gleann und das Pferd quasi wie von selbst von den Menschenmengen durch die Gassen geschoben.

Zwar war hier stets viel los, insbesondere auf dem Marktplatz, doch dieser Betrieb wunderte Balfour dennoch.

„Verzeiht", sprach er einen vorüber eilenden Handwerker an, „aber wohin sind denn all diese Menschen unterwegs?"

„Na, wisst Ihr das etwa nicht? Kommt wohl von außerhalb, was?"

„Ja."

„Ihr habt Euch einen schlechten Tag für Besuch ausgesucht, Bürschchen. Heute ist immerhin die Verlobte des Prinzen, Nansaidh Freisting aus dem Osten, eingetroffen. Und nun geht endlich zur Seite und lasst mich vorbei."

Balfour führte Gleann und das Pferd in eine nahe gelegene Seitenstraße, wo es ein bisschen ruhiger war.

„Heute kommt die Lady aus Dálach?" Balfour runzelte die Stirn. Natürlich wusste er von der bevorstehenden Heirat, in Seòras' Schänke hatte es wochenlang keinen anderen Gesprächsstoff gegeben. Doch dass Nansaidh Freisting heute in Alastríona eintreffen würde, war entweder ihm oder den Tratschtanten aus seinem Dorf entgangen.

„Das kann fürwahr kein Zufall sein", meinte Gleann, „dass dich der Prinz einen Tag, nachdem seine Verlobte eintrifft, in die Stadt beordert. Vielleicht sollst du das Ost-Mädchen bewachen?"

„Tss", schnaubte Balfour, „dafür braucht Prinz Breandan mit Sicherheit keinen Bauern. Außerdem hat Lady Freisting bestimmt ihren eigenen Hofstaat dabei."

„Vermutlich. Trotzdem, seltsam ist es schon, dass musst du zugeben."

„Ach, ich weiß nicht ... ich darf mir selbst nicht so viel Bedeutung zumessen. Breandans Brieftaube kam schon vor Wochen, wahrscheinlich hat er sein Treffen mit dem Bauern einfach vergessen."

„Aber, aber, jetzt sieh mal nicht so schwarz. Warten wir es einfach ab."

„Ja, zuerst müssen wir mal aus diesem Gewühl hier raus, zumal es bald dunkel wird. Ich kenne da einen netten Gasthof, ganz in der Nähe der Burg. Hoffen wir mal, dass die trotz des Menschenauflaufs ein Plätzchen für uns haben, sonst müssen wir die Zeit bis zur Audienz morgen nämlich im Freien verbringen."

Für den Weg, der sonst in einer guten halben Stunde zu schaffen war, brauchten sie fast dreimal so lang, sodass es bereits dämmerte, als sie den Gasthof erreichten. Balfour und Gleann schulterten ihr Gepäck während der Stallknecht das Pferd versorgte. Gerade als sie ihr Glück in der Schankstube versuchen wollten, ging ein Aufschrei durch die Menschen auf der Straße.

„Die Kraniche kommen, ich kann die Kraniche sehen!"

Sämtliche Köpfe reckten sich zum Himmel, die Menschen begannen zu lachen und sich an den Händen zu fassen, egal ob fremd oder Freund.

Balfour schaute ebenfalls nach oben und als er den wunderbaren, tanzähnlichen Flug der glanzvollen Vögel sah, fühlte er sich zuversichtlich und beschwingt. Auch zu Hause in Seòras warteten die Menschen jahraus, jahrein sehnsüchtig auf den Flug der Kraniche, als Zeichen für das Ende des Winters. Was dies betraf, waren sie nicht viel anders als die Städter und dieser Gedanke tröstete ihn.

Sein Blick war nach oben gewandt, weswegen er nicht mehr auf das Geschehen um sich herum achtete. Unbedingt wollte er seine Begeisterung mit Gleann teilen, sodass er sich schwungvoll nach ihm umdrehte ... und dabei recht grob mit einer jungen Frau zusammen stieß. Diese schien ziemlich wacklig auf den Beinen zu sein, denn sie strauchelte, versuchte sich abzufangen, fiel jedoch zu Boden und stieß sich dabei den Kopf an einem Regenfass.

Tatsächlich beachtete niemand der feiernden Menschen sie großartig, nur Gleann war sofort an Balfours Seite, als er sich vorsichtig zu der bewusstlosen Frau hinunterbeugte.

Behutsam tätschelte er ihr die Wange, wobei er einen sehr aufdringlichen Geruch nach Hopfen und Malz wahrnahm.

Prüfend tastete er ihren Hinterkopf nach einer Wunde ab, doch da war nichts, alles was ihr von dem Sturz bleiben würde, wäre eine Beule.

Er betrachtete einen Moment ihr zotteliges braunes Haar, was ihr offen und verknotet bis weit über die Schultern wallte. Wieder stieg ihm der scharfe Biergeruch in die Nase, der offensichtlich nicht aus dem Wirtshaus, sondern von ihr kam.

„Also ich glaube, das hier war wirklich nicht meine Schuld. Die ist voll wie ein Fass."

Ihr blasses Gesicht, ausgestattet mit einer Stupsnase und leuchtenden Sommersprossen, wäre recht gewöhnlich gewesen, gäbe es da nicht die bildschönen nachtblauen Augen, die sich gerade öffneten und ihn böse anblitzten.

„Lackel!“, sagte sie schnippisch und verpasste ihm eine saftige Ohrfeige.

3

Der Geschmack von Pfirsichen

Burg Uallach

Nansaidh Freisting saß an der großen gedeckten Tafel im Rittersaal der königlichen Burg. Das Mahl war dem festlichen Anlass entsprechend üppig: knusprig gebratener Fasan mit Wacholderbeeren, frisch gebackenes Roggenbrot, indem sogar Nüsse waren, würziger Ziegenkäse, getrocknete Datteln, obendrein das selbst in Adelskreisen selten servierte Seelachsfilet, dazu Wein mit edlen Gewürzen. Die Catharnachs verstanden es, ihrer zukünftigen Schwiegertochter und deren Gefolgschaft einen würdigen Empfang zu bereiten.

Obwohl das Essen mit verführerischem Duft lockte und allen übrigen Gästen zu munden schien, bekam Nansaidh keinen Bissen hinunter.

Sie saß zwischen ihrem Großvater und ihrem zukünftigen Gatten, Prinz Breandan, und versuchte sich so klein wie nur möglich zu machen. Ihr Großvater schien sich bestens zu unterhalten, aber für ihn war es ja auch leicht, denn er würde bereits Morgen wieder nach Hause reisen und erst in ein paar Wochen zur Vermählung wieder zurückkommen. Für ihn war das ganze ein aufregender Ausflug in Lýsistratas Hauptstadt, eine willkommene Abwechslung von seinem täglichen Einerlei.

Sie selbst dagegen würde für immer in Alastríona festsitzen, verkauft wie Vieh, von ihrer eigenen Familie.

Als kleines Mädchen hatte sie tatsächlich davon geträumt, einmal einen Prinzen zu heiraten und Königin zu werden. Gleichwohl hatte sie in ihrer Fantasie die Universität der Stadt besucht und dort zufällige Bekanntschaft mit dem königlichen Spross gemacht, der sofort hingerissen war von ihrer Klugheit und Schönheit, sodass er gar nicht anders konnte, als sich unsterblich in sie zu verlieben. Die Wahrheit sah leider ganz anders aus. Vor ein paar Monaten hatte ihr Großvater sie zu sich in sein

Regenschaftszimmer gerufen und ihr eröffnet, dass er eine Brieftaube von König Eanruig bekommen hätte. Dieser suche nach einer passenden Gemahlin für seinen ältesten Sohn und denke, dass die richtige Frau in den Reihen der Freistings zu finden war. Rückblickend fand Nansaidh sehr dümmlich, dass sie sich im ersten Moment über diese Nachricht gefreut und sich gefragt hatte, welche ihrer Cousinen denn wohl die Glückliche war. Erst im Laufe des Gesprächs war ihr klar geworden, dass ihr Großvater sie auserwählt hatte. Herzog Conrígh hatte davon geschwafelt, was eine Ehre ihr zuteilwerden würde, doch Nansaidh war förmlich erstarrt. Erst als sie wieder in den Gemächern ihrer Eltern war, begriff sie, was mit ihr geschah. Ihr inständigstes Bitten, unter Tränen und Gezeter hundertmal vorgetragen, konnte ihre Eltern nicht erweichen und das Bündnis wurde besiegelt.

Als Auswege wären Nansaidh nur der Freitod oder Flucht in die Wildnis geblieben, doch da sie eigentlich das Leben liebte und in all ihren zweiundzwanzig Jahren noch nie aus den schützenden Mauern Dálachs hinausgekommen war, kam beides nicht in Frage.

Also saß sie hier, von einem goldenen Käfig in den nächsten verlegt, neben einem Mann, den sie nicht kannte, geschweige denn liebte, mit dem sie aber bald das Bett teilen sollte.

Verstohlen musterte sie Breandan aus den Augenwinkeln; begehrenswert war er durchaus und auch sein Lächeln, als er ihr aus der Kutsche geholfen hatte, war gewinnend und freundlich gewesen. Seitdem hatte er allerdings kein einziges Wort mit ihr gewechselt oder sie auch nur angesehen, stur unterhielt er sich die ganze Zeit mit seinem Vater zu seiner Linken.

Nansaidh überlegte gerade, ob sie sich doch einen Schluck von dem Wein genehmigen sollte, den sie bisher, da sie kaum Alkohol gewohnt war, verschmäht hatte, als der König sich erhob und zu einer Rede ansetzte:

„Verehrte Gäste, insbesondere natürlich unsere Freunde aus dem Osten, wir hoffen sehr, dass wir mit den dargebotenen Gaumenfreuden allgemeinen Zuspruch finden konnten. Mir persönlich hat es vorzüglich geschmeckt – wäre ich nicht schon verheiratet, würde ich glatt unserer Köchin einen Antrag machen.“ Die Menschen lachten höflich über des Königs Scherz, während die Königin mit versteinerter Miene nach ihrem Weinbecher griff.

„Damit das leibliche Wohl uns nun nicht allzu schläfrig macht, laden wir zu munterem Gesang und Tanz in den Ballsaal ein, wo wir den Abend in vergnüglichem Rahmen ausklingen lassen wollen. Aber vorher möchte ich ein Hoch aussprechen auf meinen ältesten Sohn Prinz Breandan, sowie seine reizende Verlobte, die liebliche Nansaidh Freisting. Auf die Gesundheit und zum Wohl!“

Alle erhoben sich vom Tisch, reckten ihre Weinkelche empor und erwiderten „Auf die Gesundheit!“. Nansaidh war ebenfalls aufgestanden und hatte sich ein halbherziges Lächeln abgerungen, ihren Wein aber rührte sie immer noch nicht an.

Die ganze Festgesellschaft setzte sich schließlich in Bewegung, um in den Ballsaal nach nebenan zu gehen. Nansaidh überlegte ernsthaft, ob dies ein guter Moment war, zu fliehen. Mit Sicherheit würde man nun von ihr verlangen, mit Breandan den Eröffnungswalzer zu tanzen. Eigentlich liebte sie Tanz und Musik jeglicher Art, doch ihr graute davor ihren Verlobten anzufassen, noch dazu vor all den vielen neugierigen Augenpaaren.

Tatsächlich ging dieser Kelch an ihr vorüber, denn Breandan bestritt den Eröffnungstanz mit Königin Aignéis. Nansaidh beobachtete ihn dabei ganz genau und stellte erfreut fest, dass er sich äußerst elegant bewegen konnte und außerdem warmherzige Blicke für seine Mutter übrig hatte. Sie war so versunken in diesen Anblick, dass sie gar nicht bemerkte, wie der König sich neben sie stellte. Nun hielt er ihr ihren Weinkelch hin, den er wohl von der Tafel mitgebracht hatte.

„Mylady, ich hoffe es gefällt Euch an meinem Hofe.“

Nansaidh knickste, nahm den Kelch und antwortete mit leicht zitternder Stimme: „ Wir sind hier sehr freundlich empfangen worden, Euer Majestät.“

„Ich habe nicht gefragt, wie Ihr empfangen worden seid, sondern ob es Euch gefällt.“ Eanruig schaute lächelnd auf die Tanzfläche, dahingegen war seine Stimme kühl und schneidend.

„Verzeiht. Viel habe ich ja noch nicht von der Burg gesehen, aber sie erscheint mir recht prächtig. Und das Essen war wirklich äußerst delikat.“

„Wie wollt Ihr das beurteilen, wo Ihr noch nicht mal ein Stück Brot gekostet habt?“

Nansaidh spürte, wir ihr heiß wurde. Hatte der König sie etwa die ganze Zeit beobachtet?

„Ihr habt eben noch nicht mal am Wein genippt, obwohl ich auf *Eure* Gesundheit getrunken hab, Lady Nansaidh“, fuhr Eanruig unbeirrt fort.

„Vergebt mir“, stammelte sie verzweifelt. „Ich wollte Euch damit nicht beleidigen. Ich bin nur so ... furchtbar aufgeregt. Es ist alles noch neu und ich weiß gar nicht, wie mir geschieht.“

„Das gibt Euch dennoch nicht das Recht, Eure guten Manieren zu vergessen. Was soll mein Sohn von Euch denken?“

Das ist mir gleichgültig, dachte Nansaidh für sich. *Wenn es mich vor dieser schrecklichen Hochzeit bewahren würde, dann würde ich noch viel mehr Manieren vergessen. Aber wie stünde meine Familie dann da? Und was würde Großvater mit mir machen?* Also fügte sie sich ergeben ihrem Schicksal.

„Vergebt mir“, wiederholte sie. „Ich werde es wieder gut machen!“

„Das hoffe ich doch! *Trinkt!*“, sagte Eanruig scharf und durchbohrte sie mit seinen grauen Augen.

Nansaidh setze den Kelch an und nippte zuerst vorsichtig, dann beherzter an dem würzigen Wein. Erstaunt stellte sie fest, wie das liebliche Aroma ihre Zunge und ihren Rachen entspannte und sich eine wohlige Wärme in ihrem Körper ausbreitete.

„So ist es Recht, Mylady. Und nun tut wenigstens so, als würdet Ihr Euch vergnügen.“ Eanruig grinste, doch das Lächeln erreichte seine Augen nicht. Er nickte ihr nochmal kurz zu und ging dann federnden Schrittes auf die Tanzfläche, um seinen Sohn beim Tanz abzulösen.

Nansaidh atmete schnaufend aus, ein beklemmendes Gefühl beschlich sie. Schnell trank sie erneut einen Schluck Wein und setzte anschließend ihr süßestes, falschestes Lächeln auf.

Ein paar Stunden später wurde sie erlöst und gemeinsam mit ihrer Kammerjungfer in ihre Räumlichkeiten geleitet. Breandan hatte ihr mit einem galanten Handkuss gute

Nacht gewünscht, mehr Kontakt hatte es zwischen ihnen beiden nicht gegeben. Der Raum, der in den nächsten Wochen bis zur Vermählung ihr Zuhause sein würde, war klein, dabei jedoch durchaus gemütlich. Ein großes, hölzernes Himmelbett stand in seiner Mitte, bedeckt mit kuscheligem Schaffell, was darauf wartete, sie zu wärmen. Die Läden des Fensters waren geschlossen, davor stand eine Kiste mit frischem Stroh auf dem Boden, dass sie in die Rillen stopfen konnte, falls die Winterluft ins Zimmer hineingelangen würde. Doch dies würde bestimmt nicht nötig sein, da im Kamin ein heimeliges Feuer vor sich hin prasselte und eine angenehme Wärme verbreite; genau wie die vielen Talgkerzen, die ein Diener der Catharnachs angezündet haben musste.

Nansaidh lächelte, zum ersten Mal seit ihrer Ankunft fühlte sie sich wohl. Wenigstens in diesem behaglichen Raum würde sie es aushalten können. Der Diener, der sie zu ihrem Zimmer geleitet hatte, verneigte sich und ließ sie mit ihrer Kammerdame Fiona allein. Nansaidh ging raschen Schrittes hinüber zu dem schmalen Tisch, auf dem ein hübscher, großer Spiegel stand, setzte sich auf den Stuhl davor und betrachte ihre vom Wein geröteten Wangen. In diesem Moment hätte sie tatsächlich gerne einen weiteren Kelch von dem edlen Gebräu getrunken, sie war sich sicher, dass sie dann wunderbar würde schlafen können.

Fiona kam zu ihr herüber, löste die Perlmuttkämme, die Nansaidhs Lockenpracht im Zaum gehalten hatten und begann ihr liebevoll das Haar zu bürsten.

„Den ersten Abend habe ich geschafft, meine liebe Fiona. Nun liegen ein paar wenige köstliche Stunden vor mir, die ich ganz für mich alleine habe."

„Ihr habt Euch gut geschlagen, Mylady, soweit ich das aus der Ferne beurteilen konnte."

Nansaidhs Lächeln verblasste. „Oh ja, sehr gut geschlagen. Den König habe ich bereits am ersten Abend verärgert."

„Das kann ich mir nicht vorstellen."

„Es stimmt dennoch."

„Was es auch war, es kann nicht so schlimm gewesen sein, dass Ihr es nicht bereinigen könnt. Da bin ich vollkommen sicher."

Nansaidh drehte sich um und schaute Fiona, die ihr all die Jahre treu gedient hatte, in die Augen und ließ sie sich zu etwas hinreißen, was sich eigentlich ganz und gar nicht schickte: sie sprang auf und umarmte ihre Kammerjungfer.

„Ach meine Fiona, treue Freundin. Ich bin froh, dass Ihr mich hier an diesen Ort begleitet habt und Ihr mir erhalten bleibt. So fühle ich mich wenigstens nicht vollauf alleine."

Fiona war überrascht, aber erwiderte die Umarmung. Nach einer kleinen Ewigkeit, ließ Nansaidh ihre Dienerin schweren Herzens los und ließ sich von ihr aus ihrem Mieder helfen.

Gerade als sie die Schleifen ihres Nachtkleides zugebunden hatten, klopfte es zögernd an der Tür.

Nansaidh runzelte die Stirn und fragte: „Wer ist da?"

„Prinz Breandan."

Ihr rutsche das Herz in die Kniekehle, auch Fiona riss erschrocken die Augen auf.

„Ich weiß, es ist spät und wenn ihr mich nicht mehr empfangen möchtet, verstehe ich das. Dennoch würde ich gerne kurz mit Euch reden."

Geht, hätte sie am liebsten geschrien, *geht und lasst mich in Frieden!* Aber dies war ihr zukünftiger Ehemann und sie würde lernen müssen, ihn zufrieden zu stellen.

„Schon gut, einen Moment nur." Panisch packte sie Fiona an der Hand. „Ich kann ihm doch so nicht entgegen treten!", flüsterte sie. „Allerdings brauchen wir ewig, um mich zurück in das Mieder zu schnüren."

„Wartet, ich suche Euren Morgenrock." Fiona ging hinüber zu der Truhe, in der Nansaidhs Habseligkeiten untergebracht waren und wühlte ein wenig herum. „Hier, werft ihn Euch über, das muss genügen. Er ist schließlich Euer Verlobter."

Dankbar griff Nansaidh nach dem Morgenrock, dann setzte sie sich auf ihr Bett, atmete noch einmal tief durch, nickte Fiona knapp zu und wartete, dass diese die Tür öffnete.

Vorsichtig, fast schüchtern, betrat Breandan den Raum. „Oh, Ihr wart schon bettfertig. Ich ... ich kann wirklich wieder gehen."

„Nein! Nein, bleibt ruhig. Wir hatten heute kaum Gelegenheit, uns bekannt zu machen." Sie zeigte auf den Stuhl. „Nehmt doch Platz, bitte."

Bevor er sich setzte, wandte sich Breandan an Fiona. „Euer Dienst wird heute Abend nicht mehr benötigt, vielen Dank. Bitte lasst uns allein."

Fiona blickte Nansaidh bestürzt an, verließ dann aber sofort das Zimmer- einem Befehl des Prinzen durfte sie sich nicht widersetzen.

Nansaidh fühlte sich elend. Sie war noch nie mit einem Mann alleine in einem Raum gewesen, außer natürlich mit ihrem Vater oder Großvater. Der Osten hatte strenge Moralvorstellungen, die es jungen, unverheirateten Frauen untersagten, sich ohne weitere Gesellschaft in der Nähe eines Mannes aufzuhalten. Dass der Westen andere, ungehemmtere Sitten hatte, war ihr bekannt, jedoch hatte sie nicht bereits am ersten Abend damit gerechnet. Mit ihren offenen Haaren, ohne Mieder und in ihrem Nachtkleid, fühlte sie sich wie Freiwild. Würde Breandan sie anfassen, küssen oder sogar versuchen, vorzeitig die Ehe zu vollziehen? Unter Verlobten wäre dies noch nicht mal unüblich, doch Nansaidh fühlte sich dazu einfach nicht bereit. Wie würde er reagieren, wenn sie sich ihm verweigerte? So verzweifelt wie in diesem Moment, hatte sie sich noch nie gefühlt, weswegen ihr Körper unkontrolliert zu zittern begann. Breandan entging dies nicht.

„Mylady, friert Ihr? Soll ich ein wenig Stroh in das Fenster stopfen? Oder Euch noch ein Schaffell bringen lassen?"

„Nein, das ist äußerst aufmerksam von Euch. Aber mir ist nicht kalt."

„Was ist es dann? Geht es Euch nicht gut?"

Nun konnte sie ihre Tränen nicht mehr zurückhalten und begann laut zu schluchzen. „Breandan, mein Prinz ... was erwartet Ihr heute von mir?"

Breandan schien ehrlich erschrocken, als ihm klar wurde, warum sie dermaßen aufgelöst war.

„Bei den Göttern! Ihr habt Angst - vor mir! Ihr denkt, ich bin hier um Euch anzufassen, vielleicht sogar mehr."

„Es wäre Euer Recht. Wir sind schließlich verlobt."

Breandan stand auf, zog ein sauberes Taschentuch aus seiner Hosentasche und reichte es ihr. Dann setzte er sich neben sie aufs Bett, darauf bedacht, noch genug Abstand zu ihr zu wahren.

„Mylady ... *Nansaidh* ... ich verspreche Euch ... *dir* ... hoch und heilig, ich würde und werde niemals etwas gegen deinen Willen tun. Ich bin wirklich lediglich hergekommen, um mich noch mit dir zu unterhalten, ohne dass irgendwelche höfischen Beobachter dabei sind.“

Sie tupfte sich die Augen und fühlte sich gleich besser.

„Abgesehen davon“, fuhr Breandan fort, „möchte ich den Beischlaf ebenfalls nicht grade unbedingt mit jemandem vollziehen, den ich erst ein paar Stunden kenne. Auch wenn das vielleicht altmodisch und ganz und gar nicht verführerisch klingt.“

Nansaidh lachte und blickte auf, sodass sie sich zum ersten Mal in die Augen sahen.

Breandans Augen waren vom selben Grau wie die seines Vaters, doch seine waren warm und glänzten.

„Du bist nicht besonders glücklich darüber, meine Frau zu werden, oder?“, fragte Breandan leise.

„Es ist ja nicht Euretwegen ... d*einetwegen* . Aber ich habe mir immer gewünscht, mal aus Liebe zu heiraten und nicht, weil mein Großvater es mir vorschreibt. Selbst wenn das nur der Traum eines dummen kleinen Mädchens war - ich habe mich bis zum Schluss daran geklammert.“

„Ich finde das absolut nicht dumm. Ich hatte für mich selbst nur nie wirklich viel Hoffnung, dass ich mir meine Braut selbst aussuchen darf.“

„Und ich dachte immer, Männer hätten die Wahl.“

„Männer vielleicht, Prinzen nicht. Und Kronprinzen schon gar nicht.“

In jenem Augenblick wurde Nansaidh klar, dass es Breandan genauso ging wie ihr, dass er ebenfalls in eine Ehe gedrängt wurde, die ihn unglücklich machte. Vielleicht gab es sogar eine andere Frau, der sein Herz gehörte und die er für immer verlassen musste. Auch wenn dies alles Nansaidh bekümmerte und ihr Mitgefühl weckte, schenkte es ihr gleichzeitig Hoffnung: möglicherweise würden sie auf Grund ihres ähnlichen Schicksals miteinander übereinkommen, selbst eine Freundschaft schien ihr denkbar. Dies war mehr, als sie sich heute Morgen noch erhoffen konnte.

Scheu legte sie ihre Hand auf seine.

„Anscheinend wissen wir beide sehr gut, wie der andere sich fühlt.“

Breandan sah sie mit so einem eindringlichen Blick an, dass ihr ganz warm wurde. Er drehte seine Hand nach oben und verschränkte seine Finger mit ihren.

„Nun, ich schätze für dich ist es noch schlimmer. Schließlich denkst du, dass dein Verlobter am ersten Abend über dich herfällt und dich schändet." Er lächelte, was ihm etwas Jungenhaftes, verlieh.

Sie erwiderte sein Lächeln. „Was soll eine brave Jungfer denn sonst denken, wenn du zu solch später Stunde an ihre Tür klopfst und ihre Kammerdienerin wegschickst?!"

„Ach ja richtig, der Grund für mein Kommen. Ich wollte mich tatsächlich unterhalten, aber ich habe auch was für dich." Er entzog ihr seine Hand, was sie fast bedauerte, um in der Innentasche seiner Weste zu kramen. Schließlich förderte er eine runde orange Frucht zu Tage, die sie bisher bloß von Zeichnungen kannte.

„Ist das etwa ein Pfirsich?!", fragte sie begeistert.

„Allerdings. Frisch eingetroffen aus Krummatá und von mir in der Küche stibitzt. Es hat durchaus Vorteile, Mitglied der königlichen Familie zu sein. Exotische Fruchtimporte gehören definitiv dazu."

Er stand auf, ging hinüber zum Tisch und teilte das Obst in zwei Hälften, wovon er ihr schließlich eine reichte.

„Hier, meine schöne, tugendhafte Braut. Noch kann ich dir zwar keinen Ring anstecken, aber vielleicht macht dich das ebenso glücklich."

Nansaidh, die den ganzen Tag nicht wirklich etwas gegessen hatte, lief das Wasser im Munde zusammen. Herzhaft biss sie in den Pfirsich hinein und war entzückt von dem süßen, erfrischenden Saft der Frucht. Als sie aufgegessen hatte, merkte sie, wie ihr gesamter Mund und ihr Kinn klebten. Breandan ging es nicht viel besser, der Pfirsichsaft hatte sich in seinem Bart verfangen. Als sie sich betrachteten, mit den schmutzigen Gesichtern, zufrieden grinsend, weil sie noch den Geschmack des köstlichen Obstes im Mund hatten, mussten sie beide schallend lachen.

„Ich finde, jetzt sind wir schon recht persönlich miteinander geworden", ulkte Breandan.

„Ja", kicherte auch Nansaidh, „vertraulicher als den anderen im Rausch zu sehen, den gutes Essen hervorrufen kann, geht es eigentlich nicht mehr."

Breandan wischte sich notdürftig mit der Hand über den Bart, dann wurde er wieder ernst. „Irgendwie fühle ich mich nun viel besser als noch vor ein paar Stunden."

„Ich weiß genau, was du meinst. Es ist alles nicht mehr ganz so düster. Man wagt tatsächlich zu hoffen ..."

„... dass man es durchstehen wird. Gemeinsam."

Nansaidh griff erneut nach seinem Taschentuch und wischte sich ihre klebrigen Finger ab.

Breandan kam zu ihr, legte behutsam seine Hände um ihr Gesicht und hauchte ihr einen Kuss auf die Stirn. „Ich hoffe, das war in Ordnung", flüsterte er.

„Das war es. Sogar mehr als das: es war schön."

„Gute Nacht, Nansaidh. Wenn du irgendetwas benötigst, zögere nicht nach mir schicken zu lassen."

„Gute Nacht, mein Prinz."

Nachdem Breandan weg war, hatte sich Nansaidh sofort in ihr Bett gekuschelt und war nach wenigen Minuten in einen tiefen, wohligen Schlaf gefallen, so erschöpft war sie von dem aufregenden Tag.

Ein paar Stunden später, als die Nacht am schwärzesten war, schreckte sie hoch, weil sie sich sicher war, dass jemand an ihrem Bett stand.

„Hallo?", rief sie mit zitternder Stimme. „Ist da wer?"

In ihrem Zimmer war es stockdunkel, die Talgkerzen waren ausgelöscht, lediglich im Kamin war noch eine schwache Glut.

Nachdem ihre Augen sich langsam an die Finsternis gewöhnt hatten, erkannte sie, dass sie alleine war. Vermutlich hatte sie bloß geträumt, dennoch stand sie auf, legte sich ihren Morgenrock um die Schultern und öffnete vorsichtig die Tür. Der Gang war verwaist, von Pechfackeln erhellt, nicht mal entfernt waren Schritte zu hören, die verraten hätten, dass hier noch vor wenigen Minuten jemand gewesen war.

Ihr Herzschlag verlangsamte sich, sie konnte nun beruhigt zurück ins Bett gehen. Doch gerade, als sie ihre Tür wieder schließen wollte, erloschen alle Fackeln gleichzeitig wie von Geisterhand und der Gang wurde so schwarz wie die Nacht selbst. Erschrocken knallte Nansaidh ihre Tür zu, rannte zum Bett, wo sie sich in die Schaffelle wickelte und die Decke über den Kopf zog, um bald in einen unruhigen

Halbschlaf zu gleiten. Am nächsten Morgen konnte sie sich an nichts, was ihr geschehen war, erinnern, lediglich ein ungutes Gefühl, wie die schwache Ahnung eines Alptraums, verweilte.

4

Der Lackel und die Schickse

<u>*Alastríona*</u>

Als Meyla langsam wieder zu sich kam, spürte sie, wie eine große warme Hand vorsichtig ihren Hinterkopf abtastete.

„Das hier war wirklich nicht meine Schuld! Die ist voll wie ein Fass“, sagte eine tiefe, angenehme Stimme.

Mit dem Fass bin wohl ich gemeint. Ungeheuerlich! Und dann begrabscht dieser Kerl mich auch noch.

Meyla öffnete die Augen und erblickte einen bärtigen Mann, der sie besorgt musterte. Sein Alter war schwer zu schätzen, denn sein Gesicht war wettergegerbt und in den langen, welligen, locker zurückgebundenen Haaren blinzelten erste graue Strähnen hervor. Seine Augen blickten freundlich und waren von einem intensiven Türkis, was einen reizvollen Kontrast zu seiner ansonsten eher dunklen Erscheinung bildete; um sie herum tummelten sich kleine Lachfältchen, die ihm etwas Fröhliches verliehen. Seine Kleidung war zwar sauber, aber schlicht und zweckmäßig, sodass sie vermutete, dass dieser Bursche vom Lande kam.

Meyla empfand es als zutiefst unverschämt, dass er ihr die Schuld an ihrem Zusammenstoß gab und sie noch dazu anfasste. Wütend verpasste sie ihm eine Ohrfeige und rief „Lackel!“, was in Alastríona ein übles Schimpfwort für einen Bauern war.

Erschrocken fasste sich der Fremde an die Wange.

„Erst schubst Ihr mich um, dann begrabscht Ihr mich und dann beleidigt Ihr mich auch noch! Ich sollte die Burgwache rufen und Euch einkerkern lassen!“, zeterte Meyla.

„BEGRABSCHEN?! Ich habe lediglich gefühlt, ob Ihr verletzt seid! An Eurem Hinterkopf wohlgemerkt. Wenn das für Euch schon begrabschen ist, dann seid Ihr bisher aber ausschließlich in zurückhaltender männlicher Gesellschaft gewesen.“

Meyla lachte auf. „Dieser unverschämte Ton!“

Auch der Fremde lachte nun: „*Ich* bin unverschämt, aber mich dürft Ihr ohrfeigen und beschimpfen, wie es Euch passt?!“

„Mir reicht's, das muss ich mir bestimmt nicht bieten lassen. Es wird Euch noch leid tun, dass Ihr auf diese Art mit einer Adligen gesprochen habt!“

„Adlig?! So seht Ihr ganz und gar nicht aus! Vielmehr erinnert Ihr mich an die Schicksen aus unserer Dorfschänke. Ihr riecht auch genauso!“

„Balfour!“, sagte der Gefährte des Fremden, ein dünner Kerl mit schütterem Haar, leise und legte seinem Freund mahnend eine Hand auf die Schulter.

„Aha, kenn' ich jetzt also Euren Namen, *Balfour*. Das macht es mir leichter, wenn ich Euch bei der Burgwache anzeige.“

Meyla versuchte aufzustehen, doch ein stechender Schmerz in ihrem Schädel ließ sie zusammenzucken. Zu ihrem eigenen Ärgernis hatte sie den Verdacht, dass dieser Schmerz allerdings nichts mit dem Zusammenstoß, sondern eher mit den vielen verzehrten Getränken zu tun hatte. Sie würde allerdings eher sterben als dies zuzugeben.

Das war vermutlich ohnehin nicht nötig, denn als sie sich stöhnend und umständlich an der Hauswand hochzog, sah sie Balfours Mundwinkel verräterisch zucken.

„Ich wollte doch nur die Kraniche sehen“, jammerte sie vor sich hin.

„Das könnt Ihr immer noch“, sagte Balfour herzlich und streckte ihr versöhnlich die Hand entgegen. Er deutete mit seinen Augen Richtung Himmel. „Dort hinten fliegen sie noch.“

Meyla zögerte, als grade in diesem Moment tatsächlich zwei Ritter der Burgwache erschienen. Normalerweise wäre sie nun erbost gewesen, denn sie war sich sicher, dass Breandan nach ihr suchen ließ und sie hasste diese Überwachung. Doch in jenem Augenblick waren die Wachmänner mehr als willkommen.

„Lady Vending, der Prinz schickt uns. Er ist ganz besorgt, weil Ihr nicht zum festlichen Abendessen erschienen seid. Alles in Ordnung?“

Meyla sah die Überraschung in Balfours Augen, was ihr verriet, dass er nicht geglaubt hatte, dass sie tatsächlich eine Adlige war. *Hättest du besser vorsichtig sein sollen, hier in der Stadt herrschen andere Sitten als bei euch auf dem Lande.*

„Dieser Herr hier hat mich belästigt!“, erklärte sie hoheitsvoll und zeigte auf Balfour.

Balfours Gefährte schlug entgeistert die Hände vor sein Gesicht, während die beiden Ritter den vermeintlichen Übeltäter ziemlich grob gegen die Hauswand stießen.

„Wer seid Ihr und was wollt Ihr in Alastríona? Was fällt Euch ein, diese hohe Dame zu bedrängen?“

Wütend schaute Balfour zu Meyla, als er zwischen zusammengebissenen Zähnen antwortete: „Mein Name ist Balfour Dunham. Ich habe morgen eine Audienz bei Kronprinz Breandan.“

„In welcher Angelegenheit?“

„Ich wüsste nicht, was Euch das angeht.“

Einer der Wachen schlug ihn in den Bauch, Meyla begann sich unbehaglich zu fühlen.

„Bürschchen, wir werden dich lehren, was die Burgwache etwas angeht und was nicht!“

Er holte zum zweiten Schlag aus, als Meyla ihn am Arm packte. „Das reicht! Er kommt nicht von hier, er kennt die Gepflogenheiten unserer Stadt nicht!“

„Ich habe eine Audienz, um darum zu bitten, in die königliche Leibgarde aufgenommen zu werden“, sagte Balfour leise, als hätte er aufgegeben.

Die beiden Ritter brachen in schallendes Gelächter aus, auch Meyla war zutiefst überrascht.

„Ritter der Königsgarde!“, prustete einer der Wachen. „Ich bitte Euch! Ihr seid bestenfalls ein Handwerker, doch wahrscheinlich eher von Bauernblut.“

„Ein Lackel“, murmelte Balfour in solch einem hoffnungslosen Tonfall, dass es Meyla berührte und die Wut, die eigentlich ohnehin nicht ihm, sondern diesem Tag allgemein gegolten hatte, verrauchte.

„Nun“, sagte der andere Wachmann immer noch kichernd, „Ihr werdet Eure Audienz bekommen - nachdem Ihr die Nacht im Kerker verbracht habt!“

Meyla seufzte. „Ist das denn wirklich nötig? Hört zu, eigentlich war es gar nicht so schlimm, er hat mich einfach versehentlich geschubst...“

„Immer diese weichen Weiberherzen! Es ehrt Euch, Mylady, dass Ihr etwas für diesen Bauernflegel übrig habt.

Aber Widerstand gegen die Burgwache reicht aus, um ihn eine Nacht hinter Gitter zu bringen. Der Lackel schläft heute im Kerker der Burg Uallach!“

Meyla erwarte Widerstand, so selbstsicher wie Balfour zu Beginn gegenüber der Burgwache gewesen war. Sie selbst hätte sich mit Sicherheit gewehrt. Doch es war, als hätte das Lachen der Ritter jegliche Auflehnung von Balfour zerstört. Traurig warf er einen Blick auf seinen Gefährten, der ihn fassungslos anschaute, und fand irgendwoher noch die Großmut, ihm aufmunternd zuzunicken, als wolle er sagen „es ist in Ordnung“. Danach ließ er sich schicksalsergeben Richtung Burg führen.

Meyla hasste sich in diesem Moment so sehr, dass sie am liebsten sofort wieder ins Wirtshaus gegangen wäre und weiter getrunken hätte. Allerdings hatte sie ja gesehen, wohin das führte: sie hatte einen fremden, vielleicht etwas vorlauten, aber im Grunde unschuldigen Mann hinter Gitter gebracht, einfach weil sie schlecht gelaunt war.

Sie wandte sich an Balfours Gefährten: „Es tut mir sehr, sehr leid. Ich hätte es wahrlich besser wissen müssen und die Wache heraushalten sollen.“

„Schon gut“, sagte der andere Mann leise und schluckte. „Wir sind diejenigen, die es hätten besser wissen müssen. Wir sind dermaßen hoffnungsfroh, ja geradezu übermütig in diese Stadt gekommen ... dass wir für einen Augenblick vergessen haben, wer wir sind und woher wir kommen.“

Dieses Gefühl kannte Meyla nur zu gut, besser als ihr Gegenüber ahnen konnte. „Hat Euer Freund wirklich eine Audienz bei Prinz Breandan?“

„Ja. Ich weiß, das ist schwer zu glauben. Aber er und der Prinz stehen schon lange in Verbindung und da hat er wohl Balfours Qualitäten erkannt, wie jeder der mit ihm zu tun hat.“

„Was für Qualitäten? Ist er ein Kämpfer?“

„Nun, das nicht grade. Obwohl er sehr stark ist von der Arbeit am Hof und ein exzellenter Bogenschütze. Jedoch sind es eher seine Loyalität und seine Großzügigkeit, was die Leute für ihn einnimmt.“

Na wunderbar. Ich habe nicht nur einen Unschuldigen, sondern einen Ehrenmann in den Kerker gebracht.

„Ihr habt eine ziemlich hohe Meinung von ihm. Seid ihr Brüder?“

„So gut wie. Sein Vater hat mich auf seinem Hof aufgenommen, als ich noch klein war. Ich liebe diese Familie und insbesondere Balfour mehr als alles auf der Welt. Er hat es verdient, glücklich zu werden.“

Es lag so viel Zuneigung in der Stimme des Mannes, dass es Meyla fast traurig stimmte. Ihr Blick fiel auf das Regenfass, an dem sie sich den Kopf gestoßen hatte. Es war bis oben hin mit Wasser gefüllt, sodass sie ihr Spiegelbild darin betrachten konnte: ihre Haare waren zotteliger und verfilzter denn je, ihr Kleid hing schief und unordentlich an ihr hinunter, noch dazu war es voller Bier- und Weinflecken. Wenn sie bloß halb so schlecht roch wie sie aussah, war es kein Wunder, dass Balfour sie als Schickse bezeichnet hatte.

Meyla fasste einen Entschluss. „Ich rede mit dem Prinzen!“

„Was?“ Der junge Mann riss überrascht die Augen auf.

„Ich bin mit Breandan befreundet. Ich stelle klar, was heute passiert ist und dass Balfour mich nicht belästigt hat. Er wird seine Audienz bekommen.“

„Wieso solltet Ihr das tun? Was kümmert Euch unser Schicksal?“

„Ihr meint das Schicksal eines Bauern? Nun, auch wenn das vorhin mit Sicherheit anders angekommen ist: für mich sind Bauern nicht weniger wert als Ritter oder Prinzen. Außerdem“, lächelte sie zaghaft, „interessieren mich die Bogenschießkünste Eures Freundes.“

Ihr Lächeln wurde schüchtern erwidert. „Warum das?“

„Na ja. Ehrlich gesagt bin ich selbst eine ganz passable Bogenschützin.“

„Tatsächlich? Eine Adlige?“

„Eine Schickse!“ Beide lachten. „Nein, im Ernst. Ich war ... gezwungen ... mich in meinem Leben eine Zeit lang im Wald durchzuschlagen. Da blieb mir gar nichts anderes übrig, als das Jagen zu erlernen.“

Sie wunderte sich über sich selbst, warum sie diesem Fremden das erzählte.

„Und nun seid Ihr hier, in Alastríona. Als eine Freundin des Kronprinzen.“

„Ja.“

„Das Leben geht seltsame Wege.“

„Allerdings. Wo wir vom Prinzen reden, ich muss sehen, dass ich zurück zur Burg komme. Sonst lässt er den nächsten Suchtrupp nach mir schicken."

„Oh und wer weiß, wen Ihr diesmal in den Kerker befördert."

Meyla lachte wieder und betrachtete den hageren Burschen mit den Segelohren und den großen staunenden Augen. „Wie ist Euer Name?"

„Gleann."

„Willkommen in Alastríona, Gleann. Ich hoffe, Ihr findet Schlaf diese Nacht. Ich kümmere mich um Euren Freund, auf dass er seinen Bittgesuch bekommt."

„Vielen Dank, Mylady."

Gleann verneigte sich kurz, schulterte seine und Balfours Taschen und verschwand in der Schänke.

Langsam zerstreuten sich die feiernden und tanzenden Menschen, die kaum Notiz von dem Vorfall vor dem Wirtshaus genommen hatten. Meyla kam zügig voran, dennoch war es bereits dunkel, als sie endlich auf Uallach ankam.

Um nicht mal wieder zum Gespött des Gesindes zu werden, hatte sie unterwegs versucht, ihr Haar zu bändigen, jedoch bald eingesehen, dass dies ein hoffnungsloses Unterfangen war. Sie beeilte sich durch das Tor und über den Hof zu kommen, um nicht länger als unbedingt nötig den neugierigen Blicken der Dienerschar ausgesetzt zu sein.

Ihr Magen knurrte, sie hatte Hunger wie ein Bär, und da sie sich sicher war, dass die Festlichkeiten zu Ehren der Gäste aus dem Osten noch in Schwung und Breandan somit noch beschäftigt war, stahl sie sich hinunter in den Küchentrakt zu ihrer Freundin, der alten Köchin Della.

„Meyla, mein Kind, wie seht Ihr denn aus? So wart Ihr wohl hoffentlich nicht auf dem Fest?"

„Wofür hältst du mich? Natürlich nicht, ich war in der Stadt. Und nun hab ich Hunger."

„Na, wie gut, dass wir heute für solch viele Menschen gekocht haben. Es ist noch einiges an Köstlichkeiten übrig."

„Als wenn hier jemals das Essen knapp gewesen wäre!" Meyla setzte sich auf einen Schemel und ließ sich von Della einen voll beladenen Teller reichen.

Eine Weile schmatze sie schweigend vor sich hin und beobachte Della und ihre Leute dabei, wie sie in der Küche vor sich hin werkelten. Dann fiel ihr etwas ein. „Was bekommen die Leute im Kerker zu essen?"

„Wieso interessiert Euch das, Mylady?", fragte Della erstaunt. „Nur Wasser und altes Brot natürlich, wie üblich."

Plötzlich hatte Meyla keinen Hunger mehr. Sie stellte den halb geleerten Teller ab und erhob sich. „Ist das Fest noch im Gange?"

„Ja, ich denke schon. Die Herrschaften sind ziemlich ausgelassen, tanzen und schmausen seit Stunden."

„Gut." *Dann habe ich nämlich Zeit, mich zu waschen und aufzuhübschen, bis ich Breandan unter die Augen trete.*

Sie verabschiedete sich von Della und stieg hinauf in ihr Zimmer, wo sie sich von einer Kammerjungfer einen Zuber mit heißem Wasser heranrollen ließ. Als sie sich entkleidet hatte und ihr Körper sich in dem warmen Bad entspannte, begann sie ihr Haar zu entwirren und anschließend mit duftendem Öl zu waschen. Doch erst als sie sich von der Kammerzofe eine Paste aus Ahornsirup und Harz zum Entfernen ihrer Beinbehaarung bringen ließ, wurde ihr klar, dass sie gewisse Absichten gegenüber Breandan hegte.

Was ist nur los mit mir? Er hat heute seine Verlobte kennengelernt!

Dennoch konnte sie den Wunsch nicht unterdrücken, von Breandan über diesen durch und durch miesen Tag hinweg getröstet zu werden.

Sie schlich sich in seine Gemächer, die nicht in demselben Trakt wie die Räumlichkeiten der restlichen Königsfamilie lagen, wie sie es bereits unzählige Nächte zuvor getan hatte. Falls die Wachen an seiner Tür sich darüber wunderten, sie ausgerechnet heute hier anzutreffen, ließen sie es sich nicht anmerken. Breandan war noch nicht da und es verging eine knappe Stunde, bis er auf sein Zimmer kam.

Ihr Anblick überraschte ihn.

„Meyla! Dich habe ich hier am allerwenigsten erwartet, nach unserer Meinungsverschiedenheit heute Mittag. Wo hast du nur den ganzen Tag gesteckt?"

„Ich war in der Stadt."

„Ich hätte dich gerne in meiner Nähe gehabt."
„Dafür, dass ich dir angeblich so gefehlt habe, hast du es aber lange ohne mich auf dem Fest ausgehalten."
„Ich war nicht die ganze Zeit auf dem Fest. Ich ..."
Sie lachte kurz auf. „Du warst bei ihr. Na, dann hast du wohl schon Feuer gefangen."
„So war das nicht. Wir hatten heute nie die Gelegenheit, uns zu unterhalten. Ich konnte das nicht auf sich beruhen lassen. Ich wollte sie lediglich ein wenig kennenlernen."
„Aha. Und? Wollte sie dich auch kennenlernen?"
„Red' nicht in solch spöttischem Ton von ihr."
„Ach was. Du magst sie."
„Ja. Ich meine, das ist natürlich schwer zu sagen, nach einem Tag, aber ich glaube es hätte mich schlimmer treffen können."
Meyla horchte in sich hinein. Eigentlich hätten Breandans Worte sie verletzten müssen, doch eigentlich fühlte sie gar nichts. Sie seufzte. „Ich bin nicht gekommen, um mit dir über deine Verlobte zu plaudern. Mir ist heute etwas Törichtes passiert."
Sie erzählte von ihrer Begegnung mit Balfour. Breandan runzelte die Stirn.
„Da waren die Wachen aber ein bisschen übereifrig, jemanden wegen einer leicht aufsässigen Bemerkung gleich ins Verlies zu sperren. Ich kenne Balfour Dunham schon mein halbes Leben lang, der würde sich nie etwas zu Schulden kommen lassen."
„Also ist es wahr? Er hat morgen tatsächlich eine Audienz bei dir, um einen Platz in der königlichen Leibgarde zu erbitten?"
„Nun ja, ich habe ihm das Bittgesuch gewährt. Selbstverständlich kann ich ihn nicht in die Königsgarde aufnehmen, er ist ein Bauer."
„Und obwohl du das weißt, hast du ihm Hoffnungen gemacht?"
„Was ist verkehrt an Hoffnung, Meyla? Glaubst du etwa nicht, dass er die letzten Wochen seit Eintreffen meiner Brieftaube glücklich verbracht hat?"
„Es ist falsche Hoffnung. Das finde ich ungerecht."
„Ich werde vielleicht einen anderen Platz am Hofe für ihn finden. Männer wie ihn kann man immer gebrauchen. Aber jetzt muss ich ihn ja erst mal aus dem Kerker holen",

schmunzelte er mit einem gespielt strengen Seitenblick auf Meyla.

Er streckte seine Hand aus, um ihr über ihre Wange zu streicheln und wurde wieder ernst. „Was ich heute zu dir gesagt habe, ist auch jetzt noch wahr. Auch wenn ich Nansaidh gut leiden kann, würde ich dich vorziehen. Wir können meinem Vater sagen, wer du wirklich bist..."

„Das hatten wir alles schon. Ich habe meine Meinung nicht geändert. Gute Nacht."

Sie war bereits auf dem Weg zur Tür, als Breandan sie an der Hand packte und zu sich heranzog. Auffordernd und gleichzeitig fragend blickte er ihr in die Augen und Meyla schluckte ihre Zweifel hinunter. Dies war die letzte Gelegenheit, das wusste sie. Wenn er Nansaidh noch näher kennen und schätzen lernen würde, würden sie sich nie wieder lieben.

Sein vertrauter Duft brachte sie ins Schwitzen, ihr Körper sehnte sich nach diesem Mann. Also würde sie es geschehen lassen, ein allerletztes Mal.

Gierig drückte sie ihre Lippen auf seinen Mund, tastete mit ihrer Zunge nach seiner, während sie ihm die Hose aufknöpfte. Breandan erwiderte den Kuss, führte sie drängend zu seinem Bett, wo er ihren Rock hochschob und keck über die Innenseite ihrer Oberschenkel strich.

„Ihr tragt kein Mieder, Lady Vending", keuchte er grinsend.

„Ich habe heute gelernt, dass ich keine Lady bin, sondern eine Schickse."

„So so. Nun, ich wollte es immer mal mit einem leichten Mädchen tun." Er beugte sich zu ihr hinunter, küsste sie nun zärtlicher, während seine Hand sie liebkoste.

Für einen kurzen, in dieser Lage mehr als unpassenden Moment, fragte sich Meyla, ob Balfour tatsächlich dies in ihr gesehen hatte: ein leichtes Mädchen. Und war diese Annahme wirklich falsch, wo sie gerade dabei war, mit dem verlobten Kronprinzen zu schlafen?

Als Breandan in ihr war, verwarf sie all die quälenden Gedanken, ließ sich fallen, den Tag hinter sich, und genoss einfach das Gefühl, begehrt und beglückt zu werden und in dieser letzten Nacht tatsächlich bloß eine Schickse zu sein.

5

Grüner Drache in Aspik

Burg Uallach

Balfour hockte auf dem klammen Boden des königlichen Kerker, der in den Kellergewölben der Burg Uallach untergebracht war. Es war stockdunkel, ohne den kleinsten Einfall von Tageslicht, sodass er nicht abschätzen konnte, welche Zeit es und ob bereits ein neuer Morgen angebrochen war. Die Luft war abgestanden und verbraucht; es roch modrig, feucht und ganz entfernt nach menschlichen Abfällen.

Balfour hätte wütend sein sollen, oder sich wenigstens selbst bemitleiden können, gleichwohl brütete er stoisch vor sich hin und verweigerte sich jeglicher Gefühlsregung. Auch Angst hatte er keine, Folterstrafen waren im westlichen Reiche vor ein paar Jahren abgeschafft worden. Das schlimmste, was einem hier passieren konnte, war die öffentliche Bloßstellung am Prangerbock auf dem Marktplatz, doch er war sich sicher, dass sein Vergehen dafür zu gering war.

Als er dort in der Finsternis saß, allein mit seinen Gedanken, fragte er sich, warum ihn diese Entwicklung nicht überraschte. Tatsächlich war es eher, als hätte er, seit er einen Fuß aus Seòras hinausgesetzt hatte, mit genau solch einem Erlebnis gerechnet. Wie hatte er ernsthaft daran glauben können, dass es für ihn nach allem, was gewesen war, eine Wendung geben würde?

Aha, nun also doch Selbstmitleid, schoss es ihm durch den Kopf und er hätte fast gelacht. Mit Bedauern dachte er an Gleann, der gewiss halb krank vor Sorge war; und an Cailean, der sich vermutlich für seinen großen Bruder schämen würde. Lediglich Àlainn würde unbekümmert reagieren, die Achseln zucken und ihn vielleicht sogar ein wenig auslachen.

Die Tür des Verlieses knarrte, öffnete sich und ließ einen Hauch Tageslicht und einen Wachmann hinein, der in der Hand eine Scheibe dünnes Roggenbrot sowie einen Krug mit Wasser hielt. Balfour, der seit Stunden nichts gegessen hatte, nahm die karge Mahlzeit gerne an. Er betrachtete das Brot, welches kross gebacken war und viel schmackhafter wirkte als das, was manche Bewohner Seòras zu essen hatten.

Der Wachmann deutete seine Blicke falsch.

„Nun habt Euch nicht so, mehr gibt es nicht. Ihr steht unter Arrest, was habt Ihr da erwartet? Grünen Drachen in Aspik?“ Er grölte über seinen lahmen Scherz.

Balfour erwiderte nichts, sondern biss herzhaft in das Brot.

„Na also, warum nicht gleich so. Stärkt Euch, in einer Stunde werdet Ihr vor den Prinzen geführt.“

Balfour aß langsam, aus dem Kelch nahm er bloß einen winzigen Schluck. Mit dem restlichen Wasser rieb er sich durch das Gesicht in dem verzweifelten Versuch, wenigstens ein klein wenig sauberer und ansehnlicher vor den Prinzen treten zu können.

Er hatte eigens sein einziges gutes Hemd, seine schwarze Lederweste und seine sauberste Kniebundhose für seine Audienz mitgenommen, aber all dies war in seinem Gepäckbündel bei Gleann irgendwo in Alastríona. Stattdessen würde er den Prinzen in dem hellbraunen, mit Bärenfell gefütterten und oft geflickten alten Ledermantel seines Vaters gegenübertreten, nach Kerker stinkend und in klobigen Stiefeln aus Ziegenfell steckend. Wenn Breandan ihn in diesem Aufzug zum Ritter schlagen würde, wäre es nicht allzu weit um seine geistige Gesundheit bestellt.

All das wegen dieser unverschämten Schickse, dachte Balfour bitter und wartete, dass man ihn endlich aus dem Verlies erlöste.

Wenig später war es soweit. Gleich zwei Wachmänner kamen, um Balfour in den Audienzraum des Prinzen zu geleiten. Er hätte am liebsten die Augen verdreht, so lächerlich und übertrieben erschien ihm die ganze Prozedur. Als ob Alastríona keine anderen Sorgen hätte, als einen zu vorlauten Bauern!

Sobald er Prinz Breandan schließlich gegenüber stand, erschrak er kurz. Er kannte ihn als einen stets gut gelaunten Burschen, der immer ein spitzbübisches Lächeln im Gesicht hatte.

Heute dagegen wirkte er fahl, mit tiefen Ringen unter den Augen. So sollte kein Mann aussehen, der einen Tag zuvor seine Verlobung gefeiert hatte.

„Balfour Dunham, hätte ich damit gerechnet, dass Ihr den königlichen Kerker als Herberge vor Eurem Bittgesuch wählt, hätte ich es mir zweimal überlegt, ob ich Euch wirklich einlade“, sagte der Prinz kühl und deutete den Wachen an, das Zimmer zu räumen und sie alleine zu lassen.

Balfour schluckte und merkte, wie ihm die Schamesröte ins Gesicht stieg.

Die Türe wurde hinter ihm geschlossen, indessen spürte er, dass noch jemand außer ihm und Breandan im Raum war und hörte schließlich eine überhebliche Stimme sagen:

„Bitte, Euer Majestät, was habt Ihr denn sonst von einem Lackel erwartet?“

Breandan begann laut zu lachen, doch Balfour fand daran nichts lustig und hatte Mühe, seinen aufsteigenden Zorn zu unterdrücken.

Die Schickse! Sie hat anscheinend wirklich nicht gelogen, was ihre Freundschaft mit dem Prinzen betrifft. Ist sie hier, um über mich zu triumphieren?

Der Prinz wischte sich Lachtränen aus den Augenwinkeln. „Dass er aber wirklich ausgerechnet das Pech hatte, an Euch zu geraten, Lady Vending! An einem Tag, an dem Ihr durch und durch schlecht gelaunt wart.“

Am liebsten hätte Balfour gefragt, ob es die vornehmen Herrschaften sehr beglückte, sich auf Kosten eines einfachen Mannes lustig zu machen, doch er konnte seine Zunge im Zaum halten. Mit Sicherheit war ein fröhlicher Prinz für ihn mehr von Nutzen, als ein missgelaunter. Also blieb er stumm, konnte jedoch nicht anders, als wenigstens die Schickse angesäuert anzublitzen.

Wäre sie ihm draußen auf der Straße begegnet, hätte er sie vermutlich auf den ersten Blick nicht erkannt. Um ihren Körper bauschte sich ein unumstritten teures Kleid aus kostbarem blauen Stoff, welches geschickt ihre üppigen weiblichen Rundungen zur Geltung brachte und außerdem die kräftige Farbe ihrer Augen betonte. Lediglich ihre Haare passten immer noch nicht zu der vornehmen Erscheinung: zwar schien sie selbst oder eine Zofe sich an einer kunstvoll hochgesteckten Frisur versucht zu haben, doch immer mehr

widerspenstige Strähnen lösten sich aus dem Gebilde, was allerdings ihren sinnlichen Eindruck unterstrich.
Aber ihr Lächeln hatte etwas Unnahbares, kein Leuchten war in ihren Augen zu finden, sodass Balfour überzeugt war, dass er sich unter keinen Umständen jemals würde für sie erwärmen können.

„Nun, Balfour, mein alter Freund. Was habt Ihr zu Eurer Verteidigung zu sagen?"

„Ich ... ich habe Euer Lady Vending Unrecht getan und in sehr unhöflichem Ton mit ihr gesprochen. Aber das, was sie mir vorgeworfen hat, nämlich sie unsittlich berührt zu haben, muss ich vehement abstreiten. Genauso, wie ich sie nicht mit Absicht umgestoßen habe."

Breandans Mundwinkel zuckten. „Was sagt Ihr dazu, Mylady?"

Die Schickse schaute ihn durchdringend an und für einen Moment befürchtete Balfour, sie würde die Zankerei von gestern fortführen. Allerdings antwortete sie mit fester Stimme: „Jedes Wort, was er gesagt hat, ist wahr. Er hat mich im Gedränge angerempelt, ich bin gestürzt und anschließend hat er meinen Kopf lediglich nach einer Wunde abgetastet."

„Aber er hat Euch als Schickse beleidigt, obwohl Ihr höher geboren seid als er?"

„Nun ja, das hat er. Aber in diesem Moment dürfte es für ihn unmöglich zu erkennen gewesen sein, dass ich von höherem Stand bin. Um ganz ehrlich zu sein, mein Prinz ..." Überrascht bemerkte Balfour, dass sich ihre Wangen leicht rosa verfärbten. „ ...habe ich mich tatsächlich wie eine Schickse aufgeführt. Ich habe ihn beleidigt, obwohl er nichts Unrechtes getan hat. Zur Krönung habe ich anschließend die Stadtwache mit hineingezogen. Das war ein Fehler und dafür möchte ich mich sowohl bei Euch, mein Prinz, als auch bei Euch, mein Herr Dunham, aus tiefstem Herzen entschuldigen."

Balfour war derart geplättet, weil er nicht mit einer Entschuldigung gerechnet hatte, dass es ihm die Sprache verschlug und er ihr nur knapp zunicken konnte.

„Ach ja, die Stadtwache", nahm Breandan das Gespräch auf. „Leider habt Ihr Euch da ebenfalls nicht grade rühmlich verhalten, Balfour."

„Ich weiß“, erwiderte Balfour leise, „in diesem Moment ist es einfach mit mir durchgegangen. Ich hätte einfach Auskunft geben sollen, wie es sich gehört.“

„Allerdings hättet Ihr das. Weswegen seid Ihr ursprünglich in diese Stadt gekommen?“

„Um Euch zu bitten, darüber nachzudenken, mich in Eure königliche Leibgarde aufzunehmen“

„Ganz Recht. Wir kennen uns nun schon viele Jahre, Balfour, und ich kann Euch gut leiden. Ihr habt mich in der Zeit von Eurer ausgeprägten Willensstärke und von bedingungsloser Loyalität überzeugen können. Ganz gleich was geschehen ist, Ihr habt das Wohl Eurer Familie immer an erster Stelle und vor Eure eigenen Wünsche gestellt. Wegen all der gerade genannten Punkte, habe ich es überhaupt in Erwägung gezogen, Euch eine Stelle am Hofe zu geben, ungeachtet Eures Standes. Doch wie soll ich unserer Stadtwache erklären, dass ich mit dem Gedanken spiele, einen aufsässigen Bauern zu einem von ihnen zu machen? Ich würde jegliche Glaubwürdigkeit und alle Achtung verlieren, oder?“

„Ja, mein Prinz.“ Balfour erschien es, als wäre der Raum dunkler und kühler geworden. Eine Weile schwiegen alle drei Menschen im Zimmer, jeder hing seinen eigenen Gedanken nach.

„Vielleicht“, sagte Breandan schließlich zögernd, „wenn etwas Zeit vergangen ist. Vielleicht fällt mir eine Lösung ein, wenn ich etwas länger darüber nachgedacht habe. Reichen Eure Mittel, um ein paar Tage oder Wochen in der Stadt zu verweilen?“

Breandan hätte Balfour ebenso gut darum bitten können, seine Kleider auszuziehen, so nackt und erniedrigt fühlte er sich. Selbst wenn Gleann sofort nach Hause reisen würde, könnte sich Balfour ohne Einkommen höchstens zwei oder drei Nächte in Alastríona leisten.

„Ich kenne die Besitzer des Wirtshauses, in dem Euer Freund Gleann untergebracht ist, ziemlich gut“, mischte sich die Lady ein,„ ich bin mir sicher, wir können ihnen klar machen, dass Herr Dunham und sein Begleiter Gäste des Königshauses sind, ohne dass es an die große Glocke gehangen wird.“

Den Prinzen erwischte dies genauso unverhofft wie Balfour. „Meyla!“, entfuhr es ihm. „Du ... *Ihr* könnt nicht einfach darüber bestimmen, wer Gast der Königsfamilie ist.“

„Verzeiht, mein Prinz. Dann zieht es mir von meinem Lohn ab.“

„Zweifellos wird das nicht nötig sein“, meinte Balfour und wünschte sich, dieses entwürdigende Gespräch wäre endlich vorüber.

Breandan betrachte Meyla auf eine Weise, die Balfour nicht geheuer war, denn er fühlte sich plötzlich, als würde er Zeuge einer ziemlich persönlichen Fehde zwischen den beiden werden. Er fragte sich, in welchem Verhältnis Meyla und der Prinz zueinander standen.

„Nun, offenbar ist es nötig“, sagte Breandan spöttisch, „die Lady möchte ihre schlechte Laune von gestern scheinbar um jeden Preis wieder gut machen. Freut Euch Balfour, heute ist Euer Glückstag. Ohne Folgen aus dem Kerker entlassen, Aussicht auf einen Posten am Hofe und Logis auf Kosten der Krone.“ Der Prinz klatschte höhnisch in die Hände. „Und das alles nur, weil ihr gestern einer bissigen Stute über den Weg gelaufen seid.“

„Sind wir jetzt fertig?“, fragte Meyla kühl.

„Durch und durch“, antwortete Breandan und wandte sich an Balfour. „Ihr seid entlassen. Sobald mir etwas eingefallen ist, für das ich Euch bei Hofe gebrauchen kann, schicke ich Euch eine Brieftaube.“

„Ich danke Euch, mein Prinz.“ Balfour verneigte sich und wandte sich dann an Meyla. „Und auch Euch, Mylady, für Eure Großzügigkeit.“ Er verneigte sich ebenso vor ihr, doch in ihrer Miene regte sich gar nichts.

„Eins noch, Balfour“, sagte Breandan und sah ihn scharf an. „Bedenkt, dass Ihr wirklich geradeso davon gekommen seid. Bloß weil ich Euch mag und wir uns ein wenig angefreundet haben, heißt das nicht, dass ich vergessen habe, was Ihr seid. Ihr solltet das auch nicht vergessen. Ihr seid kein Ritter, Balfour, nicht mal ein Gelehrter, Ihr seid ein Bauer, ein ehrbarer vielleicht und für jemanden aus Eurem Stande recht gutsituiert. Jedoch sollte sich selbst die hübscheste Ziege nur sehr behutsam in die Gesellschaft von Wölfen wagen. Vergesst das nicht und verhaltet Euch in Zukunft vorsichtiger gegenüber den Bürgern Alastríonas.“

Balfour nickte nochmal knapp und verließ dann fluchtartig den Raum und die Burg.

Auf seinem Weg zurück durch die Stadt, hätte er am liebsten irgendetwas entzwei geschlagen um sich abzureagieren. Er fühlte sich gedemütigt und bloßgestellt, von jemandem, den er beinahe für eine Art Freund gehalten hatte. Wie töricht war es von ihm gewesen zu glauben, ein Adliger, noch dazu der Kronprinz, wolle mit ihm befreundet sein! In seinem Kopf konnte er die Bewohner Seòras bereits lachen hören voller hämischer Schadenfreude: *Balfour Dunham hat sich für was Besseres gehalten und nun seine Lektion gelernt.*

Als er die Schänke erreichte, wartete Gleann bereits sehnsüchtig vor der Tür auf ihn.

„Da bist du ja!“

„Woher wusstest du, dass ich komme?“

„Die Lady hat mir gleich heute Morgen eine Brieftaube geschickt mit der Zeit deiner Anhörung. Ist das nicht anständig von ihr? Ich glaube, die ist eigentlich gar nicht verkehrt.“

„Ja, sehr anständig“, sagte Balfour giftig, „sie hat mich schließlich überhaupt erst in diese verzwickte Lage gebracht.“

„Nun ja, ich gebe zu, ihr beide hattet wohl gestern einen etwas unglücklichen Einstieg. Aber zu mir war sie wirklich freundlich. Erzähl doch mal, wie ist es gelaufen?“

Knapp berichtete Balfour von allem, was geschehen war. Er schonte sich nicht und ließ auch das Gefühl der Erniedrigung nicht aus.

„Oje, das hört sich unangenehm an.“

„UNANGENEHM!?“ Balfour hätte gerne gebrüllt, aber zum einen hätte er dann nur wieder die Aufmerksamkeit der Stadt auf sich gelenkt und zum anderen musste man ein harter Mensch sein, wenn man den stets gutmütigen Gleann anschreien konnte. „Ich habe Breandan in all den Jahren nie herablassend erlebt, doch im Beisein dieser Frau hat er zum ersten Mal den Prinzen gezeigt.“

„Er hatte jawohl kaum eine andere Wahl, oder? Du hast die Nacht in seinem Kerker verbracht, weil du eine seiner Hofdamen geschubst und beleidigt hast, noch dazu warst du überaus widerspenstig seiner Stadtwache gegenüber. Jetzt grämst du dich, weil er dich an das erinnert hat, was du bist?! Jeder andere hätte dich heimgeschickt, aber er will dich immer noch in seiner Nähe haben und dir noch eine Chance geben. Glaubst du wirklich, dass er das tun würde, wenn er nicht dein Freund wäre und deine Qualitäten genau kennen würde?"

Balfour schluckte und ging ein paar Schritte vom Wirtshaus weg. Er betrachtete die entferne Silhouette der Burg, die sich majestätisch in der Mittagssonne über die Stadt erhob. Für einen Augenblick vermisste er Seòras, den Hof und seine Geschwister so sehr, dass es weh tat.

Gleann war hinter ihn getreten und legte ihm eine Hand auf die Schulter. „Was ist wirklich das Problem, Balfour? Warum schämst du dich plötzlich dafür, dass du ein Bauer bist?"

Eine Vogelschar flog laut schnatternd Richtung Norden, der Frühling schien wahrlich zu lauern.

„Was ist, wenn Breandan Recht hat? Ich habe mich heute zum ersten Mal in meinem ganzen Leben gefragt, ob es nicht dumm ist, diesem Traum nachzuhängen. Vielleicht sollte ich mich tatsächlich damit abfinden, ein Bauer zu sein. Wenn der Anfang schon derartig schwierig ist ..."

„ ... darfst du dich erst Recht nicht beirren lassen. Stolpersteine sind dir schon öfter in den Weg gelegt worden, der größte von deinem Vater. Nun wird deine Eitelkeit angekratzt von einer fremden Frau und dem Kronprinzen und schon gibst du auf? Lass deinen Stolz nicht die Überhand gewinnen. Wäre Àlainn hier, würde sie dir eine reinhauen."

Das erheiterte Balfour ungemein. Er drehte sich um und blickte in Gleanns Gesicht, das immer noch aussah wie das eines Jungen, ohne das geringste Anzeichen von Bartwuchs, dafür unschuldig und vertrauenswürdig. „Also harren wir der Dinge, die da kommen werden."

„Genau." Gleann stupste ihn an und grinste. „Und zwar auf Kosten der Krone!"

„Was soll ich sagen, ich kann halt gut mit Frauen."

„Und wie! Die finden dich so beeindruckend, dass sie umfallen."

„Nur die Schicksen."

„Ach, wie gesagt, ich glaube so übel ist die gar nicht."

„Mag sein. Sie hat sich heute wirklich für mich eingesetzt, das rechne ich ihr an. Dennoch lege ich keinen großen Wert darauf, sie wiederzusehen.“

„Musst du ja auch nicht. Zumindest nicht, bis du zum Ritter geschlagen bist.“

„Das liegt noch in weiter Ferne.“

„Dennoch ist es nicht unmöglich. Weißt du, was ich jetzt gut finden würde?“

„Ja?“

„Wenn du dich waschen würdest. Du stinkst nach Moder und Fäulnis, mir wird langsam übel.“

Balfour lachte, knuffte Gleann in die Schulter und ging anschließend mit ihm ins Wirtshaus.

6

Schreie von niemandem

Burg Uallach

Nansaidh saß auf ihrem Bett und schluchzte. Vor einer halben Stunde hatte sie ihren Großvater und dessen Gefolgschaft verabschiedet, nun war sie wahrlich alleine am Hof.

Sie hatte Breandan, der ihr diesen Moment hätte erleichtern können, den ganzen Tag nicht zu Gesicht bekommen, weder beim Frühstück noch bei der anschließenden Führung durch die Burg und ihre Ländereien. Man hatte ihr mitgeteilt, er müsse sich um diverse Audienzen kümmern, wofür sie durchaus Verständnis hatte. Dennoch hatte sie gehofft, ihn wenigstens kurz zu sehen, nachdem sie am Abend zuvor doch erste zarte Bande geknüpft hatten. Erst als die Kutschen bereits beladen im Hofe standen, war er aufgetaucht und hatte sich schnell von ihrem Großvater verabschiedet. Nansaidh selbst hatte er kaum beachtet, ein kurzes Lächeln, das seine müden Augen nicht erreichte, war alles gewesen. Der Prinz schien wegen irgendetwas oder jemanden verärgert zu sein, denn sie hörte, wie er die Dienerschaft ziemlich ungehalten wegen Nichtigkeiten anfuhr.

Nun saß sie hier alleine in ihren Gemächern und heulte sich die Augen aus dem Kopf.

Nach dem Rundgang hatte ihr Großvater sie beiseite genommen für ein Vieraugen-Gespräch. Er hatte sie und die Rolle, die sie für das Haus Freisting spielen würde gepriesen, woraufhin sie ihn angefleht hatte: „Lass mich heimfahren, Opa.“

Alles, was er darauf erwidert hatte war: „Du bist jetzt daheim, Kind.“

Nansaidh würde sich ihrem Schicksal fügen müssen, also versuchte sie sich mit aller Macht, an die schöne Erinnerung des vergangenen Abends zu klammern, als Breandan den Pfirsich mit ihr geteilt hatte.

Als sie keine Tränen mehr übrig hatte, erhob sie sich vom Bett und ging hinüber zum Fenster und öffnete die Läden, um gierig die kühle klare Luft einzusaugen, die der erste schüchterne Frühlingstag brachte. Es roch hier ganz anders als Zuhause, neben dem eher unerfreulichen Geruch der Stadt, konnte sie den Duft der umliegenden Wiesen und Wälder wahrnehmen. Der Osten war eher trist und grau, die Landschaft bestand hauptsächlich aus Morast und Sumpfgebieten, sodass das berühmte Grün des Westens eines der wenigen Dinge gewesen war, auf das sie sich bei ihrem Umzug gefreut hatte. Sie lehnte sich ein wenig aus dem Fenster hinaus und konnte so über die Häuser der Stadt blicken, die zu Fuße der Burg lag. Alastríona war viel größer als ihre Heimatstadt Dálach, die vielen Dächer, die durch die Strahlen der Spätnachmittagssonne in den verschiedensten Rot- und Brauntönen leuchteten, waren eine beeindruckende Aussicht. Eine Weile ließ sie den Anblick auf sich wirken, begrub schließlich ihren Schmerz tief in sich hinein und sagte sich, dass sie fortan in der aufregendsten Stadt des Landes leben würde. Egal, was für Prüfungen man ihr noch auferlegen mochte, sie würde diese mit hocherhobenem Haupt meistern, wie es sich für eine junge, aufgeschlossene Frau von Welt gehörte.

Gerade als sie die Läden wieder geschlossen und etwas Stroh in die Rillen gestopft hatte, um für die Nacht gerüstet zu sein, klopfte es an der Tür.

„Herein!"

Zu Nansaidhs Überraschung, betrat Catrìona Catharnach, die Ehefrau von Breandans jüngerem Bruder, ihr Zimmer.

„Lady Freisting, ich hoffe ich störe Euch nicht mit meinem spontanen Besuch. Darf ich eintreten?"

„Gewiss", sagte Nansaidh verblüfft und betrachtete ehrfürchtig die hoch gewachsene, dünne Frau mit der strengen Frisur und dem ernsten Gesicht. Dann ging ihr auf, dass sich ein Mitglied der Königsfamilie in ihren Räumlichkeiten befand und sie überstürzte sich fast dabei, zu knicksen.

„Oh bitte, nein", beeilte sich Catrìona zu sagen. „Dies hier ist Euer Schlafzimmer und ich bin Euer Gast. Außerdem werdet Ihr schon sehr bald über mir stehen, als Gattin des Thronfolgers."

Nansaidh wusste nicht recht, was sie darauf erwidern sollte, das alles war noch so neu und überwältigend. „Was verschafft mir die Ehre Eures Besuchs, Mylady?“

Catrìona lächelte. „Nun, ich lebe jetzt seit zwei Jahren auf dieser Burg, aber ich kann mich noch an meinen ersten Tag hier erinnern, als wäre es gestern gewesen. Ich habe mich gefühlt wie ein Schwein, das zur Schlachtbank geführt wird.“

Nansaidh erschrak bei soviel Offenheit und überlegte sich, ob nun von ihr erwartet wurde, zu widersprechen und die Vorzüge der Burg zu huldigen.

Doch Catrìona kam ihr zu vor.„Keine Sorge, das bleibt alles unter uns und ich erwarte auch nicht, dass Ihr mir auf Anhieb derart vertraut, um mir zuzustimmen. Jedenfalls weiß ich, glaube ich, von allen Menschen hier am besten, wie Ihr Euch fühlt. Natürlich abgesehen davon, dass es für Euch sogar noch schwerer sein muss, fern Eurer Heimat.“

„Also stammt Ihr aus Alastríona?“

„Ja, ich bin die älteste Tochter des Stadtammanns. Ihr könnt Euch sicher ausmalen, wie erfreut er war, mich an das Königshaus verschenken zu können.“ Ein spöttisches Lächeln zeichnete sich auf Catrìonas Gesicht ab.

Das konnte sich Nansaidh allerdings gut vorstellen. „Dann habt Ihr Adair nicht aus Liebe geheiratet?“, fragte sie und war sofort entsetzt über ihre vorlaute Frage. Doch ihre zukünftige Schwägerin schien ihr diese nicht zu verübeln.

„Nein, ich kannte ihn kaum. Ein paar Mal war ich ihm begegnet, wo er stets höflich und zurückhaltend gewesen war. Aber wisst Ihr was?“ Catrìona spielte gedankenverloren mit dem Ehering an ihrem Finger und lächelte. „Ich glaube, ich habe ihn mit der Zeit tatsächlich lieb gewonnen. Zumindest eine Freundschaft hat sich zwischen uns entwickelt und das ist mehr, als ich am Anfang zu hoffen gewagt habe. Ich habe Glück, Mylady, und Ihr auch. Breandan und Adair haben einen aufgeweckten, fortschrittlichen Geist, eine umgängliche Persönlichkeit und ein gütiges Herz. Anders als...“ Sie verstummte plötzlich und schien einen kurzen Moment bestürzt, was sofort Nansaidhs Neugier weckte. Sie fing sich jedoch schnell und fuhr mit ruhiger Stimme fort: „Jedenfalls hätte es uns wesentlich schlechter treffen können. Und ganz ehrlich“, sie zwinkerte verschwörerisch, „dass die beiden solche Augenweiden sind, erleichtert es einem durchaus.“

Nansaidh lachte und genau wie am Abend zuvor, fühlte sie sich besser. Catrìona kam zu ihr hinüber und streckte ihr die Hand entgegen, worin sie etwas verborgen hatte.

„Was ist das?“

„Macadamianüsse.“

„Davon habe ich noch nie gehört.“

„Sie kommen von der Insel Kaldyrja und schmecken vorzüglich. Es hat seine Vorteile, zur Königsfamilie zu gehören, man kommt in den Genuss von solch exotischen Köstlichkeiten.“

„Das hat mir schon einmal jemand gesagt.“

„Ein weiser Mensch. Kostet mal, Ihr werdet es nicht bereuen.“

Nansaidh nahm eine der Hülsenfrüchte, steckte sie sich in den Mund und zerknackte sie mit ihren Zähnen. Tatsächlich war die Nuss äußerst wohlschmeckend, genau wie der gestrige Pfirsich.

„Ich danke Euch, Mylady, für dieses warme Willkommen.“

„Gerne geschehen. Möchtet Ihr mich zum Abendessen begleiten? Die Damen sitzen meistens an einem gesonderten Tisch, damit der König mit seinen Söhnen und Beratern ungestört über langweilige Dinge wie Grenzen und Pachten und Tribute sprechen kann.“

„Über was wird denn am Frauentisch gesprochen?“

„Nun über Kleider, das Wetter ... und über die neuesten Tratschgeschichten am Hofe natürlich.“

„Klingt verlockend. Gehen wir!“

Nansaidh hakte sich bei Catrìona unter und ging mit ihr Richtung Rittersaal.

Im Laufe des Abendessens verschlechterte sich Nansaidhs Laune erneut, denn Breandan, der zwei Tische weiter saß, würdigte sie abermals keines Blickes. Sie hatte sogar das Gefühl, er wich ihr mit Absicht aus. Und obwohl Catrìona alles tat, um sie in das Tischgespräch mit einzubinden und aufzuheitern, spürte Nansaidh mit jeder Minute die verstrich, die hilflose Verzweiflung zurückkehren.

Als das Mahl beinahe beendet war und die Stimmen der Männer lauter und ausgelassener wurden, geschah jedoch etwas, was Nansaidh vollkommen von ihrem Kummer ablenkte.

Eine Frau kam hineingestürmt, in einem Aufzug, wie Nansaidh ihn noch nie bei einer Adligen erlebt hatte (und sie musste adlig sein, denn sie steuerte auf den Damentisch zu): in Hosen(!) und Tunika, die Haare zu einem unordentlichen Zopf geflochten, das Gesicht verschwitzt, in der Hand einen prächtigen Bogen, ein Köcher mit Pfeilen locker über ihre Schulter gehangen.

Im Raum wurde es still, der König durchbohrte die Lady mit einem vernichtenden Blick, der Nansaidh das Blut in den Adern gefrieren ließ. Die Bogenschützin weigerte sich jedoch beharrlich, auch nur den kleinsten Blick zum Herrentisch zu werfen. Stattdessen knickste sie vor der Königin.

„Verzeiht, Königliche Hoheit. Ich habe auf den Ländereien die Zeit vergessen."

Die Lippen der Königin verzogen sich zu einem schmalen Strich.

„Lady Vending. Euch ist doch wohl klar, wie ganz und gar unmöglich Euer Auftreten ist. Was soll unser neuestes Familienmitglied", sie deutete in Nansaidhs Richtung „, von Euch denken?"

Lady Vending schaute offen in Nansaidhs Gesicht. „Na das, was alle hier bei Hofe denken. Dass ich eine verzogene, adlige Göre ohne Manieren bin. Und sie täte Recht daran."

Vereinzeltes Kichern war im Saal zu hören, doch Nansaidh erschloss sich nicht, was so komisch sein sollte.

„Setzt Euch", sagte die Königin barsch, „und nehmt nicht noch mehr von unserer kostbaren Zeit in Anspruch. Und Ihr, Lady Freisting", sie schob Nansaidh einen mit Essen voll beladenen Teller hinüber, „solltet endlich mehr essen. Schließlich sollt Ihr meinem Sohn Enkelkinder gebären, dafür kann Euch ein wenig mehr auf den Hüften wirklich nicht schaden."

Beschämt löffelte sich Nansaidh ein paar Brocken von dem Teller in den Mund.

Lady Vending legte geräuschvoll Bogen und Köcher auf den Boden und setzte sich ihr direkt gegenüber, was ein

Augenrollen der Königin auslöste, dann begann sie ihr Essen hinunterzuschlingen.

Die Gespräche im Saal wurden bald wieder aufgenommen und niemand schenkte Lady Vending weiterhin Beachtung, außer Nansaidh, die nicht anders konnte als diese Frau anzustarren, die ganz anders zu sein schien, als sie selbst. Dieser entging die ungewollte Aufmerksamkeit nicht. Sie grinste Nansaidh an, während sie an einer Entenkeule knabberte.

„Ich muss Euch vorkommen wie ein Mensch aus einer anderen Welt, so wie Ihr mich anstarrt, Mylady“, sagte sie leise.

„Ich bitte um Verzeihung.“

„Aber wofür? Neugier ist keine Schande.“

„Vielleicht, aber es schickt sich nicht, jemanden derart unverhohlen zu mustern.“

„Oh ja und Euch ist mit Sicherheit nicht entgangen, dass man grade bei mir erheblich darauf achten muss, was sich gehört und was nicht.“

Nansaidh konnte nicht anders, als diese ungewöhnliche Frau zu mögen. „Wer seid Ihr? Ihr seid mir gestern Abend nicht vorgestellt worden. Und ich bin mir recht sicher, dass ich mich an Euch erinnern würde.“

„Da bin ich mir ebenfalls sicher. Mein Name ist Meyla Vending, ich arbeite in der königlichen Bibliothek und bin eine Freundin der Familie. Nun, zumindest von Teilen davon. Ich war gestern ... sagen wir mal verhindert. Hattet Ihr eine angenehme erste Nacht auf Burg Uallach?“

Nansaidh zögerte. Wann immer ihre Gedanken um die vergangene Nacht kreisten, hatte sie ein seltsames Unwohlsein im Bauch, welches sie nicht genau einordnen konnte. Meyla runzelte die Stirn und bekam einen sonderbaren Ausdruck in die Augen, als wüsste sie genau, was Nansaidh fühlte. Sie legte ihre Keule auf den Teller ab, als wäre ihr plötzlich der Hunger vergangen, nahm eine Karaffe und beugte sich zu Nansaidh hinüber, um deren Becher zu füllen. „Trinkt, Mylady. Der Wein lässt Euch besser und angenehmer schlafen, glaubt mir.“

Es erschien Nansaidh seltsam, dass alle am Hofe sie auf irgendeine Art füttern wollten und ein beängstigender Gedanke nahm Gestalt an, entglitt ihr aber sofort wieder und ließ nichts als ein vages, ungutes Gefühl zurück.

So nahm sie schließlich den Becher und prostete Meyla zögernd zu, die die Geste erwiderte und sie dabei durchdringend ansah. Nansaidh hatte gerade ein paar Schlucke getrunken, als Breandan an den Tisch kam. Sie hätte vor Schreck fast den Becher fallen lassen.

„Meine werte Nansaidh, ich habe dich heute sträflich vernachlässigt. Ich hoffe, du hattest einen angenehmen Tag?"

Als Nansaidh Breandans Stimme hörte und sein Lächeln sah, konnte sie nicht anders als zu strahlen. „Danke der Nachfrage, mein Prinz. Natürlich habe ich Verständnis dafür, dass du wie gewohnt deinen Amtsgeschäften nachgehen musstet."

Ihr war, als hätte sie Meyla aufkeuchen gehört, jedoch konnte und wollte sie ihre Augen nicht von ihrem Verlobten abwenden, jetzt wo er sie endlich beachtete. Und wie er sie beachtete! Sein Blick war schon nahezu zwanghaft auf ihr Gesicht gerichtet, als wolle er um keinen Preis jemand anderen anschauen.

„Du bist zu gütig. Ich verspreche dir, ab morgen hast du meine ungeteilte Aufmerksamkeit."

Er verneigte sich vor ihr, ging dann hinüber zu seiner Mutter, hauchte ihr einen Kuss an die Schläfe und nickte anschließend knapp in die Runde, ohne irgendjemanden spezielles anzusehen.

„Die Damen, ich wünsche Ihnen allen eine traute Nachtruhe!"

Nachdem er verschwunden war, erhoben sich auch die meisten anderen, Prinz Adair kam hinüber und hielt Catrìona seinen Arm hin.

„Meine Liebe, wollen wir noch einen kleinen Verdauungsspaziergang über den Hof machen?"

Catrìona erhob sich und lächelte Nansaidh noch einmal aufmunternd zu. „Sehr gerne, mein Herz." Trotz des förmlichen Umgangstons wirkten die beiden sehr vertraut miteinander, was Nansaidh ermutigte.

„Nun, ich sollte wohl auch gehen", sagte Meyla und griff nach Köcher und Bogen. „Ich rate Euch dasselbe zu tun, Mylady, wenn Ihr nicht am Ende alleine mit dem Königspaar hier sitzen möchtet."

„Oh, das möchte ich gewiss nicht."

Nansaidh verließ ebenfalls die Tafel und begleitete Meyla nach draußen auf den Gang. „Darf ich Euch mal in der Bibliothek besuchen kommen?"

„Sicher. Ihr seid die zukünftige Königin, Ihr dürft machen, was immer Euch beliebt."

„Richtig, das vergesse ich die meiste Zeit. Der Gedanke ist noch fremd."

„Das wird sich geben, Mylady, Ihr werdet sehen."

„Wenn ich Euch beim Bogenschießen besuchen möchte, dann dürfte ich das demnach auch, oder?"

„Ja."

„Und wenn ich Euch bitten würde, es mir beizubringen?"

„Dann müsste ich Euch sagen, dass ich eine schlechte und vor allem sehr ungeduldige Lehrerin bin. Aber es gibt tolle Bogenschützen hier am Hofe, die Euch sicher mit Freuden unterrichten werden."

„Glaubt Ihr, der Prinz wird mir das erlauben?"

„Wieso sollte er nicht? Abgesehen davon, Ihr braucht dafür doch keine Erlaubnis?!"

„Bei uns daheim dürfen Frauen den Umgang mit Waffen nur erlernen, wenn ihr Gemahl es ausdrücklich gestattet."

„Hier geht es nicht so streng zu. Aber selbst wenn: Breandan würde allem zustimmen, was Euch glücklich macht, denn dann ist er ebenso glücklich. Ich muss hier abbiegen. Gute Nacht, Lady Freisting und wunderbare Träume."

„Gute Nacht, Lady Vending."

Nansaidh blickte Meyla nach und fragte sich, woher diese wissen wollte, was Breandan glücklich machte und warum sie den Prinzen beim Vornamen nannte.

Nachdem sie einmal in ihrem Zimmer angekommen und sich mit Fionas Hilfe entkleidet und gekämmt hatte, wurde Nansaidh von einer fast schon unnatürlichen Müdigkeit überrollt. Sie löschte die Talgkerzen, lauschte dem gemütlichen Knistern des Kaminfeuers und war bald eingeschlafen.

Um Mitternacht schreckte sie aus dem Schlaf hoch, aufgeweckt von einem klagenden, verzweifelten Schrei, der über ihren Flur hallte und nichts Menschliches an sich hatte.

Nansaidh spürte, wie sich die feinen Härchen an ihrem Unterarm aufrichteten, sie war schweißgebadet und ihr Nachtkleid klebte unangenehm an ihrem Körper. Der Schrei ebbte ab.

Vielleicht eine verirrte Katze, versuchte sie sich zu beruhigen. In ihrem Zimmer war es pechschwarz, das Feuer war komplett abgebrannt. Sie lauschte nach draußen; sicher, dass der Flur schon bald vom Lärm der Palastwache heimgesucht würde, die nach dem Urheber für die nächtliche Ruhestörung suchte. Aber vor ihrer Tür blieb es still. Nansaidh zwang sich, ruhig und gleichmäßig zu atmen, damit ihr Herzschlag sich beruhigen konnte. In ihrem Kopf fühlte sie sich seltsam benommen, als hätte sich Nebel in ihrem Geist ausgebreitet.

Der Schrei ertönte erneut, diesmal weiter weg. Zum zweiten Mal wartete sie vergeblich darauf, dass sich die Burg mit Leben füllte, stattdessen konnte sie in der Ferne ein herannahendes Gewitter hören.

Wie kann das ein? Catrìona und Adair schlafen am Ende des Korridors, sie müssen selbstverständlich etwas hören? Und die Wache, was ist mit der Wache, die des Nachts durch Uallach patrouilliert?

Als ihr klar wurde, dass sie vermutlich kein Auge mehr zu tun würde, wenn sie nicht wüsste, was dort draußen vor sich ging, nahm Nansaidh all ihren Mut zusammen, warf die Schaffelle von sich und tastete nach ihrem Morgenrock.
Auf Zehenspitzen schlich sie zur Tür, legte ihr Ohr gegen das raue Holz und horchte. Nichts außer dem leisen Heulen des Windes, der durch die oberen Stockwerke der Burg peste, als ein düsterer Vorbote des nahenden Unwetters.

Nansaidh holte tief Luft, öffnete vorsichtig die Tür und tapste nach draußen auf den Korridor, der von den vielen Pechfackeln in ein schummriges Licht getaucht wurde. Nicht die geringste Spur eines Lebewesens war hier zu entdecken, weder von Mensch, noch von Tier. Ihr Blick fiel auf ein Ölgemälde direkt gegenüber ihres Zimmers, das den König und die Königin porträtierte. Der König grinste überheblich, die Königin schaute ernst und nachdenklich drein. Während sie das Bild eindringlich studierte, donnerte es kräftig; eine Windbö fegte den Gang entlang, löschte die Pechfackeln und riss Nansaidh fast von den Füßen. Der Korridor war nun so schwarz, dass sie die Hand nicht mehr vor Augen sehen konnte, doch viel schlimmer als das: sie spürte, dass sie nicht mehr alleine war.

„WER IST DA?“, rief sie tapfer und bemühte sich, das Zittern ihrer Stimme unter Kontrolle zu halten. Eine Spannung war in der Luft, als würde die Burg zusammen mit Nansaidh den Atem anhalten.

Dann erhellte ein Blitz für nur wenige Sekunden den Gang und Nansaidh sah an seinem Ende eine massige Gestalt in einer Rüstung stehen. Der krachende Donner übertönte den schrecklichen Schrei, der abermals durch die Burg schallte und erst als sich eine Tür öffnete und Catrìona und Adair in Morgenröcken und mit Talgkerzen in der Hand auf den Flur traten, wurde Nansaidh klar, dass diesmal sie es gewesen war, die geschrien hatte. Sie kauerte sich verängstigt auf dem Boden zusammen, ihre Glieder zitterten unkontrolliert und sie konnte die Laute, die aus ihrem Mund kamen, nicht zurückhalten. Catrìona beugte sich mit bleichem Gesicht und schreckgeweiteten Augen zu ihr hinunter und streichelte sie vorsichtig an ihrer bebenden Schulter.

„Mylady, ist ja gut, ist ja gut. Was ist passiert? Habt Ihr geträumt?

„Nein, kein Traum“, schluchzte Nansaidh, „Da war ein Mann in Rüstung, der mich erschreckt hat! Direkt neben Eurem Zimmer!“

Nun kam auch endlich die Palastwache, von denen ein paar die Pechfackeln wieder anzündeten, während der Rest von Adair auf die Jagd nach dem geheimnisvollen Mann geschickt wurde.

„Keine Sorge, wir finden ihn und dann muss er sich dafür verantworten, dass er Euch erschreckt hat“, sagte Adair freundlich. „War er in Euren Gemächern?“

„Nein“, antwortete Nansaidh und wischte sich die Augen. „Ich bin hinausgegangen um zu schauen, woher die Schreie kamen und dann kam ein Windstoß und hat die Fackeln gelöscht...“

„Schreie?“, unterbrach Catrìona sie. „Welche Schreie?“

Nansaidh stutzte. Das konnte alles nicht wahr sein! Vielleicht lag sie in Wahrheit noch in ihrem Bett und träumte...

„Ihr müsst es doch genauso gehört haben! Irgendjemand oder irgendetwas hat geschrien! Es war über das ganze Stockwerk zu hören!“

Catrìona und Adair warfen sich einen alarmierten Blick zu.

„Es hat niemand geschrien außer Euch, Mylady“, sagte Adair langsam.

„Ich weiß, was ich gehört habe“, erwiderte Nansaidh trotzig und erhob sich schwerfällig.

In diesem Moment kam Breandan angelaufen, ebenfalls in seinem Morgenrock. Wäre die Sachlage nicht dermaßen verstörend gewesen, hätte Nansaidh darüber gelacht, dass sie es bereits in der zweiten Nacht auf der Burg geschafft hatte, die halbe Königsfamilie in Schlafkleidung zu Gesicht zu bekommen.

„Bei den Göttern, Nansaidh! Geht es dir gut?“ Besorgt nahm Breandan ihre Hand, eine Geste, die sie rührte und tröstete. „Meine Güte“, sagte der Prinz erschrocken und legte ihr vorsichtig die Hand auf die Stirn. „Du glühst ja! Du wirst doch nicht krank werden?!“

„Nein, es geht mir gut, wirklich“. Nansaidh rang sich ein schwaches Lächeln ab, dann fiel ihr Blick abermals auf das Ölgemälde, und ihr Herz setzte ein paar Schläge aus.
Sie wandte sich von Breandan ab, trat einen Schritt auf das Bild zu und blickte in die kalten Augen des Königs. Nur des Königs. Von der Königin fehlte jede Spur, es war, als wäre sie niemals Teil des Portraits gewesen.

„Wo ist die Königin?“, presste Nansaidh mühsam hervor und ihr war klar, dass niemandem auf diesem Flur der irrsinnige Tonfall ihrer Stimme entging.

„Mylady?“, fragte Breandan beklommen.

„Vor wenigen Minuten noch, war auf diesem Bild das Königspaar zu sehen. BEIDE. WO IST DIE KÖNIGIN?“

Breandan und Adair schwiegen, ihre Mienen waren verwirrt und bestürzt.

Catrìonas Antwort war nicht viel mehr als ein Flüstern: „Seit Jahren schon hängt der König alleine an diesem Platz, Mylady. Ich glaube, es gibt in der ganzen Burg kein Portrait von König und Königin gemeinsam.“

Nansaidh hörte das leise Knistern eines Feuers, was aus ihrem Zimmer kommen musste. Dabei war der Kamin eben vollkommen ausgelöscht gewesen!

Verliere ich also den Verstand, dachte sie, bevor sie abermals anfing zu zittern. *Oder wollen diese Menschen, dass ich genau das glaube?*

Ehe sie diesen Gedanken und seine Bedeutung länger verfolgen konnte, brach sie zusammen. Breandan fing sie auf, hob sie in seine Arme als wäre sie leicht wie ein Kind und schrie panisch: „Schnell, den Hof-Medicus! Sie braucht Hilfe, schnell!“

Das war das letzte, was Nansaidh klar und deutlich vernehmen konnte, bevor sie das Bewusstsein verlor.

7

Die Legende der Blauen Blume

Sechs Tage später

Burg Uallach

Lady Nansaidh war schwer krank. Seit Tagen gab es kein anderes Thema mehr, über das die Bewohner der Burg, egal ob Adel oder Dienerschaft, miteinander sprachen.
Am Morgen nach Nansaidhs nächtlichem Zusammenbruch verbreitete sich die Nachricht wie ein Lauffeuer, nicht bloß auf Uallach, sondern in ganz Alastríona. Die hohen Herrschaften der Stadt tuschelten hinter vorgehaltener Hand, die Verlobte des Prinzen wäre nicht ganz richtig im Kopf und hätte im Fieberwahn fantasiert. Das Gesinde dagegen war unruhig, denn die Gerüchteküche brodelte und längst munkelte man, der jungen Lady wären in jener Nacht unfassbare Dinge angetan worden.
Durch die ansässige Universität lebten in Alastríona die besten Heiler des ganzen Landes und folglich gaben sich in den nächsten Tagen dutzende Medici die Klinke in die Hand, um herauszubekommen, was der zukünftigen Prinzessin fehlte. Einer nach dem anderen scheiterte und musste den Hof ratlos und bedauernd wieder verlassen. Allmählich, als der Stadt die Medici ausgingen und der Zustand der Lady Freisting immer ernster wurde, kippte die Stimmung auf der Burg. Die anfängliche Erregung darüber, dass etwas derart Ungewöhnliches passiert war, wich einer bedrückten Hilflosigkeit, die jeden Bewohner der Burg mit Traurigkeit gefangen nahm.

Meyla verschanzte sich in jenen Tagen von morgens bis abends in der Bibliothek, obwohl es ab dem dritten Tag keine wirkliche Arbeit mehr für sie gab, weil niemand sie dort aufsuchte. Der Hof-Medicus hatte sich sämtliche medizinischen Bücher ausgeliehen, die Meyla für ihn finden konnte, doch auch darin hatte es keine Antworten gegeben.

Breandan hatte sich schließlich an eine letzte verzweifelte Hoffnung geklammert und für den heutigen Tag den bekanntesten Alchemisten der Stadt auf die Burg beordert. Für Meyla war dies ein Zeichen dafür, dass er inzwischen beileibe eine große Zuneigung für Nansaidh empfinden musste, denn normalerweise lehnte er alles ab, was nur entfernt mit Magie in Berührung kam. Sie selbst hielt es für einen lohnenden Versuch, denn wenn die Heiler nicht finden konnten, was die Krankheit verursachte, musste es vielleicht einen Auslöser geben, der nicht natürlich war. Wenn irgendjemand eine Sache im Körper eines Menschen finden konnte, die dort nicht hingehörte, dann ein Alchemist, da war sich Meyla ganz sicher.
Daher gestattete sie sich ein wenig Zuversicht, als sie zum wiederholten Male durch die Gänge der Bibliothek strich und immer wieder dieselben Buchrücken abstaubte. Ihre Gedanken kreisten unablässig um das, was wohl grade in Lady Nansaidhs Schlafzimmer geschah, ihr Kopf wollte einfach nicht frei werden.

Um sich abzulenken, ging sie zu dem Regal mit den Kinderbüchern und griff nach dem Buch, aus dem ihr ihre Mutter früher oft vorgelesen hatte:

Die Legenden Lýsistratas

Die Erschaffung der Welt, der Tanz der Weißen Frau und andere Sagen

Meyla strich über den Einband, ging dann hinüber in ihre Lieblingsnische und öffnete behutsam den dicken Wälzer, da sie Angst hatte, dass ihr die Seiten des in die Jahre gekommenen Buches sonst entgegen fallen könnten.

Das erste Kapitel erzählte von der Schöpfung Lýsistratas durch die vier Götter Tuatha, Eari, Deasla und Iaro, die jeder ein Viertel des Landes nach ihren Vorstellungen kreierten. Meyla liebte diese Geschichte, nicht unbedingt weil sie daran glaubte (das tat sie nämlich im Gegensatz zu den meisten anderen Menschen nicht), sondern weil sie die starke Tuatha, die Mutter des Nordens, so sehr bewunderte. Tuatha war eine Kriegerin gewesen, mutig und unbezwingbar und selbst als sie sich leidenschaftlich in Iaro, den Vater des Westens verliebte, blieb sie sich und ihren Grundsätzen treu. Aber wie in den meisten Geschichten dieser Art, nahm es mit den einst eng befreundeten Göttern kein gutes Ende: sie begannen sich zu misstrauen, den anderen jeden Baum, den sie vielleicht mehr besaßen zu neiden und schließlich die Welt mit Krieg zu überziehen.

Als Meyla den Schöpfungsmythos zu Ende gelesen hatte, fragte sie sich, ob die Menschheit jemals aus ihren Fehlern lernen würde, denn falls es einen wahren Kern in dieser Geschichte gab, hatte sich in den Jahrtausenden, die ins Land gezogen waren, nichts wirklich geändert.

Gerade als sie sich dem nächsten Kapitel widmen wollte, erschien ein Kammerjunker in der Bibliothek.

„Lady Vending, Ihr möget sofort in die Gemächer des Kronprinzen kommen."

Meyla erschrak. „Wieso? Geht es um Lady Freisting? Hat sich ihr Zustand etwa verschlechtert?"

„Ich weiß es nicht, Mylady. Man sagte mir lediglich, dass ich Euch holen und Ihr Euch unverzüglich auf den Weg machen sollt."

Mit einem unguten Gefühl klappte Meyla das Buch zusammen und ließ es liegen, wo es war. Sie würde es später zurück an Ort und Stelle bringen können. Beklommen folgte sie dem Kammerjunker durch die für diese Tageszeit ungewöhnlich stillen Korridore der Burg und versuchte sich gedanklich auf das vorzubereiten, was sie nun erwartete. Seit Nansaidh krank war, hatte sie nicht mehr mit Breandan gesprochen, welcher Tag und Nacht am Bett seiner Verlobten gewacht hatte. Sie beide waren im Streit auseinander gegangen, nach Balfours Anhörung hatte er sie wütend aus dem Zimmer geworfen, verärgert über ihre Dreistigkeit, Balfour auf Kosten der Krone in der Stadt einzuquartieren.

Als sie vor Breandans Tür stand und der Kammerdiener sie verließ, brachte sie kaum den Mut auf, anzuklopfen.

Sie hörte ein leises „Herein", betrat das Zimmer und erblickte den Prinzen, der mit dem Rücken zu ihr gewandt aus dem Fenster schaute.

„Welch wunderbarer Tag", sagte Breandan gedämpft. „Die Stadt ist nie schöner als in den ersten Frühlingsstunden. Eigentlich sollte ich nun meiner Braut den Liebreiz des Westens zeigen, mit ihr auf dem Markt einkaufen, den Geschichtenerzählern in den Schankstuben lauschen und sie mit ihrem zukünftigen Volk bekannt machen. Stattdessen sitze ich an ihrem Krankenbett, halte Stunde um Stunde ihre verschwitzte Hand und horche bang nach ihren rasselnden Atemzügen, ständig in Angst, dass es ihr letzter gewesen sein könnte."

Meylas Herz wurde schwer. Wenn Breandan so redete, hatte selbst der Besuch des Alchemisten keine Hoffnung gebracht.

„Mein Prinz … Lady Nansaidh … wie geht es ihr?"

„Sie stirbt", antwortete Breandan knapp und anschließend schwiegen sie beide eine Weile, um das Gesagte zu verdauen.

„Der Alchemist", setzte Meyla zögernd an, „konnte er nicht herausbekommen, was der Lady fehlt?"

Breandan wandte sich vom Fenster ab und warf Meyla einen merkwürdigen Blick zu, der ihr nicht gefiel.

„Doch, konnte er."

„Das ist doch eine gute Nachricht! Wenn man die Ursache für die Krankheit kennt, muss es wahrlich irgendwie möglich sein, ein Heilmittel zu beschaffen? Ihr seid die Königsfamilie. Ihr habt die Mittel und die Beziehungen."

„Es gibt tatsächlich eine Möglichkeit, allerdings ist diese so verschwindend gering, dass ich mir nicht allzu viel davon verspreche."

„Jetzt hör endlich auf in Rätseln zu sprechen und sag mir konkret, was der Alchemist gesagt hat."

„Setz dich, Meyla." Breandan deutete auf einen Stuhl und nahm selbst auf seinem Bett Platz. „Der Alchemist hat einige Tests mit sonderbaren Tinkturen durchgeführt, die das bestätigt haben, was ich und andere, die in den letzten Tagen mit Nansaidh zu tun hatten, bereits befürchtet haben."

„Und das wäre?"

Breandans Augen wurden schmal und kühl. „Nansaidh wurde vergiftet."

„WAS!? Bei allen Göttern!"

„Jemand muss ihr was ins Essen oder Trinken getan haben. Es ist kein gewöhnliches Gift. Sagt dir der Name des spitzbuckligen Grauschleierlings etwas?"

Meyla konnte nicht glauben, was sie da hörte. „Ja. Das ist ein äußerst seltener, sehr gefährlicher Pilz, der ausschließlich im Elfting wächst. Auf dem Schwarzmarkt ist er ein Vermögen wert, schwarze Magier benutzen ihn für ihre Zaubertränke.“

„Du kennst dich ja gut aus. Warum überrascht mich das nicht?“

„Wie du weißt, habe ich sowohl eine Zeit lang im Elfting gelebt, als auch des Öfteren auf dem Schwarzmarkt gehandelt. Da ist es unmöglich, diesen Pilz nicht zu kennen. Damit ist Nansaidh vergiftet worden?“

„Nicht nur. Es muss eine Substanz gewesen sein, in der unter anderem Spuren des Grauschleierlings enthalten waren. Die anderen Zutaten konnte selbst der Alchemist durch den Aderlass nicht genau bestimmen.“

„Das Gift ist in ihrem Blut?“

„Ja.“

„Da sie schon fast eine Woche krank ist, kann sie es also nicht einfach ausscheiden.“

„Nein.“

„Und Aderlass und Blutreinigung helfen nicht?“

„Es verlangsamt seine Wirkung, aber es hat sich in ihrem Körper festgesetzt. Was auch immer man ihr gab, war eine unnatürliche Zusammensetzung mit magischen Elementen. Es gibt keine natürliche Möglichkeit, sie zu heilen.“

Meyla fragte sich, wer derart boshaft und niederträchtig war, einer jungen Frau so etwas anzutun.„Hast du eine Vermutung, wer es getan hat?“

„Verschiedene.“

„Weiß ihre Familie Bescheid?“

„Wir haben unmittelbar nachdem es den Befund gab Brieftauben nach Dálach geschickt.“

Breandan schlug verzweifelt seine Hände vor sein Gesicht. Meyla wäre gerne aufgestanden und hätte ihn in den Arm genommen, jedoch wäre das in dieser Lage wohl mehr als unpassend gewesen.

„Ich hätte sie beschützen müssen“, flüsterte er, „es war meine Pflicht, als ihr Verlobter auf sie aufzupassen. Sie sieht so klein und zart aus, wie sie da in ihrem Bett liegt ... wie konnte ich sie bloß aus den Augen lassen, weit weg von ihrem Zuhause, umgeben von Fremden.“

„Es ist nicht deine Schuld, Breandan! Du konntest schließlich nicht ahnen, dass derartiges passiert. Wie auch?

Wie kann man voraussehen, dass jemand bereits kurz nach ihrer Ankunft etwas so Böses tut...“

Breandan nahm die Hände von seinem Gesicht und Meyla sah, dass er weinte. Erst da wurde ihr richtig bewusst, wie tief seine Zuneigung zu dem Mädchen aus dem Osten längst war.

„Weißt du, was das Schlimmste ist, Meyla? Ihre Angst zu sehen. Sie wimmert immer fort von einem Geist in einer Rüstung, der ihr nachts erschienen wäre und von einem Gemälde, was sich verändert hat. Das Gift scheint Angstzustände auszulösen.“

Meyla bekam eine Gänsehaut. „Und du bist ganz sicher“, fragte sie vorsichtig, „dass daran das Gift Schuld ist?“

Breandan runzelte die Stirn. „Worauf willst du hinaus?“

„Nun ... es gibt Geschichten. Über diese Burg, über deine Familie. Geschichten, die sich die Diener erzählen, Geschichten, über die man in den Schankhäusern munkelt. Nansaidh ist nicht die erste, der hier ein Geist begegnet ist.“

Er lachte abfällig. „Ach komm schon! Das ist doch nur dummes Geschwätz. Oder ist dir in all den Jahren hier etwa schon mal ein Gespenst erschienen?“

„Das nicht. Aber, ja, es passieren Dinge, die nicht erklärbar sind. Das weißt du genauso gut wie ich.“

„Richtig, zum Beispiel, dass meine Verlobte vergiftet worden ist. Das ist leider bewiesen.“

„Vielleicht verstärkt das Gift ihre Ängste, aber man sollte dennoch nicht ausschließen, dass sie tatsächlich Seltsames gesehen hat.“

„Dafür, dass du grade erst erfahren hast, was Nansaidh fehlt, hast du bereits ziemlich viele Erklärungen zur Hand.“

„Was willst du damit sagen?“

„Ach nichts.“

„Breandan!?“

Sie sah ihm direkt in die Augen, als ihr die furchtbare Wahrheit dämmerte. „Du denkst, ich hätte es getan. Du denkst, ich hätte sie vergiftet.“

„Ich weiß es nicht, Meyla“, sagte Breandan müde, „aber ich kann es zumindest nicht ausschließen.“

Meyla hatte schon einiges in ihrem Leben durchgemacht, aber sie spürte, dass Breandans Vorwurf ein Verrat war, von dem sie sich niemals ganz erholen würde.

„Wie kannst du nur!“, flüsterte sie mit bebender Stimme. „Wie kannst du mir etwas dermaßen Niederträchtiges zutrauen? Fünf Jahre habe ich unter deinem Dach gelebt und das Bett mit dir geteilt. Ich dachte, du kennst mich so gut wie niemand sonst auf dieser Welt. Ich habe viele Fehler, Breandan Catharnach, aber Grausamkeit gehört nicht dazu und ich dachte, du wüsstest das.“

„Versteh mich doch, du hattest die Gelegenheit! Ich weiß, dass du dich immer noch gerne auf dem Schwarzmark herumtreibst und du kennst wahrscheinlich den Nutzen und die Wirkung aller Pilze, die es im Elfting gibt.“

„Und das macht mich gleich zu einer Mörderin?!“

„ICH HABE GESEHEN, WIE DU NANSAIDH ETWAS IN IHREN KELCH GESCHÜTTET HAST!“, schrie Breandan wütend auf.

„DAS WAR WEIN, VERDAMMT NOCHMAL! Gewöhnlicher Wein, den alle Anwesenden bei Tisch getrunken haben. Dutzende Menschen hatten in den zwei Tagen die Gelegenheit, Nansaidh was in ihr Essen zu tun und du verurteilst mich, weil ich ihr einmal Wein eingeschenkt habe?!“

„Du hast Recht, ich kenne dich, Meyla. Ich kenne deinen Jähzorn und deine Launen. Du hast einen Bauern in den Kerker gebracht, weil er dir an einem schlechten Tag in die Quere kam.“

„Das ist etwas Anderes! Ich habe mich dafür entschuldigt! Das kann man jawohl nicht damit vergleichen, dass ich eine unschuldige Frau vergifte ... das hat schließlich nichts mit unkontrollierten Gefühlen, sondern mit Berechnung zu tun. Außerdem, was hätte ich bitte für einen Grund?“

Breandan schüttelte schweigend den Kopf und sah sie herausfordernd an.

„Oh *bitte*!“, Meyla lachte verächtlich auf. „Deinetwegen?! Du erinnerst dich sicher noch an den Tag, als Nansaidh hier eintraf, oder? Du hast gesagt, du würdest mich ihr vorziehen. Rückblickend erscheint es mir ziemlich dumm, aber ich habe dich ernst genommen. Ich hätte deine Prinzessin werden können, wenn wir deinem Vater verraten hätten, wer ich wirklich bin. Aber ich wollte das nicht, ich wollte *dich* nicht, nicht auf diese Art. Kannst du diesen Gedanken nicht ertragen und beschuldigst mich deshalb?“ Beide hüllten sich einen Moment in Schweigen, Meyla betrachtete verbittert Breandans Bett.

Vor einer Woche, habe ich genau dort mit diesem Mann geschlafen und nun ist er ein Fremder. Wie konnte das geschehen?

„Was ist mit dem Heilmittel?“, fragte sie schließlich, als das Schweigen unerträglich unbehaglich wurde.

„Was?“

„Du hast gesagt, es gäbe vielleicht ein Heilmittel, selbst wenn die Erfolgsaussichten gering sind.“

Breandan schien mit sich zu ringen, Meyla hätte am liebsten irgendwas nach ihm geworfen.

„Willst du es mir nicht sagen, weil du Angst hast, ich würde das verhindern? Um meinen schlauen, hinterhältigen Plan, deine Braut zu ermorden, in die Tat umzusetzen?“

Breandan seufzte. „Der Alchemist hat gesagt, es gäbe allein eine Sache, die gegen ein so starkes schwarzmagisches Gift ankommen könnte.“

„Die da wäre?“

„Kennst du die Legende der Blauen Blume?“

„Das Hausmärchen? Selbstverständlich.“

„Der Alchemist glaubt, dass es nicht bloß ein Märchen ist, sondern dass es die Blaue Blume, die jede Krankheit heilen kann, tatsächlich gibt.“

„Ich bitte dich!“

„Ich sagte ja, es gibt nicht viel Hoffnung.“

„Es muss doch einen anderen Weg geben, als nach einer Sache zu suchen, von der man nicht mal weiß, ob sie existiert.“

„Es gibt keinen. Und vielleicht ... gibt es sie ja wirklich. Viele Legenden und Sagen beruhen auf wahren Begebenheiten. Warum nicht auch diese?“

„Glaubst du nicht, die Menschen hätten jeden Winkel des Landes nach dieser Blume umgekrempelt, falls es nahezu die geringste Möglichkeit gäbe, dass sie existiert? Man kann *alles* mit dieser Blume heilen, sogar den Tod überlisten. Eine solche Pflanze wäre geradezu unbezahlbar. Wenn es sie irgendwo gibt, wüssten wir davon!“

„Der Alchemist meinte, sie könne nicht jede Krankheit heilen, nur magisch herbeigeführte. Und grade weil sie über alle Maße wertvoll ist, ist ihre tatsächliche Existenz geheim gehalten und der Ort, an dem sie blüht, gut bewacht worden."

„Aha. Und wo willst du nach diesem Ort suchen? Lýsistrata ist groß und gefährlich in diesen Zeiten. Von dem Schatten, der sich aus dem Schwarzen Wald über das Land ausbreitet, muss ich dir wohl nichts erzählen. Von den jungen Frauen, die seit Jahren spurlos verschwinden; den Landschaften, die sich urplötzlich verändern."

„Laut Legende wird die Blume von den Weißen Priesterinnen bewacht, der Alchemist teilt diese Ansicht. Er ist sich ziemlich sicher, dass die Oberin des Ordens die Blume in ihrem Besitz hat."

Die Weißen Priesterinnen waren ein Geheimbund, der sich in den verschiedensten Wäldern des Landes ausgebreitet und der hellen Magie verschrieben hatte. Wenn es die Blaue Blume tatsächlich gab, dann mit Sicherheit in der Obhut dieses Ordens.

„Man sagt", dachte sie laut, „ dass die Oberin abwechselnd in Halastjarna oder im Yldís-Wald lebt. Halastjarna ist verhältnismäßig einfach zu erreichen, der Yldís jedoch liegt im Norden an der Küste des großen Meeres. Man müsste einmal quer durch Lýsistrata reisen, um dorthin zu gelangen. Es wird Wochen dauern, bis die Blume hier ist, wenn es sie überhaupt gibt und die Weißen Priesterinnen sie hinausgeben. "

„Wenn nicht sogar Monate, denn die Reise müsste selbstverständlich im Verborgenen stattfinden, um niemanden auf die Spur der Blume zu lenken."

„Hat Nansaidh noch so viel Zeit?"

Breandan schluckte schwer, erhob sich, ging abermals zum Fenster und schaute hinaus. „Ich weiß es nicht. Wir müssen es versuchen. Der Alchemist wird das Gift aufhalten, so gut es eben geht." Er drehte sich wieder zu ihr um. „Alles weitere liegt leider in den Händen der Götter. Ich habe jedenfalls mein Möglichstes getan und sofort einen Trupp zusammengestellt, der bereits morgen in den Norden aufbricht."

„Wen denn?"

Er zögerte und Meyla hatte eine böse Vorahnung.

„Balfour Dunham."

Ungehalten sprang Meyla auf, ging zu Breandan hinüber und rüttelte ihn an den Schultern.

„Das kannst du doch nicht machen! Er ist ein Bauer ohne jegliche Kampferfahrung, eine solche Reise wäre sein Tod!“

„Er geht zweifellos nicht alleine - Aidan wird die Suche leiten.“

Angewidert schüttelte Meyla den Kopf. „Du schickst einen Bauer und deinen besten Freund in den Tod! Ich erkenne dich wirklich nicht wieder.“ Immerhin war Aidan, der seit Kindertagen mit Breandan befreundet war, ein Soldat der Königsgarde und einer der fähigsten Ritter, die Meyla kannte. Doch sie konnte nicht verstehen, wie Breandan einen Freund auf eine derart wahnsinnige Queste schicken konnte.

„Meinst du, mir ist das leicht gefallen?“, fragte der Prinz traurig. „Meinst du, ich hätte nicht am liebsten einfach meine Armee in den Norden geschickt? Aber ich bezweifle, dass die Suche so lange verborgen bleiben würde. Und auch, dass die Weißen Priesterinnen uns auf diese Art entgegen kommen werden. Ich habe diese beiden für die Reise ausgewählt, weil sie mir den höchsten Ansporn zu haben scheinen, dass die Suche erfolgreich ist.“

„Wieso?“

„Weil ich Balfour geschworen habe, dass er, wenn er mir die Blaue Blume bringt, zum Ritter geschlagen wird. Und weil Aidan mich liebt.“

Er ging vom Fenster weg, sodass Meyla einen Blick hinauswerfen konnte. Man hatte von hier eine gute Aussicht auf den Leith, der sich durch Alastríona schlängelte. Meyla erinnerte sich an den Tag, an dem sie Breandan gerettet hatte, als wäre es gestern gewesen. Er hatte ihr Leben verändert, ihr ein Zuhause geschenkt, wo sie zur Ruhe kommen konnte. Doch diese Zeit war nun vorbei, die Kluft, die sich heute durch Breandans Anschuldigungen zwischen ihnen aufgetan hatte, unüberwindbar. Sie fasste einen Entschluss. „Ich werde mitgehen.“

„WAS?! Nein, niemals.“

Sie drehte sich um, sah sein erschrockenes Gesicht und wusste, dass genau dies ihr Weg war. „Ich kann nützlich sein. In der Wildnis Lýsistratas kenne ich mich aus, besonders im Elfting, den sie vielleicht passieren müssen. Ich bin eine gute Bogenschützin, ich kann helfen!“

„Auf keinen Fall, das erlaube ich nicht.“

„Ich bitte aber nicht um Erlaubnis. All die Jahre war ich dein Gast, nicht deine Gefangene. Du kannst mich nicht daran hindern, außer du legst mich in Ketten.“

„Warum, Meyla?“

„Weil ich dir beweisen werde, dass ich Nansaidh nicht vergiftet habe. Ich werde diese verdammte Blume finden und ihr in den Mund stopfen. Und wenn es das Letzte ist, was ich tue.“

Er lächelte schwach. „Sie treffen sich morgen kurz vor Sonnenaufgang am großen Tor. Aidan hat das Kommando, nicht du. Bitte vergiss das nicht.“ Vorsichtig machte er einen Schritt auf sie zu und umarmte sie zaghaft, was sie nicht erwiderte. „Wenn du zurückkehrst, wirst du eine Heldin sein. Es werden Lieder auf dich gesungen werden.“

„Falls ich wiederkomme.“

„Du kommst zurück.“

„Das kannst du nicht wissen.“

„Oh Meyla, du hast stets das bekommen, was du wolltest.“

Das stimmt ganz und gar nicht, dachte sie, *und ich nahm an, du wüsstest das. Aber anscheinend kennen wir uns doch nicht so gut, wie ich geglaubt habe.*

„Lebewohl, Breandan.“

Sie rannte in ihre Kammer als wäre jemand hinter ihr her. Dort angekommen, kramte sie nach ihrer alten, inzwischen recht mitgenommenen großen Tasche aus Kuhleder. Diese hatte sie bei ihrer Flucht aus der Heimat getragen, es war tröstlich zu wissen, dass sie sie auch dieses Mal begleiten würde.

Viel Gepäck brauchte sie nicht und persönliche Habseligkeiten hatte sie ohnehin kaum, denn sie konnte wohl schlecht den Inhalt ihres Bücherschranks mit auf die Reise nehmen. Ein paar Hosen und Hemden wurden unordentlich in die Tasche geknüllt; sie war unendlich dankbar, dass sie bei dem Hofschneider darauf bestanden hatte, auch zweckmäßigere Kleidung als die lästigen Kleider zu besitzen. Besonders ihre wärmende, mit Hasenfell gefütterte Lederjacke würde sich auf dieser Reise auszahlen,

wenn sie bei der kühlen Luft draußen übernachten musste. Ihr Bogen und der gut gefüllte Köcher lagen bereits griffbereit neben ihrem Bett.
Als sie fertig gepackt hatte, kramte sie in ihrer Truhe nach dem einzigen persönlichen Gegenstand, der ihr wirklich etwas bedeutete: ein kleines Häkelpüppchen, eine Prinzessin mit gelbem Haar und rosa Kleid, die ihr gehörte seit ihrer Geburt, von den Jahren zerknautscht und verdreckt, aber für Meyla das Liebste auf der Welt. Sie stopfte es in die Tasche, machte sich bettfertig und wartete auf den Schlaf, den sie nötig hatte, der sich aber nicht einstellen wollte. Als sie vor sich hin dämmerte, fiel ihr plötzlich das Buch der Legenden ein, was immer noch in ihrer Nische lag. Sie würde keine Gelegenheit mehr haben, es zurück an seinen Platz zu stellen.

Meyla erhob sich wieder aus ihrem Bett, zündete eine Kerze an und machte sich auf den Weg in die Bibliothek.
Sie hatte Breandan nicht belogen, sie hatte noch nie einen Geist gesehen. Aber auch ihr waren des Nachts schon merkwürdige Dinge passiert: Sturmheulen, obwohl es draußen windstill war, klappernde Türen; ein Lachen, das aus der Mauer zu kommen schien. Sie hatte es, abgesehen von den Besuchen bei Breandan, möglichst vermieden, zu später Stunde noch durch die Burg zu streifen.

Zur ihrer großen Erleichterung, erreichte sie ohne besondere Vorkommnisse die Bibliothek, jenen Ort, an dem sie so viele Stunden verbracht hatte.
Sie ging zu ihrer Nische und drückte das Buch der Legenden an sich, plötzlich unfähig, sich von ihm zu trennen. Sie beschloss, es mit auf die Reise zu nehmen, als eine Erinnerung an ihre Zeit als Bibliothekarin.

„Ich leihe es mir nur“, sagte sie leise. „Ich werde es zurückbringen, nachdem ich die Prinzessin gerettet habe.“

Sie nahm das Buch mit auf ihr Zimmer, drückte es noch in ihre Tasche, die inzwischen ganz schön voll und schwer war und fiel schließlich in einen traumlosen Schlaf.

Als sie im Morgengrauen ihre Kammer und die Burg verließ, hatte sie das Gefühl, zum ersten Mal seit Jahren wieder atmen zu können, als würde ein Teil ihrer Persönlichkeit nach langem Schlaf erwachen. Am großen Tor, konnte sie bereits von weitem die kräftigen Staturen von Aidan und Balfour erblicken, sowie den schmalen Gleann, der ein Pferd führte. Meyla hatte Aidan schon öfter auf Uallach getroffen, es war sehr ungewohnt, ihn nicht in seiner üblichen Rüstung zu sehen. Lediglich der Schwertgürtel und der Siegelring bezeugten seinen Status als Ritter.

Sie genoss Balfours ungläubigen Augenausdruck, als sie zu ihnen stieß und ihre Tasche bei dem restlichen Gepäck am Sattel des Pferdes befestigte.

„Was will die Lady denn hier?“, fragte er fassungslos, während sich ihr Trupp langsam in Bewegung setzte.

„ Der Kronprinz teilte mir gestern mit, dass Lady Vending uns auf unserer Reise begleiten wird. Sie kennt sich hervorragend im Elfting-Wald aus“, antwortete ihm Aidan. „Nicht wahr, Mylady?“

„ Nenn' mich nicht *Mylady*, Aidan. Das hast du noch nie getan, du brauchst jetzt gewiss nicht damit anzufangen.“

Aidan lachte. „Ihr solltet wissen, Balfour, dass die Lady morgens schon mal gerne ausgesprochen schlechte Laune hat.“

„Nicht nur morgens“, murmelte Balfour.

„Wie war das?“, fragte Meyla und schaute ihn scharf an.

„Ach nichts. Seid Ihr Euch sicher, dass Ihr Euch solch einer Reise gewachsen fühlt?“

„Ich bin mit Sicherheit besser für diese Reise geeignet als Ihr, mein Herr Lackel.“

Als Meyla sah, wie Balfour rot wurde und mit sich kämpfte, prustete sie los. „Na sagt schon, was Ihr sagen wollt.“

„Auf keinen Fall.“

„Los!“

„Damit Ihr mich erneut in den Kerker werfen könnt?“

„Ich befehle es Euch. Als hohe Lady.“

„Das ist ungerecht.“

„Heult doch! Das ganze Leben ist ungerecht.“

Balfour sah sie an, Zweifel in seinem Blick. Meyla blieb stehen, lächelte und streckte ihm die Hand entgegen. „Ich sag' Euch was, wir treffen eine Abmachung.“

„Eine Abmachung?“

„Eine Art Waffenstillstand. Auf dieser Reise und *nur* auf dieser Reise sind wir gleich. Das heißt, Ihr braucht mich nicht mit *Mylady* anzureden, müsst nicht vor mir knicksen oder einen ähnlichen ohnehin überflüssigen Unsinn veranstalten. Und“, sagte sie fröhlich, „Ihr dürft mich beleidigen, wann immer Euch danach ist. Für mich gilt das umgekehrt natürlich genauso.“

Er zögerte immer noch, schaute ihr genau in die Augen, als könnte er dort die Antwort darauf finden, ob sie es ernst meinte. Irgendetwas musste er schließlich in ihrem Blick gefunden haben, denn plötzlich grinste er und schlug ein.

„Einverstanden, Schickse.“ Er zwinkerte ihr zu und ging weiter.

Gleann kicherte, Aidan stöhnte in gespielter Verzweiflung auf. „Das wird ja heiter werden mit euch beiden.“

Meyla ließ die Männer und das Pferd ein paar Meter voran gehen, dann schaute sie zurück, um einen letzten Blick auf Burg Uallach zu werfen.

Kein noch so großartiges Gemälde konnte dem herrlichen Anblick der Burg, wie sie da im Sonnenaufgang darauf wartete, zum Leben zu erwachen, gerecht werden. Dennoch würde sie nun nirgendwo lieber sein als hier, vor den Toren der Stadt, auf dem Weg in den Norden, einem Abenteuer entgegen.

Meyla seufzte, lächelte, zog die Gurte ihres Köchers fester und folgte den Männern hinaus in die Welt.

8

Der Weg nach Seòras

Líadan Ebene

Die Sonne war an jenem Morgen unerbittlich, als wolle sie ihre Kraft den Rettern Nansaidhs mit auf ihren Weg geben. Der Morgentau würde bald von den Wiesen verschwinden, Vögel ließen mit lautem Gezwitscher wissen, dass die kalte Zeit vorüber war. Grün und saftig würde die Landschaft zwischen Alastríona und Seòras bald sein, geradezu malerisch wie der Westen allgemein, doch der Schein trog.

Der Schatten des Schwarzen Waldes würde sich ausbreiten, das Böse, was dort hauste, würde seine Klauen früher oder später auch nach Seòras und am Ende schließlich nach Alastríona ausstrecken.

Balfour und seine Familie hatten bereits einige üble Geschichten in Seòras' Schankstube gehört, von einem Dämon, der im Schwarzen Wald hauste und dann und wann junge Frauen in seine Gewalt brachte. Er hatte nie wirklich an diese Schauermär geglaubt, allerdings konnte niemand leugnen, dass in den letzten Jahren seltsame Dinge in Lýsistrata, insbesondere im Norden und im Westen, geschahen.

Die Menschen wurden in den letzten Jahrzehnten immer älter, die Adligen wohlhabender, die Böden fruchtbarer. Dies war selbstverständlich gut, aber eine vernünftige, natürliche Erklärung dafür gab es nicht.
An den Rändern der großen Wälder wurden merkwürdige Wesen gesichtet, die es eigentlich gar nicht geben durfte; das Meer hielt sich nicht mehr an Gezeiten, die Strömungen einiger Flüsse wechselten manchmal urplötzlich ihre Richtung. Bäume wuchsen innerhalb weniger Tage zu ihrer vollen Größe; Berge verschwanden über Nacht, als wären sie niemals da gewesen.

Auf dem Schwarzmarkt florierte der Handel mit magischen Artefakten, immer mehr Menschen nannten sich „Hexe“ oder „Zauberer“ und es war sehr schwer, die

Scharlatane von den richtigen Magiern zu unterscheiden, denn Angst war seit jeher ein lohnendes Geschäft gewesen.

Und schließlich die Sache mit den jungen Frauen. Seit über fünfzehn Jahren verschwanden sie spurlos, man fand weder Hinweise auf ihren Verbleib, noch sterbliche Überreste. Die Damen kamen aus den verschiedensten Teilen des Landes, hatten die unterschiedlichsten Hintergründe und scheinbar keinerlei Gemeinsamkeiten. Bauernmädchen verschwanden ebenso wie Kaufmannstöchter, Zofen oder Prostituierte. Selbst Adlige waren nicht sicher: vor ein paar Jahren hatte der Fürst des Nordens seine Tochter an das namenlose Übel verloren.

Der Schwarze Wald schien die Quelle allen Unheils zu sein. Allezeit ein rauer Ort voller gefährlicher Tiere, todbringender Pilze und fleischfressender Pflanzen, war er seit ein paar Jahren unpassierbar, seine Bäume wie eine Hecke miteinander verschlungen. Ganze Armeen hatten sich mit ihren Schwertern in sein Dickicht gestürzt, die wenigen Ritter, die es geschafft hatten einzudringen, waren nie wieder gesehen worden.

All dies ging Balfour durch den Kopf, als er mit seinen Gefährten unterwegs war. Ihre erste Station würde sein Hof in Seòras sein, wo sie eine Nacht verweilen und am nächsten Morgen früh aufbrechen würden.

Balfour ängstigte sich nicht vor dem, was auch immer im Schwarzen Wald hauste, jedoch fürchtete er, dass der Prinz es fürchtete. Als Breandan ihn gestern zu sich beordert und ihm die Aufgabe erteilt hatte, die Blaue Blume zur Rettung Lady Nansaidhs zu finden, hatte er Balfour eindringlich verboten, auch nur in die Nähe des Schwarzen Waldes zu gehen. Die Angst in den Augen des Prinzen, hatte Balfour dermaßen beunruhigt, dass er sich nicht recht über die greifbare Aussicht, ein Ritter der Leibgarde zu werden, freuen konnte.

Dennoch war er froh, endlich etwas zu tun zu haben und nicht mehr in der lauten Hauptstadt mit einer ungewissen Zukunft festzusitzen, mochten die Erfolgsaussichten ihrer Queste noch so gering sein.

Dass Lady Vending sie begleiten würde hatte ihn kalt erwischt; er hoffte inständig, dass sie ihre Worte von heute Morgen ernst gemeint hatte. Sie wirkte unbefangener; ihre

Augen leuchteten wach und ihre kühle Maske war einem beinahe sonnigen Gesichtsausdruck gewichen. Diese Frau gefiel ihm wesentlich besser als die schnippische Adlige, die er bisher kennengelernt hatte.

Nach etwa zwei Stunden rasteten sie an einem kleinen Tümpel, wo Gleann das Pferd tränkte und Aidan sich jubelnd auf die inzwischen trockene Wiese warf.

„So fühlt sie sich also an, die Freiheit", gluckste er. „Ich hoffe inständig, dass es niemanden der hier Anwesenden stört, wenn ich auf dieser Reise meine ritterlichen Manieren ein wenig ... sagen wir mal schleifen lasse?"

Meyla lachte. „Euer Wohlgeboren, das sind ja ganz neue Töne! Ich dachte du liebst es, in Breandans Königsgarde zu sein."

„Mache ich auch. Es gibt keinen anderen Menschen, dem ich derart gerne mein Leben widme wie ihm. Trotzdem genieße ich es durchaus, mich fallenzulassen und ein wenig zwangloser zu geben."

„Tu, was du nicht lassen kannst."

Balfour musterte Aidan aus den Augenwinkeln, während er so tat, als würde er was in seinem Beutel suchen.
Der Ritter war groß, sehr muskulös und - soweit Balfour das beurteilen konnte - übermäßig gutaussehend. Er hatte kinnlange schwarze Locken, einen leichten Bartschatten und weiße Zähne in einem Mund, der eigentlich ständig lachte. Wie viele Herzen hatte Aidan wohl gebrochen, als er sich hatte zum Ritter der Leibgarde schlagen lassen?

Balfour konnte nicht anders als ihn zu beneiden, um seine Stärke, seine Leichtigkeit und darum, dass er nicht erst hatte eine Blume aus einem Märchen finden müssen, um Ritter zu werden.

„Tut mir leid, Euch enttäuschen zu müssen", ertönte Meylas verschmitzte Stimme neben ihm, „aber er ist ein Soldat der Königsgarde. Er darf nicht heiraten, weder Frau noch Mann."

Balfour runzelte die Stirn und sah sie fragend an, woraufhin sie lachte.

„Ihr habt ihn grade derart verklärt angesehen, als wärt Ihr dabei Euch zu verlieben."

Balfour konnte nicht anders, als ebenfalls zu grinsen. Er nahm sich einen Apfel aus der Tasche und entfernte sich ein paar Schritte. Meyla folgte ihm.

„Nicht in ihn, aber vermutlich in seine Stellung“, sagte er schließlich leise. „Er ist da, wo ich mein Leben lang sein wollte.“

„Nun ja, Ihr seid jetzt immerhin auf einem guten, vielversprechenden Weg.“

Balfour schnaubte abfällig.

„Kommt schon“, fuhr Meyla unbeirrt fort, „Ihr müsst eigentlich nur unbeschadet durch das halbe Land reisen, die Durchquerung des Elftings überleben, eine Blume finden, die es vielleicht gar nicht gibt, sie einem mächtigen magischen Orden abnehmen und rechtzeitig zurück in Alastríona sein, bevor die junge Prinzessin das Zeitliche gesegnet hat.“

Nun lachte Balfour. „Ihr versteht es wirklich einem Mann Mut zu machen, Lady Vending.“

„Hm, ich glaube ich nehme das 'vielversprechend' lieber zurück.“ Sie betrachtete ihn eindringlich. „Warum wollt Ihr unbedingt ein Ritter werden? Und dann ausgerechnet in der Leibgarde.“

„Ich weiß es nicht genau. Der Wunsch war bereits da, als ich noch ein Knabe war. Der Gedanke, dass ich eines Tages meinen Hof verlassen und ein Ritter sein würde, hat mich vieles in meinem Leben aushalten lassen. Es war tröstlich, diesen Traum zu haben. Die Menschen in unserem Dorf haben mich verspottet oder, falls sie was für mich übrig hatten, mitleidig belächelt. Aber das hat mich nur noch mehr angespornt. Ich habe mir jedes Mal gedacht 'eines Tages werde ich derjenige sein, der lächelt und spottet. Weil ich es geschafft habe und ihr nicht'“.

„Das kann ich gut nachvollziehen. Aber warum die Königsgarde?“

„Ich wollte gar nicht unbedingt in die Leibgarde, nicht bis ich Prinz Breandan kannte. Nachdem ich seine Bekanntschaft gemacht hatte, war ich ihm treu ergeben. Er war bodenständig und freundlich, hatte ein offenes Ohr für die Träume eines Bauernburschen. Es war genauso, wie Aidan es eben gesagt hat: für mich erschien dieser Mann es einfach wert, ihm mein Leben zu widmen.“

„*War* bodenständig und freundlich!?“

„*Ist.* Ist es immer noch.“

„Und der Gedanke, niemals heiraten zu können hat Euch nicht geschmerzt?“

„Diese Frage ist ziemlich persönlich, findet Ihr nicht?“
„Ihr müsst ja nicht antworten.“
„Werde ich auch nicht.“
„Was ist mit Euch, Lady Vending. Warum seid Ihr auf dieser Reise dabei?“
Sie schwieg so lange, dass Balfour dachte, sie würde ihm die Antwort schuldig bleiben. „Um dem Prinzen etwas zu beweisen. Und weil ich finde, dass das Freisting-Mädchen es nicht verdient hat, dermaßen elendig zu sterben, nachdem sie bereits ihre Heimat verloren hat.“
„Ihr habt anscheinend kein großes Vertrauen in Aidans Fähigkeiten, wenn Ihr denkt, er sei auf Eure Hilfe angewiesen.“ *Dass Ihr meinen Fähigkeiten nicht vertraut, kann ich dagegen verstehen.*
„Ich kenne Aidan seit vielen Jahren. Er ist der fähigste Ritter Alastríonas, möglicherweise sogar der fähigste Ritter Lýsistratas. Ich misstraue nicht ihm, lediglich dem Weg, den er bis zur Blauen Blume zurücklegen muss, insbesondere wenn diese im Yldís ist. Der Weg durch das Cairns Gebirge kommt nicht in Frage, es ist zu gefahrvoll mit den sich ständig verändernden Bergen. Also muss zumindest ein Teil der Strecke durch den Elfting zurückgelegt werden. Dieser Wald ist gefährlich. Zwar auf andere Art, als der Schwarze Wald, aber trotzdem gefährlich. Die Magie ist immens an diesem Ort, unbedarfte Menschen, egal wie mutig und stark sie sein mögen, können sich leicht in ihm verlieren. Ich habe ... eine Weile ... in diesem Wald gelebt und dennoch erfüllt mich der Gedanke an ihn mit Furcht. Dem ungeachtet werde ich mein Bestes geben, Euch zu helfen. Für Lady Freisting.“
Balfour musste lächeln, als er ihren eigensinnigen, beharrlichen Gesichtsausdruck sah. „Ihr stammt aus dem Norden, oder?“
Ihre Miene verschloss sich, ihre Augen wurden für einen kurzen Moment wieder abweisend. „Das stimmt. Ich bin ein Kind Tuathas.“
„Warum lebt eine Adlige aus dem Norden eine Zeit lang im größten Wald des Landes und wie genau kam sie dann auf die Burg des Königs?“
Sie schaute ihn an und ihr Grinsen kehrte zurück. „Diese Frage ist ziemlich persönlich, findet Ihr nicht?“
„Ihr müsst ja nicht antworten.“
„Werde ich auch nicht.“

„He, ihr beiden“, rief Aidan in diesem Moment zu ihnen herüber, „ich finde es zwar toll, dass ihr euch auch gepflegt unterhalten könnt, ohne euch gleich an die Gurgel zu gehen, aber wir müssen jetzt weiter.“

Balfour und Meyla gingen zurück zu ihren Gefährten, bereit für den Aufbruch.

Balfour übernahm nun die Führung des Pferdes, Meyla lief neben ihm her; Gleann, verträumt auf einem Grashalm kauend, dahinter und Aidan bildete mit ein wenig Abstand die Nachhut. Während sie so marschierten, begann Meyla irgendwann an ihrem Köcher herumzufummeln, der offenbar nicht richtig saß.

„Könnt Ihr deswegen Bogenschießen?“, fragte Balfour. „Weil Ihr im Elfting gelebt habt?“

„Nein“, antworte sie und zerrte mit ungeduldiger Miene weiter an den Gurten des Köchers herum, „aber es war selbstverständlich nützlich. Ich habe es bereits in jungen Jahren gelernt.“

„In welchem Adelshaus lernen die jungen Fräulein Bogenschießen?“

„In einem ungewöhnlichen.“

„Ich habe noch nie von einem Adelsgeschlecht namens Vending gehört.“

„Und Ihr als Bauer kennt sie mit Sicherheit alle!“ Ihr Tonfall war von ihrer üblichen Patzigkeit, doch rote Flecken, die sich an Hals und Wangen bildeten, verrieten Balfour, dass er einen wunden Punkt getroffen hatte.

„Nun, ich kenne mich tatsächlich ein bisschen mit den Fürstenfamilien aus, vor allen mit den nördlichen. Meine Mutter stammte aus Acair, sie war die Tochter eines angesehenen Kaufmanns und hatte gute Möglichkeiten, sich hinauf zu heiraten.“

„Hat sie aber anscheinend nicht getan?“

„Nein, sie hat sich in meinen armen Vater verliebt und ist ihn auf seinen Bauernhof in den Westen gefolgt.“

„Wie romantisch.“

„Das war es in der Tat, zumindest so, wie es mein Vater uns Kindern zeitlebens erzählt hat. Ich habe nur wenige Erinnerungen an sie; sie starb als ich sieben war bei der Geburt meines Bruders.“

„Das tut mir leid. Glaubt Ihr, sie hat Ihren Entschluss, mit Eurem Vater zu gehen, jemals bereut?"

„Nein, ich denke nicht. Sie war eine fröhliche Frau, die oft lachte und sich an einfachen Dingen erfreuen konnte. Sie hat sehr viel Wert darauf gelegt, dass ihre Kinder selbst als Bauern ein gewisses Maß an Bildung erhalten. Sie lehrte meinen Vater mit viel Geduld Lesen und Schreiben und der brachte es uns bei. Wir bekamen Bücher zu lesen, über die Legenden des Nordens und die Geschichte der Fürstenfamilie Álfkona; bekamen alte Volkslieder vorgesungen und Gesellschaftstänze beigebracht."

Meyla schien ehrlich fasziniert. „Hatten Eure Eltern Hoffnung, dass Ihr eines Tages etwas anderes sein würdet als ein Bauer?"

Balfour dachte eine Weile über ihre Frage nach. „Ich glaube eher nicht", antwortete er letztlich, „aber es war ihnen wichtig, dass wir wussten, dass es außerhalb unseres Dorfes noch eine andere Welt gibt. Viele Menschen verlassen ihre Heimatstadt ihr ganzes Leben lang nicht. Das finde ich persönlich bedauerlich, wo es so viel zu sehen und entdecken gibt."

„Jetzt kommen wir dem Grund, warum Ihr Ritter werden wollt, schon näher", meinte sie lächelnd. „Ihr wollt Abenteuer erleben."

„Vielleicht. Nun, das hab ich wohl schneller bekommen, als mir lieb war."

„Was sagt Eure Familie zu Eurer Abenteuerlust?"

„Meine Schwester Àlainn ist begeistert und beneidet mich. Nicht bösartig, sie ist glücklich mit ihrem Familienleben. Mein Bruder Cailean, der jüngste von uns Geschwistern, ist schwieriger."

„Inwiefern?"

„Er hat seinen Platz in der Welt noch nicht wirklich gefunden, obwohl er schon lange erwachsen ist. Ich weiß nicht, was er von seinem Leben erwartet und er selbst weiß es wahrscheinlich genauso wenig. Er war wütend darüber, dass ich gegangen bin."

„Und Euer Vater?"

Da war sie, die Frage, die Balfour stets fürchtete, wenn er von seiner Familie erzählte.

Er seufzte. „Ich weiß es nicht. Mein Vater verschwand vor sechzehn Jahren spurlos, wir haben nie wieder etwas von ihm gehört."

Erschrocken weiteten sich Meylas Augen. „Das ist ja furchtbar!"

„Das war es wirklich. Die erste Zeit war schwer. Wir haben die nähere Umgebung nach ihm abgesucht; unsere Verwandten und die Bewohner Seòras haben uns geholfen, so gut sie konnten. Aber wir konnten nicht den kleinsten Hinweis über seinen Verbleib entdecken und irgendwann mussten wir uns damit abfinden, dass er nicht zurückkommt und so gut weiter machen, wie es eben möglich war. Wir hatten sehr viel Unterstützung und haben es irgendwie geschafft, zu überleben."

„Deswegen hattet Ihr nicht früher eine Audienz, oder?"

„Genau. Ich konnte meine Geschwister nicht auch noch im Stich lassen. Deswegen erst jetzt, wo sie ihr eigenes Leben führen und der Hof gut läuft." Er zwinkerte Meyla zu. „Obwohl ich inzwischen eigentlich zu betagt dafür bin, Ritter zu werden."

Sie griente. „Wie alt seid Ihr denn, wenn ich das fragen darf?"

„Zweiunddreißig."

„Ach bitte, das ist doch das beste Alter eines Mannes!"

„So so. Ist das wahr?"

Diesmal zwinkerte Meyla. „Hab ich gehört, ich selber kann das in meinen jungen Jahren natürlich nicht beurteilen."

„Natürlich nicht."

Eine Zeit lang schwiegen sie, es herrschte eine angenehme, fast vertraute Ruhe zwischen ihnen.

„Wisst Ihr, was das Schlimmste war?", fragte Balfour nach einer Weile.

„Was denn?"

„Nach einer Zeit begannen die Menschen zu reden. Selbstverständlich waren darunter die haarsträubendsten, fantastischsten Geschichten, was mit meinem Vater geschehen war. Das hat mich nicht gekümmert. Aber dann gab es Gerede, was man nicht einfach abschütteln konnte. Dass mein Vater abgehauen war, weil ihm der Hof und die drei Kinder zu lästig geworden waren. Dass er sich nach einem Neuanfang ohne Anhängsel gesehnt hatte; dass eine

Frau im Spiel war. Am Anfang war ich mir sicher, dass das nicht stimmen konnte, dass mein Vater einen guten, wahrscheinlich sogar lebenswichtigen Grund dafür gehabt hatte, uns zu verlassen."

Meyla hielt an und sah ihm forschend ins Gesicht, Balfour blieb ebenfalls stehen.

„Und was denkt Ihr heute?"

„Heute glaube ich, dass die Menschen Recht hatten."

Er setzte sich wieder in Bewegung und fragte sich, warum er Meyla das erzählt hatte, wo er diesen Gedanken doch bisher niemals laut ausgesprochen hatte, nicht einmal vor Àlainn oder Gleann.

Vielleicht weil es einfacher war, die bittere Wahrheit vor einer Fremden zuzugeben. Und vielleicht weil er wollte, dass diese adelige Frau die Lage seiner Familie kannte und verstand, wenn sie in wenigen Stunden auf seinem Hof in Seòras eintreffen würden.

9

Ercinee-Lichter

<u>*Seòras*</u>

Meyla konnte sich nicht gegen eine gewisse Neugier, die sie packte als sie Balfours Heimatdorf betraten, wehren.

Es schien ein recht wohlhabendes Dorf zu sein, zumindest auf den ersten Blick. Sie hatte Holzhütten erwartet, stattdessen reihten sich kleine Steinhäuser aneinander, mit Dächern aus Stroh.

Ein schmaler Bach plätscherte mitten durch die Hauptstraße, überall zwischen den Häusern standen Birken,- oder Kastanienbäume. Seòras' komplette Anwohnerschaft schien um diese Tageszeit auf den Straßen zu sein; die Männer schoben Karren mit ihrem Handelsgut, die Frauen fegten vor ihren Haustüren, die Kinder tobten durch die Gassen. Alle reckten vorwitzig die Hälse, als sie an ihnen vorbeigingen und ihre Augen wurden groß, als sie Aidan mit dem Schwert am Gürtel erblickten. Jeder einzelne schien Balfour zu kennen, denn sie alle nickten ihm grüßend zu.

„Nun", seufzte Aidan, „in Seòras haben wir das mit der unauffälligen Reise wohl vermasselt."

„Warum müssen wir auch hier rasten?", fragte Meyla mürrisch, der derartige Aufmerksamkeit ganz und gar nicht gefiel.

„Damit wir die Pferde von meinem Hof nehmen und damit bis Gormal reiten können", antwortete Balfour ruhig. „Dann sind wir schneller als wenn wir den kompletten Weg zu Fuß zurücklegen."

„Und die königlichen Rösser wären dafür zu schade gewesen oder was?", maulte Meyla.

„Die hätten wir wohl kaum zurücklassen können ohne Aufmerksamkeit zu erregen", erwiderte Balfour, nicht mehr ganz so ruhig.

„Dahingegen kann eine Bauernfamilie auf ihre Pferde verzichten?!"

„Es reicht!", ging Aidan dazwischen. „Balfour und ich haben das gemeinsam entschieden, bevor du überhaupt Teil dieser Gruppe warst. Er denkt, sein Schwager kann uns bis Gormal begleiten und die Pferde dann wieder mit zurück nehmen. Außerdem haben wir dann nochmal eine Nacht ein Dach über dem Kopf. Wer weiß, wann dies das nächste Mal der Fall sein wird."

Balfour führte sie über eine große, leicht verfallene Brücke zum Ortsrand, wo nur noch einzelne Häuser standen.

Als Meyla sich diese anschaute, fiel ihr etwas ins Auge: von allen Dächern hingen verschiedenste Gegenstände hinunter, die an Schnüren befestigt vor den Fenstern oder an den Wänden baumelten. Große und kleine Steine, Kräuterbündel, seltsam geformte Wurzeln, sogar Knochen; außerdem waren über den meisten Haustüren unzählige Hufeisen eingeschlagen.

Balfour sah ihre Blicke. „Ihr seid in einem ziemlich abergläubischen Dorf gelandet, Lady Vending. Schaut Euch den Boden vor den Häusern genauer an und Ihr werdet einen feinen Kreis aus Steinsalz entdecken."

„Wofür das alles?"

„Um das Böse abzuwehren. Die Häuser und seine Bewohner vor Geistern zu schützen."

„Als ob ein paar Wurzeln und ein bisschen Salz das Böse abhalten könnten!"

„Sie glauben daran. Wenn die Leute sich dadurch sicherer fühlen, was spricht dagegen?"

„Glaubt Ihr daran?"

Balfour lachte. „Nicht direkt. Aber ... Seòras geht es gut im Vergleich zu vielen anderen Dörfern, seit Jahren wurde dieser Ort von Naturkatastrophen und anderem Übel verschont. Der Boden hier ist sehr fruchtbar, die Menschen haben zwar nichts besonderes, jedoch stets genug zu essen; es gab seit Jahren keine Epidemien. Vielleicht ist es Zufall, vielleicht auch nicht. *Ich* maße mir nicht an, darüber zu urteilen."

Sie verließen das Dorf und liefen etwa zehn Minuten einen holprigen Weg entlang zu einer Talmulde, in der Balfours Zuhause lag.

Meyla stockte der Atem. Sie wusste nicht, was sie erwartet hatte, auf jeden Fall nicht *das*:

Das Bauernhaus war wirklich groß und robust, seine Ecken und Enden schienen irgendwie nicht recht zusammenzupassen, als wären mit den Jahren immer mehr Anbauten dazugekommen. Das Dach war mit Stroh gedeckt, doch sein First war aus Heidekraut, was sehr heimelig, fast schon feudal aussah. Ein paar Meter vom Haus entfernt waren ein geräumiger Stall, sowie ein schlichtes Pferdegestüt, an welches eine Koppel anschloss. Das Areal des Hofes erschien Meyla riesig, mit vielen Büschen und Bäumen, die darauf warteten zu blühen; es gab sogar ein wenig entfernt einen mittelgroßen Teich mit einem hölzernen Steg. Am Ende der Talmulde erblickte sie die Bäume des Líadan Waldes.

„Ihr seht überrascht aus“, sagte Balfour. „Nicht, was Ihr erwartet habt?“

„Nein“, antwortete Meyla wahrheitsgemäß, „ich hätte nicht gedacht, dass es so, nun ja, groß und stattlich ist. Und schön.“

Balfour lächelte. „Ihr seht hier das Ergebnis jahrelanger Arbeit.“

„Und Eure Familie hält dieses enorme Gebiet völlig allein in Stand?“

„Nein, das würden wir nicht schaffen. Die Familie meines Schwagers, die Leysings, haben gleich hinter dem Hügel ihren Hof. Früher haben wir uns gegenseitig geholfen, aber seit ein paar Jahren sind einfach beide Grundstücke und Besitze zu groß. Zum Glück sind wir in der Lage, Knechte aus dem Dorf bezahlen zu können.“

Meylas Bild vom einfachen Bauern wurde vollkommen auf den Kopf gestellt. „Ihr unterhaltet *Knechte?!*“

„Warum denn nicht? Glaubt mir, unseren Arbeitern geht es gut. Unsere Hoferzeugnisse, vor allem die Wolle der Schafe, bringen genug Taler ein, dass wir ihnen einen anständigen Lohn zahlen können. Wir behandeln sie höflich und freundlich. Fast täglich bekommen wir Anfragen aus dem Dorf, ob wir nicht noch mehr Knechte anstellen können; viele würden gerne für uns arbeiten. Leider sind wir zur Zeit ausgelastet.“

„Balfour Dunham, Ihr habt wahrlich einige Überraschungen auf Lager.“

Sie begannen den Abstieg und Meylas Aufmerksamkeit wurde auf die Haustür des Bauernhauses gelenkt, gestrichen in einem knalligen Violett.

„Eine mutige Farbe für eine Haustür“, sagte sie feixend.

„Ein kleiner Scherz meiner Schwester “, erläuterte Balfour. „Ich persönlich mag es lieber etwas gedeckter.“

Obwohl Meyla die Rast in Seòras als überflüssig, sogar lästig empfand, war sie dennoch gespannt darauf, Balfours Familie kennenzulernen, insbesondere die Schwester, die er zu vergöttern schien. Also reckte sie neugierig ihren Hals, als in diesem Moment die bunte Haustür aufflog und eine dunkelhaarige Frau mit energischen Schritten ins Freie trat. Sie stellte sich mitten auf den Hof, sodass sie die ungewöhnliche Besuchergruppe gut erkennen konnte und stemmte herausfordernd ihre Fäuste in die Taille.

„Bei den Göttern!“, rief sie kess. „Jetzt sag bitte nicht, die haben dich bereits nach einer Woche von der Burg geworfen. Ich hab gehofft, dass du wenigstens einen Monat durchhältst und wir den Hof noch ein bisschen für uns haben!“

Balfour lief die letzten Meter mit ausgebreiteten Armen auf sie zu, hob sie in die Luft und wirbelte sie herum. Meyla konnte beide Geschwister laut lachen hören, ein schwarzer Hund sprang bellend um sie herum.

Als sie, Aidan und Gleann schließlich den Hof erreichten, ließ Balfour Àlainn hinunter, die sich sogleich jauchzend in Gleanns Arme warf. Meyla folgte Balfours zögerndem Blick zur Tür, wo ein junger Mann stand und schweigend auf ihre Gruppe schaute. Meyla war sofort klar, dass dies Balfours jüngerer Bruder sein musste, denn er war ihm wie aus dem Gesicht geschnitten. Dennoch war sein Anblick ein Schock, denn Caileans Antlitz barg eine Ahnung davon, wie Balfour aussehen könnte ohne die Last und Verantwortung der letzten schweren Jahre; ohne die grauen Strähnen im Haar und die Falten im Gesicht.

Balfour nickte seinem kleinen Bruder fragend zu und Meyla dachte schon, Cailean würde sich kein Stück bewegen, als wäre er erstarrt, aber dann trat er ins Freie und umarmte seinen Bruder, wenn auch kurz und weniger herzlich als Àlainn.

Diese hatte Gleann nun genug geherzt und musterte die anderen von Balfours Gefährten neugierig.

„Mir scheint, es gibt eine Menge interessantes zu berichten. Eik ist grade noch mit den Kindern drüben bei seinen Eltern und hilft die Schafe zu scheren, wir haben also unsere Ruhe. Kommt ruhig alle mit herein in die Stube!“

Auf dem Weg hinein, zog der Hund mit seinen Zähnen an Balfours Mantel; sprang ihn immer wieder an, kläffte und wedelte mit dem Schwanz, was das Zeug hielt.

„Darf ich vorstellten“, japste Balfour atemlos in Meylas Richtung, „das ist Thor, der unerzogenste Hund in ganz Lýsistrata. Als Àlainns Kinder noch jünger waren, dachten sie sein Name wäre *Thor-Aus!-Pfui!.“* Diese Anekdote und Balfours hilflose Überforderung, was Thors Liebesbekundungen betraf, waren derart drollig, dass Meyla von ganzem Herzen lachen musste.

Kurze Zeit später saßen sie in dem behaglichen Wohnraum, der zwar ein wenig unordentlich, allerdings eigentlich gerade deswegen gemütlich war. Balfour war noch irgendwo im Haus mit Cailean unterwegs; Àlainn stellte Krüge mit Ziegenmilch und Körbe mit selbst gebackenem Brot auf den Tisch und wandte sich an Gleann.

„Geh du bitte mit Aidan ein Fass Bier aus unserer Vorratskammer holen.“

Gleann sprang sofort auf, warf aber einen zweifelnden Blick auf Aidan, der in seinem funkelnden Gewand und mit seinen vornehmen Gesichtszügen ein bisschen wie ein Eindringling im Raum wirkte.

„Àlainn“, sagte Gleann vorsichtig, „Aidan ist ein Ritter.“

„Und deswegen kann er kein Fass tragen oder wie?“, fragte Àlainn herausfordernd.

Aidan lachte gutmütig und erhob sich. „Schon gut, Gleann, ich helfe gerne und bin mir da gewiss nicht zu edel für.“

Er verbeugte sich grinsend vor Àlainn. „Es ist mir ein Vergnügen, Euren Befehlen Folge zu leisten, Lady ... verzeiht ... ich kenne Euren Nachnamen nicht.“

„Ähm, Dunham?!“

„Aber Ihr seid doch verheiratet?“

„Mein Gemahl hat meinen Namen angenommen. Immerhin ist er auch auf *meinen* Hof gezogen.“

Aidan und auch Meyla sahen Àlainn erstaunt an. Dass der Mann den Nachnamen der Frau annahm, kam äußerst selten vor.

„Was ist?“, fragte Àlainn, scheinbar ebenfalls überrascht. „Ich bin eine fortschrittliche Frau. Und mir war es wichtig, dass ich namentlich weiterhin mit meinen Brüdern zusammengehöre. Uns drei kann nichts trennen, müsst Ihr wissen und dies war meine Art, Ihnen das zu zeigen.“

„Lady Dunham, langsam verstehe ich Balfours Hochachtung vor Euch“, sagte Aidan bewundernd und verließ mit Gleann die Stube. Nun war Meyla schließlich mit Àlainn alleine und fühlte sich plötzlich seltsam beklommen in dieser Zweisamkeit. Sie beobachtete die Frau, die einen Kopf kleiner war als sie selbst und die nun mit äußerster Geschäftigkeit umherwuselte.

„Kann ich Euch irgendwie zur Hand gehen, Lady Dunham?“

„Oh nein nein, alles gut, ich bin so gut wie fertig. Aber ich überlege grade ...“

„Ja?“

„Wie ich diese Nacht alle zum Schlafen verteile. Gleann stecke ich zu Balfour, dann kann Aidan Gleanns Zimmer haben. Nur, was machen wir mit Euch?“

„Ach, mir reicht ein trockenes Plätzchen mit frischem Stroh im Stall. Ich bin nicht zimperlich, glaubt mir.“

„Unsinn, Ihr schlaft natürlich im Haus. Wir haben sogar noch ein freies Zimmer, es ist nur ...“

Ein Schatten legte sich über Àlainns Gesicht. „In diesem Raum hat seit über sechzehn Jahren niemand geschlafen.“

„Das Zimmer Eures Vaters?“

Verblüfft schaute Àlainn Meyla an. „Ihr wisst davon?“

„Ja, Balfour hat es mir auf dem Weg hierher erzählt.“

„Er muss Euch sehr schätzen, wenn er das getan hat.“

„Oh ... das ... ähm ... denke ich eher nicht. Ich kann wirklich im Stall schlafen. Ich möchte keine traurigen Erinnerungen bei Euch oder Euren Brüdern wecken.“

Àlainn lächelte bekümmert. „Als wenn man da erst etwas wecken müsste.“ Sie seufzte und sagte dann in bestimmendem Tonfall: „Nein, es wird Zeit, Ihr bekommt für diese Nacht das Zimmer. Vater wird nichts dagegen haben, wenn er zurückkommt.“

„Ihr glaubt nach all den Jahren noch an seine Heimkehr?“, fragte Meyla vorsichtig.

„Ja!“, antwortete Àlainn ohne zu Zögern. „Ich weiß, Balfour hat die Hoffnung aufgegeben, selbst wenn er das noch nie mir gegenüber zugegeben hat. Vielleicht ist dies für ihn auch die einzige Möglichkeit, mit seinem Leben weiterzumachen und aufzuhören, über das ‚Wieso‘ nachzugrübeln. Nicht, dass ich nicht ebenfalls jahrelang mit unserem Schicksal gehadert hätte. Aber ich habe für mich eine Antwort gefunden. Auf die Frage warum ausgerechnet uns, die schon zu früh ihre Mutter verloren haben, dies passieren musste.“

„Und was ist Eure persönliche Antwort? Falls Ihr mir derart Vertrauliches überhaupt erzählen möchtet.“

Meyla betrachtete Àlainn, die sich nachdenklich ihr Haar aus dem Gesicht strich und ihr schließlich fest in die Augen sah.

„Diese Sache mit meinem Vater ist uns passiert, weil wir es ertragen konnten, da bin ich ganz sicher. Weil wir nicht daran zerbrochen sind, weil wir weitermachen konnten, als Bauern, als Kinder, als Familie. Es hat uns den Boden unter den Füßen weggezogen, für eine Weile, aber wir sind nicht zerbrochen. Wir lieben und leben so gut es uns eben möglich ist. Deswegen ist es uns passiert, weil wir damit fertig werden konnten, irgendwie.“

Sie wandte sich ab und ging hinüber zu dem massiven Holzschrank, um Krüge für das Bier zu holen und auf den Tisch zu stellen. Meyla schwieg, weil sie nicht wusste, was sie darauf erwidern sollte und vor allem, weil sie sich nicht sicher war, ob ihre Stimme ihr gehorchen würde.

Nachdem Àlainn den Tisch fertig gedeckt hatte, meinte sie: „Darf ich Euch etwas fragen, Mylady?“

„Sicher.“

„Verzeiht meine Direktheit, aber seid Ihr adlig oder nicht?“

Meyla lachte auf. Sie begann Àlainn und ihre offene Art, die ihrer eigenen nicht unähnlich war, zu mögen. „Das ist tatsächlich direkt. Wieso fragt Ihr das?“

„Nun, ich habe eine recht gute Menschenkenntnis, ich durchschaue Leute. Wer sie sind und wie sie sind. Bei Euch will mir das nicht wirklich gelingen.“

„Ach was.“

„Ihr sendet widersprüchliche Zeichen. Eure Hände sind rau und sehen älter aus, als der Rest von Euch. Daraus schließe ich, dass Ihr anpacken könnt und das in Eurem Leben bereits getan habt. Aber Euer Gesicht ist blass; ihr wart, zumindest in letzter Zeit, nicht viel im Freien. Euer Haar ist offen und wild wie meins, eine Adlige würde niemals eine solch unordentliche Frisur tragen. Jedoch der Stoff Eurer Kleider, obwohl zweckmäßig und unauffällig, erscheint mir ziemlich kostbar und für eine Bäuerin wie mich unbezahlbar. Es würde Euch nichts ausmachen, im Stall zu schlafen, Ihr seid also nicht zimperlich. Ach und Ihr tragt keinen Ehering, obwohl Ihr glaube ich höchstens ein paar Jahre jünger seid als ich, was wieder für Adel spricht, da sich die einfachen Damen immer recht früh vermählen."

Meyla war beeindruckt. „Das alles ist Euch in der halben Stunde aufgefallen, die ich hier bin. Ihr solltet Spionin werden."

Àlainn kicherte. „Das wollte ich tatsächlich werden, als ich noch klein war."

„Nun, um Eure Frage zu beantworten, ja, ich bin adlig. Ich stamme aus dem Geschlecht der ... Vendings. Einem ... eher unbekanntem Adelshaus des Nordens. Seit ein paar Jahren arbeite ich in der Bibliothek der Königsfamilie auf Burg Uallach."

„Dann habt Ihr Balfour dort kennengelernt? Als er seinen Bittgesuch hatte?"

Meyla spürte wie sie rot wurde beim Gedanken an ihr und Balfours erstes Treffen. Àlainn wäre mit Sicherheit nicht grade begeistert davon, dass Meyla ihren Bruder in den Kerker gebracht hatte. Stockend berichtete sie von dem Tag, an dem die Kraniche kamen und seinen Folgen.

Àlainn sah sie ungläubig an, dann brach sie in überschwängliches Gelächter aus. „Oh Lady Vending", prustete sie, „Ihr gefallt mir ausgesprochen gut! Balfours erste Nacht in Alastríona und dann im königlichen Verlies! Ich meine, ganz ehrlich, das ist doch der Stoff, aus dem Geschichten sind! Wie langweilig wäre es, wenn ich meinen Enkeln später erzählen würde, dass Ihr Großonkel Balfour problemlos zum Ritter geschlagen worden ist. Ein paar Hindernisse machen die Geschichte gleich viel würziger."

„Ich fürchte, Balfour sieht das ein wenig anders."

„Klar. Aber er wird Euch verzeihen. Hat er vermutlich bereits."

„Da wäre ich mir nicht so sicher."

„Lady Vending, lasst mich Euch eins über meinen Bruder versichern: er liebt sein Zuhause und seine Familie wie nichts auf der Welt. Er hätte Euch nicht mit hierher gebracht, wenn er noch irgendeinen tiefgehenden Groll gegen Euch hegen würde."

Meyla spürte, wie sich ihre Beklommenheit legte und sie sich plötzlich darüber freute, eine Nacht in diesem gastlichen Haus verbringen zu dürfen.

Einige Augenblicke später war die Stube von Lärm und Gelächter erfüllt. Aidan hatte mit viel Tamtam das Bierfass angeschlagen; Gleann schien hier, in seinem Zuhause, geradezu aufzublühen und plapperte immerfort. Meyla musterte die drei Dunham Geschwister, die nebeneinander am Tisch saßen, genau und war verblüfft über ihre Ähnlichkeit:

Sie hatten alle drei dieselbe Gesichtsform, dasselbe dunkle Haar, die ungewöhnlichen türkisen Augen, sogar Grübchen an den gleichen Stellen. Àlainn allerdings hatte eine kleine Lücke zwischen ihren Vorderzähnen, was ihr etwas sehr Verschmitztes schenkte und absolut zu ihr passte.

Als Aidan schließlich von dem Grund ihrer Reise erzählte, wurden alle ernst und Àlainns und Caileans Augen groß.

„Wer würde eine unschuldige Prinzessin, die niemandem was getan hat, vergiften?", fragte Àlainn.

„Es muss in der Tat eine sehr gewissenlose Person sein, die zu derartigem fähig ist", antwortete Aidan. „Ich durfte Lady Freisting kurz kennenlernen, sie scheint mir eine ganz und gar liebenswerte junge Dame zu sein, die keiner Fliege was zu leide tun könnte."

Meyla wurde schlecht bei dem Gedanken daran, dass es Breandan in Betracht gezogen hatte, dass sie diese gewissenlose Person war. Ob er seinen Verdacht mit Aidan, der seit Jahren sein engster Vertrauter war, geteilt hatte? Aidan war ihr gegenüber so unbefangen wie immer, aber die letzten Tage hatten sie gelehrt, dass man niemandem hinter die Stirn gucken konnte.

„Aber es muss doch jemanden geben, den der Prinz im Verdacht hat?“, fragte Cailean ungehalten. „Oder Ihr. Ihr lebt schließlich genauso auf der Burg.“

„Nein“, erwiderte Aidan, „ich habe keinen Schimmer. Breandan sagte mir, dass er ein paar Theorien habe, genauer wollte er sich nicht äußern.“

Meyla hoffte inständig, dass Aidan die Wahrheit sagte. Es war schließlich ebenso denkbar, dass er einfach nur nicht mit einer Bauernfamilie über mögliche Verdächtige reden wollte.

„Abgesehen von der menschlichen Seite“, fuhr Aidan fort, „ könnte diese Vergiftung auch schlimme politische Folgen haben. Wenn Lady Nansaidh stirbt - was wir selbstverständlich verhindern werden - wird der Osten das nicht einfach hinnehmen. Im schlimmsten Falle könnte ein Krieg ausbrechen.“

Betretenes Schweigen machte sich am Tisch breit. Meyla fragte sich, warum sie dermaßen dumm gewesen war, überhaupt nicht so weit gedacht zu haben. Sie hatte nur ihren eigenen Kummer gesehen, sodass sie die Bedeutung, die ihre Reise möglicherweise für das Land hatte, überhaupt nicht an sich herangelassen hatte. Ein Blick auf Balfours Gesicht verriet ihr, dass es ihm wohl ähnlich ging wie ihr, denn er schaute äußerst unbehaglich drein.

Das Schweigen wurde von einer schwungvoll aufgestoßenen Tür und einem flachsblonden Mann mit gutmütigem Gesicht unterbrochen. Auf seinem Arm hatte er einen kleinen braunhaarigen Jungen, der tief und fest an seine Schulter gelehnt schlief.

„Wir haben schon von weitem das Pferd gesehen“, sagte er strahlend, „da hab' ich gleich zu den Mädchen gesagt ‚Vielleicht sind Balfour und Gleann heimgekehrt‘. Dann gab es natürlich kein Halten mehr.“

Zwei Mädchen schoben sich an ihm vorbei in den Raum, mit ebenso flachsblonden Haaren und erwartungsvollen Gesichtern.

„Onkel Balfour!“, kreischte die Größere entzückt und schmiss sich Balfour in die Arme, während die Kleinere hinüber lief zu Gleann und liebevoll von ihm gedrückt wurde. Dies war also Àlainns Familie.

„Wo ist es? Wo ist das Schwert?“, fragte die Große aufgeregt.

„Das muss leider noch ein wenig warten, Stromer", sagte Balfour und strich ihr zärtlich über den Kopf. „Aber mein Freund Aidan hier hat ein Schwert, das zeigt er dir bestimmt."

„Na klar", lachte Aidan, erhob sich sogleich und zog die prächtige Waffe aus der Scheide. Das Mädchen machte große Augen.

„Toll! Sieht genauso aus wie in den Büchern, nicht wie das Holzschwert, mit dem Onkel Balfour immer gekämpft hat."

„Soll ich dir was verraten? Draußen in meinem Gepäck habe ich sogar noch ein zweites Schwert. Das habe ich während meiner Ausbildung benutzt, bevor ich bei meiner Schwertleite dieses hier bekommen habe. Vielleicht wird dein Onkel Balfour im Laufe unserer Reise Gebrauch davon machen."

„Bestimmt, er kann nämlich gut damit kämpfen. Wenn ich groß bin, will ich auch mal ein Ritter werden wie du!"

Die ganze Tischgesellschaft lachte und selbst Meyla grinste bis über beide Ohren, denn diesen Wunsch konnte sie mehr als nachfühlen.

Es wurde ein angenehmer Tag. Am späten Nachmittag packten alle mit an, als es darum ging die Tiere zu füttern und so viele zusätzliche Vorräte wie irgend möglich für die Reisegruppe zu verpacken. Eik, Àlainns Ehemann, hatte sich sofort bereit erklärt, sie bis Gormal zu begleiten und anschließend mit den Pferden zurückzureiten. Cailean war deswegen ziemlich verdrießlich, er schien selbst mit auf die Reise zu wollen und konnte beim besten Willen nicht verstehen, warum er dazu verdonnert wurde, zu Hause zu bleiben.

Als Meyla nach getaner Arbeit ein wenig über das Hofgelände spazierte, merkte sie, dass sie einen Schatten hatte. Die kleine Stella, Àlainns älteste Tochter, war ihr neugierig gefolgt.

„Hallo", sagte Meyla freundlich.

„Hallo", erwiderte das Mädchen, welches Eik wie aus dem Gesicht geschnitten war, schüchtern.

„Das ist ziemlich aufregend für euch, so viele Gäste auf dem Hof zu haben, oder?"

„Ja, wir haben sonst nur Gäste aus dem Dorf", erwiderte Stella. „Wird Onkel Balfour mit dir weggehen?"

„Das wird er."

„Und Onkel Gleann?"

„Der ebenfalls."

„Warum? Um Ritter zu werden?"

„Ja, am Ende. Vorher müssen die Beiden noch etwas erledigen."

„Das hat Mama auch gesagt. Sie meinte, wenn die zwei wiederkommen, können wir furchtbar stolz auf sie sein."

„Da hat deine Mama ganz Recht."

„Ich will aber gar nicht stolz auf die Beiden sein. Ich will lieber, dass sie hier bei uns bleiben."

Meyla hatte nicht viel Erfahrung im Umgang mit Kindern, doch dieses Mädchen berührte sie seltsam und ihr war nicht klar, warum. „Du magst Balfour und Gleann sehr, oder?"

„Onkel Balfour mag ich nach Mama und Papa am allerliebsten. Danach kommen direkt Onkel Cailean und Onkel Gleann, die mag ich beide gleich gerne. Ich kann mir nicht vorstellen, wie es hier ohne sie sein wird. Ich werde sie schrecklich vermissen."

Meyla ging vor Stella in die Hocke und nahm ihre Hand. „Soll ich dir verraten, was ich immer mache, wenn ich jemanden ganz furchtbar vermisse?"

„Ja!"

„Wenn es dunkel ist, gehe ich hinaus und schaue mir den Mond und die Sterne an. Dann stelle ich mir vor, dass der Mensch, der mir fehlt, genau in diesem Augenblick auch in den Himmel schaut. Egal wie weit er von mir weg ist, er sieht genau denselben Mond und dieselben Sterne. Und vielleicht denkt dieser Mensch in dem Moment genauso an mich wie ich an ihn. Mit diesem Gedanken geht es mir schon gleich besser."

„Das ist schön."

„Willst du das machen, Stella, während Balfour und Gleann fort sind? Schau dir die Sterne an und glaube daran, dass sie genau in diesem Augenblick nach oben schauen und fest an dich denken."

„Das werde ich. Danke, Mylady."

„Nenn' mich ruhig Meyla. Wir sind doch jetzt Freundinnen."

„Das sind wir. Danke, Meyla.“

Damit verließ Stella sie und als Meyla sich wieder aufrichtete, entdeckte sie Balfour, der ein paar Meter entfernt stand und sie mit erstauntem Blick beobachtete.

Die Kinder flitzten den Rest des Tages freudig über den Hof und genossen den ungewohnten Trubel bis sie schließlich abends todmüde von einer äußert resoluten Àlainn ins Bett gebracht wurden.

Die Erwachsenen ließen sich erschöpft, aber zufrieden in der Stube nieder, wo sie weiterhin aus dem Bierfass tranken, einen Linseneintopf und Brot mit frischem Ziegenkäse aßen.

Zu späterer Stunde erschienen Eiks ältere Schwester Rakel, eine kleine, kugelrunde, fröhliche Frau mit ihrem Mann Armadal, die zusammen auf dem nicht weit entfernten Nachbarhof, Eiks Elternhaus, lebten. Armadal war Balfours Vetter und einer der größten und kräftigsten Männer, die Meyla je gesehen hatte, doch seine Gesichtszüge waren sanft und freundlich. Die beiden erzählten lustige Geschichten über Rakels und Eiks jüngeren Bruder Virkt, der in wenigen Wochen zum ersten Mal Vater werden würde und Aidan trug einige ulkige Begebenheiten aus dem Leben eines Ritters zum Gelingen des Abends bei.

Die Stimmung war heiter und herzlich; die Dunhams nahmen die Gäste derart selbstverständlich in ihrer Mitte auf, dass es sich anfühlte, als wären sie schon ewig Teil der Familie und keine Fremden. Meyla wünschte sich tatsächlich ein wenig, dass sie für immer an diesem Ort bleiben könnte, der Ruhe und Liebenswürdigkeit versprach. Irgendwann beschloss sie, ihren Spaziergang vom Nachmittag fortzusetzen, in der Hoffnung, dass die kühle Abendluft sie wieder an das erinnern würde, was vor ihr lag.

Der Mond war rund und leuchtete geheimnisvoll, der mit Sternen übersäte Himmel bezeugte eine wolkenfreie Nacht. Der gesamte Hof war in das seltsame, bezeichnende weiße Licht getaucht, was man lediglich zu dieser späten Stunde bestaunen konnte. Meyla entfernte sich ein paar Schritte vom Bauernhaus, ging hinüber Richtung Wiesen und Teich, wo sie schon bald nichts mehr von dem munteren Stimmengewirr aus dem Inneren der Stube hören konnte. Die Natur war angenehm still, hin und wieder erinnerte ein Rascheln im Gebüsch Meyla daran, dass sie nicht das einzige Lebewesen war, das um diese Zeit umher strolchte.

Am Ufer des Teiches erblickte sie den hölzernen Steg, in die Jahre gekommen und morsch. Gerade als sie überlegte, ob sie es wagen konnte, einen Fuß hinaufzusetzen, streifte im nicht weit entfernten Líadan Wald etwas Wunderliches ihr Blickfeld: kleine Lichter, funkelnd wie Sterne, schwebten in dem Geäst der schwarzen Bäume hin und her.

Neugierig und leise lief Meyla vorsichtig Richtung Wald, sie glaubte zu wissen, um was es sich bei den Lichtern handelte. Sie hatte viel darüber gelesen, jedoch noch nie wirklich welche gesehen, selbst im Elfting nicht, sodass sie ihre Existenz als Märchen abgetan hatte.

Als sie den Wald erreicht hatte, verschwanden die Lichter genauso plötzlich wie sie gekommen waren. Meyla war enttäuscht.

„Die Ercinee-Lichter. Oder wie der Volksmund sagt: Glühwürmchen, “ ertönte eine leise Stimme hinter ihr. Meyla fragte sich, wie Balfour es geschafft hatte, sich unbemerkt heranzuschleichen.

Er schien ihre Gedanken erraten zu haben. „Ich bin ein Jäger, Lady Vending. Ich bin in der Lage mich an meine Beute heranzupirschen.“

Im Mondschein hatte die Farbe seiner Augen fast etwas Feenhaftes, Unheimliches; doch das Grinsen, was sich nun auf seinem Gesicht abzeichnete, war dafür umso herzlicher. „Vermisst Ihr jemanden und schaut deswegen den Mond an?“, fragte er schelmisch.

„Ihr habt also gelauscht.“

„Ich muss schließlich aufpassen, was für Flausen eine Schickse meiner Nichte in den Kopf setzt.“

„Ich wollte bloß helfen und es Ihr leichter machen.“

„Das weiß ich und falls es so wirkt, als wolle ich mich über Euch und das, was Ihr gesagt habt, lustig machen, bitte ich um Verzeihung. Das Gegenteil ist der Fall: ich bin Euch äußerst dankbar. Und tatsächlich hat mich alles, was Ihr gesagt habt, ebenso berührt wie meine Nichte.“

Meyla war verlegen und wusste nicht, was sie darauf erwidern sollte. „Diese Lichter“, lenkte sie ab, „die ich eben gesehen habe ... ich habe davon gehört und mir zeitlebens gewünscht, welche zu sehen. Im Elfting gibt es Irrlichter, deren Leuchten mich verzaubern konnte, im wörtlichen wie im übertragenen Sinne. Doch sie waren nicht so schön wie das."

„Wartet einen Moment und lasst uns schweigen. Ich bin sicher, dann können wir sie nochmal leuchten sehen."

Sie tat wie ihr geheißen und spürte wie Balfour abwartend den Atem anhielt. Schließlich ging er vorsichtig auf einen Baum zu und berührte sachte einen Ast.

Dutzende Lichter flogen empor, wenn nicht hunderte. Einige strahlend hell wie kleine Sonnen, andere weißlich schimmernd und unergründlich wie der Mond. Es war eines der schönsten Dinge, die Meyla jemals gesehen hatte.

„Es ist wunderbar", sagte sie mit belegter Stimme.

Eine Weile bestaunten Meyla und Balfour das eigenartige Naturschauspiel in schweigender Übereinkunft. Am Ende setzten sich immer mehr der leuchtenden Käfer zurück auf den Ast und die Lichter wurden weniger. Balfour kam wieder zu ihr hinüber.

„Ihr durftet eines der Wunder des Líadan-Waldes erleben, Lady Vending. Ich hoffe ich konnte damit ein wenig meine Schuld begleichen."

Meyla runzelte die Stirn. „Welche Schuld?"

„Nun, dass Ihr den Flug der Kraniche nicht in voller Gänze sehen konntet."

Sie lachte. „Na gut, es sei Euch verziehen."

Langsam gingen sie zurück Richtung Bauernhaus.

„Wisst Ihr, warum die Käfer verschieden leuchten?", fragte Balfour.

„Nein. Vielleicht der Unterschied zwischen Männchen und Weibchen?"

„Guter Gedanke, aber nein. Die helleren Ercinees haben sich von Gold genährt, die Mondschein-Ercinees von Silber."

„Wollt Ihr damit etwa sagen, dass es irgendwo im Líadan Gold und Silber gibt?!"

„Tja, es muss so sein. Laut alten Überlieferungen steckt es in den Stämmen der ältesten Bäume."

„Und Ihr habt nie danach gesucht? Ihr wärt ein reicher Mann und für den Rest Eures Lebens sorgenfrei."

„Als wenn Gold und Silber sorgenfrei machen ... um Eure Frage zu beantworten: nein, ich habe nie danach gesucht. Ich nehme mir das von der Natur, was ich und meine Familie zum Überleben brauchen, nicht mehr und nicht weniger. Und ich finde kein Mensch auf der Welt hat das Recht, sich mehr als eben genau dies zu nehmen."

„Ihr seid geradezu widerlich edelmütig, wisst Ihr das?"

Diesmal lachte Balfour. „Mag sein. Es ist wahrscheinlich langweilig, insbesondere als Mann. Aber wenn man so dicht an der Wildnis aufwächst, hat man eben ein sehr enges Verhältnis zu der Natur und ihren Wundern."

„Das finde ich nicht langweilig, sondern ehrenwert. Eins könnt Ihr mir allerdings glauben: dies hier hat nichts mit Wildnis zu tun."

„Ach richtig, *Ihr* kennt Euch ja aus in der Wildnis, wie es für den Adel übrig ist."

„Ich habe Euch heute Morgen bereits gesagt, dass ich aus einem ungewöhnlichen Adelshaus stamme."

„Es gibt kein Adelsgeschlecht mit Namen Vending. Damit könnt Ihr mich nicht zum Narren halten. Es ist Teil der Maskerade, die Ihr Euch in Alastríona oder wo auch immer zugelegt habt."

Meylas Herz begann schneller zu schlagen. „Was für eine Maskerade?"

Balfour blieb stehen und sah sie nachdenklich an. Meyla begann sich unter seinem prüfenden Blick unwohl zu fühlen.

„Seitdem Ihr die Burg verlassen habt, seid Ihr ein anderer Mensch. Nach wie vor schnippisch und launisch, aber gleichzeitig begeisterungsfähig wie eben unter den Lichtern, oder feinfühlig wie heute Nachmittag mit Stella. In diesen winzigen Augenblicken schimmert sie durch, die wahre Meyla. Und ich frage mich wirklich, was Euch in Eurem Leben passiert ist, dass Ihr Euch derart verzweifelt bemüht, diese wahre Meyla zu verstecken, wo sie doch anscheinend ein wesentlich einnehmenderer Mensch ist als die ruppige Lady Vending."

Es hätte ihr gleichgültig sein sollen, aber seine Worte verletzten sie. Dies alarmierte ihren Selbstschutz.

„Ihr nehmt Euch ganz schön viel raus, Balfour, dabei kennen wir uns überhaupt nicht."

„Da habt Ihr Recht, gleichwohl werden wir uns vermutlich kennenlernen in den nächsten Wochen. Warum nicht heute damit anfangen? Ich sage dies alles gewiss nicht um Euch zu ärgern, geschweige denn zu verletzten, sondern weil ich Euch helfen möchte.“

„Helfen?! Ich brauche keine Hilfe. Ich bin stark genug, um auf mich aufzupassen und benötige keinen Beschützer. Anscheinend seid Ihr es gewohnt, auf schwächliche, zarte Weibchen zu treffen, die sich Schutz suchend in Eure starken Arme werfen, aber so eine bin ich ganz und gar nicht!“, fuhr sie ihn aufgewühlt an.

Seine Augen blitzten zornig, doch seine Stimme war ruhig und beherrscht, als er ihr antwortete. „Ihr habt meine Schwester und meine Schwägerin kennengelernt, habt erlebt, wie ich mit meinen Nichten umgehe. Glaubt Ihr da allen Ernstes, ich kenne nur zarte Weibchen oder fürchte mich vor starken Frauen?! Ich hätte kein Problem damit, wenn *ich* mich in die schützenden Arme einer starken Frau werfen würde. Ich würde mir sogar von einer das Leben retten lassen, wenn es darauf ankäme. Darin sehe ich keine Schande. Aber für mich heißt Stärke nicht, abweisend und kühl zu sein und sich über andere zu stellen. Àlainn ist das beste Beispiel, sie ist die entschlossenste und unbeugsamste Frau, die ich kenne, hat sich dabei jedoch ihr Herz bewahrt.“

„Und ich habe kein Herz, ist es das, was Ihr mir damit sagen möchtet?“

„Nein, gewiss nicht. Natürlich habt Ihr ein Herz. Sonst hättet Ihr nicht auf diese Weise mit Stella gesprochen; hättet nicht alles daran gesetzt, mich aus dem Kerker zu holen und mir sogar den Aufenthalt in der Stadt entrichtet; hättet Gleann nicht den Zeitpunkt meiner Anhörung mitgeteilt.“

„WAS WOLLT IHR DANN JETZT VON MIR?!“ Meylas Stimme bebte.

Balfour streckte seine Hand aus, um sie tröstend an der Schulter zu berühren, zögerte allerdings im letzten Moment und zog sie zurück. Er schluckte. „Eigentlich wollte ich Euch bloß sagen, wie froh ich darüber bin, mich an unserem ersten Tag in Alastríona in Euch getäuscht zu haben. Zugegeben, ich stelle mich dabei mehr als ungeschickt an.“

Sie lachte kurz auf. „In der Tat. Ihr habt hier ein sehr schönes Zuhause, Balfour“, sagte sie, „ und eine tolle Familie, trotz des Kummers, den Euch Euer Vater zugefügt hat. Nicht jeder Mensch hat das Glück, so etwas zu haben. Ihr wisst nichts über mich und mein Leben, wagt es nie wieder, über mich zu urteilen! Ihr habt Recht, was die

Maskerade betrifft, aber ich brauchte dies, um zu überleben und zwar im wahrsten Sinne des Wortes. Vielleicht bin ich dadurch was manches betrifft tatsächlich hart geworden und kühl. Ihr könnt mir glauben, dass mir das auch nicht jederzeit gefällt. Grade in diesem Moment zum Beispiel ist mir nach Heulen zu Mute, aber ich habe seit dem Tod meiner Mutter vor sieben Jahren keine einzige Träne mehr vergossen. Ohne meine Maske, wäre ich tot."

„Vergebt mir, Meyla", flüsterte Balfour. „Lasst uns Freunde sein."

In diesem Moment wünschte sich Meyla aus tiefstem Herzen, dass sie beide genau dies sein könnten. Gleichzeitig verstand sie, warum das unmöglich war, wieso er es schaffte, sie zornig zu machen und zu verletzen; warum dieser Mann ihr wirklich gefährlich werden konnte: er durchschaute sie. Er konnte hinter ihre Mauer blicken, warum auch immer. Vielleicht hatten alle Dunhams die besondere Gabe des genauen Beobachtens ... Ihr blieb keine andere Wahl, als ihn auf Abstand zu halten, sonst würde er früher oder später vollends hinter ihr Geheimnis kommen. Wenn sie es ihm nicht sogar selbst anvertrauen würde, in einem Anflug rührseligen Wahnsinns. Sie glaubte auch zu wissen, wie sie ihn am Leichtesten von sich wegstoßen konnte. Meyla schluckte, atmete tief durch und war erstaunt, wie fest ihre Stimme klang.

„Freunde?! Balfour ... Ihr seid ein Lackel. Ihr könnt mich hundertmal Schickse nennen, das wird nichts an der Wahrheit ändern: Ihr seid ein Bauer und ich bin eine Adlige und wir werden niemals Freunde sein."

Ihr Herz raste, als er schnellen Schrittes ohne ein Wort im Haus verschwand. Ihr Körper begann zu zittern, vor Kälte, aber ebenso vor Traurigkeit. So stand sie noch eine ganze Weile alleine auf dem Hof.

Später, weit nach Mitternacht, führte Àlainn sie zu ihrem Zimmer.

„Hier ist es", sagte Àlainn seufzend. „Ich ... ich möchte nicht mit hinein. Keiner von uns war darin seit ... nun Ihr wisst schon."

„Ja."

„Aber keine Sorge, es ist alles sauber und ordentlich. Eik kümmert sich darum, dass alles in Stand bleibt."

Meyla nahm Àlainns kleine Hand und drückte sie. „Schön, dass es Eik in Eurem Leben gibt.“

„Oh ja! Ist alles in Ordnung mit Euch, Lady Vending?“

„Wieso fragt Ihr?“

„Ihr sehr bekümmert aus.“

„Alles in Ordnung. Ich bin nur sehr müde, es war ein langer Tag.“

„Und es ist viel zu spät geworden. Ihr müsst morgen früh ´raus.“

Meyla umarmte Àlainn, bedankte sich für die Gastfreundschaft und wünschte ihr eine gute Nacht, dann betrat sie das Schlafzimmer von Niall Dunham, wo Eik anscheinend eine kleine Talgkerze für sie entzündet hatte.

Sofort war Meyla klar, warum Àlainn, Balfour, Cailean und vermutlich auch Gleann diesen Raum nicht betreten konnten: Nialls Anwesenheit war immer noch spürbar, doch das war nicht tröstlich, sondern erfüllte diesen Ort mit einer ungemeinen Traurigkeit.
Was hatte er gedacht, als er zum letzten Mal hier gewesen war? Wusste er, dass er seine Kinder verlassen würde? Oder war er ins Bett gegangen, als wäre es ein Abend wie jeder andere, unwissend gegenüber dem Schicksal, was für seine Familie vorgesehen war?

Meyla fragte sich, wie die Dunham Geschwister es geschafft hatten, all die Jahre mit dieser Unwissenheit zu leben.

Ihr war, als hörte sie Àlainns Stimme: *Weil wir damit fertig werden konnten, irgendwie.*
Meyla kramte in ihrer Tasche, bis sie ihr Püppchen gefunden hatte, legte sich aufs Bett und drückte es sich fest an ihre Wange, wie sie es seit jeher getan hatte. Damals war es weich und flauschig gewesen, heute hatten die Abnutzungserscheinungen das Püppchen rau und abgegriffen gemacht. Dennoch war es ein heimeliges Gefühl und Meyla schaffte es, all die sorgenvollen Gedanken loszulassen und einzuschlafen.

Sie träumte von einem Mann im fortgeschrittenen Alter. Er hatte kurzes, dunkelgraues Haar, buschige Augenbrauen und türkisfarbene Augen. Er stand auf einer Waldlichtung, an seiner Hand war ein kleines blondes Mädchen, das ihn fröhlich krähend hinter sich herzog. Sie quiekte vor Begeisterung, als sie auf dem Boden etwas entdeckte. Sie bückte sich und pflückte eine Pusteblume auf. Der Mann ging lachend in die Hocke und gemeinsam pusteten sie aus Leibeskräften.

Es hätte ein friedsames Bild sein können, doch irgendetwas daran fühlte sich falsch an. Ein Schatten zwischen den Bäumen beobachtete die beiden.

Meyla drückte ihre Puppe im Schlaf fester an sich und plötzlich … war sie der Schatten. Sie wandte sich ab von Mann und Kind und suchte einen Weg zwischen den Bäumen, so lange, bis der Traum ausschließlich das war: ein Herumirren in einem undurchdringlichen Wald.

10

Ihr Name war Adda

Seòras

Die kräftigen Strahlen einer noch jungen Morgensonne führten das Versprechen eines milden Frühlingstages mit.

Die Pferde waren gesattelt, Gepäck und Vorräte gut verschnürt. Der Abschied von Àlainn und den Kindern fiel Balfour diesmal schwerer als beim ersten Mal vor einer Woche. Das mochte zum einen daran liegen, dass die Reise, die diesmal vor ihm lag, viel gefährlicher und ihr Ausgang mehr als ungewiss war. Zum anderen war ihm der Streit mit Meyla letzte Nacht sehr nahe gegangen, sodass es ihm fast unmöglich erschien, die nächsten Wochen ohne das stets hoffnungsfrohe Gemüt seiner kleinen Schwester zu leben. Cailean hatte sich gar nicht erst verabschiedet und trieb sich wohl irgendwo im Wald herum; er war immer noch wütend darüber, dass Balfour Eik und nicht ihn bis Gormal dabei haben wollte.

Balfour unterdrückte mit Mühe ein Gähnen, als er auf sein Pferd stieg.

Er hatte kaum ein Auge zugetan und sich in seinem Bett hin und her gewälzt, hatte Gleanns gleichmäßigen Atemzügen gelauscht und versucht an nichts zu denken, in der Hoffnung endlich Ruhe zu finden und schlafen zu können. Doch seine Gedanken waren immer wieder um die Ereignisse des Abends gekreist; um seine Dummheit, sich in fremder Leute Leben einmischen zu wollen und Meylas Fähigkeit, seinen wunden Punkt derart zielsicher treffen zu können. Als er heute Morgen aufgestanden war, hatte er sich geschworen von nun an höflich und reserviert zu ihr zu sein und keine weiteren vertraulichen Gespräche zu führen. Eigentlich verstand er ohnehin nicht wirklich, warum er gestern so oft ihre Nähe gesucht hatte.

Àlainn stürzte sich auf Eik und verabschiedete sich mit leidenschaftlichen Küssen, die schon fast unanständig waren und allen anderen die Schamesröte ins Gesicht trieben. Allen außer Aidan, der sich nicht mehr einzukriegen schien und immerfort lachte.

„Jetzt komm schon, Àlainn“, rief Balfour ungeduldig, „ iss ihn nicht auf, wir brauchen ihn noch. Er ist immerhin nur ein paar Tage weg.“

Àlainn ließ seufzend von Eik ab und wandte sich mit finsterer Miene an Balfour:

„Du bist bloß neidisch, weil du von niemandem so verabschiedet wirst“

Balfour hatte an diesem Morgen nicht die Geduld für ihre kessen Sprüche. „Können wir jetzt bitte los reiten? Umso schneller ist er zurück bei dir.“

Eik gab Àlainn noch einen letzten Schmatzer und stieg dann leichtfüßig auf sein Pferd. Die Gruppe setzte sich mit einem verhaltenen Trab in Bewegung und ritt langsam aus der Talmulde heraus auf einen eher selten benutzten Reiseweg, der direkt am Líadan Wald vorbeiführte. Balfour schaute ein letztes Mal über die Schultern zurück auf sein Zuhause.

„Wir haben jetzt erst mal einen langes Stück geraden und ebenen Weg vor uns“, rief er seinen Gefährten zu. „ Habt Ihr Lust auf Galopp?“

Die anderen nahmen seinen Vorschlag nur zu gerne an und trieben die Pferde ordentlich an.

Balfour und sein Hengst setzten sich schnell an die Spitze der Gruppe. Der Wind biss ihm in die Wangen und ließ sein Haar fliegen; die Welt sauste rechts und links an ihm vorbei.

Nach einer Weile drosselten sie alle ihr Tempo und Balfour und Aidan ritten entspannt nebeneinander her.

„Reiten braucht Ihr also für Eure Ritterausbildung nicht mehr lernen“, meinte Aidan, „das könnt Ihr nämlich ausgesprochen gut.“

„Ja, wir hatten zeitlebens viele Pferde, die mussten schließlich bewegt werden.“

„Was für Talente habt Ihr noch? Schwertkampf?“

„Leider nein. Die Grundlagen habe ich mir selbst beigebracht, aber das war es dann auch.“

„Beherrscht Ihr eine andere Waffe?“

„Pfeil und Bogen. Sie sind lebenswichtig für meine Familie, deswegen können wir alle ziemlich gut damit umgehen. Messer und Dolche selbstverständlich, das war es."

„Das ist schon viel. Wisst Ihr, ich habe bei Hofe oft junge Männer getroffen, die in ihrem ganzen Leben noch nie eine Waffe auch nur in der Hand gehalten haben und dann unbedingt zum Ritter ausgebildet werden wollten. Das funktioniert einfach nicht."

„Wie ist sie so? Die Ausbildung zum Ritter?"

Aidan zeigte Begeisterung, als er antwortete: „Sie hat alles übertroffen, was ich mir jemals in meiner Fantasie ausgemalt hatte. Ihr müsst wissen, mein Vater ist der Hof-Medicus, meine Mutter war Breandans und Adairs Zofe. Sprich, ich bin auf der Burg aufgewachsen und war seit Kindertagen mit dem Prinzen befreundet. Es war allzeit klar, dass ich mal ein Ritter in der Königsgarde werden würde. Ihr wisst sicher, dass die Leibgarde in Daracha ausgebildet wird. Es war eine aufregende, aber auch schlauchende Zeit. Doch am Tag meiner Schwertleite vor vier Jahren wusste ich, dass sich die Mühe gelohnt hatte und ich es immer wieder genauso machen würde."

„Wieso erst vor vier Jahren?", fragte Balfour verwundert, der wusste dass Aidan und Breandan ein Alter waren. „Die Ritter haben ihre Schwertleite doch eigentlich früher?"

„Nun ja, es ist etwas dazwischen gekommen." Aidan schaute Balfour an und lachte verlegen, sodass dieser die Antwort bereits erahnte.

„Eine Frau?"

„Ja. Ich habe mich verliebt, mit einer Heftigkeit, die ich niemals für möglich gehalten hatte."

Balfour fragte sich - nicht zum ersten Mal - was Verliebtheit wohl für ein Gefühl sein mochte. Er hatte das Bett in seinem Leben bereits mit der ein oder anderen Dame geteilt, an Abenden, an denen er seiner Verantwortung für ein paar Stunden entfliehen wollte und er sich in Seòras' Schänke mit ein paar Krügen Bier betäubt hatte. Für keine hatte er mehr als Anziehung oder Freundschaft empfunden und er war sich nicht sicher, ob er überhaupt fähig war, sich zu verlieben. Vielleicht war er dafür zu abgestumpft. Er fragte sich, ob sein Traum ein Ritter der Königsgarde zu werden für ihn hinfällig wäre, wenn er mal einer Frau begegnen würde, die ihm den Kopf verdrehen konnte. Dies erschien ihm unvorstellbar.

„Aber Ihr habt Euch gegen sie und für die Ritterschaft entschieden?!"

„Am Anfang nicht." Zärtlichkeit schlich sich in Aidans Stimme, als er fortfuhr. „Ich habe meine ganze Lebensplanung für sie über den Haufen geworfen. Sie war wunderbar, wisst Ihr. Stur und wild und lustig. Ihr Name war Adda, sie hatte giftgrüne Augen und hellblondes Haar. Für mich sah sie aus wie eine Elfe. Irgendwann, als die Zeit des süßen, unbeschwerten Verliebtseins nachließ, haben sich Zweifel in mein Herz geschlichen. Sie wollte gerne sesshaft werden, mit Hochzeit und Kindern und allem was eben dazugehört. Aber so hatte ich mir meine Zukunft zu keinem Zeitpunkt vorgestellt und deswegen habe ich mich auf meinen ursprünglichen Plan besonnen und sie verlassen. Auch um ihretwillen. So seltsam das klingt, ich dachte mir, dass es besser für sie ist, irgendwann jemanden zu finden, der ihre Erwartungen an das Leben teilt."

„Das verstehe ich, Euer beider Wünsche waren eben nicht vereinbar. Dennoch muss es schwer gewesen sein."

„Es hat mir das Herz gebrochen, aber für sie war es sicherlich viel schlimmer, denn sie musste mit meiner Wahl leben und konnte nicht mitentscheiden. Und obwohl ich sie sehr geliebt habe und immer noch liebe, habe ich meinen Entschluss nicht bereut. Ich gehöre einfach an die Seite unseres wunderbaren Prinzen."

„Wisst Ihr, was aus Adda geworden ist?"

„Ich habe gehört, dass sie zurück in ihre Heimatstadt gegangen ist und dort glücklich wurde. Ich hoffe dies stimmt, denn ich gönne es ihr von ganzem Herzen."

„Habt Ihr niemals gezweifelt, dass es richtig ist, sich für den Rest des Lebens gegen Frau und Kinder zu entscheiden?"

„Nein! Ich bin wie geschaffen für das Leben als Ritter, die Catharnachs sind meine Familie. Und nun ja ...", lachte er, „ich habe lediglich einen Eid geschworen, nicht zu heiraten und keine Familie zu gründen. Das beinhaltete zum Glück nicht, dass ich nie mehr eine Frau anfassen darf. Das wäre wirklich zu schade gewesen, vor allem, wo sie einen Ritter doch so bereitwillig in ihr Bett lassen."

Balfour konnte ein Grinsen nicht unterdrücken und war froh, dass Breandan Aidan mit auf ihre gefährliche Reise geschickt hatte.

Die nächsten Minuten verbrachten sie in einträchtigem Schweigen, irgendwann jedoch beschlich Balfour ein ungutes Gefühl, als würden sie verfolgt. Er ließ sich ein wenig zurückfallen und Gleann und Eik an sich vorbeiziehen, jetzt war mit einigem Abstand nur noch Meyla hinter ihm, die nicht so sicher auf dem Pferd war wie der Rest. Hinter ihrer Gruppe war weit und breit keine Menschenseele, dennoch sagte Balfours Instinkt, dass jemand oder etwas sie beobachtete. Er blickte in den Líadan zu seiner Rechten, doch die Bäume und Büsche wirkten ruhig und friedlich. Ihm war nicht wohl dabei, dass Meyla dermaßen weit hinter ihnen ritt, aber gerade als er noch langsamer werden und sie zu sich aufschließen lassen wollte, erinnerte er sich an den Streit vom gestrigen Abend. Ihr wäre es bestimmt zuwider, wenn er versuchte, sie vor möglichen Gefahren zu beschützen, denn das könnte sie ja schwach erscheinen lassen.

Ach, sollen sie die Schickse ruhig holen, dann wird unsere Reise mit Sicherheit einträchtiger.

Also trieb er sein Pferd an und ritt zurück zu Aidan an die Spitze.

Sie rasteten um die Mittagszeit im Schatten einiger besonders dicker Bäume des Líadans. Aidan durchwühlte sein Gepäck und förderte dabei zwei merkwürdig geformte Steine, die von einem ungewöhnlichen Rot waren, zutage.

„Was ist das?“, fragte Gleann neugierig.

„Feuersteine“, antwortete ihm Aidan. „Die habe ich vor einiger Zeit auf dem Schwarzmarkt erstanden. Sie werden uns auf unserer Reise nützlich sein, wenn wir uns nach einem wärmenden Lagerfeuer sehnen.“

„Tssee“, schnaubte Meyla, „ich brauche keine Feuersteine, um ein Feuer anzuzünden.“

„Abwarten, Meyla“, sagte Aidan und packte die Steine wieder ein. „Diese Steine entfachen selbst dort ein Feuer, wo es zu nass für Flammen ist oder es nicht genug Holz als Unterlage gibt oder, oder, oder. Magie ist das einzige, was ihre Flammen verhindern kann. Wenn wir sie unterwegs nicht brauchen, umso besser. Aber ich bin lieber für alle Fälle gerüstet."

Sie alle aßen eine Kleinigkeit von ihren Vorräten, anschließend saßen Meyla, Eik und Gleann beisammen und unterhielten sich lebhaft; während Balfour und Aidan ein wenig abseits standen und ihren weiteren Reiseweg besprachen. Plötzlich beschlich Balfour abermals das Gefühl, dass etwas nicht stimmte. Diesmal war er mit dieser Ahnung nicht alleine, denn er sah, wie Aidan sich anspannte. Während Eik und Gleann unbeirrt weiter plauderten, schien auch Meyla die drohende Gefahr zu spüren, sie tastete mit einer Hand unauffällig nach ihrem Bogen. Aidan nickte Balfour bestimmend zu und legte seinen Finger an die Lippen um ihm zu zeigen, dass er sich ruhig verhalten sollte.

Ein paar Sekunden schien die Welt stillzustehen, dann zog Aidan sein Schwert und machte einen Satz zum nächsten Baum, schlug kräftig ins Geäst bis etwas schwungvoll aus der Baumkrone krachte und ihm vor die Füße fiel. Balfour stürzte zu Aidan ... und blickte in das beschämte und angesäuerte Gesicht seines jüngeren Bruders.

„CAILEAN!", schrie Balfour auf. „Bei den Göttern, was hast du hier zu suchen? Dann schleichst du dich auch noch so an ..."

Cailean stand auf und klopfte sich Dreck und Laub aus Hemd und Hose.

Meyla, Gleann und Eik waren bei Aidans Angriff aufgesprungen und starrten Cailean fassungslos an, die beiden Letzteren noch starr vor Schreck.

„Tja", sagte Cailean mürrisch, „besonders auf der Hut wart ihr ja anscheinend nicht, denn ich bin Euch seit eurem Aufbruch in Seòras gefolgt und ihr habt nichts bemerkt."

„Natürlich habe ich was gemerkt", brummte Balfour, „aber ich wollte abwarten und kein unnötiges Risiko eingehen."

„Ist klar", meinte Cailean abfällig und wollte an ihm vorbei, doch Balfour hielt ihn am Arm fest.

„Ich frage dich jetzt nochmal: WAS WILLST DU HIER?"

Cailean befreite seinen Arm ziemlich grob und antwortete: „Ist das nicht offensichtlich? Ich begleite euch."

„Auf keinen Fall."

„Als wenn das deine Entscheidung wäre ..."

„Ähm, Meyla ", sagte Aidan, der sich ziemlich unwohl zu fühlen schien, „lass uns mal nach den Pferden sehen bis die Dunhams das geklärt haben."

„Sehr guter Einfall!", antwortete Meyla, die es anscheinend nicht erwarten konnte, wegzukommen.

Es blieb nur die Familie zusammen; der verzagt drein schauende Gleann, der vor Wut kochende Balfour und Eik, der ihm beruhigend eine Hand auf die Schulter legte.

„Wie hast du es überhaupt geschafft mit uns mitzuhalten?", wandte sich Eik an Cailean. „Wir haben ein beachtliches Tempo hingelegt."

Cailean runzelte die Stirn. „Mit dem Pferd natürlich", antwortete er, als wäre es das Selbstverständlichste der Welt.

„Du hast also das letzte Pferd aus dem Stall genommen", folgerte Balfour mit mühsam beherrschter Stimme „und deine Schwester mit den Kindern alleine auf dem Hof zurückgelassen. Wunderbar, Cailean, großartig gemacht!"

„Nun hör mal auf, nicht *ich* war es, der aufgekreuzt ist und gesagt hat, ich leihe mir sämtliche Pferde und ihren Mann für ein paar Tage aus."

„ICH HATTE EINEN GUTEN GRUND!" Balfour musste sich sehr zusammenreißen, damit er Cailean nicht schüttelte. „Aber DU lässt sie alleine zurück, DU lässt sie im Stich! Du bist einfach gegangen ... "

„Nein, das bin ich gewiss nicht. Ich habe den Leysings Bescheid gegeben, dass Àlainn und die Kinder ein paar Tage alleine sind und sie mal nach ihr sehen sollen. Ich wette, Armadal oder Virkt waren inzwischen längst bei ihr."

„Und was ist mit der ganzen Arbeit auf dem Hof? Soll Àlainn das alleine mit den Mädchen und Knechten machen? Wann wirst du endlich erwachsen und lernst mal, Verantwortung zu übernehmen? Andere in deinem Alter haben eine eigene Familie, die sie durchbringen müssen."

„Ach ja? Du nicht, Balfour, und du bist sieben Jahre älter als ich!"

„Ich habe schließlich mit euch genug Familie, für die ich Verantwortung trage."

„Und wie oft sollen wir dir noch sagen, dass wir dir dafür dankbar sind? Wir sind aber jetzt erwachsen und wollen unser Leben leben, wie es uns gefällt. Du kannst mich nicht ewig auf dem Hof festhalten! Ich will die Welt sehen, genau wie du!“

„Cailean, das hier ist keine spannende Abenteuerreise. Es geht um das Leben einer jungen Frau.“

Cailean lachte verbittert. „Klar, das passt dir selbstverständlich gut in den Kram.“

„Was meinst du damit?“

„Du willst immer alle retten, Balfour, für alle die Verantwortung übernehmen, allen helfen. Ein edler Ritter sein, der alle durchbringt. Ich weiß, du meinst das gut, allerdings merkst du gar nicht, wie du uns andere mit deinem guten Herz erdrückst.“

„Ich wusste nicht, dass ich so eine Belastung für euch bin“, sagte Balfour müde, „und euch anscheinend derart mit meinem Edelmut zermürbe.“

„Heee“, sagte Eik, „jetzt ist aber Schluss. Komm Balfour, geh ein paar Schritte mit mir.“

Cailean schimpfte vor sich hin, während Gleann leise auf ihn einredete. Balfour und Eik entfernten sich.

Sie gingen ein paar Meter in den Wald hinein, wo Vögel sangen und Käfer summten, gleichgültig gegenüber den Problemen der Menschen.

„Ich kann nicht fassen, was da gerade passiert ist. Dabei sollte es mich nicht verwundern, dass Cailean mal wieder etwas Dummes tut ...“

„Er ist manchmal unberechenbar, ja“, stimmte ihm Eik lachend zu. „Er hat halt den unverkennbaren Dunham-Dickkopf. Hätte er den nicht, würde er aber auch arg aus der Reihe tanzen.“

„Wie kann ich ihm bloß klar machen, dass er zurück nach Seòras muss?“

„Vermutlich gar nicht.“

„Und jetzt? Was soll ich dann machen? Ich kann ihn wohl kaum mitreiten lassen.“

„Vielleicht solltest du genau das tun.“

„Bitte?“

„Balfour, sieh mal, er ist erwachsen. Du kannst ihm nicht verbieten, mitzukommen, das könnte höchstens Aidan und da er das nicht direkt getan hat, glaube ich nicht, dass er was dagegen hat. Du kannst Cailean, Gleann und Àlainn nicht dein Leben lang beschützen.“

„Also findest du, er hat Recht? Dass ich sie erdrücke?“

„Es geht hier nicht um Recht haben. Cailean war ein Junge, als euer Vater verschwand. Du bist ungewollt in die Vaterrolle für ihn geschlüpft, obwohl du dafür viel zu jung warst. Er versucht sich von dir loszulösen, das ist ganz normal.“

„Deswegen muss er nicht seine Schwester im Stich lassen! Und wie will er sich von mir loslösen, wenn er mich jetzt begleitet? Das könnte er doch viel besser daheim, nun wo ich fort bin.“

„Ach Balfour, auf dem Hof hat er keine Chance. Deine Fußstapfen sind so übermäßig groß. Jeder im Dorf achtet und respektiert dich. Àlainn und Gleann vergöttern dich, meine Familie schätzt dich wie einen Sohn. Wie er soll er sich dort jemals aus deinem Schatten lösen?“

Balfour strich schweigend über einen Baumstamm, das Gefühl der rauen Rinde unter seiner Haut beruhigte ihn. Was dieser Baum wohl alles erzählen könnte, wenn er sprechen würde? „Cailean“, sagte er schließlich leise, „gibt mir stets das Gefühl, dass es nicht genug war, was ich getan hab. Dass es selbstsüchtig ist, meinen eigenen Wünschen zu folgen.“

„Cailean liebt und bewundert dich genauso wie Àlainn und Gleann. Wahrscheinlich sogar ganz besonders dafür, dass du versuchst deinen Träumen zu folgen. Er kann das nur nicht zeigen.“

„Wenn ich ihn mitkommen lasse ... was wird aus Àlainn? Sie ist ganz allein.“

„Àlainn findet sich schon zurecht. Ich glaube, sie kann sich jeder Gegebenheit anpassen. Außerdem bin ich in vier, spätestens fünf Tagen daheim. So lange wird meine Familie ein Auge auf sie haben.“

Widerstrebend nickte Balfour.

„Komm, Großer“, sagte Eik herzlich und legte ihm den Arm um die Schultern, „machen wir dein Brüderchen glücklich.“

Sie gingen zurück zu den anderen, wo Meyla und Aidan inzwischen wieder bei Gleann und Cailean waren.

„Die Rast hat länger gedauert, als erwartet“, meinte Balfour. „Dafür möchte ich mich entschuldigen. Ich hoffe, wir können jetzt ohne weitere Verzögerungen reiten.“
Er schaute Cailean an, der den Blick trotzig erwiderte.

„Wo ist dein Pferd?“

„Ich hab es etwa zweihundert Meter von hier an einen Baum festgebunden."

„Dann beeil dich lieber, es zu holen, wir werden gewiss nicht auf dich warten."

Cailean sah überrascht aus und Balfour wurde klar, dass er niemals damit gerechnet hatte, dass er tatsächlich mitkommen durfte.

„Ich … ja … klar … bin schon unterwegs."

„Aber Cailean …"

„Ja?"

„Du wirst keine Probleme machen, hörst du? Du bist Teil einer Gruppe und wirst dich dementsprechend benehmen. Keine Alleingänge. Du wirst auf alles hören, was …" Balfour hielt inne. *Was ich dir sage*, waren seine geplanten Worte gewesen. Doch als er Caileans erwartungsfrohes Gesicht sah, überlegte er es sich anders. „Du wirst auf alles hören, was Aidan dir sagt."

„Selbstverständlich, das wird mir eine Ehre sein!" Cailean ging hinüber zu Aidan und kniete vor ihm nieder. „Ritter Lachlann, Euer Wohlgeboren, hiermit schwöre ich Euch zu dienen und zu gehorchen bis an mein Lebensende."

Alle anderen lachten, am meisten Aidan, Balfour jedoch war immer noch argwöhnisch. *Hoffentlich habe ich keinen Fehler gemacht.*

„Vielen Dank, mein treuer Freund", sagte Aidan und zog Caileans schlaksige Gestalt hoch auf die Füße. „Aber dein Bruder hat etwas sehr Wichtiges gesagt: wir sind Teil einer Gruppe. Deswegen möchte ich Euch allen sagen, dass Ihr mich fortan bitte nicht mit Wohlgeboren ansprechen sollt. Dann macht das ganze gleich viel mehr Spaß."

Die Pferde warteten bereits ungeduldig auf die weitere Reise, als Balfour aufsaß. Meyla schwang sich neben ihm auf ihr Ross, ein wenig unbeholfen und nicht besonders elegant, doch Balfour würde eher in den Schwarzen Wald reiten, als ihr seine Hand zur Hilfe anzubieten.

„Na, hat Euch das kleine Possenspiel gefallen, Lady Vending?", fragte er missmutig.

„Mit der Familie ist es so eine Sache", antwortete sie schlicht. „Wir können es ihnen am schwersten Recht machen, dabei wollen wir grade ihnen am meisten gefallen.

Ihr solltet Euch nun nicht mehr mit all den vielen schweren Gedanken belasten, Balfour."

„Was kümmert es Euch, ob ein Lackel trübe Gedanken hat?"

„Tut es nicht. Es war lediglich ein Rat, als Dankeschön, dafür dass Ihr mir die Glühwürmchen gezeigt habt."

„Hab' ich doch überhaupt nicht. Ihr habt sie eigentlich von selbst gesehen."

„Gut, dann war der Rat eben so etwas wie ein Friedensangebot. Lasst uns zu unserem vereinbarten Waffenstillstand zurückkehren, sonst werden die nächsten Wochen unerträglich."

„An mir soll das nicht liegen. Ich war derjenige, der Euer Freund sein wollte, schon vergessen?"

Meyla öffnete den Mund, um etwas zu erwidern, Balfour hob sofort beschwichtigend die Hände.

„Nein, nein schon gut. Ich habe meine Lektion gelernt. Sehen wir einfach zu, dass wir irgendwie miteinander klar kommen und nach dieser Reise, wie auch immer sie ausgehen mag, kann jeder wieder seiner Wege gehen. Hüja!"

Er trieb sein Pferd an und peste voraus, bereit für das Abenteuer, das nun wirklich losgehen würde.

11

Der Mann in der Rüstung

Alastríona

Nansaidh hatte es geschafft, sich auf eine Bank vor die Burgmauer zu schleppen. Hier saß sie bereits seit einigen Stunden, ließ sich die Sonnenstrahlen ins Gesicht scheinen und beobachtete das Kommen und Gehen am großen Haupttor. Das bunte Treiben der Stadt, die alltäglichen Gewohnheiten und Sorgen normaler Leute und das sie liebkosende Frühlingswetter, ließen sie ihren eigenen Kummer wenigstens ein wenig vergessen. Oder nein, nicht vergessen, aber er rückte ein wenig in den Hintergrund.

Hier konnte sie sitzen und Menschen beobachten, die ihr Leben noch vor sich hatten. Menschen, die frei waren; zu Hause.

Natürlich wusste sie, dass es ganz so leicht nicht war. Vielleicht waren all diese Leute genauso wenig frei wie sie selbst, doch sie wollte gerne daran glauben, weil alles, was sie beobachtete, ihr verlockend und einfach erschien.

Sie hatte heute einen guten Tag erwischt, auch wenn der Weg von der Burg bis hinaus zu dieser Bank sie fast in die Knie gezwungen hatte und mindestens doppelt so lange gedauert hatte wie bei einem gesunden Menschen. Jetzt saß sie hier, fast ohne Schmerzen und vor allem mit einem vergleichsweise freien Kopf. Dies war in den letzten Tagen selten der Fall gewesen, sie hatte Stunde um Stunde wie in einem Nebel in ihrem Bett vor sich hingedämmert.

Wenigstens hatte der Besuch des Alchemisten vor zwei Tagen Klarheit gebracht, wenn auch nicht viel Hoffnung. Nansaidh wunderte sich über sich selbst, dass sie die Nachricht, dass sie vergiftet worden war, erleichtert aufgenommen hatte. Ihr erschien diese Möglichkeit besser als die, dass sie den Verstand verloren hatte. Sie tat die Dinge, die sie in jener verhängnisvollen Nacht auf der Burg gesehen und gehört hatte, lieber als Fieberwahn ab, anstatt sich eingestehen zu müssen, dass sie sich alles ohne Grund eingebildet hatte. Dennoch war da ein nagender Zweifel in ihr, dass das Gift eben nicht alles erklären konnte.

Sie wurde auf Schritt und Tritt bewacht, Breandan hatte dafür gesorgt, dass zwei Ritter aus seiner eigenen Leibgarde sie überallhin begleiteten bzw. vor ihrer Tür Position bezogen. Auch nun standen die beiden ernsten, gewissenhaften Männer nur wenige Meter von ihr entfernt. Nansaidh war dies nur Recht, sie wollte weder dem Menschen, der sie loswerden wollte nochmal begegnen, noch verspürte sie große Lust darauf, den Geist in der Rüstung wiederzusehen. Breandan hatte in den letzten Tagen jede freie Minute bei ihr verbracht und es hatte einige Überzeugungskünste gebraucht, ihn zu überreden, sie heute mal für sich zu lassen. Er konnte seine Aufgaben als Kronprinz schließlich nicht ewig vernachlässigen.

Der Alchemist hatte Nansaidh ein Gebräu verabreicht, welches die Wirkung des Giftes vorübergehend eindämmen konnte. Dies würde nicht von langer Dauer sein, das wusste sie, umso bewusster wollte sie jeden halbwegs erträglichen Tag erleben. Allerdings hatte die Klarheit in ihrem Kopf auch Nachteile, den so kreisten die Gedanken viel eher um ihren nahe bevorstehenden Tod und das kurze Leben, was ihr vergönnt gewesen war. Für Nansaidh war es eine Gewissheit, dass es bald zu Ende gehen würde und sie wünschte sich sehnlichst, dass sie ihre letzten Tage zu Hause in Dálach verbringen könnte. Ihre Familie hatte bisher noch nicht auf die schlimmen Nachrichten aus dem Westen geantwortet, aber dafür war es vielleicht noch zu früh.

Noch mehr als darüber, grübelte sie über die Menschen nach, die Breandan für ihre Rettung in den Tod geschickt hatte. Die Suche nach der Blauen Blume war ein hoffnungsloses Unterfangen, dessen war sich Nansaidh sicher und sie bedauerte es zutiefst, dass der Prinz seinen besten Freund und die muntere Lady Vending auf diese Queste delegiert hatte, noch dazu zwei junge Bauern, die eigentlich überhaupt nichts mit dem Königshaus zu schaffen hatten. Sie fühlte sich furchtbar, weil das Leben dieser Menschen ihretwegen auf dem Spiel stand.

Nein, nicht meinetwegen, dachte sie streng, *sondern wegen demjenigen, der mir das alles angetan hat.*

Sie versuchte nicht darüber nachzugrübeln, wer der Übeltäter war, doch natürlich gelang ihr dies bloß bedingt und sie empfand allen Bewohnern der Burg gegenüber tiefes Misstrauen, zumindest allen außer Breandan, der sich wirklich rührend um sie kümmerte.

So saß sie nun in der Mittagssonne und hing all ihren trüben Gedanken nach, als Catrìona sie besuchte.

„Lady Nansaidh, darf ich mich zu Euch setzen?"

„Oh, gewiss, gerne. Nehmt Platz."

Catrìona nahm ihre Hand. „Sagt, wie geht es Euch?"

„Heute geht es einigermaßen. Ich fühle mich nicht mehr ganz so schwach, habe keine Kopfschmerzen, das Fieber ist leicht gesunken. Müde bin ich immer noch sehr, der Weg hier hinunter war äußert anstrengend."

„Das glaub ich Euch gerne. Aber schön, dass Ihr Euch ein wenig besser fühlt. Also zeigt die Tinktur des Alchemisten Wirkung?"

„Ein wenig, ja."

„Vielleicht besteht Hoffnung, dass er Euch heilen kann?"

„Das glaube ich eher weniger. Er hat deutlich gesagt, dass er das Gift nur verlangsamen, aber nicht aufhalten kann. Früher oder später hat es mich innerlich aufgefressen."

Catrìona schien bei ihrer Direktheit zu erschrecken, denn sie zuckte kurz zusammen, doch Nansaidh hatte keine Lust, Rücksicht auf die Gefühle anderer zu nehmen.

„Habt Ihr eine Ahnung wer Euch das angetan haben könnte?"

„In Frage kämen wohl viele, denn fast jeder, der an meinem ersten Abend mit auf dem Fest oder am zweiten Abend mit im Rittersaal war, hätte mir etwas ins Essen tun können. Ein wirklicher Anlass fällt mir bei niemandem ein ... und ob ich es jemandem zutraue? Ich kenne die Menschen hier nicht."

Du hast mir ebenfalls was zu Essen gegeben, dachte Nansaidh bitter, *wenige Stunden bevor ich krank geworden bin. Diese verfluchte Nuss. Und jetzt sitzt du hier mit mir im Sonnenschein und hältst meine Hand ... wie soll ich bloß irgendjemandem vertrauen können?*

„Was ich Euch seit jenem Abend unter vier Augen fragen wollte, Catrìona, und bisher keine Gelegenheit dazu hatte ... Habt Ihr ehrlich nichts gehört? Die Schreie? Außer meinen, meine ich ."

„Nein, ich habe nichts gehört. Wieso hätte ich etwas anderes behaupten sollen? Aber ich dachte , es wäre klar, dass das Fieber und das Gift Euch Sachen vorgegaukelt hat? Auch die Schreie.“

„Vielleicht, aber, nun, es kam mir einfach so wirklich vor.“

„Es war das Fieber, Nansaidh. Es hat Eure ganzen Sinne verrückt spielen lassen. Noch dazu dieses Unwetter, was vielleicht Geräusche im Mauerwerk verursacht hat, die Euch fremd waren.“

Ich kann sehr wohl Geräusche im Mauerwerk von jammernden, verzweifelten Schreien unterscheiden. Wir aus dem Osten mögen in mancherlei Hinsicht altmodisch sein, aber beschränkt sind wir nicht. Nansaidh behielt diesen Gedanken für sich, weil sie nicht mit Catrìona streiten wollte.

„Und die anderen Sachen?“, fragte sie stattdessen. „ Der Mann in der Rüstung? Das Ölgemälde?“

„Fieber!“, antwortete Catrìona, diesmal mit deutlich schärferem Unterton. Sie lachte, obgleich es gekünstelt klang. „Oder wollt Ihr allen Ernstes behaupten, dass es Gespenster auf Uallach gibt?“

Nansaidh lachte ebenso falsch. „Natürlich nicht.“

Catrìona legte ihr einen Arm um die Schulter. „Ach, meine liebe Nansaidh, es tut mir unendlich leid. Und ich verstehe, dass Ihr immer noch über diese schreckliche Nacht nachgrübelt. Aber es war das Gift, was Euch krank gemacht hat und diese Dinge sehen und hören ließ. Gepaart mit dem Gewitter und der Dunkelheit, hat es Eurem Verstand einen Streich gespielt. Wer weiß, vielleicht war das Feuer in Eurem Kamin gar nicht richtig aus und ein Luftzug, nachdem Ihr Eure Tür geöffnet habt, hat es wieder entfacht ... es gibt für alles eine einfache Erklärung.“

Nansaidh fröstelte. „Ich würde jetzt gerne zurück zur Burg, ich fühle mich sehr erschöpft.“

„Sicher. Soll ich Euch behilflich sein?“

„Nein, nein, danke.“ Nansaidh nickte ihrer Wache kurz zu, die sofort zu ihr hinüber kamen und sie auf ihrem langsamen Weg zurück stützten. Während sie zur Burg hinaufging, meinte sie Catrìonas Blick im Nacken zu spüren.

Nansaidh hatte niemandem von der Sache mit dem Feuer im Kamin erzählt.

Sie verschlief den restlichen Nachmittag, der Spaziergang war wohl doch zu anstrengend gewesen. Nachdem sie am Abend mit Mühe und Not ein wenig Suppe hinuntergewürgt hatte, saß sie aufrecht in ihrem Bett und dachte darüber nach, wie sie Catrìonas Verhalten zu deuten hatte. Und woher wusste sie bloß von dem Feuer?

Schließlich erschien der Prinz, in der Hand einen Strauß mit Frühlingsblumen.

„Für meine schöne Verlobte. Da du nur begrenzt hinaus in den Frühling kannst, muss der Frühling eben zu dir."

„Wie lieb von dir." Nansaidh schnupperte an dem Strauß und fühlte sich besser, wie immer in Breandans Nähe.

Er lächelte. „Ich habe ihn sogar selbst gepflückt. Heute Nachmittag bin ich zwischen zwei Audienzen nach draußen gegangen."

Er ist dermaßen herzig. Ach, wie wunderbar alles wäre, müsste ich nicht bald sterben.

Breandan setzte sich neben sie aufs Bett und musterte sie ganz genau. „Du siehst heute wesentlich besser aus als die Tage zuvor. Das macht mir Mut."

„Ja, der Alchemist versteht etwas von seinem Werk."

„Vielleicht wird alles gut."

„Ach Breandan, wir sollten uns keine falsche Hoffnung machen."

„Warum falsche Hoffnung? Alles, was wir im Moment brauchen ist Zeit. Und die scheint das Gegengift uns zu verschaffen. Aidan hat mich noch nie enttäuscht, er wird uns auch diesmal nicht im Stich lassen."

Nansaidh wusste, dass Breandan sich mit Vorwürfen wegen ihres Zustandes quälte und an ihre Rettung glauben musste, um überhaupt weiterleben zu können.

„Es ist nicht deine Schuld, weißt du", sagte sie leise, „was jetzt mit mir passiert. Du kannst nichts dafür."

„Ich hätte auf dich aufpassen müssen. Das wäre meine verdammte Pflicht gewesen. Ich hätte dich an den ersten Tagen nicht alleine lassen dürfen."

Sie griff nach seiner Hand. „Wer immer mir das angetan hat, hätte trotzdem einen Weg gefunden. Du hättest ihn nicht aufgehalten."

Er küsste sie auf die Schläfe und erhob sich.

„Breandan?"

„Ja?"

„Wie gut kennst du Catrìona?"

Verwirrt runzelte er die Stirn. „Eigentlich nicht besonders gut. Am Anfang war sie glaube ich alles andere als glücklich darüber, meinen Bruder heiraten zu müssen. Aber inzwischen scheinen sie gut miteinander auszukommen. Ich glaube sogar, ihr gefällt ihre Stellung hier bei Hofe."

„Könnte sie ein Problem mit mir haben? Also ich meine damit, dass ich als deine Frau über ihr stehen werde. Sie ist dann bloß noch die drittwichtigste Dame des Königreiches."

„Nein, das glaube ich nicht. Selbst wenn sie ihre Position und das bisschen Macht, was sie innehat, genießt ... ich halte sie für anpassungsfähig und umgänglich. Wieso fragst du mich das alles? Hast du sie etwa in Verdacht?!"

„Oh, nein, nein. Ich war bloß neugierig. Gute Nacht, mein Prinz."

„Gute Nacht, meine Liebe. Wenn du etwas brauchst, die Wache steht vor deiner Tür."

„Ich weiß, vielen Dank."

Gegen Mitternacht erwachte Nansaidh abermals und das inzwischen vertraute Gefühl stellte sich ein, dass jemand in ihrem Zimmer war, der dort nicht hingehörte. Für einen flüchtigen Moment meinte sie, eine kleine Gestalt auf ihrer Brust kauern zu sehen. Doch als sie die Augen ganz auf hatte und den schwachen Schein der Kerze auf ihrem Nachttisch wahrnahm, die rund um die Uhr brannte, war ihr Schlafzimmer leer und friedlich.

Geht es also wieder los, dachte sie, erstaunlich klar im Kopf und ohne die Angstschauer, die sie beim letzten Mal überrollt hatten.

Sie beschloss, es diesmal nicht darauf ankommen zu lassen und rief deswegen gleich nach ihrer Wache.

Ein älterer Herr in der Uniform der Königsgarde, den sie noch nie zuvor gesehen hatte, kam sofort herein und erkundigte sich freundlich nach ihrem Befinden.

„Ach, wahrscheinlich ist es gar nichts", antwortete sie, „vielleicht war es nur ein Traum oder das Fieber ist von neuem gestiegen. Aber wenn Ihr so gut wärt und Euch kurz in meinem Zimmer umschauen könntet? In allen Ecken, ob ich auch wirklich alleine bin?"

„Aber natürlich, Mylady." Der Ritter schloss die Tür hinter sich. Falls er ihre Bitte seltsam fand, ließ er es sich nicht anmerken.

Er durchsuchte alles sehr gewissenhaft, öffnete sogar die Truhe und schaute unter ihr Bett. Doch je sorgfältiger er alles unter Augenschein nahm, desto unruhiger wurde Nansaidh. Irgendetwas an dem Bild von dem Mann, der da so gründlich nach ihrem Alptraum suchte, war nicht richtig, aber sie kam einfach nicht darauf, was es war.

„Also, Mylady, ich habe überall nachgesehen, Ihr seid alleine in diesem Raum. Geht es Euch jetzt besser?"

„Nein. Ich meine, ich weiß nicht ..." Nansaidh erhob sich aus ihrem Bett und hüllte sich schnell in ihren Morgenrock. „Sagt, könntet Ihr vielleicht den Kronprinzen holen?"

„Aber Mylady, es ist mitten in der Nacht. Seid Ihr nicht zufrieden mit meiner Arbeit?"

„Doch, aber ich möchte trotzdem gerne mit dem Prinzen sprechen. Er wird nichts dagegen haben, wenn Ihr ihn meinetwegen holt, glaubt mir."

Der Ritter bewegte sich kein Stück. Nansaidh spürte, wie die altbekannte Panik zurückkehrte. Mutig ging sie einen Schritt auf ihn zu. „Hört gut zu, ich befehle es Euch als zukünftige Königin. Geht jetzt sofort meinen Verlobten holen!"

„Das halte ich wirklich für keinen guten Einfall."

„Gut, dann gehe ich eben zu ihm. Und werde dafür sorgen, dass Ihr die längste Zeit Ritter der Leibgarde wart, verlasst Euch drauf!"

Er packte sie fest am Unterarm; sie erschrak und senkte ihren Blick nach unten. In diesem Moment wurde ihr klar, was sie die ganze Zeit unterschwellig irritiert, aber nicht den Weg in ihr Bewusstsein geschafft hatte:

Auf dem Boden sah sie den Schatten, den ihr eigener schlanker Körper warf. Dort, wo der Schatten des Ritters sein müsste, war ... gar nichts.

Der Mann folgte ihrem Blick und seufzte. „Das hat mich früher oder später immer verraten."

Nansaidh schrie so laut sie konnte um Hilfe und versuchte, sich aus dem Griff des falschen Ritters zu befreien. Sie schlug auf ihn ein, jedoch wehrte dieser all ihre zaghaften Befreiungsversuche ab, packte sie fester, kratzte sie, bis er sie schließlich komplett in seiner Gewalt hatte.

Dann legte er ihr eine Hand auf den Mund und drückte ihr die Luft ab, bis sie bewusstlos wurde.

„Was ist nur mit ihr geschehen? Das kann doch nicht bloß die Wirkung des Gifts gewesen sein! Ich habe gestern Abend noch mit ihr gesprochen, sie war vollkommen klar im Kopf und es ging ihr gut."

Nansaidh spürte, wie ganz langsam ihre Lebensgeister erwachten. Sie hörte betroffenes Gemurmel in ihrem Gemach.

„Breandan, wir wissen doch nicht genau, was dieses Gift mit ihr anrichtet." Die Stimme der Königin. „Dasselbe gilt für dieses mysteriöse Gegenmittel. Vielleicht war die Wirkung sehr kurzfristig und nachts ist das Fieber wieder angestiegen."

„Und die blutigen Kratzer an ihren Unterarmen? Was ist damit? Wollt ihr etwa alle behaupten, dass sie sich die selbst zugefügt hat?"

„Wer weiß, was sie im Fieberwahn gesehen und getan hat." Das war Catrìona gewesen, die gesprochen hatte. Nansaidh schlug ihre Augen auf, Breandan stürzte sofort zu ihr.

„Nansaidh, Liebling, du bist wach. Wie geht es dir?"

„Es ... es geht. Was ist geschehen?"

„Wir wissen es nicht genau", flüsterte Breandan traurig, „deine Wache hat dich letzte Nacht schreien gehört und ist unverzüglich in dein Zimmer gestürzt. Sie haben dich um dich schlagend und zusammengekauert auf dem Boden vorgefunden. Wahrscheinlich hast du abermals fantasiert. Du weißt schon, durch das Gift."

Als Breandan ihre Wache erwähnt hatte, waren die Erinnerungen zurückgekehrt. Mit Schaudern dachte sie an das Gefühl, dass etwas auf ihrer Brust gesessen hatte; an den Ritter ohne Schatten, der ihr die Luft abgedrückt hatte.

„Breandan ... ich muss unbedingt alleine mit dir sprechen."

„Ach, traut Ihr Eurer zukünftigen Familie etwa nicht?", ertönte eine überhebliche Stimme zu ihrer rechten Seite. Nansaidh hob mühsam den Kopf und erblickte den spöttisch grinsenden König. Ihr Herz schlug schneller.

„Das hat nichts mit Vertrauen zu tun, Euer Majestät. Ich wäre einfach gerne kurz mit meinem Verlobten alleine."

„Du musst dich nicht rechtfertigen, meine Liebe“, sagte Breandan und wandte sich anschließend an seine Familie. „Bitte, lasst uns alleine.“

Die Königin, Catrìona und Adair verließen sofort den Raum. Auch der König erhob sich, blieb an der Tür jedoch nochmal stehen, wandte sich um und kicherte hämisch.

„Hättet Ihr an Eurem ersten Abend hier mal besser mit mir auf Eure Gesundheit getrunken, Lady Freisting. Man soll sein Schicksal eben nicht herausfordern.“

„Geh jetzt, Vater“, sagte Breandan barsch und der König ließ sie endlich alleine.

Breandan setzte sich vorsichtig zu Nansaidh aufs Bett. „So, nun sind wir unter uns. Was wolltest du mir denn erzählen?“

Nansaidh brach in Tränen aus und berichtete dem Prinzen unter Schluchzen von den Ereignissen der vergangenen Nacht. Als sie geendet und sich ein wenig beruhigt hatte, sah er sie ernst und besorgt an.

„Nansaidh, du glaubst nicht wie sehr mich das trifft, was du erzählst. Wie sehr ich bedaure, was du hier durchmachst.“

Er schluckte und schwieg und Nansaidh erkannte, was er eigentlich sagen wollte.

„Du glaubst mir nicht.“

„Ich glaube, dass du es glaubst. Ich denke, dass du diese Dinge tatsächlich siehst und hörst. Aber ob ich daran glaube, dass ein Geist in Ritterrüstung ohne Schatten in der Burg umherspukt? Nein, das denke ich nicht. Ich vermute es liegt an dem Gift. Es gaukelt dir schreckliche Sachen vor und das ist furchtbar. Das ist nicht weniger furchtbar, als wenn es deinen Geist wirklich geben würde.“

„*Meinen* Geist“, lachte Nansaidh verbittert. „Und die Verletzungen? Ich habe mich bisher noch nicht getraut es mir anzuschauen, aber meine Unterarme brennen wie Feuer.“

„Wie gesagt, du hast um dich geschlagen. Das war das Fieber. Das ist normal für …“

„Eine Wahnsinnige?“

„Unsinn. Ich halte dich nicht für verrückt, ich halte dich für schwer krank.“

Nansaidh sah all ihre Felle davon schwimmen. Sie hatte gehofft, dass wenigstens Breandan ihr glauben würde, nachdem sie diesmal durch die Verletzungen einen Beweis dafür davongetragen hatte, dass mehr hinter der Sache steckte als das Gift.

„Breandan bitte“, flehte sie verzweifelt, „du musst mir einfach glauben!“

„Versteh mich doch. Diesen Mann, von dem du geredet hast, gibt es nicht. Die beiden Ritter, die letzte Nacht Wachdienst vor deiner Tür hatten, passen nicht zu deiner Beschreibung. Ich kenne sie seit Jahren, sie sind absolut vertrauenswürdig. Sie haben niemanden gesehen. Und überhaupt, in der Leibgarde sind keine Männer im höheren Alter, die ältesten sind Ende vierzig. Was soll ich denn da denken?“

Ja, was sollte er denken? Dass er seinen Soldaten, die ihm seit Jahren treu ergeben waren, mehr vertraute als einer fiebrigen jungen Frau, die er erst seit einer knappen Woche kannte, konnte sie ihm nicht verübeln. Und sie wusste ja, dass alles gegen sie sprach. Doch sie konnte es sich selbst nicht erklären, irgendetwas hatte sich letzte Nacht in ihr verändert. War sie gestern noch froh darüber gewesen, mit dem Fieber eine Erklärung für die unerklärlichen Dinge, die ihr hier zugestoßen waren, zu haben, war sie sich nun sicherer denn je, dass sie sich das alles nicht einbildete. Aber das Gespräch mit Breandan hatte ihr klar gemacht, dass sie alleine war und niemand ihr glauben würde.

„Ich bin sehr erschöpft“, sagte sie ruhig. „Ich wäre jetzt gerne für mich, um mich auszuruhen.“

„Aber sicher.“ Breandan erhob sich, strich ihr sanft über die Wange, sein Gesichtsausdruck sorgenvoll. „Es wird alles wieder gut. Du wirst sehen, Aidan und die anderen werden die Blaue Blume finden und dich heilen. Wir werden ein rauschendes Hochzeitsfest feiern, bis in die Nacht hinein tanzen und über all das hier lachen.“

„Das wäre schön.“

„Das wird es, Nansaidh, das wird es.“

Als Breandan fort war, setzte sich Nansaidh mit großer Anstrengung auf und starrte anschließend eine Weile ins Nichts. Zum ersten Mal in ihrem jungen Leben, wusste sie nicht mehr weiter. Selbst die Nachricht ihrer Krankheit, hatte sie nicht mit derart viel Einsamkeit und Hoffnungslosigkeit erfüllt, wie das Gespräch mit Breandan.

Sie spürte ein schmerzhaftes Stechen in ihren Unterarmen und traute sich endlich, einen Blick auf ihre Verletzungen zu werfen.

Dunkelrote, tiefe Striemen wie von Klauen, zogen sich von ihren Handgelenken bis in die Ellenbogenbeugen. Sie lachte auf, als sie ihre eigenen kurzen Fingernägel betrachtete. Diese Kratzer konnte sie sich unmöglich selbst zugefügt haben, egal wie stark sie um sich geschlagen haben mochte.

Empörung ergriff von ihr Besitz, doch dieses Gefühl war besser als Mutlosigkeit.

Sie schleppte sich zum Fenster, von wo aus sie das Haupttor der Burgmauer sehen konnte, wo sie gestern noch ruhig in der Sonne gesessen hatte.

Von nun an, werde ich nicht mehr verzweifeln, dachte sie grimmig. *Ich werde hinter das Geheimnis dieser Burg kommen, werde Breandan und den anderen beweisen, dass ich Recht habe. Irgendeinen Weg muss es geben und ich werde ihn finden. Es wird vermutlich das Letzte sein, was ich in meinem Leben tue, aber das ist es mir wert. Ich will nicht als Wahnsinnige sterben. Ich muss bei klarem Verstand bleiben, werde Fiona bitten, mir heimlich zu Essen in der Stadt zu besorgen und von niemand anderem mehr etwas annehmen. Diese Leute sind nicht meine Familie und ich kann niemandem trauen außer mir selbst. Ich bin von meinem Großvater verkauft, von einem Unbekannten vergiftet und von meinem Verlobten allein gelassen worden. Von nun an werde ich kein Opfer mehr sein und mein Schicksal in die Hand nehmen! Und das wird die Nansaidh Freisting sein, die alle in Erinnerung behalten werden.*

12

Sonnentanz

Gormal

Sie erreichten Gormal kurz nach Sonnenaufgang. Schon von weitem sahen sie die Stadt, die berühmt für ihre prägnante Lage war: sie war wie ein Ring um einen circa zweihundertsiebzig Meter hohen Berg gebaut, auf dem sich ebenfalls kleine Gassen hoch bis zum Gipfel schlängelten, wo der Stadtammann in einer prunkvollen Villa lebte.

Meyla hatte sich schon oft gefragt, ob die Einwohner Gormals keine Angst davor hatten, dass der Berg irgendwann einmal verschwinden würde wie viele andere es in den letzten Jahren getan hatten. Dies schien nicht der Fall zu sein, denn das Städtchen war neben seiner Lage ebenso bekannt für den lebensfrohen und äußerst regen Lebenswandel seiner Bewohner. Sie hatten auch allen Grund dazu, denn Gormal war eine Hochburg der Mode und schicken Kleider; nirgendwo sonst in Lýsistrata gab es so viele Nähstuben, Farbwäschereien und Schneidereien. Alle paar Wochen wurden rauschende Feste gefeiert, auf denen die wohlhabende Bevölkerung ihre neuesten Errungenschaften ausführte oder Schneider ihre Werke bei Schauen von Gauklern und fahrendem Volk präsentieren ließen.

Meyla selbst war erst ein einziges Mal in dem sonderbaren Ort gewesen; vor zwei Jahren, als Breandan sie hierher auf einen zauberhaften Winterball ausgeführt hatte. Sie hatte Gormal als bunte und lebhafte Stadt kennengelernt, als eine ganz eigene kleine Welt. Deshalb freute sie sich darauf, hier einzukehren, wenn auch nur für einen Tag. Vor allem nachdem sie all die viele Stunden auf einem Pferderücken verbracht hatte und ihr der Hintern weh tat, war sie froh, dass die Reise ab hier zu Fuß weitergehen würde.

Die Nacht war kurz und ungemütlich gewesen, sie hatten bloß wenige Stunden unter den letzten Bäumen des Líadans geschlafen.

Während sie froh darüber war, die Pferde bald loszuwerden, bedauerte sie dagegen den kommenden Abschied von Eik sehr, denn er war ihr in dem einen Tag mit seiner zurückhaltenden und gutherzigen Art ans Herz gewachsen.

Sie ritt zwischen ihm und Aidan hinter Cailean und Gleann; Balfour bildete mit ein wenig Abstand die Nachhut. Letzterer war äußerst wortkarg seitdem sich sein jüngerer Bruder ihrer Truppe angeschlossen hatte.

„Dort vorne liegt Gormal“, sagte Aidan mit Stolz geschwellter Brust. „Die nächste Etappe auf unserer Reise. Bis jetzt läuft alles nach Plan.“

„Wie genau sieht denn der Plan eigentlich aus?“, fragte Meyla.

„Wir übernachten bei einem Bekannten des Königshauses“, antwortete Aidan, „einem Schneider und Farbwäscher. Bei ihm können wir hoffentlich darauf vertrauen, dass er den Mund über unseren Aufenthalt hält.“

„Heute wird es aber ohnehin niemanden wundern, wenn jemand Gäste beherbergt“, bemerkte Eik.

„Wieso?“, fragte Aidan überrascht.

„Na, wisst Ihr denn nicht, was heute für ein Datum ist? Es ist Tag-und-Nacht-Gleiche, der wichtigste Feiertag der Stadt.“

„Oje“, sagte Aidan bekümmert, „wie konnte mir das entgehen?! Die Stadt wird brechend voll sein, wenn wir uns dort verraten, weiß das halbe Land über unsere Reise Bescheid.“

„Ihr werdet euch schon nicht verraten“, meinte Eik bestimmt. „Ich würde sogar sagen, der Trubel ist von Vorteil: bei all den Menschen von außerhalb fällt eine weitere Gruppe Fremder gar nicht auf. Solange Ihr Euer Königsgarden-Schwert nicht zu offensichtlich zeigt.“

„Da könntet Ihr natürlich Recht haben. Nun ja, dann stürzen wir uns eben ins Getümmel.“

„Wie wollt Ihr es eigentlich schaffen, die Pferde alle nach Hause zu bringen?“, wandte sich Meyla an Eik.

„Mit ein wenig familiärer Unterstützung.“

„Ihr habt Verwandte in Gormal?“

„Nicht ich, die Dunhams. Ihre Großeltern väterlicherseits stammen aus Gormal. Ein Vetter von ihnen hat ein großes Pferdegestüt gleich zu Anfang des Stadtringes. Er wird mir einen seiner Stallburschen leihen, der die Tiere dann mit mir heimführt."

„Deswegen sind wir ja überhaupt bloß bis hierher geritten, Meyla", sagte Aidan, „weil es verhältnismäßig einfach ist, die Pferde wieder loszuwerden. Wir konnten damit immerhin ein klein wenig Zeit gewinnen."

„Ja, jetzt macht der ganze Weg über Seòras tatsächlichen einen Sinn."

Aidan und Eik lachten beide.

„Oh liebliche Meyla", neckte Aidan sie, „wann lernst du endlich, anderen zu vertrauen? Balfour und ich wissen schon, was wir tun."

„*Das* wird sich erst noch herausstellen, Euer Wohlgeboren", konterte Meyla, musste aber ebenfalls lachen.

Die letzte Wegstrecke bis Gormal war beschwerlich, denn sie führte durch einen dampfenden Sumpf. Der Sumpf war - obwohl er den kompletten Ring der Stadt umschloss - recht klein, ohne all die schauerlichen Ungeheuer, die der große Mòrag Sumpf im Osten beherbergte. Eine lange Holzbrücke verlief über den Morast direkt auf Gormals Stadttor zu, die Luft auf dieser Brücke war stickig und unangenehm. Schwefelige, heiße Gase stiegen aus dem Sumpf empor und verpesteten die gesamte Gegend.

Tatsächlich gab es eine Geschichte über das Gormal - Sumpfland in Meylas Märchenbuch, denn laut Legende lebte ein Drache auf dem Grund des Bruches und spie seinen feurigen Atem nach oben, darauf lauernd, irgendwann wieder auf die Welt zurückkehren zu können.

Meyla und den Anderen standen Schweißperlen auf der Stirn, als sie die Brücke überquerten, so unerträglich warm war es.

Endlich passierten sie das majestätische Stadttor, an welchem rechts und links steinerne Drachen wachten und argwöhnisch auf Gormals Besucher hinunterblickten.

Sobald sie die Pforte hinter sich hatten, war die Luft wieder klar und frisch und Meyla spürte sofort die lebendige Betriebsamkeit der Stadt.

Gleich hinter dem Tor war ein großer runder Platz aus Kopfsteinpflaster, in seiner Mitte ein pompöser goldener

Brunnen, in den die Menschen Taler hineinwerfen, damit er ihnen ihre Wünsche erfüllte.

Die Häuser rund um den Platz waren oder wurden grade geschmückt; bei einigen standen Laternen in den Fenstern, andere hatten Drachen aus Stroh auf ihre Dächer gesetzt. Eins hatten alle gemeinsam: jedes Haus hatte irgendwo eine goldene Sonne angebracht, sei es aufgenäht auf eine Fahne oder einfach mit Farbe auf die Haustür aufgepinselt. Ganz klar, die Bewohner Gormals rüsteten sich für ein stürmisches Fest heute Abend, um dem Frühling ein lautes und jubelndes Willkommen zu bereiten.

Aidans Stimme unterbrach ihre Beobachtungen.

„Eik, Ihr und Balfour reitet am besten voran zum Gestüt Eures Vetters. Wir können uns dort leider nicht lange aufhalten, sondern müssen sofort weiter, damit wir unser Quartier erreichen, bevor die Feierlichkeiten losgehen."

„Geht klar", antwortete Eik, „ alle mir nach!"

Das Pferdegestüt lag zwei Querstraßen entfernt; Balfours Vetter war ein dicker, überaus freundlicher Mann, der sofort versprach, ihnen zu helfen.

„Wo wollt ihr denn alle übernachten, Kinder? Ihr könnt gerne bei mir bleiben."

„Wir übernachten bei einem Freund der Krone", antwortete Aidan, „ bei einem Farbwäscher namens Nathair."

„Nathair Dúghlas, die alte Schlange?! Tut Euch selbst einen Gefallen und bleibt bei mir. Diesem Gauner ist nicht zu trauen, der denkt nur daran, wie er sich bereichern kann. Ich mag Euch keine teuren Betten anbieten können, aber das Stroh in meinen Ställen ist weich und sauber und mein Weib kocht gute Suppe."

„Das ist sehr freundlich von Euch, aber wir gehen zu Nathair wie es verabredet war. Ihr helft uns schon sehr, in dem Ihr Eik dabei unterstützt, die Pferde zurück nach Seòras zu bringen."

„Na das ist doch das Mindeste! Wann immer wir den Kindern meines Lieblingsonkels unter die Arme greifen können, machen wir das gern."

Lieblingsonkel ist gut, dachte Meyla, *wenn dein Lieblingsonkel seine Kinder nicht im Stich gelassen hätte, hättest du ihnen vermutlich gar nicht so oft unter die Arme greifen brauchen.*

Jetzt war der Abschied von Eik gekommen. Cailean flog ihm in die Arme, was Eik genauso wie alle Umstehenden überraschte. Meyla vermutete, dass er eine wichtige Rolle dabei gespielt hatte, Balfour zu überreden, Cailean mitkommen zu lassen. Anschließend nahm Balfour seinen Schwager in den Arm und sie hielten sich einen langen Moment ganz fest. Nach diesen sehr vertraulichen Abschiedsgesten scheute Meyla sich fast, Eik ebenfalls Auf Wiedersehen zu sagen. Dieser hatte jedoch weniger Berührungsängste und zog sowohl sie, als auch Aidan in eine herzliche Umarmung.

Danach gingen sie fort und obwohl Meyla nun die Last des dicken Buches in ihrer Tasche deutlicher spürte als auf dem Pferd, war sie äußerst froh, Boden unter ihren Füßen zu haben.

„Warum gehen wir eigentlich zu Nathair und bleiben nicht bei Balfours Vetter?“, fragte sie Aidan. „Je weniger Aufmerksamkeit wir auf uns lenken, desto besser ist es doch?“

„Nathair hat hervorragende Beziehungen, vielleicht die besten der Stadt. Er hat sich über die Jahre ein Netz aus Spionen aufgebaut, hauptsächlich um ... nun ja ... seine Konkurrenz zu beobachten.“

„Aha. Unser Gastgeber scheint ja wirklich ein angenehmer Zeitgenosse zu sein. Beunruhigend, was das Königshaus und somit auch Breandan für Kontakte pflegt.“

„Das geht uns nichts an, sie werden wohl ihre Gründe dafür haben. Außerdem ist es vollkommen unwichtig, ob dieser Kerl ein freundlicher Mensch ist, so lange wir von ihm das bekommen, was wir brauchen.“

„Und das wäre?“

„Auskünfte. Über den Orden der Weißen Priesterinnen, vor allem ihre Oberin und ob wir sie in Halastjarna finden oder weiter zum Yldís müssen. Nathair wird uns gewiss etwas erzählen können.“

„Dann hoffe ich, dass seine Auskünfte unsere Rast bei ihm wert sind.“

Meyla wusste nicht warum, aber irgendetwas in ihr sträubte sich einfach dagegen, im Haus dieses ominösen Farbwäschers zu schlafen.

„Seine Spione“, fragte sie, „die beobachten die Konkurrenz wahrscheinlich nicht bloß, oder? Vermutlich nimmt er ihre Einfälle und gibt sie als seine aus?“

„Die Antwort darauf kenne ich nicht und ich will sie auch gar nicht wissen, denn sie spielt keine Rolle für unseren Zweck.“ Aidan drehte sich zu Gleann und den beiden Dunhams um. „Kommt schon, nicht trödeln. Vielleicht serviert uns Nathair ein gutes Mittagessen.“

Eine halbe Stunde später hatten sie Nathairs Haus erreicht, was auf der ersten Ebene des Berges lag. Es war ein sehr großes Haus, schon eher ein Gut, die Tür wurde ihnen von einem Diener geöffnet.

„Mein Name ist Aidan Lachlann, ich bin ein Ritter der Königsgarde und wir sind Gäste von Herrn Dùghlas. Kronprinz Breandan müsste unser Kommen angekündigt haben.“

„Sehr wohl, Euer Wohlgeboren, seid herzlichst willkommen, der gnädige Herr erwartet Euch bereits. Bitte tretet ein.“

Der Prunk im Inneren des Hauses verschlug Meyla den Atem. Das Gold der Möbel war derart funkelnd, dass es fast in den Augen schmerzte; der Boden war aus weißem Marmor, sodass jeder ihrer Schritte hallte.

Sie wurden in eine Art Empfangszimmer geführt, wo man ihnen gleich Wein anbot, den sie jedoch auf Grund der noch jungen Tageszeit alle ablehnten.

„Der gnädige Herr ist gleich da, bitte habt einen Moment Geduld“, sagte der Diener und ließ sie allein.

„*Das* nenn' ich mal 'ne Bleibe!“, platzte Cailean begeistert heraus. „Ist Burg Uallach genauso protzig?“

„Burg Uallach ist wesentlich kultivierter“, meinte Balfour abfällig, „Reichtum und Pomp wird dort nicht dergestalt zur Schau gestellt.“

„Dich hab ich nicht gefragt, sondern Aidan“, sagte Cailean schelmisch, „denn alles was du kennst, ist der Kerker.“

Meyla spürte, dass sie rot wurde, wie immer wenn die Sprache auf Balfours Kerkeraufenthalt kam.

„Oh nein“, mischte sie sich ein, „Euer Bruder hat schon noch ein bisschen mehr gesehen, unter anderem das Amtszimmer des Kronprinzen. Und er hat ganz Recht:

Uallach ist prächtig, aber auf eine weniger überhebliche Art als dieses Haus."

Cailean zuckte mit den Schultern. „Mir gefällt es trotzdem irgendwie. Warum sollen die Leute nicht zeigen, was sie haben? Wenn man sich seinen Reichtum hart erarbeitet hat, kann man auch ein wenig damit prahlen."

„Menschen, die sich Reichtum hart erarbeiten, halten es aber meistens gar nicht für nötig, diesen dann zur Schau zu stellen", sagte Gleann schüchtern und schaute mit so großen Augen in die Runde, dass es Meyla zum Lächeln brachte. „Oder?"

„Gleann mein Freund, Ihr bringt es auf den Punkt", meinte Aidan grinsend und legte Gleann einen Arm um die Schultern, welcher von dieser Geste ziemlich überrascht zu sein schien. „Aber ein paar Schmeicheleien werden unserem Gastgeber sicher gefallen, deswegen braucht Ihr Eure Begeisterung nicht zu zügeln, Cailean."

Als hätte er auf sein Stichwort gewartet, erschien Nathair Dùghlas in diesem Moment im Raum. Er war ein kleiner, untersetzter Herr mit Halbglatze, einem wabbeligen Doppelkinn und winzigen Schweinsäuglein. Sein Körper war in eine indigoblaue Seidentunika gehüllt, seine manikürten Füße steckten in goldenen Sandalen.

„Ah, die Gäste aus Alastríona. Ich sehe immer wieder gerne, dass die Königsfamilie meine Hilfe benötigt." Er hatte eine sehr leise ölige Stimme, die Meylas Abneigung gegen seine Person noch verstärkte.

Aidan stellte sie nach und nach alle vor, Meyla war als letztes an der Reihe und Nathair musterte mit lüsternem Blick ihren Körper. „Oh, ein solch schönes Fräulein mit auf der Reise. Ich mag es ja, wenn an den Weibsstücken ein ordentlicher Busen und ein bisschen Hintern zum anpacken dran ist. Sie ist dabei, damit es Euch unterwegs nicht langweilig wird, nicht wahr?"

Meyla hörte wie Cailean empört die Luft einsog und einen Schritt auf Nathair zu gehen wollte, doch Balfour, ebenfalls mit wütender Miene, hielt ihn warnend am Arm fest.

Meyla selbst hatte in diesem Moment Fantasien, wie sie Nathair einen Pfeil in sein Doppelkinn schießen würde. Oder in andere Körperregionen.

Aidan stellte sich vor sie, verdeckte damit Nathairs Sicht und sagte mit ruhiger Stimme: „Ich bin mir sicher, das sollte ein Scherz sein. Ein ehrenwerter Mann wie Ihr, der seit Jahren schon Verbindungen zum Königshaus pflegt, würde niemals eine Adlige dermaßen beleidigen, oder?“

Nathair zögerte einen Moment und brach dann in ein gackerndes Lachen aus. „Aber natürlich war das ein Scherz, Euer Wohlgeboren. Wie wäre es, wenn wir beide uns um das Geschäftliche kümmern und Eure kleine Lady derweil ihr Zimmer bezieht?“

„Das hört sich gut an.“

„Dann sei es so. Mylady, mein Diener wird Euch zu Euren Gemächern führen. Ach ja, es gibt da noch ein Problem.“ Er wandte sich an Balfour, Cailean und Gleann. „Meine Einladung gilt zweifellos nur für den Ritter und die Dame. Ich kann leider kein Bauerngesindel unter meinem Dach dulden.“

Cailean und Gleann wurden blass, Balfour dagegen schien nicht im Mindesten überrascht. Meyla hätte den widerlichen Fettkloß am liebsten windelweich geprügelt. Sie bewunderte Aidan für seine Gelassenheit und fragte sich, ob dies Teil seiner Persönlichkeit war oder ob man das in der Ausbildung zum Ritter erlernte.

„Verzeiht mein Herr“, sagte er ruhig, „aber die beiden Dunham Herren und ihr Freund gehören zu unserer Gruppe und sind Teil dieses Auftrags, ungeachtet ihrer Herkunft. Ich bin mir sicher, es wird sich irgendwo ein Plätzchen für sie finden in diesem großen, stattlichen Haus.“

„Wisst Ihr, Euer Wohlgeboren, meine persönliche Meinung dazu ist, dass ich es ziemlich bedenklich finde, dass unser Kronprinz ein paar Bauernlümmel losschickt, um irgendeinen wichtigen, geheimnisvollen Auftrag zu erledigen. Er hat sich in seinem Brief leider äußerst vage ausgedrückt. Aber letztendlich geht mich das nichts an und ich muss die Entscheidung des Prinzen hinnehmen, selbst wenn ich mich frage, was aus unserem Land wird, wenn ein Bauernfreund auf dem Thron sitzt. Wer allerdings in meinem Haus schläft, geht mich sehr wohl etwas an und ich möchte kein Gerede in der Stadt riskieren, unter dem mein Ansehen leiden könnte.“

„Wenn das so ist", sagte Meyla verärgert, „dann schlafen Aidan und ich ebenfalls woanders. Wir sind eine Gruppe und bleiben zusammen."

„Schon gut", beteuerte Balfour, „schon gut. Bleibt ihr beide ruhig hier, so war es verabredet." Er warf Meyla und Aidan einen eindringlichen Blick zu und Meyla wusste, was er ihnen sagen wollte. *Ihr müsst bleiben, um an die Auskünfte zu kommen, die wir brauchen. Die Aufgabe ist wichtiger als unser Stolz.* „Wir gehen einfach wieder zu unserem Vetter."

„Wir sehen uns heute Abend auf dem Fest", sagte Aidan bestimmt und gab Balfour die Hand. „Denn *wir* sind gerne in Eurer Gesellschaft."

Balfour nickte ihm zu und verließ mit Gleann und seinem Bruder den Raum, Meyla wurde gleich darauf ebenfalls hinaus delegiert. Anscheinend waren Frauen für Nathair nicht viel mehr wert als Bauern, abgesehen davon, dass sie hübsch anzusehen waren. Meyla hatte plötzlich das Gefühl, dass sie Balfour nun verstehen konnte; seinen eisernen Stolz und sein Verhalten damals in Alastríona. Er hatte vermutlich schon oft solch erniedrigende Erlebnisse wie diese gehabt, da blieb einem gar nichts anderes übrig, als sich ein dickes Fell anzuschaffen. Jetzt schämte sie sich noch mehr für ihr überhebliches Benehmen bei ihren ersten beiden Treffen.

Auf dem Flur sah sie noch, wie die Dunhams und Gleann zur Tür gingen.

„Balfour", rief sie, „wartet."

Er blieb stehen und drehte sich zu ihr um. „Ja?"

„Ich ... ich ... " Ihr fehlten die Worte. Warum konnte sie nicht einfach das Richtige sagen, wie es Aidan gelungen war? „Das Gebaren dieses Mannes ... ist ... widerlich. Niemand darf Euch derart beleidigen." *Sehr einfallsreich, Meyla.* „Nun ... außer mir natürlich", fügte sie etwas unbeholfen hinzu.

Da lächelte Balfour und sie wusste, dass sie die richtigen Worte gefunden hatte.

„Ich danke Euch für diese freundlichen, oder na ja, sagen wir lieber von Herzen kommenden Worte, Lady Vending." Er zögerte, bevor er hinzufügte: „Seid vorsichtig hier in diesem Haus, Meyla. Ich weiß, Ihr braucht keinen

Beschützer, aber die Blicke dieses Mannes gefielen mir nicht."

„Mir genauso wenig, aber damit werde ich fertig. Ich bin ja schon groß."

Sie lächelten sich noch einmal zu, dann waren Balfour und die anderen fort.

Meyla ließ sich auf ihr Zimmer führen, was ebenso prunkvoll wie der Rest des Hauses war, aber im Gegensatz zu Nialls Raum in Seòras unpersönlich und kühl.

Sie bedankte sich bei dem Diener, warf ihre Tasche schwungvoll auf ihr Bett und ging zum Fenster, von wo aus sie einen Blick auf den Hof des Gutes hatte. Draußen herrschte reges Treiben, Nathairs Angestellte waren unermüdlich bei der Arbeit. Meyla beschloss, sich das Färben mal aus nächster Nähe anzusehen.

Im Hof waren dutzende Küpe aufgebaut - große Kessel auf Feuerstellen, in denen Wasser in unterschiedlichen Farben kochte. Ein wenig weiter standen Bottiche, in denen Frauen und Männer verschiedene Stoffe eintauchten.

Eine ältere Dame mit Kopftuch lächelte sie an und entblößte dabei einen Mund mit einigen wenigen Zahnstummeln.

„Ah, Mylady, Ihr müsst der hohe Besuch aus der Hauptstadt sein."

Das dann zu unauffällig und geheim.

„Der bin ich", antwortete Meyla freundlich. „Ich wollte mir ein wenig die Zeit vertreiben, während die Herren das Geschäftliche regeln. Ich hoffe, ich störe Euch nicht bei der Arbeit?"

„Oh nein, schaut Euch ruhig alles ganz genau an. Das Färben von Stoffen ist eine ehrliche Arbeit. Möchtet Ihr, dass ich Euch etwas dazu erzähle?"

„Gerne."

Die Alte kam zu ihr hinüber und führte sie zu den Küpen. Sie deutete auf den ersten Kessel, wobei Meyla die Brandnarben an ihrer Hand sah.

„Hier kochen wir das Wasser mit den Färbemitteln. Daraus filtern wir dann eine kleine Menge ab, die wir dann dort hinten in die Bottiche füllen, wo die gebeizten Stoffe eingetaucht werden. In jeder Küpe wird eine andere Farbe gekocht."

Meyla war fasziniert, sie hatte sich noch nie viele Gedanken über den Weg gemacht, den ihre Kleider gegangen waren. „Woraus gewinnt Ihr die Farben?"

„Für meinen persönlichen Favoriten Rot benötigen wir Krapp und Malveblüten. Purpur ist die Farbe der Könige und wird deswegen sehr gerne von den hohen Herren getragen. Wir gewinnen es aus Blauholz mit Alaun. Unsere Stadt liebt alles, was gelb oder orange ist, wir nehmen dafür Kirschbaumrinde oder Ringelblüten, denn das ist günstiger als der kostbare Safran, hat aber ein ähnliches Ergebnis. Am meisten verkaufen wir leider das langweilige Grün, was aus Efeublättern und Schachtelhalme hergestellt wird. War Eure Lieblingsfarbe schon dabei, Mylady?"

„Nein, denn das ist Blau."

„Das wird dort drüben gewonnen", sie führte Meyla zu zwei Küpen, die bis an den Rand mit blauen Flüssigkeiten gefüllt waren. „ Der erste Kessel wird aus dem teuren Indigo gewonnen und ist für die Bestellungen von Adligen. In dem zweiten benutzen wir Färberwaid, was sich auch wohlhabendere Bauern oder Kaufleute leisten können."

„Mir gefällt das Blau aus Färberwaid besser."

Die Alte lachte. „In der Küpe vielleicht, aber glaubt mir, an den edlen Stoffen der Reichen kommt das Indigo wesentlich besser zur Geltung." Sie zeigte auf das angrenzende Nachbargebäude. „Dort hinten ist die Schneiderei, wo die fertigen Stoffe zu den hübschen Gewändern verarbeitet werden, die Ihr kennt. Aber die Schneider sind lieber unter sich, genau wie wir Färber."

Meyla begleitete sie zu den anderen Färbern, die lebhaft schwatzten.

„Wir haben heute eine Besucherin aus der Hauptstadt", stellte die Alte sie vor, „sie interessiert sich für unsere Arbeit."

Meyla wurde kameradschaftlich in den Kreis der Arbeiter aufgenommen, die sie neugierig musterten.

„Ist das Euer erster Besuch in Gormal, Mylady?", fragte eine junge Frau mit beachtlichem Umstandsbauch.

„Nein, ich war hier vor ein paar Jahren schon mal zum Winterball. Es hat mir damals sehr gut gefallen."

„Ihr feiert wohl gerne, was? Winterball und jetzt Tag-und-Nacht-Gleiche. Verdenken kann ich es Euch nicht, denn die Feste in Gormal sind einfach die besten des ganzen Landes."

Alle lachten.

„Seid Ihr hier um Euch ein Kleid auszusuchen?" fragte ein Mann mittleren Alters. „Eine solch hübsche Frau wie Ihr und dann in Hosen unterwegs ..."

„Ich fühle mich sehr wohl in Hosen. Allerdings muss ich zugeben, dass selbst ich beim Anblick all dieser schönen Stoffe durchaus Lust hätte, heute Abend ein Kleid zu tragen."

„So sind wir Frauen", sagte die werdende Mutter, „und das ist auch gut so. Ich passe leider in keines meiner Kleider mehr hinein ... was wisst Ihr über Gormal, Mylady?"

„Na ja., abgesehen davon, dass hier die meisten Kleider und Stoffe hergestellt werden ... kenne ich natürlich noch das Märchen von dem Drachen."

Wieder lachten alle.

„Das kennt wohl jeder", sagte die Alte.

„Aber die wenigsten", mischte sich ein älterer Herr, der ein wenig abseits gestanden hatte ein, „wissen, dass es mehr ist als eine Legende."

„Oh Iain", sagte die Frau, „mach der jungen Lady keine Angst."

„Ich bin nicht leicht zu erschrecken", versicherte Meyla. „Bitte fahrt fort."

„Eines Tages", sagte Iain, „wird der Drache wieder erwachen. Wir alle riechen seinen faulen Atem, der aus dem Sumpf ausströmt. Aber nur wenige können ihn hören."

„Hören?"

„Ja. Sein Knurren im Inneren des Berges."

„Wenn dort wahrhaftig ein Drache lebt, wieso ist er dann nicht schon längst nach draußen gekommen?"

„Er ist dort gefangen, verbannt vor vielen Jahrhunderten von einem jungen Ritter namens Fafnir. Das erzählt zumindest die Legende. Eines Tages wird ein mächtiger Zauberer kommen und ihn erlösen. Und ich glaube, dieser Tag ist nicht mehr fern."

„Wie kommt Ihr darauf?"

„Ich sehe die Vorzeichen. Wir alle wissen, dass in Lýsistrata in den letzten Jahren etwas nicht mit rechten Dingen zugeht. Sagt Euch die Stadt Corc etwas, Mylady?"

„Ja, das ist eine Kleinstadt im nördlichen Reich. Sie liegt an der Küste des großen Meeres, kurz vor den Krallen.“

„Es gibt Gerüchte über diese Stadt. Dass der Zauberer dort seine Schergen versammelt.“

Meyla bekam eine Gänsehaut. „Und ich dachte, die sammelt er im Schwarzen Wald?“ Sie versuchte ihrer Stimme einen spöttischen Ton zu geben, doch dies wollte ihr nicht recht gelingen.

„Oh nein, im Schwarzen Wald haust etwas ganz anderes, aber nicht weniger schlimmes.“

„Nun ist es aber genug“, sagte die Alte bestimmt, „es reicht wenn du deine Schauergeschichten an die Einheimischen weitergibst, Iain. Außerdem hältst du uns von der Arbeit ab.“

In der Tat hatten alle Umstehenden aufgehört zu arbeiten und hingen gebannt an Iains Lippen.

„Ich glaube, diese junge Dame ist zäh und tatsächlich so unerschrocken, wie sie gesagt hat“, meinte Iain, nahm aber seine Arbeit wieder auf und zeigte damit, dass das Gespräch seinerseits beendet war.

Meyla verabschiedete sich schließlich und bedankte sich für die kurzweilige Stunde. Sie ging auf ihr Zimmer, wo man Brot und Milch für sie bereit gestellt hatte. Allerdings würde der Gedanke an Corc und den mysteriösen Zauberer sie die nächsten Stunden nicht mehr loslassen.

Am späten Nachmittag klopfte Aidan an Meylas Tür, um sie abzuholen. Als sie das Haus verließen, war die Straße voll mit Menschen, die hinunter Richtung Festplatz strömten. Sie trugen fließende Gewänder in knalligen, sommerlichen Farben, viele hatten ihre Gesichter hinter goldenen Sonnenmasken verborgen.

„Und?“, fragte Meyla leise. „Hat dein Gespräch mit diesem Widerling wenigstens was gebracht?“

„Nicht viel“, seufzte Aidan, „außer dass wir Brianag auf unserer Reise wohl besser meiden sollten. Die Stadt ist derzeit voll mit Spionen aus allen vier Fürstentümern.“

„Was ist mit Halastjarna? Der alte Lustmolch muss doch wissen, ob dort Weiße Priesterinnen sind?“

„Na ja, dass dort Weiße Priesterinnen leben war ja eigentlich nicht die Frage. Die Frage ist viel mehr: wo finden wir die Oberin?“

„Und? Jetzt lass dir doch nicht alles aus der Nase ziehen!"

„Nathair denkt nicht, dass sie in den letzten Jahren in Halastjarna war."

„Glaubst du ihm das?"

„Leider ja. Wäre sie dort, hätte er darin eine hervorragende Möglichkeit gesehen, sich zu bereichern indem er uns zu ihr bringt."

Meyla wurde klar, was diese Aussage bedeutete. „Also müssen wir tatsächlich bis zum Yldís", sagte sie matt.

„Ich fürchte, darauf wird es hinauslaufen."

„Und dahin kommen wir am schnellsten, wenn wir den Elfting durchqueren."

„So schaut's aus."

„Möchtest du Gleann und den Dunhams die frohe Botschaft überbringen, oder soll ich?"

Aidan lächelte. „Ich glaube nicht, dass diese Nachricht sie furchtbar erschrecken wird. Sie waren von Anfang an auf das Schlimmste gefasst."

„Werden wir es trotzdem in Halastjarna versuchen?"

„Weißt du, ich habe nach meinem Gespräch mit Nathair noch lange über unseren kommenden Weg nachgedacht und bin zu dem Schluss gekommen, dass wir Halastjarna auslassen. Die Weißen Priesterinnen mögen grundsätzlich auf unserer Seite sein, aber bei allem was man über sie gehört hat, sind sie dennoch nicht ohne, einige von ihnen sogar gefährlich. Wir sollten kein unnötiges Risiko eingehen. Lediglich die treffen, bei denen es sich nicht vermeiden lässt. Also denke ich, dass wir nach Gormal dem Verlauf des Leith folgen bis hinter Brianag und von dort dann direkt in den Elfting eintauchen."

„Du bist unser Anführer", sie grinste ihn an, „ich folge dir."

Er lachte. „Das ist ja mal was ganz Neues!"

Meyla wurde wieder ernst. „Aber sag mal, wie viel hat uns diese Auskunft gekostet?"

Aidans Lachen erstarb ebenfalls. „Die alte Schlange hat sich jedes Wort gut bezahlen lassen. Und leider nicht mit ein paar Talern zufrieden gegeben, denn Gold und Münzen hat er im Überfluss."

Ein ungutes Gefühl beschlich Meyla. Aidan blieb stehen und sah sie an.

„Er wird den Auftrag für Lady Nansaidhs Hochzeitskleid bekommen.“

„Dieser Widerling am Hof! Das ist genau das, was er sich erhofft hat.“

„Vielleicht, aber wir hatten keine Wahl.“

„Arme Nansaidh. Erst wird sie vergiftet und wenn sie das überlebt, kann sie sich von diesem Ekel begrabschen lassen.“

„Sie wird nicht alleine mit ihm im Zimmer sein.“

„Glaubst du ernsthaft, das wird ihn davon abhalten einen Grund zu finden, um die zukünftige Königin anzufassen?“

„Darüber machen wir uns Gedanken, wenn es so weit ist.“

„Ist es dir nach dem heutigen Tag immer noch gleichgültig, mit was für Menschen unser Königshaus verkehrt?“

Aidan setzte sich wieder in Bewegung ohne ihr eine Antwort zu geben und Meyla folgte ihm.

Auf dem Festplatz trafen sie trotz des Gewühls schnell auf Balfour, Gleann und Cailean. Aidan spendierte jedem von ihnen einen Becher Wildbeerenpunsch auf Kosten der Krone, dann suchten sie sich ein Plätzchen fernab des größten Trubels, wo Aidan die Anderen auf den neuesten Stand brachte und ihnen den weiteren Reiseweg vorstellte. Da Meyla dies alles schon kannte, stand sie ein wenig abseits und beobachtete das Treiben der feiernden Menschen.

Zuerst trug ein Barde ein langes, schwülstiges Lied über die Nordgöttin Tuatha und ihre unsterbliche Liebe zu Iaro vor. Meyla nippte an ihrem Punsch und spürte sogleich, wie der Alkohol seine Kapriolen im Inneren ihres Körpers schlug. Der nächste Künstler war ein Jongleur, der sich dermaßen ungeschickt anstellte, dass die gesamte Festgesellschaft Tränen lachte.

Darauf folgte eine Gruppe Kinder, die ein kleines Theaterstück über den Frühling einstudiert hatten. Die stolzen Eltern hingen wie gebannt an den Lippen ihrer Kleinen, doch Meyla fühlte sich durch die Vorhersehbarkeit des Spiels gelangweilt. Sie trank den restlichen Punsch in einem Zug leer und fühlte sich blitzartig beschwingt.

Das Theaterstück endete just in dem Moment, in dem die Sonne anfing unterzugehen.

Einer der Stadtältesten, der durch den Abend geführt hatte, ging in die Mitte des Platzes und stellte sich vorsichtig auf den Rand des Brunnens. Neben ihm bezog eine Gruppe Musiker mit ihren Geigen, Flöten und Ukulelen Position.

„Und nun meine Damen und Herren, der Höhepunkt des heutigen Abends. Ein ganzes Jahr lang haben wir darauf gewartet, jetzt ist es soweit: mit dem traditionellen Sonnentanz werden wir den Frühling begrüßen. Bitte stellen Sie sich in Reih und Glied. Wie immer gilt natürlich: jeder, der mag, darf mittanzen. Die Schrittfolge ist ganz leicht. An die Instrumente und VIEL SPAß!"

Aufgeregt schwatzend stellte sich eine große Anzahl Menschen, Jung und Alt, Arm und Reich, Frau und Mann, paarweise in einem Kreis zusammen und warteten darauf, dass die Musik einsetzte.

Die ersten Takte der Melodie waren noch langsam und behäbig, sodass die Leute bloß sachte auf ihrem Platz hin und her wippten. Dann nahm das Lied an Fahrt auf, wurde fröhlicher und lebhafter und die Menschen begannen lachend im Kreis herumzuwirbeln. Alle Umstehenden klatschten begeistert mit, selbst Aidan, Gleann und die Dunhams, wie Meyla aus den Augenwinkeln erkennen konnte.

Die Fahnen mit der goldenen Sonne wehten im Wind, der Himmel färbte sich dunkelrosa, auf dem Platz herrschte eine ganz eigene Form der Magie. Meyla wusste nicht, ob es am Punsch lag oder an der mitreißenden Stimmung, vielleicht auch an Balfours Worten auf dem Hof in Seòras. Jedenfalls spürte sie auf einmal eine nie gekannte Sehnsucht, danach einfach ein normales Mädchen zu sein, unbeschwert zu tanzen und zu lachen, wenn auch nur für einen Moment.

Sie bemerkte, dass Balfour sie beobachtete, mit einem wissenden Blick und das gab den Ausschlag: sie streifte ihre Schuhe ab und pfefferte sie zur Seite, ignorierte Aidans mahnendes „Meyla!", grinste ihren Gefährten herausfordernd zu und ließ sich schließlich vom tanzenden Strom mitreißen.

Seit Jahren hatte sie nicht mehr getanzt und sie fragte sich, wie sie ohne es hatte leben können. Ohne die Musik im

Ohr, die fließenden Bewegungen ihres Körpers, das Gefühl der Schwerelosigkeit.

Als sie zum ersten Mal an ihren Gefährten vorbeikam, hielt sie inne, sprang schließlich übermütig zu ihnen hinüber und nahm Balfour an der Hand.

„So, Balfour Dunham. Jetzt finden wir heraus, ob Ihr mich belogen habt."

„Belogen?"

„Auf dem Weg nach Seòras habt Ihr mir erzählt, Eure Mutter hätte wert darauf gelegt, dass ihre Kinder tanzen können."

Er sah plötzlich sehr verlegen aus. „Schon. Aber das hier ... ist doch was anderes."

„Überhaupt nicht. In der Masse fällt es sogar weniger auf, wenn Ihr es nicht könnt. Ihr wollt die wahre Meyla sehen? Dann zeigt ihr den wahren Balfour. Beweist mir, dass Ihr mehr seid als der stolze, edle Bauer."

„Aber ..."

„Beweist es. Oder waren das in Seòras alles nur leere Worte?"

Balfour kippte ebenfalls seinen Punsch hinunter, dann schälte er sich aus seinem Mantel und warf ihm den verdutzten Gleann in die Arme. Meyla beobachtete noch, wie Aidan gereizt die Augen verdrehte und Cailean sich halb tot lachte, dann zog sie Balfour hinter sich her auf die Tanzfläche.

Er hatte nicht gelogen, er konnte sich mindestens so gut zur Musik bewegen wie sie selbst und schien Spaß daran zu haben. Denn er strahlte und die Freude machte ihn mindestens fünf Jahre jünger. Ja, er konnte sich fallen lassen, seinen Stolz und seine Sorgen wenigstens vorübergehend vergessen. Er würde Meyla vieles beibringen können, wenn sie ihn ließe.

Gemeinsam flogen sie im Kreis umher zu der Musik, die immer schneller wurde, bis die Masse der Tanzenden und die vorbei eilende Welt wie ein großes buntes Gemälde miteinander verschmolzen.

Als die Sonne versunken war, endete das Lied. Die Menschen klatschten und rissen sich grölend ihre Masken von den Gesichtern; überall auf dem Platz wurden Fackeln entzündet, auch die Laternen in den Fenstern flackerten lichterloh. Das ganze erschien Meyla so unwirklich wie ein

Traum. Außer Atem wischte sie sich über die Stirn und strahlte Balfour an.

„Ihr tanzt recht passabel. Für einen Lackel."

„Und ihr tanzt genauso ungestüm, wie man es von einer Schickse erwartet."

Lachend gingen sie zurück zu den Anderen, wo Aidan sie mit angesäuertem Gesichtsausdruck erwartete.

„Wisst ihr, ihr zwei, ich finde es ja toll, dass heute mal wieder ein Tag ist, an dem ihr euch versteht. Man weiß ja nie, wie lange dieser Zustand anhält ..."

„Aidan", setzte Meyla an, doch Aidan hob die Hände.

„... und grade ich habe ganz bestimmt immer Verständnis für ein ordentliches Gelage. Aber darf ich euch vielleicht nochmal das Wort 'unauffällig' definieren?! Darunter verstehe ich nicht, dass man johlend über den Marktplatz tanzt."

„Ach komm schon, als wenn wir in der Masse aufgefallen wären!"

Aidan deutete ihr an, sich umzudrehen. Verunsichert folgte sie seinem Blick und sah, dass tatsächlich einige Leute zu ihnen herüberschauten und tuschelten.

„Es ist meine Schuld", seufzte Balfour. „Die fragen sich alle, warum eine hohe Dame mit einem Bauern tanzt."

„Nun hört aber auf", sagte Meyla empört, „bei diesem Tanz waren Menschen aus allen Ständen dabei. Außerdem sieht man mir nicht an, dass ich eine Adlige bin, das müsstet Ihr doch am besten wissen, Balfour. Beruhigt euch mal alle miteinander! Möchte noch jemand Punsch? Ich geb' einen aus, von meinem kläglichen Bibliothekarinnenlohn!"

Ehe jemand auf ihren Vorschlag eingehen konnte, betrat der nächste Künstler den Platz.

Es war ein kleiner dünner Mann mit scharlachrotem, zotteligen Haar. Er hatte eine Hakennase, schwarze Augen, die wie Käfer in seinem Gesicht aussahen und trug auffällige Schnabelschuhe. Am bemerkenswertesten war jedoch seine Haut, die genauso golden zu schimmern schien, wie die Sonnen, die überall auf dem Platz waren.

Er stellte sich als Ruaraidh, Herr des Feuers, vor und begann sogleich mit seiner Darbietung.

Die Schau zog alle Anwesenden sofort in ihren Bann, auch Meyla und ihre Gefährten.

Ruaraidh spielte mit dem Feuer, wie es noch nie zuvor jemand getan hatte. Er formte Figuren aus den Flammen: Paare, die um den Brunnen tanzten; Pferde, die durch die Zuschauerreihen galoppierten; sogar Drachen, die in den dunklen Abendhimmel empor flogen.
War Meyla anfangs von dem rothaarigen Mann fasziniert, wuchs mit der Zeit ihre Unruhe und mit jeder weiteren spektakulären Feuerfigur wurde aus Zweifel Gewissheit: dies war kein gewöhnlicher Trickkünstler, sondern ein Zauberer, der tatsächlich Magie beherrschte.

Die Menschen auf dem Platz waren nicht zu bremsen, sie überschlugen sich geradezu mit Applaus und Beifallsbekundungen.
Er spielte erneut mit einer Flamme und stimmte mit einer für einen Mann recht hohen Stimme einen unheimlichen Singsang an. Schon bald fielen die Menschen mit ein, als wären sie in einem Wahn und der unheimliche Gesang erfüllte den gesamten Platz.

„Das gefällt mir gar nicht", hörte Meyla Aidan den anderen zuflüstern, „wir sollten lieber verschwinden."

Alle rafften ihre Sachen zusammen, lediglich Meyla rührte sich nicht von der Stelle.

In diesem Augenblick wandte Ruaraidh seinen Kopf abrupt in ihre Richtung und blickte sie mit seinen Käferaugen direkt an. Die Flamme verformte sich langsam, der Singsang endete. Ruaraidh lachte auf, die Menge jubelte und aus der Flamme bildete sich eine Krone. Meyla wurde eiskalt.

Der rote Zauberer verneigte sich grinsend in alle Richtungen, dann gab es einen Knall und wo er gestanden hatte, war nichts als eine Rauchwolke.

Die Begeisterung der Menschen war grenzenlos, Meyla fühlte sich dagegen, als wäre sie aus einem Alptraum erwacht.

„Lasst uns abhauen", sagte sie und verließ schnellen Schrittes den Festplatz, bis sie in einer Seitengasse abseits der Menschenmenge angekommen waren.

„Mann", sagte Cailean atemlos, „das war vielleicht verrückt. War das ein echter Zauberer, was denkt Ihr?"

„Wo ist Balfour?", fragte Gleann.

Meyla, die noch mit ihren eigenen Gedanken beschäftigt gewesen war, schreckte auf. Tatsächlich war Balfour nirgends zu sehen. Ihr Herz schlug schneller, doch dann erschien sein dunkler Schopf am Ende der Gasse.

„Bin da, bin da“, rief er beruhigend. „Entschuldigt bitte. Ich musste noch etwas besorgen.“

Sie setzten sich wieder in Bewegung, Meyla war immer noch kalt.

„Alles in Ordnung?“, fragte Balfour, der neben ihr ging, gedämpft.

„Ja. Wieso?“

„Ihr seht aus, als hätte Ihr einen Geist gesehen.“

„Ich weiß nicht. Dieser Zauberer hatte was Unheimliches an sich.“

„Oh ja, dem stimme ich zu. Aber es wundert mich trotzdem, dass ...“

„Ja?“

„Nun ja ... Ihr Euch davon aus der Ruhe bringen lasst. Ihr seid doch sonst so unerschrocken.“

„Ich weiß auch nicht. Irgendetwas ist anders heute Abend.“

„Ja, das ist mir schon aufgefallen“, antwortete er kaum vernehmlich. „Ihr seid anders.“

„Diese Stadt hat einen ganz besonderen Zauber. Etwas, was mich berührt und ich weiß nicht warum.“

„Was immer es ist“, meinte Balfour sanft, „steht Euch gut. Sie ist wieder da, die wahre Meyla.“

„Ihr seid ganz schön hartnäckig.“

„Ihr kennt meine Familie. Wenn man da nicht ein gewisses Maß an Sturheit besitzt, ist man verloren.“

Sie lachten beide und ließen sich ein wenig zurückfallen.

„Auf jeden Fall ...“, druckste er plötzlich herum und wurde verlegen, „ich bleibe dabei, dass mir diese Meyla besser gefällt. Wenn Ihr bloß den Unterschied sehen könntet! Allein Euer Gesicht.“

„Mein Gesicht?“

„Wenn Ihr lacht ... und ... nicht ständig auf der Hut seid ... dann ist es, als hättet Ihr die Sonne im Gesicht.“

Sie spürte, wie sie rot wurde, obgleich das Gefühl nicht unangenehm war. Sie blickte nach vorne zur nächsten Kreuzung, wo sich Aidan gerade von Gleann und Cailean verabschiedete. Dort würden sich die Wege trennen. Wie gerne wäre sie mit den Dunhams und Gleann gegangen, sie hätte hundertmal lieber im Stroh übernachtet als im Haus des schrecklichen Nathairs. Jedoch brachte sie es nicht übers Herz, Aidan alleine dort nächtigen zu lassen.

„Danke, dass Ihr mit mir getanzt habt, Balfour. Dass Ihr diesen Moment mit mir geteilt habt."

„Gern geschehen. Hier." Er hielt ihr die ausgestreckte Hand hin, in der sie etwas funkeln sah.

„Was ist das?"

„Na nehmt schon!"

Sie griff nach dem kleinen glitzernden Teil und sah, dass es ein vergoldeter Knopf war, in Form der heute so oft gesehenen Sonne.

„Für Euch", sagte Balfour und lächelte schüchtern, „als kleine Erinnerung an den Abend, an dem Ihr die Sonne im Gesicht hattet. Deswegen war ich eben kurz verschwunden."

Meyla fehlten die Worte. Dieser Knopf musste einen Bauern ein Vermögen gekostet haben.

„Was ist?", fragte Balfour. „Hab ich es etwa zum ersten Mal geschafft, Euch sprachlos zu machen?"

„Offensichtlich." Sie betrachtete den Knopf wie einen kleinen Schatz und eigentlich war er ja genau das. „Ich werde ihn in Ehren halten."

„Das will ich auch hoffen, ich musste meine halben Ersparnisse dafür opfern", feixte er und lief los Richtung der anderen.

„Balfour, wartet! Ich muss unbedingt noch was los werden."

„Ja?"

Meyla versuche ein ernstes Gesicht zu machen, doch dann prustete sie los. „Damals in Alastríona, am Tag als die Kraniche kamen ... es war nicht Eure Schuld, dass ich gefallen bin. Ich war sternhagelvoll."

Er lachte auf. „Ähm, ich weiß. Ich will nicht unhöflich sein, aber das war nicht zu überriechen."

Sie knuffte ihn gegen den Oberarm und ging dann ebenfalls los zu den anderen.

„Glaubt Ihr", fragte sie ihn schließlich im Gehen, „dass Ihr mir das jemals verzeihen könnt? Die Nacht im Kerker und diese schreckliche Anhörung beim Prinzen?"

„Also, das ist wahrlich ein übles Vergehen gewesen und äußerst schwer zu vergeben ... aber ja, irgendwann wird Euch wohl verziehen werden.“

„Ihr seid zu gütig.“

„Ich habe halt ein weiches Herz, aber das widert Euch ja an.“

„Euer Edelmut widert mich an, nicht Euer Herz.“

„Ach, stimmt ja.“

Die Verabschiedung der Gefährten fiel innig aus und sie verabredeten, sich bei Sonnenaufgang am Stadttor zu treffen.

Als Meyla kurze Zeit später in ihrem Bett lag, hatte sie diesmal nicht ihr Püppchen in der Hand, sondern einen kleinen Knopf in Form einer Sonne, den ihr ein Lackel geschenkt hatte.

Wenn Ihr lacht und nicht ständig auf der Hut seid, ist es, als hättet Ihr die Sonne im Gesicht.

Wie ein Echo hörte Meyla Balfours Stimme in ihren Träumen, vor ihren Augen blitzten goldene Sonnen, ihr Körper drehte sich im Tanz. Irgendwann verblassten diese Eindrücke und in ihren Schlaf gesellte sich Unruhe, wie ein Alarmzeichen dafür, dass etwas nicht in Ordnung war.

Plötzlich schreckte sie hoch und erblickte die Silhouette eines kleinen, beleibten Mannes am Fußende ihres Bettes stehen - Nathair.

„Was wollt Ihr?“, fragte Meyla scharf.

„Pssst, Mylady, ganz ruhig. Wir wollen schließlich nicht das ganze Haus aufwecken, oder? Ich will mich bloß mit Euch unterhalten.“

„Jetzt? Es ist mitten in der Nacht!“

„Aber wann sonst seid Ihr ohne Eure vielen Verehrer für mich greifbar?“

„Das sind nicht meine Verehrer, sondern meine Kameraden.“

„Aber gewiss, Mylady. Wie würdet Ihr auch sonst dastehen? Alleine unterwegs mit vielen stattlichen Herren.“

„Eure widerlichen Fantasien entsprechen nicht der Wahrheit.“

Nathair kicherte und setzte sich zu ihr aufs Bett, eine Hand wie zufällig unter dem Schaffell, mit dem sie bedeckt war. Meyla setzte sich auf, ihr Körper spannte sich an.

„Wisst Ihr, meine Süße“, fuhr Nathair mit säuselnder Stimme fort, „Ihr habt mir auf den ersten Blick gefallen. Euer wildes Haar, der aufmüpfige Gesichtsausdruck, die drallen Weiblichkeiten.“

„Ich ramme Euch gleich aufmüpfig meine Faust ins Gesicht.“

Er lachte, rutschte näher an sie heran, sodass sie seinen Atem riechen konnte, der nach Käse roch.

„Oh, meine Süße, Ihr gefallt mir zu gut. Wie gerne würde ich mich von Euch beglücken lassen und ich bin mir sicher, Ihr würdet ebenfalls auf Eure Kosten kommen. Und ja, wenn ich könnte, würde ich Euch dazu zwingen. Aber seht mich an: ich bin klein, dicklich und unbeweglich. Ihr seid jung und drahtig und wie ich gehört habe gut mit dem Bogen und dem Dolch. Ihr hättet mich in Nullkommanichts überwältigt. Folglich muss ich mich damit begnügen, Euch anzuschauen und mich daran erfreuen, dass Euer Körper in einem meiner Betten liegt. Schlaft weiter, Mylady und träumt schön. Ich werde es gewiss.“

Er beugte sich zu ihr und küsste sie auf die Wange. Meyla spürte, wie ihr die Galle hochkam. Seine Hand streifte ihre Brust und sie wollte schon ausholen um auf ihn einzuprügeln, als er sich erhob und leise pfeifend den Raum verließ.

Meyla packte in Windeseile ihre Sachen zusammen und zog sich an, sie würde keine Sekunde länger in diesem Haus verweilen. Sie raffte ihren Kram und eilte aus ihrer Kammer zu Aidans Gästezimmer. Leise klopfte sie an die Tür, aber Aidan reagierte nicht.

„Aidan“, rief sie leise und klopfte erneut, „Aidan bitte wach auf.“

„Was ist denn, Meyla?“, kam es verschlafen aus dem Inneren des Zimmers. Sie verstand dies als Aufforderung, einzutreten.

Drinnen traf sie beinahe der Schlag, als sie sah, dass Aidan nicht alleine war. Neben ihm im Bett lag eines der jungen Dienstmädchen: splitterfasernackt und kokett grinsend.

„Großartig.“

„Was hast du für ein Problem?“

„Ich darf mich vom Hausherren begrabschen lassen während du seine Diener vernaschst."

„*Dienerinnen* bitte! Was hast du gesagt?"

Auf einmal schien Aidan klar zu werden, was Meyla passiert war und er erhob sich sofort mit ernstem Gesicht. Und ebenfalls nackt. Meyla verdrehte die Augen.

„Ich schlafe bei Balfours Vetter. Wir sehen uns dann morgen am vereinbarten Treffpunkt."

Sie wandte sich um und ging aus dem Zimmer, doch Aidan kam ihr hinterher und hielt sie am Handgelenk fest.

„Warte", sagte er leise, „ich komme natürlich mit. Ich lass dich jetzt bestimmt nicht alleine durch die halbe Stadt laufen. Vor allem, wo da draußen die vielen betrunkenen Männer unterwegs sind."

„Mit denen werde ich schon fertig."

„Nein, wir bleiben zusammen. Das befehle ich als Anführer unserer Gruppe."

Meyla seufzte. „Ich fände es gut, wenn der Führer unserer Gruppe sich endlich mal was anziehen würde."

Aidan grinste. „Du bist doch sonst nicht so zurückhaltend. Nachdem, was ich von Breandan gehört habe..."

„WAS?!"

„Ach nichts. Ich geh mich anziehen und meinen Kram holen."

Eine halbe Stunde später klopften sie an die Tür von Balfours Vetter, der nach wenigen Minuten schlaftrunken öffnete. Sie erklärten ihm knapp, was vorgefallen war - für den Pferdeherren war Nathairs Verhalten allerdings keine Überraschung. Er führte sie in eine unbenutzte Ecke des Stalles, wo ein Fenster den Mond hineinließ und die drei anderen in einem großen frischen Heuhaufen lagen und selig schlummerten. Zumindest Cailean und Gleann schliefen tief und fest, Balfour erwachte sofort, als sie sich ihrer Schlafstätte näherten. Er sah verwirrt und erschrocken drein, seine Haare waren ausnahmsweise offen und hingen ihm wirr ins Gesicht. Aidan berichtete ihm flüsternd von den jüngsten Ereignissen und Meyla sah noch, wie Balfour wütend die Hand zur Faust ballte, bevor sein Vetter sie weiterführte.

„Hier, Mylady. Ihr könnt in der Nachbarzelle schlafen, dann seid Ihr ein wenig für Euch.“

Meyla bedankte sich und machte es sich in dem Heuhaufen bequem. Er war weich und roch gut, dennoch war sie sich sicher, diese Nacht kein Auge mehr zu tun zu können. Nach einer Weile verebbte das Flüstern der Männer nebenan und sie schloss ihre Augen. Doch jedes Mal, wenn sie wegdämmerte, meinte sie wieder Nathairs Hand an ihrer Brust zu spüren und seinen stinkigem Atem im Gesicht zu haben.

Irgendwann gab sie auf, erhob sich und ging hinüber zu den anderen. Aidan lag wie ein König ausgebreitet im Heu, selbst im Schlaf hatte er ein Lächeln im Gesicht. Balfour schien tatsächlich einen leichten Schlaf zu haben, denn er öffnete abermals sogleich die Augen, als sie sich den Männern näherte. Möglicherweise war er aber auch noch wach gewesen.

„Alles in Ordnung, Lady Vending? Was dieser Kerl getan hat ... am liebsten würde ich sofort zu ihm gehen und ihm einen Pfeil in seine kümmerlichen Eier jagen.“

„Das wäre aber nicht unauffällig.“ Meyla brachte ein schwaches Lächeln zu Stande, obwohl sie sich elend fühlte. Es kostete sie Überwindung die nächste Frage zu stellen, wo sie Balfour doch gesagt hatte, wie stark sie war. „Kann ... kann ich hier schlafen? Ich will diese Nacht nicht alleine sein.“

Falls er überrascht war, ließ er es sich nicht anmerken. „Aber sicher.“ Er rückte ein wenig zur Seite und breitete seinen Ledermantel für sie im Heu aus.

„Die Manieren eines Ritters habt Ihr auf jeden Fall schon.“

Er lächelte, rückte dann fort und legte sich näher an Gleann, der in diesem Moment leise im Schlaf lachte.

Meyla kuschelte sich in den Mantel, der im Inneren mit Bärenfell gefüttert war. Er duftete nach Wald und Sandelholz und einem Gewürz, dass Meyla aus Uallach kannte, doch sie kam nicht darauf, was es war. Während sie darüber nachgrübelte, fiel sie endlich in einen tiefen, erholsamen Schlaf.

Am nächsten Morgen brachen sie mit der Dämmerung auf und verabschiedeten sich eilig von Balfours gastfreundlichem Vetter. Ohne Zwischenfälle erreichten sie das Stadttor.

„Hoffentlich verläuft der Rest unserer Reise erfreulicher und vor allem erfolgreicher“, seufzte Aidan, als sie die große Brücke betraten. Über dem Sumpf lag ein leichter Nebel, sodass sie das Ende der Brücke nicht erkennen konnten.

„Ab jetzt sind wir auf uns gestellt und nicht mehr auf die Hilfe schmieriger Gesellen angewiesen“, sagte Balfour zuversichtlich, „also wird es von nun an besser gehen. Muss es einfach.“

Während sie gemächlich über die Brücke schritten, wurde der Nebel dichter.

Meylas bisher recht zuverlässige Alarmglocken begannen zu läuten. „Leute, ich hab ein ungutes Gefühl. Wo kommt plötzlich dieser ganze Nebel her?“

Als sie es ausgesprochen hatte, war es bereits zu spät. Innerhalb von Sekunden war der Nebel dermaßen dicht geworden, dass sie ihre Hand nicht mehr vor Augen sehen konnte, geschweige denn ihre Kameraden.

„Balfour?“, rief sie. „Aidan? Alles klar bei euch?“

Ihr Rufen war hohl, denn ihre Stimme hatte kein Echo. Überhaupt schien es, als wären sämtliche Geräusche aus der Welt verschwunden.

„Cailean? Gleann?“

Panisch tastete sie um sich. Sie waren eben alle dicht zusammen gewesen, aber nun konnte sie niemanden erreichen.

„BALFOUR?! AIDAN?!“

Es war als wäre sie gefangen zwischen weißen Wänden aus Luft, als würde nichts mehr außerhalb dieser Wände existieren.

„BALFOUR?!“

Sie hörte etwas. Erst dachte sie, es wäre ein fernes Rufen der anderen, doch nach ein paar Sekunden konnte sie das Geräusch besser einordnen.

Es waren dutzende verschiedene Stimmen, die verschwörerisch aus dem Nebel zu ihr flüsterten.

13

Welt aus den Fugen

<u>*Gormal*</u>

Balfours Herz schlug ihm bis zum Hals. Sein Verstand konnte nicht erfassen, was gerade passierte. Eben noch hatte er auf Aidans verwuschelte Lockenpracht gestarrt, jetzt war alles, was er sehen konnte ein undurchdringliches Grauweiß.

„CAILEAN? GLEANN?“ Obwohl er so laut rief, wie er konnte, klangen seine Worte seltsam hohl. „CAILEAN?!“ Panik ergriff ihn. Wieso nur hatte er erlaubt, seinen Bruder auf diese Reise mitzunehmen? Warum hatte er ihn und Gleann mit in die Sache hineingezogen?
Selbst die Gerüche schienen aus der Welt verschwunden, wie sehr er sich doch plötzlich wünschte, den Mief des Sumpfes wieder in der Nase zu haben.

„MEYLA?“, rief er angsterfüllt, denn er war sich inzwischen sicher, dass er keinen seiner Gefährten würde erreichen können.

Dann begann das Flüstern, zischelnd und bedrohlich, hin und wieder untermalt von hämischem Gekicher.
Balfour hielt dem Atem an und nach einem kurzen Moment gelang es ihm, einzelne Worte aus der Masse hinaus zu hören.

„Ritter“ … „Mann der Weißen Frau“ … „Bauernkind“… „Löwenzahn“… „Vending heißt Wendung“ … „Männerfreund“ … „Kóróna“ … „Ritter“… „Haltet das Tor!“ … „Laoisssse“ … „Vending heißt Wendung“ … „Niall“ … „Mann ohne Schatten“ … „Fischerfrau“ … „Schwertleite“ … „Beschädigtes Gut“ … „Ritter“ … „Dimmbrá“ … „Haltet das Tor!“

Balfour presste sich die Hände auf die Ohren, weil er das Gefühl hatte, sonst dem Wahnsinn zu verfallen. Doch das Flüstern wurde dadurch noch lauter und eindringlicher.

„Königsmörderin“ … „Sirenenbezwinger“ … „Ritter“ … „Dach der Welt“ … „Die Schönheit des Nordens“…

„Ritter“... „Niall“... „Haltet das Tor!“... „Löwenzahn“ ... „Befreier“ ... „Lang lebe die Königin!“

Balfour nahm die Hände wieder hinunter und das Flüstern wurde allmählich leiser, bis es schließlich ganz verstummte. Auch der Nebel lichtete sich; die normalen Geräusche einer alltäglichen Welt wie das Zwitschern der Vögel, kehrten zurück. Der Gestank des Sumpfes war wieder da, sowie der Geruch nach aufziehendem Regen.

Balfour war so sehr daran gewöhnt, auf seine Geschwister zu achten, dass es als erstes Caileans Stimme war, die er vernahm und Gleanns Gesicht, das er wieder sehen konnte. Die Beiden sahen verängstigt aus und waren wie erstarrt. Balfour lief sofort zu ihnen und zog sie an sich, immer noch unfähig, ein Wort zu sagen. Da hörte er Meyla flehentlich seinen Namen rufen, was ihn gerührt hätte, wäre er nicht selbst dermaßen entsetzt gewesen.

„BALFOUR?“, schrie sie, „AIDAN?“ Der letzte Rest Nebel verschwand und er konnte sie sehen, verzweifelt mit den Händen vor ihrem Gesicht.

„Meyla, he Meyla“, sagte er beruhigend, wenn auch noch mit schwacher Stimme, „es ist vorbei.“

Sie nahm die Hände fort und ihre Blicke trafen sich. Er wollte gerade von Gleann und Cailean weg, um zu ihr zu gehen, als Aidan zu ihr gestürmt kam und sie heftig an sich drückte.

Balfour hatte ihn niemals zuvor so ernst und blass gesehen.

„Was war das bloß?“, fragte Cailean zittrig.

„Ich weiß es nicht“, antwortete Aidan matt.

„Was immer es war“, meinte Gleann und sah die anderen nachdenklich an, „es schien uns zu kennen. Was die Stimmen gesagt haben ...“ Er verstummte und schluckte.

„Unsinn“, sagte Meyla, die sich als erste wieder gefasst und im Griff zu haben schien, „das war nur irgendein wahlloses Geplapper, um uns Angst einzujagen. Ein paar Sachen mögen auf uns zu getroffen haben, möglicherweise etwas, was ein Trickbetrüger in der Stadt über uns aufgeschnappt hat. Genauso viele Dinge passten aber nicht. Oder hat einer von Euch eine Vorliebe für Löwenzahn?“

Aidan schien etwas sagen zu wollen, überlegte es sich dann jedoch anders.

Meyla fühlte sich anscheinend durch das allgemeine Schweigen bestätigt. „Seht ihr! Ich jedenfalls kann euch versichern, dass ich keine Königsmörderin bin.“ Sie versuchte, unbekümmert zu lächeln, brachte allerdings lediglich eine schiefe Grimasse zu Stande.

„Vermutlich hast du Recht“, sagte Aidan schließlich, „aber wir sollten trotzdem schleunigst von hier verschwinden.“

Sie rafften ihre Sachen zusammen, die sie alle panisch von sich geworfen hatten, dabei konnte Balfour beobachten, wie Meylas Hände zitterten. Scheinbar glaubte sie doch nicht ganz an ihre eigenen Worte.

Als sie alles beisammen hatten und endlich weiter marschierten, stoppte Aidan, der voran ging bereits nach wenigen Schritten erneut und starrte erschrocken ans Ende der Brücke.

Dort stand ein Mann mit goldener Haut und scharlachrotem Haar und grinste breit: Ruaraidh, der Feuerzauberer.

Aidan zog sofort sein Schwert, Meyla zückte ihren Bogen.

„Oooh, sachte sachte, meine lieben Freunde“, zwitscherte Ruaraidh mit seiner seltsamen Singsang-Stimme. „Warum greift Ihr einen armen, unbewaffneten Schausteller an?“

„Arm und unbewaffnet?“, brauste Aidan auf ohne sein Schwert von der Stelle zu bewegen. „Ich glaube Euch kein Wort. *Ihr* wart für den Nebel verantwortlich, oder?“

Ruaraidh gluckste. „Nun, wie hat Euch mein kleines Kunststück gefallen? Seht es als Abschiedsgeschenk an.“

Balfour stellte sich unauffällig vor Cailean und Gleann und wollte nach seinem eigenen Bogen greifen, aber dem Zauberer entging dies nicht.

„Lasst stecken, Bauernheld. Ich bin nicht begierig, Euch Ärger zu machen.“

„Was sollte dann das mit dem Nebel?“, fragte Meyla bissig.

Wieder gickelte Ruaraidh. „Aaah, die bezaubernde Lady ... wie ist Euer äußerst geistreicher Name doch gleich ? Ach ja. *Vending*. Nun, der Nebel war lediglich eine Prüfung. Wisst Ihr, abgesehen vom Feuer gehorchen mir nämlich auch noch andere Elemente. Ich wollte etwas über Euch erfahren, Euch alle. Über die kleine stolze Truppe, die der Kronprinz ausgesandt hat, um seine Liebste zu retten."

Aidan und Meyla sogen hörbar die Luft ein, überrascht darüber, dass Ruaraidh von ihrer Aufgabe wusste.

Er schien ihre Gedanken zu lesen. „Ja ja, ich hab meine Spione in dem guten alten Alastríona. Und nun nehmt bitte endlich die Waffen runter, das macht mich ganz kribbelig." Er hüpfte gackernd auf und ab, um seine Worte zu unterstreichen.

Aidan ließ langsam sein Schwert sinken, doch Meyla ... schoss einen Pfeil auf Ruaraidhs Gesicht, welcher diesen galant mit einer Hand auffing und festhielt.

„*Das* war ein großer Fehler, Mylady. Ist Euch eigentlich klar, dass ich die Brücke, auf der Ihr steht, mit einem Fingerschnippen zum Einsturz bringen kann? Dann seid Ihr alle Drachenfutter. Dass ich den Sumpf innerhalb von Sekunden um ein Vielfaches ansteigen lassen kann? Dass ich Eure Kleider auch aus dieser Entfernung anzünden könnte, sodass ich fünf menschliche Fackeln vor mir hätte?"

Alle Angst, die Meyla nach der Nebelattacke womöglich verspürt hatte, schien wie weggeblasen. Im Gegenteil, der Zauberer machte sie anscheinend aus unerfindlichen Gründen wütend.

„Warum tut Ihr es dann nicht?!", fragte sie patzig.

Aidan lächelte gequält. „Meyla, es wäre schön, wenn du mir das Reden überlässt. Weißt du, wir haben nicht unbedingt Lust, in diesem Sumpf unterzugehen."

Ruaraidh jubelte und klatschte quiekend in die Hände. „Aaah, das ist mein Junge! Sehr gut, Euer Wohlgeboren, genauso habe ich mir den Ritter Lachlann immer vorgestellt, von dem mir so viel erzählt wurde. Und wenn Ihr bei meiner kleinen Scharade vorhin die Ohren gespitzt habt, könnt Ihr Euch sogar denken, wer mich mit Geschichten über den schönen, tapferen Ritter gefüttert hat."

Aidan schien noch blasser zu werden und kurz die Fassung zu verlieren. Balfour fragte sich, was genau im Nebel für ihn bestimmt gewesen war.

„Was wollt Ihr von uns?", stammelte Aidan mühsam.

Ruaraidhs Lachen verschwand. „Lediglich davor warnen, Euch in Dinge einzumischen, die Euch nichts angehen. Dreht um und geht zurück in Euer mehr oder weniger friedliches Leben. Weckt keine schlafenden Drachen."

„Das ist alles? Ihr wollt uns warnen?!", fragte Meyla.

„Ja."

„Lasst mich raten, wenn wir nicht auf Euch hören, geschieht uns Furchtbares."

„Nicht hier, nicht heute. Ich werde Euch nichts antun. Aber Ihr werdet Dinge ins Rollen bringen, die sich nicht mehr aufhalten lassen. Am Ende werdet Ihr einen hohen Preis bezahlen, jeder einzelne von Euch, einige jedoch mehr als andere."

Einen kurzen Moment sagte niemand was. Ein leichter Wind zog auf und verstärkte den Geruch nach Regen.

„Damit setzen wir uns auseinander, wenn es soweit ist", sagte Meyla schließlich und setzte sich in Bewegung.

Balfour folgte ihr nach einigem Zögern, nach ihm auch Cailean und Gleann. Lediglich Aidan rührte sich nicht vom Fleck und starrte immer noch erschüttert auf den Herr des Feuers. Dieser ließ sie wort- und tatenlos passieren. Sie drehten sich nach Aidan um.

„Komm schon, Aidan", rief Meyla, „wir müssen weiter."

Doch er beachtete sie nicht.

„Was ist geschehen?", fragte er an Ruaraidh gewandt. Er schien komplett durcheinander.

Der Zauberer wirkte auf einmal wehmütig. „Das ist nicht meine Geschichte, ich kann Euch nichts sagen."

Balfour fragte sich, wie sie Aidan aus seiner Erstarrung hinaus bekommen sollten und sagte das einzige, was ihm in den Sinn kam:

„Aidan, wir müssen weiter. Denkt an Breandan."

Dies schien ihn tatsächlich ein wenig wachzurütteln, denn er nickte schwach und folgte ihnen endlich. Als er bei ihnen war, hörten sie ein letztes Mal Ruaraidhs trällernde Stimme.

„Bevor das Jahr um ist, wird die Prinzessin tot sein. So ist es vorher bestimmt, daran könnt Ihr nichts ändern." Damit verschwand der Herr des Feuers, in dem er sich genau wie am Vorabend in einer Rauchwolke auflöste.

Eine ganze Zeit lang sagte niemand ein Wort. Bedächtig liefen sie vor sich hin und hingen ihren eigenen trüben

Gedanken nach. Balfour warf sehnsüchtige Blicke zum weit entfernten Líadan- Wald, der seinem Zuhause so nah war. Am liebsten hätte er Cailean heimgeschickt, aber er wusste, das würde nichts bringen.

Erst als sie Gormal weit hinter sich gelassen hatten und auf direkten Weg zum Leith waren, fanden sie ihre Stimmen wieder. Sie redeten über Belanglosigkeiten wie das Wetter oder ihren Reiseweg, ihre Begegnung mit dem roten Zauberer dagegen wurde sorgsam ausgelassen.

Aidan war noch nachdenklicher als der Rest und Balfour überlegte die ganze Zeit fieberhaft, wie er wohl mit ihm reden konnte. Er empfand ihn inzwischen als Freund und deswegen erschien es ihm nicht richtig, seinen Kummer einfach zu ignorieren.

Schließlich begann es zu regnen. Oder nein, nicht zu regnen: es schüttete wie aus Eimern. Innerhalb von wenigen Minuten waren sie bis auf die Haut durchnässt, ihre Kleider klebten an ihren Körpern, eine klamme Kälte ging von ihren tropfenden Haaren aus. Besonders Meyla und Gleann schlotterten, was das Zeug hielt.

„Ich sehne mich gerade wirklich nach dem weichen Stroh Eures Vetters", jammerte Meyla, dennoch biss sie die klappernden Zähne zusammen und marschierte weiter.

Ein wenig später erreichten sie den Leith, der bedrohlich hoch an seinen Ufern stand. Der Platzregen war derweil in einen Dauerregen übergegangen; bei einer überdachten Holzbank beschlossen sie, kurz zu rasten.

Cailean und Gleann versuchten sich sofort gegenseitig trocken zu rubbeln, Aidan jedoch verließ wortlos die Gruppe und ging hinüber zum Fluss.

Balfour überlegte, ob er ihm folgen sollte.

„Lasst es", sagte Meyla leise.

„Was denn?"

„Ich sehe Eure Blicke und kenne sie inzwischen. Ihr wollt mit ihm reden."

„Was spricht dagegen?"

„Er wird sich Euch nicht öffnen. Zumindest nicht, wenn er es nicht will. Und falls er es wünscht, wird er es von selbst tun. Gebt ihm Zeit, die ganze Geschichte heute Morgen hat ihm stärker zugesetzt als dem Rest von uns. Ihr könnt Euch nicht immer um alle kümmern, Balfour, das wird anstrengend. Für Euch und für uns." Sie lächelte und da wusste er, dass sie es zwar ernst, aber dennoch freundlich gemeint hatte.

„Wie gut kennt Ihr Aidan?“, fragte Balfour.

„Nicht besonders gut. Er ist schon immer Breandans bester Freund gewesen, aber ich hatte nie viel mit ihm zu schaffen.“

„Kanntet Ihr seine Geliebte?“

„Ihr meint Adda?“

„Ja.“

„Nein. Ich habe von ihr gehört, aber sie nie persönlich getroffen. Sie waren in der Zeit zusammen, in der Aidan in Daracha gelebt und zum Ritter ausgebildet wurde.“

„Ich hab nur überlegt, ich weiß auch nicht. Aidan hat mir erzählt, sie wäre ein Mädchen aus dem Norden gewesen. Vielleicht war mit der 'Fischerfrau' im Nebel sie gemeint?“

„Ich möchte wirklich nicht mehr über diesen schrecklichen Nebel sprechen. Außerdem hat Ruaraidh selbst gesagt, es war eines seiner Kunststücke.“

„Er hat aber auch gesagt, dass er uns damit näher kennenlernen wollte, oder? Ich hörte im Nebel den Namen meines Vaters. Das ist mit Sicherheit kein Zufall.“

„Eine Scharade, wie er gesagt hat“, beharrte sie stur. Doch Balfour wurde das Gefühl nicht los, dass Meyla etwas mindestens so Beunruhigendes im Flüstern gehört hatte wie Aidan, denn sie wich seinem Blick aus. Aber er drang nicht weiter in sie ein, denn er wollte ihren Rat beherzigen und sich nicht krampfhaft um alle kümmern.

„Jedenfalls“, sagte er deswegen versöhnlich, „scheint aus dem Nebelproblem ein Regenproblem geworden zu sein. In den nächsten Tagen kommt auf unserem Weg kein Wald, in dem wir Schutz suchen können.“

„Wenn wir erst im Elfting sind, ist das kein Problem mehr, glaubt mir. Der ist so dicht wie ein undurchdringlicher Urwald, da verirren sich höchstens ein paar einzelne Tröpfchen durch die Baumkronen.“

„Ich bin immer wieder entzückt von Eurem Talent, andere aufzumuntern.“

„Jederzeit wieder.“

Ein paar Minuten später kehrte Aidan zurück.

„Leider muss ich Euch bitten, aufzubrechen. Ich habe die Hoffnung, dass wir noch vor Einbruch der Dunkelheit am Bradana See ankommen. Vielleicht wisst Ihr, dass dort ein paar Holzhütten stehen, die im Sommer von einigen Städtern bewohnt werden. Ich hab mir gedacht wir könnten ... nun ja ...“ Er sah plötzlich äußerst verlegen drein.

„Dort einbrechen, damit wir einen trockenen Platz zum Schlafen haben?“, fragte Cailean mit unangebrachter Begeisterung.

„Ähm, ja, genau das ist der Plan.“

„Das ist aber nicht besonders ritterlich“, neckte ihn Meyla.

„Pfeiff auf die Ritterlichkeit“, sagte Aidan und damit löste sich die angespannte Stimmung endgültig, denn alle lachten. „Lieber vergesse ich meine guten Manieren anstatt mit nassem Arsch im feuchten Gras zu schlafen.“

Sie erreichten den Bradana See als es anfing zu dämmern. Der Regen wollte sich schlichtweg weigern, aufzuhören, aber immerhin nieselte es inzwischen nur noch.

Sie waren müde und erschöpft von ihrem strammen Marsch und dem aufregenden Tag und hielten gleich Ausschau nach den Hütten. Als sie näher kamen, mussten sie resigniert feststellen, dass der See die Wassermassen, die in den letzten Stunden vom Himmel gekommen waren, nicht hatte halten können und über das Ufer getreten war. Viele der Hütten waren bereits überflutet, nur die, die weiter oberhalb waren, schienen noch trocken.

„Die Welt gerät immer mehr aus den Fugen“, murmelte Aidan, „Berge schmelzen, Gewässer steigen, Bäume sterben. Nichts ist mehr, wie es sein soll. Wo wird das alles noch hinführen?“

Darauf wusste niemand eine Antwort, also beobachteten sie eine Weile still das Tosen des sonst so friedlichen Sees. Schließlich wandte Aidan sich ab und steuerte eine der oberen Hütten an. Der Rest folgte ihm und es war Cailean, der mit wenigen Handgriffen das Schloss der Tür geknackt hatte.

„Wieso überrascht mich das nicht?“, grummelte Balfour verdrossen.

Sie betraten das Innere der Hütte, wo es feucht und modrig roch. Immerhin waren sie hier vom Regen geschützt. Nachdem sie sich halbwegs eingerichtet hatten, begutachteten sie ihre Vorräte und begannen zu essen.

„Ob Eik mittlerweile wieder daheim angekommen ist?“, fragte Gleann kauend. „Oder ob er im Regen im Líadan unterwegs ist und nass ist wie wir?“

„Hoffen wir, dass er bei Àlainn ist“, meinte Balfour und konnte nicht anders, als Cailean vorwurfsvoll anzuschauen. „Das Mistwetter macht es ihr auf dem Hof nicht unbedingt leichter.“

„Was er jetzt in den zwei Tagen schon alles verpasst hat“, sagte Cailean, „kann man kaum glauben. Sonnentänze, eklige Farbwäscher, gruseligen Nebel, Dauerregen, Überschwemmungen und natürlich den Zauberer. So hab ich mir das alles auch nicht vorgestellt.“

„Ach nein?“, spottete Balfour. „Wie hast du es dir denn vorgestellt? Dass du ohne größere Hindernisse an die Blaue Blume kommst, du Lady Nansaidhs strahlender Retter wirst und Lieder auf dich gesungen werden? Erscheint dir jetzt doch alles zu mühsam, was?“

Cailean sah ihn verletzt an, pfefferte wütend seinen Apfel in die Ecke und verließ Türe knallend die Hütte.

Meyla und Aidan schauten verlegen auf den Fußboden.

„Das war ungerecht“, sagte Gleann, „und das weißt du auch. Er hat sich mit keinem Wort beschwert.“

„Aber es ging in die Richtung.“

„Blödsinn, Balfour. Gewiss haben die vergangenen Ereignisse ihn erschrocken, genau wie den Rest von uns. Warum darf Cailean das nicht aussprechen?“

Balfour spürte wie er Kopfschmerzen bekam, der aufreibende Tag forderte langsam seinen Tribut. Er seufzte und folgte seinem Bruder nach draußen.

Dieser stand im Seewasser, welches ihm bis zu den Knöcheln reichte.

„Es tut mir leid,Cailean. Es war ein langer Tag.“

Cailean hatte ein paar Steine in der Hand, die er einer nach dem anderen über das Wasser flitschen ließ. Dies hatte Balfour ihm an ihrem Teich in Seòras beigebracht - vor langer Zeit, in einem anderen Leben. Die Erinnerung daran stimmte Balfour schwermütig. Was war aus den Jungen von damals geworden?

„Ich gehe heim“, sagte Cailean schließlich zu Balfours Überraschung. „Dann hast du das, was du willst.“

„Cailean ...“

„Nein, schon gut. Genau das wolltest du doch herausfordern, und jetzt sag nicht, das wäre nicht wahr. Mit deinen ständigen Sticheleien und deinen Bemerkungen darüber, dass Àlainn alleine ist. Ich bin nicht blöd, weißt du. Ich weiß, dass du nichts von mir hältst und mich deswegen nicht dabei haben willst."

„Du hast Recht, ich wollte dich wirklich herausfordern. Und ja, ich wünsche mir, dass du nach Hause gehst. Aber nicht, weil ich nichts von dir halte, noch nicht mal wegen Àlainn. Cailean, ich hatte heute, in diesem Nebel, so viel Angst wie selten zuvor in meinem Leben. Nicht um mich, sondern um dich und Gleann. Und auch um die beiden anderen. Aber am meisten um dich. Es fällt mir eben schwer, in dir den erwachsenen Mann zu sehen, der du mittlerweile bist. Ich sehe immer noch den süßen, pausbäckigen Jungen in dir, dem ich das Steine flitschen beigebracht habe. Und ich glaube, dass was wir in den letzten beiden Tagen erlebt haben war erst der Anfang, eine kleine Kostprobe von dem, was auf uns zukommt."

Cailean hielt ihm einen Stein hin. „Hier. Der Letzte."

Balfour ließ den Stein fliegen, was auf dem unruhigen See jedoch schwierig war. Er scheiterte kläglich.

„Erbärmlich", sagte Cailean abfällig. „Aber ich war darin ja immer besser als du."

„Allerdings. Das hat mich immer wahnsinnig gemacht."

„Balfour?"

„Ja?"

„Ich habe wirklich dafür gesorgt, dass die Leysings nach Àlainn gucken. Ich liebe sie über alles, genau wie die Kleinen. Ich hätte sie niemals einfach zurückgelassen, Armadal hat mir versprochen, dass er sich kümmert bis Eik zurück ist."

„Ich weiß."

Aus heiterem Himmel hörte es auf zu regnen, was eine Wohltat war.

„Komm", sagte Balfour und legte Cailean eine Hand auf die Schulter, „lass uns schlafen. Wir brauchen Kraft für den weiteren Weg."

„Aber..."

„Nichts aber. Wir ziehen das zusammen durch und dann können die Menschen Lieder auf die Dunham Brüder singen."

„Darum geht es dir eigentlich bloß, oder? Ein bisschen Berühmtheit."

„Klar. Und um die schönen Frauen, die sich dann nach mir verzehren."

„Ich wusste es."

Die anderen waren schnell eingeschlafen, Balfour dagegen lag noch wach und grübelte. Meyla lag so dicht neben ihm, dass ihre Haare, die durch den Regen noch struppiger als sonst waren, ihn im Gesicht kitzelten. Sie drehte sich im Schlaf, wodurch ihr Duft zu ihm hinüber wehte. Sie roch, wie er sich das Meer vorstellte: nach Sommer und Sonne und leicht nach Salz. Er betrachtete ihr Gesicht.

Als hätte sie gemerkt, dass er sie beobachtete, öffnete Meyla kurz die Augen und schenkte ihm ein verschlafenes Lächeln, was er erwiderte. Anschließend schlossen beide zeitgleich die Augen wieder und auch Balfour fand endlich Ruhe.

Sie erwachten von einem aufdringlichen Geräusch. Es platschte und gluckerte, als würde sich direkt neben ihrer Hütte ein großes Schiff seinen Weg bahnen.

Aidan sprang alarmiert auf, die Hand sofort am Schwert. Auch Meyla und Balfour waren nach dem ersten Platschen hellwach und griffen geistesgegenwärtig nach ihren Bögen. Sie schlichen hinter Aidan aus der Hütte, während sich Cailean und Gleann noch verschlafen und verwirrt die Augen rieben.

Im Freien staunten sie nicht schlecht, dass das Wasser inzwischen bis kurz vor ihrer Hütte stand. Der junge Morgenhimmel war dunkelgrau, brachte bisher allerdings noch keinen weiteren Regen. *Platsch.*

Sie schauten zur Seite und erblickten ein altes Weib in einem schmuddeligen grünen Gewand. Ihr langes, wirres Haar verbarg ihr Gesicht, lediglich eine große Nase war zu erkennen; zwischen ihren nackten Zehen hatte sie Schwimmhäute. Sie beachtete die drei Freunde gar nicht, sondern konzentrierte sich voll und ganz darauf, die Wäsche, die sie in einem Korb dabei hatte, zu waschen. Das braune Hemd, was sie gerade im Seewasser auswrang, war übersät mit blutroten Flecken, vor allem am Kragen.

Balfour wurde es mulmig, Aidan dagegen seufzte erleichtert.

„Puh, nur ein altes Mütterchen“, sagte er. „Wir sind wohl ein bisschen empfindlich, aber nach allem was gestern passiert ist, ist das auch kein Wunder. Lieber zu viel auf der Hut als zu wenig.“

„Ich wäre vorsichtig“, sagte Balfour leise.

Aidan sah ihn verständnislos an. „Wieso? Mit der Alten werden wir jawohl leicht fertig. Guck mal, sie hat uns bisher nicht beachtet, vermutlich ist sie taub.“

„Seht Euch doch mal genau an, was sie da wäscht. Seht Euch ihre Gestalt an.“

Aidan runzelte die Stirn. „Sie wäscht dreckige Kleider, was ist dabei?“

Balfour spürte, dass er ungeduldig wurde. „Sie wäscht *blutige* Kleider.“

Auch Aidan schien die Geduld auszugehen. „Na und?! Wahrscheinlich schlachtet sie ihr Vieh selbst und dabei ist sie schmutzig geworden.“

„Ich weiß, worauf Balfour hinaus will“, schaltete sich Meyla ein, „nämlich auf das Märchen von der Waschfrau an der Furt.“

Jetzt begann Aidan zu lachen. Die Alte würdigte sie immer noch keines Blickes.

„Ich fass' es nicht!“, prustete Aidan, „Balfour, ich habe Euch immer für einen vernünftigen, bodenständigen Mann gehalten.“

„Ich mich auch“, antwortete Balfour ungehalten, „und dann wurde ich losgeschickt, eine blaue Blume zu finden, um eine Prinzessin zu retten. Auf dieser Reise wurde ich von Nebel gefangen und von einem Zauberer ausgetrickst. Ich denke, daran dürftet Ihr Euch gut erinnern, *Euer Wohlgeboren*, denn gestern noch fandet Ihr das auch alles andere als lustig. Und heute verspottet Ihr mich, nur weil ich zur Vorsicht mahne?!“

Aidan hörte sofort auf zu lachen. „Schon gut, es war nicht böse gemeint. Warum sprechen wir die Alte nicht einfach mal an? Dann werden wir sehen, dass alles ganz harmlos ist.“

Gleichwohl zögerte er, genau wie Balfour. Meyla stöhnte ungeduldig auf. „Männer sind solche Kleinkinder! *Ich* rede mit ihr.“

Ehe Balfour oder Aidan sie aufhalten konnten, war Meyla schon ein paar Schritte durch das flache Wasser auf das alte Weib zugegangen.

„Guten Morgen“, sagte sie freundlich.

Endlich hob die Alte ihren Kopf und sah Meyla direkt an. Ihr Gesicht war eingefallen, ihr Lächeln entblößte abstoßende gelbe Zähne, jedoch ihre Augen schauten gutmütig.

„Guten Morgen“, erwiderte sie mit krächzender Stimme. „Habt Ihr hier Rast gemacht auf Eurer Reise?“

Eins, zählte Balfour im Geiste mit.

„Ja“, plapperte Meyla munter drauf los, „wir kommen aus Alastríona und sind auf dem Weg in den Yldís und sind in die Hütte eingebrochen, um eine Zuflucht vor dem Regen zu haben.“

Aidan sah Meyla fassungslos an, diese schien genauso erschrocken über das, was sie gerade gesagt hatte. Sie zuckte hilflos mit den Schultern. Die Alte lächelte unbeirrt weiter und wandte ihren Blick Aidan zu.

„Und Ihr, Euer Wohlgeboren, seid im Auftrag Eures Prinzen unterwegs?“

Zwei.

„Ja, mein Prinz erteilte mir den Auftrag, seine Verlobte zu retten und die Blaue Blume zu finden.“ Aidans Augen weiteten sich vor Entsetzen wegen dem, was er soeben gesagt hatte.

Der Blick des Waschweibs wanderte weiter zu Balfour.

Ich bekomme Nummer drei, denn laut Legende stellt sie immer drei Fragen.

„Und Ihr, Bauernkind? Denkt Ihr wirklich, dass Ihr bei dieser Aufgabe von Nutzen seid und danach zum Ritter geschlagen werdet?“

Obwohl er sich nicht offenbaren wollte, hatte er keine Wahl. „Nein, das denke ich nicht. In Wahrheit ... glaube ich, dass ich den anderen nur im Weg stehe.“

Er konnte Meyla und Aidan nicht in die Augen sehen, so sehr schämte er sich.

Die Alte wandte kichernd ihren Blick ab und widmete sich wieder ihrer Wäsche.

„Wer seid Ihr?“, fragte Aidan sie.

Eins.

Sie schaute ihn wieder an. „Ich bin nur eine alte Frau, die viel zu tun hat. Obgleich bin ich noch mehr. Der Volksmund nennt mich Bean Nighe, aber eigentlich habe ich keinen Namen."

„Wenn Ihr uns erscheint", sagte Meyla zittrig, „dann bedeutet das, dass jemand von uns in naher Zukunft stirbt?! Oder jemand, den wir lieben?"

Zwei.

„Ja", antwortete die Alte ruhig, „genau das bedeutet es."

Ihnen blieb noch eine letzte Frage. Meyla und Aidan sahen beide Balfour an. Ihm war klar, dass er die Waschfrau nach dem Namen des Todgeweihten fragen musste. Er schluckte und fühlte sich elend. Gerade als er seinen Mund öffnen und *Wer?* fragen wollte, kamen Cailean und Gleann aus der Hütte gestolpert. Bevor irgendwer etwas sagen konnte, fragte Cailean die Alte:

„Habt *Ihr* etwa diesen Lärm veranstaltet?"

„CAILEAN!", schrie Balfour außer sich. Er hoffte inständig, dass das Weib diese Frage nicht zählen und beantworten würde. Aber diese schien überaus erheitert.

„Oh ja, mein lieber Junge, das habe ich. Diese Kleider waschen sich nicht von allein."

Drei. Sie würde ihnen keine weitere Frage beantworten.

Cailean war verwirrt, vor allem schien er nicht zu verstehen, warum auch Meyla und Aidan böse auf ihn waren.

„Bitte", flehte Balfour die Waschfrau an, „bitte noch eine Frage."

„Nein. Drei Fragen, drei Antworten, so ist es seit jeher gewesen." Damit sammelte sie ihre Sachen ein und stapfte davon, zurück im Wasser blieb nur das Hemd mit dem großen Blutfleck am Kragen. Aidan und die anderen gingen wieder in die Hütte, um ihre Sachen zu packen. Balfour dagegen starrte noch einen Moment das Hemd an, mit dem unwohlen Gefühl, dass es sich dabei um das Gewand eines Bauern handelte.

Die nächsten Tage waren beschwerlich. Das Wetter hatte sich dazu entschieden, ungemütlich zu bleiben. Zwar war es nicht mehr so ein furchtbarer Platzregen wie an dem Tag, an dem sie Gormal verlassen hatten, aber die ständigen Schauer trugen auch nicht gerade zu besserer Laune bei. Die

Stimmung zwischen ihnen war wirklich zum Zerreißen gespannt: Cailean hatte sich von allen Seiten Vorwürfe für sein ungeschicktes Verhalten anhören müssen, obwohl jeder von ihnen insgeheim wusste, dass er nichts falsch gemacht hatte. Meyla wurde immer mürrischer, ja geradezu unausstehlich, je weiter sie in den Norden vordrangen. Balfour grübelte unentwegt, über den Namen, den ihnen die Waschfrau schuldig geblieben war, sowie über seine Offenbarung, auf dieser Reise zu scheitern. Gleann litt immens unter den aufgeladenen Gefühlen und zog sich in sich selbst zurück. Nur Aidan war wieder ganz der Alte und machte sich über die schlechte Laune der anderen lustig.

Nach ein paar Tagen standen sie vor der nächsten großen Herausforderung, als sie die Wilde Sophie überqueren mussten. Dies war der tückischste und gefährlichste Fluss des Landes, denn er änderte seine turbulente Strömung minütlich. Noch schlimmer war die Tatsache, dass sie den Strom bei Nacht erreichten. Nicht nur, dass sie deswegen schlechte Sicht haben würden, nein, das Gewässer der Wilden Sophie verbarg bösartige Kreaturen, die nur in der Dunkelheit zum Leben erwachten und Jagd auf ahnungslose Wanderer machten.

„Das haben wir gut hingekriegt“, stöhnte Aidan, als sie in der Ferne das Tosen des Flusses hörten. „Einen schlechteren Zeitpunkt zum Überqueren der Wilden Sophie gibt es nicht.“

„Wenn wir einfach hier warten, bis es hell wird und es Morgen früh versuchen?“, schlug Gleann vor.

„Zu gewagt“, meinte Aidan, „die Bewohner der guten Sophie besuchen nachts sehr gerne das Ufer. Wir müssen es eben einfach versuchen.“

„So lange wir das Wasser nicht berühren geschieht uns nichts“, erklärte Meyla.

Aidan lachte abfällig. „Hast du das schon wieder aus deinem Legendenbuch, Bücherwurm?“

„Na ja“, mischte Cailean sich schuldbewusst ein, „wenn ich Meylas Legendenbuch gelesen hätte, wäre uns das Waschweib am See nicht die dritte Antwort schuldig geblieben.“

„Du konntest nichts dafür, Cailean“, tröstete ihn Meyla versöhnlich, „und jetzt sollten wir unser Glück an der

Wilden Sophie versuchen. Davon, dass wir hier rumstehen und warten wird es nämlich nicht einfacher."

„Aber wie nur", fragte Gleann, „sollen wir über den Fluss kommen ohne das Wasser zu berühren?"

„Wir finden einen Weg", sagte Balfour zuversichtlich.

Als sie schließlich am Ufer angelangt waren, sank sein Mut jedoch augenblicklich. Es war so finster, dass sie die Hand nicht mehr vor Augen sehen konnten, vom Fluss her wehte neben seinem herausfordernden Tosen ein beunruhigendes Gluckern zu ihnen herüber.

„Jetzt eine Pechfackel ...", seufzte Meyla in dem Moment, als eine Flamme Licht in die Dunkelheit brachte. Aidan kniete auf dem Boden, in der einen Hand einen brennenden Ast, in der anderen einen seiner Feuersteine.

„Liebliche Meyla, du nimmst auf der Stelle die abfälligen Bemerkungen zurück, die du über meine Feuersteine gemacht hast."

„Oh ja", sagte sie strahlend, „das tue ich sofort."

Aidan entzündete für jeden von ihnen eine Fackel, dann machten sie sich daran, nach einer Stelle zu suchen, an der sie die Überquerung wagen konnten.

Nach einigen Minuten rief Cailean aufgeregt: „Hier könnte es klappen!" Tatsächlich hatte er einen Platz gefunden, wo viele große Felsen aus dem sprudelnden Wasser hinausragten. Bestimmt waren sie feucht und rutschig, aber einen besseren Ort würden sie wohl nicht finden, da waren sich alle einig.

Aidan ging zuerst, vorsichtig hangelte er sich von Stein zu Stein, die Wilde Sophie machte angriffslustige Geräusche, ließ ihn aber passieren.

Als er auf der anderen Seite angekommen war, folgte ihm Cailean, der so leichtfüßig und problemlos über die Steine sprang, dass es Balfour mit Stolz erfüllte.

Auch Meyla war überraschend sicher auf den Beinen, doch als sie die Mitte des Stroms erreicht hatte, änderte die Strömung plötzlich ihre Richtung und die Steine bebten. Meyla schrie auf und schwankte, Balfours Herz raste, da er sie vor seinem inneren Auge schon ins Wasser stürzen sah. Jedoch, Meyla war unerschütterlich und willensstark, nach einigen Sekunden hatte sie ihr Gleichgewicht wiedergefunden und schaffte es unbeschadet ans andere Ufer.

„So mein Freund“, sagte Balfour aufmunternd zu dem ängstlich drein schauenden Gleann, „du bist an der Reihe.“

„Ich ... ich ... kann nicht.“

„Klar kannst du!“

„Ich bin so ungeschickt! Ich bin nicht wie Cailean und du. Geh du, Balfour, geh mit den anderen. Lass mich zurück.“

„Auf keinen Fall!“ Niemals würde Balfour Gleann alleine hier an diesem Fluss lassen oder zurück nach Hause schicken durch die gefährliche Landschaft, mit Ruaraidh irgendwo dort draußen auf ihren Fersen.

„Ich kann nicht!“

„Du kannst und du wirst! Du bist ein Dunham, Gleann. Du magst nicht unser Blut und nicht unseren Namen haben und doch bist du einer von uns. Wenn du nicht gehst, gehe ich auch nicht. Dann kehre ich mit dir heim. Also, gib mir dein Gepäck, das kann ich für dich tragen.“

Gleann atmete tief durch, schloss kurz die Augen und übergab Balfour schließlich seinen Beutel. Mit unsicheren Schritten hangelte er sich von Stein zu Stein. Als er die Hälfte geschafft hatte, beschloss Balfour ihm zu folgen, als zusätzlicher Schutz. Auf dem vorletzten Fels geschah es: Gleann rutschte ab, stürzte und landete halb im Wasser. So schnell es ging, rappelte er sich hoch und zog sich wieder zur Gänze auf den Stein. Alle hielten den Atem an, abwartend, ob die Wilde Sophie ihm dies durchgehen lassen würde.

Als nichts geschah und alle erleichtert seufzten, hangelte Gleann sich zum letzten Fels. In diesem Moment schoss ein grauer, geschuppter Arm aus den Fluten empor und packte sein Bein. Er schrie auf und trat nach dem Wesen, konnte sich jedoch nicht befreien. Balfour sprang eilends auf den nächsten Stein, um ihm zur Hilfe zu kommen, rutschte dabei aber selbst ab und landete im Wasser. Als er wieder auf dem Fels saß, sah er zu seiner Erleichterung, wie Aidan seine Arme um Gleanns Oberkörper geschlungen hatte und ihn mit einem kräftigen Ruck an Land zog. Balfours Probleme begannen damit jedoch erst, denn nun wurde er ebenfalls von geschuppten grauen Armen angegriffen, die an ihm zerrten. Er schlug und trat um sich, doch es wurden immer mehr, die Fackel in seiner Hand, die er auf keinen Fall erlöschen lassen wollte, machte es ihm nicht leichter. Gerade, als er sich sicher war, dass er sich nicht mehr auf dem Fels halten konnte, kam ein Pfeil angezischt und flog zielsicher in einen der widerlichen Arme.

Schnell richtete Balfour sich auf, während ein Pfeil nach dem anderen angesaust kam. Als er sich endlich an Land geworfen hatte, stand Meyla wie eine Rachegöttin am Ufer, mit wehendem Haar und dem Bogen im Anschlag.

„Ein Hoch auf die starken Frauen!“, bemerkte sie frech und streckte ihm die Hand entgegen, um ihn hochzuziehen.

„Ich habe doch gesagt, ich habe kein Problem damit, mir von einer das Leben retten zu lassen“, beteuerte Balfour.

„Die Wilde Sophie macht ihrem Namen wirklich alle Ehre!“, schnaufte Cailean.

„Ja“, meinte Gleann betrübt „und ich hätte fast unseren Untergang herbeigeführt.“

„Unsinn!“, sagte Aidan resolut und knuffte Gleann in die Schulter,„wir haben eben alle unsere Stärken und Schwächen. Genau deshalb sind wir auch eine gute Mischung!“

Balfour war Aidan für seine freundlichen Worte überaus dankbar, denn Gleanns Gesicht hatte sich dabei aufgehellt.

„Lasst uns schleunigst von hier verschwinden“, mahnte Meyla, „bevor die ungestüme Dame uns erneut ihre Bewohner auf den Hals hetzt und doch noch verschlingt!“

Als sie ein paar Tage später eines Mittags rasteten und ein klägliches Mahl verschlangen, war Aidan außer Rand und Band. Allerdings ging niemand auf seine Neckereien ein und alle hüllten sich in mürrisches Schweigen. Da explodierte er. „Also hört mal, so kann das nicht weiter gehen! Wir haben noch den größten Teil unseres Weges vor uns, wenn wir uns die ganze Zeit bloß angiften oder nur in heiklen Lagen miteinander sprechen, wird das noch eine verdammt lange Zeit!“

„Nicht jeder kann kurz hintereinander einer mystischen Kreatur nach der anderen begegnen und dann einfach so wieder zur Tagesordnung übergehen, Aidan!“, schimpfte Meyla.

„Das liegt jetzt schon Tage zurück! Außerdem bin ich mir sicher, das war erst der Anfang, vor allem im Elfting dürften uns noch ganz andere Abenteuer erwarten. Ich hab euch alle für ein bisschen zäher gehalten! Vor allem du bist doch eigentlich hart im Nehmen, Meyla, stattdessen jammerst und nörgelst du ununterbrochen. Ich glaube nicht, dass Breandan das besonders anziehend finden würde.“

Balfour spitzte die Ohren, Meylas Gesicht verlor alle Farbe.

„Was willst du damit sagen?“

„Ach nichts.“

„Nein, raus mit der Sprache. Das ist schon das zweite Mal, dass du eine komische Bemerkung in diese Richtung machst. Willst du mir vielleicht irgendwas sagen?“

„Meyla, komm schon. Das ist doch ein offenes Geheimnis am Hof.“

„WAS ist ein offenes Geheimnis?“

„Na ja, dass Breandan und du ... sagen wir mal, ihr macht es euch hin und wieder gemütlich miteinander.“

Nun waren auch Gleann und Cailean ganz aufmerksam. Balfour begann einiges zu verstehen: warum Meyla bei seiner Anhörung dabei gewesen war, wieso sie die Dreistigkeit besessen hatte, Balfour auf Kosten der Krone in der Stadt einzuquartieren und natürlich, warum sie an dem Tag von Lady Nansaidhs Ankunft in Alastríona so unglaublich schlecht gelaunt gewesen war.

Meyla schien es die Sprache verschlagen zu haben. Entgeistert starrte sie auf den Apfel, an dem sie eben noch geknabbert hatte und warf ihn Aidan an den Kopf.

„Aua. Bist du verrückt geworden?!“

„MEIN LIEBESLEBEN GEHT DICH NICHT DAS GERINGSTE AN, AIDAN LACHLANN!“

„Ja ja, schon gut, hätte ich doch den Mund gehalten.“

„Ja, das wäre in der Tat besser gewesen!“

„Aber Breandan schwärmt in den höchsten Tönen von dir, falls dich das tröstet. Sämtliche Ritter der Königsgarde träumen davon, einmal mit dir ...“

„AIDAN!“, kreischte Meyla.

„Ich bin ja schon still. Kommt, am besten gehen wir weiter.“

Balfour stapfte mit verbissener Miene und schnellen Schrittes voraus, der Rest der Gruppe fiel immer mehr zurück. Er hörte sie keuchen, irgendwann auch nach ihm rufen, doch das war ihm egal, denn er wollte alleine sein, Trübsal blasen und niemanden von ihnen sehen. Es hätte ihn nicht überraschen dürfen, schließlich hatte er sich schon damals bei seiner Audienz über das seltsame Verhältnis zwischen Meyla und Breandan gewundert. Er redete sich ein, dass ihn das zügellose Verhalten des Prinzen störte, der für ihn immer ein Vorbild gewesen war. Dass er es ungerecht gegenüber Lady Nansaidh empfand, dass die Geliebte ihres Verlobten mit ihr unter einem Dach lebte. Selbstverständlich traf das nicht den Kern seines Zorns.

„BALFOUR“, rief Aidan, „nun haltet bitte mal an.“

Als Balfour stehen blieb und die anderen zu ihm aufgeschlossen hatten, klopfte Gleann ihm beruhigend auf die Schulter. Er spürte, dass Meyla seinen Blick suchte, aber er ignorierte sie.

„So“, seufzte Aidan, „langsam frage ich mich doch, ob der Regen uns alle in den Wahnsinn. Ab jetzt gehe *ich* wieder vor.“

Stur wie er eben war, bewegte Balfour sich nicht vom Fleck, bis der Rest an ihm vorbeigezogen war, was Gleann seufzend und Cailean mit Augenrollen getan hatte. Meyla, nicht weniger stur als Balfour, blieb bei ihm.

„Was ist los mit Euch?“

„Was soll los sein?“

„Ihr benehmt Euch kindisch.“

Er lachte hämisch auf. „Tse, das aus Eurem Mund.“

„Warum seid Ihr so wütend?“

„Bin ich gar nicht.“

„Balfour!“

„Ich finde es einfach ... befremdlich, dass der Kronprinz seine Mätresse mit auf diese Reise schickt.“

„Ich bin nicht seine Mätresse.“

„Vermutlich nicht offiziell.“

„Selbst wenn es so wäre, was geht Euch das an? Muss ich mich vor einem Bauern rechtfertigen?“

„Bitte, Ihr müsst Euch für gar nichts rechtfertigen.“ Er drehte sich um und ging schnellen Schrittes von ihr fort.

„FEIN!“, schrie sie ihm hinterher.

„FEIN!“, brüllte er.

Zweifellos kannte er sie inzwischen gut genug um zu wissen, dass sie das nicht auf sich beruhen lassen konnte und das letzte Wort haben musste. Sie lief ihm hinterher.

„Ihr haltet mich doch sowieso für eine Schickse, jetzt habt Ihr den Beweis dafür.“

„Dafür habe ich keinen Beweis gebraucht, das wusste ich auch so."

„Na klar, weil der unbescholtene, edle Balfour ja genau weiß, wie die Dinge zu laufen haben, nicht wahr? Ihr habt vermutlich noch nie eine Frau angefasst und wartet damit bis zur Ehe. Ach nein Moment, Ihr wollt ja Ritter der Königsgarde werden, also wird es keine Hochzeit für Euch geben. So ein Pech aber auch!"

„Ich habe nie gesagt, dass ich jederzeit anständig handle. Selbstverständlich habe ich auch schon Frauen angefasst, ich bin zweiunddreißig Jahre alt, ich kann es nicht ausschwitzen."

Meyla lachte bitter. „Schau an. Dann ist das bei Euch in Ordnung und bei mit nicht? Und warum? Weil ich eine Frau bin, oder? Männer dürfen ihre Lust jederzeit stillen und Frauen nicht."

Balfour war sich sicher, dass er jeden Moment in die Luft gehen würde. Er blieb stehen und blickte Meyla widerwillig an. Ärgerlicherweise machten ihre blitzenden Augen und die vor Zorn geröteten Wangen sie noch sinnlicher als sonst.

„Na wunderbar, jetzt kommt Ihr wieder damit an, dass ich was gegen selbstbestimmte Frauen habe. Wisst Ihr, was es aber in Wirklichkeit ist, was ich nicht in Ordnung an Eurer kleinen Liebelei finde? Er ist der Kronprinz und er ist verlobt!"

„Seid lieber froh, dass ich nicht solch edelmütigen Grundsätze habe wie Ihr, sonst würdet Ihr immer noch im Kerker schmoren. Ich habe mit Einsatz meines ganzen Körpers dafür gesorgt, dass Ihr wieder frei kommt, also seid gefälligst dankbar." Nachdem die Worte gesagt waren, wirkte sie über sich selbst bestürzt. Sie schlug sich die Hand vor den Mund, ihre Miene aufgewühlt und traurig.

Da verrauchte Balfours Wut und er bedauerte, dass er sie so weit gebracht hatte, dergleichen zu sagen. „Lieber wäre ich im Verlies verrottet", sagte er leise.

„Warum können wir uns nicht einfach verstehen?", flüsterte sie. „Ständig streiten wir uns, nachdem wir uns grade angenähert haben. Wird das allzeit so sein?"

„Vielleicht". Balfour brachte ein schwaches Lächeln zu Stande. „Aber das ist immerhin besser, als wenn wir uns gar nicht annähern, oder? Kommt, die anderen sind ein gutes Stück voraus."

Sie eilten ihren Kameraden hinterher. Diese standen auf einer kleinen Anhöhe und starrten ehrfürchtig auf etwas hinunter. Als Balfour und Meyla bei ihnen waren, erblickten auch sie, was die Aufmerksamkeit der anderen derart gefesselt hatte: ein Wald, dichter und grüner als jeder Forst, den Balfour jemals gesehen hatte; Bäume, die den gesamten Horizont bedeckten.

„Der Elfting", hauchte Meyla bewegt.

14

Abseits der vertrauten Pfade

Elfting

Als sie die äußeren Bäume des gigantischen Waldes erreicht hatten, dämmerte es bereits. Aidan empfahl, ihr Lager hier aufzuschlagen, damit sie noch eine letzte Nacht unter klarem Himmel verbringen konnten, bevor der Wald sie verschluckte.

Meyla fühlte sich seltsam. All die Jahre hatte sie sich das Gefühl ausgemalt, wie es sein würde, zurückzukehren in den Norden, in ihre Heimat. Sie hatte sich vorgestellt, wie das dichte Laubwerk des Elftings ihr Beklemmungen verursachte, wie Panik sie dazu zwingen würde, umzukehren und nie wieder einen Schritt aus dem Westen hinauszusetzen. Indessen war es ganz anders, sie fühlte sich, als wäre sie wieder dort, wo sie hingehörte. Nicht in die Städte des Nordens, das stolze Kóróna oder das weltgewandte Sealsaidh, sondern in eben diesen urtümlichen Wald mit seiner ungezähmten Schönheit, wo die Natur vollkommen entfesselt und schrankenlos ihren Lauf nahm.

Im Elfting hatte sie ihre einsamsten und dunkelsten Stunden verbracht; Momente in denen sie für sich keine Hoffnung mehr sah und dachte, sie wäre eins geworden mit der Schwärze des Waldes. Gleichwohl stand sie heute hier, lebendig, ein vollkommen anderer Mensch. Robuster als damals, gestählt.

Sie richtete sich ein wenig ein, baute sich aus ihren Kleidern und ihrer Tasche ein halbwegs bequemes Plätzchen zum Schlafen auf der zum Glück trockenen Wiese.

Aidan hatte angefangen, Balfour und Cailean Übungen mit dem Schwert machen zu lassen. Cailean war ein bisschen steif mit der ungewohnten Waffe in der Hand, aber es würde nicht mehr lange dauern und er wäre genauso selbstsicher wie sein Bruder. Dass Balfour schon oft ein Schwert geführt hatte, wenn auch nicht im Ernstfall, merkte man ihm an, denn er parierte Aidans Angriffe sehr geschickt.

Meyla beobachtete die drei Männer lächelnd, die vor Freude darüber, aufeinander eindreschen zu können, jauchzten und eine Zote nach der anderen rissen. Gleann setzte sich neben sie und lächelte ebenfalls vor sich hin und auf einmal war Meylas Missmut der letzten Tage wie weggeblasen. Wie schön, dass sie diesmal nicht alleine im Elfting sein würde, sondern in Gesellschaft von Menschen, die ihr etwas bedeuteten.

In diesem Augenblick schaffte Cailean es zum ersten Mal, einen Hieb von Aidan zu parieren, was ihn in lautes Gejohle ausbrechen ließ. Beunruhigt schaute Meyla in die Ferne, ob dieser Lärm wohl jemanden auf sie aufmerksam machen würde, allerdings schienen sie die einzigen Lebewesen weit und breit zu sein. Balfour klopfte seinem Bruder anerkennend auf die Schulter und hatte dabei eine derart stolz geschwellte Brust, als wäre er es gewesen, der Aidan besiegt hätte.

Meyla fürchtete, dass sie selbst Balfours Zuneigung dagegen endgültig verspielt hatte. Gleann mit seiner feinfühligen Ader schien zu ahnen, was in ihr vorging.

„Grämt Euch nicht, Meyla“, sagte er leise, „es gab eine Zeit in Balfours Leben, in der er auch alles andere als ein Kind von Traurigkeit war. Ich bin sicher, daran wird er sich erinnern.“

„Ist mir gleich und wenn er mit allen Frauen von Seòras das Bett geteilt hat! Mich kümmert das nicht im Geringsten!“

„Natürlich nicht.“ Gleanns Mundwinkel zuckten.

„Aber nur mal aus Neugier ... waren es alle Frauen von Seòras?“, erkundigte sich Meyla mit betont gleichmütiger Stimme.

Gleann grinste. „Nein, gewiss nicht. Zumindest nicht, soweit ich das weiß. Ich bin nicht unbedingt über jede einzelne Liebschaft im Bilde. Aber vor ein paar Jahren hatte er eine Zeit, in der er jeden Abend in die Dorfschänke ging und erst bei Sonnenaufgang zurückkam. Manchmal mag er dort wirklich bloß getrunken haben, aber ich vermute meistens hat er Gesellschaft gesucht. Ein bisschen menschliche Nähe, wenn auch nur für eine Nacht. Ich glaube, dass er oft sehr einsam gewesen ist, mit all seiner Verantwortung und vor allem seinen Ängsten, die er niemals einem seiner Familie zeigen würde. Letztendlich geht es mich nichts an, genauso wenig, wie uns Euer Verhältnis mit dem Prinzen etwas angeht. Es war nicht richtig von Aidan, damit herauszuplatzen."

„Nein, war es auch nicht. Aber ich verstehe einfach nicht, warum Balfour mich dafür so verurteilt."

„Meyla, könnt Ihr das wirklich nicht erkennen? Den Grund seines Grolls?"

„Nein, vor allem wenn er selbst schon ähnlich gehandelt hat. Ich war ebenfalls einsam, Breandan war der erste Mann, der mir das Gefühl gab, begehrt zu werden. Sicherlich war es falsch, weil er der Kronprinz ist und aus noch dutzenden anderen Gründen ... aber kann man nicht versuchen, mich ein bisschen zu verstehen?"

„Ich schätze nicht, dass sein Unmut von Unverständnis herrührt."

„Woher dann?"

„*Das* müsst Ihr selbst herausfinden, liebe Meyla. Und das werdet Ihr gewiss."

Meyla beobachtete Balfour, der sich gerade mit Cailean und Aidan auf dem Boden balgte. Er wirkte dabei so unbeschwert, wie sie ihn bisher nur bei ihrem Tanz in Gormal erlebt hatte. Ein bisschen konnte sie den jungen Mann in ihm sehen, der er war, als seine Zukunft noch offen und mit den buntesten Möglichkeiten vor ihm lag. Ein junger Mann, der gewiss einige Herzen in Seòras gebrochen hatte, als er verkündete ein Ritter der Königsgarde werden zu wollen.

„Darf ich Euch noch was über Balfour fragen, Gleann?"

„Sicher."

„Gab es unter all den Liebschaften mal eine Dame, mit der er fest zusammen war, ihr vielleicht sogar versprochen?"

„Nein, so jemanden gab es niemals."

„Ihr sagt das so bestimmt, wie könnt Ihr ganz sicher sein? Ihr habt selbst gesagt, Ihr wart nicht über alles im Bilde."

„Aber das weiß ich, weil ich Balfour besser kenne als sonst wen. Ich merke es, wenn er für jemanden mehr empfindet"

„Wie könnt Ihr das wissen?"

Gleann sah sie nachdenklich an. „Weil ich es gemerkt habe, einmal."

„Aber Ihr sagtet doch grade ..."

„Dass er niemals mit jemandem zusammen oder versprochen war, ja. Ich habe nicht gesagt, dass er noch nie tiefere Gefühle für eine Frau hatte, denn es gibt eine Frau, bei der das der Fall ist. Ich spüre es an der Art, wie er sie ansieht; daran, dass sie ihn zur Weißglut treiben und sowohl seine besten als auch seine schlechtesten Charaktereigenschaften zu Tage fördern kann, manchmal sogar zur gleichen Zeit."

Das musste Meyla erst mal verdauen und sie fragte sich, wie die Frau wohl sein mochte, die es geschafft hatte, Balfours Herz zu gewinnen.

„Was ist mit Euch?", wandte sie sich lächelnd an Gleann. „Ihr kennt jetzt mein schmutziges Geheimnis, da will ich auch was über Euch erfahren. Gibt es ein Mädchen in Seòras, das auf Euch wartet?"

Zu ihrem Erstaunen brach Gleann in lautes Gelächter aus. Er lachte so laut, dass die drei Männer in ihrem kämpferischen Geplänkel kurz innehielten.

„Meyla", rief Aidan zu ihnen herüber, „hast du etwa wieder eine deiner schlüpfrigen Scherze zum Besten gegeben?"

„Nein", keuchte Gleann, „die würde ich wahrscheinlich ohnehin nicht verstehen."

Langsam beruhigte er sich und wischte sich die Lachtränen aus den Augenwinkeln. Aidan, Balfour und Cailean nahmen ihren Kampf wieder auf. Meyla grübelte, was sie so Komisches gesagt hatte, als ihr schlagartig etwas über Gleann klar wurde.

„Also aus meinem Liebesleben kann ich Euch leider keine Anekdote erzählen", meinte Gleann, „denn ich habe keins. Aber vielleicht möchtet Ihr etwas Anderes wissen?"

„Nun ja ..."

„Fragt ruhig."

„Damals in Alastríona habt Ihr mir erzählt, dass Ihr von den Dunhams aufgenommen worden seid, als Ihr noch ein kleiner Junge wart."

„Das ist richtig, Niall hat mich aufgenommen und geliebt wie einen Sohn."

„Erinnert Ihr Euch an etwas aus Eurem früheren Leben? An Eure Eltern zum Beispiel?"

„Nein. Ich weiß, das ist sonderbar. Ich war schließlich schon fünf oder sechs- genau wissen wir das natürlich nicht-

und *müsste* mich eigentlich erinnern. Aber ich tue es nicht. Das Letzte, was ich weiß, ist wie ich in jener stürmischen Nacht an die große Tür des Hofes klopfte, in der Hoffnung, einen Unterschlupf zum Schlafen zu finden. Ich sehe immer noch Niall vor mir, wie er da in der Tür stand mit seinen schrecklich buschigen Augenbrauen und erschrockener Miene. Wie freundlich er gelächelt und mich mit ruhiger Stimme hineingebeten hat. In diesem Moment fing mein Leben an."

„Habt Ihr mal nach Euren Eltern gesucht?"

„Ja, eine Zeit lang. Niall natürlich ebenso. Als ich ein Heranwachsender war, hat mich der Gedanke, dass ich meine Wurzeln nicht kenne, fast in den Wahnsinn getrieben. Ich habe tagein tagaus gegrübelt, warum ich mich nicht erinnern kann. Aber heute habe ich meinen Frieden damit geschlossen, ich gehöre zu den Dunhams. Und vielleicht hat es ja einen Sinn, dass ich mich nicht erinnere - vielleicht will mein Verstand mich damit vor etwas beschützen."

„Ja, das mag sein."

Die anderen kamen zu ihnen herüber, wo Aidan kurz darauf mit seinen Steinen ein Lagerfeuer anzündete.

„Genießen wir unseren letzten Abend in Freiheit", sagte er feierlich, „der Himmel meint es gut mit uns und schenkt uns nochmal klare Sicht auf seine Sterne."

Am nächsten Morgen tauchten sie in den Elfting ein. Als sie die ersten Schritte auf dem schmalen Trampelpfad hinter sich gelassen hatten, bogen sich die alten, flechtenbehangenen Bäume über den Eingang und schnitten sie so endgültig von der Außenwelt ab. Aidan seufzte schwer und auch Gleann und die beiden Dunhams schauten besorgt drein.

„Sind wir also gefangen", stellte Cailean fest, „Aidan, ich hoffe, du weißt, was du tust."

Meyla war nicht entgangen, dass die Männer irgendwann bei ihrer Balgerei gestern Abend zum zwanglosen „Du" übergegangen waren. Dies machte sie unruhig, hatte sie doch nun das Gefühl, bald nachziehen zu müssen, doch das wollte sie unter keinen Umständen. Nicht, weil es sie gestört hätte, sondern weil es Teil ihrer Mauer war, die für ihren Geschmack ohnehin schon viel zu sehr bröckelte. Sie holte einmal tief Luft, wobei die Erinnerungen, die durch den Duft des Waldes auf sie einstürmten, sie fast umhauten.

Aidan wusste übrigens nicht, was er tat. Ziellos strauchelte er voran, durch das undurchdringliche grüne Dickicht. Der Trampelpfad löste sich bald auf, sodass sie sich zwischen Bäumen hindurch zwängten und über Wurzeln stolperten. Das schummrige Licht machte es ihnen nicht unbedingt leichter, im Gegenteil: es benebelte ihre Sinne und bereitete ihnen bereits nach kurzer Zeit Kopfschmerzen, wie man sie nach übermäßigen Alkoholgenuss bekommt.
Die Geräusche im Wald wirkten gedämpft, ähnlich wie damals im Nebel, nur war es hier, an einem Ort, der eigentlich voller Leben war, noch unheimlicher.

Hin und wieder schimmerte die Sonne zwischen den Baumkronen durch und erinnerte Meyla an die goldenen Glühwürmchen. Doch mit den Stunden, die sie umherirrten, wurde das Licht schwächer und verblasste irgendwann ganz, sodass sie in dunkelgrüne Düsternis gehüllt wurden. Die langen Schatten spielten ihnen Streiche; mehr als einmal hielt einer von ihnen erschrocken inne, weil er dachte gesehen zu haben, wie jemand oder etwas durch das Unterholz schlich.

Lästige Insekten umschwärmten sie, die es besonders auf den armen Gleann abgesehen hatten. Sie schlugen nach ihnen und fassten bloß Luft; das durchgängige Summen im Ohr, drohte sie wahnsinnig zu machen. Einmal gaukelte der Wald ihnen den Geruch eines Lagerfeuers vor, obgleich weit und breit nichts war, was auf ein solches schließen ließ. Schweißperlen standen ihnen allen auf der Stirn und ihre Herzen wurden schwer.

„Es tut mir leid“, stöhnte Aidan nach einigen Stunden schließlich erschöpft, „aber ich habe jegliche Orientierung verloren. Seitdem ich die Sonne nicht mehr sehen kann, weiß ich nicht mal mehr, ob wir in die richtige Richtung laufen. Es kann genauso gut sein, dass wir uns im Kreis drehen.“

Cailean wurde blass, griff nach seiner Wasserflasche, die jedoch lediglich ein paar letzte Tropfen für ihn enthielt. „Mist“, jammerte er, „ich hätte sparsamer damit umgehen sollen. Aber mir wurde hier drin so unglaublich heiß ... Es gibt doch hier sicher Quellen, an denen wir unsere Flaschen auffüllen können, oder? ODER?“

„Hier“, sagte Balfour und hielt ihm seine eigene Flasche hin, „nimm meine. Ich bin nicht besonders durstig.“

Meyla war sich ziemlich sicher, dass das gelogen war, denn Balfour schwitzte genauso wie der Rest von ihnen. Cailean griff zögernd nach der Flasche, trank sie dann jedoch gierig aus.

„Es gibt einen Fluss, der durch den Elfting führt“, erklärte Meyla, „das, woraus weiter südlich der Leith wird. Sein Wasser ist herrlich klar und erfrischend, wir müssen ihn bloß finden.“

„Warum führst du dann nicht zur Abwechslung mal?“, fuhr Aidan sie überraschend an.

„Aidan, das war doch in keinster Weise vorwurfsvoll gemeint!“

„Hast du nicht immer wieder geprahlt, du wärst uns eine Hilfe, wenn wir im Elfting wären? Weil du hier gelebt hast? Da merke ich bis jetzt gar nichts von!“

„Jetzt werd' nicht ungerecht“, mischte Balfour sich ein. „Meyla kann nicht jeden Winkel dieses Dickichts kennen. Hier sieht doch ein Baum aus wie der andere.“

„Außerdem ist es Jahre her“, verteidigte sich Meyla, „hier wird sich einiges verändert haben. Und ich war nie im südlichen Teil, sondern habe oben am See Kinnskjóna gelebt.“

„Trink mal einen Schluck Wasser, Aidan“, meinte Gleann sanft, „dann wird dein Kopf ein wenig kühler und es geht dir besser.“

Aidan tat, wie ihm geheißen und mit jedem Schluck, den er trank, entkrampfte er sich sichtbar.

„Verzeih mir, Meyla. Selbstverständlich ist es nicht deine Schuld. Ich habe das Gefühl, als würde der Schatten der Bäume langsam in meinen Verstand eindringen. Ein wirklich unangenehmes Gefühl.“

„Herzlich willkommen im Elfting“, erwiderte Meyla versöhnlich, die nicht zeigen wollte, dass Aidans harsche Worte sie getroffen hatten.

„Was schätzt ihr, wie spät es ist?“, fragte Cailean.

„Ich glaube, kurz nach Mittag“, antwortete Balfour.

„Nein“, meinte Meyla, „es wird wesentlich später sein. Die Zeit verstreicht im Elfting anders. Ich glaube, dass es draußen in der normalen Welt schon später Nachmittag, wenn nicht sogar Abend ist.“

„Mein knurrender Magen würde diese Theorie bestätigen“, seufzte Gleann.

„Darf ich einen Vorschlag machen?“ Meyla schaute fragend in die Runde, bis ihr Blick zögernd bei Aidan hängen blieb. Dieser nickte ermutigend. „Lasst uns hier unser Lager aufschlagen und uns ausruhen. Wenn ich eins aus meinen Erfahrungen gelernt hab, dann dass der Wald uns zeigen wird, was wir brauchen. Aber erst, wenn er das möchte.“

Cailean schaute sie zweifelnd an. „Ihr redet so, als wäre der Wald ein großes Lebewesen.“

„Na, das ist er ja auch, irgendwie.“

Sie beherzigten Meylas Rat und schlugen ihr Lager auf. Balfour schoss mit seinem Bogen ein Eichhörnchen, doch es gelang ihnen selbst mit Aidans Steinen nicht, ein Lagerfeuer zu entzünden, sodass ihre kläglichen Vorräte, die noch aus ein paar Nüssen und getrockneten Früchten bestanden, als Abendessen herhalten mussten.

Trotz des Hungers und des Durstes fühlte sich Meyla aufgekratzt, sodass sie freiwillig die erste Wache übernahm. Sie saß etwas abseits von den anderen auf einer dicken Wurzel und lauschte in den Wald hinein. Schon bald verschwand das letzte bisschen grüne Licht und es wurde so dunkel, dass sie ihre Gefährten nicht mehr sehen konnte. Nachts waren die Geräusche weniger gedämpft, überall raschelte und zischte es im Unterholz, doch Meyla ängstigte sich nicht. Seit jeher waren es Menschen gewesen, die sie gefürchtet hatte, nicht die Natur.

Nach einer Weile spürte sie, wie sich einer ihrer Kameraden regte, aber erst als er unmittelbar vor ihr stand, erkannte sie Balfour.

„Ich kann Euch ablösen, schlaft Ihr ruhig.“

„Ich bin aber wirklich gar nicht müde“, beteuerte Meyla wahrheitsgemäß.

„Gut, dann setzte ich mich einfach zu Euch und falls Ihr es Euch anders überlegt, könnt Ihr schlafen, in Ordnung?“

„Klingt gut.“

Er setzte sich neben sie und hier, in der wildesten Natur, fiel ihr das Gewürz ein, woran sein Geruch sie erinnerte.

„Kardamom!“, sagte sie laut und schlug sich gegen die Stirn.

„Was?“, gluckste Balfour belustigt

„Ach nichts. Ich hab nur laut gedacht.“

„An Kardamom?“

„Äh, ja. Was soll ich sagen, ich bin hungrig.“

„Ich auch“, stöhnte Balfour, „und durstig.“

„Was musstet Ihr auch wiedermal ritterlich Euren letzten Rest Wasser verschenken. Cailean ist doch alt genug, auf sich selbst aufzupassen.“

„Ich weiß. Aber er ist mein Bruder, das jüngste von uns Kindern. Er ist immer verwöhnt worden, schon als mein Vater noch bei uns war. Habt Ihr Geschwister, Lady Vending?“

„Ja, ich habe auch einen jüngeren Bruder.“

„Versteht ihr euch gut?“

Wehmütig dachte Meyla an das einzige, was sie von ihrem Zuhause vermisste. „Haben wir, damals. Ich weiß nicht, zu welchem Mann er inzwischen geworden ist.“

„Das stelle ich mir schwer vor.“

„Ich denke jeden Tag an ihn, vermisse ihn mit jedem meiner Atemzüge.“

„Vergebt mir, ich wollte keine alten Wunden aufreißen.“

Sie dachte an den Tag in Seòras, als sie zu Àlainn etwas Ähnliches gesagt hatte. Sie wiederholte Àlainns Antwort. „Als wenn da erst etwas aufgerissen werden müsste. Aber wem sage ich das.“

„Ja, die liebe Familie.“

Sie schwiegen einen Moment. Balfour schien ein wenig beunruhigt von dem permanenten Geraschel, was Meyla erheiterte.

„Balfour, wegen der Sache mit Breandan...“

„Schon gut. Ich habe überreagiert, das geht mich nichts an.“

„Wir haben die Sache beendet, als Nansaidh an den Hof kam. Darauf habe ich dann ganz gefasst und vernünftig reagiert und mich betrunken. Ihr erinnert Euch möglicherweise an jenen Tag.“

„Dunkel.“

„Als ich mit ihm geschlafen habe in der Nacht, als Ihr im Kerker wart, habe ich das in dem Bewusstsein getan, dass es das letzte Mal sein würde. Für immer.“

„Wie gesagt, Ihr müsst Euch nicht rechtfertigen."
„Muss ich auch nicht, aber ich möchte es."
Balfour seufzte. „Nicht grade ein feiner Zug von unserem Prinzen, dass er Euch für diese Nacht nochmal ausgenutzt hat."
„Ausgenutzt? Er mich? Ich fürchte es war genau andersrum. Ich hatte so ein schlechtes Gewissen wegen Euch, dass ich meine Vorsätze, die ich erst an jenem Vormittag gefasst hatte, sofort verworfen und mich ihm an den Hals geschmissen habe."
Balfour stöhnte auf. „Bitte erwartet jetzt nicht, dass ich mich geschmeichelt fühle."
„Tue ich nicht, bestimmt nicht."
„Dennoch war es nicht unbedingt rücksichtsvoll von ihm, nachdem er Euch doch an dem Tag erst verlassen hatte."
„Moment mal, *ich* habe *ihn* verlassen. Er wollte mich tatsächlich zu seiner Mätresse machen."
„Oh."
„Allerdings, *oh!* Aber dafür bin ich mir zu schade."
Meyla hätte schwören können, dass Balfour unbewusst näher an sie herangerückt war. Seine Hand lag jetzt so dicht neben ihrer, dass sie sich zart berührten.
„Was ich immer noch nicht verstehe, warum hat er Euch mit auf diese Reise geschickt? Was soll seine ehemalige Liebhaberin dazu antreiben, seine Verlobte zu retten?"
Meyla ließ die Frage vorerst unbeantwortet, zu sehr schmerzte sie die Erinnerung an Breandans ungeheuerlichen Verdacht. Erst nach einer ganzen Weile, konnte sie sich dazu durchringen, Balfour Auskunft zu geben.
„Ich bin freiwillig mitgegangen. Ich hätte es auf Uallach keinen Tag länger ausgehalten."
„Wegen Lady Nansaidh?"
„Nein. Gewiss war ihre Anwesenheit unangenehm für mich, früher oder später hätte ich die Burg sowieso verlassen. Nein, es waren Vorwürfe, die Breandan mir gemacht hat."
„Vorwürfe?"
„Er ... hat ... den Verdacht geäußert, dass *ich* Nansaidh vergiftet habe."
Balfour lachte auf.

„So komisch ist das eigentlich nicht“, brummte Meyla.

„Doch ist es. Auch wenn ich es beunruhigend finde, dass unser Kronprinz eine derart schlechte Menschenkenntnis hat.“

„Wie meint Ihr das?“

„Ach, kommt schon. Ich finde es durchaus denkbar, dass Ihr der neuen Prinzessin eine Ohrfeige verpasst, wenn sie Euch geärgert hat. Ja sogar ein ordentlichen Schubser, den Prinzen die Treppe hinunter, wenn Euer Jähzorn mit Euch durchgeht, erscheint mir plausibel. Aber Gift? Auf so eine hinterhältige Art dafür zu sorgen, dass eine junge unschuldige Frau jämmerlich verreckt?! Nein, das würdet Ihr niemals tun. Eher tritt Aidan dem Orden der Weißen Priesterinnen bei.“ Er lachte immer noch leise vor sich hin.

Meyla fragte sich, warum Balfour diese Wahrheit dermaßen klar erkennen konnte und Breandan, der sie seit Jahren kannte, nicht. Sie schaute hinunter auf ihre Hände, die schneeweiß im fahlen Licht der Nacht aussahen, und überlegte, wie Balfour wohl reagieren würde, wenn sie ihre Hand auf seine legte. Letztendlich kam es dazu nicht, denn plötzlich schreckte er hoch.

„Da vorne!“, keuchte er aufgeregt. „Da ist ein Licht! Was ist das nur?“

Meyla folgte seinem Blick und lächelte. In einigen Metern Entfernung schwebte ein kleines, hellblau leuchtendes Flämmchen und summte munter vor sich hin.

„Das ist ein Irrlicht, Balfour“, erklärte Meyla begeistert, „ich habe doch gesagt, der Wald zeigt uns den Weg.“

Das Flämmchen schwebte auf sie zu; vorsichtig streckte Balfour einen Arm aus und berührte es behutsam. Es gab ein gickelndes Geräusch von sich, als wäre es kitzelig. Balfour lachte glücklich und drückte Meyla überschwänglich an sich.

„Lady Vending, wie gut, dass der Prinz Euch für eine Mörderin hält und wir Euch dabei haben!“

Verdattert, aber erfreut erwiderte Meyla seine Umarmung. Als er sich von ihr löste, schauten sie sich verlegen an, die Gesichter durch das Strahlen des Irrlichts in unheimliches Blau getaucht.

„Meyla, ich ...“

„Bei den Göttern!“, ertönte da Aidans aufgeregte Stimme. „WAS IST DAS?“

Mit dem Irrlicht wurde alles leichter. Es führte sie die ganze Nacht hindurch, heraus aus dem dichtesten Wald, sodass sie bald wieder auf einem Trampelpfad laufen konnten. Als der Tag anbrach und das spärliche Licht seinen Weg durch das Blätterwerk fand, verließ das Flämmchen sie, dennoch fühlten sie sich ermutigt und zuversichtlich. Nun konnten sie hin und wieder Vogelgezwitscher vernehmen, eine sanfte Brise schüttelte das Laub und von den schrecklichen Insekten war nichts mehr zu spüren. Als sie gegen Abend den Fluss erreichten, wo sie ihren Durst stillen und sich waschen konnten, war die Stimmung ausgelassen wie noch nie.

„Wir sollten jetzt nicht übermütig werden“, mahnte Meyla, „der größte Teil des Elftings liegt noch vor uns, wenn wir flussaufwärts gehen. Bis jetzt haben uns die Bewohner des Waldes einigermaßen verschont, aber ich bezweifle, dass das weiterhin so bleibt.“

Nichtsdestotrotz ließ sie sich von der guten Laune ihrer Kameraden anstecken und jubelte mit, als es Aidan endlich gelang, mit seinen Steinen ein kleines Feuer zu entfachen. Balfour und Cailean waren sofort zum Jagen aufgebrochen, sodass sie wenig später schmausend und lachend beisammen saßen.

Als Meyla angenehm satt war, kramte sie das Buch der Legenden hervor.

„Wofür schleppst du diesen Wälzer eigentlich mit dir herum, Bücherwurm?“, neckte Aidan sie.

„Ich weiß nicht, wahrscheinlich aus rührseligen Gründen. Damit ich was dabei habe, was mich an die Bibliothek erinnert.“

„Ich hätte dich niemals für derart gefühlsselig gehalten. Das Buch, dieses komische alte Püppchen, was ein paar Mal aus deiner Tasche geguckt hat und dann noch dieser goldene Knopf, den du abends vorm Einschlafen ständig heimlich in die Hand nimmst.“

Meyla spürte, wie ihr Gesicht zu glühen begann, hektisch blätterte sie in dem Buch.

„Aidan“, sagte Balfour ruhig, „manchmal hast du eine unangenehm direkte und nicht besonders feinfühlige Art, weißt du das?“

„Tut mir leid, Meyla, wenn ich dir zu nahe getreten bin. Manchmal ... vergesse ich ehrlich gesagt, dass du kein Mann bist.“

„Wie liebenswürdig“, schnaufte Meyla verächtlich. „Soll ich dir vielleicht jeden Tag meine nackten Brüste vor dein Gesicht halten, um dich daran zu erinnern?“

Cailean und Gleann lachten auf, auch Balfour griente vor sich hin. Aidan sah sie herausfordernd mit hoch gezogenen Augenbrauen an. „Also, wenn du es so vorschlägst, klingt das nicht schlecht ...“

Meyla überlegte, ob das Buch es überlebte, wenn sie Aidan damit bewusstlos schlug.

„Darüber wären wir sicher alle begeistert“, sagte Balfour schließlich grinsend, „aber ich meine, dadurch würde diese Reise eine äußerst seltsame Wendung nehmen.“

Aidan rutschte zu ihr hinüber und drückte sie an sich. „Liebliche Meyla, kannst du mir noch einmal verzeihen?“

„Ein allerletztes Mal, Euer Wohlgeboren.“

„Puh, Glück gehabt. Und was ist jetzt?“

„Was ist was?“

„Na, mit dem Buch. Liest du uns was vor?“

„Wieso sollte ich?“

„Ach doch“, jubelte Cailean, „das wäre wirklich schön.“

„Ich weiß nicht“, zögerte Meyla, „Ihr macht Euch doch bloß über mich lustig.“

„Überhaupt nicht“, beteuerte Gleann, dem Meyla alles glauben würde. „Ich fände es auch toll, wenn Ihr uns was vorlesen würdet.“

Seufzend blätterte sie durch die vergilbten Seiten. „Na gut. Wenn ich lese, kann Aidan wenigstens nicht irgendwelche Dinge von mir ausplaudern. Oder Balfour und Cailean sich streiten. Was wollt ihr denn hören? Das Märchen von der Blauen Blume kennt ihr jawohl alle ...“

„Ich nicht“, sagte Aidan.

„Das ist nicht dein Ernst? Du weißt aber, dass wir losgeschickt wurden, nach ihr zu suchen?“

„Es war keine Zeit mehr, darüber zu lesen.“

„Aber diese Sage kennt doch jedes Kind!“

„Ich nicht“, wiederholte Aidan stur.

„Ihr anderen schon, oder? Ist es nicht langweilig für Euch, wenn ich es vorlese?“

„Ich würde es gerne von Euch hören“, meinte Balfour. Meyla traute sich zum ersten Mal ihn anzuschauen, seitdem Aidan die Sache mit dem Knopf erwähnt hatte. Etwas an der Art, wie er sie ansah, hatte sich seit letzter Nacht verändert, allerdings konnte sie seinen Blick nicht genau deuten.

„Nun gut, dann macht es euch mal gemütlich.“

Also begann sie mit deutlicher Stimme zu lesen.

15

Aus Wahrheit wird Legende

Es war einmal vor langer Zeit ein armer Müller und seine Frau. Obwohl ihr Häuschen klein und ihr Einkommen bescheiden war, lebten sie fromm und genügsam, denn sie hatten einander. Lediglich nach einem Kindlein sehnten sie sich sehr, doch dieser Wunsch blieb unerfüllt, was der Müllersfrau das Herz brach. So schwand sie dahin, vor Kummer und Gram und ihr armer Gatte wusste weder ein noch aus.

In seiner Not erbat er die Hilfe der Götter und flehte sie an, ihm die Kraft zu geben, seiner Gemahlin ein Kind schenken zu können.

Die Götter lachten, lediglich Tuatha, die Mutter des Nordens, hatte Mitleid.

„Den Wunsch nach einem Erben kann ich dir nicht erfüllen, denn es ist nun mal dein Schicksal, kinderlos zu sein. Dafür ich schenke dir etwas, womit du deine Frau zu retten vermagst, auf dass du nicht alleine bist.“

Ein Samenkorn fiel dem Müller vor die Füße.

„Pflanze diesen Sprössling in deinen Garten“, erklärte die Göttin, „und in neun Wochen wird daraus eine Blume gedeihen, schöner als jede Pflanze, die bisher auf der Welt erblüht ist. Diese Blume wird die Krankheit deiner Gattin heilen. Doch bedenke: Sie ist lediglich für dich und dein Weib bestimmt. “

Der Müller tat wie ihm geheißen und neun Wochen später nannte er ein herrliches, vollkommenes blaues Blümchen sein eigen.

Als er das Pflänzlein seiner lieben Gemahlin vorführte, ward diese von dem Anblick so entzückt, dass sie auf der Stelle gesundete.

Eine Weile führte das Müllerspaar wieder sein altes, friedliches Leben; sie dankten den Göttern für ihre blaue Blume und hegten und pflegten die Pflanze mit übermäßiger Begeisterung.

Eines Tages verletzte sich der Nachbar des Ehepaares schwer, sodass sein letztes Stündlein auf Erden angeschlagen schien. Der

Müller wollte seinen Nachbarn und Freund trösten und gewährte ihm einen Blick auf sein kostbares Blümlein.

Der Nachbar ward von dem Anblick so entzückt, dass er auf der Stelle gesundete.

Dies brachte das ganze Dorf in Aufruhr, jeder, ob er nun unter großen oder kleinen Gebrechen litt, wollte einen Blick auf die zauberhafte Pflanze erhaschen.

Der Müller, recht angetan von seiner neuen Beliebtheit, erfüllte ihnen diesen Wunsch und ließ es geschehen. Die Kranken, die in den Genuss des Anblicks der blauen Blume kamen, waren von dem Anblick so entzückt, dass sie auf der Stelle gesundeten.

Doch Tuatha hatte ihn gewarnt, dass das Geschenk der Götter allein für das Müllerspaar bestimmt war und so verschied seine Gattin für ihn vollkommen überraschend doch noch. Da verfinsterte sich sein Herz und er beschuldigte am Ende die Dorfbewohner, der Blume einen Teil ihrer Kraft geraubt zu haben. Die Dörfler flehten ihn an, ihnen weiterhin Sicht auf die blaue Blume zu gewähren, der verbitterte Müller ließ sich dies allerdings teuer bezahlen.

Er rupfte dem bedauernswerten Pflänzchen die Blätter aus und verkaufte diese für Taler aus Gold.

Jedoch die blaue Blume hatte nur Macht als Ganzes, sodass ihre verlorenen Blätter nach wenigen Tagen verwelkten und die soeben erst Genesenen rückfällig wurden, schlimmer erkrankt als zuvor.

Die Dörfler fühlten sich betrogen, mit Knüppeln und Mistgabeln bewaffnet, bestürmten sie das Haus des Müllers. Dieser hatte sich verschanzt und blickte voller Trauer auf den kümmerlichen Rest des Blümchens, an dem ein einsames letztes Blütenblatt verweilte.

Der Müller flehte zu den Göttern sie mögen ihn retten, obwohl er tief in seinem Herzen wusste, dass er dies nicht verdiente.

Ein Unwetter braute sich über dem Dorf zusammen, stürmisch und bedrohlich. Donner grollte, Regen schüttete, Blitze loderten. Den Dorfbewohnern wurde angst und bange, denn dies war kein natürliches Unwetter, dies war Götterdämmerung. Sie verließen das Müllershaus und flohen in ihre eigenen Stuben.

Der Müller lachte, denn er dachte, die Götter hätten ihn gerettet.

Doch dann flog seine Haustür auf, auf der Schwelle stand Tuatha persönlich, in einem weißen Gewand, von solch unermesslicher Schönheit, dass es dem Müller in den Augen schmerzte.

„Wie kannst du es wagen“, polterte sie, „nach allem, was du getan hast, meinen Namen zu rufen? Ich gab dir das mächtigste Geschenk überhaupt und du hast es entehrt.“

Sie ging hinüber zu dem Tisch, auf dem das beklagenswerte Blümlein in einer Vase stand. Behutsam nahm sie das Pflänzchen, ging hinaus in den Regen und hielt es dem Himmel entgegen gestreckt. Da schlug ein Blitz in das Blümchen ein, welches auf der Stelle gesundete und wieder zu seiner alten Pracht erblühte.

„Ich danke Euch“, winselte der Müller, „für Eure Gnade.“

Tuatha lachte ein schauriges Lachen. „Du denkst, du bekommst die Blaue Blume zurück? Ich habe dich für klüger gehalten. Aber gewiss, ich bin gnädig, deswegen lasse ich dir dein erbärmliches Leben. Wie du allerdings wieder mit den Dorfbewohnern ins Reine findest, vermag ich dir nicht zu sagen.“

„Und die blaue Blume?“

„Wird für immer aus deiner Reichweite verschwinden. Aus der Reichweite aller Menschen, um genau zu sein. Ich hätte es von Beginn an besser wissen müssen, dass sich eure schwachen Herzen zu leicht verführen lassen, als dass sie eines solch mächtigen Geschenkes würdig sind.“

So brachte die Mutter des Nordens die Blaue Blume an einen sicheren Ort, einen Hort des Friedens und der Wärme, in die Obhut der Weißen Schwestern; bescheidenen, demütigen Frauen. Nur wer reinen Herzens war und nicht eigennützig handelte, sollte nochmal in den Genuss ihres wunderbaren Anblicks kommen.
Viele suchten nach ihr, doch nur wenige fanden sie und noch weniger kehrten zurück.

Da geriet das Blaue Blümlein mit den Jahren in Vergessenheit und aus Wahrheit wurde Legende.

16

Das dunkle Herz des Elftings

Elfting

Als Meyla geendet hatte, klappte sie das Buch zu und seufzte. Die anderen wirkten nachdenklich, nur Gleann lächelte selig vor sich hin.

„Ist das nicht schön?“, flüsterte er. „Dass wir in unserem eigenen Märchen leben? Wir selbst werden Teil dieser Geschichte.“

„Ich weiß nicht“, meinte Balfour, „bisher haben wir keinerlei Beweis dafür gefunden, dass die Blaue Blume existiert. Und falls sie es tut, glaube ich einfach nicht, dass es sich dabei tatsächlich um ein Geschenk der Götter handelt.“

„Abwarten“, sagte Gleann zuversichtlich, „am Ende wissen wir mehr und dann bekommen wir alle unser 'Und wenn sie nicht gestorben sind' ...“

Aidan lachte herzlich. „Oh Gleann, mein Freund, es ist toll, dass wir dich dabei haben! Unter all diesen Miesepetern hier brauchen wir dringend einen Träumer. Ich mag dich wirklich sehr!“

Gleann zuckte verlegen mit den Schultern und Meyla bemerkte vergnügt, wie seine Segelohren leicht rot wurden.

Kurz darauf legten sie sich schlafen, jeder von ihnen ein klein wenig zuversichtlicher, dass der nächste Tag ebenso reibungslos ablaufen würde, wie der vergangene.

Aber das wäre wohl zu einfach gewesen. Als sie am Morgen erwachten, stellten sie entsetzt fest, dass ihre Sachen und Vorräte durchwühlt worden waren. Cailean gab zerknirscht zu, während seiner Wache eingenickt zu sein, was Balfour zur Raserei brachte.

Sie alle fragten sich, wer oder was sie in der Nacht besucht hatte. Ein Mensch hätte sie mit Sicherheit angegriffen oder zumindest ihre Waffen geklaut, ein Tier dagegen hätte ihre Essensvorräte aufgefressen und wenigstens so viel Lärm gemacht, dass sie aufgewacht wären. Sie untersuchten ihr Hab und Gut und kamen zu dem Schluss, dass keine ihrer Sachen fehlte. Gleichwohl waren in einige Kleidungsstücke Löcher hineingebohrt, ihre Trinkflaschen geöffnet und ausgeschüttet und Caileans Schnürsenkel zusammengebunden worden. Es wirkte ganz so, als hätte sie jemand ärgern wollen. Mit einem unguten Gefühl gingen sie zum Fluss, um ihre Flaschen wieder zu füllen. War das Wasser gestern noch blau und klar gewesen, war es heute von einem leuchtenden Grün, als würde es mit dem Wald verschmelzen. Meyla kam dies vage bekannt vor, doch noch wollte sie nicht darauf kommen, woher.

„Nun denn“, sagte Aidan schließlich, „gehen wir weiter flussaufwärts. Wir müssen einfach besonders vorsichtig und aufmerksam sein, aber das sind wir ja eh.“ Er kicherte irre. „Bis auf letzte Nacht natürlich.“

Meyla hielt dies für keinen guten Vorschlag, aber da sie nicht konkret sagen konnte, warum, behielt sie ihre Meinung für sich.

Als sie losmarschierten, spürte Meyla schon bald, dass mit ihren Sinnen etwas ganz und gar nicht stimmte: Sie schien vollkommen die Orientierung verloren zu haben. Gingen sie jetzt flussauf - oder flussabwärts? Wo war eigentlich rechts und wo links? Sprossen die Bäume aus dem Boden oder hingen sie vom Himmel? War es Balfour, der vor ihr ging, oder war es doch Aidan? Meyla rieb sich die Augen, trank eine Flasche Wasser nach der anderen, tupfte sich die Stirn, atmete betont ruhig und gleichmäßig, dennoch wurde es immer schlimmer. Den anderen schien es ähnlich zu gehen, alle keuchten und schauten verwirrt umher, aber keiner war fähig, auch nur ein Wort zu sagen.

Schließlich hörten sie Pfiffe und übermütiges Gekicher aus den Baumkronen, konnten jedoch nicht erkennen, wer oder was der Ursprung der Geräusche war und kämpften sich mühsam Schritt für Schritt weiter vor. Dies schien ihre unsichtbaren Beobachter noch mehr zu belustigen, denn das Kichern wurde lauter und spottender, die Pfiffe herausfordernder.

Letztendlich blieb Meyla stehen und versuchte, das letzte bisschen klare Verstand zusammenzusammeln, was ihr noch geblieben war. Mit einem Mal fiel ihr ein, warum ihr die Vorfälle der vergangenen Nacht bekannt vorkamen.

Die Antwort war erneut in ihrem Legendenbuch zu finden. Eilig setzte sie sich auf den Boden und zog ihre Schuhe aus.

„Meyla“, ertönte von irgendwo Aidans Stimme. „Was machst du da? Wieso ziehst du dir die Hose aus? Dafür haben wir keine Zeit.“

„Nicht Hose, Schuhe“, murmelte sie gepresst und zog ihren rechten Schuh über den linken Fuß.

„Was?“, fragte Aidan, der taumelnd in ihrem Blickfeld erschien.

„Dummerchen“, lachte Balfours Stimme aus Caileans Gesicht, „sie hat gesagt sie zieht nicht die Hose, sondern die Bluse aus.“

Mit letzter Kraft stülpte sich Meyla den linken Schuh über den rechten Fuß und es war, als würde sich Nebel zurückziehen und die Sonne aufgehen. Sie atmete tief die klare Luft des Waldes; sah, dass der Fluss wieder blau war und spürte erfreut, wie ihr Verstand zur Gänze erwachte. Allerdings währte die Freude darüber bloß kurz, denn sie bemerkte bestürzt, dass sie seit heute Morgen nur wenige Meter zurückgelegt hatten, obwohl Stunden vergangen sein mussten.

Das Kichern und die Pfiffe waren verklungen, als Meyla sich die Schuhe seitenverkehrt angezogen hatte, stattdessen vernahm sie mürrisches Flüstern aus dem Blätterwerk der Bäume.

„Also!“, erklärte Meyla so laut und deutlich wie möglich. „Ihr müsst jetzt genau das tun, was ich euch sage! Hört ihr mich?“

Die anderen nickten schwach und lächelten dümmlich, ihre glasigen Blicke verhießen nichts Gutes.

„Wir sind Opfer der Ljeschis geworden. Das sind Waldgeister, die nur im Frühling geschäftig sind und es auf ahnungslose Wanderer abgesehen haben. Ihr müsst eure Schuhe auf den falschen Fuß wechseln, genau wie ich. Das ist der einzige Weg, um den Zauber zu brechen!“

Zu Meylas Entsetzen fingen die Männer schallend an zu lachen.

„Was ist daran so komisch?“

„Oh Meyla, alter Bücherwurm“, ulkte Aidan „guter Versuch, uns auf den Arm zu nehmen. Willst dich auf Kosten von uns Kerlen lustig machen, was?“

„Was?! Du siehst aber schon, dass ich hier vor dir stehe mit meinen Schuhen verkehrt an?!“

„Ich zieh doch jetzt nicht meine Schuhe aus!“, maulte Cailean. „Können wir nicht einfach weitergehen?“

„Hört jetzt auf mit diesem Unsinn!“, schrie Meyla aufgebracht. „Die Ljeschis sind klein, mit klarem Verstand werden wir leicht mit ihnen fertig. Aber wenn sie euch immer weiter verwirren, werdet ihr irgendwann sabbernd und vollkommen orientierungslos auf dem Boden liegen und dann fallen sie über euch her. Darum BITTE WECHSELT EURE SCHUHE!“

„Ach Meyla, ich weiß Ihr meint es gut“, plapperte Balfour und legte dabei Gleann seinen Arm um die Schultern, „aber bei uns ist alles in Ordnung, wirklich. Vielleicht seid Ihr etwas verwirrt, wenn Ihr das Bedürfnis habt, Eure Kleider falsch herum anzuziehen.“

„Das bin nicht ich, die Ihr da ansäuselt, sondern Gleann.“

Dies schien Balfour zu verunsichern, denn er zog seinen Arm zurück, beschattete seine Augen mit seiner Hand und schaute suchend um sich. Durch Meyla schaute er allerdings jedes Mal hindurch.

Diese fühlte sich zunehmend verzweifelter und beschloss, Gewalt anzuwenden.

Vergebt mir, Gleann, aber Ihr seid das schwächste Glied der Kette.

Meyla sammelte all ihre Kräfte und sprang auf Gleann zu, der schreiend zu Boden ging. Kreischend schlug er um sich, als sie sich rücklings auf ihn drauf setzte und an seinem rechten Schuh zerrte.

„Meyla, was ist nur in dich gefahren?!“, schrie Aidan und versuchte sie von Gleann hinunterzuziehen. Doch er verfehlte sie und stolperte an ihr vorbei.

Gleann erwischte ihren Arm und zerkratze sie mit seinen Fingernägeln, dennoch zog sie mit zusammengebissenen Zähnen weiter an dem Schuh, bis sie ihn endlich in der Hand hielt.

Als sie sich dem linken Fuß zuwenden wollte, packten gleich vier starke Arme sie und zogen sie von Gleann hinunter. Balfour und Cailean legten sie ziemlich unsanft ein paar Meter entfernt von dem wimmernden Gleann ab und diesmal war sie es, die um sich schlug. Als Aidan ebenfalls bei ihr war und sie an ihren Füßen festhielt, wusste sie, dass sie verloren hatte.

„Bei den Göttern, was ist nur los mit dir?!", fuhr Aidan sie an.

„MIT MIR?!" Außer sich vor Zorn, schubste Meyla die drei Männer von sich. Sie konnte nicht anders, als Cailean im Aufstehen nochmal gegen das Schienbein zu treten, den sie für dies alles verantwortlich machte, weil er letzte Nacht eingeschlafen war.

„Aua." Da Cailean orientierungslos war, sah er Balfour vorwurfsvoll an, welcher gerade mehrere Anläufe brauchte, um wieder auf die Beine zu kommen.

Als Meyla zu Gleann schaute und sah, wie er sich seinen Schuh wieder auf den richtigen Fuß zog, war ihr nach Schreien zu Mute.

„Fein!", schnaubte sie schließlich. „Ich hoffe wirklich, sie fressen euch. Und zwar langsam und qualvoll!"

Meyla zog ihre Schuhe wieder richtig an und sammelte ihre Sachen zusammen, ohne die anderen noch eines Blickes zu würdigen. Sollten sie doch bleiben, wo der Pfeffer wächst, sie selbst würde sich alleine flussaufwärts durchschlagen. Sie warf sich ihre Tasche über, als sie etwas im spärlichen Sonnenlicht glitzern sah: den goldenen Knopf, den sie irgendwann verloren haben musste. Schnell hob sie ihn auf und ihr Ärger verrauchte augenblicklich.

Sie drehte sich zu ihren Kameraden um, die unsicher vor sich hin schwankten.

„Lasst mich wenigstens vorgehen. *Bitte*!", flehte sie eindringlich.

Aidan öffnete schon den Mund, um ihr zu widersprechen, als Balfour ihm zuvorkam. „Ach, dagegen spricht wirklich nichts. Ich weiß zwar nicht, warum Ihr heute so von Sinnen seid, Lady Vending, aber Ihr hattet bereits einmal Recht, was diesen Wald betrifft. Von mir aus sollt Ihr heute führen!"

Erleichtert registrierte Meyla, dass Cailean und Aidan ihm zustimmten. Lediglich Gleann enthielt sich und schien nichts mehr von ihr wissen zu wollen, was ihr einen Stich versetzte.

Seufzend ging sie voran, als hinter ihr Aidan aufmunternd sagte: „Lassen wir unserem kleinen Hitzkopf diesen Spaß. Du wirst bald sehen, Meyla, dass mit uns alles gut ist. Es wird schon nichts schief gehen!“

Es ging schief.

Eine ganze Weile lief Meyla voran, den Bogen gezückt und stets wachsam. Die Männer torkelten hinter ihr her und hauten ihr spottende Sprüche um die Ohren, sodass sie sich sehr zusammenreißen musste, sich nicht umzudrehen und ihnen einen Pfeil in die Kniescheiben zu jagen. Es ging nur langsam und mühsam voran, aber immerhin kamen sie vorwärts. Das Pfeifen und Kichern hatte aufgehört, sodass Meyla sich nach einiger Zeit etwas entspannte und vorsichtig zu hoffen wagte, dass sie diesen Wahnsinn überleben würden.

Wenn ich es bloß schaffe, sie heil durch den Tag zu bringen. Sobald es dunkel wird und sie eingeschlafen sind, kann ich ihnen die Schuhe seitenverkehrt anziehen. Einmal gebrochen, kann der Zauber nicht erneuert werden.

Jedoch zweifelte sie stark, dass die Ljeschis sich so einfach geschlagen geben würden und sie sollte Recht behalten.

Irgendwann gab sie dem Bitten und Betteln von Aidan und besonders Cailean nach, die unbedingt eine Pause einlegen und sich am Fluss erfrischen wollten. Innerhalb weniger Minuten bereute sie ihre Gutherzigkeit, denn Cailean schwankte dermaßen, dass er den Halt verlor und ins Wasser fiel. Der Fluss war nicht besonders tief und die Strömung an dieser Stelle zum Glück eher gemächlich, aber Cailean schaffte es trotzdem nicht, wieder aus dem Wasser hinauszukommen, da er immer wieder abrutschte. Aidan wollte sich ritterlich hinterher stürzen, doch Meyla hielt ihn zurück. Wenn sie jetzt alle im Wasser landeten, würden sie niemals weiterkommen. Also legte sie ihren Bogen beiseite und zog Cailean mühsam und murrend wieder an Land.

„Ihr könntet Euch wenigstens ein bisschen leichter machen“, wetterte sie währenddessen, „wenn ich hier schon die ganze Arbeit machen muss.“

„Aber ich bin unglaublich erschöpft“, jammerte Cailean und krallte sich an sie, „und mein Kopf fühlt sich an, als würde dort einfach gar nichts mehr stimmen.“

„Schon gut. So, noch einen Schritt.“

Endlich war Cailean wieder im Trockenen. Betrübt schaute er an sich hinunter. „Ich glaub, ich hab mich nass gemacht. Wann ist das denn passiert?“

Meyla witterte plötzlich ihre Chance. „Ach, das macht doch nichts. Aber Ihr solltet Eure Kleidung wechseln, sonst erkältet Ihr Euch. Los, erst die Schuhe ausziehen ...“

Cailean nickte schwach und begann, seine Schnürsenkel zu öffnen. Meyla fiel ein Stein vom Herzen. Wenn sie es jetzt schaffte, ihm die Schuhe verkehrt anzuziehen, wären sie schon mal zu zweit mit klarem Kopf.

In diesem Moment stürzte etwas aus den Bäumen auf sie hinunter, pfeifend und gackernd. Kleine Wesen, so flink, dass Meyla nichts sehen konnte außer grüne Farbkleckse. Sie warfen sich auf die Männer, die um sich schlugen, aber ohne Orientierung haushoch unterlegen waren, sodass sie innerhalb von Sekunden zu Boden gingen. Meyla suchte panisch nach ihrem Bogen, als sich eines der kleinen Biester an ihre Wade klammerte. Sie schaute nach unten und blickte in leuchtend dunkelgrüne Augen, die heimtückisch funkelten.

Ein weiteres Kerlchen sprang aus einem Baum auf ihre Schulter; sie schrie auf, als es sie an ihren Haaren zog. Meyla hatte das Gefühl, als würde ihr jeden Moment die Kopfhaut abgezogen, sie rammte dem Biest ihre Fingernägel in die dünnen Beinchen, sodass es jaulend von ihr abließ. Indessen hatte sich der andere Ljeschi inzwischen von ihrer Wade bis zum Oberkörper gehangelt und grapschte sich an ihrem Hemdkragen fest. Der Stoff schnitt ihr in den Hals, sie hieb mit den Fäusten auf das hässliche Gesicht des Waldgnoms ein, doch dieser war zäh und ließ nicht von ihr ab. Endlich erreichte sie ihren Bogen, aber mit dem Ljeschi, der an ihr zerrte, konnte sie sich nicht bücken. Meyla schluckte jeglichen Ekel hinunter und überwand sich schließlich, dem Wesen ihren Finger in das überrascht glotzende Auge zu bohren. Endlich fiel er winselnd von ihr ab, sie nahm ihren Bogen, warf sich den Köcher über und schoss dem Gnom einen Pfeil mitten ins Gesicht. Sie schaute hinüber zu ihren Kameraden und sah gerade noch, wie der bewusstlose Gleann von ein paar Ljeschis in den Wald gezogen wurde. Cailean lag ebenfalls flach auf dem Boden und bewegte sich nicht mehr; Balfour und Aidan saßen noch aufrecht, doch sie kämpften gegen eine Überzahl und schlugen stets in die falsche Richtung, sodass es nur eine Frage der Zeit war, bis auch sie geschlagen werden würden.

Grimmig legte Meyla einen neuen Pfeil an und schoss auf die kleinen Biester.

Nummer eins erledigt.

Der nächste Pfeil, sie musste sich sehr konzentrieren, da Balfour ziemlich herumhampelte und sie ihn nicht treffen wollte.

Nummer zwei erledigt.

Der nächste Pfeil, ein Hochgefühl beschlich sie, ihr Blut rauschte durch ihre Adern und verlieh ihr Kraft.

Nummer drei erledigt.

In diesem Augenblick knallte ihr etwas brutal auf den Hinterkopf und sie ging zu Boden.

*Nummer vier erledigt, das bin wohl ich ...*war das Letzte, was sie dachte, bevor die Welt in Schwärze versank.

Es dämmerte bereits, als Meyla erwachte. Stöhnend tastete sie nach ihrem Hinterkopf und fühlte Blut.

Wunderbar, das ist das zweite Mal innerhalb weniger Wochen, dass ich mit einem Schlag auf den Kopf außer Gefecht gesetzt werde. Warum kann Balfour jetzt nicht nach mir sehen und mich abtasten?

Der Gedanke an Balfour gab ihr die Kraft, sich vorsichtig aufzusetzen; ihr Schädel pochte.

Meyla schaute sich um, rief leise die Namen ihrer Gefährten, ohne wirklich mit Antwort zu rechnen: sie war allein. Düstere Gedanken schlichen sich in ihren schmerzenden Kopf, dass es seit jeher ihr Schicksal war, alleine in diesem Wald zu sein. Warum hatte sie die anderen nicht mit vorgehaltenem Bogen dazu gezwungen, die Schuhe zu wechseln? Jetzt war es vielleicht für alle Zeit zu spät. Ihr Herz begann zu rasen, ein Gefühl der Enge legte sich auf ihre Brust.

Nein, dachte sie verzweifelt, *wenn ich jetzt die Fassung verliere, sind sie verloren. Ich bin ihre einzige Hoffnung.*

Sie zwang sich, einen Moment lang an nichts zu denken und ruhig ein- und auszuatmen. Ihr Herz beruhigte sich ein wenig, die Enge ließ nach. Zu ihrer Rechten sah sie einen schweren Ast auf dem Boden liegen, vermutlich hatte man sie damit niedergeschlagen. Auf allen Vieren kroch sie zum Fluss, wo sie ihren Durst stillte und ihre Wunde säuberte, so gut es eben ging. Erst dann wagte sie es, aufzustehen und das Schlachtfeld zu betrachten, was die Ljeschis hinterlassen hatten.

Meyla ging hinüber zu den Gnomen, die sie erschossen hatte und sah sich die toten Körper genau an. Sie hatten die Größe und Statur eines Kleinkindes, aber sehnige Muskeln und große, starke Hände. Ihre Haare waren wirr und grün, genau wie die langen Bärte; ihre Haut schimmerte bläulich.

Sie suchte nach Hinweisen, wohin ihre Freunde wohl verschleppt worden waren, doch sie konnte nichts entdecken, was ihr weiterhalf. Inzwischen war es dunkel geworden, was für sie ein Vorteil sein würde, da die Ljeschis - zumindest laut Legende - nachtblind waren. Meyla sammelte (mal wieder) sämtliche Sachen ein und überlegte gerade, dass sie sich südwärts halten würde, da sie meinte gesehen zu haben, wie Gleann in diese Richtung fortgebracht wurde, als ein ihr vertrautes Summen ertönte.

Wenige Meter von ihr entfernt schwebte das blaue Irrlicht. Überwältigt vor Glück und Erleichterung rannte Meyla auf es zu. „Oh mein kleiner Freund, dich schickt der Himmel! Hilfst du mir, meine Kameraden zu finden? Auch wenn sie es nicht verdient haben?“

Das Irrlicht flackerte geheimnisvoll und schwebte langsam Richtung Süden. Meyla schulterte das ganze Gepäck mit eiserner Entschlossenheit, obwohl sie fast unter seiner Last zusammenbrach; hielt ihren Bogen schussbereit und stapfte beherzt hinter dem leuchtenden Flämmchen her.

Es führte sie in das dunkle Herz des Elftings. Meyla besann sich mit ihrem ganzen Willen darauf, gegen das Beklemmungsgefühl anzukämpfen. Dies war der düstere Wald, wie sie ihn von früher kannte. Sie spürte, wie die vertraute Finsternis mit kalten Fingern nach ihrem Herz griff, wie Schwärze sich in ihrer Seele ausbreitete.

Fürwahr das Irrlicht ließ sie nicht im Stich; es wirbelte um sie herum, versorgte sie mit seiner Wärme und leuchtete ihr munter den Weg, bis sie sich wieder im Griff hatte.

Nach einer guten Stunde hielt es inne und Meyla wusste, dass sie am Ziel waren. Sie versteckte ihr Gepäck und tapste so lautlos wie möglich voran, den Bogen im Anschlag. Als sie in einigen Metern Entfernung ihre Freunde sah, stockte ihr der Atem: sie hingen nebeneinander mit den Händen an einen besonders stabilen Ast gebunden wie totes Vieh; ihre Augen verbunden, ihre Schnürsenkel aneinander geknotet. Von den Ljeschis konnte sie nichts sehen, aber sie hörte sie im Blätterwerk der Bäume schnarchen.

Meyla fluchte innerlich. Wie sollte sie ihre Gefährten unbemerkt befreien? Die Biester mochten im Moment schlafen, vermutlich in freudiger Erwartung des morgigen Festmahls, doch sie war sich sicher, das würde sich geschwind ändern, wenn sie etwas zur Rettung ihrer Freunde unternahm. Entmutigt versuchte sie sich daran zu erinnern, was das Legendenbuch über das Bekämpfen der Ljeschis erzählte, aber es wollte ihr einfach nicht einfallen. Hilfesuchend wandte sie sich an das Irrlicht und stellte entsetzt fest, dass sein Licht schwächer wurde.

„Nein bitte“, flüsterte sie panisch, „bleib bei mir. Bitte lass mich nicht allein, ich weiß nicht, was ich tun soll.“ Da tanzte das Flämmchen einmal um sie herum, zog einen Flackerschein hinter sich her und Meyla verstand.

Feuer. Die Biester fürchten sich vor Feuer.

„Danke“, wisperte sie ehrfürchtig, „nun kannst du dich aufladen fliegen.“ Sie tätschelte das Irrlicht, welches gurrend sein Wohlbefinden ausdrückte und anschließend in der Dunkelheit verschwand.

Meyla ging eilends zurück zu dem versteckten Gepäck, sammelte unterwegs trockenes Holz und dürres Laub, was jedoch zu dieser Jahreszeit rar gesät war und wühlte schließlich ausgiebig in Aidans Tasche. Hiernach nahm sie all ihren Mut zusammen und schlich sich achtsam Schritt für Schritt auf ihre Freunde zu, wobei ihr nun endlich ihre Erfahrungen im Elfting und als Jäger zu Gute kamen. Die Ljeschis schnarchten friedlich weiter, doch ihre Gefährten wurden unruhig, als sie sie erreichte und ihren Bogen sowie Aidans zweites Schwert zu Fuße des Baumes ablegte.

„Ist da wer?“, zischte Aidan.

Meyla fluchte lautlos vor sich hin und hätte ihn am liebsten mit dem Schwert in den Hintern gepiekst. Sie drückte sich an den Baumstamm und wartete, bis sich ihre Freunde etwas beruhigt hatten und Aidan wieder schlaff und mutlos von seinem Ast baumelte. Anschließend begann sie vorsichtig die gesammelten Äste in einem Kreis um den Baum zu verteilen. Dies war so schwierig wie befürchtet;

einmal erstarrte sie mitten in der Bewegung, weil der Rhythmus des Schnarchens sich verändert hatte und erst nach einer ganzen Weile, wagte sie es, weiter zu machen. Ein andermal, als sie dicht neben Balfour war, hob er den Kopf und schien sie durch seine Augenbinde hindurch anzusehen.

Bitte, flehte sie stumm, *bitte bleibt ruhig, dann kann ich Euch retten.*

Möglicherweise spürte er, dass sie in seiner Nähe war, denn er senkte den Kopf wieder und schwieg, aber anders als bei Aidan blieb seine Körperhaltung angespannt und wachsam.

Zu guter Letzt hatte sie den Kreis vollendet und kramte so leise wie möglich in ihrer Hosentasche nach Aidans Feuersteinen. Sie betete inbrünstig zu den vier Göttern, dass ihr Plan funktionieren würde und legte los.

Endlich war das Glück einmal auf ihrer Seite, denn bereits nach wenigen Sekunden hatte sie es geschafft, ein loderndes Feuer zu entfachen.

Schreiend erwachten die Ljeschis und ließen sich von den Bäumen plumpsen, aber es war zu spät: das Feuer hatte einen schützenden Kreis um den Baum und die vier Gefangenen gezogen, durch den die Waldgnome sich nicht hindurch trauten.

Fluchend hüpften sie auf der anderen Seite auf - und ab, was Meyla unterhaltsam gefunden hätte, wenn nicht auch ihre Freunde angefangen hätten, ängstlich zu schreien.

„BEI DEN GÖTTERN!“, rief sie ärgerlich, „ ICH BIN ES! Langsam frage ich mich wirklich, ob ich die einzige auf dieser Reise bin, die Eier hat!“

„Meyla?“, fragte Aidan überrascht.

„Nein, deine Dienstmagd aus Gormal. NATÜRLICH MEYLA, VERDAMMT NOCHMAL!“

Sie nahm Aidans zweites Schwert und wollte Balfours Handfesseln durchtrennen, als ihr einfiel, dass dieser ja immer noch unter dem Bann des Zaubers stand.

Vor sich hin schimpfend, zog sie ihm also erst die Schuhe aus.

„Was bei allen Göttern macht Ihr da, Meyla? Schneidet mich los!“, grummelte Balfour.

Meyla antwortete nicht, sondern zog ihm den rechten Schuh auf den linken Fuß und umgekehrt. Erst danach schnitt sie ihm mit dem Schwert vom Ast und bemerkte schadenfroh, wie er ziemlich grob auf dem Boden aufschlug. Er nahm die Augenbinde ab und schaute sie verdutzt an.

„Gern geschehen“, sagte sie schnippisch und ging hinüber zu Aidan. In dem Moment entdeckte sie beunruhigt, wie sich auf der anderen Seite ein paar der Ljeschis zusammentaten, um einen der ihren über den hüfthohen Feuerkreis zu werfen.

„Balfour“, rief sie, „schnell, unten am Baumstamm liegt mein Bogen. Ihr müsst sie in Schach halten!“

Balfour stand auf und stolperte - da er ja seine Schuhe noch seitenverkehrt an hatte - ziemlich unbeholfen zum Stamm, fand aber den Bogen sofort, spannte ihn und schoss einen Pfeil zielsicher in den Kopf jenes Ljeschis, der gerade von seinen Kameraden in die Luft gehoben wurde.

Meyla kümmerte sich nacheinander um Aidan, Cailean und Gleann, während Balfour einen Pfeil nach dem anderen los jagte.

Als alle befreit waren, von ihren Fesseln und von dem Zauber, standen sie nebeneinander vor der Feuerwand und zogen sich geschwind ihre Schuhe wieder richtig an.

„Und jetzt?“, frage Aidan keuchend. „Wie werden wir die Dinger los? Das sind ganz schön viele, das Feuer wird nicht ewig brennen.“

„Keine Ahnung“, antwortete Meyla, „mein Augenmerk lag eher darauf, euch erst mal zu befreien.“

„Na wunderbar.“

„Entschuldige mal! Muss ich etwa alles alleine machen?“

„So war das nicht gemeint.“

Meyla wischte sich den Schweiß von der Stirn. „Ich würde sagen, wir stürzen uns einfach auf sie. So lange es dunkel ist, sind wir im Vorteil und ihr seid wieder alle Herr eurer Sinne und bei vollen Kräften. Ich denke, wir können die Mistkerle platt machen. Hier.“ Sie gab Balfour das Schwert, welcher sie mit großen Augen anstarrte.

„Ich ... ich ... weiß nicht.“

Meyla legte ihm eine Hand auf den Arm. „Aber ich! Ich habe Euch ... *dich* ... kämpfen sehen. Du kannst das, Balfour, sehr gut sogar.“

Er nickte verbissen, übergab ihr den Bogen und hob das Schwert in Kampfstellung.

„Auf Drei laufen wir los“, erklärte Aidan, „Eins ... zwei ... DREI!“

Zeitgleich preschten sie los, Aidan mit seinem Schwert voran, gefolgt von Meyla, die wie wild mit dem Bogen schoss. Cailean zog Gleann hinter sich her und Balfour bildete mit seinem Schwert die Nachhut.

Die Ljeschis waren stark und gewitzt, doch ohne den Zauber hatten sie gegen diese Gruppe nicht den Hauch einer Chance, erst Recht nicht bei Nacht. Balfour und Aidan ließen ihren Verdruss über das, was ihnen heute zugestoßen war, hinaus und schlugen wie die Wahnsinnigen mit dem Schwert um sich. Als sich ein Gnom an Gleanns Arm krallte und Meyla schnell einen Pfeil anlegen wollte, prügelte Cailean mit bloßer Faust auf das Wesen ein bis es losließ, als wolle er sein Versäumnis, in der letzten Nacht eingenickt zu sein, so wieder gut machen.

Sehr bald gaben die Ljeschis auf und ließen sich zurückfallen. Meyla und die anderen sammelten hastig ihr Gepäck ein und rannten stetig weiter, zu groß war die Angst, dass die Waldgnomen sie doch verfolgen würden.

Erst nach einer knappen Stunde, als sie den finstersten Teil des Waldes hinter sich gelassen hatten und zartes Mondlicht vereinzelt durch die Baumkronen sickerte, hielten sie erschöpft inne.

„Lasst uns einen Moment ausruhen“, schnaufte Aidan, „sonst brechen wir noch zusammen. Außerdem tun mir meine Handgelenke von diesen blöden Fesseln weh.“

Das brachte für Meyla das Fass zum Überlaufen.

„DIR TUN DEINE HANDGELENKE WEH?!“. Mit schriller, zitternder Stimme machte sie ihrem Unmut Luft: „ Och, du armer Kerl, das tut mir aber schrecklich leid. Interessiert sich vielleicht irgendjemand von den Herren dafür, wie es mir ergangen ist, während ihr wie Mehlsäcke bräsig an einem Ast gebaumelt habt?! Wie ich mir beim Entzünden des Feuers die Finger verbrannt hab?! Wie mir die Äste die Wangen aufgeschlitzt haben?! Wie mich diese schrecklichen grünen Dinger mit einem Ast bewusstlos geschlagen haben, nachdem sie mir fast das Haar ausgerissen hatten?! Wie ich versucht habe, meine Freunde davon zu überzeugen, dass sie unter einem Zauber stehen; sie angefleht habe, mir zu vertrauen und zum Dank verspottet wurde oder sie aus dem Fluss fischen durfte?!

Und vor allem, ihr verfluchten Bastarde, die Ängste, die ich ausgestanden habe, als ihr fort wart?! Das war das allerschlimmste, abermals alleine in diesem Wald zu sein. Ich hätte mich lieber nochmal von Nathair begrabschen lassen, als mir den Kopf darüber zu zerbrechen, wo ihr seid, ob ihr verletzt seid oder gar tot! Und dir, *Euer Wohlgeboren*, tun deine VERDAMMTEN HANDGELENKE WEH?!"

Meyla schnappte nach Luft und spürte überrascht, dass ihr Tränen in den Augen standen.

Gleann, Cailean, Aidan und Balfour schauten so betreten und verlegen drein wie Jungen, die bei einem üblen Streich erwischt worden waren und nun von ihrer Mutter ausgeschimpft wurden.

In diesem Moment wurde Meyla von der Wahrheit überwältigt, vor sich vier Menschen zu haben, die ihr mehr bedeuteten als ihr eigenes Leben. Sie hatte es geschafft, sie zu retten und nun war sie nicht mehr allein, vielleicht musste sie niemals wieder alleine sein.

Zur Überraschung der anderen begann sie laut zu lachen. „Ihr hättet euch da hängen sehen sollen! Und wie ihr gewinselt habt, als das Feuer brannte. Wie kleine Mädchen, schlimmer noch!"

Dann fiel sie Aidan um den Hals und drückte ihm einen Schmatzer auf die Wange, was dieser vollkommen überrumpelt geschehen ließ. Anschließend herzte sie Cailean, der ihre Umarmung fest und lachend erwiderte. Als sie jedoch zu Gleann ging, wich dieser vor ihr zurück.

„Die Kratzer auf Euren Armen", stammelte er, „das war ich. Was hab ich nur getan!"

„Gleann, sieh mich an. Du standest unter einem Zauber, das warst nicht du. Es ist vergeben! Wir sind doch Freunde, oder?"

Gleann schaute sie an, eine Träne kullerte seine Wange hinunter, aber dann lächelte er. „Na, wer von uns hat am lautesten geschrien, als Ihr ... als *du* das Feuer entzündet hast?"

„Zweifellos Aidan. Unser Ritter hat gequiekt wie ein Ferkelchen."

„He, das hab ich gehört", rief Aidan empört.

Meyla und Gleann umarmten sich.

Sie drehte sich um und spürte, wie ihr Herz schneller schlug, dieses Mal war es allerdings ein angenehmes Gefühl. Balfour und sie schauten sich einen kurzen Moment zögernd an, bevor er seine Arme ausbreitete. Meyla fiel geradezu hinein; er hob sie in die Luft und wirbelte sie herum, so wie er es in Seòras mit Àlainn getan hatte.

„Lady Vending, ich werde nicht müde zu betonen, wie froh ich bin, dass Ihr uns auf dieser Reise begleitet. Als die einzige Person mit Eiern, natürlich." Alle lachten. Er setzte sie wieder ab und schaute sie aufmerksam an, als wartete er auf etwas.

„Die Zeiten der Lady Vending sind vorbei, Balfour. Bitte nenn' mich Meyla."

„Ich weiß, *Meyla*. Ich wollte es bloß ein letztes Mal sagen, aus alter Anhänglichkeit."

Er strich ihr über die Wange und ging dann zu seinem Bruder, um ihm seinen Arm um die Schulter zu legen. Meyla konnte nicht mehr aufhören, zu lächeln.

Sie marschierten noch weiter bis die Sonne aufging, dann beschlossen sie, zu rasten und sich auszuruhen. Aidan übernahm gönnerhaft die erste Wache, Cailean und Gleann schliefen sofort ein. Meyla und Balfour lagen nebeneinander, die Gesichter einander zugewandt; so nah, dass Meyla seinen warmen Atem in ihrem Gesicht spürte.

„Wie hast du uns eigentlich gefunden?", fragte er flüsternd.

„Das Irrlicht hat mir wieder geholfen. Von ihm hatte ich auch den Einfall mit dem Feuer."

„Wieso standest du nicht unter dem Zauber?"

„Tat ich ja, am Anfang. Aber nicht so stark wie ihr. Vielleicht weil ich schon mal hier in dem Wald gelebt habe oder möglicherweise weil ich aus dem Norden stamme, genau weiß ich es auch nicht. Ich hatte noch genug klaren Verstand, dass ich mich an die Legende der Ljeschis erinnern konnte und daran, was man tun muss, um den Zauber zu brechen."

„Es muss schwer gewesen sein mit uns störrischen Kerlen."

„Oh ja, das war es. Und anstrengend. Aber das war nichts im Vergleich zu dem Moment, als ihr fort wart. Ich hatte so viel Angst wie bisher selten in meinem Leben und ich weiß was Angst ist, das kannst du mir glauben."

„Das glaub ich dir sofort." Er lachte leise.

„Was ist daran lustig?"

„Gar nichts. Aber ich musste grade daran denken, dass du uns das Leben gerettet hast. Nun ist tatsächlich der Fall eingetreten, dass mich eine starke Frau gleich zweimal gerettet hat."

Das brachte Meyla ebenfalls zum Lächeln, auch wenn die Erinnerung an das Gespräch in Sèoras keine angenehme war. Lag das wirklich nur ein paar Wochen zurück? Es kam ihr vor, als wären seitdem Jahre vergangen.

„Schlaf gut, Balfour. Wir müssen zeitig weiter."

„Ja, das müssen wir. Aber ich bin zuversichtlich, dass wir es bald geschafft haben." Er zwinkerte ihr zu. „Und so lange du auf uns aufpasst, kann nichts schief gehen. Gute Nacht, Meyla."

Balfour schloss die Augen und schon nach wenigen Sekunden verrieten seine gleichmäßigen Atemzüge ihr, dass er eingeschlafen war. Sie konnte nicht anders, als zärtlich mit ihren Fingern über seine Lachfältchen, die ihn selbst im Schlaf nicht verließen, zu streifen.

Danach schloss auch sie ihre Augen und gestattete sich den hoffnungsfrohen Gedanken, dass sie das Schlimmste hinter sich hatten.

Sie ahnte nicht, wie falsch sie damit lag.

17

Der letzte gute Tag

Burg Uallach

Während ihre Retter allerlei Abenteuer bestritten, hatte Nansaidh genug mit ihrem eigenen Schicksal zu tun. Beharrlich hatte sie die Fäden ihres Lebens in die Hand genommen; heimlich, still und leise. Seit jener Nacht, in welcher der ominöse Ritter sie gekratzt hatte, hielt sie sich strickt an ihren Plan, niemanden mehr ins Vertrauen zu ziehen außer Fiona und selbst diese wurde lediglich mit den nötigsten Auskünften gefüttert.

Nansaidh hatte keine Nahrung mehr angerührt außer das, was Fiona auf dem Markt gekauft und ihr heimlich zugesteckt hatte. Seitdem fühlte sie sich besser, ihr Geist war aufmerksamer, ihr Körper kräftiger, wenn auch selbstverständlich nicht gesund, da das Gift nach wie vor in ihr wütete.

Inzwischen hatte sie herausgefunden, dass die nächtlichen Spukvorstellungen nur einsetzten, wenn jemand von der königlichen Familie oder des engsten Ritterkreises sie für auf dem Weg der Besserung hielten. Jegliche Furcht war verschwunden, stattdessen spielte sie ihren Mitmenschen trotzig die Schwerkranke vor und wurde so weitgehend von Gespenstererscheinungen verschont.

Wer sie vergiftet hatte, wusste sie immer noch nicht; Catrìona hatte vermutlich als einzige überhaupt einen plausiblen Grund, abgesehen von Breandan. Doch der Gedanke, dass dieser freundliche Mann zu diesem drastischen Mittel gegriffen haben mochte, um der ungewollten Verlobung zu entgehen, war einfach derart schrecklich und schmerzhaft, dass Nansaidh ihn nicht zuließ.

Als sie am Morgen nach einer abermals friedlichen, durchgeschlafenen Nacht erwachte, wusste sie, dass es an der Zeit war, den nächsten Schritt zu gehen. Sie hatte sich selbst bewiesen, dass der Geist nach einem klaren Muster erschien; nun galt es, jemand anderen auf ihre Seite zu ziehen, damit sie endlich den bestmöglichen Schutz bekam.

Als Fiona ihr beim Ankleiden half, bat Nansaidh sie darum, ihr für den Nachmittag eine Audienz beim Kronprinzen zu vermitteln.

„Aber lasst ihn nicht wissen, dass ich es bin!“

Anschließend ging sie, zum ersten Mal seit Tagen, in den Rittersaal, wo die Königin und Catrìona beim Frühstück beisammen saßen; ihrem Begleitschutz hatte sie ausdrücklich befohlen, sie bis heute Abend alleine zu lassen.

„Guten Morgen“, grüßte sie betont munter und knickste vor Königin Aignéis. Catrìona verschluckte sich an ihrem Tee.

„Guten Morgen, Lady Freisting“, sagte die Königin unsicher. „Welch ungewöhnliche und unverhoffte Ehre, Euch hier bei uns zu haben.“

„Ja, vielen Dank, ich fühle mich einfach vorzüglich heute. Fast als wäre ich über den Berg“, erklärte Nansaidh vergnügt und setzte sich. *Ach, wäre es doch wirklich so.*

Catrìona starrte sie mit offenem Mund an. „Wie ... wie ... kam es zu dieser plötzlichen Genesung?“, stammelte sie.

„Ich weiß nicht, vielleicht schlägt endlich das Gegengift an“, erwiderte Nansaidh und nahm sich eine Scheibe Brot. Da man hier nicht mit ihrem Erscheinen gerechnet hatte, würde es wohl kaum vergiftet sein.

Sie plapperte während des gesamten Frühstücks, ließ die Königin kaum zu Wort kommen und gab sich überaus gut gelaunt und aufgekratzt, was sie in Wirklichkeit unheimlich viel Kraft kostete. Aber es musste sein, denn sie wollte für die kommende Nacht unbedingt das Gespenst herausfordern. Catrìona war auffällig wortkarg, aber vielleicht bildete sie sich das auch bloß ein.

Nach dem Frühstück ging Nansaidh hinunter in die Ländereien, wo König Eanruig um diese Tageszeit mit Adair zu spazieren pflegte. Das Wetter war düster, dunkelgraue Wolken hingen drohend am Himmel, was hoffentlich kein schlechtes Omen war.

Sie kam nur langsam voran, denn auch wenn sie ihrer zukünftigen Familie etwas anderes vorspielte, war sie noch sehr geschwächt. Als sie im Hof war, sah sie von weitem wie Catrìona, den verwirrten Adair forsch hinter sich herziehend, von den Ländereien hinüber kam. Nansaidh verzog sich geschwind in den Schatten des Pavillons und hoffte, dass sie unbemerkt bleiben würde. Glücklicherweise waren die aufgeregt tuschelnde Catrìona und ihr perplexer Gatte so mit sich selbst beschäftigt, dass sie am Pavillon vorbeizogen, ohne sie zu bemerken und schließlich in der Burg verschwanden.

Interessant, dachte Nansaidh, *interessant.*

Hoffentlich würde sie den König erwischen, aber das Glück schien ihr heute gewogen zu sein, denn er saß gleich hinter der ersten Burgmauer auf einer Bank, flankiert von seiner Leibgarde.

Er zog die grauen Augenbrauen hoch, als er sie erblickte. „Lady Freisting, wie unerwartet. Ihr seid einfach nicht tot zu kriegen“, lachte er laut.

„Euer Majestät“, sagte Nansaidh höflich und knickste galant. Dies verursachte ihr Schwindel, sie hätte sich liebend gerne neben dem König auf die Bank gesetzt, allerdings machte dieser keinerlei Anstalten, ihr dies anzubieten.

„Ihr habt wohl heute nochmal einen guten Tag, was Mylady?“

„Sieht ganz danach aus, Euer Majestät.“

„Und Ihr nutzt ihn dafür, mir nachzustellen? Obwohl es der letzte gute Tag sein könnte? Es ist sicherlich kein Zufall, dass Ihr in diesem Moment hier erschienen seid.“

Nansaidhs Herz schlug schneller. „Nein, ein Zufall ist es fürwahr nicht. Euer Majestät ich ...“ Ihr verschlug es vor Aufregung die Sprache.

„Jaaa?“

„Darf ich Euch etwas fragen?“

„Das habt Ihr doch grade getan. Ich rate Euch, meine Geduld nicht überzustrapazieren. Ich hatte niemals viel für stotternde Frauenzimmer übrig.“

Dieser Mensch ist dermaßen abscheulich. Wie kann jemand wie er einen so freundlichen Sohn wie Breandan zu Stande bringen? Wie kann jemand wie er unser Land regieren?

Nansaidh nahm ihren ganzen Mut zusammen. „Warum habt Ihr damals entschieden, dass Euer Sohn eine Braut aus dem Osten bekommen soll?“

Eanruig grinste spöttisch. „Eine überaus dumme Frage, aber ich will sie Euch dennoch beantworten. Seit jeher hat Alastríona gute Verbindungen mit dem Norden gepflegt. Mit

dem Süden war es schon schwieriger, weil Fürst Alasdair jung und unerfahren ist und das Reich auf Grund seiner Nähe zu Krummatá und Melasól nicht unbedingt auf gute Verhältnisse mit den anderen Fürstentümern angewiesen ist. Leider gibt es in der Familie Riaghán keine Frau, die vom Alter her passend für Breandan gewesen wäre. Außerdem wage ich zu bezweifeln, dass überhaupt ein Interesse seitens des Riaghán Clans bestanden hätte, unsere Familien zu verbinden.
Der Osten war uns bis jetzt ziemlich egal, wenn ich ehrlich sein darf. Ein verstaubtes Reich mit vielen altmodischen Traditionen; noch mehr Land, von dem aber das meiste nicht bewohnbar ist. Euer Großvater mag ein ehrenwerter Mann sein, aber er ist ein unbedeutender Herrscher, der sich aus allem heraushält."

Nansaidh traten Tränen in die Augen, es schmerzte sie, den König derart von ihrem Zuhause sprechen zu hören.

„Dann war der einzige Grund", sagte sie leise, „warum ich ausgewählt wurde, der, dass es in den anderen Familien keine Frauen im passenden Alter gab?"

„Nein", antwortete Eanruig bestimmt. „Zum einen gäbe es durchaus eine solche Frau im Hause Álfkona. Sie ist sogar die Erbin des Fürstentums, da im Norden das Geburtsrecht die Erbfolge bestimmt, unabhängig des Geschlechts."

„Aber es heißt doch, die Erbin des Hauses Álfkona wäre vor Jahren im Schwarzen Wald umgekommen?"

„Ach, dummes Waschweibgeschwätz. Ich glaube das erst, wenn sie offiziell für tot erklärt wird. Um ehrlich zu sein, ist meine persönliche Meinung, dass sie unter fremden Namen in Kóróna lebt, um sich noch ein bisschen auszutoben. Sie war schon als Kind als starrköpfig und unzähmbar verschrien. Ich bin mir sicher, wenn ihr Vater das Angebot erhalten hätte, dass sie den Kronprinzen heiraten könnte, wäre sie im Nu wieder aufgetaucht. Der alte Grídur war stets geschickt darin, die Fäden so zu ziehen, dass es für ihn so vorteilhaft wie möglich ausgeht.
Aber von all dem abgesehen, Lady Freisting, ging es mir tatsächlich um den Osten. Sagen wir mal ..." Er kniff die Augen zusammen und wirkte für einen Moment abwesend. „ ... sagen wir mal, ich habe Kenntnisse darüber, dass der Osten in der Zukunft immer mehr Gewichtung erhalten wird. Und da erschien es mir sinnvoll", grinste er, „eine

kleine Versicherung für die Freundschaft und Treue der Familie Freisting zu haben."

Nansaidh schluckte. „Wenn ich Eure Versicherung bin, müsste Euch eigentlich daran gelegen sein, dass ich gesund bin, oder?"

„Gewiss."

„Warum hat Euch mein Gesundheitszustand dann bisher so wenig interessiert?"

Eanruigs Miene wurde kühl. „Was wollt Ihr damit andeuten, Lady Freisting? Hättet Ihr gerne, dass ich Euch Händchen halte?" Er erhob sich und kam zu ihr hinüber, seine große Statur bedrohlich zur Gänze aufgerichtet. „Oder wollt Ihr gar unterstellten, *ich*, Euer König, hätte Euch vergiftet?"

„Natürlich nicht, ich würde niemals derartiges denken." Panik ergriff Nansaidh.

Eanruig stand nun so nah vor ihr, dass er seinen Leibrittern die Sicht auf sie verdeckte. „Ssscht, schon gut", flüsterte er, „ich weiß, Ihr habt es nicht böse gemeint, süße Nansaidh. Ihr seid noch unschuldig und unbedacht mit Euren Worten. Aber ich vergebe Euch. Kommt her!"

Er umarmte sie fest, wobei seine Hand sanft über ihren Rücken strich. Hilfesuchend schaute sie zu den beiden Rittern, doch diese schauten stur geradeaus.

Das passiert grade nicht wirklich, dachte sie fassungslos. Sie sammelte ihren Mut und löste sich vorsichtig, aber bestimmt, aus des Königs Umklammerung.

„Ich ... ich möchte jetzt wieder auf die Burg und mich ausruhen, Euer Majestät."

„Aber sicher, meine süße Kleine." Der König lachte und trat einen Schritt zurück. „Guten Tag, Mylady."

Er nickte ihr noch mal zu und verließ dann mit seiner Leibwache das Burggelände.

Die Wolken öffneten sich, Regen prasselte auf Nansaidh hinunter. So schnell es ihr möglich war, eilte sie zurück auf ihr Zimmer. Dort begann sie zu schluchzen, besann sie sich dann jedoch darauf, dass sie kein Opfer mehr sein würde. Sie hörte auf zu weinen und wischte sich trotzig die Tränen und den Rotz weg.

Eins nach dem anderen, Nansaidh. Erstmal beweisen, dass du klaren Verstandes bist, danach gesund werden und DANN beschäftigen wir uns mit dem König.

Sie kuschelte sich in ihre Schaffelle, um sich für ihre Audienz bei Breandan auszuruhen.

Am Nachmittag war es soweit, zögernd betrat sie Breandans Empfangszimmer.

Er schaute überrascht auf, seit der Sache mit den Kratzern hatten sie kaum Zeit miteinander verbracht, weil Nansaidh sich reserviert und abweisend verhalten hatte.

„Nansaidh, Liebling. Ich habe noch eine letzte Audienz mit einer jungen Frau, danach bin ich nur für dich da.“ Ein erfreuter Ausdruck trat in seine Augen. „Ich bin sehr glücklich, dich zu sehen.“

„Ich bin die Frau mit der Audienz.“

„Was? Wie ist das möglich?“

„Fiona hat mir geholfen. Und ich möchte diese Audienz unter vier Augen mit dem Kronprinzen. Ich weiß, das ist nicht üblich, aber da ich deine Verlobte bin, wird es wohl eine Ausnahme geben können.“

Breandan war überrumpelt, befahl seinen Rittern aber dennoch, den Raum zu verlassen.

„Mein Prinz, was würdet Ihr dazu sagen, wenn ich, Nansaidh aus dem Hause Freisting, Euch erzählen würde, dass mein Verlobter mich für wahnsinnig hält, ich aber eine Möglichkeit sehe, ihm zu beweisen, dass er sich irrt?“

„Nansaidh ...“

„Nein! Hör mir zu. Das schuldest du mir, Breandan.“

Er seufzte geschlagen und nickte. „Na schön.“

Sie berichtete ihm alles; davon wie ihr Fiona heimlich Essen gebracht hatte, von ihrem Verdacht gegenüber Catrìona, von dem Plan, den sie geschmiedet hatte. Lediglich die unerträgliche vormittägliche Begegnung mit dem König ließ sie aus. Von Minute zu Minute wurde Breandan erschrockener.

„Das, was du da erzählst, klingt ungeheuerlich. Wenn das stimmt ...“

„Es ist wahr, glaub mir.“

„Dann spielt jemand am Hofe ein bösartiges, hässliches Spiel mit dir.“ Er schwieg einen Moment und grübelte vor sich hin. „Der Spuk setzt wirklich nur ein, wenn du einen guten Tag hast?“

„Ich hatte in letzter Zeit nur noch gute Tage. Ich habe es bloß nicht mehr gezeigt, dementsprechend blieben die Gespenster ruhig."

„Bis heute, denkst du."

„Ja. Ich bin mir sicher."

„Dein Plan ist schon ein bisschen verrückt, weißt du. Und irgendwie albern."

„Was willst du von einer todgeweihten Wahnsinnigen erwarten?"

„Verzeih, so habe ich das nicht gemeint."

„Breandan, bist du dabei?"

„Ich ... ich ... weiß nicht. Es klingt alles sehr weit hergeholt. Und wenn dein Plan nicht aufgeht, wie stehe ich dann da?"

Enttäuscht erwog Nansaidh, dass sich ihre Hoffnungen bezüglich der kommenden Nacht vielleicht nicht erfüllen würden. „Überleg' es dir bitte", sagte sie ernüchtert, „du weißt, wo du mich findest."

Ohne ein weiteres Wort verließ sie sein Empfangszimmer.

Es wurde Abend, die Dämmerung war heute flinker als gewöhnlich, da die Sonne es tagsüber ohnehin nicht durch das triste Grau hindurch geschafft hatte.
Nansaidh stand an ihrem Fenster und starrte in das trübe, verschwindende Licht. Die letzten Tage waren erfüllt gewesen mit dem Vertrauen, das sie in ihren Plan gesetzt hatte. Nun drohte er wegen Breandan zu scheitern und es gab gar nichts, was ihr dann noch bliebe. Wütend knallte sie die Läden zu und verfluchte einmal mehr das Los, welches sie gezogen hatte, als es endlich klopfte.

Schüchtern, aus Angst davor, sich falsche Hoffnungen zu machen, schlich Nansaidh zur Tür. „Wer ist da?"

„Breandan natürlich."

Ihr Herz machte einen Hüpfer. Als der Prinz ihr Zimmer betrat, hätte sie vor Erleichterung weinen mögen. Nachdem er die Tür hinter sich geschlossen hatte, sah er sie verlegen an.

„Du willst das wirklich durchziehen, oder?"

„Ja, unbedingt."

„Gut. Dann hast du jetzt das Kommando, es ist dein Plan."

Einige Minuten später, schickte der Prinz die beiden Wachen, die immer vor Nansaidhs Tür standen, in die Küche, um ihnen ein wenig Obst zu holen. Sie wunderten sich zwar, warum ihr Herr sie mit solch einer lapidaren Order beschäftigte, schließlich gab es dafür Dienstboten, aber sie konnten sich schlecht verweigern. Als sie zurückkamen, fanden sie eine offen stehende Tür vor und Lady Nansaidh, die mürrisch auf ihrem Bett saß und sich die Haare bürstete.

„Mylady?", fragte einer der Ritter vorsichtig, „Ist alles in Ordnung? Wo ist der Prinz?"

„Der hat es sich wieder anders überlegt und will den Abend nicht mit mir verbringen", sagte sie gekränkt und ihre Kulleraugen füllten sich mit Tränen.

Die Ritter fühlten sich unwohl, denn sie konnten unter keinen Umständen ein böses Wort über den Kronprinzen verlieren. Dennoch erfüllte es sie mit Mitleid, die liebliche Lady Freisting derart bekümmert zu sehen.

„Ich bin ja auch nur seine todkranke, wahnsinnige Verlobte", schniefte sie nun, „was soll er mir schon glauben und seine kostbare Zeit für mich opfern." Ihr Blick fiel auf die Obstschale, die einer der Ritter in der Hand hielt. „Pfirsiche!", flüsterte sie traurig und nahm die Schale zittrig entgegen.

„Können wir noch etwas für Euch tun, Mylady?"

„Nun, da gäbe es tatsächlich was. Sie beide könnten ein wenig Stroh zwischen die Läden stopfen, es ist ziemlich frisch heute."

„Selbstverständlich, Mylady, sehr gerne."

Die beiden Ritter führten diese Aufgabe gewissenhaft aus, wünschten der Lady schließlich eine geruhsame Nacht und ließen sie alleine in ihrem Zimmer, um vor der Tür Position zu beziehen.

Nachdem die Wache sie verlassen hatte, nahm Nansaidh einen Pfirsich in die Hand und betrachtete ihn liebevoll.

„Du hättest Schauspielerin werden und mit dem fahrenden Volk umherziehen sollen", ertönte Breandans Stimme und Nansaidh kicherte.

Sie erhob sich von ihrem Bett, unter dem Breandan schließlich mühsam hervorkroch.

„Wenigstens hat meine todkranke, wahnsinnige Verlobte nicht von mir verlangt, dass ich mich auf dem Abtritt verstecke“, stöhnte er, als er ächzend auf die Knie kam.

„Psst, sei nicht so laut“, mahnte Nansaidh, konnte ein Grinsen aber nur mit Mühe unterdrücken. „Wenn sie merken, dass du noch hier bist und ich nicht alleine bin, war alles umsonst.“

Breandan klopfte sich Staubwolken und Unrat von seinem edlen Gewand. „Unser Gesinde hält es wohl scheinbar nicht für nötig, auch unter den Betten sauber zu machen.“

„Tut mir leid, mein Prinz, dass ich dich solch widrigen Umständen aussetzen muss.“

„Was tut man nicht alles für die Liebe“, feixte er.

Nansaidh hielt ihm lächelnd das Obst entgegen. „Hier, wegen all deiner Unannehmlichkeiten darfst du dir den prallsten und saftigsten Pfirsich aussuchen.“

„Na, dafür hat es sich dann schon gelohnt.“

Sie aßen schweigend, sie auf dem Bett, er auf dem Stuhl vor ihrem Tisch. Erinnerungen an ihren ersten Abend stimmten Nansaidh wehmütig, doch sie zwang ihre Gedanken in das Hier und Jetzt.

In der Burg kehrte allmählich Ruhe ein, das Prasseln des Kaminfeuers machte beide schläfrig.

Nansaidh schlüpfte unter die Schaffelle und sah zu Breandan herüber, der versuchte, auf dem Stuhl eine halbwegs erträgliche Haltung einzunehmen.

„Breandan, komm zu mir ins Bett.“

„Aber ...“

„Kein aber. Wir sind verlobt! Du tust das hier alles, weil ich dich darum gebeten habe, obwohl es dir wie ein einziges großes Hirngespinst erscheinen muss. Außerdem habe ich ja nicht gesagt, dass du dich auf mich stürzen sollst. Leg dich einfach neben mich, das ist viel gemütlicher für dich.“

Er zögerte, doch dann erhob es sich, zog seine Schuhe aus und legte sich neben sie, genug Abstand wahrend. Nansaidhs Herz schlug gegen ihren Willen schneller.

„Und?“, flüsterte Breandan schließlich, „hast du dir so unsere erste gemeinsame Nacht vorgestellt?“

„Nicht ganz das, was ich mir erhofft habe, nein. Und du?“

„Ich hätte niemals gedacht, dass unsere erste Nacht damit beginnt, dass ich unter deinem Bett liege."

„Nicht? Und ich dachte so geht das hier im Westen. Der Prinz verführt die Prinzessin mit Staubflocken im Haar und Dreck an seinem Hemd."

„Bis jetzt gelingt mir das ja ganz gut, ich bin immerhin in deinem Bett gelandet."

„In der Tat."

Er drehte sich auf die Seite und sah sie an, mit einem Ausdruck voller Hingabe. „Ich wünsche dir, dass dein Plan aufgeht."

„Das wird er."

„Wie kannst du da so sicher sein?"

„Ich weiß es einfach. Es mag etwas Übernatürliches sein, was mich heimsucht. Aber es steckt Methode dahinter und deswegen bin ich mir sicher, dass etwas Natürliches das Übernatürliche befehligt."

„Jemand von meiner Familie."

„Möglicherweise. Vielleicht auch jemand aus dem engeren Ritterkreis. Auf jeden Fall muss es jemand sein, der mich jederzeit beobachten kann."

„Und warum muss deine Wache denken, dass du alleine im Zimmer bist?"

„Weil der Spuk an mich gerichtet ist, mich alleine. Er wird mich nicht heimsuchen, wenn jemand bei mir ist. Denn wie sollte ich wahnsinnig sein, wenn ein anderer die Geschehnisse bezeugen könnte?"

„Glaubst du, dieselbe Person, die dich vergiftet hat, ist auch für den Spuk verantwortlich?"

„Das weiß ich nicht. Ehrlich gesagt, mein Bauch sagt mir, dass dies zwei verschiedene Übel sind."

„Oh meine liebe Nansaidh, was musst du alles erleiden, nur weil du meine Frau werden sollst."

Nansaidh schwieg eine Weile, ließ ihren Blick über sein ebenmäßiges Gesicht streifen, verweilte bei den grauen Augen. „Weil ich deine Frau werden *will*, nicht soll. Das mag zu Beginn so gewesen sein, aber inzwischen will ich mehr als alles andere deine Frau werden und eine Zukunft mit dir haben. Ich möchte deine Prinzessin sein, dafür würde ich noch wesentlich mehr Leid auf mich nehmen."

Zaghaft tastete Breandan nach ihr, zeichnete sanft mit den Fingerspitzen die Linien ihrer Hand nach. „Ich will auch, dass du meine Prinzessin bist“, sagte er bestimmt, „und das wirst du auch werden. Koste es, was es wolle.“

Da tat Nansaidh etwas, was sie sich noch vor einem Monat unter keinen Umständen getraut hätte: Sie beugte sich zu Breandan hinüber und küsste ihn. Erst schüchtern und abwartend, dann selbstbewusster und fordernder. Breandan rutschte näher an sie heran, legte seine Hand an ihr Gesicht und zog sie fester zu sich. Er schmeckte nach Pfirsich und Wein; eine süße, sinnliche Mischung. Nansaidh hatte sich schon oft ausgemalt, wie Küssen sich anfühlte, doch in ihren wildesten Träumen hatte sie es sich nicht so vorgestellt. Das Gefühl zu brennen, zu begehren, sich ganz in dem anderen zu verlieren.

Keuchend ließen sie schließlich voneinander ab.

„Nansaidh Freisting“, sagte er mit belegter Stimme, „ich weiß nicht, ob ich ein guter Bürge für deine geistige Gesundheit sein werde, wo du mich doch vollkommen um meinen Verstand bringst.“

„Breandan Catharnach, den Trick mit dem Verstecken unter dem Bett solltest du unbedingt an deine Freunde weitergeben. Es kommt bei den Damen gut an. “

Sie lachten, plauderten noch eine Zeit lang leise über dieses und jenes, bis sie beim Erlöschen des Kaminfeuers aneinander geschmiegt einschliefen.

Ein paar Stunden später erwachte Nansaidh schweißgebadet, weil sie ein leises Scharren im Zimmer gehört hatte. Ihr Fieber musste wieder angestiegen sein, denn sie fühlte sich matt und elend. Lediglich Breandans Nähe, der gleichmäßig neben ihr atmete, beruhigte sie ein wenig.

Wieder hörte sie das Scharren, direkt unter ihrem Bett. Sie setzte sich aufrecht hin, bemühte sich jedoch, Breandan nicht zu wecken. Ein Scharren allein war kaum ein Beweis für ihre Zurechnungsfähigkeit. Nein, der Geist musste schon etwas mehr bieten.

Das Geräusch hörte auf. Widerwillig drehte sie sich von Breandan fort, um nach der Kerze auf ihrem Nachttisch zu greifen. Mit klopfendem Herzen leuchtete sie in den Raum hinein ... und begann augenblicklich zu schreien, da ein kleines, koboldartiges Wesen am Fußende ihres Bettes saß und sie aus blutroten Augen anstarrte. Breandan war sofort hellwach und sprang aus dem Bett; genau wie der schwarze Kobold. Nansaidh konnte ihn in der Dunkelheit des Zimmers nicht mehr sehen, der Schein der Kerze war zu schwach, doch sie hörte seine tapsenden Schritte, wie sie sich immer mehr entfernten.

„Nansaidh ..."

„Nein! Du musst es sehen!"

Sie stürzte zur Tür und riss sie auf, bereit das unheimliche Wesen zu verfolgen ... und blickte in das Gesicht des Ritters ohne Schatten. Ihr Schrei hallte durch die gesamte Burg. Sie drehte sich zu Breandan um. „Das ist er! Der Mann in der Rüstung! Pack ihn, Breandan!"

Als sie sich zurück zur Tür drehte, schaute sie in die betretenen Gesichter ihrer Wache.

„Nein", wimmerte sie, „nein! Das ist nicht möglich."

Die beiden Ritter machten große Augen, als sie hinter ihr den Kronprinz erkannten.

„Königliche Hoheit, Lady Freisting. Was ist geschehen? Wir hörten Euch schreien, Mylady."

„Er ... er ... war wieder da", stammelte Nansaidh völlig aufgelöst, „der Geist in der Rüstung. Und noch etwas anderes." Sie sah die bestürzten Blicke, die ihre Wache sich zuwarf. „Ich weiß, was ich gesehen habe und diesmal bin ich nicht alleine, Euer Prinz hat es auch gesehen! Sag es ihnen, Breandan!"

Erwartungsvoll drehte sie sich zu ihrem Verlobten um, der sie mit einem merkwürdigen Blick ansah.

„Du hast es doch gesehen, oder?!" Ihr Herz sank ihr in die Kniekehlen, als er nicht antwortete.

„Lady Nansaidh, ich bedauere zutiefst, was sich letzte Nacht abgespielt hat". König Eanruig knabberte genüsslich an seinem Frühstück, einer kalten Fasanenkeule.

„Es fällt mir nicht leicht, das zu sagen, aber Euer Geisteszustand ist für uns leider untragbar geworden. Nun zieht Ihr sogar meinen Sohn mit in Euren wahnsinnigen Sog hinein, welch schändliches Benehmen, ihn dazu zu bringen Eure Wache auszutricksen. Leider hatte Eure kleine Scharade nicht ganz den gewünschten Erfolg, Breandan dürfte sich nun nicht mehr von dem hübschen Gesicht, was den Wahnsinn versteckt, blenden lassen. Wir werden noch heute an Euren Großvater schreiben und die Verlobung lösen. Es sei denn ..." Der König kämpfte mit einem Stück knuspriger Haut, die er einfach nicht von dem Knochen los bekam. „ ... es sei denn, Euer Großvater ist bereit, unsere Umstände und den Kummer meines Sohnes ein wenig zu entschädigen. Dann würden wir die Verlobung bestehen lassen, zumindest so lange, bis das Gift Euch aufgefressen hat."

Darum geht es hier also.

Nansaidh schaute in die Gesichter von Königin Aignéis, Catrìona und Prinz Adair, ob einer von ihnen ein bisschen Mitgefühl für die geisteskranke Lady empfand oder wenigstens Bestürzung. Doch alle schauten stur hinunter auf ihre Teller.

„An was für eine Art Entschädigung hattet Ihr gedacht, Euer Majestät?", fragte Nansaidh bitter.

„Nun ja, Gold und Taler sind im Osten ja nicht so viel zu holen. Vielleicht würde mir der Fürst stattdessen die Herrschaft über eine Stadt abtreten? Vielleicht über das spritzige Moireach? Aber ich bin kein Unmensch, erst mal wäre ich auch durchaus mit dem kleinen Torra zufrieden."

Voller Abscheu sah Nansaidh dem fröhlichen König beim Kauen zu und spürte, wie ihr übel wurde.

„Ich denke nicht, dass meinem Großvater meine Verlobung so viel wert ist."

„Und ich denke nicht, dass er da groß eine Wahl haben wird, Mylady. Will er sich wirklich dem König widersetzen? Außerdem ..." Ein hinterlistiges Grinsen trat in Eanruigs Gesicht und entblößte Fleischfetztten, die zwischen seinen Zähnen hingen. „ ... was, wenn es böse Absicht des Fürsten war, mir seine wahnsinnige Enkelin unterzujubeln? Was werden die anderen Reiche davon halten? Ich bin mir sicher, Euer Großvater möchte es nicht darauf ankommen lassen, dies herauszufinden."

Die alte Nansaidh wäre nun innerlich zusammengebrochen, hätte aufgegeben und darum gebettelt, entweder mit ihrem Großvater sprechen zu dürfen oder aus der Verlobung entlassen zu werden.

Die neue Nansaidh begann zum Erstaunen des Königs zu lächeln.

„Nun, so weit wird es mit Sicherheit nicht kommen, Euer Majestät."

Eanruig runzelte die Stirn, zum ersten Mal konnte Nansaidh einen Hauch von Unsicherheit bei ihm spüren. „Nein, Euer Großvater ist ein gescheiter Mann und wird mir mit Sicherheit entgegen ...“

„Oh nein, Ihr versteht mich falsch.“ Nun konnte Nansaidh Erstaunen in den Gesichtern aller Mitglieder der Königsfamilie sehen. „Ich meinte, es wird nicht nötig sein, die Verlobung zu lösen oder meinen Großvater um Entschädigung zu bitten, da ich zwar krank, aber doch vollkommen Herr meines Verstandes bin. Mir scheint viel mehr, das östliche Reich hat Anspruch auf Schadensersatz, wo die Enkelin des Fürsten auf Burg Uallach derart hinterhältig vergiftet wurde.“

„Lady Freisting, seid vorsichtig mit dem, was Euer vorlautes Mundwerk von sich gibt. Ihr steht mit Euren Behauptungen alleine auf weiter Flur.“

„Bedaure Vater, aber das ist so nicht ganz richtig“, ertönte Breandans vergnügte Stimme, der mit einem Buch unter dem Arm den Rittersaal betrat.

Eanruig fiel die Kinnlade runter. „Breandan, was gibst du da von dir?“

„*Ich* habe es ebenfalls gesehen, das was Nansaidh in den vergangenen Wochen gepeinigt hat.“

Er knallte das Buch auf den Teller seines Vaters, stellte sich hinter Nansaidh und legte ihr die Hände auf die Schultern. „Du kannst es nachlesen, im Hauslexikon der Dämonologie.“

Nansaidh musste sich auf die Lippen beißen, um beim Anblick all der verstörten Gesichter bei Tisch nicht laut aufzulachen.

„Breandan“, sagte die Königin vorsichtig, „bist du sicher ...“

„Ganz sicher. Ich sah eine kleine schwarze Gestalt am Fußende des Bettes sitzen, die sich, als klar war, dass Nansaidh nicht alleine im Zimmer ist, in Luft aufzulösen schien. Aber der kurze Anblick hatte mich an etwas erinnert, was mir Lady Vending mal aus einem Buch vorgelesen hat. Ich bin mir sicher, dass es sich um einen Nachtmahr handelt.“

Catrìona schrie leise auf, Adair griff beruhigend nach ihrer Hand. „Ein Nachtmahr?“, fragte er, nicht grade überzeugt.

„Ja. Das ist ein Dämon, der sich Nachts auf Schlafende setzt und Angstzustände und Unwohlsein auslöst. In besonderen Fällen kann er die Gestalt wechseln und die Wahrnehmung seiner Opfer verzerren. Aber wisst ihr, was das wirklich Interessante daran ist? Ein Nachtmahr sucht sich niemals zufällig jemanden, den er quälen kann. Er wird gezielt gelenkt."

Catrìona war nun so blass, dass Nansaidh sich sicher war, dass sie jeden Moment umfallen würde.

„Stellt sich also die Frage", sagte Breandan feierlich, „wer hat ihn auf Nansaidh gehetzt? Bis das geklärt ist, wird sie übrigens in meinem Zimmer schlafen. Und ich habe bereits bei Tagesanbruch eine Brieftaube zu Fürst Conrígh geschickt, mit der dringenden Bitte, ein paar Ritter seiner eigenen Leibgarde nach Alastríona zu schicken, um meine Verlobte zu bewachen. Auf Kosten der Krone selbstverständlich, als kleine Entschädigung ..."

„... für die Umstände und den Kummer seiner Enkelin", beendete Nansaidh den Satz und erhob sich.

„Mutter, Vater", sagte Breandan, „ich wünsche Euch einen reizenden Tag und viel Vergnügen", er nickte Richtung Buch , „bei dieser spannenden Lektüre."

Hand in Hand verließ das Thronfolger-Paar den Rittersaal und ging zu Breandans Gemächern, wo Fiona gerade Nansaidhs Sachen einräumte.

„Vielen Dank, Fiona. Bitte lasst uns nun allein."

Als sie für sich waren, fiel Nansaidh Breandan um den Hals. „Ich kann nicht glauben, dass es wirklich vorbei ist. Als ich letzte Nacht deinen entsetzen Blick gesehen habe, dachte ich, ich wäre wirklich verrückt."

„Nein, ich war bloß furchtbar erschrocken über das, was sich hier die letzten Wochen abgespielt hat. Darüber, dass du da alleine durch musstet."

„Nun ist es überstanden. Und es war gut, dass wir vor deiner Familie so getan haben, als würdest du mir nicht glauben, bis du das Buch hattest"

„Ja, aber nur weil du wirklich eine grandiose Schauspielerin bist. Jetzt haben wir meinen Vater dazu gebracht, seine Absichten zu verraten."

„Das tut mir so leid, Breandan."

„Muss es nicht. Leider überrascht mich seine Kaltherzigkeit nicht. Ich habe meinen Vater nie geliebt, genauso wie er niemals etwas für mich übrig hatte. “

„Wie konntest du dann trotzdem zu diesem liebenswerten Menschen werden, der du bist?“

„Durch eine liebende Mutter, einen mich bewundernden Bruder, einen gütigen Großvater und einen treuen besten Freund, der in diesem Moment durch Lýsistrata reist, um dir dein Leben zu retten.“

„Wenn ihm das doch nur gelingt und ich gesund werde ...“

Er nahm ihre Hände und drückte sie fest. „Auch das wird gut ausgehen, du wirst sehen. *Prinzessin Nansaidh*.“

„Das wäre schön, mein Prinz.“

In diesem Moment brach Nansaidh vollkommen entkräftet in Breandans Armen zusammen und war dem Tod von nun an näher als dem Leben.

18

Álfkona

Ein paar Tage später

Elfting

Sie wussten, das Ende war nicht mehr fern. Der Wald wurde langsam lichter, immer mehr Sonnenschein drang durch die Baumkronen zu ihnen hindurch; Schmetterlinge, Vögel und andere Tiere begleiteten sie neugierig auf ihrem Weg.

Balfour, der eigentlich halb im Líadan aufgewachsen war, hätte nie gedacht, wie unglaublich froh er darüber sein würde, den Elfting hinter sich zu lassen. Obwohl es seit dem Ljeschi-Disaster keine weiteren Zwischenfälle gegeben hatte, sehnten sie sich alle nach dem freien Himmel, nach weiten Wiesen und Tälern, sogar nach anderen Menschen. Sie wollten den Sonnenschein auf ihrer Haut spüren und die Tage nicht mehr nur in dem diesigen Zwielicht verbringen; es gelüstete sie nach Bier oder Wein, nachdem sie tagelang nichts anderes außer Flusswasser zu sich genommen hatten.

Doch eine andere Sehnsucht beschäftigte Balfour noch viel mehr: seine Gedanken kreisten unaufhörlich um Meyla. So sicher war er sich gewesen, dass er nicht fähig war sich zu verlieben, nun war es ihm doch passiert. Ausgerechnet in die kratzbürstige, launische Adlige, die ihn eine Nacht in den königlichen Kerker gebracht hatte! Das Leben ging sonderbare Wege.

Balfour konnte nicht sagen, wann genau es passiert war, dass sich seine Gefühle für sie verändert hatten. Ob in dem Moment, wo er zum ersten Mal ihre Warmherzigkeit spürte, als sie in Seòras mit Stella gesprochen hatte, oder bei dem Tanz in Gormal, wo sie ihre Maske zum ersten Mal bewusst fallengelassen hatte. Vielleicht hatte sie sich auch mit der Zeit einfach in sein Herz eingeschlichen, jeden Tag ein Stück mehr, heimlich und leise; vielleicht war ihrer beider Schicksal aber auch bereits an jenem Tag in Alastríona vorherbestimmt gewesen, als er sie versehentlich angerempelt hatte.

Er wusste nur, dass er seine Augen nicht von ihr lassen konnte, jede Sekunde in ihrer Gesellschaft genoss, dass er den Wunsch hatte, jede einzelne ihrer Sommersprossen zu küssen.

Dies sollte ihn keinesfalls von der Aufgabe ablenken, die Blaue Blume zu finden, im Gegenteil: er war nun noch verbissener, noch angestachelter. Denn seine einzige Möglichkeit, eine gemeinsame Zukunft mit Meyla zu haben, war der Ritterschlag. Wenn der Prinz sein Versprechen hielt und ihn zum Ritter ernannte, war er ein Adliger und Meyla, aus einem kleinen nordischen Adelshaus stammend, ebenbürtig. Gewiss bedeutete dies, dass er nicht in die Königsgarde sondern in einen anderen Orden wie zum Beispiel die Stadtwache eintreten würde, doch das kümmerte ihn wenig.

Balfour war sich sicher, dass Meyla seine Gefühle erwiderte. Allzeit suchte sie seine Nähe, nachts rutsche sie so dicht an ihn heran, dass sie sich kaum merklich berührten; ihr Blick fand stets den seinen, wenn sie sprach.

Dies war ein weiterer Grund, warum Balfour sich freute, den Elfting zu verlassen. Vielleicht hätten sie außerhalb des Waldes mal die Möglichkeit, ungestört für sich zu sein.

Schließlich, an einem schönen milden Frühlingsabend, erreichten sie einen kleinen See. Ein malerischer Ort, wo weiße Schwäne auf blauem Wasser lebten, das bedeckt war mit bunten Seerosen. Es war die Heimat der Waldnymphen, die in den umliegenden Büschen hausten und abends liebliche Lieder sangen.

„Von hier ist es nur noch ein Tagesmarsch bis zum Rand des Elftings“, verkündete Aidan aufgeregt. Dies könnte unsere letzte Nacht im Wald sein, die vorletzte ist es allemal.“

Das stimmte sie alle übermütig und froh, denn nun hatten sie den größten und gefährlichsten Teil ihrer Reise hinter sich gebracht.

Am Ufer des Sees legten sie sich schlafen, der Gesang der Waldnymphen hüllte sie ein. Gleann übernahm die erste Wache; Balfour beobachtete ihn, wie er auf einem Felsen saß, den Arm ausgestreckt, mit zwei kleinen Nymphen die darauf saßen und ihn neugierig betrachteten. Ein Bild des Friedens. Während er seinem Freund zusah, der glücklich und unbekümmert wirkte, spürte Balfour wie sich eine weiche Hand in seine legte. Er drehte sich um und wurde von Meylas verschmitztem Grinsen erwartet.

„Verzeih mir", flüsterte sie, „aber das wollte ich schon vor langer Zeit tun und dies scheint mir der passende Ort dafür zu sein."

„Hättest du es mal früher getan", erwiderte er lächelnd. Mit dem Daumen streichelte er über ihre Hand, wobei er den sternenförmigen Ring an ihrem Mittelfinger berührte, das einzige Schmuckstück, was er jemals an ihr gesehen hatte. „Du hast es mit Sternen, oder?", fragte er sie.

In ihren Augen flackerte kurz etwas auf, aber dann antwortete sie schlicht: „Ich mag sie eben."

„Ich auch", antwortete Balfour, rückte näher an sie heran und beobachtete glücklich, wie sie, ihre Finger immer noch mit seinen verschränkt, einschlief.

Am nächsten Morgen brachen sie noch im Dunkeln auf, Aidan wollte unbedingt schaffen, heute aus dem Wald hinauszukommen. Sie warfen einen letzten Blick auf den schlummernden See, bedauernd, dass sie an diesem wunderschönen Ort nicht länger verweilen konnten. Müde bahnten sie sich ihren Weg durch die schwarzen Bäume; zu dieser Tageszeit hatte niemand Lust sich zu unterhalten, sodass die Geräusche der Natur ungefiltert zu ihnen drangen. Wäre Balfour nicht doch so abgelenkt damit gewesen, ständig an Meyla zu denken und nach ihr zu schauen, wäre es ihm bestimmt seltsam vorgekommen, dass keine Vögel zwitscherten und keine Blätter rauschten. So war es Cailean, der erst nach einer ganzen Weile bemerkte, dass etwas nicht stimmte.

„Sagt mal, kommt es euch nicht auch komisch vor, dass man hier auf kein Tier oder sonst was trifft? Es ist fast wieder wie damals an unserem ersten Tag im Elfting."

Die anderen stimmten ihm überrascht und beunruhigt zu.

„Vielleicht", meinte Aidan zögernd, „ ist das in den äußeren Bereichen des Waldes so? Was meinst du, Meyla?"

„Möglich ist es", antwortete sie, sah aber nicht besonders überzeugt aus. „Wir müssen einfach extrem vorsichtig sein."

Sie schlichen weiter und nahmen nach einer Weile erleichtert zur Kenntnis, dass es anfing zu dämmern und die ersten Lichtstrahlen gegen die Schwärze ankämpften, als es geschah.

Laut und deutlich hörten sie eine verzerrt klingende Männerstimme sagen:

„Álfkona, Álfkona.“

Meyla, die voran gegangen war, blieb abrupt stehen und verlor auf einen Schlag sämtliche Farbe im Gesicht.

„Álfkona, Álfkona.“

„Was ist das bloß?“, wisperte Gleann ängstlich.

„Álfkona, Álfkona.“ Diesmal war die Stimme weiter weg, als würde sie sich entfernen. Meyla rannte los, als wäre ein Dämon hinter ihr her, in die Richtung aus der die Stimme kam.

Aidan schrie ihren Namen, warnte sie, dass der Wald dort zu dicht sei und sie sich verirren würde, aber sie lief weiter.

„Álfkona, Álfkona.“

Balfour zögerte keine Sekunde und rannte hinter ihr her. Äste peitschten ihm ins Gesicht; schnitten ihm in die Wangen, blieben in seinen Haaren hängen. „MEYLA!“, rief er verzweifelt, „Meyla, bleib stehen, bitte.“

Doch irgendetwas verlieh ihr übermenschliche Kräfte, sodass sie durch den Wald fegte wie ein Blitz.

„Álfkona, Álfkona.“

Er hörte wie Aidan seinen und Meylas Namen brüllte, spürte, dass die anderen ebenfalls hinter ihnen herliefen. Aber Balfour konnte nicht innehalten, nicht bevor er nicht bei Meyla war.

„MEYLA! BITTE!“

Er erreichte eine Lichtung auf einem bemoostem Hügel. Meyla stand ein paar Meter entfernt, zitternd am ganzen Leib, blass wie der Tod. Balfour folgte ihrem angsterfüllten Blick und sah ein meterhohes Ungetüm. Ein riesiger Wolfshund mit Hufen glotzte ihn an; das gierige, sabbernde Maul bis hinter die Ohren aufgerissen, mit Kämmen aus Knochen anstatt Zähnen.

„Álfkona, Álfkona“, sang das Vieh.

Balfour zückte das Schwert, was er seit den Ljeschis bei sich trug, doch er müsste viel zu dicht an das schnappende Maul heran, um damit etwas ausrichten zu können.

„Meyla, dein Bogen! Du musst schießen!“ Sie reagierte nicht.

Das Biest kam näher auf sie zu, Balfour rannte zu Meyla und riss ihr den Bogen aus der Hand und einen Pfeil aus ihrem Köcher. Mit unruhigen Fingern spannte er an und schoss , doch der Pfeil prallte an den dicken Borsten des Untiers ab.

„Álfkona, Álfkona“.

Der Wolfshund kam noch näher, sein fauler Atem verursache Balfour Übelkeit. In diesem Moment trafen Aidan, Cailean und Gleann auf der Lichtung ein. Aidan erfasste die Lage mit einem Blick und zückte sein Schwert. Cailean, der Balfours Bogen bei sich trug, griff nach einem Pfeil.

„Wir müssen von zwei Seiten angreifen“, brüllte Aidan.

Dies war ein schlauer Plan, denn als Balfour und Aidan mit gezogenen Schwertern aus unterschiedlichen Richtungen auf das Ungetüm zustürmten, merkten sie, dass das Rückgrat des Wesens so steif war, dass es den Körper nur im Ganzen drehen konnte. Dies war natürlich sein Nachteil, da es dadurch ungeheuer langsam war. Während es knurrend nach Balfour schnappte, verletzte Aidan es am Hinterbein. Das Biest jaulte auf und schien zu merken, dass in der Falle saß und türmte. Zum Entsetzen der Gefährten lief Meyla quer über die Lichtung hinter ihm her.

„NEIN“, schrie sie, „NEIN. Warum diese Stimme? Warum Álfkona?“

Die Männer verfolgten Frau und Monster, Balfour hob abermals das Schwert, als sich das Wesen urplötzlich umdrehte und sein gigantisches Maul vor Meyla aufriss.

Cailean zielte und ließ seinen Pfeil fliegen, der mitten ins Maul der Bestie traf. Heulend vor Schmerz ging das Ungeheuer in die Knie, sodass Balfour ihm problemlos mit seinem Schwert die Kehle durchschneiden konnte. Ein letztes, gurgelndes *„Álfkona!“* erklang, bevor der Kadaver des Wolfshunds den Hügel hinunter rutschte.

Außer sich vor Wut rief Aidan: „Meyla, was bei allen Göttern ist nur in dich gefahren?! Wir hätten tot sein können, wir ...“ Er hielt erschrocken inne, als er Meyla erblickte.

Balfour traute sich kaum, sie anzusehen. Als er es doch tat, war er von dem Anblick erschüttert.

Sie sah so jung aus, wie sie dort stand, klein und hilflos, schreckstarr ohne Farbe im Gesicht, selbst die Sommersprossen verschwunden, die Augen weit aufgerissen. Blut tropfte ihr von der Stirn, wo ein Ast sie im Wald erwischt haben musste. Sie war vollkommen verstört.

Cailean und Gleann sahen sie mit großen, ratlosen Augen an, selbst Aidan schien nicht zu wissen, was er sagen sollte. Balfour ging vorsichtig auf sie zu.

„Meyla", sagte er sanft, „was ist denn nur los? Was hat dich so erschreckt?"

Sie starrte durch ihn hindurch auf die Stelle, wo eben noch der Wolfshund gestanden hatte.

Behutsam nahm Balfour ihre Hand in seine. „Du bist doch sonst nicht aus der Ruhe zu bringen. Möchtest du es uns nicht erzählen?"

Sie sah ihn immer noch nicht an, aber immerhin drückte sie seine Hand.

„Was ist es, Meyla?", flüsterte er.

Da sie nicht antwortete, blickte er ebenfalls nochmal zu der Stelle, wo sie eben das Biest getötet hatten, als würde er dort die Lösung finden. Und mit einem Mal traf ihn die Wahrheit wie ein Schlag.

In seinem Geiste hörte er seine eigene Stimme, die sagte *Ich habe noch nie von einem Adelshaus namens Vending gehört*. Er sah vor sich, wie der Zauberer Ruaraidh aus dem Feuer eine Krone formte. Hörte den Nebel flüstern *Kóróna* und *Vending heißt Wendung*. Erinnerte sich an Meylas Erzählungen von ihrem Bruder; sah ihren sternenförmigen Ring, nur dass es gar kein Stern war, der ihren Finger schmückte, sondern ein Seestern. Der Seestern und die Krone zierten das Wappen des Hauses ...

„Álfkona", sagte er mit fester Stimme und sah Meyla wieder an. „Dein Name ist Álfkona. Du bist die verschollene Fürstentochter des Nordens."

Endlich erwiderte sie seinen Blick. „Ja", wisperte sie, „die bin ich."

Das Zwitschern der Vögel hatte wieder eingesetzt, nun wo die Bestie tot war, der Elfting erwachte zum Leben.

„Meyla", sagte Aidan leise, „wie konntest du uns das verheimlichen? Ich bin dir zur Treue verpflichtet." Er nahm sein Schwert, legte es ihr vor die Füße, kniete nieder und senkte sein Haupt.

„Ich bin nur ein Bauer“, murmelte Cailean ehrfürchtig, „aber wenn ich auf irgendeine Weise in deinen Dienst treten kann, tue ich das gerne.“ Er legte ihr seinen Bogen zu Füßen und kniete sich nieder.

Gleann tat es ihnen gleich und meinte schüchtern: „Ich habe keine Waffe, die ich dir zu Ehren niederlegen kann, aber meiner Freundschaft und Loyalität kannst du immer gewiss sein. Das konntest du vorher schon.“ Auch er verneigte sich.

Balfour konnte nicht einschätzen, ob Meyla von diesen Treueschwüren gerührt oder entsetzt war. Sie sah ihn immer noch an, etwas Bittendes, Verzweifeltes in ihrem Blick; ihre Hand krallte sich in seine.

Es fühlte sich an, als würde ihm das Herz herausgerissen. Warum hatte er sich auch ausgerechnet in eine Adlige verlieben müssen ... Die bittere Wahrheit war, Breandan konnte ihn hundertmal zum Ritter ernennen, Balfour würde Meyla niemals ebenbürtig sein. Denn sie war nicht nur die Tochter eines Fürsten, nein, sie war die Erbin des einzigen Reiches, welches Frauen auf dem Thron zuließ. Eine gemeinsame Zukunft konnte es niemals geben.

Balfour wusste, dass er ihre Hand loslassen musste, und das es mit das Schwerste sein würde, was er jemals getan hatte. Vielleicht war dies seine Bestimmung, dass er immer dort loslassen musste, wo er so gerne festhalten wollte. Liebevoll streifte er ein letztes Mal mit dem Daumen über ihre Fingerknöchel, bevor er sie frei gab. Etwas in ihrem Blick erlosch, als ihre Hände sich lösten, ihre Augen wurden stumpf und traurig.

Balfour ging auf die Knie und hätte gerne etwas ebenso Feierliches wie seine Freunde gesagt, jedoch konnte er seine Stimme nicht finden. Also nickte er nur, spürte wie ihm Tränen in den Augen brannten und senkte sein Haupt.

So knieten sie alle vor ihr, der einzig wahren Prinzessin, auf diesem unglaublich grünen Hügel, als über der Lichtung die Sonne aufging.

19

Beschädigtes Gut

Elfting

Meyla starrte auf die gesenkten Köpfe ihrer Freunde, während ein milder Wind durch ihr zerzaustes Haar streichelte, ihr Herz schlug ihr immer noch bis zum Hals.

Wie hatte nur dieses Unglück geschehen können? Noch vor einer Stunde hatte sie sich fröhlicher als jemals zuvor in ihrem Leben gefühlt, an diesem traumhaften See, mit der Erinnerung an das Gefühl von Balfours Hand in ihrer, seinem Duft in der Nase.

Nun stand sie hier, fühlte sich nackt und bloßgestellt, von einem Monster, das in das Reich der Märchen gehörte.

Zorn ergriff sie, über die Ungerechtigkeit, mit der sie ihr ganzes Leben lang hatte fertig werden müssen, weil bei ihr niemals etwas ein gutes Ende nahm, sondern immer das schlimmste.

„Steht sofort auf und lasst diesen Unsinn!“, sagte sie mit vor Wut und Entsetzen bebender Stimme.

Als keiner der Männer sich regte, ging sie kurzerhand zu Gleann und zog ihn unsanft auf die Füße.

„Steh auf, Gleann! Ich bin doch deine Freundin!“

Sie ging weiter zu Cailean. „Los jetzt, auf die Beine mit dir!“

Aidan hatte inzwischen seinen Kopf erhoben und schaute sie zögernd an. „Meyla ...“

Sie trat ihm gegen seine Füße. „Aidan, wenn du nicht sofort aufstehst, tret' ich dir woanders hin!“

„Au! Hast du jetzt vollkommen den Verstand verloren?!“

Meyla konnte Balfour nicht ansehen, doch sie vertraute darauf, dass er schon aufstehen würde, wenn sich der Rest erst mal erhoben hätten.

„Hört mir zu“, erklärte sie bestimmt, „ich sage das nur einmal. Ja, ich bin Meyla aus dem Haus Álfkona, die Erbin des nördlichen Fürstentums. Aber das wird *nichts* zwischen uns ändern, habt ihr verstanden?!“

Die Männer schauten sie immer noch mit derart großen Augen an, dass sie gelacht hätte, wäre es nicht so ernst gewesen, einzig Balfour hatte den Blick auf den Boden gerichtet.

„Ihr dürft niemandem sagen, wer ich bin, hört ihr? Mein Leben hängt davon ab. Wenn mein Vater herausfindet, dass ich in seinem Reich herumstreife ... Dann war es das. Mit unserer Aufgabe, aber vor allem mit mir."

„Wieso?", fragte Aidan.

„Mein Vater ... er ist kein guter Mensch. Er war nie begeistert davon, eine Tochter als erstgeborenes Kind zu haben, noch dazu eine, die keinen Wert auf vornehme Tugenden legt. Vor sieben Jahren hat er mich von Zuhause fortgejagt und mir geschworen, dass er mich umbringen lässt, wenn ich zurückkehre. Was soll ich sagen, ich habe ihm geglaubt."

„Aber", sagte Cailean leise, „solange du lebst, bist du doch weiterhin die Thronfolgerin, oder?"

„In drei Jahren, wenn ich nach wie vor als verschollen gelte, kann er mich für tot erklären lassen und meinen Bruder als Erben benennen."

Gleann kullerten Tränen über die Wangen. „Oh Meyla, liebe Meyla, was hast du nur durchmachen müssen in deinem Leben!"

„Das liegt lange zurück, ich habe damit abgeschlossen."

„Bist du deshalb wie eine Wahnsinnige hinter diesem Ungeheuer her gerannt, was deinen Namen gerufen hat?", fragte Balfour spöttisch. „Weil du damit *abgeschlossen* hast?"

Seine Frage und der Groll in seiner Stimme schmerzten wie eine Ohrfeige. Meyla schluckte.

„Dieses Ungetüm. Weiß jemand, was das war?"

Die Männer schüttelten die Köpfe.

„Ich schon. Auf dieser Reise zahlt sich meine Arbeit als Bibliothekarin und meine Vorliebe für Märchen und Legenden wirklich aus. Das war ein Zrocotta-Wolf. Ein Zrocotta kann die Stimmen von Menschen nachahmen, um seine Opfer in die Falle zu locken. Die Stimme, die wir gehört haben, war die verzerrte Stimme meines Vaters. Ich habe sie seit sieben Jahren nicht gehört."

Aidan rang nach wie vor um Fassung. „Weiß Breandan, wer du wirklich bist?"

„Ja, er weiß es. Seit ein paar Jahren schon."

Die Gefährten schwiegen, unschlüssig, wie sie sich verhalten sollten.

„Bitte", flehte Meyla, „bitte lasst uns nicht mehr über diese Sache reden. Lasst uns die Wahrheit begraben. Abgesehen davon, dass mein Leben davon abhängt, möchte ich nicht, dass sich etwas zwischen uns ändert. Das, was ich eben gesagt habe, habe ich aus tiefstem Herzen aufrichtig gemeint: ihr seid meine Freunde!"

Endlich löste sich die Anspannung, zumindest bei Aidan, Cailean und Gleann. Sie umarmten Meyla einer nach dem anderen und schworen ihr, das Geheimnis zu bewahren. Sie seufzte schwer und deutete auf Balfours blutbesudeltes Schwert. „Wir müssen damit noch was erledigen."

Er schaute sie fragend an, als sie den Hügel hinunterstieg zum Körper des Zrocottas.

„Was hast du vor?", rief Aidan hinter ihr her, bevor er und der Rest ihr folgten.

„Wir müssen dem Biest die Augen ausschneiden."

„WAS?!"

Bei dem toten Ungetüm angekommen, hielt Meyla inne und betrachtete betrübt das Wesen, was die Wahrheit ans Licht gebracht hatte.

„Und du willst die Augen haben weil ...?", fragte Aidan, als die Männer den Kadaver ebenfalls erreicht hatten.

„Legt man die Augen unter die Zunge einer Frau, so kann diese die Zukunft voraussagen", antwortete Meyla.

Aidan zog eine Grimasse. „Hmm, lecker. Gut, dass ich keine Frau bin." Er bückte sich und setzte das Schwert an, zögerte dann jedoch.

„Also Aidan", kicherte Cailean, „manchmal bist du echt zimperlicher als jedes Burgfräulein." Er bückte sich seinerseits, nahm Aidan das Schwert aus der Hand und hatte mit einigen wenigen geschickten Schnitten die Augen entfernt. „Sei froh, dass du niemals Wild ausnehmen musstest. Hier, Prinzessin, guten Hunger." Grinsend hielt er Meyla die Augen unter die Nase, die im Licht der jungen Morgensonne aussahen wie gestreifte Edelsteine.

Meyla verzog angewidert das Gesicht. „Ich?! Niemals!"

Cailean runzelte die Stirn. „Aber du bist die einzige Frau in unserer Runde."

„Denkt doch alle mal ein bisschen weiter“, seufzte Meyla, „wir werden vermutlich die Gunst einer ganz bestimmten Frau auf unserer Reise brauchen.“

„Die Oberin der Weißen Priesterinnen!“ Aidan schlug sich die Hand vor die Stirn.

„Genau. Die Augen sind ein mächtiges Geschenk; ich bin mir sicher, damit ist sie uns wohlgesonnen.“

Aidan nahm Meylas Gesicht in beide Hände und küsste sie überschwänglich auf die Stirn. „Prinzessin Álfkona, Ihr seid wirklich unbezahlbar.“

„LASST DAS MIT DER PRINZESSIN! Und zwar ihr alle!“

„Schon gut, von jetzt an sind meine Lippen versiegelt“, lachte Aidan und verstaute vorsichtig die kostbaren Zrocotta -Augen. „Jetzt lasst uns mal sehen, dass wir weiterkommen. Sonst müssen wir doch noch eine Nacht in diesem grünen Irrgarten verbringen.“

Sie kamen gut voran und spürten, dass die Freiheit in greifbarer Nähe war. Gegen Mittag erreichten sie abermals eine Lichtung mit einem Hügel- einem Gräberhügel.

„Merkwürdig“, murmelte Aidan, „wer würde seine Lieben an so einem Ort begraben?“

Während die Männer es sich am Fuße des Hügels gemütlich machten und die Reste vom am Tag zuvor erlegten Hasen verschlangen, fühlte sich Meyla seltsam von den verwitterten Grabsteinen angezogen und stiefelte den Hang hinauf.

Diese Stätte musste einmal etwas Magisches gehabt haben, mit all den steinernen Figuren zwischen den Gräbern, deren Gesichter inzwischen jedoch größtenteils zerstört waren. Auch die Grabsteine waren teilweise zerschlagen, andere mit Moos und Pflanzen überwuchert. Die Traurigkeit dieses Ortes erschien Meyla wie ein Sinnbild für ihr eigenes Gemüt: wild, zerbrochen, vergessen.

Genauso muss derweil mein Herz aussehen.

Sie ging eine Weile durch die Gräberreihen, blieb schließlich vor einem weißen, noch intakten Stein stehen, strich das Moos zur Seite und las die Inschrift.

„Hier ruht Lilly aus dem Haus Marauder, die letzte ihres Clans.

Wir finden unseren Weg, indem wir ihn gehen.“

Meyla bekam eine Gänsehaut, ohne zu wissen warum. Eine purpurne Libelle, wie sie noch nie zuvor eine gesehen hatte, setzte sich auf den Stein.

Eine Windbö fegte über den Hügel, für einen Moment meinte Meyla, ein Flüstern zu hören, ähnlich wie damals im Nebel, doch es war so schnell vorbei, dass es sich wohl um eine Sinnestäuschung gehandelt hatte. So flink sie konnte, ging sie hinunter zu den anderen.

Am frühen Abend, gelangten sie an das Ende des Elftings. Aidan rannte aus den Bäumen heraus, johlend und jubelnd; Gleann und Cailean hüpften wie kleine Burschen herum. Selbst Meyla brachte ein Lächeln zustande, als sie die weiten Wiesen und Felder unter dem freien Himmel erblickte.

„Lasst uns hier unser Nachtlager aufschlagen“, meinte Aidan. „Wenn wir morgen mit der Dämmerung aufbrechen, erreichen wir am späten Vormittag die Stadt Gandála.“

Balfour und Cailean schossen ein paar Vögel zum Abendessen, Aidan entzündete mit seinen Steinen ein Lagerfeuer. Meyla fragte sich, wie unbeschwert die Stimmung wohl wäre, wenn sie nicht die Begegnung mit dem Zrocotta gehabt hätten. Cailean, Gleann und Aidan schmausten vergnügt und rissen ihre Zoten, sie und Balfour dagegen blieben den ganzen Abend stumm.

Als es Zeit wurde zu schlafen, bot Balfour sich sofort für die erste Wache an. „Ich glaube ohnehin nicht, dass ich diese Nacht Schlaf finden werde.“

Er blieb am knisternden Feuer sitzen, während der Rest es sich ein paar Meter weiter unter den Bäumen gemütlich machte.

Meyla wusste schon in der Sekunde, in der sie sich niederlegte, dass sie ebenfalls kein Auge zubekommen würde. Sie lauschte dem leisen Schuhuhen eines entfernten Waldkauzes, während sie innerlich vor Sehnsucht nach Balfour zersprang. Immer wieder wälzte sie sich von einer Seite auf die andere, bis sie es irgendwann nicht mehr aushielt, einen Entschluss fasste und zu ihm hinüber ans Feuer ging.

„Darf ich mich setzen?“, fragte sie scheu.

„Sicher.“

Sie setzte sich ihm gegenüber, genoss für einen Augenblick schweigend die Wärme des Feuers.

„Ich möchte dir die ganze Geschichte erzählen“, sagte sie schließlich.

„Brauchst du nicht. Du musst dich nicht rechtfertigen.“

„Es geht nicht um rechtfertigen. Ich möchte es einfach jemandem erzählen. Ich möchte es *dir* erzählen. Niemand kennt die ganze Geschichte.“

„Ich dachte Breandan kennt die Wahrheit.“

„Einen Teil davon, nicht alles.“

„Dann lass hören, Prinzessin.“

„Soll das lustig sein?“

„Siehst du mich lachen?“

Meyla schloss kurz die Augen, sammelte sich, dafür zurück in die Vergangenheit zu reisen.

„Wie schon gesagt, mein Vater war nie glücklich darüber, dass sein erstes Kind ein Mädchen war. Er ist ein kalter, machtgieriger Mann, wie leider die meisten Menschen in solch einer Position. Und dann habe ich mich auch noch ganz anders entwickelt, als er es sich gedacht hatte. Als Kind wollte ich unbedingt Piratin werden. Wenn meine Mutter mit meinem Bruder und mir Ausflüge zum Hafen oder nach Sealsaidh machte, stand ich dort mit großen Augen und bestaunte die prächtigen Schiffe. Ich träumte davon, Kapitänin zu sein, in See zu stechen, die Meere der Welt zu erobern, unbekannte Länder zu entdecken und die Wunder unserer Zeit zu erforschen. *Mama, wenn ich mal groß bin, werde ich die Meyla-Insel finden, das verspreche ich dir,* hab ich immer gesagt.“

Meyla sah, dass Balfour freudlos lächelte und wusste, dass er sie vermutlich besser verstand als sonst wer. Sie fuhr fort.

„Zweifellos wusste meine Mutter jederzeit, dass das niemals in Frage kam. Ich würde einen Mann aus gutem Hause heiraten, dem Land einen Thronfolger schenken und das nördliche Reich regieren müssen. Mit den Jahren wurde auch mir klar, dass meine Zukunft längst geschrieben stand. Doch ich rebellierte. Ich trieb mich in allerhand schlechten

Gegenden herum, betrank mich in den Schänken, tanzte mit fremden Seefahrern. Damals war ich wirklich eine Schickse.“ Sie lachte verbittert auf.

„Mein Vater tobte selbstredend und drohte mit Enterbung, aber wir wussten beide, dass das nur leere Phrasen waren. Der Fürst kann sich nicht über die Erbfolge hinwegsetzen, da gibt es strikte Gesetze, besonders im Norden. Er hatte Feinde in Kóróna und diese gewannen durch mein Benehmen an Macht, seine Spione berichteten von einem geplanten Umsturz. Da bekam ich im Alter von achtzehn Jahren ein seltsames Fieber. Niemand konnte sich erklären, woher die Krankheit kam, aber sie war da. Ich kann es ihm nicht beweisen, aber ich vermute mein Vater hatte etwas damit zu tun. Selbst wenn er nicht verantwortlich war, so freute er sich wahrlich über mein baldiges Ableben. Meine Mutter und mein Bruder saßen Tag und Nacht weinend an meinem Bett und hielten meine Hand, die Heiler gaben mir die letzte Ölung. Und dann geschah das Wunder: ich überlebte und wurde innerhalb weniger Wochen wieder gesund. Wie sehr muss meinen Vater das getroffen haben - seine starrköpfige Tochter verweigert sich sogar dem Tod. Als meine Mutter zwei Jahre später an der Lungenpest starb, jagte er mich vom Hof.“

Meyla schaute in Balfours Gesicht und verabscheute das Mitleid, welches er dort für sie zeigte. Wie würde er denken, wenn er erst die ganze Geschichte kannte?

„Ein wirklich liebreizender Mann, dein Vater“, sagte er ruhig. „Genauso, wie wir uns unsere Fürsten wünschen. Und dann bist du geflohen und über den Elfting in Alastríona gelandet. Jedoch gibt es etwas, was sich mir nicht erschließen will ... wenn Breandan die Wahrheit kennt, warum habt ihr nicht geheiratet? Da ihr euch anscheinend“, er stockte, „geliebt habt. Als Frau des Thronfolgers wärst du sicher gewesen, mit dir in der Hauptstadt wäre der Norden an deinen Bruder gegangen. Selbst der König und dein Vater wären wohl von dieser Verbindung begeistert gewesen.“

Meyla lauschte wieder dem Schrei des Käuzchens, was eine beruhigende Wirkung auf sie hatte. „Was ich dir grade erzählt hab, ist die Geschichte, wie Breandan sie kennt. Das war nicht die ganze Wahrheit.“

„Wenn du es wirklich erzählen möchtest, dann bin ich ganz Ohr.“

„Eine Sache stimmt nicht, so wie ich sie eben berichtet habe. Ich habe das Fieber überlebt und mich erholt, aber ganz gesund bin ich nie wieder geworden. Seit damals ... habe ich ... meine Blutungen nicht mehr bekommen. Eine Folge des Fiebers.“

„Oh.“

„Für mich war das wahrscheinlich viel weniger schlimm, als es sich anhört. Ich hatte mir ohnehin niemals vorstellen können, Kinder zu bekommen. Obwohl es mich manchmal sehr traurig macht, dass ich keine Wahl habe. Meine Mutter war süß. Sie sagte: *Lege dein Augenmerk darauf, deine Meyla-Insel zu finden. Mache das, was dir Freude bereitet und hadere nicht mit deinem Schicksal.* Das hab ich mir zu Herzen genommen; ich lernte Bogenschießen und wie man ein Boot steuert. Natürlich war ich dennoch oft unglücklich und hatte Angst vor der Zukunft. Ich hatte Angst davor, mich zu verlieben. Wie sollte ich einem Mann beibringen, dass ich ihm niemals Söhne schenken könnte? Mein Vater war seltsam ruhig in den Monaten nach meiner Genesung. Dann wurde meine Mutter krank und starb innerhalb weniger Wochen. Ihr Körper war noch nicht kalt, als der Fürst des Nordens mich in sein Regentschaftszimmer beorderte. Er sagte mir, ich sei eine einzige Enttäuschung für ihn gewesen, vom unsäglichen Tag meiner Geburt über meine störrische Kindheit bis hin zu der Tatsache, dass ich nun keine vollwertige Frau mehr sei. Nun würde er mich nicht mal vorteilhaft verheiraten können, denn welchem Adligen solle er beschädigtes Gut unterjubeln? Davon, dass ich dem Land keinen Thronfolger gebären könne, ganz zu schweigen. Da ich das Gesicht meiner Mutter hätte, würde er mich gnädigerweise verschonen, doch ich solle das Land verlassen und niemals zurückkehren, ansonsten würde er es sich anders überlegen und mich töten. Wenn ich zehn Jahre verschollen wäre, würde er mich für tot erklären lassen und meinen Bruder als Erben einsetzen. Ich flehte ihn an, dass ich wenigstens bleiben dürfe bis meine Mutter beigesetzt sei. Versprach ihm, freiwillig auf den Thron zu verzichten. Doch er glaubte mir nicht. Ich musste sofort gehen, konnte mich nicht mal von meinem Bruder verabschieden. Jeden Tag frage ich mich, was er wohl denkt, was aus mir geworden ist. Welche Lügen ihm mein Vater erzählt hat.“

„Oh Meyla, und ich dachte immer, meine Familie sei schwierig."

„Mein Leid soll dein Leid nicht verringern."

„Aber sag mir, wieso bist du im Elfting gelandet? Warum hast du dir kein Schiff genommen und bist übers Meer gefahren, wie du es dir immer gewünscht hast?"

„Ich wollte es. Aber bedenke, ich musste unter fremden Namen handeln. Durch meine wilden Zeiten hatte ich zum Glück Kontakte mit ein paar zwielichtigen Leuten vom Hafen. Ich bat einen schmierigen Fischer, der nach Kaldyrja fahren wollte, um einen Platz auf seinem Boot. Den bekam ich auch, zu einem teuren Preis."

Balfour sah sie fragend an.

„Du weiß schon ... Münzen hatte ich ja keine, um ihn zu bezahlen."

Balfour seufzte und rieb sich die Stirn.

„Er war mein erster Mann. Tolle Erfahrung, wie du dir sicher denken kannst, aber ich ließ es über mich ergehen."

„Ach Mensch."

„Am Morgen danach, während sie das Schiff fertig zum Ablegen machten, stand ich an Bord und ekelte mich vor mir selbst. Mir liefen die Tränen übers Gesicht, lautlos. Und dann hörte ich es."

„Was hast du gehört?"

„Den Glockenturm. Das berühmte Glockenspiel von Kóróna. Das ist dir als jemand, der mütterlicherseits aus dem Norden stammt, bestimmt ein Begriff, oder?"

„Ja, klar, ich wollte immer mal in den Hafen Kórónas und es mit eigenen Ohren hören."

„In diesem Moment dachte ich mir *Lýsistrata ist meine Heimat. Wieso soll ich mich fortjagen lassen? Wenn ich eines Tages gehe, dann aus freien Stücken und weil ich es möchte.* Also bin ich von Bord gegangen, habe einen alten Freund aufgesucht, der mir seinen Bogen überlassen hat und mich immer weiter Richtung Süden durchgeschlagen. Habe mir dabei geschworen, niemals heimzukehren, in den Norden, der mich nicht wollte. Mit dem letzten Glockenschlag setzte ich meine Maske auf, baute ich meine Mauer."

„Hm. Und ich habe dir das vorgeworfen. Toll von mir."

„Woher hättest du das alles wissen sollen? Ich habe mir damals die Tränen abgewischt und seitdem nie wieder geweint. Manchmal sehne ich mich danach, weil ich denke, es würde mir Erleichterung verschaffen. Aber es gelingt mir nicht. Ich finde es selbst befremdlich und frage mich, was mit mir falsch ist. Doch dann denke ich, vielleicht ist da einfach ein Damm, der mich davor bewahrt, mit dem ganzen Ausmaß meines Kummers in Berührung zu kommen. Wenn ich die Tränen zulassen würde, könnte ich glaube ich nie wieder aufhören."

„Du wirst wieder weinen, Meyla, irgendwann. Es wird etwas passieren, was es wert ist, den ganzen Schmerz auf dich zu nehmen und dann wird der Damm brechen. Daran ist nichts falsch, nichts befremdlich."

Mehr als alles andere wünschte sie sich, neben ihn zu rücken, ihren Kopf auf seine Schulter zu legen, seine Hand in ihrem Haar zu spüren und sich auszuruhen. Doch das würde er nicht zulassen. Mit der Wahrheit über ihre Herkunft, war die Mauer zwischen ihnen zurückgekehrt, auch wenn es diesmal nicht ihre Mauer war.

Nach einer Weile meinte Balfour: „Für den Prinzen muss es doch unverständlich gewesen sein, warum du ihn nicht heiraten wolltest. Da er nicht weiß, dass du keinen Erben bekommen kannst ..."

„Er hat es wirklich nicht verstanden, schob es auf meinen Dickkopf."

„Wie kommt er denn nur auf derart Abwegiges, wo du doch stets so umgänglich bist?!"

„Ich hab wirklich keinen Schimmer." Sie lachten leise und in Meyla keimte die Hoffnung, dass Balfour ihr wenigstens als Freund erhalten bleiben könnte.

„Aber Balfour, glaubst du wirklich, das war der Grund, warum ich Breandan nicht heiraten wollte? Meine Unfruchtbarkeit?"

„War es nicht?"

„Nein. Natürlich hat dieser Umstand eine Heirat unmöglich gemacht, aber das war nicht der eigentliche Grund. Sondern die Tatsache, dass wir viel zu verschieden sind. Wir haben unterschiedliche Vorstellungen vom Leben, die sich nicht vereinen lassen. Als die Sache mit ihm und mir anfing, dachte ich, ich sei unsterblich verliebt. Er war der erste und einzige Mann, mit dem ich nach dem Fischer das Bett geteilt habe. Es war eine neue, berauschende und schöne Erfahrung, begehrt zu werden. Zärtlich berührt und nicht wie ein Handelsgut. Aber heute“, sie schaute fest in Balfours Augen, in denen sich der Glanz der Flammen spiegelte „bin ich mir ganz sicher, dass ich ihn niemals geliebt habe. Er und ich gehören nicht zusammen, genauso wenig, wie ich auf einen Thron gehöre. Mein Platz ist in der Wildnis. Jetzt weißt du alles von mir, Balfour Dunham. Du bist der einzige Mensch, der die ganze Geschichte kennt. Bist du mir noch böse?“

„Böse!? Meyla, denkst du wirklich, ich war böse auf dich? Das war ich ganz und gar nicht. Mir war klar, dass du deine Gründe haben musst, auch wenn ich zugegeben nicht mit einer solch drastischen Geschichte gerechnet habe. Ich bin nicht böse, ich fühle mich sogar geehrt, dass du mir das alles anvertraut hast. Und du kannst gewiss sein, dass ich alles tun werde, um dir zu beweisen, dass dein Vertrauen gerechtfertigt ist. Ich weiß bloß trotzdem nicht ... wie wir miteinander umgehen sollen. Weil der Gedanke einfach so schmerzhaft ist, dass ...“

„Ja, ich weiß. Geht mir genauso.“

„Was sollen wir also tun?“

Schweigend malten sie sich beide vor ihrem inneren Auge aus, was gewesen wäre, wenn. Was hätte sein können, wenn sie wirklich eine Frau aus einem einfachen Adelshaus wäre. Wenn Balfour nicht seinen schrecklichen Stolz hätte, der es ihm verbot, eine Frau, die weit über ihm stand, zu lieben.

„Noch ist unsere Reise nicht zu Ende“, sagte er schließlich, „lass uns Freunde sein, Meyla. Wie wir es seit Gormal waren.“

„Ja“, antwortete sie traurig, „das klingt vernünftig.“

In der Ferne gab der Waldkauz einen klagenden Laut von sich.

Wären sie die Helden in einem von Meylas geliebten Legendenbüchern gewesen, hätte der Himmel ihnen am nächsten Morgen entweder Sonnenschein oder einen dramatischen Wolkenbruch für ihren ersten Tag hinaus aus dem Elfting geschickt. Aber im wahren Leben zeigte er sich in einem tristen, langweiligen Grau. Dennoch genossen sie es, wie der Wind ungebremst mit ihren Haaren spielte und die Ähren auf den Feldern bog; kein Baum ihnen den Weg versperrte. Nach einer knappen Stunde Wanderung trafen sie auf den ersten Menschen seit Wochen: einen Bauern, der mit seinem Karren unterwegs war.

„Seid gegrüßt“, sprach Aidan ihn freundlich an.

Der Alte schaute überrascht drein, als er Aidans Schwert erblickte.

„Ich erwidere den Gruß, Euer Wohlgeboren. Lange ist es her, dass ich ein Schwert aus der Schmiede Alastríonas zu Gesicht bekommen habe.“

„Das könnt Ihr erkennen?“

Der Bauer nickte. „Natürlich. Ich kenne das Wappen der Königsfamilie, das flammende Schwert und die weiße Lilie. Aber es ist ewig her, dass jemand mit diesem Wappen sich so weit nördlich hat blicken lassen. Reist Ihr nach Acair?“

„Oh nein, zunächst mal möchten wir nach Gandála.“

Die Augen des alten Bauern weiteten sich vor Schreck. „Gandála? Nehmt einen gutgemeinten Rat an: meidet Gandála, wo Ihr nur könnt! Ein Schatten liegt über dieser Stadt.“

„Ein Schatten?“

„Die Gerüchte sprechen von einem Fluch. Ob da etwas dran ist, vermag ich Euch nicht zu sagen. Doch man hört in diesen Tagen nichts Gutes aus Gandála, seine Bewohner sind böse, hinter verschlossenen Türen ihrer Häuser aus schwarzem Stein experimentieren sie mit dunkler Magie und brauen heimtückische Gifte. Das Wasser in Gandálas Hafen leuchtet grün, wenn der Mond darauf trifft, weil alle misslungenen Zaubertränke und Gemische dort entsorgt werden. Die Tiere, die von dem verseuchten Wasser trinken, bringen missgebildete Junge zur Welt und auch jedes dritte Menschenkind in Gandála wird verkrüppelt oder tot geboren.“

Meyla bekam eine Gänsehaut, Cailean und Gleann hatten alle Farbe im Gesicht verloren.

„Beherzigt meinen Rat, Euer Wohlgeboren, und haltet Euch von dieser dunklen Stadt fern. Zur Eurer eigenen Sicherheit und der Eurer Gefährten.“

Der Bauer schob seinen Karren weiter den Weg hinauf.

Aidan sah ihm eine ganze Weile schweigend hinterher, dann wandte er sich an Meyla.

„Hast du auch von diesen Gerüchten gehört? Ich meine damals, als du noch in Kórόna gelebt hast?“

„Nein, niemals. Mir wurde immer gesagt, Gandála sei eine kleine verschlafene Fischerstadt.“

„Könnte dein Vater dich da mit falschen Auskünften versorgt haben?“, fragte Balfour.

„Mein Vater - vielleicht. Aber du vergisst, dass ich mich auch sehr viel an den Häfen und in den Schänken herumgetrieben habe. Sowohl in Kóróna als auch in Sealsaidh. Manchmal unter meinem wirklichen Namen, aber genauso oft auch unerkannt. Ich bin sicher, wenn es im nördlichen Königreich damals eine solche Stadt gegeben hätte, wäre in den Schankhäusern darüber getratscht worden.“

Aidan seufzte. „Ich bin ehrlich gesagt unsicher, was wir jetzt tun sollen. Ich hatte mir immer gedacht, dass wir in Gandála Halt machen und Auskünfte über den Yldís sammeln, um dann schließlich mit einem ausgefeilten Plan die Weißen Priesterinnen zu besuchen.“

„Genau das sollten wir auch tun“, meinte Balfour bestimmt. „Glaubt ihr ernsthaft, dass eine Stadt, die direkt neben dem Hauptsitz der Weißen Priesterinnen liegt, eine Hochburg der schwarzen Magie ist? Das widerspricht sich doch vollkommen!“

„Da hast du Recht“, pflichte Meyla ihm bei, „außerdem bin ich jetzt neugierig, was tatsächlich in Gandála vor sich geht, dass es solch einen Ruf bekommen hat.“

„Na schön“, räumte Aidan ein, „versuchen wir es. Aber wenn uns irgendetwas komisch oder verdächtig erscheint, hauen wir sofort wieder ab.“

Sie setzten ihre Reise fort und knapp zwei Stunden später konnten sie die ersten, rußschwarzen Dächer der Stadt Gandála erblicken.

20

Weitere Instruktionen

Gandála

Es stank erbärmlich. Bereits nach den wenigen Schritten, die sie bisher in die Stadt hineingetan hatten, wusste Balfour Bescheid.

Gandála war kein Ort der Magie, sondern des Elends. Vielleicht hatten die hohen Herren die Gerüchte über diese Stadt in Umlauf gebracht, um davon abzulenken, dass ihr eigenes Volk hier dahinsiechte.

Die Hauptstraße, die vom Stadttor hinunter zum Hafen führte, war am schlimmsten dran. Die Häuser, wenn man sie denn so nennen konnte, waren verfallen, mit halb durchlöcherten Dächern und zerbrochenen Fenstern; die Wände mit einer öligen schwarzen Rußschicht bedeckt. Auf den Treppenstufen vor den morschen Türen hockten spindeldürre Menschen mit eingefallenen Gesichtern, eingewickelt in von Motten zerfressene Lumpen.
In der Mitte der Straße verlief ein Abwasserkanal, der den Unrat der Bevölkerung direkt ins Meer spülte. Die Blicke, die die Menschen Gandálas ihrer Gruppe zuwarfen, reichten von feindselig bis gleichgültig; niemand wagte es, sie anzusprechen.

Balfour schnürte es die Kehle zu - dies war ein Ort, den die Götter vergessen hatten.

Als sie am Hafen ankamen, sahen sie, dass das Wasser tatsächlich in seltsamen Farben schimmerte. Allerdings nicht auf Grund verschütteter Zaubertränke oder Giftgemische, sondern wegen all dem Abfall, der das Meer verunreinigte.

Meyla blickte tief getroffen drein und murmelte: „Wie kann er nur? Dies ist sein Reich, es sind seine Leute. Wie kann er das zulassen?“

Balfour wollte ihr sagen, dass sie es eines Tages besser machen könnte als ihr gleichgültiger Vater, dass eine solch willensstarke und dabei mitfühlende Frau wie sie auf den Thron gehörte und er es für einen großen Fehler hielt, dass sie nicht vorhatte, nach Kóróna zurückzukehren und zu fordern, was von Rechtswegen ihr gehörte. Aber dazu kam es nicht, denn in diesem Moment lief ein alter Fischer auf ihre Gruppe zu.

Da er der erste war, der hier in Verbindung mit ihnen trat, lächelte Aidan ihn aufmunternd an. „Seid gegrüßt, der Herr! Es freut uns Eure Bekanntschaft zu machen."

Zum Entsetzen aller, spuckte der Fischer Aidan verächtlich vor die Füße. „Die vornehmen Floskeln könnt Ihr Euch sparen, Ritterbürschchen. Geht wieder Heim zu Eurem stolzen König, der in seiner feinen Burg haust und sich mehrmals am Tag den Bauch vollschlägt. Wir wollen hier niemanden aus Alastríona haben!"

Aidan war sichtlich betroffen. „Aber ... aber ... mein Herr."

„Ich bin kein Herr! Ich bin ein armer Fischer, der das Unglück hatte in Lýsistratas meist geächtete Stadt geboren zu werden. Ihr habt die Armut doch gesehen, glaubt Ihr wirklich, die Bevölkerung Gandálas freut sich über den Besuch einer Gruppe Adliger?"

„Ich bin nicht von Adel", sagte Balfour ruhig, „ich bin ein einfacher Bauer aus dem kleinen Dorf Seòras. Dies sind meine Brüder Cailean und Gleann. Ich denke doch, dass Bauern in einem Fischerdorf willkommen sind?!"

Der Fischer verengte seine Augen zu Schlitzen; Balfour wurde das Gefühl nicht los, dass er etwas zu verbergen hatte, so dringend wie er die Gefährten loswerden wollte.

„Bauern schön und gut, aber Ihr seid dennoch Männer des Westens und somit Fremde. Die anderen Reiche verstehen nichts von den Belangen des Nordens."

„Aber ich!", mischte Meyla sich ein. „Ich bin eine Tochter des Nordens."

Der Fischer musterte sie spöttisch. „Da Ihr kostbare Stoffe tragt, seid Ihr von Adel! Ihr stammt demnach aus Kóróna oder Sealsaidh?"

„Ja, aus Kóróna."

„Dann solltet Ihr erst recht so schnell wie möglich verschwinden. Die Menschen hier hassen nichts dermaßen wie den Adel aus Kóróna. Wenn sie hören, woher Ihr kommt, seid Ihr Freiwild. Sie werden über Euch herfallen und Euch schänden, mögt Ihr auch noch so viele Ritter und Bauern um Euch scharen."

Balfour gefiel das alles nicht, aber er glaubte nicht an die Worte des Fischers, was Meyla betraf, denn er hatte ihr kaum in die Augen schauen können, als er mit ihr sprach.

„Gut“, sagte Aidan knapp, „wie Ihr wollt. Wir gehen!“

„Was?“, fragte Meyla erschrocken. „Aidan, nein, ich habe keine Angst.“

„Doch Meyla! Ich befehle es als euer aller Anführer.“

„Sehr gut“, meinte der Fischer und ein erleichtertes Grinsen trat in sein ausgemergeltes Gesicht. „Ihr seid klüger, als Ihr ausseht! Gute weitere Reise!“

Aidan nickte ihm kurz zu und setzte sich in Bewegung. Meyla lief ihm hinterher und packte ihn am Arm.

„Warte“, zischte sie, „ich halte das für einen Fehler! Irgendetwas stimmt hier nicht. Dieser Kerl verbirgt etwas, das weiß ich einfach. Abgesehen davon ... was ist mit unserem Plan?“

„Es muss eben anders gehen.“

„Und was, “ sie stockte kurz, „... ist mit den Menschen hier? Wenden wir uns einfach ab von all dem Elend und tun so, als hätten wir das nie gesehen?!“

Aidan blieb abrupt stehen und schnaufte auf. Sie alle warfen einen Blick zurück zum Hafen und sahen, dass der Fischer sie mit verbissener Miene beobachtete. „Meinst du, mir gefällt das alles? Aber wir haben eine Abmachung getroffen: wenn uns was komisch erscheint, verlassen wir Gandála auf der Stelle.“

„Und ein garstiger Fischer reicht dafür schon aus?“

„Nein. Aber ich finde es seltsam, dass außer den Bettlern niemand auf den Straßen ist. Finde es merkwürdig, dass der Hafen leer und verlassen und kein einziges Boot auf dem Wasser ist. Du hast Recht, irgendetwas stimmt hier nicht und deswegen befehle ich, dass wir diese Stadt sofort verlassen und zwar über eine Seitenstraße. Lady Nansaidh zu Liebe.“

Balfour sah, dass Meyla sich sehr beherrschen musste, um Aidan nicht etwas Jähzorniges an den Kopf zu werfen. Selbstverständlich hatte dieser Recht, doch Balfour konnte es Meyla nachfühlen, dass sie sich in der Verantwortung fühlte.

„Fein“, sagte sie mit zusammengebissenen Zähnen, „du bist der Anführer, du führst und wir folgen dir. Wie dumme

Schafe.“ Sie rauschte an ihm vorbei und bog in die nächste Straße ab, alle anderen folgten ihr.

Wie dumme Schafe, dachte Balfour ein klein wenig belustigt.

Auf diesem Weg war es wesentlich besser als auf der Hauptstraße. Die Häuser waren ebenfalls schwarz und schmierig, aber nicht so verfallen; es waren weit und breit keine Menschen zu sehen. Anstelle des Abwasserkanals floss ein kleiner Bach, der sogar halbwegs sauber war.

An einem großen Wassermühlenhaus, das quer über den Bach gebaut war, hielten sie kurz inne. Das hölzerne Mühlenrad drehte sich nicht mehr, überall auf den freistehenden Schaufeln blühten bunte Frühlingsblumen. Nach Gandálas grauer Tristheit, war dies ein fast wundersamer Anblick. Als sie alle einträchtig schweigend diese einsame Schönheit bewunderten, war es Balfour kurz als hätte er eine Bewegung hinter einem der verdunkelten Fenster wahrgenommen.

„Lasst uns weitergehen“, riet er dem Rest und versuchte sein Unwohlsein zu verbergen.

Als sie die Mühle gerade hinter sich gelassen hatten, hörten sie jemanden rufen.

„MEYLA?! Bist du es wirklich?“

Erschrocken drehten sie sich alle um und erblickten in der Tür der Mühle einen hochgewachsenen, hageren Mann mit langem verfilzten Haar, einem Vollbart und grimmigen Augen.

„HILDUR?!“, kreischte Meyla und warf sich dem Fremden überschwänglich in die Arme.

Aidan und die anderen waren genauso überrascht wie Balfour. Der Fremde drückte Meyla fest an sich, herzte sie und küsste sie auf die Stirn. Balfour spürte zum ersten Mal in seinem Leben den Stachel der Eifersucht.

„Ich kann es nicht glauben“, sagte Meyla glücklich, als sie sich endlich aus den Armen des Mannes löste. „Was machst du hier in dieser furchtbaren Gegend?“

„Ich lebe hier“, antwortete Hildur gelassen und Meylas Lachen erstarb.

„Hier?! Aber ...“

„Ich weiß. Ist eine lange Geschichte. Aber was tust *du* hier? Ich dachte, du machst Lýsistratas Hauptstadt unsicher."

„Nun, was soll ich sagen. Das ist auch eine lange Geschichte."

„Sind das deine Freunde?" Hildur nickte zu ihnen herüber, Balfour bemühte sich um einen gleichgültigen Gesichtsausdruck.

Das Lächeln kehrte in Meylas Gesicht zurück, als sie dies bejahte.

„Dann seid Ihr auch meine Freunde! Kommt doch mit in unsere Stube. Außer Tee und altem Brot kann ich Euch nichts anbieten, aber diese Straßen sind nicht sicher. Man weiß nie, wie viele Ohren mithören."

Hildur verschwand in der Mühle, Meyla wartete, bis Balfour und die anderen zögernd bei ihr waren und wollte ihm dann folgen, aber Aidan hielt sie zurück. „Meyla, warte. Woher kennst du diesen Mann? Bist du sicher, dass wir ihm trauen können?"

„Ja, das schwöre ich bei meinem Leben. Hildur ist ein Freund von mir aus meinen wilden Jahren in Kóróna. Er hat mir das Leben gerettet, als er mir bei meiner Flucht aus der Heimat seinen Bogen überlassen hat. Wir waren wir Geschwister."

Balfour erinnerte sich an Meylas Erzählung und davon, wie sie diesen Freund erwähnt hatte. Dass sie jenen Freund jetzt ausgerechnet in Gandála trafen, erschien ihm ein merkwürdiger Zufall zu sein, aber das Schicksal hatte eben manchmal seltsame Launen.

„Kommt schon", drängte Meyla, „vertraut mir. Ihr wisst, dass ich alles andere als leichtgläubig bin. Dies ist unsere Gelegenheit, etwas über das Geheimnis dieser Stadt und den Yldís herauszufinden!"

Also folgten sie Hildur alle in sein Mühlenhaus.

Es war karg und zweckmäßig eingerichtet; Hildur schleppte Hocker in seine kleine Stube, damit jeder von ihnen sitzen konnte. Als sie alle Platz genommen hatten, erschien eine sehr magere Frau, deren Alter schwer zu schätzen war, mit einer Kanne Tee.

„Darf ich vorstellen?“, fragte Hildur feierlich. „Das ist Yngrid, meine Ehefrau. Schatz, das hier ist Meyla, von der ich dir schon so viel erzählt habe.“

Yngrid lächelte Meyla scheu an, welche überrascht, aber keinesfalls betrübt wirkte.

„Du verheiratet?! Bei den Göttern! Es freut mich sehr, Eure Bekanntschaft zu machen, liebe Yngrid. Ihr müsst wahrlich ein Schatz sein, wenn es Euch gelungen ist, Hildur zu zähmen.“

Yngrids Lächeln wirkte gequält, als wäre ihr die ganze Aufmerksamkeit unangenehm. Ihre ganze unscheinbare Erscheinung, über das mausbraune, strähnige Haar bis hin zu ihrer fahlen Hautfarbe, hatte etwas Bemitleidenswertes an sich.

Sie nickte Meyla nur kurz zu, stellte die Kanne ab, knickste und verließ fast schon fluchtartig den Raum.

„Verzeiht ihr“, sagte Hildur seufzend, „Yngrid ist ... nicht sie selbst.“

„Ist sie krank?“, fragte Meyla mitfühlend.

„So etwas in der Art. Aber genug von meinem Leben, stell mir jetzt mal deine Freunde vor und erzähl deine Geschichte.“

Meyla tat, wie ihr geheißen, war aber sehr vorsichtig als sie zu Lady Nansaidhs Erkrankung und den Grund ihrer Reise kam. Zwar berichtete sie, dass sie unterwegs waren um ein Heilmittel zu finden, die Blaue Blume erwähnte sie allerdings nicht.

„Letztendlich sind wir hier gelandet“, schloss sie ihre Erzählung, „obwohl man uns gewarnt hat, dass die Stadt verflucht ist. Und so wie wir das sehen, stimmt das sogar, auch wenn der Fluch nichts mit Magie, sondern mit Armut zu tun hat. Hab ich Recht, Hildur?“

Hildur bekam einen Blick, der Balfour beunruhigte.

„Ja, die Armut hier ist ein bitteres Übel“, antwortete er ausweichend.

„Wie kann mein Vater das zulassen? Wie kann der König das zulassen? Wissen sie davon, habt ihr Hilfe ersucht?“

„Gewiss. Aber die edlen Herren interessieren sich nicht für die Not eines kleinen Fischerdorfes.“

„Ich bin mir sicher“, sagte Aidan in leicht trotzigem Tonfall, „unseren Kronprinzen würde es kümmern. Er ist ein anständiger Mann und wird eines Tages ein guter Herrscher sein.“

Hildur lachte verbittert. „Ich sehe an Eurem Schwert und Eurem Siegelring, dass Ihr ein Ritter der Königsgarde seid. Selbstverständlich müsst Ihr gut über Euren Herrn sprechen.“

Balfour spürte, wie es in Aidan, der neben ihm saß, zu brodeln begann. Beschwichtigend legte er ihm eine Hand auf den Arm.

Meyla versuchte die Lage zu entschärfen. „Ich habe dir von mir erzählt, nun bist du an der Reihe. Wie bist du hierher gekommen?“

„Mit dem Schiff, wie es sich für einen Nordmann gehört. Eigentlich wollte ich weitersegeln bis nach Ársól, aber hier am Hafen traf ich Yngrid und verliebte mich unsterblich in sie. Also habe ich sie geheiratet und bin geblieben.“

„Das ist aber nicht grade eine lange Geschichte.“

Hildur schwieg und sah Balfour und die anderen nacheinander lange an. Sie alle spürten, dass er mit sich kämpfte, ob er ihnen die Wahrheit anvertrauen konnte oder nicht.

Da erschien Yngrid wieder in der Stube. „Hildur, es ist Zeit. Der Nachmittag neigt sich seinem Ende entgegen, bald beginnt die Ausgangssperre.“

„Ausgangssperre?“, fragte Aidan irritiert.

„Sie hat Recht“, sagte Hildur, „Ihr müsst gehen, sonst könnt Ihr die Stadt nicht mehr rechtzeitig verlassen.“

„Rechtzeitig für WAS?“, fragte Meyla aufgebracht. Sie griff nach Hildurs Hand und sah ihn eindringlich an. „Was ist hier los, wovor habt ihr solche Angst? Erzähl es mir.“

Für ein paar Sekunden schloss Hildur seine Augen. Als er sie wieder öffnete, wirkte er ungeheuer müde und Balfours Eifersucht verschwand. Dies war ein Mann, auf dessen Schultern zu viele Jahre zu viel Verantwortung gelastet hatte. Ein Mann wie er selbst.

„Ihr könnt uns vertrauen“, sagte Balfour schließlich, „vielleicht können wir Euch helfen.“

„Es ist gefährlich“, flüsterte Hildur.

„Hildur“, flehte Yngrid, „nicht!“

„Es ist vermutlich ohnehin zu spät, Yngrid. Sie würden es nicht mehr weit genug von der Stadt weg schaffen, ich kann sie dieser Gefahr nicht aussetzen. Ich liebe Meyla wie eine Schwester, das weißt du."

„Ich würde behaupten wir sind wahre Meister auf dem Gebiet der heiklen Lagen", sagte Aidan freundlich und grinste, „wir haben auf unserem Weg hierher einige brenzlige Zwischenfälle gehabt, uns kann nicht mehr viel erschüttern."

Yngrid seufzte und machte sich entschlossen daran den Tisch abzuräumen, Hildur begann derweil mit ruhiger Stimme zu erzählen. „Es gibt tatsächlich einen Fluch über Gandála, wobei ich es nicht unbedingt so betitle. Ich nenne es gerne eine Heimsuchung. Sagt Euch der Name Ruaraidh etwas?"

Balfour bekam eine Gänsehaut.

„Wir haben ihn getroffen", wisperte Meyla, „es war keine erfreuliche Begegnung."

„Das denk' ich mir. Ruaraidh ist ein mächtiger Zauberer, vielleicht sogar der mächtigste aller Zeiten, auch wenn er auf den ersten Blick wie ein Taschenspieler wirkt. In Gandála reden wir von ihm nur als 'den Roten'. Seit Jahren sammelt er seine Schergen um sich, niemand weiß, was das für Männer sind, woher sie stammen und warum er sie rekrutiert, aber es werden immer mehr. Sie verbergen ihre Gesichter hinter Masken, die so scharlachrot sind wie Ruaraidhs Haar. Wir können nur darüber mutmaßen, was seine genauen Ziele und Pläne sind. Man munkelt, das Nest seiner Schergen wäre in einer Kleinstadt nahe der Krallen, in..."

„Corc", beendete Meyla mit weit aufgerissenen Augen den Satz für ihn, „ich habe Gerüchte darüber gehört." Sie sah die fragenden Gesichter der Anderen. „Damals in Gormal."

„Genau", stimmte Hildur ihr zu.

„Ich habe es für eine Legende gehalten, für das Geschwätz eines alten, komischen Kauzes. Dennoch spürte ich schon dort, in der Farbwäscherei, ein bedrohliches Gefühl als die Rede auf Corc kam."

„Das ist ja alles sehr spannend", meinte Aidan, „aber ich verstehe eins nicht: was hat das mit Gandála zu tun?"

Hildur holte tief Luft, Yngrid stellte sich hinter ihn und legte ihm behutsam ihre Hände auf die Schultern. „Einmal im Monat kommen die Gecken - so nennen wir die Schergen des Roten wegen ihrer bizarren Masken- nach Gandála und fordern Tribut."

„Tribut?", fragte Balfour verwirrt. „In Form von ...?"

„Nahrung. Rohstoffe. Zutaten für Zaubertränke."

„Und Ihr gebt ihnen das?", meinte Aidan fassungslos. „Einfach so?"

„EINFACH SO?", brauste Hildur auf. „Was denkt Ihr Euch eigentlich? Dass der Rote und seine Schergen hier freundlich anfragen, ob wir etwas Essen für sie übrig haben? Ihr habt diese Stadt doch gesehen: wir haben gar nichts und das bisschen, was es gibt, müssen wir auch noch abgeben. Glaubt Ihr wirklich, wir hätten nicht versucht uns zu wehren? Würden nicht jeden Tag nach einem Ausweg suchen? Ihr könnt mir eins glauben: gegen die Magie des Roten hat niemand den Hauch einer Chance."

„Verzeiht", sagte Aidan zerknirscht, „ich wollte Euch nicht zu Nahe treten. Wir können uns wohl wirklich nicht vorstellen, wie es ist, in Eurer Haut zu stecken."

„Schon gut", meinte Hildur und zuckte mit den Schultern, „wie solltet Ihr auch? Niemand hat auch nur die leiseste Ahnung von der Macht des Roten, bis er nicht seinen Gecken begegnet ist. Doch das wird sich für Euch schon heute Nacht ändern."

„Wie meint Ihr das?", fragte Gleann erschrocken.

„Es ist Neulicht-Mond. Sie kommen jeden Monat in dieser Nacht, seit über vier Jahren schon, über das Meer. Wie ich eben schon sagte, es ist zu spät für Euch, die Stadt zu verlassen. Ihr werdet das Schauspiel mit eigenen Augen sehen."

„Was ich mich frage", sagte Balfour leise, „warum ausgerechnet Gandála? Es ist ein weiter Weg von Corc bis hierher, selbst mit den schnellsten Schiffen. Warum kommen sie seit Jahren in eine Stadt, in der es kaum was zu holen gibt?"

Hildur seufzte, sein Blick auf Meylas unglückliches Gesicht geheftet. „Darüber können wir nur mutmaßen. Aber wir denken – und viele Zeichen sprechen dafür - dass der Rote einen Handel abgeschlossen hat."

„Mit meinem Vater", flüsterte Meyla.

„Ja. Wir glauben, dass Fürst Grídur Gandála quasi verkauft hat. Es gab Rebellen in Kóróna, die mit den Jahren an Macht gewonnen hatten und das Haus Álfkona stürzen wollten, ein Umbruch stand bevor. Vor vier Jahren jedoch wurden die Rebellen zerschlagen. Ein seltsamer Zufall, nicht wahr?"

Meyla legte ihre Hände vor ihr Gesicht und atmete schwer. In einer flüchtigen Geste strich Balfour ihr über ihr Haar. „Es ist nicht deine Schuld", sagte er sanft.

Sie alle schwiegen, bis Yngrids weiche Stimme die Stille durchbrach. „Wir dürfen nicht länger warten, Hildur. Wir müssen den Tribut vorbereiten."

„Ja mein Schatz, du hast Recht."

„Wir würden Euch gerne helfen", sagte Aidan.

„Das könnt Ihr", antwortete Hildur.

Hildur führte Balfour, Aidan und Cailean in den Kellerraum der Mühle, wo es feucht und modrig roch. Ein Vorhang vor einem Holzregal weckte Balfours Neugier.

„Wir verteilen jetzt ein paar dieser Sachen bei denen, die selbst gar nichts mehr zu geben haben", sagte Hildur und zog den Vorhang zur Seite. Balfour und die anderen staunten nicht schlecht, als sie den Inhalt der ins Regal gestapelten Kisten erblickten: Tabak, Nüsse, Gewürze, exotische Weine.

Hildur sah ihre überraschten Blicke. „Kaldyrja", erklärte er. „Ohne Hilfe von außerhalb wäre diese Stadt schon lange tot."

„Wie ...?", wollte Aidan fragen, doch Hildur unterbrach ihn.

„Wir haben keine Zeit, ich erkläre es Euch später. Wir müssen uns jetzt sputen, damit wir noch alles verteilt bekommen."

Jeder von ihnen schulterte ein paar der Kisten und ging die Treppe hoch nach draußen, wo Yngrid, Meyla und Gleann bereits mit einer großen Schubkarre warteten. Nachdem alles verladen war, gingen die Männer in die elendige Hauptstraße, um das Gut halbwegs gerecht zu verteilen.

Balfour sah, wie sich die Gesichter der Bettelnden aufhellten, als sie Hildur erblickten. Ergriffen nahm er sich ebenfalls ein paar Sachen aus der Schubkarre und ging zu einem buckligen alten Weib, welches sie heute Vormittag besonders feindselig angeschaut hatte. Er setzte sich neben sie auf die Treppe und hielt ihr behutsam einen Beutel Nüsse und eine Dose mit Gewürzen hin.

„Hier Mütterchen, das dürfte für heute Abend genügen."

Das verhärmte Gesicht löste sich und sie schenkte ihm ein zahnloses Lächeln. „Noch so ein Edelmann wie unser Hildur! Ich danke Euch sehr, seid gesegnet!"

In Windeseile hatten sie die Schubkarre geleert; als sie in Hildurs Straße zurückkehrten, lag bereits ein unbestimmtes Gefühl einer Bedrohung in der Luft. Der Himmel war gänzlich mit dunklen Wolken zugezogen und tauchte die Stadt so in ein schummriges Licht; Wind heulte durch die schmutzigen Gassen, der Bach ließ ein leises Gurgeln vernehmen. Vor den meisten Haustüren lag schon der Tribut bereit, auch Yngrid sortierte den letzten Rest Nüsse und Tabak in eine Kiste, die sie vor die eigene Haustür stellte. Nachdem Hildur die Schubkarre wieder zurück in den Schuppen hinter seinem Haus gebracht hatte, schickten sich alle an hineinzugehen, als ein Mann auf sie zu stürmte.

„HILDUR, HILDUR!"

Hildur drehte sich erstaunt um. „Anders? Was ist mit dir?"

„Du musst mir etwas von deinem Zeug abgeben!"

„Was?! Du bist ein Weber, du hast doch immer Wolle oder Kleidung dargeboten. Warum geht das diesmal nicht?"

„Ich ... ich ... musste es verkaufen. Ich brauchte die Taler."

„Wofür?!"

Anders schniefte und wischte sich die blutunterlaufenen Augen.

„Er hat es versoffen", sagte Yngrid abfällig und Balfour war überrascht von der Kühle und Schärfe, die sie in ihre Stimme zu verlegen mochte. „Ich kann seine Fahne bis hierher riechen. Und jetzt sollst du ihm mal wieder den Arsch retten."

„Bitte", weinte Anders, „bitte. Habt Erbarmen, Hildur."

Hildur verschwand für einen Moment fluchend im Haus und erschien nach einigen Sekunden mit einem Laib harten Brots, den er Anders in die Arme warf. „Hier, unser letztes Brot. Nun können wir unseren Gästen morgen früh nichts zu Essen anbieten."

„Das ist zu freundlich, aber das wird ihnen nicht genügen …“

„WIR HABEN ABER NICHTS ANDERES MEHR!“, schrie Yngrid schrill. „Der kleine Rest in dieser Kiste reicht grade so für unseren eigenen Tribut. Hildur hat dir unser letzte Essen geschenkt und du bettelst um mehr?!“

„Leg den Laib vor deine Tür“, sagte Hildur ruhig und bestimmt, „verbarrikadiere dich in deinem Haus und hoffe, dass sie dich davonkommen lassen. Lerne aus deinem Fehler und hab beim nächsten Mal wieder ausreichenden Tribut zur Hand. Ich werde für dich zur Mutter des Nordens beten.“

Damit drehte Hildur sich um und ging mit den anderen ins Mühlenhaus. Lediglich Balfour und Meyla verweilten noch eine Weile auf der Straße und beobachteten den völlig aufgelösten Anders, der das Brot vor seine Tür am Haus schräg gegenüber niederlegte.

„Ich würde ihm so gerne helfen“, meinte Meyla leise, „denn er tut mir von Herzen leid. Auch wenn er selbst Schuld sein mag, ich kann seine Angst und Verzweiflung spüren.“

„Ja, ich auch. Aber was sollen wir tun? Wir haben keine Vorräte, keinen Proviant mehr. Wir können ihm nichts geben.“

„Aidan hat doch Gold dabei. Ich selbst habe auch noch ein paar Taler.“

„Denkst du diese Gecken oder wie auch immer sie heißen mögen, geben sich mit Talern zufrieden? Ich glaube, diese Stadt käme tatsächlich leichter an Taler heran als an Nahrung.“

„Du machst ein Gesicht als hättest du eine Ahnung, was genau hier vorgeht, dabei kannst du das gar nicht wissen.“

„Kann ich auch nicht. Aber ich vermute es.“

„Und was?“

„Ruaraidh ist ein mächtiger Zauberer, das haben wir am eigenen Leib zu spüren bekommen. Wenn er Essen und andere Güter braucht, ist er gewiss nicht auf den Tribut eines Fischerdorfs angewiesen.“

„Aber um was geht es ihm dann?“

„Um Macht. Darum, eine ganze Stadt in der Hand zu haben, die Bewohner in Angst und Schrecken zu versetzen. Und um das Bündnis mit dem Fürsten natürlich. Dein Vater oder wen auch immer er gekauft hat, sieht, was er an diesem Ort anrichten kann. Also fügt er sich den Wünschen des Zauberers, damit sich Gandálas Schatten nicht ausbreitet."

„Ja, das klingt einleuchtend. Jedoch macht es das für die Menschen hier nicht besser."

„Auf den ersten Blick nicht. Aber Meyla, ich glaube, es besteht eine Möglichkeit, ihnen zu helfen. Wenn wir sie dazu bringen könnten, sich zu wehren, keine Angst mehr zu haben ... "

„Ach Balfour, deinen Eifer in allen Ehren, aber Hildur hat doch eben gesagt, dass sie schon oft versucht haben sich zu wehren."

„Nicht mit Leuten wie uns. Nicht mit einem Ritter der Königsgarde und der besten Bogenschützin des Landes."

Meyla lachte. „Jetzt versuchst du mich mit Schmeichelei zu überzeugen."

„Nun ja, mag sein. Aber es stimmt trotzdem! Eigentlich ist alles, was ich damit sagen will, dass es manchmal einfach einen Blick von außerhalb braucht, um die Dinge klarer zu sehen. Warten wir jetzt erst mal ab, was heute Nacht genau geschieht."

Sie sah ihm in die Augen und fragte leise: „Hast du Angst vor dem, was da kommt, Balfour?"

„Ja", antwortete er schlicht, denn dies war die reine Wahrheit.

„Ich auch. Sehr sogar."

„Wir müssten verrückt sein, keine Angst zu haben, nach allem was Hildur erzählt hat. Komm, lass uns zu den anderen gehen, damit die Tür versperrt werden kann."

Die Stunden am Abend zogen sich. Am Anfang unterhielten sie sich noch miteinander, doch als das Heulen des Windes lauter und die Dunkelheit immer beherrschender wurde, verstummten sie. Balfour und Meyla standen am Fenster und blickten hinaus in das verwaiste Gandála.

„Wenn es bloß endlich vorbei wäre", murmelte Yngrid irgendwann, „dann hätten wir wieder einen Monat Ruhe:"

Kurz vor Mitternacht erstarb der Wind von einer Sekunde auf die andere. Das Feuer im Kamin erlosch, lediglich ein paar Funken sorgten für ein letztes Glimmern.

„Es geht los“, flüsterte Hildur und nahm Yngrid bei der Hand.

Draußen war es totenstill, als würde die Welt den Atem anhalten. Ein leichter Nebel kroch durch die Straßen, der sich zu schnell und gleichmäßig bewegte, als dass es ein natürlicher Nebel hätte sein können.

Jählings erklangen Kinderstimmen, laut, klar, unheimlich, die immer wieder einen einfachen Reim sangen:

„Es ist wieder Zeit,
halt' dich bereit,
der große Zauberer Ruaraidh eilt herbei.“

Gleann und Cailean klammerten sich aneinander, Aidan trat hinter Balfour und Meyla; Hildur und Yngrid, obwohl sie das Schauspiel schon dutzende Male erlebt haben mussten, zitterten wie Espenlaub.

„Spielt mit den Flammen,
spielt mit dem Wind,
und wenn du nicht gehorchst,
tötet er dein Kind.“

Schließlich sahen sie die Gecken, genauso wie Hildur sie beschrieben hatte, wenn nicht noch schauriger. Sie schwebten über dem Boden von Haus zu Haus; goldene Kapuzenumhänge flatterten um ihre Körper, die roten Schnabelmasken verliehen ihnen etwas Dämonisches. Große Körbe hingen an ihren Armen, in die sie die Tribute packten. Balfour standen die Haare zu Berge, als ihm klar wurde, dass es diese stämmigen Gestalten waren, die mit den hellen, aber bösartigen Kinderstimmen sangen. Es war grotesk.

„Seine Haut ist golden,
sein Haar ist rot,
und folgst du ihm nicht,
ist deine Liebste tot.“

Der Geck, der den Tribut von der Mühle aufgelesen hatte, flog dicht an ihrem Fenster vorbei und schaute hinein.

Balfours Herz setzte ein paar Schläge aus, als er genau in die glühenden Augen von Ruaraidhs Scherge sah. Aidan zückte sein Schwert, doch der Geck schwebte unbeeindruckt weiter.

„So gib ihm, was du hast,
gib ihm alles immerzu,
denn tust du es nicht,
bist sein nächstes Opfer du.“

„Es soll aufhören“, schluchzte Yngrid und hielt sich die Hände auf die Ohren, „dieser schreckliche Gesang! Es muss aufhören.“

„Gleich, Liebling, gleich“, versuchte Hildur zu trösten und nahm sie in die Arme. „An unserem Haus sind sie vorbei, es kann nicht mehr lange dauern. Das Schlimmste haben wir überstanden.“

Davon war Balfour allerdings nicht überzeugt, denn in diesem Moment wandte sich einer der Gecken dem Haus von Anders zu. Er griff nach dem Brot, begutachtete es eine Sekunde und schleuderte es anschließend auf die Straße. Danach öffnete er mit einer Leichtigkeit die Haustür, als wäre sie unverschlossen und schwebte hinein.

„Oh nein“, stammelte Meyla, „er holt ihn.“

„Was?!“, fragte Hildur aufgebracht und stürzte zum Fenster. Als er die offene Tür sah, wurde sein Gesicht noch grimmiger als sonst. „Das werde ich nicht zulassen!“
Er ging zum Schrank, öffnete ihn, wühlte einen Moment darin herum und förderte schließlich eine Axt zutage.

„NEIN!“, kreischte Yngrid entsetzt und klammerte sich an ihren Mann. „Das kannst du nicht machen.“

„Ich kann ihn doch nicht einfach diesem ... diesem ... *Ding* überlassen.“

„Du hast keine Wahl. Sie werden dich töten, sie werden uns alle töten.“

„Sie hat Recht, Hildur“, sagte Aidan matt. „Ich muss zugeben, auch ich habe diese Geschichte unterschätzt.“

In diesem Augenblick schwebte der Geck wieder hinaus, seine Hand packte den in Todesangst schreienden Anders am Genick und hielt ihn in der Luft. Alle anderen Gecken, die in der Straße unterwegs waren, hielten kurz inne mit dem, was sie taten und applaudierten, was ein absurdes und verstörendes Bild war. Dann schwebten sie gemeinsam die

Straße hinab, der Gesang und Anders Schreie wurden immer leiser.

Balfour wandte sich vom Fenster ab, ihm war übel. Er sah, dass Hildur, der sich inzwischen niedergesetzt hatte, lautlose Tränen über sein Gesicht liefen.

„Kannst dich nicht verstecken,
brauchst nicht fliehen,
denn egal wo du auch bist,
Ruaraidh wird dich sehen."

Da dämmerte Balfour, dass man diese Stadt nicht so leicht befreien konnte, wie er sich das erhofft hatte.

In jener Nacht fand niemand von ihnen großartig Schlaf. Balfour und die anderen wälzten sich auf dem Boden der Stube umher; jedes Mal wenn ihm doch die Augen zu fielen, meinte er in seinem Kopf wieder das verstörende Lied zu hören und war sofort hellwach. Kurz vor der Dämmerung gaben sie auf und machten sich mit knurrenden Mägen frisch.

„Ich weiß immer noch nicht, was ich sagen soll", murmelte Aidan. „Dieser Ort ist wahrlich verflucht."

„Diese armen Menschen hier", sagte Gleann, „ ... wir sind schon nach einer Nacht völlig fertig, aber sie müssen das einmal im Monat ertragen. Jahr für Jahr."

„Aber was können wir tun?", fragte Cailean. „Was können wir gegen den roten Zauberer ausrichten? Damals in Gormal im Nebel waren wir Puppen für ihn, er konnte mit uns machen, was er wollte."

Balfour spürte, dass die erwartungsvollen Blicke von Cailean und Gleann auf ihm ruhten, doch er wich ihnen aus, denn er kannte die Antwort nicht. Auch Meyla war die ganze Zeit ungewöhnlich still und beteiligte sich nicht an den Gesprächen.

Schließlich kam Hildur in die Stube, mit dunklen Ringen unter verweinten Augen.

„Es tut mir leid, wenn ich nochmal Eure Hilfe in Anspruch nehmen muss, vor allem wo Eure Bäuche leer sind. Aber ich könnte ein paar kräftige Hände mit unten am Hafen gebrauchen. Meyla, Gleann, es wäre schön, wenn ihr beide vielleicht derweil nach Yngrid schauen könntet. Sie hat bisher nicht die Kraft gefunden, aufzustehen."

So machten sie sich im Morgengrauen auf den Weg; als sie an Anders' Haus vorbeigingen, wo das alte Brot immer noch auf der Straße lag, schnürte es ihnen die Kehle zu.

Am Hafen angekommen, stießen ein paar andere, ebenfalls erschöpft aussehende Männer mit Karren zu ihnen. Sie unterhielten sich leise mit Hildur über die vergangene Nacht; abgesehen von Anders gab es zum Glück keine Verluste zu beklagen. Gandála hatte einen weiteren Monat überstanden.

„Auf wen oder was warten wir?", fragte Balfour, als sie alle eine Weile schweigend auf das Meer hinausgeschaut hatten.

„Auf meinen Freund Aurelian", antwortete Hildur, „aus Kaldyrja. Ohne ihn würde es uns schon längst nicht mehr geben. An jedem Morgen nach dem Neulicht versorgt er uns mit Ware aus seiner Heimat, die wir für uns und für den nächsten Tribut gebrauchen."

„Womit bezahlt Ihr ihn?"

„Gar nicht. Aurelian ist stinkreich und zum Glück nicht auf Taler und Gold angewiesen. Am Anfang habe ich ihm Waffen geschnitzt - das war früher in Kóróna mein Beruf – aber irgendwann wussten wir, dass er so viele Waffen gar nicht gebrauchen konnte. Da die Not in Gandála immer größer wurde, verzichtete er schließlich komplett auf einen Gegendienst. Er gehört zu den rar gesäten Menschen, die einfach aus Güte und vollkommen uneigennützig handeln."

Kurze Zeit später lernten Balfour und die anderen Aurelian persönlich kennen. Ein gigantisches, zweimastiges Segelschiff, großartiger und eindrucksvoller als Balfour es sich jemals hätte ausmalen können, steuerte den Hafen an.

Wenn Meyla bloß hier wäre! Dann würde ich ihr sagen, wir gerne ich mit ihr auf so einem Schiff nach der Meyla-Insel suchen würde.

Indessen fiel ihm ein, dass sie den Anblick solcher Schiffe seit Kindertagen gewohnt war und es sie wohl deswegen nicht derart beeindrucken würde.

Die Männer Gandálas waren eher überwältigt von der Ladung des Schiffes: haufenweise Kiste schenkten Hoffnung auf weiteres Überleben.

Aurelian war ganz anders, als Balfour ihn sich vorgestellt hatte. Er hatte einen vornehmen, schmächtigen Adligen erwartet, eingehüllt in die feinsten Stoffe Kaldyrjas. Stattdessen traf er auf einen dunkelhäutigen, muskulösen Burschen mit strahlendem Gesicht und abgewetzter Kleidung. Seine unverzagte Ausstrahlung zog alle Männer am Hafen sofort in seinen Bann; er war sich nicht zu fein, beim Abladen des Schiffes selbst Hand an zu legen. Die Begrüßung von ihm und Hildur war vertraut, auch die anderen Männer Gandálas rissen sich darum, ihm die Hand zu geben. Er beäugte die Gruppe Fremder neugierig, stellte aber öffentlich keine Fragen.

Während sie mit dem Verladen der Güter beschäftigt waren, spürte Balfour aus den Augenwinkeln, dass ihn jemand beobachtete. Er hob den Kopf und sah auf der anderen Straßenseite eine kleine Frau mittleren Alters, mit dunklen Haaren und extrem weißer Haut, eingewickelt in einen schwarzen Umhang. Mit vor Erstaunen geweiteten Augen, musterte sie ihn von Kopf bis Fuß. Sie kam Balfour vage bekannt vor, doch er kam nicht darauf, woher. Er wandte sich wieder den Kisten zu, musste sich jedoch wie unter Zwang noch einmal umdrehen. Die Frau war verschwunden.

Wahrscheinlich nur eine Bewohnerin Gandálas, die die neue Fracht begutachten wollte und sich dann über die Fremden gewundert hat, versuchte Balfour sich zu beruhigen.

Allerdings hatte ihr sehr kurvenreicher Körper keinerlei Anzeichen von Hungersnot gezeigt. Außerdem blieb das Gefühl, dass er sie schon einmal in seinem Leben gesehen hatte; auch in ihrem Blick war erstauntes Wiedererkennen gewesen. Balfour nahm sich vor, sich später bei Hildur nach ihr zu erkundigen, vergaß diesen Vorsatz jedoch über die Arbeit und Aurelians unterhaltsamen Geschichten wieder.

Gegen Mittag waren sie fertig und alle Kisten in einer alten Scheune verstaut, die von einem Vorhängeschloss und zwei Männern mit Bogen gesichert wurde.

„Ist das wirklich nötig?“, fragte Cailean Hildur.

„Oh ja. Meine Freunde und ich, wir bewachen diese Scheune rund um die Uhr, zumindest so lange sie noch voll ist. Die Menschen hier sind verzweifelt, ich könnte es ihnen nicht verdenken, wenn sie einbrechen und sich bedienen würden. Wobei schon lange keine Versuche mehr gemacht wurden, in die Scheune hineinzukommen, vermutlich weil inzwischen alle wissen, dass ich sie nicht im Stich lasse."

„Und wie genau läuft das dann?", erkundigte sich Aidan.

„Ich verteile die Sachen gerecht an die Menschen. Jeden Tag ein bisschen, um sicher zu gehen, dass sie auch den ganzen Monat zu essen haben."

„Jeden Tag?"

„Jeden Tag. Gegen Ende, wenn nicht mehr viel übrig ist, kommen die Reste zu mir nach Hause in meinen Keller. Das habt Ihr ja gestern gesehen. Dann haben wir wenigstens ein paar Tage den Wachdienst vor der Scheune gespart."

„Ihr nehmt sehr viel Mühe auf Euch", meinte Balfour bewundernd.

„Ja, es ist Mühe und manchmal wünschte ich, ich könnte mehr Zeit daheim mit meiner Frau verbringen. Die Wassermühle wieder in Gang bringen; Bogen bauen wir früher. Aber dies ist nun mal das Leben, was mir gegeben wurde. Wenn nicht das Überleben einer ganzen Stadt die Arbeit wert ist, was dann?"

Darauf konnte niemand etwas erwidern und so machten sie sich auf den Weg zurück ins Mühlenhaus, eine Kiste mit Obst und einen Sack mit Fischen dabei.

Yngrid stürmte ihnen bereits auf der Straße entgegen und warf sich dem lachenden Aurelian in die Arme. Ihre Schwermut schien wie fortgeblasen.

„Hier ist sie, die schönste Frau des Nordens!" Aurelian drückte sie fest an sich, dann galt sein Blick Gleann, der soeben auf der Türschwelle erschienen war. „Und wen haben wir da? Mir scheint dies ist der schönste Mann des Nordens!"

Gleann wurde knallrot im Gesicht und stotterte etwas Unverständliches vor sich hin.

„Wenn dann schönster Mann des Westens!", sagte Meyla und schob sich an Gleann vorbei ins Freie.

„Ich sehe schon, es gibt einiges zu erzählen", meinte Aurelian. „Unten am Hafen, umgeben von all den neugierigen Ohren wollte ich nicht nachfragen, aber ich brenne darauf zu erfahren, wer eure neuen Freunde sind."

Sie gingen hinein, wo Yngrid sofort eifrig damit begann, eine ordentliche Mahlzeit für alle zuzubereiten. Ihre

Wangen bekamen dabei einen rosigen Ton, ihre Augen glühten und Balfour konnte erahnen, wie einst die Frau gewesen sein musste, in die Hildur sich verliebt hatte. Jegliche angebotene Hilfe lehnte sie resolut ab, sodass Meyla und die Männer sich in die Stube verzogen.

Aurelian berichtete kurz von Neuigkeiten aus Kaldyrja, bevor er sich erneut nach Hildurs Gästen erkundigte.
Meyla erzählte die Geschichte wieder genauso, wie sie es am Tag zuvor bei Hildur getan hatte, als Aidan schließlich mit der Wahrheit herausplatzte: „Ehrlich gesagt, haben wir schon eine ziemlich genaue Vorstellung von einem Heilmittel: wir wurden losgeschickt, nach der Blauen Blume zu suchen und hoffen, sie im Yldís bei der Oberin der Weißen Priesterinnen zu finden.“ Die anderen sahen ihn entsetzt an, doch Aidan blieb ganz ruhig. „Diese beiden Männer hier richten ihr ganzes Leben danach aus, diese Stadt zu retten. Ich glaube, wir können ihnen vertrauen.“

Aurelian pfiff durch die Zähne. „Die Blaue Blume, das ist ein Wort. Hunderte haben nach ihr gesucht, hunderte sind gescheitert. Seid Ihr Euch wirklich sicher, dass es sie gibt?“

„Nein“, antwortete Aidan, „aber wir hoffen, dass wir zumindest die Oberin im Yldís finden. Die Gerüchte besagen, dass sie eine äußerst weise und mächtige Frau ist. Wenn jemand Rat weiß, dann sie.“

„Nun“, sagte Hildur, „was das betrifft kann ich Euch Mut machen. Die Oberin lebt tatsächlich schon seit einigen Jahren mit einem großen Teil des Ordens im Yldís–Wald hier in der Nähe.“

„Woher weißt du das so genau?“, fragte Meyla. „Habt ihr sie um Hilfe ersucht?“

Hildur zögerte. „In einer anderen Sache. Nicht, was die Gecken betrifft.“

„Warum nicht?“

Er seufzte. „Weil es eine Verbindung zwischen der Oberin - ihr richtiger Name ist übrigens Tuathla – und dem Roten gibt.“

„Wie?!“

„Genaueres weiß ich auch nicht. Aber was ihr auch tut: seid vorsichtig mit den Weißen Priesterinnen und traut ihnen nicht. Sie mögen sich der hellen Magie verschrieben haben und diese auch praktizieren, aber es bleibt dennoch die Magie eines Geheimbundes, über den man kaum etwas weiß."

In diesem Augenblick kam Yngrid mit einer Platte fertig gebratenen Fisch in die Stube und das Gespräch über die Weißen Priesterinnen wurde nicht fortgeführt.

„Hmm, wie das duftet. Alleine für deine Kochkünste lohnt sich die monatliche Reise über das Meer, meine liebe Yngrid." Aurelian nahm einen der Fische von der Platte und legte ihn auf Gleanns Teller. „Hier, der erste, saftigste Fisch soll Euch gehören." Abermals wurde Gleann rot und Balfour fragte sich, was die Neckereien von Seiten Aurelians sollten.

Während des Essens fragte Yngrid irgendwann, wie es eigentlich dazu gekommen sei, dass Balfour, Cailean und Gleann mit auf der Reise waren. Also erzählten Balfour und Meyla unter großem Gelächter von ihrer ersten Begegnung und den Kranichen, wobei sie es nicht versäumten, dabei ordentlich aufeinander herumzuhacken.

„Kraniche", sagte Yngrid schließlich und lächelte Hildur verträumt an. „Das muss ein Zeichen sein." Keiner verstand, was sie damit meinte und sie ging nicht näher darauf ein.

Nach dem Essen machte sich Hildur bereit für seinen täglichen Gang durch Gandálas Armenviertel. Aurelian sah Gleann herausfordernd an: „Habt Ihr Lust, Euch mein Schiff anzuschauen? Derartiges hat ein Bauernbursche aus dem Westen bestimmt noch nicht gesehen."

„Nun, ähm ... ja, warum nicht? Gerne!"

„Ihr seid natürlich auch willkommen, Meyla, aber für Euch ist der Anblick wohl nichts Neues."

Meyla warf Aurelian und Gleann abwechselnd Blicke zu.

„Ach, wisst Ihr, ich habe schon so viele Schiffe in meinem Leben gesehen ... ich bleibe lieber hier, leiste Yngrid Gesellschaft und helfe ihr beim Abwasch."

Aurelian lachte. „Ihr wollt doch bloß über Hildur tratschen!"

Meyla stimmte in sein Gelächter mit ein. „Da könnte was Wahres dran sein."

Also machten sich, genau wie am Vormittag, Balfour, Aidan und Cailean daran, Hildur zu begleiten.

„Seid ihr mir böse?", fragte Aidan sie leise während Hildur sich mit seinen Männern unterhielt. „Weil ich ihnen die Wahrheit gesagt habe?"

„Nein“, sagte Balfour bestimmt, „du hast richtig gehandelt. Abgesehen davon hast du das Kommando.“

Aidan lachte. „Das wäre ja das erste Mal.“

Balfour und Cailean lachten ebenfalls, wurden jedoch sofort wieder ernst, als Hildur ihnen Sachen zum Verteilen reichte.

„Es muss doch etwas geben“, meinte Aidan bedrückt, „was wir tun können. Und ich meine mehr als Essen verteilen.“

„Ich verstehe dich“, sagte Balfour aus vollstem Herzen, „wir alle empfinden da gleich. Die Verzweiflung dieser Stadt ist so greifbar ... und dennoch dürfen wir darüber nicht unsere Aufgabe vergessen. Wir haben geschworen, Lady Nansaidh zu retten. Ihr Leben muss für uns an erster Stelle stehen, egal wie gerne wir hier bleiben und etwas verändern würden. Die Probleme Gandálas lassen sich nicht in wenigen Tagen lösen. Leider.“

Aidan nickte schwach. „Ich weiß. Eigentlich haben wir uns schon wieder viel zu lange hier aufgehalten. Spätestens übermorgen brechen wir auf in den Yldís.“

Es erleichterte ihre Herzen, die hoffnungsvollen Blicke der Menschen zu sehen, als sie ihnen Essen gaben. Wie gerne hätte Balfour sie alle auf Aurelians Schiff verfrachtet und von hier fortgebracht, doch er wusste, dass es ganz so einfach eben nicht war. Gandála war die Heimat dieser Menschen und die Heimat verlässt man nur, wenn es wirklich gar keinen anderen Ausweg gibt.

Als sie am späten Nachmittag zur Mühle zurückkehrten, waren alle überrascht zu sehen, dass das Wasserrad sich wieder drehte.

„Meyla hat es gerichtet“, erklärte Yngrid aufgeregt. „Sie ist einfach in den Bach gesprungen, hat etwas herumgewerkelt und irgendwann lief es wieder.“

„War ganz einfach“, murmelte Meyla verlegen, ihr noch feuchtes Haar stand in allen Himmelsrichtungen von ihrem Kopf ab. „Tut mir nur leid wegen der hübschen Blumen.“

„Die wachsen woanders wieder neu“, sagte Yngrid zuversichtlich.

In diesem Augenblick packte Hildur sie übermütig und hob sie in die Luft. „Oh Yngrid!“, war alles, was er hervorbrachte und zum ersten Mal seit ihrer Ankunft in

Gandála sah Balfour ihn lächeln. Hildur hatte das breiteste Grinsen, was Balfour jemals gesehen hatte und es machte einen anderen Mann aus ihm.

„Gleann verbringt die Nacht übrigens woanders“, sagte Meyla und ihre Augen funkelten schalkhaft.

„Wie meinst du das?“, fragte Balfour überrascht.

„Er hat ausrichten lassen, dass er bei Aurelian auf dem Schiff schläft.“

Dies erschien Balfour seltsam, es passte überhaupt nicht zu dem schüchternen Gleann, der Aurelian doch kaum kannte. Er sah hinüber zu Cailean, welcher nur mit den Schultern zuckte.

Es wurde ein friedlicher Abend, mit frischem Brot und einer Flasche kaldyrischen Weins, den Hildur aus seiner persönlichen Ration spendierte. Yngrid ging früh zu Bett und auch Cailean war sehr bald eingeschlafen. Hildur fuhr sich mit einer Hand durchs Haar und seufzte schwer.

„Es war so schön, Yngrid heute wieder lachen zu sehen. Ich weiß nicht, wann das zum letzten Mal der Fall war. Eure Gesellschaft tut ihr gut.“

„Hildur“, sagte Meyla vorsichtig, „ich muss dich etwas fragen und bitte sei mir deswegen nicht böse.“

„Ja?“

„Warum bleibt ihr hier? Ich verstehe, dass du dich den Menschen Gandálas gegenüber verpflichtet fühlst. Es ehrt dich! Aber deine Frau ist krank. Ich habe heute den ganzen Tag mit ihr verbracht und gemerkt, dass etwas nicht stimmt, sie ist manchmal minutenlang wie weggetreten. Ich bin mir sicher, Aurelian würde euch helfen, von hier fortzukommen.“

Hildur schwieg einen Moment und es wirkte, als würde er mit jeder Sekunde, die verstrich, altern.

„Das würde er. Früher haben wir uns jedes Mal, wenn er hier war, genau darüber gestritten. Er hat uns angefleht, mit ihm zu kommen. Aber was wäre ich für ein Mensch, wenn ich die Leute hier im Stich lasse? Sie werden niemals von hier weggehen, zu groß ist ihre Angst vor dem Zorn des Roten. Ginge ich, wäre dies ihr sicherer Tod. Ich weiß nicht, ob ich damit leben könnte. Aber dennoch: für Yngrid würde ich es tun, ich würde alles für sie tun. Doch sie wird Gandála niemals verlassen, denn sie wird unseren Sohn niemals verlassen."

„*Euren Sohn*!?", schrie Meyla auf und auch Balfour und Aidan sahen Hildur überrascht an.

„Ja. Seine Knochen liegen neben dem Schuppen begraben. Er wäre jetzt zwei. Im Alter von drei Monaten ist er verhungert."

Balfour hätte schwören können, dass die Welt in diesem Augenblick dunkler geworden war. Er dachte an seine beiden Nichten und seinen Neffen, die er liebte als wären es seine eigenen Kinder.

„Hildur", flüsterte Meyla bewegt, „ich ... ich weiß nicht ... mir fehlen die Worte. Es tut mir so leid!"

„Danke. Wisst ihr, Yngrid konnte ihm nicht die Brust geben. Sie ist selbst unterernährt, deswegen hat ihr Körper nicht genügend Milch hervorgebracht. Und Ziegen oder Kühe haben wir in Gandála nicht, wovon sollten wir sie auch ernähren? Es war ausgerechnet die Zeit, in der das Meer von der Piratenplage heimgesucht wurde, Aurelian konnte uns deswegen bloß unregelmäßig besuchen. Wir haben damals die Hälfte von Gandálas Bevölkerung verloren. Einen Teil an die Gecken, weil der Tribut nicht bezahlt werden konnte, einen Teil an den Hunger. Heute gibt es weniger als zwanzig Kinder unter zehn Jahren in dieser Stadt. Als unser Junge starb, saß Yngrid stundenlang mit seinem leblosen, ausgemergelten kleinen Körper im Arm in ihrem Bett. Ich konnte sie kaum überzeugen, ihn mir zu geben. Wie könnte ich jetzt von ihr verlangen, ihn hier zurückzulassen? Abgesehen davon, dass ich auch nicht weiß, ob ich ihn hier alleine lassen könnte."

Hildur begann leise zu weinen, Meyla schlang ihre Arme um ihn und legte ihren Kopf auf seine Schultern. Aidan war sehr blass und sagte kein Wort. Nach einer Weile hatte sich Hildur beruhigt und erzählte weiter:

„Als Yngrid erfahren hatte, dass sie guter Hoffnung war, waren wir beide verzweifelt. Bei dem Leben, dass wir führten, wollten wir kein Kind bekommen. Ich hatte einen Plan und machte mich auf in den Yldís zu den Weißen Priesterinnen, um sie zu bitten, das Kind nach der Geburt bei sich aufzunehmen und großzuziehen. Sie waren einverstanden. Unglücklicherweise wurde es ein Junge und machte so den Plan zunichte. Natürlich liebten wir ihn abgöttisch ab dem Moment, wo die Hebamme das kleine, schreiende Bündel in Yngrids Arme gelegt hatte. Doch das konnte ihn auch nicht retten. Meine Frau ist mit unserem Kind gestorben, früher war sie lebhaft und fröhlich, heute ist sie kaum mehr als eine spindeldürre, traurige Hülle. An ganz seltenen wunderbaren Tagen, schaffen ich oder Aurelian es, ihr ein zaghaftes Lächeln abzugewinnen. Dann geht für mich die Sonne auf und ich sage mir, dass diese kleinen Momente all meine Mühe wert ist."

„Was ist mit dem Prinzen?", fragte Aidan leise.

Hildur runzelte die Stirn. „Was soll mit ihm sein?"

„Wieso hilft er Euch nicht? Ihr habt gestern gesagt, Ihr hättet ihn um Hilfe gebeten."

„Ja, das haben wir. Fürst Grídur, König Eanruig und auch Prinz Breandan. Der Kronprinz war der einzige, von dem wenigstens eine Antwort kam. Wollt Ihr sie lesen? Ich habe sie aufbewahrt, warum auch immer."

Aidan nickte stumm.

Hildur erhob sich, ging zum Schrank und förderte kurz drauf einen Brief zutage.

Er reichte ihn Aidan, der ihn laut vorlas:

„Sehr geehrter Herr Athdara,

zutiefst betroffen nehme ich Kenntnis von den Geschehnissen in Gandála. Leider ist es mir nicht möglich, unverzüglich zu handeln, da die Stadt im Reich des Nordens und somit im Herrschaftsgebiet des Hauses Álfkona liegt. Ich verspreche aber, dass ich mich der Sache annehmen und meine Berater hinzuziehen werde. Die Bevölkerung Gandálas bitte ich dringlichst, nichts zu unternehmen, bis nicht weitere Instruktionen von mir erfolgt sind.

Mögen unsere vier Götter Gandála segnen!

Hochachtungsvoll,

Breandan Catharnach, der erste seines Namens"

Hildur lachte bitter. „Auf die weiteren Instruktionen warten wir nun seit anderthalb Jahren. Dies war mein letzter Versuch, Hilfe bei einem der Adelshäuser zu finden. Wir sind auf uns gestellt."

Aidan erhob sich wortlos und ging zum Fenster.

„Warum hast du mir nicht geschrieben?“, fragte Meyla. „Du wusstest, wo du mich findest.“

„Und dann? Hättest du freundlich bei deinem Vater nachgefragt, ob er sich nicht mal der Stadt Gandála annehmen will?“

„Ja.“

„Siehst du, genau deswegen habe ich mich nicht bei dir gemeldet. Weil ich das wusste. Ich wollte nicht, dass du dein Leben für uns aufs Spiel setzt.“

Hildur und Meyla lächelten sich zaghaft an, als plötzlich ein lauter Knall ertönte. Erschrocken schauten sie alle Richtung Fenster, wo Aidan sich seine blutende Faust hielt. Auch Cailean, der auf dem Boden lag, war von dem Lärm erwacht und setzte sich verschlafen auf.

„Was ist passiert?“, fragte er verwirrt.

„Aidans Faust hat Bekanntschaft mit der Wand gemacht“, sagte Balfour und ging ebenfalls hinüber zum Fenster.

„*Weitere Instruktionen*“, schnaufte Aidan abfällig. „Die Menschen in diesem Dorf verrecken, ihre Kinder verhungern und er bittet sie, auf weitere Instruktionen zu warten!“

Balfour ahnte, was in Aidan vorging. Aidan, der bedingungslos loyal seinem Freund gegenüber gewesen war. Aidan, der seinen Prinzen auf ein Podest gestellt hatte.

„Er weiß es nicht besser“, sagte Meyla sanft. „Etwas in einem Brief zu lesen ist anders, als es mit eigenen Augen zu sehen. Damit will ich ihn nicht in Schutz nehmen, gewiss nicht. Aber wir beide kennen ihn. Wir wissen, dass er grundsätzlich ein gutes Herz hat.“

„Für dieses gute Herz habe ich alles aufgegeben“, sagte Aidan bitter, Tränen traten ihm in die Augen. „Sogar die Frau, die ich geliebt habe. Nun frage ich mich, ob ich dies für einen Mann getan habe, der auf dem besten Weg ist genauso gleichgültig zu werden wie all die anderen Herrscher.“

Balfour legte ihm eine Hand auf die Schulter. So standen sie sehr lange dort in der Stube, bis die Müdigkeit irgendwann über den Kummer siegte.

Am nächsten Morgen verabschiedeten sie alle gemeinsam Aurelian. Es war ein atemberaubender Anblick, als das wunderschöne Schiff seine Segel hisste und den Hafen Richtung Kaldyrja verließ.

Gleann sah ihm mit leuchtenden Augen noch lange hinterher. Irgendetwas musste letzte Nacht vorgefallen sein, denn alles an ihm strahlte, er wirkte selbstsicherer als jemals zuvor in seinem Leben.

Am Nachmittag halfen sie wieder alle dabei, das Essen zu verteilen. Aidan war den ganzen Tag über sehr ruhig gewesen, doch im Umgang mit den Menschen blühte er auf. Es war, als wolle er die Versäumnisse seines Prinzen wieder ausgleichen. Die Leute waren von seinem offenen Wesen eingenommen; von den Feindseligkeiten an ihrem ersten Tag hier war nichts mehr zu spüren.

Balfour fragte sich, ob ihr Vorhaben, spätestens morgen aufzubrechen immer noch Bestand hatte, doch er getraute sich nicht danach zu fragen, weil ihn der Gedanke, die Menschen hier hilflos zurückzulassen, selbst unglaublich schmerzte.

Als alles verteilt war, blieben Aidan, Meyla, Gleann und Cailean noch ein wenig länger bei den Armen und Kranken sitzen, während Balfour mit Hildur zum Hafen schlenderte.

„Ich würde Euch gerne etwas sagen, Balfour, etwas was Eure Person betrifft."

„Nur zu."

„Ich würde Euch gerne sagen, wie glücklich es mich macht, dass Meyla so geliebt wird."

„Ähm, ja", erwiderte Balfour verlegen, „sie hat in uns allen gute Freunde gefunden."

„Das hat sie gewiss, aber das meine ich nicht. Balfour, ich sehe, wie Ihr sie anseht, wenn sie wegsieht. Und vor allem sehe ich, dass Meyla Eure Gefühle erwidert. Ich kenne sie mein halbes Leben lang, kenne sie besser als mich selbst. Eure Gesellschaft tut ihr gut! Als ich sie das letzte Mal sah, war sie innerlich zerbrochen. Verständlich bei dem, was grade hinter ihr lag. Es hat mir das Herz zerrissen, sie gehen zu lassen und nicht zu wissen, ob sie sich wieder zusammensetzen kann. Heute ist es, als würde sie tauen. Das mag nicht allein Euer Verdienst sein und der Zusammenhalt und die Freundschaft Eurer gesamten Gruppe ist beachtlich. Immerhin hat dies sogar auf Yngrid und mich, ja auf ganz Gandála abgefärbt. Aber wie gesagt:

ich kenne Meyla und weiß einfach, was sie empfindet. Und es ist schön zu sehen, dass sie bei Euch gut aufgehoben ist."

„Ich bin nur ein Bauer", sagte Balfour bedauernd, „sie ist die Erbin des Nordens. Ich sehe keine Zukunft für uns beide."

„Was sein soll findet immer einen Weg - mögen die Hindernisse auch noch so unüberwindbar erscheinen."

In diesem Moment wurden Balfour und Hildur von einem Aufschrei unterbrochen. Eine Frau in einem schwarzen Kapuzenumhang stolperte auf sie zu.

„Wo ist er? Ist er bei Euch?"

Irgendetwas an ihrem Anblick verstörte Balfour, aber er kam nicht drauf, was es war.

„Wen meint Ihr?", fragte Hildur.

„Bitte", schluchzte die Frau, „sagt es mir. Ist er bei Euch?"

In diesem Augenblick kam eine zweite Person in Kapuzenumhang dazu und zog die Frau harsch am Arm zurück. Es war jene Dame mit weißem Gesicht, die Balfour bereits gestern aufgefallen war.

„Liebes, du vergisst dich. Komm sofort zu mir."

„Aber, er ist hier, oder?", weinte die andere. „Ich muss ihn sehen, bitte!"

„Was soll das bringen? Es ist besser so."

Balfour wollte einen Schritt auf die beiden zugehen, als Hildur ihn am Arm packte und zurückhielt.

„Nicht", raunte er.

Die kleine Frau von gestern zog die bitterlich weinende Frau von heute hinter sich her. Diese warf einen letzten verzweifelten Blick auf Balfour, welchem in diesem Moment klar wurde, was ihn so irritiert hatte: die Pupillen der Frau waren vollkommen farblos. Entsetzen packte ihn.

Als sie verschwunden waren, begann Hildur ebenso panisch an ihm zu zerren, wie kurz zuvor die eine Frau an der anderen. „Ihr müsst sofort verschwinden!"

„Was? Wieso?"

„Diese Frau grade, die kleine ... ihr Name ist Laoise, sie ist die Gespielin des Roten. Sie lässt sich nur selten in Gandála blicken und wenn, verheißt es nichts Gutes. Mir gefielen die Blicke nicht, die sie Euch zugeworfen hat und das Verhalten der anderen Frau gefiel mir auch nicht. Sie wird dem Roten berichten, dass Fremde in der Stadt sind und dann wird er kommen."

„Wir lassen Euch damit nicht alleine!"

„Balfour, darüber werden wir nicht verhandeln. Ihr *müsst* gehen! Was ist mit Eurer Aufgabe? Was ist mit Lady Nansaidh?"

Gerne hätte Balfour seine Faust in die Wand geschlagen wie Aidan. Selbstverständlich hatte Hildur Recht, sie hätten schon längst gehen müssen und auf eine Begegnung mit Ruaraidh konnten sie es nicht ankommen lassen.

In Windeseile trommelten sie die anderen zusammen und liefen Richtung Mühle, Hildur erklärte ihnen unterwegs, was geschehen war. Balfour hatte das Gefühl, keinen klaren Gedanken mehr fassen zu können.
So schnell sie konnten packten sie ihre Sachen, während Yngrid ihnen mit trauriger Miene zusah.

„Ich verstehe das nicht", sagte Meyla immer wieder. „Wer ist diese Frau?"

„Genau weiß ich das nicht", antwortete Hildur, „aber ich halte sie für mindestens genauso gefährlich wie den Roten."

„Aber wir wollen Euch helfen!", sagte Aidan zum gefühlt hundertsten Mal.

„Ihr müsst gehen!", wiederholte Hildur nur.

So war der Abschied gekommen.

„Dies ist also das Lebewohl", sagte Hildur und sah jeden von ihnen lange an. „Ich kann nicht in Worte fassen, wie schön es war, Euch im Haus zu haben. Die fabelhaften Fünf. Für uns wart ihr wertvoller als jede Blaue Blume. "

Yngrid, die leise geweint hatte, hielt plötzlich inne. „Da fällt mir noch was ein! Wartet, ich bin gleich wieder da."

Sie verschwand, kehrte nach einigen Minuten in die Stube zurück und hielt Meyla die geschlossene Hand hin. „Für Euch ... für *dich*. Als Dankeschön." Sie öffnete ihre Hand und zum Vorschein kamen Ohrringe aus bunten Glasperlen, an deren unterem Ende jeweils ein Kranich aus Messing baumelte.

„Kraniche!", wisperte Meyla.

„Ja. Sie gehörten einst meiner Mutter. Ich wollte sie einmal meiner Tochter schenken aber nun ja ... ich werde keine Kinder mehr bekommen."

„Das kann ich nicht annehmen."

„Doch, du musst! Ich habe hier keine Gelegenheit, Schmuck zu tragen. Der Gedanke, dass du sie trägst, auf einem rauschenden Fest in Alastríona, beim Tanz mit dem Mann, den du liebst ...“, Yngrids Blick streifte kurz Balfour und sie lächelte ihr seltenes Lächeln, „... dieser Gedanke macht mich glücklich. Die Kraniche haben euch fünf zusammen gebracht und hierher geführt. Somit haben die Kraniche auch mir Hoffnung gebracht.“

Meyla nickte ergriffen, nahm die Ohrringe und umarmte Yngrid.

„Ihr müsst jetzt wirklich gehen“, sagte Hildur, konnte seine Rührung jedoch ebenfalls kaum verbergen. „Geht und findet Eure Blaue Blume. Rettet die Prinzessin.“

Balfour spürte, wie ihm Tränen in die Augen traten. „Wir werden zurückkehren“, sagte er leise.

Alle sahen ihn an.

„Wir werden die Blaue Blume finden, wir werden die Prinzessin retten und dann kehren wir zurück und retten Euch. So wahr ich hier stehe!“

„Balfour hat Recht“, sagte Aidan, „genau das werden wir. Wir werden Euch nicht vergessen! Wir kommen wieder und dann treten wir Ruaraidh in seinen goldenen Arsch!“

Sie alle umarmten einander und dann waren sie wirklich fort, ließen die Mühle hinter sich, warfen einen letzten Blick zurück auf die schwarzen Häuser und richteten die Augen gen Yldís.

Als sie gerade aus der Stadt raus waren, ertönte eine hinterlistige Stimme:

„Wollt Ihr wirklich schon gehen, Balfour Dunham?“

Laoise.

„Woher kennt Ihr meinen Namen?“

„Das ist nun wirklich nicht schwer. Ihr seht genauso aus wie Euer Vater, als er in Eurem Alter war. Vielleicht ein wenig verlebter, ohne Euch zu Nahe treten zu wollen.“

„Ihr kanntet meinen Vater?“

„Kanntet?! Ich kenne ihn immer noch!“

Balfour hielt dem Atem an. „Ihr wisst, wo er ist?“

„Zweifellos. Ich kann ihn gerne von Euch grüßen.“ Damit drehte sie sich um und ging zurück in die Stadt hinein.

In Balfour setzte etwas aus. Er warf sein Gepäck auf den Boden und wollte hinter Laoise herlaufen, doch Meyla packte ihn am Arm.

„Nicht, das ist eine Falle!“, sagte sie barsch.

„Woher willst du das wissen?“

„Denk an das, was Hildur über sie gesagt hat. Sie will uns in der Stadt halten bis Ruaraidh da ist.“

„Vielleicht, vielleicht auch nicht. Sie kannte meinen Namen! Woher kannte sie meinen Namen?“

„Es gibt dutzende Möglichkeiten, woher sie den kennen kann! Lauf nicht in ihre Falle.“

Verzweifelt befreite er sich aus Meylas Griff und ging weiter zurück Richtung Stadt. „Selbst wenn es eine Falle ist: das ist eine Gefahr, die ich in Kauf nehmen muss! Dies ist die erste mögliche Spur meines Vaters seit sechzehn Jahren!“

Meyla lief neben ihm her, ihre Stimme wurde immer schriller. „Ich weiß, Balfour, ich weiß. Aber was ist mit der Blauen Blume? Was ist mit deinem Versprechen an Hildur und Yngrid? Wenn du Laoise in die Falle gehst, ist das alles hinfällig.“

Balfour blieb stehen und konnte die Tränen nicht mehr zurückhalten. „Versteh mich doch, Meyla. Ich kann nicht anders! Er ist fort! Wir haben nie herausgefunden, was mit ihm geschehen ist. Wie sollen wir jemals damit abschließen können?“

„Du wirst herausfinden, was Niall widerfahren ist, aber nicht so. Nicht hier, nicht heute. “

„Ich habe es sechzehn Jahre nicht herausgefunden. Wieso sollte das in Zukunft anders sein?“

Zärtlich legte sie ihre Hände an seine Wangen und zwang ihn, sie anzusehen; das Blau ihrer Augen ließ ihn endlich wieder klar denken.

„Weil ich dir helfen werde“, flüsterte sie bestimmt. „Du hast jetzt mich! Wir werden ihn finden und wenn ich dafür meinen Bruder um Hilfe bitten muss. Wir werden die Wahrheit herausfinden, Balfour. Aber zuerst retten wir Lady Nansaidh!“

Die Kranichohrringe baumelten an Meylas Wangen hinunter, was so aussah, als würden sie tanzen. Mit ihren Daumen wischte sie seine Tränen fort. „Du bist damit nicht mehr alleine, Balfour“, wisperte sie.

Zuletzt nickte er schwach. Sie küsste ihn auf die Stirn, hakte sich bei ihm unter und ging mit ihm zurück zu den anderen, wo Aidan jeweils einen Arm um Cailean und Gleann gelegt hatte, die ebenfalls weinten.

21

Lang lebe die Königin

<u>*Burg Uallach*</u>

Nansaidh träumte seit Tagen immer wieder denselben Traum. Oder war es gar kein Traum, sondern eine Erinnerung?

Sie war ein kleines Mädchen, jung und gesund, voller Hoffnungen und Flausen im Kopf. Sie trug ein langes Kleid aus rotem Samt, hüpfte durch den Hof der fürstlichen Villa in Dálach und drehte sich so lange um die eigene Achse, bis ihr schwindelig wurde; dabei kicherte sie immerfort.

„Nansaidh“, rief ihre Mama und kam in den Hof, „was machst du denn nur? Nachher wird dir übel.“

„Aber Mama, ich muss mich doch drehen! Damit ich das später auf dem Ball kann.“

„Ball? Welcher Ball?“

„Na, der Ball auf dem ich zur Königin gekrönt werde.“

Mama lachte und nahm sie in den Arm. „Wenn du nicht mal Königin wirst, wer dann, meine Kleine. Du wirst die schönste und klügste Königin sein, die dieses Land jemals regiert hat. Deine Untertanen werden dich lieben und lobpreisen *'Lang lebe die Königin!'*“

„Lang lebe die Königin!“, krähte Nansaidh entzückt.

Am liebsten wäre sie für immer dort in diesem Traum geblieben, das wahre Leben hatte ihr nichts mehr zu bieten. Ans Bett gefesselt, unfähig sich zu bewegen oder zurück zu vollem Bewusstsein zu finden, siechte sie seit Tagen dahin. Breandan verbrachte viel Zeit an ihrer Seite, hielt ihre Hand, wisperte ihr Liebesschwüre und Versprechen für eine Zukunft in ihr Ohr, die es niemals geben würde.

Inzwischen waren auch ihre Eltern eingetroffen, die sie flüsternd um Verzeihung dafür baten, sie gegen ihren Willen nach Alastríona geschickt zu haben. Gerne hätte Nansaidh ihnen Vergebung geschenkt, doch sie war zu schwach, die Augen zu öffnen; an sprechen war gar nicht zu denken.

So dämmerte sie vor sich hin, tagaus und tagein; spürte, wie das Gift langsam Stück für Stück ihres Körpers zerstörte und ihren Verstand benebelte. In guten Stunden schlief sie oder träumte vor sich hin, von all den unerfüllten Wünschen. In den schlechten Stunden, die leider überwogen, waren die Schmerzen so stark, dass sie zu den Göttern betete, sie mögen sie bald erlösen.

Am allerschlimmsten jedoch war die Angst vor dem Tod, dem Augenblick des Loslassens und vor dem, was danach auf sie wartete. Würde sie in das Land der vier Götter ziehen, wo ihre Urahnen in grünen Wäldern, auf blauen Meeren und saftigen Wiesen lebten? Oder würde ihre Seele in den ewigen Sümpfen der Verdammnis verschwinden?

Nansaidh hatte sich in ihrem Leben nie etwas zu Schulden kommen lassen, aber seitdem sie in diesem entsetzlichen Dämmerzustand war, schlich sich immer wieder ein sündiger Gedanke ein: wie sehr sie es bedauerte, sterben zu müssen, ohne einmal mit einem Mann geschlafen zu haben. Dass sie gehen musste, ohne diese so tief greifende menschliche Erfahrung gemacht zu haben.

Aber diese Sehnsucht war gewiss nicht so schändlich, dass deswegen ihre Seele verdammt würde. Oder?!

Als Nansaidh wieder eines Morgens von ihren Träumen in den halbwachen Zustand überging, spürte sie, dass jemand bei ihr war, der sich bisher von ihr ferngehalten hatte. Eine Hand, ebenso zart wie ihre eigene, griff nach ihr, untermalt von leisem Schluchzen.

„Meine liebe Nansaidh“, weinte Catrìona, „bitte vergib mir. Ich hätte dich nicht alleine lassen dürfen. Ich wusste, was in dieser Burg vor sich geht. Nun ja, zumindest habe ich es geahnt, denn auch ich musste die Spukerscheinungen hier über mich ergehen lassen. Ich war so selbstsüchtig! Als du hier ankamst und all die seltsamen Dinge plötzlich dir anstatt mir zugestoßen sind, habe ich mich gefreut, denn zum ersten Mal seit Jahren hatte ich endlich Ruhe. Wie konnte ich nur derart gleichgültig dir gegenüber sein?! Wir hätten uns zusammentun können, wir hätten wie Schwestern sein können. Möglicherweise hätte dich das gerettet. Oh Nansaidh, bitte lass mich nicht alleine hier in dieser Burg, lass mich nicht alleine unter all den ... *Monstern.*“

In diesem Augenblick lernte Nansaidh die echte Catrìona kennen - eine traurige, verängstigte und sehr einsame Frau.

Nach einer Weile hatte Catrìona keine Tränen mehr und saß stumm an Nansaidhs Bett, immer noch ihre Hand streichelnd, als Breandan zu ihnen stieß.

„Alles unverändert“, hauchte Catrìona.

„Ich weiß“, erwiderte Breandan schwach. „Nun ja, zumindest fast.“

„Was meinst du?“

„Die Heiler meinten ... sie meinten ... ich solle mich langsam von ihr verabschieden. Es könne nicht mehr lange dauern.“

„Was ist mit Aidan und den anderen?“

„Ihre Spur verliert sich im Elfting, meine Spione wissen nicht, wo sie zur Zeit stecken. Aber selbst wenn sie bereits im Yldís angekommen wären und die Blaue Blume hätten: Nansaidh würde gewiss nicht so lange durchhalten, wie sie für den Heimweg bräuchten. Sogar der Alchemist hat inzwischen keine Hoffnung mehr.“

„Hoffnung gibt es immer“, sagte Catrìona, klang allerdings selbst nicht überzeugt. „Solange sie noch lebt, muss es auch Hoffnung geben.“

Eine Weile herrschte Schweigen im Raum, Breandan legte sich auf seine Seite des Bettes und nahm Nansaidhs andere Hand.

„Möchtest du mit ihr alleine sein?,“ erkundigte sich Catrìona irgendwann.

„Nein, ist schon gut. Ich würde ihr so gerne etwas Schönes erzählen. Etwas Friedliches.“

„Wie wäre es mit einer Geschichte?“

„Ja, das klingt gut. Mal überlegen ... ich ... nein ... ich kann nicht.“ Breandans Stimme bebte vor Schmerz und Trauer.

„Aber ich!“, sagte Catrìona ruhig.

„Es war einmal eine wunderschöne Fürstentochter aus einem kleinen, unbedeutenden Ort. Eines Tages besuchte die Fürstentochter die prächtige Hauptstadt des Landes und war überwältigt von deren Reichtum und Prunk. Zufällig lief sie dem Kronprinzen über den Weg, der sich sofort unsterblich in ihre Anmut, ihr freundliches Wesen und gütiges Herz verliebte. Wegen ihrer Herkunft wurden ihnen

viele Hindernisse in den Weg gelegt, doch der Prinz ließ sich nicht beirren und heiratete seine große Liebe. Kurze Zeit später wurden sie zum König und zur Königin gekrönt. War das Volk anfangs noch verhalten gegenüber der fremden Frau aus dem fernen Osten, gewann es sie mit den Jahren übermäßig lieb. Sie wurde das beliebteste Mitglied der Königsfamilie und als sie dem Land einen Thronfolger schenkte, war das Glück perfekt. Der König und die Königin begaben sich auf eine Reise in den Osten, in die Heimat der Königin, um auch dort den neuen Kronprinzen vorzustellen. Als sie in die Stadt einritten, hörten sie schon von weitem den Jubel der Menschen: ihre Königin war nach Hause gekehrt.
Und wenn sie nicht gestorben sind, dann sind sie dort nach heute und lauschen wie die Menge jauchzt *'Lang lebe unsere Königin'*".

„Lang lebe die Königin", wiederholte Nansaidh mit allerletzter Kraft.

22

Der Tanz der Weißen Frau

Yldís

Seit etwa einer Stunde standen sie vor dem Ziel ihrer langen Reise: dem sagenumwobenen Yldís-Wald. Die Stimmung zwischen ihnen war angespannt, denn sie alle waren müde, ausgelaugt und frustriert. Der hastige Abschied aus Gandála, der ihnen das Gefühl gegeben hatte, Hildur und Yngrid im Stich zu lassen, sowie die Begegnung mit Laoise hatten allen aufs Gemüt geschlagen. Eigentlich müssten sie sich nun, wo sie der Blauen Blume so nah waren, beschwingt und ermutigt fühlen, doch weit gefehlt.
Der Yldís ließ sie nicht hinein. Wie eine Dornenhecke hatten sich die Bäume und Sträucher miteinander verschlungen; jeglicher Versuch, hindurch zu gelangen, scheiterte kläglich. Genauso hatte sich Balfour den Schwarzen Wald vorgestellt, in den man ebenfalls nicht hineingelangen konnte. Sollten sie nun wirklich kurz vor der Erfüllung ihrer Aufgabe scheitern?

Die Dunkelheit war bereits über das Land hereingebrochen, aber Aidan hieb immer noch wie ein Wahnsinniger mit seinem Schwert auf die Hecke ein.

„Es muss einfach einen Durchlass geben", keuchte er, „immerhin sind das nur blöde Bäume. Wie kann es sein, dass mein Schwert gar nichts ausrichtet?"

„Ich wäre vorsichtig damit, hier die Bäume zu beleidigen", meinte Balfour, „denn dieser Wald ist voller Magie."

Aidan hörte auf, die Äste mit seinem Schwert zu malträtieren. „Woher weißt du das?"

„Das spüre ich einfach. Wir sind direkt neben einem Wald aufgewachsen, da bekommt man ein Gefühl für die Natur. An diesem Wald hier fühlt sich gar nichts natürlich an."

„Derartiges hast du nicht über den Elfting gesagt."

„Es ist dort auch anders. Ich weiß nicht, ich kann es schwer beschreiben."

„Der Elfting ist älter, ursprünglicher", erklärte Cailean zu Balfours großer Überraschung. „Er war lange da, bevor die Magie sich seiner bemächtigt hat und wird wohl auch noch stehen, wenn jegliche Zauberei aus der Welt verschwunden ist. Hier scheint die Magie aus dem Yldís selbst zu kommen."

„Ja", sagte Balfour matt und sah seinen kleinen Bruder erstaunt an, „das trifft es ziemlich gut."

„Das ist wirklich sehr interessant", sagte Aidan ungeduldig, „aber inwiefern hilft uns das, hineinzugelangen?"

„Gar nicht", mischte sich Meyla ein. „Ich denke es wird ähnlich sein wie beim Elfting: der Wald entscheidet, wann er uns passieren lässt."

Aidan verdrehte gequält die Augen und sah Balfour an. „Und wann genau wird das sein?"

„Woher soll ich das wissen?", rief Balfour aufgebracht. Er hatte langsam genug von diesem scheußlichen Tag.

„Schon gut", sagte Gleann ruhig und legte Balfour seine warme Hand auf den Rücken. „Wir sind alle gereizt, der Tag heute war lang und nicht unbedingt erfreulich. Es ist schon spät und gleich stockfinster. Lasst uns doch erst mal eine Nacht darüber schlafen und morgen früh sehen wir weiter."

„Das klingt gut", stimmte Cailean zu und auch die anderen fügten sich, wenn auch im Fall von Aidan nur sehr widerwillig.

Cailean übernahm die erste Wache. Balfour fand keine Ruhe, obwohl er todmüde war und so leistete er seinem Bruder nach einer Weile Gesellschaft.

„Was bringt dich um den Schlaf?", fragte Cailean ihn. „Etwa diese Hexe? Und nein, damit meine ich nicht Meyla."

„Sehr komisch. Es geht mir nicht um Laoise, sondern um das, was sie gesagt hat."

„Schon klar."

„Cailean, was wenn das *die* Möglichkeit war, herauszufinden, was mit Vater passiert ist? Möglicherweise kommt diese Gelegenheit nie wieder. Vielleicht habe ich den größten Fehler meines Lebens gemacht, indem ich nicht mit ihr gegangen bin."

„Ach komm schon, Balfour. Glaubst du wirklich, ausgerechnet die Gefährtin von Ruaraidh weiß, wo Niall ist?

Und dann ist sie zufällig in Gandála, wenn wir ebenfalls dort sind? Ich bitte dich!"

„Ich weiß, es ist seltsam und nicht besonders wahrscheinlich. Aber wir haben schon merkwürdigere Dinge auf dieser Reise erlebt. Man kann es zumindest nicht ausschließen."

„Ich schon. Ich habe ihr kein Wort geglaubt, zu keinem Zeitpunkt."

„Ach ja? Dafür warst du aber auch ganz schön aufgelöst."

Cailean blickte ihn erstaunt an. „Du denkst, ich war ihretwegen so aufgebracht? Oder wegen Niall?"

Balfour fühlte sich verunsichert. „Weswegen sonst?"

„Deinetwegen natürlich ... ich ... ich war mir sicher, dass du ihr folgen wirst. Dass du in ihre Falle tappst."

„Und das hat dich so aus der Fassung gebracht?!"

Cailean war plötzlich verlegen. „Bilde dir nichts darauf ein. Ich hatte selbstverständlich nur Angst davor, das Àlainn beizubringen."

„Gewiss", sagte Balfour und bemühte sich, seine Rührung nicht zu zeigen. „ Wie auch immer, die Chance ist sowieso vertan."

„Dank Meyla. Sie hat dich aufhalten können, zum Glück."

„Ich weiß nicht genau. Unsere Familie wird niemals Frieden finden, solange wir Vaters Schicksal nicht kennen."

„Nein, Balfour. *Du* wirst niemals Frieden finden, wir anderen kommen klar."

„Das stimmt nicht. Ich weiß, dass Àlainn ihn schmerzlichst vermisst. Und du kannst mir nicht erzählen, dass er dir nicht auch fehlt."

„Ich habe nie gesagt, dass wir ihn nicht vermissen. Oder nicht wissen wollen, was mit ihm geschehen ist. Ich habe lediglich gesagt, dass wir zurechtkommen."

Balfour raufte sich die Haare. „Sein Verschwinden hat einfach so viel kaputt gemacht. Es hat deine Kindheit zerstört."

„Ja, daran erinnert ihr mich alle ständig."

„Wie meinst du das?"

„Ach nichts. Wie lange glaubst du, werden wir hier festsitzen, ohne Durchlass in den Wald?"

„Ich habe nicht den blassesten Schimmer."

„Glaubst du, Lady Nansaidh hat noch so viel Zeit?“

„Das hoffe ich.“

„Glaubst du, Gandála hat noch so viel Zeit?“

„Das hoffe ich ebenfalls. Ich könnte mir nie verzeihen, wenn unser Auftreten in der Stadt Ruaraidh herausgefordert hat. Möchtest du eigentlich über das reden, was wir in Gandála erlebt haben? Die Sache mit den Gecken, die Armut?“

„Nein. Was soll man dazu auch groß sagen, außer dass wir in einer ungerechten Welt leben?“

Balfour betrachte Cailean eindringlich, zum ersten Mal konnte er den kleinen pausbäckigen Jungen nicht mehr in ihm finden. „Wann genau bist du dermaßen erwachsen und vernünftig geworden?“

Cailean lächelte. „Ich glaube irgendwo zwischen dem Elfting und dem Yldís.“

Balfour spürte, wie er wehmütig wurde. „Weißt du noch, wie Vater mit dir Holz gehackt und anschließend kleine Ritter und Drachen daraus geschnitzt hat?“

„Nein“, erwiderte Cailean. Er sah Balfour an und seine Augen blitzten. „Aber ich erinnere mich, wie du mir das Bogenschießen beigebracht hast. Und wie Àlainn mir abends Lieder vorgesungen hat, mit ihrer schrecklich schiefen Stimme.“

Balfour lachte leise. „Mir bluten die Ohren, wenn ich bloß daran denke.“

„Soll ich dir was sagen? Ich vermisse sie furchtbar. Ihr Gemecker, wenn ich morgens zu spät die Schafe gefüttert habe. Das Gezeter, wenn ich abends zu lange im Wald war. Seltsam, was einem fehlen kann.“

Abermals war Balfour von seinem Bruder überrascht. „Und ich dachte, du willst nie wieder heim nach diesem Abenteuer. Bereust du es, mitgekommen zu sein?“

„Nein, auf keinen Fall. Ich würde keinen Tag dieser Reise missen wollen. Du?“

„Nein.“

Noch eine ganze Weile saßen sie in schweigender Eintracht beisammen, bis Balfour irgendwann doch von der Müdigkeit eingeholt wurde und ihm die Augen zufielen.

Den ganzen nächsten Tag verbrachten sie damit, um den Yldís herumzulaufen und nach einem Durchschlupf zu suchen. Doch egal welche Stelle Balfour und Aidan mit dem Schwert bearbeiteten, der Wald gewährte ihnen keinen Einlass. Gegen Mittag erreichten sie den nördlichen Rand, der direkt an der Küste lag. Sie alle hielten einen Moment inne, als sie auf das tobende Meer hinausschauten; das Kreischen der Möwen im Ohr, den Geschmack salziger Seeluft auf der Zunge. Meyla war besonders ergriffen.

„Das ist sie, Balfour", flüsterte sie ihm zu.

„Das ist was?"

„Die See. Nicht wie in dem kleinen verschmutzten Hafen in Gandála oder der brave Ozean im Westen. Das hier ist das weite, ursprüngliche Meer, meine Heimat. Die Schönheit des Nordens."

Verschmitzt grinste er sie an. „Die Schönheit des Nordens ist mir nicht neu", sagte er und wurde dafür mit einem Lächeln belohnt, „aber ja, ich verstehe, was du meinst. Es ist wunderbar."

Das tat er wirklich. Als er dort stand und der Wind ihm das Haar zerzauste, fühlte er sich frei, als würden ihm alle Türen der Welt offen stehen.

„Seht nur dort hinten!", rief Gleann aufgeregt und deutete mit einem Finger in die Ferne.

Sie alle hielten den Atem an, als sie sahen wie sich am Horizont eine gigantische Walflosse aus der Gischt erhob. Bald darauf sprang das ganze Tier aus dem Wasser, nur um kurz darauf wieder einzutauchen; ein ganzer Schwarm leistete ihm Gesellschaft.

„Jasconius", murmelte Meyla ehrfürchtig. Als sie die fragenden Blicke der anderen sah, erklärte sie: „Das ist ein Kosewort, was die Bewohner Kórónas für die Walfische verwenden. Alle Meeresbewohner haben in der nördlichen Kultur einen sehr hohen, fast schon heiligen Rang. Und die Wale sind uns das Heiligste überhaupt. Ich habe seit Ewigkeiten keinen mehr gesehen."

Lange standen sie dort und beobachteten das hinreißende Bild der immer wieder auftauchenden Tiere, lauschten ihren Gesängen und vergaßen wenigstens für einen kurzen Moment ihr Problem mit dem Yldís. Letztendlich wandte Aidan sich seufzend ab und bat sie, ihm zu folgen.

Meyla und Balfour verweilten eine Sekunde länger, die Augen immer noch auf das Meer gerichtet.

„Eines Tages möchte ich zurückkehren. Zur See fahren, wie ich es als Kind immer wollte“, sagte sie leise.

„Das wirst du. Du musst immerhin deine Meyla-Insel finden.“

Da wandte sie ihren Blick von der See ab und sah ihn an, mit einem Mal freudig und voller Tatendrang. „Da hast du Recht. Aber erst mal finden wir die Blaue Blume.“

Sie versuchten es weiter, über Stunden. Am frühen Abend waren sie wieder zurück an ihrem Rastplatz von der vergangenen Nacht.

„Ich hab so Hunger“, stöhnte Cailean. „Ich glaube ich schwinde schon. Die paar Nüsse heute haben auch nichts gebracht. Seht ihr mich schwinden?!“

„Komm“, sagte Meyla lachend und hakte sich bei ihm ein, „wir suchen ein paar Pilze und Beeren. Auf Wild brauchen wir hier vor diesem Wald nicht hoffen, aber vielleicht können wir einen Vogel schießen.“

Während sie zusammen mit Cailean und Gleann nach etwas Essbarem suchte, begann Aidan abermals mit dem Schwert auf die Hecke einzuschlagen.

„Du weißt, dass du es dort schon versucht hast“, sagte Balfour. „Gestern Abend, heute Morgen ..“

„Soll ich etwa einfach 'rumsitzen und abwarten? Tut mir leid, aber das ist nicht meine Art.“

„Was ärgert dich so, Aidan?“

„Frustriert dich das nicht? Dass wir so kurz vor unserem Ziel scheitern?“

„Wir scheitern nicht, wir müssen lediglich abwarten. Wir sind alle frustriert, aber niemand ist darüber so außer sich wie du. Und irgendwas sagt mir, dass das nicht an der Sorge um Lady Nansaidh liegt.“

Ungehalten warf Aidan sein Schwert auf den Boden und trat mit seinen Füßen gegen die Hecke, die davon mehr als unbeeindruckt blieb. Schließlich seufzte er und setzte sich auf den Boden. „Ich will ihn zur Rede stellen.“

„Prinz Breandan“.

„Ja. Er soll mir erklären, warum ihm Gandála egal ist.“

„Ich glaube nicht, dass es ihm egal ist. Ich glaube, er weiß es nicht besser.“

„Das sollte er aber. Wenn er mal ein guter König werden will, sollte er wissen, was in seinem Land vorgeht und nicht nur unmittelbar vor seiner Nase. Aber eigentlich weiß er ja selbst das nicht."

Balfour setzte sich zu ihm. „Was meinst du?"

„Bevor wir aufgebrochen sind, als er mir berichtet hat, dass Meyla uns begleiten würde ... da mahnte er mich zur Vorsicht. Er sagte er sei sich nicht sicher, ob Meyla nicht diejenige sei, die Nansaidh vergiftet hat."

„Ich weiß, das hat sie mir erzählt."

„Ich hatte damals keine wirkliche Meinung dazu, denn ich kannte Meyla nicht besonders gut. Jetzt schon. Wie konnte er ernsthaft diesen Verdacht haben? Von einer Frau, mit der er über Jahre das Bett geteilt hat, deren Geschichte er kennt?! Das Verhältnis der beiden ging über Jahre und dennoch ist er nicht fähig, einzuschätzen wie Meyla ist und zu was sie fähig wäre!"

„Vielleicht hat sie ihn nicht an sich herangelassen, nicht an ihr Herz. Wir wissen mit am besten, wie schwierig sie sein kann."

„Mag sein, aber was sagt das über ihn aus? Uns hat sie an sich herangelassen, uns alle, obwohl sie uns erst ein paar Wochen kennt. Davon abgesehen bleibt da immer noch die Frage, wie er eine kleine Fischerstadt sich selbst überlassen kann? Und wie soll ich meinem Prinzen noch bedingungslos loyal dienen können, nachdem ich dies weiß?"

„Ich weiß es nicht, Aidan. Ich kann mir nicht vorstellen, wie du dich fühlst. Weißt du, ich kannte Breandan auch schon viele Jahre, bevor ich nach Alastríona kam. Ich hielt uns vielleicht nicht für Freunde, aber doch für gute Bekannte, zumindest soweit das in unseren Stellungen möglich war. Jener Vormittag, als ich aus dem Kerker kam, war ein Grauen für mich, ihn so reden zu hören. Er redete wie der König, wie sein Vater. Wie muss es dir dann erst gehen, als sein bester Freund, sein Vertrauter, sein Leibritter?"

„Überlege dir gut, in welchen Ritterorden du eintrittst, Balfour. In der Königsgarde gilt deine Loyalität ein Leben lang deinem Herr, ansonsten bist du ein Eidbrüchiger."

„Ich weiß." Balfour schwieg eine Weile, bevor er fortfuhr. „ Ich konnte mir niemals vorstellen, Kinder zu haben, wo ich in den vergangenen Jahren bereits so viel Verantwortung für meine Geschwister tragen musste. Auch verliebt habe ich mich nie, ich rechnete auch nicht mehr damit, dass dies je geschehen würde, deswegen erschien es mir kein großes Opfer, der Ehe zu entsagen. Und heute, wo ich nun doch die Liebe kennengelernt habe, kommt erst Recht kein anderer Orden für mich in Frage."

„Wieso? Du kannst auch in die Stadtwache oder ins Heer. Darin könntest du heiraten."

„Genau deswegen will ich ja in die Königsgarde."

„Das verstehe ich nicht."

Balfour seufzte schwer. „Die einzige Frau, die ich jemals geliebt habe und mit der ich mir tatsächlich vorstellen könnte, mein Leben zu verbringen, ist eine Prinzessin wie du weißt. Eine gemeinsame Zukunft ist ausgeschlossen. Dennoch könnte es nicht ertragen, von ihr getrennt zu sein, außer in der Leibgarde. Da werde ich nur mit dem Prinzen beschäftigt sein, werde sie vergessen können, mit der Zeit. Und sie wird ebenfalls ihr Leben weiterleben, wenn ich für sie unerreichbar bin."

„Meyla schert sich nicht darum, dass du ein Bauer bist."

„Ich aber schon."

„Sie will das Leben, in das sie hineingeboren wurde, nun mal nicht."

„Sollte sie aber! Sie hätte die Möglichkeit, derart viel zu verändern, wie kann sie sich das wegnehmen lassen?!"

„Es ist ihre Entscheidung und genau darum geht es: dass sie endlich die Freiheit hat, sich entscheiden zu können. Glaubst du, sie wird nach Kóróna zurückkehren, nur weil du sie verlässt? An ihrer Haltung zum Leben und ihrer Meinung zum Thron wird das nicht das geringste ändern. Es wird ihr lediglich das Herz brechen. Aber selbst wenn sie heimkehrt und du in die Königsgarde gehst: du wirst sie nie vergessen können, Balfour, das kann ich dir aus eigener Erfahrung versichern! Ich bin den Weg gegangen, den du einzuschlagen gedenkst. Adda ist ein Teil von mir, immer noch. Fast jede Nacht träume ich von ihr, es vergeht kein Tag, an dem ich nicht an sie denke. Und du solltest nicht in die Leibgarde eintreten, um eine Frau zu vergessen. Erst Recht nicht, wenn diese Frau deine Gefühle erwidert."

„ESSEN, Jungs. Cailean hat eine Taube geschossen", plärrte Meyla in diesem Moment und das Gespräch war beendet.

Balfour war gerade in einen tiefen Schlaf mit wirren Träumen versunken, als Meyla, die die erste Wache übernommen hatte, ihn aufgeregt am Arm rüttelte. „Balfour, wach auf! Balfour, es tut sich was."

Balfour schlug die Augen auf, während Meyla die anderen weckte.

Ihr Feuer war fast komplett abgebrannt, der Mond zu schmal um Licht zu spenden, sodass Balfour sich fragte, warum es dennoch hell war. Dann sah er es: durch die Stelle der Hecke, auf die Aidan vor wenigen Stunden mit dem Schwert eingedroschen hatte, drang ein schwacher weißer Lichtschein.

„Was ist das für eine Musik?", flüsterte Cailean.

„Musik?" Balfour sah ihn mit gerunzelter Stirn an. „Was für Musik? Ich höre nichts."

Auch die anderen sahen Cailean fragend an, indessen riss dieser die Augen auf und zeigte mit zitterndem Finger Richtung Wald. Als Balfour sich wieder umdrehte, stockte ihm der Atem: die Hecke war verschwunden, stattdessen führte eine verschnörkelte Holzbrücke über einen kleinen Bach hinein in den finsteren Wald. Auf der Brücke stand eine Frau in einem weißen Gewand, ein mystisches Strahlen schien sie zu umgeben. Sie war barfuß, groß gewachsen mit üppigen weiblichen Formen und dunkelrotem Haar, was ihr bis auf die Hüfte wallte. Ihr Gesicht war kühl, erhaben und dabei äußerst betörend.

Es verschlug allen die Sprache.

„Da sind sie also, die Gefährten aus dem fernen Alastríona, die aufgebrochen sind, die Verlobte des zukünftigen Königs zu retten", sagte sie mit tiefer Stimme. „Ihr habt Euren Weg gefunden und es bis in den Yldís geschafft, in den Ihr nun Einlass begehrt, richtig?"

Aidan schien all seinen Mut zusammen zu nehmen und stammelte: „Das ... ist ... richtig, Mylady. Es ... ist sehr ... freundlich von Euch, uns abzuholen."

Sie lachte ein schauriges Lachen. „Euch abholen?! Gewiss nicht. Der Yldís lässt Menschen nur passieren, wenn sie seiner würdig sind." Sie kam einige Schritte näher und sah jeden von ihnen durchdringend an. „Jedoch macht er es Euch leicht: bloß einer muss sich beweisen; jemand, der bereit ist, mit seinem Leben für Eure gesamte Gruppe zu bürgen."

„Gerne bin ich bereit, dieses Opfer zu bringen“, sagte Aidan feierlich. „Was ist meine Aufgabe?“

„Keine Aufgabe. Nur ein Tanz, mit mir über die Brücke.“

„Was hältst du davon?“, raunte Balfour Meyla zu. „Irgendwelche nützlichen Dinge, die dein Legendenbuch dazu beitragen kann?“

„Freilich werde ich nicht mit dem Ritter tanzen“, fuhr die Dame in Weiß fort, ihr Blick wanderte über Gleann zu Balfour.

„Der Tanz der Weißen Frau auf der Brücke“, wisperte Meyla. „Wenn man mit ihr tanzt und es ihr gefällt, darf man die Brücke überqueren. Verweigert man sich oder begeht man während des Tanzes einen Fehler, tötet sie einen.“

Die Weiße Frau lächelte spöttisch, obwohl er und Meyla ausgesprochen leise geredet hatten, war Balfour sich sicher, dass sie jedes Wort verstanden hatte. Sie durchbohrte ihn mit ihrem Blick.

„Was für Fehler können das sein?“, fragte er mit klopfendem Herzen.

„Na ja. Man könnte auf ihr Kleid treten oder ihre Füße. Zu langsam tanzen, zu schnell. Oder nicht im Takt der Musik.“

„Aber hier ist doch gar keine Musik!“, sagte Balfour und in diesem Moment wurde ihm klar, was die Frau in Weiß unmittelbar danach aussprach.

„Diese Aufgabe ist für Euch bestimmt“, ihr Blick wanderte zu seinem Bruder, „Cailean Dunham.“

Cailean zögerte kurz, ging jedoch dann tapfer Richtung Brücke.

„Nein“, sagte Balfour und stellte sich ihm in den Weg, „auf gar keinen Fall!“

„Balfour“, warnte Meyla ihn eindringlich, „sie hat ihn zum Tanz aufgefordert. Verweigert er sich, ist das sein sicherer Tod. Unser aller Tod, um genau zu sein.“

„Keine Sorge Balfour“, beteuerte Cailean ruhig, „Àlainn hat mir Tanzen beigebracht. Alles wird gut!“

Schreitenden Schrittes ging Cailean zur Brücke und ergriff die ausgestreckte Hand der Frau. Die Weiße Dame zog ihn an sich; sie blickten sich einen Moment in die Augen und begannen dann langsam, sich hin - und her zu wiegen. Das weiße Strahlen, welches die Frau umgab, ging dabei auch auf Cailean über; das tanzende Paar wirkte, als sei es nicht von dieser Welt. Schließlich begannen auch Balfour und die anderen die Musik zu hören: eine Harfe, fremd und anmutig; leise zuerst und dann immer lauter. Cailean und die Weiße Frau waren ganz in dem Anblick des Anderen versunken, als sie stetig von einem Ende der Brücke zum anderen tanzten.

Mit einem Mal konnte Balfour erkennen, was auf der anderen Seite war: kein Wald, sondern ein verwunschener Garten mit bunten Blumen, exotischen Vögeln und Faltern, marmornen Statuen, kleinen Wasserfällen, die aus Bäumen zu kommen schienen.

Cailean und die Dame in Weiß waren am Ende der Brücke angelangt. Die Musik ebbte ab, aber die beiden wiegten sich dennoch einen weiteren Moment im Takt. Dann ließ die Frau ihn los und ein Lächeln erschien auf ihrem Gesicht, ein Lächeln das – anders als zuvor - offen und warmherzig war.

„Ich danke Euch für diesen wunderbaren Tanz, Ihr seid wahrlich würdig diesen Ort zu betreten!“

Cailean verneigte sich leicht vor ihr, nahm ihre Hand, führte sie zu seinen Lippen und hauchte ihr einen Kuss auf. Balfour war abermals sprachlos.

Das Lächeln der Frau verstärkte sich, sie nickte Cailean zu und wandte sich dann an die anderen.

„Mein Name ist Andreana, ich gehöre dem Orden der Weißen Priesterinnen an. Ihr dürft nun die Brücke passieren und mich zu unserer Oberin begleiten.“

23

Aus Legende wird Wahrheit

Yldís

Als sie die Brücke überquerten, erschien es Meyla, als würden sie die Welt, die sie bisher gekannt hatten, hinter sich lassen. Dieser Ort war so anders, von solch immenser Magie, dass sie sich fühlte, als wäre sie in ihr Legendenbuch gefallen. Wo der Elfting dunkel und bedrohlich war, war der Yldís wahrlich ein Hort des Lichts.

Als sie den Garten am anderen Ufer des Baches betraten, blieben sie alle kurz stehen, ließen die satten Farben auf sich wirken, lauschten dem lebhaften Gesang der Vögel, atmeten die köstliche, laubige Luft des Waldes. Andreana lächelte sie wissend an und bat sie, ihr weiter zu folgen.

Nach ein paar Minuten erreichten sie eine weiße Laube, auf deren Boden eine große, behaglich aussehende Matratze mit bunten Kissen lag; ihr Dach war mit leuchtenden Lampions geschmückt.

„Hier könnt ihr den Rest der Nacht verweilen und ruhen“, erklärte Andreana. Sie wandte sich an Meyla: „Möchtet Ihr eine eigene Schlafstätte oder stört Euch die Nähe Eurer Begleiter nicht?“

„Ich schlafe seit Wochen Seite an Seite mit ihnen“, lachte Meyla, „wahrscheinlich würde ich mich einsam fühlen, wenn das schlagartig anders wäre. Aber ich danke Euch für die Umsicht.“

„Wie Ihr wünscht, Lady Álfkona. Genießt den Schlaf an einem Ort wie diesen, hier seid Ihr sicher und böse Träume gibt es im Yldís nicht. Morgen habt Ihr die Ehre unsere Oberin zu treffen.“

Sie stellten vorsichtig ihre Sachen ab, Cailean wollte sich als erster in die Laube legen, doch Andreana packte ihn an der Schulter.

„Ihr kommt mit mir, Cailean.“

Cailean schaute sie überrascht an, auch alle anderen hielten inne.

„Wieso?“, fragte Balfour alarmiert, „Was habt Ihr mit ihm vor?“

Andreanas Augen funkelten. „Nichts, was ihm missfallen wird. Er darf die Nacht einfach mit mir woanders verbringen und wird morgen früh wieder zu Euch stoßen. Mehr braucht Ihr nicht zu wissen, Balfour Dunham. Euer Bruder ist ein erwachsener Mann.“

Cailean wurde rot, ergriff Andreanas Hand und schlenderte mit ihr fort, ohne sich noch einmal umzudrehen.

Aidan pfiff durch die Zähne. „Wie ich den jungen Burschen beneide! Hat der ein Glück!“

„Glück?!“, fluchte Balfour. „Wer weiß, was diese Frau mit ihm anstellt! Ich traue ihr nicht. Hildur hat uns auch vor den Weißen Priesterinnen gewarnt, schon vergessen?“

„Niemand zwingt dich, ihr zu vertrauen“, sagte Meyla ruhig, „aber es bringt ganz sicher nichts, sich mit ihr anzulegen. Warum sollte sie Cailean etwas antun? Wenn sie es darauf angelegt hätte, einen von uns oder uns alle zu töten, dann wäre das mit Sicherheit schon geschehen. Außerdem kann er auf sich selbst aufpassen.“

„Vielleicht, aber kann er ihr auch widerstehen?“

„Wieso sollte er das tun?“, fragte Aidan entrüstet.

„Na weil sie nun mal EINE VERDAMMTE WEIßE PRIESTERIN IST!“

„Und er ein Bauer?!“, fragte Meyla scharf.

„Das hat damit nichts zu tun! Was wenn sie ihn verzaubert, wenn sie ihn entführt? Was, wenn es einfach nur das ist, was Aidan vermutet und er sich verliebt und sie ihm das Herz bricht?“

„Jedes *Wenn* gehört der Zukunft“, sagte Gleann leise und legte sich auf die Matratze, „aber wir sollten uns um die Gegenwart kümmern. Ich weiß nicht warum, aber mein Bauch sagt mir, dass wir ihr trauen können.“

Aidan zögerte, zuckte dann mit den Schultern und legte sich an Gleanns linke Seite.

„Du kannst nicht immer alles und jeden beschützen“, flüsterte Meyla zu Balfour, „hast du das wieder vergessen?“ Schließlich nickte er resigniert und legte sich neben Aidan.

Meyla blieb noch einen Moment stehen und horchte nach den Vögeln, deren Gesang nun deutlich leiser war. Anschließend legte sie sich an Gleanns rechte Seite, der sich sofort mit seinem Kopf an ihre Schulter kuschelte. Seine heimelige Wärme an ihrem Körper, das inzwischen vertraute leise Schnarchen von Aidan und Balfour in ihrem Ohr, ließ sie innerhalb weniger Minuten in einen tiefen Schlaf fallen.

Sie stand an Bord eines herrlichen Dreimasters, dessen Segel sich im Sturm blähten. Die See war unruhig, viele Mitglieder der Besatzung zeigten eine leicht grünliche Gesichtsfarbe, obwohl sie einiges gewöhnt waren.

Meyla liebte dieses Wetter, sie fühlte sich erst dann richtig lebendig. Sie schaute hinauf zum Krähennest, wo der anwesende Matrose ordentlich durchgepustet wurde und überlegte übermütig, ob sie hinaufklettern sollte.

„Denk nicht mal dran, Schickse“, ertönte Balfours warme Stimme hinter ihr.

Freudig drehte sie sich um und blickte in sein strahlendes Gesicht. Er war älter als sie ihn in Erinnerung hatte, in seinem Haar überwog das Grau gegenüber dem Braun und seine Falten hatten sich vermehrt. Gleichwohl wirkte er auch glücklicher und gelöster als sie ihn jemals erlebt hatte.

„Nur einmal!“

„Wir sind jetzt so knapp vor dem Ziel, deine Meyla-Insel zu entdecken und du legst es darauf an, dir das Genick zu brechen? Na gut, komm ich mach dir Räuberleiter!“

Lachend warf sie sich in seine Arme und küsste ihn leidenschaftlich. Nach einer Weile löste er sich von ihr und hielt ihr etwas entgegen.

„Hier, das habe ich im letzten Hafen auf dem Markt für dich gekauft. Eigentlich wollte ich noch damit warten, es dir zu schenken, aber da du dich anscheinend gerne umbringen möchtest, gebe ich es dir jetzt.“ Er drückte ihr eine silberne Schatulle in Form einer Muschel in die Hand.

„Das ist aber hübsch!“

„Damit du dir jederzeit die Schönheit des Nordens anschauen kannst.“

Meyla öffnete die Schatulle und sah, dass es in Wahrheit ein Taschenspiegel war. Sie wollte gerade einen Blick hineinwerfen ...

… als der Traum verblasste und nichts als friedliche Stille in ihrem Kopf blieb. Lächelnd drehte sie sich im Schlaf.

Ein lautes, ihr sehr vertrautes Lachen, weckte Meyla.

„Meyla, Meyla, du schnarchst echt am lautesten von uns allen“, kicherte Cailean.

„Sehr lustig“, brummte Meyla verlegen und setzte sich schlaftrunken auf. Als sie jedoch die Augen öffnete und sich umschaute, erschrak sie und war sofort hellwach:
dutzende Weiße Priesterinnen standen um ihre Laube herum und beobachten sie mit ernstem Blick.

„Keine Sorge“, sagte Cailean beruhigend, der in ihrem Rücken stand, Hand in Hand mit Andreana, „sie tun euch nichts. Sie wollen euch bloß abholen und zur Oberin geleiten.“

Meyla entging Caileans Wortwahl nicht- „euch“ anstatt „uns“- weswegen sie ihn misstrauisch musterte. Er strahlte, nicht nur sein Gesicht, nein, sein ganzer Körper schien den magischen Schimmer der Weißen Priesterinnen angenommen zu haben. Auch Gleann, Balfour und Aidan waren inzwischen erwacht und aufgestanden.

„Was ist mit dir?“, fragte Balfour leise an seinen Bruder gewandt.

„Was soll mit mir sein? Ich begleite euch natürlich.“

„Dort hinten“, meinte Andreana und zeigte in Richtung einiger Nadelbäume, „ist ein Brunnen mit frischem Quellwasser, wo ihr trinken und Euch waschen könnt. Derart verschlafen, kann ich Euch nicht zu unserer Oberin lassen.“

Ihre Mundwinkel zuckten, Cailean kicherte abermals laut, was Meyla aus irgendeinem Grund ärgerte. Sie wollte ihm gerne etwas sagen, doch Gleann nahm sie bei der Hand und nickte zu Balfour, der mit verbissener Miene Richtung Brunnen stapfte. Also schluckte Meyla den gehässigen Spruch, der ihr auf der Zunge lag, hinunter und folgte ihren Freunden. Während sie sich wuschen, herrschte angespanntes Schweigen, was nach einigen Minuten unerträglich wurde. Meyla knuffte Balfour in die Seite.

„Also, wie stellen wir es an? Ich schieße ihr einen Pfeil ins Auge, während du Cailean niederschlägst, sodass Aidan ihn sich über die Schulter werfen kann und dann türmen wir?!"

Er lächelte zaghaft. „Das klingt nach einem guten Plan."

Aidan seufzte. „Zu schade, dass wir dann wohl erfolglos nach Alastríona zurückkehren müssen."

„Wieso?", grinste Meyla. „Glaubst du etwa, die Oberin wäre böse, wenn wir einen ihrer Wachhunde erledigen?"

„Wir haben so viel überstanden", sagte Gleann zuversichtlich, „wir werden auch diese letzte Hürde überwinden." Er sah Balfour eindringlich an. „Wir dürfen uns einfach nicht aus der Ruhe bringen lassen."

„ *Einfach* ist gut", seufzte Meyla, „aber du hast Recht. Holen wir uns unsere Blume!"

Andreana führte sie eine ganze Weile durch den Wald, sodass ihnen irgendwann jegliches Gefühl für Raum und Zeit abhanden kam.

Schließlich erreichten sie eine Lichtung, deren Wiese übersät war mit blauen Glockenblumen. Unzählige Weiße Priesterinnen saßen in kleinen Gruppen auf bunten Decken beisammen. Meyla entdeckte Frauen und Mädchen aus jeder Altersgruppe; junge Dinge mit wilden Lockenköpfen, ältere Damen mit langen grauen Zöpfen. Sie alle hatten gemeinsam, dass sie barfuß, in weiße Gewänder gehüllt und von jenem seltsamen Leuchten erfüllt waren, welches inzwischen auch Cailean innehatte. Bei einigen saßen wilde Tiere mit auf den Decken: Rehe, Adler, sogar Wölfe und alle wirkten zahm und friedlich.

Meyla erwartete, dass sich eine der älteren Damen erheben und auf sie zusteuern würde, doch dies geschah nicht. Andreana führte sie quer über die Lichtung und hielt schließlich vor einem Mädchen inne, welches wippend in einem hölzernen Schaukelstuhl saß. Sie sah aus wie fünfzehn, höchstens sechzehn Jahre, hatte lange goldblonde Locken und trug als einzige kein weißes Gewand, sondern ein hellblaues Sommerkleid.

„Dies ist die Gründerin unseres Ordens, Oberin Tuathla."

Tuathla erhob sich und betrachtete die Besucher belustigt. „Nicht das, was Ihr erwartet habt, was?!"

„Ihr seid die Oberin der Weißen Priesterinnen?", fragte Aidan fassungslos.

„Warum überrascht Euch das so, Euer Wohlgeboren?“

„Nun ja ...“, stotterte er, „Ihr habt den Ruf, äußerst mächtig und weise zu sein und da haben wir angenommen ... ja.“

Sie lachte. „Ich wäre älter? Kann die Jugend in Euren Augen nicht mächtig und weise sein? Lasst mich Euch gleich zu Anfang eins erklären: in unserem Orden gilt alt gleich weise, aber nicht weise gleich alt. Aber falls es Euch dann besser geht, ich bin wesentlich älter als ich aussehe. Älter als Ihr alle zusammen, um genau zu sein.“

„Verzeiht, ich wollte Euch in keinster Weise beleidigen“, versicherte Aidan.

„Oh, es braucht mehr um mich zu beleidigen, seid da mal unbesorgt. Nun lasst uns nicht länger um das herumreden, was Ihr von mir begehrt. Ich weiß, warum Ihr den langen beschwerlichen Weg von der Hauptstadt aus auf Euch genommen habt, nur um mit mir zu sprechen.“

Niemand traute sich, ein Wort zu sagen.

Tuathla lachte abermals. „Auf einmal so schüchtern? Da haben mir meine Späher aber anderes berichtet. Von jedem von Euch.“ Ihr Blick streifte Gleann. „Nun ja, zumindest von fast jedem. Also: die Blaue Blume. Allheilmittel für jedes magisch herbeigeführte Gebrechen dieser Welt.“
Sie setzte sich zurück in ihren Schaukelstuhl und wippte erneut hin und her.

„Ihr habt Sie wirklich?“, fragte Aidan hoffnungsvoll.

„Nein“, erwiderte Tuathla knapp und Meylas Herz rutschte ihr in die Kniekehlen.

„Nicht?“ Aidans Stimme zitterte.

„Es gibt sie nicht. Es hat sie nie gegeben. Zumindest nicht so, wie in dem Märchen von ihr erzählt wird. Doch schaut Euch um, hier an diesem Ort. Entdeckt Ihr nichts, was Euch und der armen Nansaidh Freisting weiterhelfen könnte?“

Die Männer hielten unruhig Ausschau auf der Lichtung, ernüchtert, weil sie unter den hunderten blauen Glockenblumen niemals die richtige finden würden. Meylas Blick jedoch blieb stur auf Tuathla gerichtet, insbesondere auf ihrem blauen Kleid.

„Ihr seid es“, sagte Meyla leise, „Ihr seid die Blaue Blume. Die Sage handelt von Euch.“

Tuathla hörte auf zu wippen.

„Ja und Nein. Die Wahrheit ist, alles und jeder eignet sich dafür, eines Tages zur Blauen Blume zu werden. Denn letztendlich war sie nie etwas anderes als ein Symbol der Hoffnung. Ihr habt es in Euch, Nordprinzessin, genauso wie ich, meine Schwestern, der Ritter oder die Bauern. Hoffnung ist das einzige, was stärker ist als Angst und Verzweiflung."

„Stärker als der Tod ist sie nicht", flüsterte Meyla und dachte voller Kummer an ihre geliebte Mutter.

„Gewiss ist sie das, sie verändert bloß ihre Form. Oder hofft Ihr etwa nicht darauf, die Gegangenen, die Ihr geliebt habt, am Ende wiederzusehen, Meyla Álfkona?"

„Und das war es?", fragte Aidan erschüttert. „Wir kehren nach Alastríona zurück mit nichts als Hoffnung?"

„Hoffnung ist niemals nichts!", sagte Tuathla scharf. „Das werdet Ihr jetzt am eigenen Leib erfahren, wenn ich Euch etwas über mich erzähle. Die Legende der Blauen Blume entstammt - wie alle Sagen und Märchen der alten Zeit- aus einer wahren Begebenheit, die mit den Jahren verändert weitergegeben wurde. Meine Eltern waren einst ein armes Müllerspaar, denen die Freude verwehrt blieb, ein Kind zu bekommen. Mein Vater ist ein direkter Sprössling aus der Linie Tuahtas, der Mutter des Nordens, unsere Namensähnlichkeit ist kein Zufall. Auf Grund seiner Abstammung waren ihm die Künste der Magie nicht fremd, auch wenn er sich meiner Mutter zu liebe nur selten damit beschäftigte. Als meine Mutter vor Kummer über ihre Kinderlosigkeit dahin schwand, braute mein Vater einen Zaubertrank, den er ihr heimlich verabreichte. Neun Monate später wurde ich geboren, ein Sinnbild der Hoffnung. Nicht nur für meine Eltern, sondern für die Bewohner ihres gesamten Dorfes. Alle wollten mich sehen, alle wollten Zaubertränke von meinem Vater für ihre diversen Gebrechen haben. Mein Vater war zeitlebens ein einfacher, bescheidener Mann gewesen und konnte mit all der Beliebtheit und vor allem der Macht, die damit einherging, nicht umgehen. Die Magie zog ihn immer mehr in ihren Bann, irgendwann auch die dunkle. Meine Mutter wurde darüber erneut krank und brachte mich mit letzter Kraft in die Obhut der Weißen Schwestern, damit ich weit weg von meinem Vater und umgeben von weißer Magie aufwachsen kann. Die Weißen Priesterinnen erkannten schon sehr bald meine enormen magischen Fähigkeiten. Ob ich diese von meiner Urahnin Tuatha habe oder daher, dass ich auf Grund eines Zaubertranks empfangen wurde, vermag niemand zu sagen. Dies ist die wahre Geschichte hinter dem Märchen über die Blaue Blume. Wahrhaftig bin ich es, die den Menschen seit Jahrhunderten Hoffnung schenkte, einfach, indem sie an mich geglaubt haben."

Einen Augenblick schwiegen alle, verdauten Tuathlas Erzählung und ihre Tragweite.

„Könnt Ihr uns denn helfen?“, fragte Balfour schließlich. „Die Verlobte des Prinzen zu retten?“

„Wisst Ihr“, sagte Tuathla nachdenklich, „wir haben hier nicht sehr viele Regeln. Doch die wenigen, die wir haben, befolgen wir streng. Die wichtigste und oberste Regel besagt, dass wir uns nicht in die Belange der gewöhnlichen Menschen einmischen.“

Meyla dachte an Gandála, an Yngrid und Hildur und dass ihr Kind noch leben könnte, wenn die Weißen Priesterinnen sich nicht so streng an die Regeln halten würden.

„Aber Ihr seid doch Teil dieser Welt“, sagte sie aufgebracht. „ Lebt in ihr gemeinsam mit den gewöhnlichen Menschen. Wie kann es Euch da gleichgültig sein, was mit ihnen geschieht?“

„Teil einer Welt, die von den Menschen zerstört wird“, antwortete Tuathla schneidend, „Langsam, aber stetig. Menschen, die sich über die Natur stellen; die vergessen haben, dass sie und die Tiere ebenbürtig sind.“

„So sind aber nicht alle“, sagte Gleann, „jeder Mensch hat beides in sich: das Gute und das Schlechte. Vielleicht könntet Ihr ihnen helfen, das Gute in sich zu finden.“

„Ihr meint, das Licht zu wählen, anstatt der Dunkelheit? Unterschätzt das Böse nicht. Es ist überall präsent, sogar an einem Ort wie diesem. Aber ich gebe Euch Recht, nicht alle sind schlecht. Ich sehe Euch fünf vor mir stehen, jeder mit eigennützigen Gründen für diese Reise und dennoch würde jeder von Euch sein Leben dafür geben, die junge Prinzessin zu retten. Was bekomme ich von Euch, dafür, dass ich Euch helfe?“

Und uns nennt sie eigennützig, dachte Meyla gehässig.

„Die hier“, sagte Aidan, griff in seine Tasche und holte die Zrocotta-Augen hervor, die Meyla schon fast vergessen hatte. Sie sah Tuathla an, dass diese die Augen sehr begehrte.

„Einverstanden“, sagte sie, „aber Ihr müsst Euch noch ein paar Tage gedulden. Das Gift, welches in Lady Freisting wütet, ist äußerst stark. Es bedarf eines mächtigen Gegengiftes, sie zu retten., dafür brauche selbst ich die Unterstützung der Götter. Bald ist Walpurgisnacht, unser heiligstes Fest. Dann werde ich Euch helfen, Ihr habt mein Wort.“

„Hat Nansaidh noch so viel Zeit?“, fragte Meyla.

„Es ist ihre einzige Hoffnung, also beten wir, dass sie so lange durchhält.“ Tuathla erhob sich und streckte Aidan ihre offene Hand entgegen, welcher ihr nach einigem Zögern die Zrocotta-Augen übergab.

„Ich danke Euch“, sagte Tuathla abschließend, „und nun geht zurück in Eure Unterkunft. Wir sehen uns in der Walpurgisnacht.“

Die nächsten Tage waren wie ein Traum. Sie konnten so oft und solange in ihrer Laube schlafen, wie sie wollten; bekamen frisches Obst, Nüsse und Gemüse zu Essen gebracht, durften im Yldís umherstreifen und seine Wunder bestaunen. Das Wetter war von stetig milder Wärme und freundlichem Charakter; hin und wieder besuchten Weiße Priesterinnen sie, lasen ihnen vor oder spielten auf ihren Instrumenten. Es fiel schwer, den Ernst der Lage nicht zu vergessen und ihren Aufenthalt als etwas anderes zu sehen als eine angenehme Rast. Cailean war oft bei ihnen, aber nicht die ganze Zeit und er schwieg sich nach wie vor darüber aus, was genau er mit Andreana erlebte. Doch er war glücklich, sodass sich auch Balfours Anspannung nach und nach löste.

Am letzten Abend vor der Walpurgisnacht leistete Andreana ihnen Gesellschaft. Sie hatten gerade ihr Abendmahl beendet und sich Kelche mit fruchtigem Rotwein gefüllt, als sie sich ihrer Laube näherte, neben ihr her trotte ein Wolfswelpe.

„Ich dachte, wir könnten Euren vorletzten Abend hier gemeinsam verbringen“, sagte sie mit für sie ungewöhnlich leiser Stimme. Cailean sprang sofort auf, knickste und küsste ihre Hand.

Sie sagte nicht viel in den folgenden Stunden, hörte ihnen aber aufmerksam zu und warf sehnsüchtige Blicke auf den Wein. Meyla wurde das Gefühl nicht los, dass sie traurig war und fragte sich, ob dies am bevorstehenden Abschied von Cailean liegen konnte. Sie selbst jedenfalls mochte diese menschlichere Andreana wesentlich lieber als die entrückte, über den Dingen schwebende Priesterin.

Irgendwann kraulte Andreana den jungen Wolf hinter den Ohren und unterhielt sich gurrend in einer Sprache mit ihm, die die anderen nicht verstanden.

„Ihr könnt mit Tieren reden?“, fragte Gleann ehrfürchtig.

„Ich spreche die Sprache aller Lebewesen.“

„Das würde ich auch gerne können. Das würde unser Leben am Hofe wirklich vereinfachen, nicht wahr Balfour?“

„Ihr könnt es, jeder Mensch kann es“, sagte Andreana zum Erstaunen aller. „Zumindest konnten sie es, vor langer Zeit. Dann haben sie sich über die Tiere und die Pflanzen gestellt und verlernt, hinzuhören. Damit gerieten die alten Sprachen in Vergessenheit, aber jeder Mensch hat sie tief in sich begraben.“

Meyla wusste nicht Recht, ob sie dies glauben konnte, aber der Welpe war dermaßen entzückend, dass sie vorsichtig ihre Hand ausstreckte um ihn ebenfalls zu kraulen.

In jener Nacht lag sie lange wach. Zum ersten Mal war das Ziel ihrer Reise wirklich in greifbarer Nähe, was bedeutete, dass auch ihr Ende in Sicht war.

Meyla hatte keine Ahnung, was sie zurück in Alastríona mit ihrem Leben anfangen sollte. Sie konnte nicht einfach zurückkehren in ihre Bibliothek, als wäre nichts gewesen, als hätte sie in den letzten Wochen nicht die schönsten und die schlechtesten Dinge dieser Welt gesehen. Als hätte sie sich nicht verändert. Der Gedanke, Balfour, Gleann und Cailean nicht mehr jeden Tag zu treffen , ja sogar die Begegnungen mit Aidan dem Zufall zu überlassen, brach ihr das Herz.

Außerdem hatte jener Mittag am Meer, als sie die Wale beobachtet hatten, ihre alte Sehnsucht nach der See wieder geweckt. Und was war mit Gandála? Gab es einen Weg, dem Volk ihres gleichgültigen Vaters zu helfen? Wie würde es mit Balfour und ihr weitergehen? Konnte sie seinen Stolz besiegen und ihm beweisen, dass ihr sein Bauernstatus gleichgültig war? Wie würde das nächste Kapitel ihrer persönlichen Geschichte aussehen? Darüber grübelte Meyla Stunde um Stunde.

Am nächsten Tag herrschte Aufbruchstimmung, sie packten ihre Sachen und besuchten ein letztes Mal die Plätze, die sie in den vergangenen Tagen lieb gewonnen hatten. Der ganze Wald war erfüllt von eifriger Vorfreude, die wenigen Priesterinnen, die sie zu Gesicht bekamen, wirkten geschäftig und erregt. Cailean wurde immer unruhiger, weil Andreana sich nicht blicken ließ.

Erst als es anfing zu dämmern, kam sie zu ihnen, jegliche Melancholie vom Vorabend aus ihrem Gesicht verschwunden, und führte sie wieder auf die Lichtung mit den Glockenblumen.

Diesmal waren keine Decken auf der Wiese, dafür stand in ihrer Mitte ein großer Birkenbaum mit dickem Stamm, in dessen Krone bunte Bänder, Frühlingsblumen und Heilpflanzen eingeflochten waren. Um den Baum herum waren neun Holzfackeln aufgestellt, die darauf warteten angezündet zu werden.

Als die Sonne versunken und die Lichtung voll der Finsternis war, hörten sie Tuathla mit leiser Stimme in fremder Sprache singen. Die Melodie des Liedes war traurig und hoffnungsfroh zugleich, der Gesang kraftvoll und eindringlich. Kerzen wurden entflammt, in den Händen von Weißen Priesterinnen. Durch den schummrigen Kerzenschein konnte Meyla erkennen, dass sich hunderte von ihnen auf der Lichtung befanden. Ein Schauer liefe ihr über den Rücken.

Die Weißen Priesterinnen fielen in den Gesang ein und begannen sich rhythmisch zu bewegen, hielten sich an den Händen, wogen sich sachte im Takt der Musik. So beeindruckend der Sonnentanz in Gormal auch gewesen war, dies hier war etwas ganz anderes: ein magisches Ritual ganz im Einklang mit der Natur. Der Gedanke, dass sie dies bezeugen durfte, machte Meyla dankbar und demütig.

Die Priesterinnen, die keine Kerze trugen, wickelten bunte Bänder quer über den Stamm des Baumes und verneigten sich anschließend vor ihm. Der Gesang verstummte, irgendwo spielte jedoch noch jemand die Melodie auf einer Flöte.

Tuathla ging gemeinsam mit einer Weißen Frau mit Kerze zu der ersten Fackel.

„Der Rebstock, der die Freude in unser Leben bringt", sagte sie gebieterisch und nickte der Weißen Priesterin zu, die daraufhin die Fackel entzündete. Sie gingen weiter.

„Durch die Haselnuss erlangen wir Weisheit". Das nächste Feuer entflammte.

„Der Weißdorn reinigt unsere Seelen". Drei Lichter erhellten den Festplatz.

„Die Weide steht für den Tod". Meyla hielt den Atem an, als eine weitere Flamme aufloderte.

„Die Tanne als Symbol für das Leben nach dem Tod". Tuathlas Antlitz im Feuerschein war gefährlich und bezaubernd.

„Die Eberesche bringt uns das Leben". Das Licht der Fackel aus dem Holz der Eberesche brannte heller als die anderen.

„Das Apfelholz entflammt die Liebe." Meyla warf einen verstohlenen Seitenblick auf Balfour und sah überrascht, dass ihm eine Träne über die Wange lief. Schüchtern legte sie ihren Kopf auf seine Schulter, voller Angst, er würde sie zurückweisen.

„Die Eiche für die Männlichkeit." Balfour lehnte seinen Kopf an ihren, ganz zart nur, doch es reichte aus um eine Woge des Glücks durch ihren Körper zu jagen.

„Und schließlich unsere geliebte Birke für die Weiblichkeit." Neun Fackeln brannten nun und verströmten eine kraftvolle Wärme.

Die Weißen Damen nahmen den Gesang wieder auf, nahmen auch Meyla und die anderen bei der Hand, sodass sie alle eins waren in jener Nacht, eine Einheit der Harmonie. Über Stunden tanzten und sangen sie miteinander, Zeit spielte keine Rolle, nichts spielte eine Rolle, außer das Hier und Jetzt.

Doch irgendwann ging die Sonne auf und der Zauber der Walpurgisnacht war vorüber. Die Weißen Priesterinnen verschwanden dorthin, wo auch immer sie ihre Tage verlebten. Trotz der Zeit, die sie im Yldís verbracht hatten, hatten Meyla und die Anderen nicht wirklich etwas über den Orden und das Leben seiner Schwestern herausfinden können, sodass der Bund dieser starken Frauen weiterhin ein Geheimnis bleiben würde.

Zurück auf der Lichtung blieben nur Andreana und Tuathla, letztere nahm eine kleine gläserne Phiole aus der Tasche ihres Kleides, ging hinüber zum Baum und fing mit dem Gefäß Tropfen auf, die von seinen Blättern hinunterfielen.

„Der Tau des Mittsommerbaums“, erläuterte sie. „Mächtiger als jedes Gift.“ Sie verkorkte die Phiole und reichte sie Meyla. „Abermals vermag die Blaue Blume den Menschen Hoffnung zu schenken.“

„Oh“, sagte Meyla, „ich denke Aidan oder Balfour sollten die Phiole tragen.“

„Nein“, sagte Tuathla bestimmt, „*Ihr* müsst sie an Euch nehmen. Ihr werdet vor den anderen auf Burg Uallach eintreffen.“

„Was?! Nein! Wir bleiben zusammen!“

„Die Augen des Zrocottas lügen nicht, ich habe Eure Zukunft gesehen. Ihr werdet Eure Kameraden zurücklassen und das letzte Stück des Weges alleine gehen.“

Meyla wurde rot vor Scham, nahm die Phiole und getraute sich nicht, ihre Freunde dabei anzusehen.

„Lady Nansaidh bleibt nur noch wenig Zeit. Es steht so schlecht um sie, dass ich ihre Zukunft nicht klar erkennen konnte. Da ich Euch mein Wort gegeben habe, Euch zu helfen, leihe ich Euch etwas, dass Euch schneller zurück nach Alastríona bringen wird.“

Sie stieß einen lauten Pfiff aus, einen kurzen Moment später trabten sechs Schimmel auf die Lichtung, wesentlich größer und kräftiger als normale Pferde.

„Unsere Kelpies“, erklärte Tuathla und strich einem der Tiere liebevoll über die Mähne. „Sie sind gezähmt und können die Strecke, für die Ihr zu Fuß Wochen gebraucht habt, innerhalb weniger Tage zurücklegen.“

„Wieso sechs?“, fragte Aidan.

„Weil ich Euch begleiten werde“, offenbarte Andreana zur Überraschung aller.

„Was?!“ Cailean schien außer sich vor Freude.

„Ganz Recht“, bestätigte Tuathla, „sie hat mich darum gebeten, Euch Geleitschutz zu geben. Wenn die Prinzessin genesen ist, wird Andreana mit unseren Kelpies zurückkehren. Nun macht Euch bereit.“

Sie nahmen ihre Sachen und gingen hinüber zu den prächtigen Pferden. Gleann war der erste, der aufsaß. Tuathla kam herüber zu Meyla und ihrem Kelpie.

„Das ist Shiva. Sie wurde von mir persönlich gezähmt und ist eine treue Seele.“ Tuathla begann mit einem Mal zu flüstern. „Darf ich Euch einen Rat geben?“

„Sicher. Ist es wegen dem, was Ihr in meiner Zukunft gesehen habt?“

„Ja. Schwere Zeiten liegen vor Euch, Zeiten in denen Ihr Euch entscheiden müsst. Viele denken, dass die Zukunft fest geschrieben steht, doch dem ist nicht so, zumindest nicht immer. Für Eure Zukunft gibt es zwei verschiedene Möglichkeiten. Wenn der Moment da ist, dann wählt das Licht und nicht die Dunkelheit, Meyla Álfkona.“

Meyla spürte, wie Angst sie packte. „Was habt Ihr gesehen? Wie soll ich mich richtig entscheiden, wenn Ihr mir nicht sagt, was Ihr gesehen habt?“

„Das kann ich leider nicht. Ihr müsst darauf vertrauen, dass Ihr die richtige Wahl treffen werdet. Genau wie ich.“

„Darf ich Euch dann etwas anderes fragen?“

„Von mir aus.“

„Mein Freund Hildur, aus Gandála...“

„Ja?“

„Er sagte uns, es gäbe eine Verbindung zwischen Euch und Ruaraidh, dem roten Zauberer. Stimmt das?“

„Euer Freund hat die Wahrheit gesagt“, sagte Tuathla geradeheraus. „Ruaraidh ist mein Vater.“

„WAS?!“

„Er war nicht immer so, wie er jetzt ist. Er war einst ein gütiger Mann, der sich für einen vollkommen falschen Weg entschieden hat. Meine Mutter starb kurz nachdem sie mich bei den Weißen Schwestern untergebracht hatte. Der Verlust seiner Familie hat meinen Vater um den Verstand gebracht und er widmete sich fortan der schwarzen Magie. Euer Freund Gleann hat es bereits am Tag unseres Kennenlernens treffend formuliert: wir alle haben beides in uns, das Gute und das Böse. Es liegt an uns allein, welchem davon wir Macht geben. Er hat die Dunkelheit gewählt.“

Meyla wandte ihren Freunden, die ohnehin mit den Kelpies beschäftigt waren, den Rücken zu, sodass nur Tuathla sie verstehen konnte.

„Da gibt es eine Frau, die angeblich mit Ruaraidh in Verbindung steht. Wir haben sie in Gandála getroffen, Laoise. Sie behauptete Balfours Vater zu kennen. Kann das wahr sein?“

Tuathla zögerte einen Moment, schaute misstrauisch hinüber zu Balfour, der gerade auf sein Kelpie kletterte. Anschließend beugte sie sich vor und flüstere Meyla etwas ins Ohr, welcher daraufhin schwindelig vor Schreck wurde. Sie krallte sich an Shivas Mähne fest, welche das Verhalten ihrer neuen Herrin falsch deutete, sie beugte sich nämlich ein wenig hinunter, sodass Meyla leichter aufsteigen konnte.

„Geht jetzt“, sagte Tuathla laut an die Gruppe gewandt. „Meine besten Wünsche werden Euch begleiten.“

Damit begann ihre Reise nach Hause.

24

Ich träumte, ich sei alt

<u>*Der Norden*</u>

Schneller als der Wind galoppierten die Kelpies über die grünen Lande. Es war ein seltsames Gefühl, auf ihnen zu reiten, ganz anders als bei normalen Pferden. Die Welt flog an ihnen vorbei, Grenzen und Konturen verblassten dabei. Balfours Haar wehte ihm um die Ohren, genau wie damals bei ihrem Ritt entlang des Líadan.

Der Kreis schließt sich, dachte er, *die Reise endet.*

Bei einer ihrer seltenen kurzen Pausen am Rande des Elftings, stand er zusammen mit Cailean, welcher derart sorglos und vergnügt aussah, dass es Balfour ungewollt rührte.

„Seltsam wieder so nah an diesem Wald zu sein, oder?", meinte sein Bruder. „Ob die Ljeschis sich von dem Feuer erholt haben?"

„Erinnre mich bloß nicht daran!" Balfour schaute sich nach den anderen um, die ein wenig von ihnen entfernt standen. „Also, Andreana, hm?", fragte er leise. „Sie scheint es dir wahrhaftig angetan zu haben."

„Sie hat mich nicht verhext, falls du das denkst", grinste Cailean, „zumindest nicht mit Magie."

„Was erhoffst du dir?"

„Erhoffen?"

„Für eure Zukunft."

„Daran denke ich gar nicht. Für uns ist die Zeit, die wir auf diesem Ritt verbringen können, ein unverhofftes Geschenk. Wer weiß schon, was morgen ist oder nächstes Jahr? Ich genieße das Hier und Jetzt."

„Liebst du sie?"

„Möglicherweise."

„Dann wird dir der Abschied von ihr das Herz brechen."

„Vermutlich. Aber weißt du was? Das ist es mir wert! Dieses unbeschreibliche Glücksgefühl, auch wenn es nur zeitlich begrenzt ist."

Balfour musterte Meyla, die gerade gurrend Shivas Mähne streichelte.

„Was ist mit dir?“, fragte ihn Cailean. „Bereit für ein neues Leben?“

„Neues Leben?“

„Als Ritter an der Seite der Erbin des Hauses Álfkona.“

Balfour kannte die Antwort darauf nicht. Er war sich nicht mehr sicher, ob das Rittersein wirklich sein Wunsch war. Wenn er diesen Weg jedoch nicht einschlug, würde er für alle Zeit ein Bauer bleiben. Seine Gefühle für Meyla waren unverändert, ja sogar mit jedem weiteren Tag, den sie miteinander verbracht hatten, gewachsen.

„Ich weiß es einfach nicht, Cailean. All die Jahre hatte ich nur diesen einen Traum vor Augen. Darauf habe ich hingearbeitet. Nun wo er zum Greifen nah ist, sehe ich zum ersten Mal in meinem Leben nicht mehr klar, wo es mich hinführt.“

Cailean schwieg einen Moment, dann legte er Balfour einen Arm um die Schultern. Eine Geste, die er zum letzten Mal gemacht hatte, als sie noch Knaben waren. „Ich finde es auf jeden Fall sehr interessant, dass wir einen ähnlichen Frauengeschmack haben.“

Balfour zog fragend eine Augenbraue hoch. „Ach ja? Ich wüsste nicht, dass Meyla einem magischen Geheimbund angehört.“

„Nein. Die ist nur eine Prinzessin, die im Verborgenen lebt. Komm schon, wir haben beide ganz schön hochgesteckte Ziele.“

Balfour schmunzelte. „ Da magst du Recht haben.“

„Außerdem sind sie beide nicht auf den Mund gefallen und nun ja, du weißt schon: üppige Rundungen.“

Jetzt lachten beide Brüder so laut, dass die anderen zu ihnen hinüberschauten.

„Was ist so komisch?“, fragte Andreana und kam zu ihnen herüber.

Balfour zwinkerte Cailean zu und verließ die beiden Richtung Meyla, die sich immer noch ausschließlich mit ihrem Kelpie beschäftigte und ihre Freunde ignorierte.

„Was ist los mit dir?“, fragte er sie.

„Was soll los sein?“

„Du bist den ganzen Morgen über ungewöhnlich ruhig. Du hast nicht mal über das Reiten gemault.“

„Reiten mit den Kelpies ist jawohl auch ganz anders als normales Reiten.“

„Stimmt. Und warum siehst du mich nicht an, wenn ich mit dir rede? Das ist etwas, was ich sehr an dir schätze, weißt du. Dass du einen immer direkt anschaust.“

„Ich schau dich doch an.“ Sie hob ihren Kopf, mied aber weiterhin seinen direkten Blick.

„Komm schon!. Es ist doch nicht wegen dem, was Tuathla gesagt hat?“

Endlich sah sie ihm in die Augen, ihr Blick unendlich traurig. „Du hast leicht reden. Du bist ja nicht derjenige, der uns alle verraten wird.“

„Ach Meyla. Sie hat nichts von Verrat gesagt! Außerdem bin ich sowieso argwöhnisch, was Prophezeiungen jeder Art betrifft.“

„Selbst nach allem, was wir erlebt haben?“

„Ja, selbst jetzt. Aber auch wenn sie die Wahrheit gesagt hat und du ohne uns in Alastríona eintreffen wirst: vielleicht wird es dafür einen triftigen Grund geben. Mach dir jetzt deswegen nicht das Leben schwer!“

Aidan rief zum Aufbruch.

„Komm“, sagte Balfour aufmunternd, „wir reiten um die Wette. Das wird mit den Kelpies bestimmt ein besonderer Spaß.“

Der traurige Gesichtsausdruck in Meylas Gesicht verschwand. „Shiva und ich werden dich fertig machen, Lackel.“

„Niemals.“

Doch sie gewann, wenn auch nur knapp. Balfour gab sich gerne geschlagen, dafür dass Meyla wieder lachte. Die nächsten Stunden ihrer Reise verliefen unbeschwert und fröhlich.

Als sie sich der Wilden Sophie näherten, wurden die fünf Gefährten unruhig. Andreana dagegen blieb gelassen.

„Mit den Kelpies braucht Ihr keinerlei Furcht vor jeder Form von Wasser haben, egal wie herausfordernd es auch sein mag.“

„Wieso?“, fragte Aidan erstaunt.

„Ja wisst Ihr denn nicht, was Kelpies sind?“

„Na ja ... halt ungewöhnlich starke Pferde?“

Andreana seufzte. „Nein. Es waren einst Wasserpferde, die im großen Meer hausten und nur selten an Land kamen, bis sie von den Weißen Priesterinnen gezähmt wurden. Bis heute ist das Wasser ihr liebstes Element."

Genauso war es. Die Kelpies stürzten sich geradezu begeistert in die Fluten der Wilden Sophie und brachten ihre Reiter ohne Zwischenfälle sicher an das andere Ufer.

Am Abend erreichten sie bereits den Bradana-See, der sich von den Fluten erholt hatte. Von der Waschfrau fehlte zum Glück jede Spur, sodass Andreana vorschlug, abermals in einer der Holzhütten ihr Nachtlager aufzuschlagen. Sie aßen ihren Proviant, anschließend legten sich Meyla und Aidan schlafen. Andreana und Cailean wollten etwas um den See spazieren, während sich Gleann und Balfour, die beide noch nicht müde waren, vor die Hütte setzten.

„Morgen sind wir wieder in Seòras", sagte Balfour, „ein merkwürdiges Gefühl, oder?"

„Ja. Aber ich freue mich wahnsinnig auf Àlainn, Eik und die Kinder."

„Ich auch. Sehr sogar."

„Und gleichzeitig macht es mich traurig."

„Ja. Es wird schwer werden, Abschied zu nehmen von unseren Freunden."

„Freunde ... ja, auf jeden Fall. Und noch schwerer wird der Abschied von den Menschen, in die wir uns verliebt haben."

Balfour sah Gleann überrascht an. Er war ebenfalls in Meyla verliebt?! Wie konnte ihm das entgangen sein?!

Gleann lächelte vor sich hin. „Liebe kennt keine Grenzen, Balfour. Sei es der falsche Stand, in den man geboren wurde ... oder das falsche Geschlecht."

„Wie meinst du das?"

„Ich möchte mich nicht mehr verstellen. Das hat Aurelian mir klar gemacht, in jener Nacht auf dem Schiff. Der ist nämlich ebenfalls so wie ich, weißt du? Er hat mir die Augen geöffnet, dass es nicht falsch ist, derart zu empfinden."

Vor seinem inneren Auge sah Balfour viele kleine Momente von ihrer Reise, die er zuvor nicht bewusst gesehen hatte, oder vielleicht auch nicht hatte sehen wollen. Eine Hand auf der Schulter, ein bewundernder Blick ...

„Aidan", sagte er schließlich. „Du bist in Aidan verliebt."

„Ja."

Balfour musste diese Nachricht einen Moment verdauen.

Gleann lächelte immer noch. „Bist du sehr erschrocken?"

„Ein bisschen überrumpelt, ja. Ist Aidan der erste, für den du so empfindest?"

„Nein, ich weiß schon lange, was mit mir los ist."

„Warum hast du dich mir nie anvertraut?"

„Ich wusste nicht wie." Gleann schaute ihn an. „Das ändert doch nichts, oder?"

„Natürlich nicht. Gleann, du bist wie ein Bruder für mich, nichts könnte das ändern. Aber, ja, ich brauche schon noch ein wenig Zeit, um mich daran zu gewöhnen. Und es tut mir nur leid für dich ... weil du in unserem Land niemals offen damit leben kannst. Zumindest noch nicht. Weil ich keinen anderen Mann kenne, der Frauen dermaßen zugetan ist wie Aidan. Deine Gefühle werden unerwidert bleiben."

„Das spielt keine Rolle. Für mich ist es schön, dass du nun endlich die Wahrheit kennst. Zuhause werde ich es auch Àlainn und Eik sagen. Dann brauch ich mich bei euch nicht mehr verstecken. Cailean weiß es bereits seit einiger Zeit"

„Tatsächlich?"

„Ja, er hat es wohl bemerkt und mir auf den Kopf zugesagt"

Abermals war Balfour von seinem Bruder überrascht, der im Hinblick auf Gleann feinfühliger gewesen war als er selbst.

„Weißt du was?" Balfour drückte Gleann an sich. „Mir ist es so viel lieber, als wenn du auch in Meyla verliebt wärst. *Das* wäre nämlich wirklich ein Problem gewesen."

Gleann lachte und es war als würde eine große Last von seinen Schultern fallen.

Balfour schlief tief und gut, bis ihn erregtes Gemurmel weckte.

„Aidan, bitte beruhige dich", wisperte Meyla, „ es war nur ein Traum, ein Albtraum. Atme tief durch und dann ist es wieder gut."

Vorsichtig setzte Balfour sich auf. Cailean und Gleann schliefen seelenruhig; Andreana, die sagte dass sie gut ein paar Tage ohne Schlaf auskommen konnte, hielt draußen vor der Tür Wache.

Aidan saß völlig aufgelöst aufrecht auf seinem Lager, während Meyla tröstend auf ihn einredete und ihn am Arm streichelte. Als ihr Blick den Balfours traf, zuckte sie hilflos mit den Schultern.

„Aidan", sagte Balfour gedämpft, „sollen wir mal hinausgehen? Ein bisschen frische Luft schnappen?"

Aidan nickte schwach und verließ mit Balfour die Hütte. Andreana saß still auf dem Boden und blickte in den Sternenhimmel.

„Herrlich ist es dort oben, nicht wahr ?!", sagte sie ernst ohne Balfour und Aidan anzuschauen. „Wie klein und unwichtig wir dagegen sind. Wir sollten öfter innehalten und uns die Schönheiten dieser Welt anschauen, anstatt uns von unseren alltäglichen Sorgen auffressen zu lassen. Geht hinunter zum See, dort seid Ihr ungestört."

Die Kelpies waren außer Rand und Band. Übermütig tobten sie im Wasser, planschten umher und neckten sich gegenseitig. Ihr Anblick war derart entzückend, dass Balfour Andreanas Worten von vorhin nur beipflichten konnte. Auch Aidan schien sich ein wenig beruhigt zu haben.

„Also, was hast du schlimmes geträumt?"

Aidan seufzte schwer, bevor er mit leiser Stimme zu erzählen begann. „Ich spazierte mit Adda durch eine Stadt, ich glaube es war Gormal. Wir entdeckten einen einsamen Löwenzahn, der sich seinen Weg durch das Kopfsteinpflaster gebahnt hatte. Sie war ganz begeistert."

In Balfours Erinnerungen regte sich etwas. „Löwenzahn. Das ist damals im Nebel gefallen! Also hatte es eine Bedeutung für dich?"

„Ja. Addas Nachname ist Fífilla, was in der Sprache unserer Urahnen Löwenzahn bedeutet. Deswegen ist das ihre Lieblingsblume. Jedenfalls bückte ich mich, um ihr den Löwenzahn zu pflücken, doch als ich unten angelangt war, war aus dem Löwenzahn eine Pusteblume geworden. Ich drehte mich überrascht zu Adda um, aber sie war verschwunden. Suchend lief ich durch die Straßen, an einem Brunnen machte ich halt und warf einen Blick hinein. Und dann sah ich es." Tränen liefen Aidan über die Wangen.

„Was hast du gesehen?"

„Mein Spiegelbild. Ich war ein alter Mann, mit weißem Haar und müden, traurigen Augen."

„Wie Meyla schon sagte, es war ein Traum. Träume sind manchmal sehr verstörend, aber sie sind nicht mehr als das."

„Dieser schon. Er hat mir etwas verdeutlicht."

„Dass du Adda vermisst?"

„Das tue ich, aber es ging in diesem Traum nicht um sie. Es ging um mich, um das Gefühl, das ich hatte, als ich mein Spiegelbild sah. Ich fühlte mich ... bar jeder Hoffnung. Als hätte ich mein Leben vergeudet und es war zu spät, etwas daran zu ändern."

Balfour wusste nicht, was er darauf erwidern sollte.

„Ich weiß", fuhr Aidan fort, „dass ich mich nicht beklagen sollte. Ich habe ein so gutes Leben, besser als die meisten anderen Menschen. Man braucht sich nur Hildur und Yngrid anschauen ... Aber diese Reise hat mir etwas geschenkt, ein Gefühl, was ich noch nie zuvor in meinem Leben empfunden habe und der Gedanke, es in Zukunft wieder zu missen, macht mir Angst. Das Gefühl von ..."

„... Freiheit", sagte Balfour leise, denn er verstand Aidan nur zu gut. Für ein paar Wochen hatte es für sie keine Grenzen gegeben; keine Landesgrenzen, keine Standesgrenzen, selbst die natürlichen Grenzen ihrer Welt, waren zu manchen Gelegenheiten verschoben worden oder verschwunden. Sie waren fünf grundverschiedene Menschen gewesen, die aus den unterschiedlichsten Gründen zu diesem Abenteuer aufgebrochen waren und nun waren sie Freunde, ja vielleicht sogar mehr als das, die das Land entdeckt und ihren Horizont erweitert hatten. Wie sollte man zurückkehren, in das alte Leben? Aidan dürfte derjenige unter ihnen mit den stärksten Fesseln sein, er war durch seinen Eid lebenslänglich an das Königshaus gebunden.

„Wenn wir das Glück haben, alt werden zu dürfen", sagte Balfour schließlich, „werden wir uns immer an das hier erinnern. An das, was sonst niemand erlebt hat, was uns besonders macht. Etwas anderes zum Trost kann ich dir leider nicht mit auf den Weg geben."

Aidan wischte sich die Tränen ab und holte tief Luft.

„Genug geklagt. Auch wenn ich mir nicht sicher bin, ob dies das Richtige für dich ist, werde ich dennoch sehr glücklich darüber sein, dich als meinen Bruder in der königlichen Leibgarde zu begrüßen, Balfour."

„Wer weiß, ob es soweit kommt."

„Bald werden wir es herausfinden. Wir sind hier wieder in einer zivilisierten Gegend, da es für mich sowieso keinen Schlaf mehr geben wird, schaue ich mal, ob ich in der Nähe eine Brieftaube entdecke. Damit werde ich Breandan unser Kommen ankündigen."

Balfour sah Aidan lange nach, als dieser vom See wegging und zum ersten Mal seit Tagen, wenn nicht sogar Wochen, konnte er wieder die stolze, vornehme Haltung jenes Ritters sehen, den er ganz zu Beginn ihrer Reise kennengelernt hatte.

Mit dem Sonnenaufgang ritten sie los und bald bot sich Balfour ein vertrauter Anblick: der Líadan Wald, in dessen freundlichem Schatten er aufgewachsen war, begrüßte ihn wie ein alter Freund. Und bereits kurze Zeit später sahen sie die ersten Häuser seiner geliebten Heimat Seòras.

25

Das Lied von der Fischerfrau

Seòras

Sie hielten mit den Kelpies unter den Bäumen des Líadans und betrachteten aus der Ferne das Dach des Dunham-Hofs. Es war eigenartig, wieder hierher zurückzukehren, als wären sie nie fort gewesen und gleichzeitig Jahre vergangen. Meyla krallte sich an Shiva, weil sie das Gefühl hatte, einen Halt zu brauchen.

„Wir sagen nur kurz *Hallo* und dann müssen wir weiter“, mahnte Aidan, „sonst kommen wir nachher doch noch zu spät.“

„Schon klar“, erwiderte Balfour, „das verstehen wir.“

„Nein“, sagte Andreana.

„Bitte?!“ Aidan schaute sie verdutzt an.

Andreana starrte mit abwesendem Blick in die Baumkronen, horchte nach dem Wind, als würde er ihr etwas zuflüstern. „Wir bleiben heute hier. So ist es vorherbestimmt.“

„Aber Lady Nansaidh ...“

„Hat so lange durchgehalten, sie wird es auch noch einen letzten weiteren Tag schaffen.“

„Verzeiht mir, Mylady, aber ich wüsste nicht, dass ich Euch das Kommando über diese Reise erteilt habe.“

Endlich sah Andreana Aidan an. „Es geht hier nicht darum, wer das Kommando hat. Es geht um Vertrauen, Aidan Lachlann.“

„Ich soll einer Weißen Priesterin vertrauen?“

„Nein. Vertraut mir.“

Aidan schien mit sich zu ringen, Meyla beneidete ihn nicht um seine Verantwortung.

„Nun, wir schauen mal“, lenkte er zögernd ein, „reiten wir erst mal zum Hof!“

Sie ritten die Kelpies in sanftem Trab zu dem Teich der Dunhams. Dort stiegen sie ab und die Tiere stürzten sich sogleich begeistert ins Wasser. Die Freunde nahmen ihr Gepäck und liefen hinüber zum Hof; Meyla fühlte ebenso die freudige Erwartung wie Gleann und die Dunham

-Brüder. Die Tür flog auf, Thor kam bellend und schwanzwedelnd auf sie zu gestürmt, gefolgt von Àlainn, die mit wutentbranntem Gesicht wortlos an Balfour und Gleann vorbei direkt auf Cailean zu stapfte und ihm eine Ohrfeige verpasste.

„WIE KANNST DU ES WAGEN MICH SO ZU ERSCHRECKEN, CAILEAN DUNHAM!? BIST DU VOLLKOMMEN WAHNSINNIG?! UND WARUM STEHST DU JETZT NUR DA UND HÄLST DIR DIE WANGE ANSTATT MICH ZU KÜSSEN?!"

Sie umarmte ihn fest und begann zu schluchzen. Liebevoll streichelte Cailean ihr über den Hinterkopf, bevor er seinen Arm ausstreckte und Balfour zu sich zog. So standen sie da, die drei Dunham-Geschwister, eine unzertrennliche Einheit.

Nachdem Àlainn sich gelöst und auch die anderen herzlich begrüßt hatte, fiel ihr Blick auf Andreana.

„Bei den Göttern! Ihr habt sie gefunden, die Weißen Priesterinnen. Und gleich eine mitgebracht."

„Sie haben mich nicht mitgebracht, ich habe sie begleitet. Mein Name ist Andreana und ..."

„Ja ja, freut mich, Àlainn Dunham, die Herrin dieses Hofes. Was machen die Gäule da hinten in unserem Teich?"

Andreana zog geziert die Augenbrauen hoch. „Diese *Gäule*, wie Ihr sie nennt, sind in Wahrheit Kelpies. Das sind Wasserpferde, die ..."

„Ich weiß, was Kelpies sind, ich lese meinen Kindern jeden Abend Märchen vor. Es überrascht mich lediglich, welche auf unserem Hof zu sehen. Verständlich, oder?"

Balfour lachte in sich hinein und klopfte Cailean auf die Schulter. „Ich glaube, das hier wird noch äußerst interessant."

„Wie meinst du das?", fragte Àlainn scharf.

„Ach, gar nichts. Wo sind Eik und die Kinder?"

„In der Stube." Àlainn lächelte selig und zeigte damit ihre süße Zahnlücke. „Sie haben grade eine Teegesellschaft."

Meyla und Aidan gingen als zuerst durch die Tür, die Teegesellschaft war in vollem Gange. Eik saß mit seinen beiden Töchtern auf dem Boden, einen seltsamen alten Damenhut auf dem Kopf; Stella und Peigi hatten geflochtene Blumenkränze im Haar, Dànaidh lag auf der Bank und schlief.

„Seid gegrüßt, Ihr tapferen Ritter und holden Jungfrauen", sagte Eik salbungsvoll und wurde mit Gekicher seiner Mädchen belohnt, „wer hat Euch denn zum Tee der beiden Hoheiten Stella und Peigi Dunham eingeladen?"

„Die Königinnenmutter", sagte Aidan lächelnd.

„Aber Papa ist doch die Königinnenmutter!", prustete Stella los.

„Das sieht ihm ähnlich", meinte Balfour grinsend, der sich in diesem Moment durch die Tür schob. Die Mädchen sprangen sofort auf und liefen kreischend auf ihn zu.

„Onkel Balfour!"

„Meine Mäuse!" Er ging in die Hocke und ließ sich herzen. Der kleine Dànaidh war inzwischen von dem Lärm erwacht und strahlte ebenfalls über das ganze pausbackige Gesicht.

Es war ein warmer Empfang, für jeden von ihnen, selbst Andreana wurde von den Kleinen bedenkenlos willkommen geheißen. Als Stella genug davon hatte, sich an ihre beiden Onkels und Gleann zu hängen, kam sie hinüber zu Meyla und nahm ihre Hand.

„Ich habe es gemacht wie du gesagt hast und mir abends immer den Mond und die Sterne angeschaut. Das hat geholfen!"

„Sehr gut, Prinzessin Stella." Sie zauste dem Mädchen durch das lange Haar. „Du hast dich sehr hübsch gemacht für deine Teegesellschaft."

Die Kleine lachte glücklich und der Kloß im Hals, den Meyla seit ihrer Ankunft auf dem Hof spürte, verstärkte sich. Sie war sich ganz sicher, dass Balfour sie anschaute, genau wie damals, als sie das erste Mal mit Stella gesprochen hatte. Aber sie traute sich nicht, sich umzudrehen und seinen Blick zu suchen.

Das große Wiedersehen ging weiter, denn kurze Zeit später erschienen ein junger Mann und eine junge Frau in der Stube. Der Mann sah aus wie eine Mischung aus Eik und Rakel; die Frau war das schönste Geschöpf, was Meyla je gesehen hatte: groß, schmal, mit hohen Wangenknochen und langem schwarzen Haar; in ihren Armen hielt sie einen Säugling. Dies mussten Virkt und Audra sein, Eiks Bruder und Schwägerin. Begeistert begrüßten Balfour, Cailean und

Gleann das neueste Mitglied der Leysing–Familie, einen gesunden Jungen namens Ciarán. Irgendwann blickte Audra Meyla aufmerksam an.

„Ihr seid also die berühmte Lady Vending. Àlainn und Eik haben eine Menge über Euch erzählt."

Meyla hatte ihren Decknamen so lange nicht mehr benutzen müssen, dass er ihr ganz fremd erschien. „Ich leugne alles", sagte sie freundlich. „Meinen Glückwunsch zum Nachwuchs! Sehr putzig, der Kleine."

„Möchtet Ihr ihn halten?"

„Oh, äh, nein danke." Meyla hatte zeitlebens Respekt vor dem Umgang mit Neugeborenen gehabt, aber seitdem sie von ihrer Unfruchtbarkeit wusste, war der Gedanke, ein solches Würmchen im Arm zu halten, für sie unerträglich. Audra verstand ihre Abwehr falsch. „Ach, nehmt ihn ruhig, er ist ganz brav." Sie hielt ihr das Kind entgegen.

„Nein, ich ... wirklich..."

„Ich als ältester der Dunham-Familie bin jawohl zuerst dran", eilte Balfour ihr zur Hilfe und nahm Audra den Kleinen ab, wobei er Meyla verschwörerisch zuzwinkerte. Geschickt hielt er den Säugling im Arm und wiegte ihn hin und her. „Willkommen kleiner Zwerg, willkommen."
Man sah ihm an, dass er den Umgang mit Kindern gewöhnt war, ja sogar genoss. Der Kloß in Meylas Hals wuchs.

„Ich sehe schon, es gibt noch mehr Grund zu feiern!", verkündete Eik schließlich in das allgemeine Gemurmel. „Eure glorreiche Heimkehr mit all den Geschichten, die Begrüßung des jüngsten Leysing–Sprosses .."

„Und unsere Teegesellschaft!", quiekte Peigi dazwischen.

„Ja", lachte ihr Vater übermütig, „die hätte ich als nächstes genannt. Also, wie stehen die Dinge? Habt ihr Zeit, heute Abend auf dem Hof zu verweilen und ein gutes Abendessen zu genießen?"

Meyla, Balfour, Cailean und Gleann hielten den Atem an und schauten zu Aidan. Dieser tauschte einen Blick mit Andreana aus, die ihm leicht zunickte.

„Ja", sagte er schließlich, „die haben wir. Wir bleiben bis morgen früh."

Es war ein wunderbarer Tag, genau wie damals. Alle packten bei der Hofarbeit mit an, sogar Andreana, die sich zu Gleanns Begeisterung mit den Hoftieren unterhielt. Àlainn war ihr gegenüber immer noch verhalten, zu Meyla dafür aber umso freundlicher. Dieser fiel es trotz der Liebenswürdigkeit der Dunhams schwer, diese letzten kostbaren Stunden im Kreise ihrer Freunde zu genießen, da sie hier in Seòras ständig an das denken musste, was Tuathla ihr zugeflüstert hatte und was sie einfach nicht übers Herz brachte, Balfour zu erzählen.

Am späten Nachmittag saßen sie wieder in der Stube, ein Fass Bier auf dem Tisch und begannen von ihren Abenteuern zu erzählen. Mittendrin erschienen Rakel und Armadal, die einen Brief mitbrachten.

„Vom Königshaus“, sagte Rakel, „die Taube hat sich verflogen und ist bei uns gelandet.“

„Bestimmt ist dies Breandans Antwort auf meinen Brief“, meinte Aidan und hielt die Hand auf.

„Nein“, sagte Armadal, „der Brief trägt zwar das Siegel des Prinzen, aber er ist für dich, Balfour.“

Verwirrung und Enttäuschung flackerten kurz durch Aidans Gesicht, doch er hatte sich schnell wieder im Griff. Langsam nahm Balfour den Brief, brach das Siegel und las. In der Stube hätte man eine Stecknadel fallen hören können. Unruhe ergriff von Meyla Besitz, die sie sich nicht recht erklären konnte.

„Lady Nansaidh geht es sehr schlecht, aber sie lebt noch“, erzählte Balfour schließlich, „der Prinz erwartet sehnsüchtig unser Kommen in den nächsten Tagen und bedankt sich.“

Die anderen seufzten erleichtert und begannen aufgeregt durcheinander zu plappern, Meylas Blick jedoch blieb auf Balfours verschlossenem Gesicht haften.

Gleann und Cailean erzählten weiter von ihrer Reise; als sie geendet hatten, sprang Àlainn vergnügt auf.

„Unfassbar, was ihr alles erlebt habt! Meine Brüder sind zu Helden geworden. Das ist ja wie in dem Lied vom Bauernkind.“ Sie begann zu singen, mit furchtbar schiefer Stimme:

„Der Wind in den Bäumen, die Sterne so klar,
erzählen Dir flüsternd, von dem, was mal war,
vom Bauernkind das in die Welt hinaus zog
und den König um den Throne betrog.“

Die Dunhams und Leysings stimmten in den Gesang ein.

„Bauernkind, Bauernkind, mutig und stark,
ging seinen eigenen Weg,
war sein Antlitz auch ärmlich und karg,
das Herz war tapfer und beseelt."

Als Meyla sah, dass auch Balfour mitsang, löste sich ihre Anspannung und sie summte ebenfalls im Takt. Nachdem das Lied beendet war, klatschten und johlten alle.

„Woher kennt Ihr die Melodie, Lady Vending?", erkundigte sich Àlainn neugierig. „Eine Adlige, die ein altes Bauernlied summt, trifft man nicht alle Tage."

„Nun, in meiner Heimat, im Norden, kennen wir dieses Lied ebenfalls. Zumindest seine Melodie, der Wortlaut ist ganz anders."

„Ehrlich? Wie heißt es bei Euch?"

„Das Lied von der Fischerfrau."

„Das klingt stimmungsvoll. Singt es doch."

„Oh nein, lieber nicht."

„Biiiiitte. Ich höre so gerne Lieder und Geschichten aus dem Norden. Unsere Mutter stammt dorther, wisst Ihr?"

Auch die anderen bestürmten sie, das Lied zu singen.

„Komm schon Meyla", meinte Cailean, „schlimmer als Àlainn kannst du nicht singen."

Àlainn trat ihm unter dem Tisch gegen das Schienbein.

„Aua! Du bist ganz schön gewalttätig heute, weißt du das?!"

„Na gut", gab Meyla sich geschlagen, nahm noch einen großen Schluck Bier und begann mit lauter, klarer Stimme zu singen:

„Der Wind auf dem Meere mit Wellen ganz sacht,
erzählt dir flüsternd von dem, was mal war,
von der Fischerfrau, die in die Welt hinauszog
mit ihrem ganz eigenen Seefahrerboot.

Fischerfrau, Fischerfrau, mutig und stark,
ging ihren eigenen Weg,
als ihr Leben scheinbar vorbestimmt war,
hat sie ein anderes Schicksal gewählt.

Als ihr Mann nicht mehr kam, zurück von dem Meer,
drohten Armut und Einsamkeit,
sie verzweifelte fast, in ihrem Hause so leer,
doch zum Glück war sie äußerst gescheit.

Fischerfrau, Fischerfrau, verlor nicht den Mut
und als keine Tränen mehr da,
verkaufte sie all ihr Hab und Gut,
sodass sie einige Taler besaß.

Zum Hafen sie ging und suchte ein Boot,
das würde sein ihr neues Heim,
dann wartete sie auf die nächste Flut
und lief aus im Mondenschein.

Fischerfrau, Fischerfrau, hoch auf dem Meer,
trotzte Wellen und Wind,
zum ersten Mal ihr eigener Herr,
konnte sie tun wonach ihr der Sinn.

Und niemals mehr, kehrte sie heim,
in ihr Haus aus kaltem Stein
und dachte vergnügt, tagaus tagein,
ich war geboren, Fischerin zu sein.

Fischerfrau, Fischerfrau es wäre so schön,
wenn du frei bist für alle Zeit,
mit deinem Boot immer noch dort auf der See,
als Kapitänin der Ewigkeit.“

Als sie endete, musste sie gegen ihren Willen lachen. Die ganze Stube klatschte begeistert Beifall.

„Meyla“, sagte Gleann bewundernd, „du hast uns verschwiegen wie wunderschön deine Stimme ist. Du hättest uns jeden Abend in den Schlaf singen können.“

„Ist klar“, kicherte Meyla, aber als ihr Blick den Balfours streifte, blieb ihr das Lachen im Halse stecken. Er sah sie derart ernst und unglücklich an, dass Angst sich durch ihren ganzen Körper fraß wie ein Schatten.

Als sich alle beruhigt hatten, räusperte sich Balfour und nahm den Brief wieder in die Hand.

„Nun, mir scheint, dies ist ein guter Zeitpunkt, euch mitzuteilen, was der Prinz mir noch geschrieben hat. Er sieht meine Aufgabe als erfüllt an, will nun seinerseits sein Versprechen einlösen und mich zu einem Ritter der Königsgarde ernennen. Ich kann bereits nächste Woche nach Daracha gehen und mich ausbilden lassen."

Nein, dachte Meyla, *nein. Das tut er mir nicht an.*

Àlainn, Eik und die Leysings waren nicht mehr zu halten, begeistert sprangen sie von den Stühlen und tanzten umher. Die Reaktionen von Aidan, Gleann, Cailean und Andreana waren deutlich verhaltener. Meyla saß auf ihrem Stuhl wie erstarrt.

„Und?", fragte Aidan leise. „Wirst du sein großzügiges Angebot annehmen?"

„Selbstverständlich. Das ist mein innigster Wunsch seit Jahren, warum sollte sich daran etwas geändert haben?"

Meyla wurde schwindlig, sie verlor das Gleichgewicht und wäre vom Stuhl gefallen, wenn Aidan sie nicht gehalten hätte.

Àlainn hielt erschrocken inne. „Lady Vending, ist Euch nicht gut? Ihr seid so blass, man sieht Eure Sommersprossen gar nicht mehr. Bestimmt seid Ihr erschöpft von der Reise. Ich hole Euch einen nassen Lappen für auf die Stirn."

„NEIN!" Meyla sprang auf, schwankte abermals, klammerte sich an Aidans Hand fest. „Schon gut, wirklich, mir geht's gut. Ich ... ich ... ich muss nur an die Luft, glaube ich."

„Soll ich dich begleiten?", fragte Aidan und sah sie mit wissenden, mitleidigen Augen an.

„Nein. Ich will alleine sein." Fluchtartig verließ sie das Haus.

Sie raffte ihr Gepäck zusammen und rannte zum Teich, wo Shiva am Ufer stand, als wüsste sie, dass ihre Reiterin ihre Gesellschaft benötigte. Meyla schmiegte sich Halt suchend an das Tier, verbarg ihr Gesicht in der weichen Mähne.

Sie hatte gewusst, dass Balfour den Traum vom Rittersein nicht aufgegeben hatte. Gewissermaßen hatte sie sogar darauf gesetzt, denn wenn er erst Ritter war und sie offiziell eine einfache Adlige, gab es keine Standesunterschiede mehr zwischen ihnen. Aber die

Königsgarde, in der er keine Frau an seiner Seite haben durfte ... sie hatte ernsthaft daran geglaubt, dass er diesen Gedanken verworfen hatte, dass es ein gemeinsames Leben für sie beide geben könnte. Sie dummes, dummes Ding! Seit Jahren war sie auf sich gestellt, wie hatte sie sich anmaßen können zu hoffen, dass dies in Zukunft anders sein würde? Es war ihr Schicksal, alleine zu sein. Dies war seit jeher so gewesen und würde für alle Zeit so bleiben.

„Du wusstest es, Meyla", ertönte leise Balfours Stimme hinter ihr, „ich habe dir nie etwas anders versprochen."

„Ja", flüsterte sie. „Sicher. Und dir ist gleichgültig, was mit mir ist."

„Mit dir? Dir stehen alle Türen offen. Dir bleibt der Hof, die Bibliothek. Aber ... vor allem bleibt dir die Rückkehr nach Kóróna. Als ich dich da eben gesehen habe, wie du in meiner ärmlichen Stube gesessen, einfaches Bier getrunken und gesungen hast, da ist es mir endgültig klar geworden. Du gehörst nicht in meine Welt. Du bist eine Fürstentochter, eine Prinzessin!"

Sie drehte sich zu ihm um und funkelte ihn an. „Dieses Leben will ich aber nicht!"

„Das solltest du aber. Du wärst eine fantastische Herrscherin, du bist gerecht und gütig. Ich halte es für einen großen Fehler, vor deinem Vater zu kriechen und auf den Thron zu verzichten. Meyla, du hättest als Fürstin die Macht, Menschen wie die Bewohner Gandálas zu beschützen, ihnen zu helfen. Anstatt jedoch das Leben, was dir gegeben wurde, anzunehmen, läufst du davon. Ich jedenfalls werde dich in dieser falschen Entscheidung nicht auch noch unterstützen, indem ich mich dir als Klotz ans Bein binde."

„Vielen Dank, Balfour, für diese noble Geste."

„Meyla ... lass uns nicht im Bösen auseinander gehen."

„Was erwartest du denn? Dass ich auch singe und tanze wie deine Familie? Und da du es ja schon erwähnt hast: was *ist* mit Gandála?! *Du* hast Hildur und Yngrid versprochen zurückzukehren, aber anscheinend ist dein Wort nicht viel wert."

„Ich werde zurückkehren, ich habe das nicht vergessen."

„Tja, alles geht aber nicht. Deine Ausbildung zum Ritter wird mindestens zwei Jahre dauern. Wann genau willst du die Stadt befreien und die Gecken besiegen?"

„ICH FINDE EINEN WEG! ICH HABE IMMER EINEN WEG GEFUNDEN!“

„Du bist ein solcher Heuchler, dass mir ganz übel wird.“

„Jetzt wirst du gemein.“

„Du wirfst *mir* vor, dass ich vor meinem Schicksal davonlaufe und was ist mit dir?! Du hast dich dein Leben lang an deinen Ritter-Traum geklammert, wolltest immer jemand anderer sein als der, der du bist. Balfour Dunham, der edle, stolze Herr, der immer alle beschützt und sein Bauernblut hinter sich lässt. Stets darauf bedacht, dass seine Geschwister und seine Mitmenschen zu ihm aufschauen, dass er allzeit das Richtige tut. Nun bietet sich dir ein anderer Weg, einen den du nie für möglich gehalten hast und du hast zu viel Angst, ihn zu gehen, weil du damit mal nicht den Erwartungen deiner Familie entsprechen würdest. Aber vielleicht täuschst du dich in ihnen, vielleicht würden sie es verstehen. Cailean und Gleann mit Sicherheit und so wie ich Àlainn bisher kennenlernen durfte, bin ich überzeugt, dass alles, was sie möchte ist, dass du glücklich bist.“

„Ich bin glücklich, wenn ich in die Königsgarde komme. Das ist alles, was ich will.“

Eine kalte Hand griff nach Meylas Herz und drückte zu. Hier standen sie nun, nach allem was sie zusammen durchgemacht hatten und sie war nicht genug, mal wieder. Für Breandan war sie nicht genug Grund gewesen auf seinen Status mit all seinen Annehmlichkeiten zu verzichten, für ihren Vater war sie ohnehin niemals gut genug gewesen. Für den Bauern Balfour Dunham, war ein Leben an ihrer Seite nicht mal eine Möglichkeit.

Es liegt an mir, dachte sie verzweifelt, *ich bin nicht genug. Beschädigtes Gut.* Meyla griff in ihre Tasche und spürte die gläserne Phiole in ihrer Hand.

„Ich reite schon nach Alastríona“, wisperte sie.

Balfour seufzte. „Bleib bis morgen. Du schaffst es wahrscheinlich selbst mit Shiva nicht, bis Einbruch der Dunkelheit in der Hauptstadt zu sein.“

„Ich halte es hier keine Sekunde länger aus. Lebewohl, Balfour. Viel Glück.“

Sie sah, dass ihm Tränen in die Augen traten.

„Lebewohl, Meyla Álfkona. Kehr heim in den Norden und hol' dir deinen Thron.“ Er beugte sich vor und küsste sie auf die Stirn. „Vielleicht brauchst du irgendwann Mal einen Ritter des Westens an deiner Seite.“

Meyla wandte sich ab, stieg auf Shiva und trieb sie zum Galopp. Sie rasten durch die Nacht, die Luft brachte ihre Lunge fast zum Bersten. Beim ersten Wäldchen nach Seòras hielten sie an, Meyla sprang von dem Kelpie hinunter, schlug gegen einen Baumstamm und schrie. Sie brüllte und brüllte und brüllte, wartete auf die erlösenden Tränen, die immer noch nicht kamen. Als sie heiser war, hielt sie inne, rutschte auf den Boden und stützte ihren Kopf in die Hände. Nach einer Weile beruhigte sich ihr Atem und sie kramte in ihrer Tasche nach ihrem Püppchen, bekam jedoch zuerst den goldenen Sonnenknopf zu fassen. Verbittert nahm sie ihn hinaus und wollte ihn gerade von sich schleudern, als sie unvermittelt eine Gänsehaut bekam. Ein Unwohlsein machte sich breit, was sie schon einmal gefühlt hatte. Sie runzelte die Stirn und horchte Richtung Seòras, hielt den Atem an und griff zitternd nach ihrem Bogen. Denn Meyla hörte ein ihr wohl bekanntes Lied.

26

Blut auf Stein

Seòras

Balfour ging ein paar Schritte über sein Land und wischte sich die Tränen fort. Meyla ziehen zu lassen, hatte ihn unendlich viel Kraft gekostet und trotzdem wollte er es nicht bereuen. Diese Frau gehörte nicht an die Seite eines Bauern, diese Frau gehörte auf den Thron in den Norden, wo sie die feinen Herren gehörig in den Hintern treten würde. Er hatte die Hoffnung, dass dieses Land ein anderes sein würde mit jemandem wie Meyla an der Macht. Das große Ganze war nun mal wichtiger als sein eigenes kümmerliches Herz.

Zweifellos war es nicht mehr sein Wunsch, in die Königsgarde einzutreten. Balfour brauchte nur Aidan anzuschauen und wusste, wie hoch der Preis für diese Ehre war. Doch er wusste auch, dass er anders niemals die Kraft hätte, sich dauerhaft von Meyla fernzuhalten. So war es das Beste und wenn er erst mal in Daracha war, würde es ihm dort bestimmt gut gehen, von dem Ansehen, das auf seine Familie abfärben würde, ganz zu schweigen.

Balfour atmete tief durch ... und stutzte.

Er hatte auf seinem Hof schon jedes Wetter und Unwetter erlebt - Hitze, Regen, Donner, Hagel, Sturm. Allerdings war es noch nie so gewesen wie in diesem Moment: totenstill. Kein Lüftchen regte sich, kein Blatt wehte im Wind, kein Ast im nahen Wald knackte; selbst aus dem Stall drang kein Laut.

Als würde die Welt den Atem anhalten, dachte Balfour und eine böse Vorahnung beschlich ihn.

Er blickte hinüber zum Teich, aber die Kelpies waren verschwunden. Dafür bemerkte er einen Nebel, der langsam vom Líadan auf sein Zuhause zu kroch. Schließlich hörte er es:

„Es ist wieder Zeit,
halt' dich bereit,
der große Zauberer Ruaraidh eilt herbei.“

Sofort flog die Tür des Bauernhauses auf und Aidan stürmte hinaus.

„Wo sind sie?“, brüllte er.

„Noch nicht hier, aber weit können sie nicht mehr weg sein. Ich glaube, sie kommen aus dem Wald.“

„Hier.“ Aidan warf ihm das zweite Schwert zu und zückte sein eigenes. „Diesmal zeigen wir es diesen Mistkerlen.“

Zitternd hielt Balfour das Schwert. Er konnte einfach nicht glauben, was gerade geschah.

„Spielt mit den Flammen,
spielt mit dem Wind,
und wenn du nicht gehorchst,
tötet er dein Kind.“

Andreana, Cailean und Gleann standen in der Tür und starrten mit großen Augen hinaus.

„Andreana, könnt Ihr uns helfen?“, fragte Balfour aufgebracht.

„Ja“, sagte sie, ihre Stimme jedoch nicht so fest wie sonst. „Ich kann einen Bannspruch um das Haus sprechen, dann können sie nicht hinein. Allerdings hält der Zauber nur bis Sonnenuntergang.“

Sie rannten zum Haus, auf der Türschwelle drehte Balfour sich nochmal um und blickte zum Wald, wo er die ersten Gestalten mit roten Schnabelmasken aus dem Nebel hinausschweben sah.

„Seine Haut ist golden,
sein Haar ist rot,
und folgst du ihm nicht,
ist deine Liebste tot.“

„Unsere Kinder und meine Eltern sind ganz alleine auf dem Hof“, schluchzte Rakel.

„Keine Sorge“, sagte Aidan in beruhigendem Ton, „sie werden ihnen nichts tun und sich auf diesem Hof sammeln. Dieser Angriff gilt uns.“

Balfour betete, dass er Recht hatte.

„Wo sind Àlainn und Eik?“, fragte er seinen Bruder.

„Sie wollten eben zu den Kindern nach oben“, antwortete Cailean.

Andreana stand mit geschlossenen Augen an der Tür und murmelte einen Singsang, den sie nicht verstanden. Schließlich riss sie die Augen auf, ihre Pupillen nach innen gedreht, und sagte laut: *„Gun dìonadh “*

Obwohl Balfour kein Wort verstand, spürte er, dass der Bannspruch erfolgreich gewesen sein musste, denn es war als hätte sich ein milchiger Vorhang vor das Haus gelegt. Keine Sekunde zu früh, denn unmittelbar vor den Fenstern flatterten die goldenen Umhänge der singenden Gecken.

„So gib ihm, was du hast,
gib ihm alles immerzu,
denn tust du es nicht,
bist sein nächstes Opfer du.“

„Was machen wir nur?“, flüsterte Gleann. „Wir können das doch nicht aussitzen, bis sie verschwinden? Und was, wenn Ruaraidh persönlich auftaucht?“

Balfour wusste darauf keine Antwort. Er ging näher zum Fenster und sah entsetzt, wie sich ein Teil der Gecken dem Stall zuwandten. *Meine armen Tiere. Bitte vergebt mir.*

Inständig hoffte er, dass die Kelpies es weit genug fort geschafft hatten. Vielleicht waren sie Meyla und Shiva hinterher galoppiert und würden bald in Alastríona eintreffen.

„Kannst dich nicht verstecken,
brauchst nicht fliehen,
denn egal wo du auch bist,
Ruaraidh wird dich sehen.“

In diesem Moment kam Àlainn die Treppe hinunter, die drei Kinder klammerten sich weinend an sie.

„Balfour, was passiert hier? Was sind das für Dinger? Sind das etwa diese Gecken, von denen ihr erzählt habt?“

„Ja, Àlainn. Aber keine Sorge, Andreana beschützt uns. Sie hat einen Bann um das Haus gelegt."

„ABER EIK IST NOCH DORT DRAUßEN!"

„WAS?! Ich dachte er wollte mit dir hoch zu den Kindern !"

„Wollte er auch, aber dann ist er ist zum Stall gegangen um nach dem trächtigen Schaf zu sehen, kurz bevor dieser Gesang losging..." Sie begann zu weinen. Gleann nahm ihr Dànaidh ab und lotste auch die beiden Mädchen aus dem Flur in die Stube.

Cailean wandte sich an Andreana. „Wir müssen ihn holen."

Andreana, deren Augen inzwischen wieder normal waren, schluckte. „Das geht nicht, tut mir leid. Niemand kann das Haus betreten, weder Freund noch Feind. Wenn ich den Bannspruch aufhebe, kann ich ihn nicht erneuern, er ist an diese Sonne gebunden. Dann sind wir alle verloren."

Nein, dachte Balfour, *das hier passiert grade nicht wirklich. Das kann einfach nicht wahr sein.*

Àlainn setzte sich auf die unterste Treppenstufe, stützte ihren Kopf in die Hände und begann hemmungslos zu schluchzen.

Balfour fasste einen Entschluss und hob sein Schwert, Aidan legte ihm eine Hand auf die Schulter und nickte. „Zusammen!" sagte er schlicht.

Zeitgleich stürzten sie aus der Haustür, durch den milchigen Schleier hindurch, verließen den sicheren Hafen, hörten kaum noch, wie Àlainn und Andreana etwas hinter ihnen herriefen. Draußen auf dem Hof sammelten sie sich einen Augenblick und begutachteten die Lage, als Cailean ebenfalls neben ihnen auftauchte, mit Pfeil und Bogen bewaffnet. Balfour hätte ihn am liebsten geschlagen.

„CAILEAN!", schrie Andreana, die auf der Türschwelle stand. „Was machst du denn? Da draußen kann ich dich nicht beschützen."

„Er ist auch mein Schwager! Ich bin genauso für diese Familie verantwortlich wie Balfour." Er küsste sie. „Schütze meine Schwester und die Kleinen, ja?!" Sie weinte, aber sie nickte.

Da wurde Balfour klar, dass Andreana keinerlei böse Absichten gegenüber Cailean hegte, sondern seinen Bruder liebte. Es blieb keine Zeit, über diese Erkenntnis zu sinnieren, denn nun ließen dutzende Gecken vom Stall ab und flogen genau auf sie zu.

Balfour und Aidan hoben gleichzeitig ihre Schwerter, Cailean spannte den Bogen und dann rannten sie los. Mit blinder Wut hieb Balfour nach rechts und links, ließ sein Schwert auf die flatternden Schergen des Roten Zauberers krachen. Einige der getroffenen Gestalten taumelten und flogen weiter Richtung Haus, die meisten aber kreischten und entfleuchten hinauf in den Himmel, der Lärm auf dem Hof war ohrenbetäubend. Jedoch für jeden verwundeten oder vertriebenen Gecken erschienen mindestens zwei neue, sodass sie sich nur sehr langsam zum Stall vorarbeiten konnten, obwohl Aidan und Cailean sich hervorragend schlugen.

Nur nicht nachlassen, dachte Balfour verzweifelt, *nicht müde werden, nicht aufgeben.*

„Balfour", brüllte Aidan, „du musst versuchen zum Stall zu laufen. Cailean und ich halten dir den Rücken frei."

„Das schafft ihr nicht, es sind zu viele", rief Balfour atemlos.

Es war ein kleiner Moment der Unachtsamkeit, der ihn fast Kopf und Kragen kostete. Er hatte sich zum Bauernhaus umgedreht und nicht gesehen, dass ein Geck von links gefährlich nah herangeschwebt war. Eine knorrige Hand schoss unter dem goldenen Umhang hervor, packte ihn an der Kehle und drückte zu. *Das war es,* dachte er, versuchte sich zu wehren, doch die Berührung des seltsamen Wesens schien ihn zu lähmen. Er blickte in das Antlitz der roten Schnabelmaske, als ihm schwindelig wurde. Plötzlich zischte ein Pfeil an ihm vorbei, traf die knochige Hand und der Geck flog jaulend davon. Von dieser Flugrichtung konnte er das unmöglich seinem Bruder zu verdanken haben. Balfour neigte seinen Kopf und sah sie: den Bogen im Anschlag, das Haar wirrer denn je, der Blick unberechenbar, von wildem, zornigen Anmut, das abwartende Kelpie ein paar Meter hinter ihr.

„Das nenn' ich einen gelungenen Auftritt, Schickse!", krächzte er.

„Euch kann man aber auch wirklich nicht alleine lassen, ohne dass gleich die Welt untergeht“, erwiderte Meyla. „Ein Hoch auf die starken Frauen!“

Balfour wusste, dass dies seine Chance war. Wenn Meyla seinen Platz bei Aidan und Cailean einnahm, konnte er es bis zum Stall schaffen. Ihre Blicke trafen sich, womöglich zum letzten Mal und er versuchte all das, was er ihr vielleicht nicht mehr würde sagen können, in seine Augen zu legen. Möglicherweise verstand sie, denn Meyla nickte kaum merklich und lief schließlich auf ihn zu. Balfour rannte zeitgleich los Richtung Stall, schlug dabei um sich und erledigte so viele Gegner, wie er nur konnte.

Im Stall herrschte im Vergleich zum Hof wohlige Ruhe, obwohl die Schafe und Ziegen aufgeregt blökten.

„Eik?“, rief Balfour leise, „Eik, bist du hier?“ Sein Herz raste.

Da raschelte es in der hintersten Ecke und Eik kam aus einem großen Heuhaufen hervorgekrochen.

„Àlainn ... die Kinder ...“, stammelte er.

„Sind in Sicherheit“, beruhigte ihn Balfour, „Andreana beschützt das Haus. Du bist es, der uns Kummer gemacht hat.“

„Tut mir leid, Großer.“

Balfour umarmte ihn erleichtert. „Da nicht für!“ Fieberhaft überlegte er, wie er Eik aus dem Gefahrengebiet bringen konnte, da ihnen der Eintritt ins Bauernhaus verwehrt war.

„Ich bringe dich zu Shiva, Meylas Kelpie. Sie kann dich in Windeseile fort von hier bringen.“

„Ich lass euch bestimmt nicht hier zurück!“

„Doch, du musst Hilfe holen, am besten in Alastríona. Mit dem Kelpie wirst du schnell dort sein. Wir können ihnen nicht ewig trotzen und wenn die Sonne untergeht, erlischt Andreanas Bannspruch.“

„ICH KANN MEINE FAMILIE NICHT ZURÜCKLASSEN!“

„DU MUSST! Das ist unsere einzige Hoffnung auf Rettung, Eik.“

Schicksalsergeben fügte sich sein Schwager. Balfour nahm das Schwert wieder in Kampfhaltung und schaute vorsichtig aus der Tür. Zur linken Seite tobte immer noch die Schlacht, der Weg rechts entlang des Stalls war länger, aber ruhig. Die Wahrscheinlichkeit, dass Eik es dort entlang bis zu Shiva schaffte, erschien Balfour größer. Er packte ihn am Handgelenk und zog ihn hinter sich her. Als sie bereits den halben Weg hinter sich hatten, ertönte abermals der schauerliche Kindergesang.

„Es ist wieder Zeit,
halt' dich bereit,
der große Zauberer Ruaraidh eilt herbei."

„Was soll eigentlich dieses Lied?", flüsterte Eik.
„Pssst", mahnte Balfour.

„Kannst dich nicht verstecken,
brauchst nicht fliehen,
denn egal wo du auch bist,
Ruaraidh wird dich sehen."

Ein Knall ertönte und schlagartig breitete sich eine unnatürliche, bedrohliche Stille über dem gesamten Hof aus.

„Habt Ihr nicht richtig hingehört?", fragte eine Balfour wohlbekannte Stimme. „Ihr könnt Euch nicht verstecken."

Sein scharlachrotes Haar züngelte wie Flammen um seinen Kopf, seine goldene Haut schimmerte geheimnisvoll in der Abendsonne.

„LAUF, EIK!" Balfour schubste Eik voran und gemeinsam rannten sie Richtung Bauernhaus.

„Na, na, wer wird denn gleich türmen?", fragte Ruaraidh, der innerhalb von Sekunden seinen Standort wechseln konnte und nun mit erhobenen Händen vor ihnen stand. Über die mageren Schultern des Roten hinweg konnte Balfour Àlainns blasses Gesicht am Fenster seines Zuhauses sehen. Angst, wie er sie noch nie zuvor gekannt hatte, ergriff von ihm Besitz.

„Was wollt Ihr von uns?", fragte er den Zauberer.

„Euch warnen, dass Ihr Euch nicht in Dinge einmischen sollt, die Euch nichts angehen. Das habe ich schon einmal getan, damals in Gormal. Aber Ihr seid fröhlich weiter durch das Land marschiert."

„Bestraft mich und lasst meine Familie in Ruhe. Sie können nichts dafür."

„Ja ja, die Familie. Unser wunder Punkt, nicht wahr? Ich hatte auch mal eine Familie ... eine Frau, eine Tochter. Dann ist meine Gattin gestorben und meine Tochter hat sich von mir abgewandt."

„Ich habe Eure Tochter kennengelernt, sie dient dem Guten. Sie ist eine mächtige, weise Frau. Ihr könnt stolz auf sie sein."

„Sie dient dem *Guten*?! Folglich bin ich der Schurke in diesem Stück? Oh mein Herr Dunham, so einfach ist es leider nicht. Die Wahrheit ist viel vertrackter als das ... da fällt mir ein, wart Ihr nicht neugierig zu erfahren, woher meine Gefährtin Laoise Euren Vater kennt?"

Balfour spürte, wie Eik neben ihm die Luft anhielt. *Nicht aus der Ruhe bringen lassen.*

„Nochmal, was wollt Ihr von uns?", fragte er. „Gold? Vieh? Tribut?"

„Ich will, dass Ihr ein braves, bedeutungsloses Leben als Bauer führt. Ihr habt einer kleinen Fischerstadt im Norden ein großes Versprechen gegeben, aber das werdet Ihr niemals einlösen."

„Warum liegt Euch so viel an Gandála?"

„Mir liegt gar nichts an diesem Kaff, aber dort wird es beginnen."

„Was wird beginnen?"

„Die Herrschaft des wunderbaren Ruaraidh über Lýsistrata. Es dauert noch, die hohen Herren sträuben sich, mir ihre Macht zu überlassen. Aber das ist nur eine Frage der Zeit."

„Und was, wenn ich mich nicht Euren Wünschen beuge?"

„Dann werde ich Euch alles wegnehmen, was Euch lieb und teuer ist. Heute waren es ein paar Schafe, die vor Schreck tot umgefallen sind. Morgen hole ich vielleicht einen Eurer Knechte, nächste Woche die nordische Schönheit mit den blauen Augen und nächsten Monat eines der entzückenden Kinderchen Eurer Schwester. Überlegt es Euch gut, ob Euch das ein paar stinkende Fischer wert sind." Ruaraidh verneigte sich übertrieben und lachte sein gackerndes Lachen. „Angenehmen Abend noch, die Herren." Mit einem Knall verschwand der Rote Zauberer.

Zitternd ließ Balfour das Schwert sinken, Eik sackte leicht neben ihm zusammen.

„Ich muss mich setzen“, keuchte er.

„Gehen wir nach den anderen sehen“, sagte Balfour matt.

Mit letzter Kraft schafften sie es ein paar Schritte zu gehen, als abermals ein Knall ertönte.

„Eigentlich“, zwitscherte Ruaraidh, „denke ich, dass Taten doch ein bisschen mehr im Gedächtnis haften bleiben als nur leere Phrasen.“

Balfour bemerkte das Blitzen eines Jagdmessers, als der Rote Eik packte. Als Nächstes sah er nur noch, wie das Blut aus der Kehle seines Schwagers sprudelte, den Kragen seines braunen Hemdes besudelte und der überraschte Blick seiner hellbraunen Augen leer wurde. Jedoch war es, als würde dies jemand anderem passieren, als würde Balfour gerade neben sich stehen und beobachten, wie das Leben eines anderen Mannes auseinanderbrach.

„GANDÁLA IST MEIN!“, erklärte Ruaraidh, bevor er mit einem letzten Knall endgültig verschwand.

Balfour stürzte nach vorne, fing Eiks leblosen Körper auf, ging gemeinsam mit ihm zu Boden. Am Rande bemerkte er, dass seine Schwester im Inneren des Hauses schrie wie ein tödlich verletztes Tier; hörte Thor elendig jaulen.

„Eik“, bat er, „Eik. Wach auf, bitte.“

Balfour erfasste, wie das Blut auf das Kopfsteinpflaster tropfte und ein eigenartiges Muster zog.

Rotes Blut, rote Masken, roter Zauberer.

„Eik“, flehte er, „Eik. Lass uns nicht alleine.“

Kaum merklich registrierte er, dass Menschen hinter ihn traten. Das Blut sickerte weiter, die Steine unter ihnen waren mehr rot als grau.

„Eik“, schluchzte er, „Eik, komm zurück.“

„Er kann nicht zurückkehren, Balfour“, sagte Meyla leise, „er ist gegangen. An einen besseren Ort als diesen.“

Nein, dachte Balfour, *sie lügt. Er ist mein Freund, immer schon gewesen. Ein Leben ohne ihn gibt es nicht.*

„Eik“, sagte er laut und deutlich, „nun ist es genug. Wir kriegen dich wieder hin, Andreana wird dich retten!“

„Er ist tot, Balfour“, sagte Meyla und legte ihm eine Hand auf die Schulter. „Niemand kann ihn retten.“

Nein, dachte Balfour, *sie weiß es nicht besser. Àlainn wird ihn retten, weil Àlainn und Eik schon immer unzertrennlich gewesen sind und einer ohne den anderen nicht existieren kann.*

„Eik“, schrie er verzweifelt und schüttelte seinen Schwager, „EIK!“

„BALFOUR HÖR AUF! Er ist fort, nichts kann ihn zurückbringen. DU MUSST IHN LOSLASSEN!“

Nein, dachte Balfour, *Eik geht nicht ohne seine Familie. Er ist nicht wie mein Vater, er würde niemals seine Kinder zurücklassen.*

„EIK WACH AUF VERDAMMT NOCHMAL!“

„BALFOUR LASS LOS!“

„Nein“, weinte er, „ich halte diese Familie zusammen! Ich beschütze sie! Es darf auf dieser Welt nicht noch mehr vaterlose Kinder geben!“

Er spürte, wie Meyla sich an ihn schmiegte, ihren Arm um seinen Oberkörper schlang, ihren Kopf auf seinen legte.

„Lass los“, flüsterte sie, „lass ihn gehen.“

Da konnte Balfour die schreckliche Wahrheit nicht mehr fortschieben. Behutsam legte er den toten Körper seines Schwagers auf den Boden, küsste ihn auf die Stirn, packte mit zitternden Händen nach Meylas Armen, Halt suchend wie ein Ertrinkender.

Er fühlte das Beben, das durch ihren Körper rauschte als sie aufschluchzte, spürte die Nässe ihrer Tränen an seinen Wangen. Der Damm war gebrochen.

27

Das Licht wählen

Einen Tag später

Burg Uallach

Es schmeckte süß, fruchtig und fremd. Das Gebräu, was man Nansaidh einflößte, breitete sich mit einer angenehmen Wärme in jedem einzelnen ihrer Organe aus.

Sie schlief immer noch, obgleich sich etwas veränderte: die glühende Hitze verschwand, der Nebelschleier in ihrem Kopf hob sich, die Schwermut fiel in sich zusammen. Immer wieder hörte sie eine Stimme, die sagte „Lady Nansaidh, wählt das Licht. Folgt mir und nicht der Dunkelheit."

Bereits gegen Mittag war Nansaidh wieder so bei Kräften, dass sie aufrecht im Bett sitzen und zum ersten Mal seit Wochen feste Nahrung zu sich nehmen konnte – das Gift war besiegt.

Breandan saß ihr gegenüber auf einem Hocker und beobachtete sie mit seligem Lächeln.

„Was ist?", fragte Nansaidh.

„Gar nichts. Ich möchte dich einfach ansehen."

„Mit meinem verknoteten Haaren und meiner vornehmen Blässe?"

„Genau so."

Sie fühlte sich unendlich glücklich, denn sie hatte wieder eine Zukunft vor sich, ein Leben an der Seite ihres Prinzen.

„Was du mir zu trinken gegeben hast ... war das tatsächlich die ominöse Blaue Blume?"

„Etwas Ähnliches. Ein Wundertrank, der uns Hoffnung gebracht hat."

„Dann haben dein Freund Aidan und die anderen es wirklich geschafft?"

„Ja, haben sie." Zwar lächelte Breandan weiter, doch in seine Augen hatte sich kurz etwas Trauriges geschlichen. Eine Sekunde nur, aber Nansaidh war es nicht entgangen. Ihr Herz schlug schneller.

„Es geht ihnen doch gut, oder? Ritter Lachlann, Lady Vending und den Bauern? Ihnen ist nichts geschehen?“ Sein Lächeln verblasste. „Breandan?“

Da erzählte er ihr von den Geschehnissen in Seòras am vergangenen Abend, von dem Überfall durch eine Horde Zauberer, dem schrecklichen Verlust der Familie Dunham.

Als er geendet hatte, weinte Nansaidh.

„Wie furchtbar! Diese arme Familie.“

„Ja. Das haben sie nicht verdient.“

„Und alles meinetwegen ... weil ich krank geworden bin!“

„Nein!“ Breandan erhob sich, kam zu ihr hinüber, setzte sich zu ihr aufs Bett und nahm ihre Hand. „Das darfst du nicht denken. Wenn überhaupt, dann ist es meine Schuld. *Ich* habe Balfour mit auf diese Reise geschickt, obwohl er bloß ein Bauer ist. *Ich* bin dafür verantwortlich und deswegen werde ich dafür sorgen, dass seine Familie, vor allem seine Schwester und die Kinder, die größtmögliche Unterstützung bekommt.“

„Wirst du ihn zum Ritter schlagen?“

„Das wollte ich. Schon vor dem Vorfall gestern, denn ich wollte mein Versprechen ihm gegenüber einlösen. Ich weiß allerdings nicht, ob dies jetzt noch sein Wunsch ist. Eigentlich kann ich mir kaum vorstellen, dass er nach alldem noch seine Heimat verlassen wird.“

„Was ist mit Aidan und Lady Vending?“

„Denen geht es gut. Die beiden sind heute Morgen bei Sonnenaufgang in der Stadt angekommen, auf einem weißen, wunderbaren Kelpie.“

„Einem Kelpie? Die gibt es wahrhaftig?“

„Ich war auch überrascht. Du kannst es mit eigenen Augen bewundern, wenn es dir besser geht. Es grast in unseren Ländereien.“

„Das klingt sehr verlockend. Aber ich glaube, erst mal muss ich mich zurechtmachen und waschen ... und dieses Wirrwarr auf meinem Kopf entknoten. Kannst du mir Fiona schicken?“

„Das mach ich gerne, meine Prinzessin.“

Nachdem Nansaidh gebadet und frisiert war, fühlte sie sich endgültig wie neugeboren. Sie wühlte in ihrer Kleidertruhe und wählte ein zartes rosafarbenes

Sommerkleid. Mit langsamen, aber bestimmten Schritten, verließ sie die Burg und besuchte deren Ländereien. Die Maisonne begrüßte sie strahlend an der frischen Luft, die Büsche und Bäume der Burggärten waren inzwischen zur Gänze erblüht.

Bereits aus der Ferne entdeckte sie das grasende Kelpie, was fast ein berauschender Anblick war. Nansaidh breitete ihre Arme aus und jauchzte glücklich.

„Es tut gut, dich derart froh zu sehen“, erklang Breandans Stimme.

„Mein Prinz, was machst du hier? Wolltest du nicht endlich deinen Amtsgeschäften nachgehen?“

„Die haben so lange gewartet, da kommt es auf ein paar Stunden mehr oder weniger auch nicht an. Ich konnte einfach nicht widerstehen, dich dabei zu beobachten wenn du das Kelpie zum ersten Mal siehst.“

„Dein Vater wird davon nicht begeistert sein.“

„Das ist mir gleich. Nansaidh, hör zu, ich möchte dir unbedingt noch was sagen, jetzt wo es dir besser geht.“

„Was denn?“

„Wenn du nach allem, was du hier erlebt hast, lieber zurück nach Hause nach Dálach möchtest, verstehe ich das. Es würde mir das Herz brechen, aber ich würde dich ohne Folgen aus der Verlobung entlassen, wenn dies dein Wunsch ist.“

Nansaidh ging zum ihm hinüber und nahm seine Hände in ihre. „Breandan Catharnach, es ist nach wie vor mein innigster Wunsch, dich zu heiraten und deine Prinzessin zu werden.“

„Wirklich?“

„Wirklich!“

Er packte sie, nahm sie auf den Arm und wirbelte grölend mit ihr über die Wiese, Nansaidh konnte nicht aufhören, zu lachen. Als er sie absetzte, war ihnen beiden schwindelig.

„Ist es dir recht, wenn wir dann die Hochzeitsvorbereitungen in Gang setzen?“, keuchte er.

„Und wie mir das recht ist!“

Als Nansaidh zurück zur Burg schaute, entdeckte sie die Königin, die einen äußerst beunruhigenden Blick auf sie und Breandan warf - einen Blick voller Erstaunen und Entsetzen.

Nansaidh bekam eine Gänsehaut am ganzen Körper und lief schnell hinter Breandan her Richtung Kelpie.

Den ganzen jungen Nachmittag verbrachten sie draußen, streichelten das Kelpie und spazierten umher. Irgendwann musste Breandan wirklich in sein Amtszimmer und sich wenigstens ein bisschen seinen Pflichten widmen. Nansaidh schlenderte zu ihren alten Gemächern, wo sie einen Brief an ihren Großvater aufsetzen wollte. Auf dem Korridor traf sie auf Catrìona, die gerade aus ihren und Prinz Adairs Räumlichkeiten hinaustrat.

„Lady Nansaidh“, stammelte sie, „ich habe schon vernommen, dass es Euch besser geht. Schön, Euch zu sehen.“

Sofort erinnerte sich Nansaidh an das, was Catrìona ihr an ihrem Sterbebett erzählt hatte.

„Mylady“, sagte sie freundlich, „welch glückliche Fügung, dass ich Euch hier treffe. Möchtet Ihr mich nicht auf mein altes Zimmer begleiten? Wir lassen uns einen Tee kommen und plaudern etwas.“

Catrìona zögerte.

„*Bitte*!“, sagte Nansaidh eindringlich und ihre zukünftige Schwägerin gab nach.

In ihren Räumlichkeiten klönten sie zuerst über unverfängliche Dinge wie das Wetter oder das Essen, was es auf der Hochzeit geben würde. Aber nach einer Weile war beiden klar, dass sie nicht länger um die wirklich wichtigen Anliegen herumreden konnten. Catrìona machte den Anfang.

„Ihr habt mich verdächtigt, Euch vergiftet zu haben, oder?“

„Ich habe es in Erwägung gezogen, ja“, offenbarte Nansaidh frei heraus. „Ihr habt mir die Nuss gegeben, damals an meinem ersten Abend auf der Burg. Und ihr hattet einen plausiblen Grund.“

„Was für einen Grund?“

„Na ja, ich dachte Ihr wärt neidisch auf mich, weil ich den Kronprinzen heiraten und danach über Euch stehen würde. Ich dachte, es würde Euch stören, dass es von nun an noch eine Frau am Hofe gibt. Wie sich jedoch herausgestellt hat, war genau das Gegenteil der Fall.“

Catrìona errötete. „Ihr wisst also noch, was ich zu Euch gesagt habe, als Ihr krank wart?“

„Jedes Wort.“

„Ich kann Euch nicht sagen, wie arg ich mein Verhalten bedauere. Aber ja, ich habe mich gefreut, als Ihr hierher gekommen seid und der Spuk Euch erschien anstatt mir. Ich hatte ja keine Ahnung, dass es sich um einen Nachtmahr handelt.“

„Ihr habt daran geglaubt?“

„Nicht unbedingt an Gespenster. Ich habe eher geglaubt, dass jemand in dieser Burg mir schaden und mich in den Wahnsinn treiben will. So falsch war das ja anscheinend auch nicht, denn der Nachtmahr muss schließlich von jemandem gerufen und auf uns gehetzt worden sein.“

„Ihr schlaft mit Prinz Adair in einen Raum. Wie kann es sein, dass er nichts bemerkt hat?“

„Die Spukerscheinungen waren in meiner ersten Zeit hier am ausgeprägtesten, als wir noch verlobt waren und in getrennten Zimmern geschlafen haben. Nach der Vermählung wurde es weniger, aber immer wenn Adair später zu Bett ging oder morgens besonders früh zur Jagd aufbrach, kamen sie wieder.“

„Habt Ihr ihm Euch nie anvertraut?“

„Nein. Aber er weiß, dass etwas nicht stimmt. Alle, die über längere Zeit auf der Burg leben wissen es, doch niemand redet darüber.“

„Woher wusstet Ihr von dem Feuer im Kamin? Dass es plötzlich wieder an war ... das habe ich nie jemandem erzählt, doch Ihr wusstet es. Das war auch ein Grund, warum ich Euch verdächtigt habe.“

„Oh, ich schätze, ich bin einfach davon ausgegangen, dass es Euch passiert ist. Weil es mir ständig so ergangen ist.“

„Was für Dinge habt Ihr sonst gesehen oder gehört? Den Mann in der Rüstung?“

„Nein, der ist mir nie begegnet. Es wurde oft an meine Tür geklopft und wenn ich sie geöffnet habe, war weit und breit niemand zu sehen. Nachts hörte ich ein Kratzen am Fenster wie von Fingernägeln, dabei wohnen wir doch im vierten Stock. Aber am schlimmsten war das Lied.“

„Lied? Was für ein Lied?“

„Ein Kinderlied, einfache Reime, einfache Melodie, gesungen mit klaren hellen Stimmen. Den genauen Wortlaut konnte ich nie wirklich verstehen, es war immer zu leise. Ich habe dieses Lied überall gehört: in der Bibliothek zwischen den Regalen, in den Ställen bei den Pferden, auf den Korridoren in den Wänden. Irgendwann war dieses Lied derart in meinem Kopf, dass ich es sogar im Schlaf gehört habe.“

„Und seitdem ich da bin, hört Ihr es nicht mehr?“

„Nein. Seither hat es keine Zwischenfälle mehr gegeben.“

Nansaidh lächelte schwach. „Dann wäre ich an Eurer Stelle auch froh darüber gewesen, dass nun jemand anders dem Wahnsinn ausgeliefert wird.“

Catrìona lächelte nicht, Tränen traten ihr in die Augen. „Wenn es ja bloß um mich allein gehen würde...“

„Wie meint Ihr das?“

Die andere Frau sah sie mit so viel Furcht und Verzweiflung an, dass es Nansaidh ganz kalt wurde.

„Ich trage ein Kind in mir. Abgesehen von Adair und meiner Heilerin weiß noch niemand davon. Oh Lady Nansaidh, ich habe solche Angst, dass man meinem Kind etwas antut, oder dass man mich wieder peinigt und ich es verliere.“

Nansaidh ging zu Catrìona hinüber und legte ihr freundschaftlich einen Arm um die Schultern.

„Das wird nicht passieren! Wir sind jetzt zu zweit - oder nein“, sie deutete lächelnd auf Catrìonas Leib, „eigentlich sind wir sogar zu dritt. Wir wissen jetzt, womit wir es zu tun haben, auch wenn wir keine Ahnung haben, wer dahinter steckt. Noch nicht. Wir werden uns wehren und zusammenhalten! Und Ihr ... *du* wirst ein wunderschönes, gesundes Kind auf die Welt bringen!“

Catrìona schniefte. „Dann kannst du mir wirklich vergeben?“

„Gewiss. Ich verstehe, warum du dich mir gegenüber so verhalten hast. Und ich schätze eine liebende Mutter würde alles für ihr Kind tun, oder?“

Als sie dies sagte, kam ihr wieder der merkwürdige Blick von Königin Aignéis in den Sinn. Und Nansaidh verstand.

Am Abend ging Nansaidh zurück zu ihrem und Breandans Schlafgemach. Sie nickte der Wache knapp zu und wollte gerade hineingehen, als sie von drinnen erregte Stimmen hörte.

„Versteh mich doch, Aidan. Ich kann mich nicht einfach in die Belange des Nordens einmischen!“

„Belange des Nordens? Du wirst einmal König des ganzen Landes sein, nicht nur des Westens. Die Menschen dort verrecken, ihre Kinder verhungern und du sagst es geht dich nichts an?!“

Nansaidh fühlte sich unwohl, sie wollte die beiden ungern unterbrechen, aber vor der Tür stehen und lauschen während ihr die Leibgarde dabei zusah, kam erst Recht nicht in Frage. Also klopfte sie vorsichtig.

„Herein.“

Nansaidh betrat das Zimmer, Breandan saß mit verbissener Miene auf dem Bett, während Ritter Lachlann am Fenster stand und mit starrem Blick hinausschaute.

„Verzeiht, ich wollte nicht stören.“

„Du störst nicht, Liebling, komm nur hinein. Ritter Lachlann ... wollte ohnehin grade gehen.“

Aidan drehte sich um und schaute Breandan mit so viel Ablehnung an, dass Nansaidh erschrak.

„Das war also dein letztes Wort bezüglich Gandála?“

„Allerdings. Ich will nichts mehr davon hören! Geht nun, Euer Wohlgeboren. Kommt Euren Pflichten als mein Leibritter nach, anstatt Euch um andere Dinge zu kümmern.“

„Wie Ihr befiehlt, *Euer Majestät*.“

Aidan rauschte aus dem Zimmer, doch Nansaidh rief nach ihm, als er die Tür erreicht hatte.

„Ritter Lachlann, Euer Wohlgeboren ... bitte wartet nur einen Moment. Ich ... ich möchte Euch noch von Herzen dafür danken, dass Ihr mein Leben gerettet habt. Ich stehe tief in Eurer Schuld.“

„Es erfreut mich außerordentlich, Euch gesund und munter zu sehen, Lady Freisting. Durch Euren lieblichen Anblick habt Ihr jegliche Schuld abgetragen! Ich empfehle mich nun, ich muss meinen ehrenhaften Pflichten als Leibritter nachkommen.“

Damit ließ er Nansaidh und Breandan alleine. Der Prinz raufte sich wütend die Haare, eine Geste die Nansaidhs Herz rührte.

„Tut mir leid, dass ihr euch gestritten habt. Was meinte er, als er von Gandála sprach?“

„Ach nichts, es ist unwichtig, wirklich. Hattest du einen schönen Tag?“

Sie grinste. „Den besten seit langem.“

„Das freut mich.“ Er stand auf und zog sie zu sich, verbarg sein Gesicht in ihrem Haar. „Wir haben noch nicht über unsere Schlafgemächer gesprochen.“

„Was meinst du?“

„Nun ja, ob du weiter hier schlafen möchtest, jetzt wo du wieder gesund bist? Ich verstehe auch, wenn du bis zur Hochzeit lieber wieder in deinem alten Zimmer unterkommen möchtest.“

Anstatt ihm zu antworten, küsste sie ihn. Er griente, als sie sich von ihm löste.

„Ich werte das dann mal als ein 'Nein'.“

Nansaidh küsste ihn erneut, drängender und leidenschaftlicher als zuvor. Da war es wieder, das Begehren, das Gefühl in Flammen zu stehen. Sie schob ihre Hand unter sein Hemd.

„Nansaidh“, hauchte er, „ich glaube wir sollten hinunter zum Essen gehen.“

„Und ich denke, dass wir beide keinen Hunger haben. Zumindest nicht diese Art Hunger.“

„Aber ... das ist nicht richtig. Ich will dich nicht bedrängen.“

„Das machst du doch gar nicht. Eigentlich bedränge ich dich!“

Sie legte ihm beide Hände an die Wangen. „Breandan, als ich im Sterben lag, konnte ich immer nur daran denken, dass ich diese Erfahrung nie würde machen können. Dass ich niemals erlebt habe, wie es sich anfühlt, richtig mit einem Mann zusammen zu sein. Ich möchte das jetzt nachholen.“

„Wenn du dir das wirklich wünschst, kann ich wohl kaum widerstehen.“

„Es hat natürlich einen großen Haken.“

„Der da wäre?“

„Du wirst nicht das Privileg haben, in deiner Hochzeitsnacht mit einer Jungfrau zu schlafen."

Er lachte herzlich. „Damit kann ich leben."

Der Prinz hob sie auf das Bett, wo er sie immerfort küsste, streichelte und sich schließlich beim Aufschnüren ihres Mieders verhedderte.

„Diese furchtbaren Dinger sind freilich bloß dafür da, uns Männer zu verwirren", murmelte er.

Nansaidh lachte so sehr, dass ihr der Bauch weh tat.

Als es soweit war, war der Schmerz heftiger, als sie erwartet hatte. Aber schon bald hörte es auf, weh zu tun, das Gefühl wurde angenehmer, ja geradezu willkommen. Ihr Körper bewegte sich schneller, fordernder, passte sich seinem Rhythmus an, bevor sie gemeinsam auf einer Woge des Entzückens davon schwebten.

Am nächsten Vormittag stand Nansaidh auf einem Hocker in ihrem alten Gemach und wartete auf den Mann, der ihr Brautkleid schneidern sollte. Fiona beobachtete sie.

„Ihr seht heute anders aus, Mylady. Irgendwie strahlender."

Nansaidh versuchte mit aller Kraft, nicht rot zu werden. Da ging die Tür auf und ein untersetzter Herr mit Halbglatze kam herein.

„Gestatten", sagte er in schmierigem Ton, „Dùghlas, Nathair Dùghlas. Ich werde Euch ein traumhaftes Kleid auf Euren jungen, unberührten Körper zaubern."

Jung vielleicht, unberührt nicht mehr, dachte Nansaidh, die sich sofort von Nathair abgestoßen fühlte.

„Eure Zofe kann gehen, die brauchen wir zwei Hübschen dafür nicht."

„Wieso sollte sie?"

„Das würde ich auch gerne wissen", sagte Aidan herausfordernd, der in diesem Moment den Raum betrat.

„Euer Wohlgeboren", stotterte Nathair mit großen Augen.

„Nathair, alte Schlange."

„Ihr wollt jawohl nicht mit im Zimmer bleiben, wenn ich die junge Lady hier vermesse? Das schickt sich nicht, ihr dürft die Prinzessin nicht im Unterrock sehen."

„Nein, das habe ich nicht vor."

„Aber ich!“, sagte Lady Vending und schob sich zur Tür rein, in der Hand hielt sie ihren Bogen. „Eine falsche Bewegung, eine Hand da, wo sie nicht sein soll, und ich schieße Euch einen Pfeil in Eure Weichteile.“

Nansaidh hätte am liebsten laut gejubelt.

„Ich warte vor der Tür, jederzeit in Rufweite“, sagte Aidan, verneigte sich vor Nansaidh und berührte Meyla beim Verlassen des Raumes leicht am Arm.

„Warum werde ich hier so unfreundlich behandelt?“, winselte Nathair.

„Ihr wisst genau, warum. Legt schon los, damit wir es endlich hinter uns haben.“

Nansaidh war wirklich dankbar, dass Meyla während der Prozedur des Vermessens bei ihr blieb. Zwar tat Nathair nichts Unsittliches, doch auch so war es kein angenehmes Gefühl, dass seine kleinen dicken Hände sie berührten.

Als er fertig war, schubste Meyla ihn zur Tür.

„Vielen Dank für Eure bewanderten Dienste, Ritter Lachlann wird Euch mit Freuden hinaus geleiten.“

Grummelnd verließ Nathair den Raum, während Fiona Nansaidh vom Hocker half.

„Das war eine Anprobe der etwas anderen Art“, sagte Nansaidh und wandte sich lächelnd an Meyla. „Vielen Dank für Euren Geleitschutz, Lady Vending.“

„Gern geschehen.“

„Und vielen Dank für alles andere. Ihr habt mein Leben gerettet, indem Ihr Euch auf dieses Abenteuer eingelassen und die Blaue Blume gesucht habt!“

„Auch das habe ich gerne getan.“

„Die Reise muss ermüdend und gefährlich gewesen sein.“

„Das war sie, aber ... sie war auch schön. Zumindest manchmal.“ Die Frau, die Nansaidh als robust und lebhaft in Erinnerung hatte, wirkte in diesem Moment dermaßen bedrückt und verloren, dass sie sie am liebsten in den Arm genommen hätte.

„Mein Beileid“, flüsterte sie stattdessen, „für Euren Verlust.“

Lady Vending schluckte, Tränen funkelten in ihren Augen. „Ich kannte ihn kaum. Es steht mir nicht zu, Beileidsbekundungen anzunehmen.“

„Dennoch habt Ihr ihn sehr gerne gehabt und sein Tod bricht Euch das Herz, das sehe ich Euch an."

„Gebt gut auf Euch Acht, Lady Freisting. Diese Welt ist ein gefahrvoller Ort."

„Das werde ich."

In der Tür drehte Meyla sich noch einmal zu Nansaidh um. „Nathair mag widerlich sein, aber von seinem Fach versteht er etwas, ich habe seine Werke in Gormal gesehen. Euer Kleid wird atemberaubend werden. Ihr werdet bei Eurer Vermählung strahlen wie die Sonne. Ihr werdet aussehen wie ..."

„Wie?"

„Wie eine richtige, echte Prinzessin."

Mit diesen Worten ließ sie Nansaidh und Fiona allein.

Während der Mittagsmahlzeit beobachtete Nansaidh das Königspaar sehr genau. Eanruig hatte ihr noch kein Mal in die Augen gesehen, die Königin dagegen konnte scheinbar nicht aufhören, sie und Breandan anzustarren. Nansaidh wusste, dass ihre Probleme noch nicht vorbei waren, nur weil sie es geschafft hatte, dem Tod von der Schippe zu springen. Das Königspaar war mit Sicherheit eine ihrer größeren Sorgen. Mit dem König würde sie sich später auseinandersetzen, doch Aignéis wollte sie unbedingt heute noch erwischen.

Als das Essen beendet war, entschuldigte sie sich bei Breandan und folgte der Königin hinunter in den Hof.

„Ihr konntet Eure Augen heute gar nicht von mir lassen, Königliche Hoheit", zwitscherte Nansaidh.

Aignéis runzelte die Stirn. „Ja, na und? Ich erfreue mich an dem fröhlichen Anblick meines Sohnes. Es ist beglückend, ihn nach all den Wochen des Kummers wieder lachen zu sehen. Ihr macht ihn glücklich."

„Habt Ihr mich deswegen vergiftet? Weil ich ihn glücklich mache?"

Die Königin sog die Luft ein. „Welch ungeheuerliche Anschuldigung!"

„Ja und dennoch ist sie wahr. Ihr hattet die Gelegenheit, mehrfach sogar. Ihr habt in jenen ersten Tagen immer mit mir an einem Tisch gesessen."

„Das alleine ist kein Beweis."

„Nein, aber ich bin sicher, wenn ich Breandan bitten würde seine Spione darauf anzusetzen, würde er herausbekommen, dass eine Zofe seiner Mutter ein paar Dinge auf dem Schwarzmarkt erworben hat."

Königin Aignéis verlor jegliche Farbe im Gesicht. „Was wollt Ihr von mir?"

„Wissen warum. Warum habt Ihr das getan?"

Die Königin zögerte noch einen Moment, bevor sie in sich zusammensackte und aufgab. „Weil ich nicht wollte, dass meinem geliebten Sohn dasselbe Schicksal widerfährt wie mir; dass er jemanden heiraten muss, den er nicht liebt. Eine Person, die kühl ist, vielleicht sogar grausam, die ihn hintergeht und ihm keinerlei Respekt entgegenbringt."

„Und anstatt abzuwarten, mich kennenzulernen, ob ich wirklich eine solch gefühllose Person bin, habt Ihr Euch dafür entschieden, mich zu töten?"

Eine Träne lief der Königin aus den Augenwinkeln. „Es ging nicht gegen Euch. Es ging mir lediglich um mein Kind."

„Breandan liebt mich. Mich zu verlieren, hätte ihn schwer getroffen."

„Ich weiß", seufzte Aignéis, „jetzt weiß ich es. Als ich Euch gestern sah, wie erleichtert er war, wie liebevoll ... da wurde mir klar, dass ich einen unverzeihlichen Fehler begangen habe." Die Königin atmete tief durch und sammelte sich einen Augenblick. „Werdet Ihr es ihm sagen? Meinem Sohn?"

Nansaidh horchte in sich hinein. Was würde es ihr bringen, ihre zukünftige Schwiegermutter zu verraten? Diese einsame, verbitterte Frau, die genau wie sie selbst gegen ihren Willen verheiratet worden war, aber anders als sie, nicht das Glück gehabt hatte, auf einen gutherzigen Mann zu treffen.

„Nein, das werde ich nicht. Er liebt Euch, sehr sogar. Es würde ihn umbringen, die Wahrheit zu kennen."

„Ich danke Euch, für Eure Gnade. Ich habe sie mitnichten verdient."

„Allerdings. Dies heißt auch nicht, dass ich Euch vergeben habe, oder über den Weg traue. Ihr werdet Euch von mir fernhalten und von Catrìona!"

„Catrìona? Was hat sie damit zu tun?"

„Lasst uns einfach in Ruhe, wenn Ihr weiterhin ein gutes Verhältnis mit Euren Söhnen haben wollt."

„Ich bin froh, dass Ihr überlebt habt, Lady Nansaidh. Diese Stadt und diese Familie braucht eine Frau wie Euch. Eine Frau, die stärker ist als ich selbst."

Als Nansaidh kurz darauf in Breandans Amtszimmer ging, war sie immer noch aufgelöst.

„Liebling, was ist denn los? Du bist ja ganz außer dir."

„Breandan, ich möchte lernen, eine Waffe zu führen. Egal was, Schwert, Pfeil und Bogen, von mir aus auch bloß ein Jagdmesser."

„Bei den Göttern, was ist denn passiert?"

„Ich bin vergiftet worden, man hat einen Nachtmahr auf mich gehetzt. Bei meiner Brautkleidanprobe stand eine Adlige mit Pfeil und Bogen neben mir, um mich vor den gierigen Fingern des Schneiders zu beschützen. Alle machen mit mir, was sie wollen, weil ich so ein zartes, schutzloses Persönchen bin. Und sie haben ja auch Recht, ich kann mich nicht wehren. Das muss aufhören!"

„Du brauchst keine Angst mehr haben, ich werde dich beschützen."

„Du kannst aber nicht immer bei mir sein, Breandan, das möchte ich auch gar nicht. Ich möchte mich selbst schützen können."

Er zog sie an sich, küsste sie und sah sie mit so viel Bewunderung an, dass sie wusste, sie würde ihre Waffe bekommen.

„Dann sei es so. Was möchtest du denn zuerst lernen? Bogenschießen? Schwertkampf?"

„Was empfiehlst du mir?"

„Ich finde eine zukünftige Königin sollte ein Schwert führen können."

„Das finde ich auch."

„Ich gehe sofort zu unseren Schwertmeistern und frage, wann sie dir die erste Stunde geben können." Er küsste ihre Hand. „Bis gleich."

Lächelnd schlenderte Nansaidh zum Fenster, vielleicht würde nun alles gut werden. Draußen sah sie den König stehen, dicht an die Burgmauer gepresst, sein Gesicht im Schatten. Er unterhielt sich lebhaft mit jemandem, den Nansaidh nicht erkennen konnte.

Auch mit Euch werde ich fertig werden, Königliche Hoheit. Ihr werdet Euch wundern.

Da trat Eanruig aus dem Schatten heraus, genau wie sein Begleiter, der ihm begeistert die Hand schüttelte. Sein Anblick verstörte Nansaidh, denn seine Haut war golden und sein Haar scharlachrot.

28

Die Lebenden und die Toten

Ein paar Stunden zuvor

Seòras

Andreana ging mit einer brennenden Fackel zum Scheiterhaufen, wo Eik aufgebahrt war.

Gestern war das ganze Dorf bei ihnen auf dem Hof gewesen, um sich zu verabschieden; heute waren die Familien Dunham und Leysing unter sich.

„Slan leat, a charaid choir“, sagte Andreana leise und entzündete den Scheiterhaufen, *„slan leat“*.

Das Feuer fand seinen Weg schnell, über die trockenen Äste und das Stroh zu dem friedlich daliegendem toten Bauern. Balfour konnte den Blick nicht abwenden, sein Arm lag um seine Nichte Stella, die sich ausgesprochen tapfer hielt. Er hörte das Schluchzen seiner Schwester, das Schluchzen von Rakel und von Eiks Mutter, brachte es jedoch einfach nicht über sich, sich umzudrehen. Ihm selbst war nicht mehr nach Weinen zu Mute, er fühlte sich leer und müde.

Andreana wandte sich an die trauernde Familie.

„Eik war ein treuer Freund, ein gehorsamer Sohn, ein liebevoller Ehemann, ein fürsorglicher Vater und ein guter Mensch. Er wird den Weg auf die immergrünen Wiesen, unter die stets blühenden Bäume des westlichen Himmelreiches finden.“

Die Flammen züngelten lichterloh, Eik war ganz von ihrem hellen Schein umgeben.

Für einen kurzen Moment war es Balfour, als würde er in ihrem Licht auch die Gesichter der anderen Toten sehen, die ihn verlassen hatten: seine Großeltern, seine Tante, seine Mutter. Lediglich seinen Vater vermochte er auch dort nicht zu finden, obwohl er ihn gerade mehr vermisste als jemals zuvor.

Doch auch dieser Augenblick ging vorbei und dann waren die Toten wirklich fort, für immer gegangen.

Am Abend saßen sie in der Stube. Die Kinder waren mit ihren Großeltern auf dem Hof der Leysings, wohl auch, damit Eiks Eltern einen Quell des Trosts fanden.

Andreana lauschte neugierig den Geschichten, die Gleann und Cailean über Eik erzählten; Àlainn und Balfour sagten beide kein Wort. Aber sie hatten ihre Hände verschränkt, hielten einander und schenkten sich Kraft, wie sie es ihr Leben lang getan hatten.

Irgendwann fragte Gleann: „Und, Balfour? Wann wirst du gehen?“

„Gehen? Wohin denn gehen?“

„Nach Alastríona natürlich, zu Prinz Breandan und anschließend nach Daracha, um dich zum Ritter ausbilden zu lassen.“

Balfour konnte nicht fassen, dass er jetzt davon anfing. Entrüstet sah er Gleann an, doch dieser erwiderte seinen Blick mit ruhiger Gelassenheit.

„Ich gehe nirgendwo hin.“

„Selbstverständlich wirst du das“, mischte sich Cailean ein, „für dich hat sich nichts geändert, hörst du?!“

„Wie kannst du es wagen, so etwas zu sagen!“, fuhr Balfour ihn wütend an. „Vor allem während deine Schwester hier mit am Tisch sitzt?!“ Àlainn drückte beschwichtigend seine Hand, sagte jedoch weiterhin nichts.

„Was willst du denn tun? Für den Rest deines Lebens hier bleiben?“, meinte Cailean, nun ebenfalls aufgebracht.

„Ja. Ich werde diesen Hof am Leben halten.“

„Glaubst du, das kann Àlainn nicht?“

„Nicht alleine, nein.“

Cailean schlug mit der Faust auf den Tisch. „SIE IST NICHT ALLEINE, SIE HAT MICH!“

„Auf einmal?“

„Balfour“, mahnte Gleann, „jetzt wirst du ungerecht.“

„Ich weiß“, seufzte Cailean, „dass ich in der Vergangenheit viel falsch gemacht habe, dass ich unzuverlässig war, ein Taugenichts. Aber unsere Reise hat mich verändert - genau wie dich! Bloß, dass sie uns beide auf unterschiedliche Art verändert hat. Du hast gelernt, dass du frei und in Bewegung sein willst, ich dagegen, dass ich hierher gehöre.“

Seine Worte waren wahr, das wusste Balfour. Dennoch erschien es ihm unmöglich, seinem Bruder zuzustimmen. Er betrachtete das Profil von Àlainns fahlem, traurigen Gesicht und wusste, dass er alles aufgeben würde, um sie wieder lachen zu sehen - eines schönen Tages in der Zukunft.

„Ich muss Euch beschützen“, flüsterte er. „Was wenn Ruaraidh zurückkehrt?“

„Diesmal werde ich ihn erwarten“, sagte Andreana, „werde nicht mehr unvorbereitet sein wie vorgestern. Ich habe Kräuter und Wurzeln gesammelt und ich werde noch mehr auf Alastríonas Schwarzmarkt besorgen. Ihr kennt bisher alle erst einen geringen Teil meiner Fähigkeiten. Ich werde diesen Hof beschützen, den der Leysings noch dazu, ja dieses ganze Dorf!“

„Aber Ihr müsst doch zurück in den Yldís? Ihr habt Tuathla Euer Wort gegeben.“

„Die Kelpies sind ohnehin fort. Ich denke, sie haben die Gefahr gespürt und sich alleine auf den Weg nach Hause gemacht. Shiva wird sich, wenn ich Ihr Verhalten richtig gedeutet habe, sowieso nicht mehr so schnell von ihrer neuen Herrin trennen. Ich habe Tuathla heute Morgen eine Brieftaube geschickt, dass ich auf unbestimmte Zeit hier bleibe.“

„Sie wird darüber nicht erfreut sein, oder?“

„So ist das bei uns nicht. Wir können unsere freien Entscheidungen treffen, solange wir im Sinne des Ordens handeln. Ich verweile in Seòras, bis Ihr mich fortschickt.“

„Du siehst“, sagte Gleann, „hier ist alles versorgt. Dir steht es frei, ein Leben als Ritter zu führen. Außer“, er zwinkerte ihm zu, „du wählst einen anderen Weg, der eher deinem Herzen entspricht. Auch das ist für uns in Ordnung, weißt du.“

„Lass Ruaraidh nicht gewinnen“, meinte Cailean „lass uns nicht vor ihm das Knie beugen. Das hat dieser Mistkerl nämlich nicht verdient.“

„Was würde Eik Euch raten, Balfour?“, fragte Andreana.

Balfour schaute abermals seine Schwester an, doch Àlainn schwieg.

Weit nach Mitternacht war, klopfte es vorsichtig an Balfours Tür.

„Herein.“

Àlainn schob sich in sein Zimmer, mit zerzaustem Haar und nur im Nachtkleid.

„Ich wusste, dass du auch noch wach bist. Darf ich bei dir schlafen, so wie früher?“

„Sicher.“

Sie kletterte in sein Bett und kuschelte sich an ihn; eine vertraute, tröstliche Geste, wie sie es als Kinder hundertmal gemacht hatten.

„Darf ich dich was fragen, Balfour?“

„Seit wann bist du derart höflich und zurückhaltend? Sonst löcherst du mich doch auch immer ganz direkt.“

„Stimmt.“ Sie seufzte. „Was haben Cailean und Gleann gemeint? Als sie sagten, dass du in Bewegung sein willst; dass ein anderer Weg eher deinem Herzen entspricht. Ist es nicht mehr dein Wunsch, Ritter zu werden?“

„Nein, wahrscheinlich ist es das nicht.“

„Komm schon. Erzähl es mir.“

Das tat er schließlich. Balfour berichtete ihr von allem, was ihm Wunderbares auf der Reise widerfahren war. Von dem Sonnentanz in Gormal, von der leuchtenden Kraft des Irrlichts, von Hildurs Herzlichkeit, von dem Ritt auf den Kelpies, von den Wasserfällen und bunten Vögeln sowie der Wiese aus Glockenblumen im Yldís. Vor allem aber erzählte er von seinen Gefühlen für Meyla, von der Sehnsucht, als er mit ihr auf den Klippen gestanden und auf das Meer hinausgeschaut hatte, dem Wunsch, sich ein Schiff zu nehmen und mit ihr in den Sonnenuntergang zu segeln.

„Das klingt fantastisch“, sagte Àlainn abschließend, „ich wünschte, ich hätte das auch alles sehen können.“

„Vielleicht kannst du das, irgendwann mal.“

„Nein. Mein Platz ist hier, bei meinen Kindern und auf diesem Hof.“

Eine ganze Weile sagte niemand von ihnen ein Wort, Balfour genoss ihre Nähe und war gerade leicht eingenickt, als Àlainn abermals das Wort ergriff. „Cailean hat sich sehr verändert, ich habe es sofort bemerkt. Er ist als Junge in die Welt hinaus geritten und als Mann heimgekehrt. Ich weiß nicht, ob das an dieser Frau liegt oder an dem, was ihr alles erlebt habt oder an beidem ... aber es steht ihm sehr gut.“

Balfour konnte nicht verhindern, dass ihm die Tränen kamen. „Es tut mir so leid, Àlainn, dass ich Eik nicht beschützen konnte.“

„Es ist nicht deine Schuld. Wäre Eik nicht hinaus in die Ställe gegangen, sondern im Haus gewesen als Andreana den Bannspruch gesprochen hat, wäre das alles nicht geschehen. Gebe ich deswegen ihm die Schuld? Natürlich nicht. Die Wahrheit ist, in einer Welt wie der unsrigen, kann man nun mal niemanden beschützen."

Damit küsste sie Balfour auf die Wange und bald darauf verrieten ihm ihre gleichmäßigen Atemzüge, dass sie in den Schlaf gefunden hatte.

Am nächsten Morgen, draußen dämmerte es bereits leicht, erwachte Balfour davon, dass Àlainn sich aus dem Bett schälte.

„Du solltest gehen", sagte sie.

„Was meinst du?"

„Nach Alastríona. Nicht zum Prinzen, nicht um Ritter zu werden. Sondern zu ihr."

„Àlainn..."

„Nein, hör mir bitte zu." Sie setzte sich wieder auf sein Bett und nahm seine Hand. Er sah, dass sie weinte. „Nur wenige Menschen haben das Glück, zu erleben, was uns beiden vergönnt war. Jemanden zu finden, den wir lieben können, mit all seinen Vorzügen und all seinen Fehlern. Ich hatte mein Glück gefunden und man hat es mir genommen ... Cailean hat Recht: Ruaraidh darf nicht gewinnen! Er darf dir nicht auch noch dein Glück nehmen! Geh, Balfour. Geh deinen Weg, wo auch immer er dich hinführen mag. Ob zu Abenteuern mit Meyla oder am Ende doch in die Königsgarde, wird sich zeigen. Aber dein Weg endet nicht auf diesem Hof in Seòras."

„Ich werde euch nicht zurücklassen."

„Doch, das wirst du." Auf ihrem Gesicht erschien die vorsichtige Andeutung eines Lächelns. „Das ist mein letztes Wort und ich habe immer von dir bekommen, was ich wollte, schon vergessen?!"

Seine Schwester erhob sich und ging zu Tür, wo sie nochmal innehielt.

„Balfour, Eik ist tot. Unsere Mutter ist tot und vermutlich auch unser Vater. Wir können sie weder zurückholen, noch ersetzen, wie sehr wir uns auch wünschen, dass es anders wäre. Wir können sie nur ehren, indem wir weitermachen und nicht aufgeben. Das Leben, Balfour, ist für die Lebenden." Damit verließ sie sein Zimmer um das Frühstück zu richten, für ihre Lieben, die ihr geblieben waren.

29

Meyla auf dem Dach der Welt

Drei Wochen später

Burg Uallach

Seit nun mehr zwei Wochen war die Burg Uallach mit eifrigem Treiben erfüllt. Der kleinste Ziegelstein sollte poliert, jedes Pferd gestriegelt, jede winzige Fensterluke blank geputzt sein für den großen Tag. Bunte Blumenranken zierten den Burghof, die Musikanten und Gaukler probten ein letztes Mal ihre Kunststücke, die sie am morgigen Tag zur Begrüßung des Brautpaares darbieten würden. Die Vermählungszeremonie würde in der großen Basilika stattfinden, wie alle hochoffiziellen Feierlichkeiten des Königshauses. Das anschließende Gelage gab es selbstverständlich auf der Burg.

Meyla stand in ihrem kleinen Kämmerchen und beobachtete dies alles aus dem Fenster. Je fröhlicher und ausgelassener die Stimmung auf der Burg geworden war, desto trauriger wurde ihr eigenes Gemüt. Nicht, weil eine andere Frau den Prinzen ehelichen würde, sondern weil all diese Fröhlichkeit eine Bauernfamilie aus dem kleinen Ort Seòras einen hohen Preis gekostet hatte.

Meyla erinnerte sich an den Tag, an dem Lady Nansaidh in Alastríona angekommen war. Damals hatte sie ebenfalls hier gestanden, das Herz schwer, nun wiederholte sich die Geschichte. Auch heute war sie unglücklich, fühlte sich einsam und hatte Angst vor einer ungewissen Zukunft. Dennoch war sie nicht mehr dieselbe Meyla wie noch vor zweieinhalb Monaten. Sie wusste nun, dass sie es noch in sich hatte: die Fähigkeit zu tanzen, zu lachen, zu weinen, zu fühlen, zu träumen. Wie schmerzhaft die letzten Wochen auch gewesen waren - dies war eine Erkenntnis, an der sie sich festhalten konnte.

Sie hatte Briefe ausgetauscht mit Gleann und wusste, wie die Lage in Seòras war, dass Àlainn und die Kinder sehr

tapfer waren, dass Cailean Verantwortung übernommen hatte, dass es keine neuen Drohungen von Ruaraidh gab. Von Balfour hatte Gleann nichts geschrieben und sie traute sich ihrerseits nicht, nach ihm zu fragen. Dutzende Male hatte sie angefangen, ihm einen Brief zu schreiben, jedoch jedes Mal abgebrochen, weil ihr die Worte fehlten.
Mit jedem Tag der ins Land zog, an dem sie nichts voneinander hörten, entfernte er sich von ihr und in manchen Momenten vermisste sie ihn so ungemein, dass es ihr die Luft abschnürte.

Aber nicht nur ihn, auch Gleann und Cailean, ihre Freunde, an deren Gesellschaft sie sich so schnell gewöhnt hatte. Selbst Aidans Anblick, wie er mit traurigem Gesichtsausdruck seinen Pflichten nachging, brach ihr das Herz. Sie hatten sich selten gesehen in den letzten Tagen, Breandan beschäftigte ihn rund um die Uhr mit Hochzeitsvorbereitungen, aber wenn hatten sie sich jedes Mal kurz an die Hand genommen und aufmunternd angelächelt, als wollten sie dem anderen sagen *„Halte durch!“*

An diesem Tag beschloss Meyla, dass sie das Wirtshaus besuchen wollte, wo sie Balfour zum ersten Mal getroffen hatte und bahnte sich ihren Weg durch das überfüllte Alastríona. Nach der friedlichen Einsamkeit der Natur, der sie auf ihrer Reise über Wochen ausgesetzt gewesen war, hatten sie der Lärm und die Menschenmassen der Hauptstadt in ihren ersten Tagen zurück geradezu verstört.

Sie lächelte, als sie das Regenfass vor der Schänke sah und meinte für einen kurzen Moment zu spüren, wie ihr Kopf wieder weh tat.

Mein Lackel, mein lieber Lackel.

In der Schankstube war selbst um diese Tageszeit einiges los, da wegen der Königshochzeit viele Besucher von außerhalb in der Stadt waren. Meyla bestellte sich einen Humpen Bier, der ihr aber nicht recht schmecken wollte. Nach etwa einer Stunde kam eine aufgeregte Städterin hineingestürmt.

„Bei den Göttern! Ich habe sie gesehen, in unserer Stadt! Eine Weiße Priesterin! Sie geht in diesem Moment über den Markt.“

Meyla hätte sich beinahe verschluckt. Eine Weiße Priesterin in Alastríona? Das konnte eigentlich nur Andreana sein. War sie gekommen, um Shiva zu holen?

Eilig bezahlte Meyla ihr Bier, verließ das Wirtshaus und machte sich auf Richtung Markt. Es war nicht schwer, Andreana zu finden, denn eine Menschentraube war nicht weit von ihr entfernt und starrte sie an. Die Weiße Frau kümmerte sich nicht darum, sondern schlenderte weiter von Stand zu Stand. Meyla ging auf sie zu.

„Andreana ... schön Euch zu sehen."

Andreana schien von Meylas Anblick nicht überrascht, aber erfreut zu sein.

„Lady Álfkona – oder vielmehr Lady Vending, wie Ihr in dieser Stadt heißt. Die Freude ist ganz meinerseits."

„Gleann hat mir geschrieben, dass Ihr noch eine Weile im Westen verweilen werdet und der Yldís vorerst auf Euch warten muss."

„Ja, das ist richtig. Ich bleibe in Seòras und leiste meinen Beitrag im Kampf gegen den Roten. Ich bin heute hier, um noch ein wenig einzukaufen; Werkzeuge, um den Dunham-Hof besser zu schützen."

„Es ist schön zu wissen, dass Ihr noch dort seid. Nicht nur wegen Eurem Schutz, sondern auch für Cailean."

„Ja, das ist es, für mich ebenso."

„Werdet Ihr Shiva mitnehmen?"

„Oh nein, keine Sorge. Shiva bleibt Euch erhalten, so lange sie es wünscht. Wenn sie eines Tages heimkehren will, wird sie gehen, bis dahin habt Ihr eine treue Gefährtin."

Meyla war erleichtert, dies zu hören, denn die Gesellschaft des Kelpie war ihr in den vergangenen Tagen ein unfassbarer Trost gewesen.

„Ich muss nun aufbrechen, wenn ich noch vor Sonnenuntergang wieder in Seòras sein will", sagte Andreana schließlich und streckte Meyla die Hand entgegen. „Lebt wohl, Lady Vending, ich weiß, dass unsere Wege sich bald erneut kreuzen werden. Richtet den Blick nicht auf den Boden, sondern nach oben, nur so könnt Ihr all die kleinen Wunder dieser Welt entdecken."

„Danke, Andreana." Meyla gab ihr die Hand. „Ich wünsche Euch eine gute Reise. Und grüßt ... die Familie von mir."

Andreana lächelte. „Es geht ihm gut, Meyla, zumindest den Umständen entsprechend. Die Dunhams sind zäh, alle miteinander. Sie lassen sich nicht so schnell brechen."

Meyla spürte wieder den vertrauten Kloß im Hals. „Das weiß ich", flüsterte sie und hätte am liebsten vor Erleichterung geweint, „das weiß ich."

Am Abend zurück auf der Burg, tat Meyla, wozu sie sich bisher nicht hatte überwinden können: sie packte ihre Tasche, die sie auf der Reise begleitet hatte, aus. Die schmutzige Kleidung übergab sie einer Dienstmagd, den goldenen Sonnenknopf legte sie auf ihren Nachttisch, ihr Püppchen landete in ihrem Bett. Dann nahm sie das Buch der Legenden und ging zum ersten Mal seit ihrer Rückkehr in die Bibliothek.

Staubig war es hier, dunkel und unordentlich; niemand hatte sich während ihrer Abwesenheit um die alten Bücher gekümmert. Sie brachte das Legendenbuch an seinen angestammten Platz und seufzte.

„Danke für die schöne Zeit", sagte sie, strich zärtlich über den verschlissenen Buchrücken und ließ es schließlich im Regal zurück, wo es eines von vielen war.

Zurück in ihrer Kammer, ging sie unverzüglich zu Bett. Obwohl sie nicht gerne an den morgigen Tag dachte, schlief sie innerhalb weniger Sekunden ein.

Sie stand an Bord eines herrlichen Dreimasters, dessen Segel sich im Sturm blähten. Die See war unruhig, viele Mitglieder der Besatzung zeigten eine leicht grünliche Gesichtsfarbe, obwohl sie einiges gewöhnt waren.

Meyla liebte dieses Wetter, sie fühlte sich erst dann richtig lebendig. Sie schaute hinauf zum Krähennest, wo der anwesende Matrose ordentlich durchgepustet wurde und überlegte übermütig, ob sie hinaufklettern sollte.

„Denk nicht mal dran, Schickse", ertönte Balfours Stimme hinter ihr.

Freudig drehte sie sich um und blickte in sein strahlendes Gesicht. Er war älter als sie ihn in Erinnerung hatte, in seinem Haar überwog das Grau gegenüber dem Braun und seine Falten hatten sich vermehrt. Gleichwohl wirkte er glücklicher und gelöster als sie ihn jemals erlebt hatte.

„Nur einmal!“

„Wir sind jetzt so knapp vor dem Ziel, deine Meyla-Insel zu entdecken und du legst es darauf an, dir das Genick zu brechen? Na gut, komm ich mach dir Räuberleiter!“

Lachend warf sie sich in seine Arme und küsste ihn leidenschaftlich.

Sanft löste er sich von ihr und hielt ihr etwas entgegen.

„Hier, das habe ich im letzten Hafen auf dem Markt für dich gekauft. Eigentlich wollte ich noch damit warten, es dir zu schenken, aber da du dich anscheinend gerne umbringen möchtest, gebe ich es dir jetzt.“

Er drückte ihr eine silberne Schatulle in Form einer Muschel in die Hand.

„Das ist aber hübsch!“

„Damit du dir jederzeit die Schönheit des Nordens anschauen kannst.“

Meyla öffnete die Schatulle und sah, dass es in Wahrheit ein Taschenspiegel war. Sie warf einen Blick hinein und war überrascht, dass auch ihr Gesicht älter war, wenn auch auf gewisse Weise hübscher, als sie es in Erinnerung hatte. Ihre Augen waren wacher und blauer denn je und die Anzahl ihrer Sommersprossen hatte eine ungeahnte Höhe erreicht. Dann jedoch wanderte ihr Blick zum Hals und tiefer, zum Ausschnitt ihres Leinenhemdes und sie erstarrte. Die gesamte Haut war mit Narben übersät, Brandnarben, Schnittwunden; tief und teilweise wulstig, verheilt und verblasst, aber dennoch da. Meyla schrie auf und ließ den Spiegel fallen.

Schweißgebadet fuhr sie aus dem Schlaf hoch. Keuchend drückte sie eine Hand auf ihre linke Brust, wo ihr Herz ungebremst hämmerte, angetrieben von Panik und Entsetzen.

„Nur ein böser Traum“, sagte Meyla sich immer und immer wieder, „ein Alptraum“. Doch es hatte sich nicht angefühlt, wie ein Traum, eher wie eine Erinnerung - eine Erinnerung an die Zukunft.

Sie drückte ihr Püppchen an sich und wiederholte „nur ein Traum“, dann legte sie sich zurück und schloss die Augen. Dachte an Aidans Alptraum auf ihrem Rückweg und wünschte sich so sehr, er und die anderen wären nun bei ihr. Sie sehnte sich derart nach ihren Gefährten, dass sie ernsthaft überlegte, ob sie Aidan in seinen Räumlichkeiten aufsuchen konnte, allerdings würde ihn dies vermutlich in Schwierigkeiten bringen. Also wartete Meyla, bis sie sich beruhigt und ihr Herzschlag sich normalisiert hatte und fand anschließend zurück in einen unruhigen Schlaf.

Am nächsten Tag wusste sie nichts mit sich anzufangen. Sie war nicht eingeladen, an der Trauzeremonie teilzunehmen, aber beim späteren Ball wollte die Königsfamilie sie dabei haben.

Lustlos vertrödelte sie den Vormittag, besuchte Shiva, bummelte über die Ländereien und stibitzte in der Küche Happen vom Festessen. Gegen Mittag brach die ganze Festgesellschaft auf in die Stadt. Im Hof tummelte sich die Dienerschaft, alle wollten einen Blick auf die Braut erhaschen.

Zuerst verließ der Prinz unter dem Ruf der Fanfaren die Burg, stattlich und gutaussehend wie immer. Freundlich winkte er dem Gesinde; Meyla zog sich in den Schatten zurück, weil sie keinen Blickkontakt mit ihm austauschen wollte.

Kurze Zeit später fuhr die große goldene Kutsche vor und Lady Nansaidh betrat den Hof. Es war wie Meyla prophezeit hatte: sie war übernatürlich schön, in einem Traum von einem Kleid, mit einem goldenen Diadem auf dem Kopf, ihre Elfenlocken offen tragend. Das Zauberhafteste jedoch war ihr unsagbar glückliches Lachen, was sie schweben ließ. Die Menge jubelte begeistert und Nansaidh winkte überschwänglich, bevor sie in die Kutsche stieg.

Meyla konnte nicht anders, als sich aufrichtig für die beiden zu freuen, die ihr Glück gefunden hatten. Und so beschloss sie, diesen Tag gemeinsam mit ihnen zu feiern.

Als die gesamte Festgesellschaft fort und die Dienerschaft eifrig dabei war, die letzten Vorbereitungen für die anschließende Feier zu treffen, ging Meyla wieder hinauf in ihr Kämmerchen, wo ein umwerfendes, dunkelrotes Kleid auf sie wartete, welches Breandan ihr als Dankeschön geschenkt hatte. Sie ließ sich den Badezuber heranrollen, einölen und anschließend von den Zofen frisieren.

Als sie gerade fertig war, hörte sie aus der Stadt das Läuten der Glocken, welches den Abschluss ihrer und Breandans Geschichte verkündete. Kurz fragte sie sich, ob sie eines Tages auch diesen Glocken lauschen würde, wenn ihre und Balfours Geschichte endete, denn die Schwertleite der Ritter fanden in derselben Basilika statt. Doch sie verdrängte diesen Gedanken sofort - heute würde sie keinen mehr Kummer zulassen.

Brav machte Meyla dem Brautpaar ihre Aufwartung.

„Meinen Glückwunsch, Prinzessin Nansaidh. Ihr seht überwältigend aus."

„Oh Lady Vending, ich danke Euch. Aber Ihr steht mir in Sachen Schönheit in nichts nach, dieses Kleid steht Euch außerordentlich gut!"

„Vielen Dank."

Sie ging zu Breandan und umarmte ihn.

„Sie hat Recht, weißt du", raunte er ihr ins Ohr, „und ich habe einen guten Geschmack bei der Auswahl dieses Kleides bewiesen."

Meyla löste sich von ihm und lächelte ihn freundschaftlich an. „Werde glücklich, Breandan. Ich wünsche es dir von Herzen."

„Das werde ich, Meyla!"

Das Festessen war mehr als üppig, das Königshaus hatte sich nicht lumpen lassen. Wild, Fisch, feines Brot und exotische Früchte – für jeden Geschmack war etwas dabei. Höhepunkt war ein Pfau, der im Federkleid serviert wurde: seinen Schnabel hatte man vergoldet und mit entflammbarer Wolle gestopft, denn als er in den Speisesaal hineingetragen wurde, brannte er, sodass es aussah, als würde er Feuer speien.

Meyla drehte sich bei dieser Dekadenz der Magen um, sie bekam kaum noch einen Bissen herunter, dachte sie doch daran, dass in Gandála die Kinder verhungerten, während man hier mit vergoldeten Pfauen protzte.

Nach dem Mahl hielt Breandan eine Rede auf seine junge Braut und wie viel sie durchgemacht hatte. Ihre Rettung durch den Trank und der weite Weg, der dem vorausgegangen war, erwähnte er mit keinem Wort. Meyla suchte mit ihrem Blick nach Aidan, konnte ihn allerdings nirgendwo im Ballsaal ausmachen.

Als der Prinz geendet hatte, war der König an der Reihe. Wie immer verursachten seine spöttische Stimme und die kalten Augen bei Meyla eine Gänsehaut.

„Meine verehrten Gäste, wertes Brautpaar, welch gelungene Feier zum Beginn eines neuen Lebens. Ein neues Leben für Euch als Eheleute, aber auch für das gesamte Land. Ohne zu viel vorwegnehmen zu wollen kann ich sagen, dass uns glorreiche Zeiten bevorstehen, eine Ära des Wohlstands und der Glückseligkeit."

Niemand wusste, was er damit meinte. Meyla hatte ein ungutes Gefühl.

„Es war an der Zeit, neue Bündnisse einzugehen, denn Stillstand ist der Untergang eines jeden Königreiches. Am heutigen Tag jedoch soll fürwahr die Liebe im Vordergrund stehen, deswegen erhebt die Gläser auf meinen Sohn, der …", Eanruigs Blick streifte Meyla und sein Mund verzog sich zu einem hämischen Grinsen, „… heute die richtige Frau geehelicht hat. Zum Wohl!"

Meyla lächelte dem König kühl zu – mit solchen Aussagen konnte er sie nicht mehr verletzen. Sie fühlte sogar eine gewisse Schadenfreude beim Gedanken daran, wie Eanruig reagieren würde, wenn er eines Tages erfuhr, wer sie in Wirklichkeit war.

Als schließlich die Musiker Position bezogen und Nansaidh und Breandan zu einem schmachtenden Hochzeitstanz ansetzten, wurde es Meyla zu viel des Guten und sie sehnte sich danach, alleine zu sein.

Also verließ sie die große Halle, ging hinaus in den Burghof, wo die junge Abendsonne den Bergfried in gelb-oranges Licht tauchte. Früher war sie ständig dort ganz oben auf dem Turm gewesen, von wo sie endlos weit blicken konnte. Sie hatte auf das große Meer geschaut und sich ausgemalt, dass sie an Bord ihrer eigenen Flotte wäre, obwohl die See an Lýsistratas Westküste nichts weiter war als eine Meerenge, ruhig und schmal im Vergleich zur tosenden Gischt des Nordens. Meyla fragte sich, wann und warum sie aufgehört hatte, dort hinauf zu gehen und zu träumen, denn ihr letzter Besuch auf dem Bergfried war Ewigkeiten her. Heute musste es herrlich oben sein, bei der klaren Luft; außerdem still und friedvoll gegenüber dem Lärm auf dem Fest.

Als sie sich dem Tor näherte, sah sie, dass der Turm lediglich von einem einzigen Ritter bewacht wurde : Aidan.

„Ritter Lachlann, bist du so sehr in der Gunst des Prinzen gesunken, dass er dich hierher versetzt hat?"

„Ich fürchte schon. Aber das macht mir nichts, hier muss ich wenigstens nicht den vielen langweiligen Rednern zuhören."

„Ach Aidan, ich kann einfach nicht fassen, dass Breandan dich nicht bei seiner Hochzeit dabei haben will. Du bist immerhin sein bester Freund."

„Als ich aufgehört habe ihm zu sagen, was er hören will, habe ich wohl auch aufgehört sein Freund zu sein. Aber wenn man ehrlich ist, war es keine richtige Freundschaft. Letztendlich war er der Prinz und ich sein loyaler Ritter, nicht mehr und nicht weniger. Als meine Worte ungemütlich für ihn wurden, war ich nichts mehr wert. Breandan hat nämlich immer schon den für ihn leichtesten Weg gewählt, das weißt du genauso gut wie ich."

Das wusste Meyla tatsächlich, auch wenn die Wahrheit weh tat.

„Ja. Aber dich gleich hierher zu schieben? So weit vom Geschehen weg wie möglich?"

„So weit von der Braut weg wie möglich. Nansaidh hat einen Streit zwischen uns mitbekommen, in dem es um Gandála ging. Ich glaube, er hat Angst, dass sie mir Fragen stellt."

„Ach ja", seufzte Meyla, „Gandála."

„Ich weiß. Es ist mir immer noch unbegreiflich, dass Breandan nichts unternehmen wird."

„Das würde Herausforderung und Mühe bedeuten, dafür ist er nicht bereit. Nicht für etwas, was kilometerweit von ihm entfernt ist."

„Ja, leider. Einem guten Herrscher sollte kein Weg zu weit und zu umständlich sein, um sein Volk zu beschützen."

„Ich bin doch auch nicht besser als er."

„Das ist Unsinn!"

„Ist es nicht. Damit hatte Balfour Recht, bei unserem Streit in Seòras: die Menschen Gandálas sind genauso mein Volk wie Breandans. Ich lasse sie ebenso im Stich."

„Das ist etwas anderes. Du kannst nichts tun, zumindest nicht in deiner derzeitigen Lage."

„Mag sein. Aber ich werde eine Möglichkeit finden! Nicht vom Thron aus, auf keinen Fall. Ich weiß noch nicht genau, wie ich es anstellen werde, aber ich werde meine Leute dort nicht dem Roten überlassen!“

„Wenn es soweit ist, werde ich an deiner Seite sein!“

„Das wird dir Breandan vermutlich nicht erlauben.“

„Ist mir gleich.“

„AIDAN! Du bist durch deinen Eid an ihn gebunden!“

„Ja, das ist richtig. Aber ich habe noch jemandem einen Eid geschworen, auf einer Lichtung im Elfting. Wenn ich mich entscheiden müsste, für wen ich mein Leben gebe, würde ich auf dich setzen, Bücherwurm.“

Meyla legte ihm eine Hand auf die Wange. „Euer Wohlgeboren, es wäre mir eine Ehre, Euch in meiner Leibgarde zu haben. Doch dazu wird es niemals kommen.“

„Wir werden sehen, was die Zukunft bringt, Lady Álfkona. Aber sag mal, was machst du eigentlich hier? Die Feier ist freilich nicht zu Ende?“

„Nein, aber ich habe es nicht mehr ausgehalten.“

„Wegen Breandan?“

„Nein, das ist mir egal. Aber diese Welt ... ist einfach nicht meine. Sie war es nie, obwohl ich dort hineingeboren wurde.“ Sie lächelte ihn an. „Ich gehöre in die Wildnis. Auf das Meer, auf ein Kelpie. Nicht in Hallen aus Marmor und Stein.“

Aidan erwiderte ihr Lächeln. „So stehen wir also hier, zwei die nirgendwo dazugehören. Nicht zu unseren Freunden in Seòras, weil wir adlig geboren wurden. Und nicht zu den Adligen, weil wir wilde Herzen haben.“

„Ja, so stehen wir hier.“ Meyla streckte sich zu Aidan hoch und küsste ihn auf die Wange. „Durchhalten, Euer Wohlgeboren, durchhalten!“ Damit ging sie in den Bergfried und ließ Aidan, den Freund, der ihr geblieben war, zurück.

Mühsam erklomm sie die 533 Stufen bis zur Turmspitze, ging hinaus auf die Wehrplattform, wo sie für die Anstrengung mit einem eindrucksvollen Ausblick belohnt wurde: der Himmel war in unzähligen Rot – und Rosatönen schattiert, die untergehende Sonne glühte kraftvoll. Ein Drachenhimmel, wie man im Norden sagte.

Meyla stellte sich an den Zinnenkranz und blickte hinaus auf das Land, welches frisch und erblühend dalag. In der Ferne konnte sie die Ausläufe des Líadans sehen, was sie an ihr Gespräch mit der kleinen Stella erinnerte. So fand sie nun Trost in ihren eigenen Worten, denn vielleicht blickte dort am Horizont in Seòras in diesem Moment auch eine Bauernfamilie nach oben und bewunderte denselben Himmel wie sie. Vielleicht standen die Farbwäscher Gormals nun am Brunnen auf dem Marktplatz, die Gesichter staunend nach droben gerichtet; vielleicht sangen die Waldnymphen im Elfting ein Lied für den Drachenhimmel; vielleicht vergaßen Hildur und Yngrid bei diesem magischen Anblick für eine Sekunde ihre Sorgen; vielleicht fuhr die Fischerfrau in ihrem Segelboot unter dem brennenden Firmament mit den Walen um die Wette.

Meyla war so in Gedanken versunken, dass sie erschrak, als hinter ihr eine warme Stimme sagte:

„An diesem Ort sehen wir uns also wieder. Auf dem Dach der Welt."

„Balfour!"

Es war ungewohnt, ihn nicht in seinem Mantel aus Bärenfell zu sehen, sondern in einer feinen, dunkelblauen Tunika.

„Was ... wie ... seit wann bist du in der Stadt?"

„Seit gestern schon, ich bin mit Andreana angereist."

„Ich habe sie getroffen, sie hat mit keinem Wort erwähnt, dass du auch in Alastríona bist!"

„Ich weiß. Sie hat mir von eurer Begegnung erzählt, bevor sie zurück nach Seòras geritten ist."

„Warum hast du mir nicht gesagt, dass du kommst? Oder dich gestern bei mir gemeldet?"

„Weil ich dich heute überraschen wollte. Ich dachte, am Hochzeitstag des Prinzen könntest du die Gesellschaft eines Freundes gebrauchen."

Er stellte sich neben sie und betrachtete ebenfalls bewundernd den Drachenhimmel. Ihn dort neben sich zu sehen, vor der untergehenden Sonne, war so unwirklich, dass Meyla sich fragte, ob sie träumte.

„Wie hast du mich hier oben gefunden?"

„Ich bin dir gefolgt. Ich war eingeladen zum großen Festmahl, weißt du. Der Prinz fühlt sich ziemlich schuldig mir gegenüber. Ich habe bei den Kammerjunkern gesessen und dich beobachtet. Aber ich muss nun leider eins sagen ..." Ernst schaute er sie an.

„Ja?“

„Brennender Pfau ist wirklich nicht mein Geschmack.“

Es tat unglaublich gut, ihn scherzen zu hören und mit ihm zu lachen. Das Gefühl war derart ergreifend, dass ihr die Tränen kamen.

„Ich wusste nicht, dass dich das traurig machen würde.“

„Tut es auch nicht. Ehrlich gesagt, bin ich einfach glücklich ... dich zu sehen. Ich habe dir damals gesagt, wenn ich einmal anfange zu weinen, werde ich nicht mehr aufhören. Und siehe da, genauso ist es.“

„Das macht nichts. Ich mag beide Meylas, die Kratzbürste und die Heulsuse.“

Am liebsten hätte sie ihn umarmt, aber sie scheute sich. Stattdessen begnügte sie sich damit, wieder in den Himmel zu schauen, den Moment und diesen Anblick mit ihm zu teilen. Eine ganze Weile schwiegen sie, erst als der Feuerball deutlich tiefer gesunken war, ergriff Balfour erneut das Wort.

„Ich bin nicht nur wegen der Hochzeit hier. Gestern Nachmittag hatte ich eine Audienz bei Prinz Breandan.“

„Wegen deiner Zukunft als Ritter?“

„Ja. Meyla, was du da gesagt hast, an jenem Tag in Seòras, bevor du davon geritten bist ...“

„Es tut mir leid. Ich war so unglaublich verletzt ... ich wollte dir mit aller Macht weh tun. Dabei war es wahr, was du gesagt hast: du hast mir nie irgendetwas versprochen. Und dich einen Heuchler zu nennen war ... ziemlich drastisch.“

„Das war es. Ich weiß auch, dass du mir weh tun wolltest. Dennoch hattest du Recht mit allem, was du gesagt hast.“

„Aber...“

„Nein, warte. Ich habe dir vorgeworfen, dass du dich gegen das Schicksal entscheidest, in das du hineingeboren wurdest. *Ich*, der doch sein ganzes Leben darauf ausgerichtet hat, jemand anderer zu werden, als er ist. Darin sind wie beide uns ähnlich, vermutlich konnte ich deswegen hinter deine Maske schauen. Vor meiner eigenen Maskerade habe ich dagegen die Augen verschlossen. Jedes deiner Worte in Seòras war wahr.“

„Du hast es dir verdient. Ritter zu werden, meine ich. Du hast genauso viel zur Rettung Nansaidhs beigetragen wie wir anderen, sogar noch mehr, durch deinen Verlust. Dich zum Ritter zu schlagen ist das Mindeste, was der Prinz dir schuldet."

„Ja, das sehe ich auch so. Breandan übrigens auch, wie ich seit gestern weiß."

„Also gehst du nach Daracha und lässt dich ausbilden?"

Er antwortete nicht sofort, sondern lächelte eine Zeit lang stumm vor sich hin.

„Nein", sagte er endlich leise.

„Ich verstehe nicht."

Balfour wandte sich ihr zu und nahm ihre Hand. „Ich werde Hildur und Yngrid nicht im Stich lassen, werde Gandála nicht dem Roten überlassen."

„Aber Ruaraidh hat gedroht, deine Familie erneut anzugreifen."

„Soll er es doch versuchen! Dann wird er diesmal auf eine verdammt wütende Weiße Priesterin treffen, die auf ihn vorbereitet ist. Sowie auf zehn Ritter des Landesheers und einen Alchemisten, die der Kronprinz seit gestern in Seòras abgestellt hat."

„Das hat Breandan für dich getan?"

„Noch mehr sogar. Sein schlechtes Gewissen muss wirklich groß sein, außerdem habe ich den Verdacht, dass er mich und Aidan von seiner Frau fernhalten möchte. Wir könnten ihr ja ein paar Dinge über die Gleichgültigkeit ihres Ehemannes erzählen."

Meyla runzelte die Stirn. „Was hat Aidan damit zu tun?"

„Ich habe dem Prinzen gesagt, dass ich ein Schiff haben möchte. Dass ich mit diesem Schiff, dem besten Ritter seiner Leibgarde und wenigstens einer handvoll weiterer mutiger Männer nach Gandála segeln und den Roten und seine Gecken vertreiben, vielleicht sogar vernichten werde."

„UND ER HAT JA GESAGT?!"

„Er hat ja gesagt."

Meyla fehlten die Worte. Sie sah Balfour an, in seine gütigen Augen und sie fand wieder den Mann, der hinter ihre Mauer geschaut hatte; den Mann, der zu seinem Wort stand; den Bauer mit dem blauen Blut.

„Was ist mit der Königsgarde?"

„Ich habe zweiunddreißig Jahre darauf gewartet, da machen ein paar Monate mehr oder weniger auch nichts aus."

Sie beide schauten wieder über die Zinnen, die Sonne war fast zur Gänze verschwunden.

„Ich bin wirklich gespannt“, sagte er schließlich, „ob du tatsächlich ein Schiff steuern kannst oder ob das bloß Prahlerei war.“

Es dauerte einen Moment, bis die Bedeutung seiner Worte zu ihr durchdrang.

„Du ... willst mich dabei haben?“

„In der Tat. Der Weg, den wir über das Meer nehmen müssen, ist gefährlich. Die geheimnisumwitterten Krallen, deren Engen angeblich bösartige Seeungeheuer beherbergen; die sagenumwobenen Ayleen – Inseln, wo die betörenden Sirenen die Männer um den Verstand singen ... um nur zwei der Herausforderungen zu nennen, die auf uns warten. Du hast gewiss irgendwo in deiner Bibliothek ein hilfreiches Buch über Seefahrer- Legenden versteckt, oder?“

„Ich weiß nicht, was ich sagen soll.“

„Wenn du natürlich was Besseres vorhast und es dir lieber hier auf der Burg gemütlich machen willst ...“

„Du Spinner!“ Sie fiel ihm um den Hals. „Einer muss ja auf euch aufpassen, ihr würdet sonst spätestens bei den Sirenen untergehen.“

„Ich weiß.“ Lachend ließ Balfour sie los. „Ein Hoch auf die starken Frauen! Aber wehe, du machst dich über mich lustig, wenn ich seekrank werde. Dann muss ich dich leider über Bord werfen.“

„Das kann ich wirklich nicht versprechen! Wenn Aidan und du wieder jammert wie die Burgfräuleins, wird meine Zunge nicht an sich halten können.“ Meyla wurde ernst. „Also, befreien wir Gandála.“

„Wir befreien Gandála. Aber zuerst ...“ Balfour nahm abermals ihre Hand und zog sie von den Zinnen weg „... gehen wir tanzen.“

„Tanzen?!“

„Sicher. Wir können nicht auf eine Hochzeit gehen und dort nicht tanzen. Außerdem wollte ich immer mal mit einer Dame in einem roten Kleid tanzen – du siehst hinreißend aus!“

Verlegen fummelte Meyla an ihrer wirren Frisur. „ Nur die Haare nicht, die haben sämtliche Hofdamen nicht gebändigt bekommen.“

„Ich mag sie genauso, denn so habe ich dich kennengelernt. Also, wagen wir es? Es sei denn, es ziemt sich nicht für die vornehme Lady Vending in der Öffentlichkeit mit einem Lackel zu tanzen.“

„Ich habe schon einmal öffentlich mit einem Lackel getanzt, weißt du.“

„Na dann komm mit.“

Am Tor des Bergfrieds strahlte Aidan ihnen entgegen.

„Du hast es ihm schon gesagt, oder?“, fragte Meyla Balfour.

„Ja, bevor ich zu dir hochgekommen bin. Er hat so traurig ausgesehen, ich konnte nicht anders.“

„Dann geht es also bald wieder los“, meinte Aidan glücklich, „die fabelhaften Fünf auf zu neuen Abenteuern.“

„Diesmal sind es nur die fabelhaften Vier“, sagte Balfour, „Cailean möchte in Seòras bleiben und die Verantwortung für den Hof tragen.“

Aidan zwinkerte ihm zu. „Das macht dich sehr stolz, oder?“

„Unendlich.“

Gerade als sie auf der Tanzfläche waren, begann ein ruhigeres und gefühlvolles Lied zu spielen. Nach anfänglichem Zögern, ergriff Meyla Balfours Hände und ließ sich von ihm führen.

Sie merkte kaum, wie die Menschen sie anstarrten, die junge Frau mit dem stets zu buschigen Haaren, an der selbst das kostbarste Kleid immer ein wenig schief und unordentlich saß. Die Welt um sie herum verblasste und alles was sie spürte, waren Balfours und ihre Bewegungen. Sein Blick, trotz allem, was er durchgemacht hatte, voller Zuversicht; sein Lächeln, was nur ihr alleine galt. Die Melodie des Liedes wurde kraftvoller, ihr Tanz sicherer. All die Aufmerksamkeit des Saales galt ihnen beiden und nicht dem Brautpaar, doch es kümmerte sie nicht, ja sie bemerkten es nicht mal.

„Du tanzt hervorragend für eine Schickse“, flüsterte er in ihr Ohr.

Sie blieb stehen und lächelte ihn an. „Merkwürdig.“

„Was denn?“

„Ich dachte grade, dass ich mich zum ersten Mal in meinem Leben wie eine Prinzessin fühle.“

Da zog er sie ganz nah zu sich heran, sodass sie seinen inzwischen so vertrauten Duft roch, sein Haar sie kitzelte und die Menschen im Saal eifrig zu tuscheln begannen.

Meyla wusste, dass sich nichts zwischen ihnen geändert hatte. Er war immer noch ein Bauer und sie eine Fürstentochter. Dennoch war da plötzlich Hoffnung, zumindest würden sie noch ein wenig mehr Zeit miteinander verbringen.

Und selbst wenn die Wege sich am Ende doch trennen würden, wenn er in die Königsgarde ging und sie über das Meer segelte, würde ihr für immer diese eine Nacht bleiben und dieser Tanz mit dem Mann, den sie liebte.

Epilog

Sechzehn Jahre zuvor

Seòras

Balfour und Àlainn waren grade dabei, den Tisch in der Stube des Dunham Hofs zu decken, als die Tür auf ging und ihr Vater Niall freudestrahlend hineingestürmt kam und sich die Schneeflocken von den Schultern klopfte.

„Kinder, heute Abend feiern wir!", sagte Niall fröhlich und holte eine Flasche Met aus seinem Lederbeutel.

Àlainn runzelte die Stirn. „Du hast aber gute Laune, Papa. Die letzten Wochen warst du immer schweigsam, fast schon mürrisch. Und jetzt gibt es sogar den guten Honigmet aus der Osswald Schänke?!"

Niall stellte die Flasche polternd auf den Tisch, ging hinüber zu seinen Kindern, hob Àlainn in die Luft und wirbelte sie übermütig herum. „Ganz richtig, meine kluge Tochter. Heute wird nicht gegrübelt, heute wird gefeiert!"

Àlainn lachte und ließ sich sofort von der guten Laune ihres Vaters anstecken. Balfour war zögerlicher.

„Und warum genau? Gibt es einen bestimmten Grund?", fragte er.

Niall ließ von Àlainn ab und sah seinem Ältesten prüfend ins Gesicht, seine Augen funkelten schelmisch. „Muss ich einen Grund haben, um mit meiner Familie einen großartigen Abend zu verbringen?"

Balfour wandte sich ab und schickte sich an, weiter den Tisch zu decken. Doch Niall hielt ihn davon ab und legte ihm eine Hand auf die Wange. Sein Blick wurde ernst.

„Mein Junge, ich weiß, dass ich dir oft viel zu viel aufbürde ... und dass besonders die letzten Wochen sehr schwierig für dich waren, weil du dich noch mehr um deine Geschwister kümmern musstest als sonst. Aber heute Abend darfst du einfach der Sohn sein und ich bin der Vater. Ich möchte, dass wir den heutigen Abend miteinander genießen und noch lange in Erinnerung behalten. Willst du mir diesen Gefallen tun, Balfour?"

„Ja", antwortete Balfour bewegt und schluckte.

„Sehr gut. Packt das Brot und die Milch wieder ein, Kinder. Ich habe heute Mittag einen fetten Hasen geschossen, den uns Báine Leysing grade zubereitet. Ich gehe mal rüber und schaue, wie weit unser Festtagsbraten ist. Cailean bringe ich auf dem Rückweg mit, der stromert noch draußen im Wald herum.“ Damit verschwand Niall ebenso schwungvoll, wie er gekommen war.

Balfour und Àlainn schauten sich ratlos an.

„Was war denn das?“, fragte Àlainn, grinste jedoch. „Wochenlang bekommen wir ihn kaum zu Gesicht und wenn, dann bloß kurz angebunden und mit den Gedanken woanders. Ich kann mich nicht erinnern, wann er mir das letzte Mal in den vergangenen Monaten richtig in die Augen geschaut hat! Woher dieser Sinneswandel?“

„Ich weiß es nicht“, erwiderte Balfour. „Ehrlich gesagt, beunruhigt es mich ein wenig.“

„Beunruhigen? Warum das?“

„Na ja. Irgendetwas muss doch vorgefallen sein, was die Veränderung ausgelöst hat. Sowohl die schlechte vor ein paar Monaten, als auch heute die gute. Er scheint ein Geheimnis vor uns zu haben.“

„Selbst wenn: darf er das nicht? So lange es ihm nun wieder gut geht? Möglicherweise steckte eine Frau dahinter?“

Balfour verdrehte die Augen. „Nur weil *du* im Moment im siebten Himmel schwebst, heißt das nicht, dass es allen anderen ebenso geht.“

Àlainn knuffte ihn gegen die Rippen. „Woher weißt du das denn schon wieder? Spionierst du mir nach?“

„Das ist gar nicht nötig. Deine Herzchenaugen und dein verklärtes Lächeln verraten mir alles. Und komischerweise lungert Eik seit Tagen mit einem ebenso verzückten Grinsen ziemlich oft auf unserem Hof herum.“

„Bitte Balfour, sag Vater nichts davon. Eik und ich wollen es langsam angehen lassen, wir sind immerhin erst fünfzehn.“

„Wofür hältst du mich? Natürlich verrate ich nichts, niemandem. Aber“, er küsste sie auf die Wange, „ich freue mich für dich, sehr sogar. Eik ist ein feiner Kerl.“

Àlainn legte ihren Kopf auf seine Schulter. „Danke, großer Bruder. Du wirst gewiss ebenfalls bald jemanden finden, für den du so empfindest wie ich für Eik.“

„Nun ja…“ Balfour zögerte.

„Gibt es da etwa schon jemanden?!“

„Das nicht, aber … Àlainn, kannst du auch ein Geheimnis bewahren?“

„Du machst mir Angst. Aber ja, zweifellos kann ich das. Für dich sowieso, das weißt du doch.“

„Wie du weißt, war es immer mein Traum, ein Ritter der königlichen Leibgarde zu werden.“

„Ja. Aber … du bist von bäuerlicher Herkunft.“

„Das ist mir schon klar, aber…ich habe den Kronprinzen kennengelernt.“

„WAS?!“

„Ich weiß, es ist absurd. Vor ein paar Monaten, als ich in Alastríona auf dem Markt war, da war er da. Und wir sind ins Gespräch gekommen und …“

„Er hat dich zum Ritter ernannt?!“

„Natürlich nicht! Ich war ganz aufgeregt, als er mich ansprach. Vermutlich habe ich seine Aufmerksamkeit erregt, weil wir etwa in einem Alter sind. Jedenfalls haben wir uns eine ganze Zeit lang unterhalten, er hat mich über mein Leben als Bauer ausgefragt und so weiter. Am Ende meinte er, ich solle ihm eine Brieftaube schicken, wann ich das nächste Mal in der Stadt sei und falls er es einrichten könnte, würden wir uns wieder treffen.“

„Ich kann wirklich nicht fassen, dass du uns das verheimlicht hast!“

„Um keine falschen Hoffnungen zu wecken. Nicht bei euch, aber genauso nicht bei mir selbst. Auf jeden Fall haben wir uns seitdem ein paar Mal getroffen und beim letzten Mal hat er mich gefragt, wie ich mir meine Zukunft vorstelle. Ehrlich gesagt, hatten wir vorher ein paar Bier gehoben. Und da habe ich ihm von meinem Wunsch seit Kindertagen erzählt.“

„Und *dann* hat er dich zum Ritter geschlagen?“

„Neeeein. Mensch, lass mich doch einfach zu Ende erzählen. Ich sagte ihm, dass ich wüsste, dass dieser Traum nie in Erfüllung gehen würde. Darauf antwortete er, dass es schwer wäre, aber nicht unmöglich. Dass ein König oder ein Prinz Männer in seine Leibgarde aufnehmen könnte, wenn sie Großes geleistet oder sein Leben gerettet haben, obwohl sie nicht aus dem Ritter-Stand kommen.“

„Also musst du jetzt auf eine Gelegenheit hoffen, in der du das Leben von Prinz Breandan retten kannst? Das scheint mir keine guten Aussichten zu haben.“

„Gute Aussichten gab es nie, aber dies ist immerhin eine geringfügige Möglichkeit. Jedenfalls meinte Breandan, dass ich ihn einfach mal für ein paar Wochen auf Burg Uallach besuchen solle und vielleicht könnte er sich dann für mich einsetzen.“

„Bei den Göttern!“ Àlainn starrte ihren Bruder mit großen Augen an. „Das ist ja wunderbar!“ Überschwänglich warf sie sich in Balfours Arme. „Du meine Güte, mein Bruder ein Ritter! Das ist wie in dem Lied vom Bauernkind. Ich könnte platzen vor Stolz!“

Balfour lachte. „Nun warte erst mal ab. Noch ist gar nichts entschieden. Ich bin nicht mal sicher, ob ich überhaupt nach Alastríona gehen soll.“

„Selbstverständlich wirst du dorthin gehen! Wieso auch nicht? Selbst wenn du kein Ritter wirst, ist das doch eine unglaubliche Ehre, die dir dadurch als Bauernsohn zuteil wird.“

„Ich kann euch doch nicht so lange alleine lassen. Was wird dann aus euch? Vor allem aus Cailean, er ist erst neun!“

„Du bist unser Bruder Balfour, nicht unser Vater. Wir kommen schon zurecht. Anscheinend geht es Papa wieder besser. Und selbst wenn nicht: ich bin schließlich auch noch da! So wie es aussieht werde ich gut versorgt sein mit Eik an meiner Seite.“

Balfour schmunzelte. „Ja, ein Sorgenkind weniger.“

„Siehst du! Und wir beide kümmern uns um Cailean. Aber ich bin hoffnungsfroh, dass auch Papa wieder auf dem Damm ist. Du wirst sehen, alles wird gut, für jeden von uns.“

Die Geschwister umarmten sich eine ganze Weile stumm, bis Balfour abermals das Wort ergriff.

„Vielleicht hast du Recht, Schwesterchen. Vielleicht erwartet uns alle ein gutes Ende.“

Eine Stunde später saßen alle vier Dunhams und Gleann um den großen runden Holztisch und schmausten wie die Könige. Zwar war es ihnen im Vergleich zu vielen Bauern in den letzten Jahrzehnten immer gut gegangen und sie hatten nie Hunger leiden müssen, ein derartiges Festmahl war allerdings auch für sie mehr als selten und deswegen etwas ganz Besonderes.

Als das letzte Krümmelchen des Hasen verspeist war, hob Niall seinen Becher und prostete seinen Kindern zu.

„Auf die Dunhams, die sich nie unterkriegen lassen und immer für alles eine Lösung finden!"

Gleann und Cailean hoben sofort ebenfalls ihre Becher um Niall zuzuprosten, doch Àlainn und Balfour warfen sich einen unschlüssigen Blick zu.

„Was ist los, meine beiden Großen?"

„Mit uns gar nichts, was ist mit dir los?", fragte Balfour und versuchte zu grinsen. „Warum bist du so immens gut gelaunt?"

Niall stellte seinen Becher wieder ab und wurde ernst. „Erinnert ihr euch noch an den Sommer, nachdem eure Mutter von uns gegangen ist?"

„Ja", sagte Àlainn leise, „es war ungewöhnlich heiß."

„Ja", sagte auch Balfour, „auf Grund der Hitze war Seòras voll von Fremden, die die Sommertage lieber auf dem Land anstatt in der stickigen Stadt verbringen wollten."

„Ich nicht", meinte Cailean, „aber ich war ja noch ein Säugling."

„Natürlich", stimmte ihm Niall zu. „Und du, Gleann, erinnerst dich sicher ebenfalls?"

„Ohne Frage. Es war schließlich mein erster Sommer bei euch."

„Sehr gut. Dann wisst ihr sicher alle noch, wie ich damals den Steg gebaut habe?"

Àlainn, Balfour und Gleann begannen alle zu lächeln.

„Ich hielt es für einen guten Einfall ", fuhr Niall fort, „damit man sich darauf setzen und die Beine im kühlen Nass baumeln lassen konnte. Ihr wart grundsätzlich alle begeistert, aber ihr habt meinen handwerklichen Fähigkeiten nicht getraut. Was ich euch nicht übel genommen habe, schließlich hattet ihr mich zwar Vieh melken und Ackerland bearbeiten, aber niemals etwas bauen sehen.

Als der Steg fertig war, fühlte ich mich so aufgeregt und glücklich wie seit Monaten nicht, weil ich mir sicher war, dass ich meinen Kindern eine große Freude machen würde. Dann gingen wir zusammen zum Teich ... und keiner von euch wollte einen Fuß auf den Steg setzen. Obwohl ich darauf herumhüpfte, um euch zu beweisen, dass er hält, bliebt ihr alle drei misstrauisch. Balfour und Gleann waren taktvoll und sagten einfach gar nichts, aber meine Tochter schonte mich nicht."

Balfour und Gleann grinsten, Àlainn rollte mit den Augen.

„Papi, du bist ein Bauer, kein Schreiner, hast du gesagt, Àlainn, und dann ganz empört die Ärmchen verschränkt. Letztendlich seid ihr doch alle drei an diesem Abend mit auf den Steg gekommen und wir haben dort zusammen gesessen und uns den Sonnenuntergang angeschaut. Wisst ihr noch, was ich zu euch gesagt habe, das euch letztendlich überzeugt hat, mir zu vertrauen?"

„Euer Papa hat euch an der Hand", flüsterte Balfour. Tränen kullerten über Àlainns Wangen.

Niall nickte mit feuchten Augen und ergänzte leise:

„Wenn ihr ausrutscht, hält er euch fest; wenn ihr fallt, hilft er euch hoch und wenn der Steg tatsächlich mit euch zusammenbricht, zieht er euch aus dem Wasser. Ganz gleich, was passiert, euer Papa hat euch. So war es seit jeher und so wird es auf ewig bleiben. Leider ist es heute nicht mehr so einfach wie damals, denn es geht nicht mehr darum, euch bloß davon zu überzeugen auf einen Steg zu gehen. Ihr drei seid so gut wie erwachsen und auch bei dir, Cailean, ist es lediglich eine Frage der Zeit. Prüfungen sind nun härter, Enttäuschungen schmerzhafter, Abschiede gehen tiefer. Aber egal, was geschehen mag, ob ich nun mürrisch, nachdenklich oder irgendwann gar nicht mehr bin, ob ich fröhlich mit euch Met trinken möchte oder meine Eifersucht zügeln muss, weil der Nachbarsjunge meiner Tochter schöne Augen macht ..." Niall zwinkerte Àlainn zu, die sofort errötete. „... egal, was passiert: euer Papa hält eure Hand, selbst wenn nicht körperlich, dann in Gedanken und euer Papa liebt euch! Was die Zukunft auch bringen mag: euer Papa hat euch!"

Balfours und Gleanns Augen waren nun ebenfalls feucht, Cailean sprang von seinem Stuhl auf und umarmte Niall überschwänglich. Dieser lachte laut und dröhnend, wie er es früher mit seiner Frau oft und in den letzten Monaten nie getan hatte.

„Also, ihr misstrauischen Gören, stoßt ihr jetzt endlich mit mir an?"

Seine Kinder und Gleann hoben ihre Becher und riefen gleichzeitig: „Auf die Dunhams!"

Es wurde spät an jenem Abend. Àlainn, Balfour und Gleann waren von dem ungewohnten Alkohol, obgleich milder Met, derart beschwipst, dass ihnen gar nicht wirklich aufgefallen war, dass Niall die ganze Zeit gar nichts aus seinem Becher getrunken hatte. Die drei und auch Cailean schliefen so tief und wohlig, gefangen im Reich der angenehmsten Träume, dass sie nicht merkten, wie draußen ein schlimmer Schneesturm tobte, der Bäume entwurzelte, den Teich samt zugehörigem Steg vereiste und die Dächer der Ställe unter einer Decke aus weißen Eiskristallen begrub.

Am nächsten Morgen war der Spuk vorbei, eine kräftige Morgensonne erhob sich und bekämpfte bereits die obersten Schneeschichten.

Àlainn war als erste wach und huschte die Treppe hinunter, um die Stube aufzuräumen und das Frühstück zu richten. Als sie den Raum betrat, stutzte sie: eigentlich hätte der Tisch noch unordentlich vom Vorabend sein müssen, da sich gestern niemand mehr darum gekümmert hatte. Doch alles war sauber und tadellos, die Metflasche und Hasenknochen waren verschwunden, als hätte sie den gestrigen Abend nur geträumt. Wahrscheinlich waren Gleann oder Balfour schon auf und hatten für Ordnung gesorgt, anders konnte es ja nicht sein. Aber irgendetwas beunruhigte sie und bescherte ihr eine Gänsehaut. Niall konnte es nicht gewesen sein, der schlief im Zimmer neben ihr, ausgeschlossen, dass sie es heute Morgen, als der Alkohol ihr Blut verlassen hatte, nicht gehört hätte, wenn er aufgestanden wäre. Dennoch zwang sie irgendetwas die Treppe wieder hinauf, um nach ihrem Vater zu sehen.

Unterwegs traf sie Balfour, der erschrak, als er ihr beklommenes Gesicht sah.

„Àlainn, was ist los? Ist etwas passiert?"

„Ich weiß es nicht", krächzte sie heiser, ihre Stimme wollte ihr nicht gehorchen.

Zitternd öffnete sie die Tür zur Schlafkammer ihres Vaters, die leer war.

„Vermutlich ist er schon auf und füttert das Vieh“, flüsterte Balfour, auch um sich selbst Mut zu machen. Beide Geschwister wussten innerlich, dass in diesem Raum letzte Nacht niemand geschlafen hatte.

„Komm“, er griff vorsichtig nach Àlainns Hand, „lass uns draußen nachsehen.“

Langsam, mit stockendem Atem gingen sie hinunter und blieben vor der Haustür stehen. Keiner von ihnen wagte es, sie zu öffnen. Balfour betrachte seine Schwester, erschrak und musste zweimal hinsehen: für einen kurzen Augenblick war ihm gewesen, als würde wieder das kleine Mädchen von damals neben ihm stehen, das weinend zu ihm ins Bett gekrochen kam, in der Nacht als ihre Mutter starb.

Dieser Moment gab den Ausschlag, er hielt kurz die Luft an und öffnete dann schwungvoll die Tür.

Von dieser Position konnte man den gesamten Hof überblicken. Es war ein malerischer Anblick, den die Schneelandschaft bot, ohne eine Menschenseele darin, geradezu friedvoll. Keine Geräusche drangen zu ihnen, außer das Mähen der Schafe und Meckern der Ziegen, woraus man schließen konnte, dass die Tiere noch nicht gefüttert worden und hungrig waren.

„PAPA?“, rief Àlainn in den Hof hinein. „PAPA?“

Irgendwo in der Ferne bellte ein Hund, Balfour legte seiner Schwester einen Arm um die Schultern.

Ihr letzter Ruf war nur noch ein Flüstern: „Papi?“

Die Geschichte geht in „Die Legenden Lýsistratas – Die Befreiung von Gandála“ weiter.

Landkarte

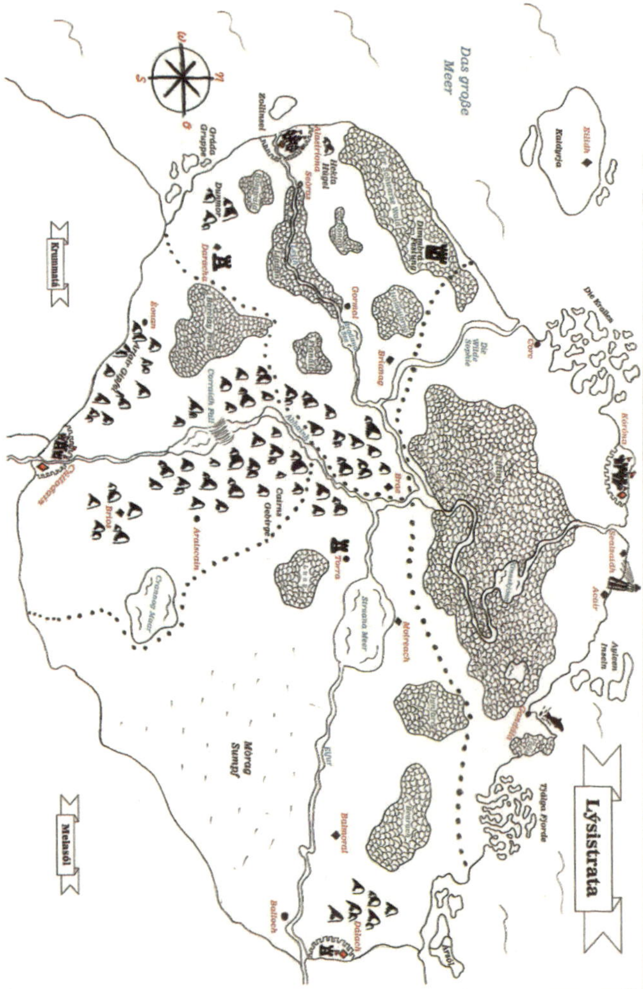

Das große Meer
Kaiđaria
Die Krallen
Die Wilde Sophie
Lýsistrata
Tjálgu Fjorde
Krummatá
Melasól
Mórag Sumpf
Strúana Meer
Crannog Meer
Cairns Gebirge
Balmoral
Torra
Zollinsel
Ordda Gruppe

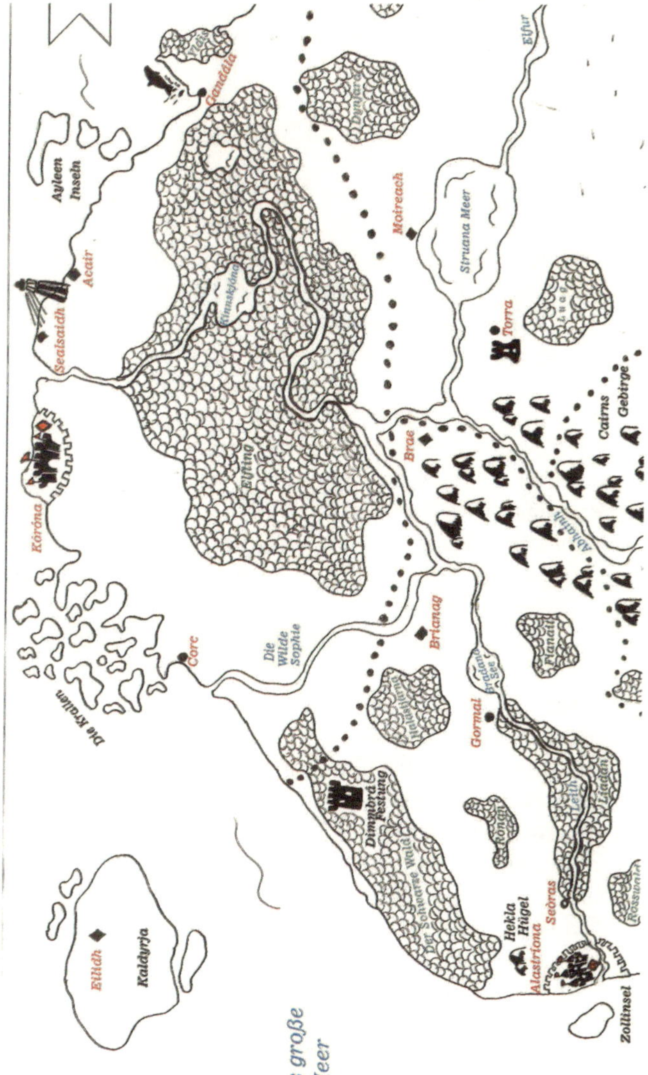
Aylen Inseln
Gandála
Acair
Sealsaidh
Kórona
Die Krallen
Corc
Die Wilde Sophie
Elfling
Moireach
Struana Meer
Elfur
Torra
Brae
Cairns Gebirge
Brianag
Gormal
Dimmbra Festung
Der Schwarze Wald
Leith
Liadan
Seòras
Hekla Hügel
Alastriona
Zollinsel
Eilidh
Kaldyrja
Das große Meer

Bedeutung und Aussprache der Namen

Familiennamen

Álfkona - AALF-ko-na - Verborgene
Athdara – a-DA-ra – Von der Eichenfurt
Catharnach – KA-har-nach - kriegerisch
Dùghlas – DU-las – vom dunklen Wasser
Dunham – DA-nem- braun
Fífilla – FI-filla – Löwenzahn
Flannagan – FLAN-na-kann – blutrot
Freisting – Frei-sting – Versuchung
Lachlann – LACH-lan – kampfeslustig
Leysing – LÄI-sing – Freiheit
Riaghán – RI-a-gan – impulsiv
Vending – Wenn-ding – Wendung

Damennamen

Adda – A-da – die Edle
Aignéis – Ä-gnisch- sanft
Àlainn – A-liehn – lieblich
Andreana – AN-dri-a-na – stark
Audra – AW-dra- edle Stärke
Báine – BAW-nje – die Weiße
Catrìona – KA-tri-a-na – die Reine
Della – Del-la – komischer Einfall
Fiona - fi-OH-na – weiß
Laoise – LI-scha – strahlendes Mädchen
Meyla – MÄI-la – kleines Mädchen
Nansaidh – NANN-si – Anmut
Peigi – PE-gi – Perle
Rakel – RA-chell- Trost
Stella – Stel-la- Stern
Tuatha – TU-a-ta – Norden
Tuathla- TU-a-la – Prinzessin des Volkes
Yngrid – In-grid - schön

Herrennamen

Adair – a-DER- Eichendorf
Aidan – ÄI-den – Feuer
Alaisdair – A-les-der – Verteidiger der Menschen
Armadal – ARM-a-dal - Einsiedler
Aurelian – Au-re-li-an- der Goldene
Balfour – BÄL-for – Weideland
Breandan – BREN-dan- Prinz
Cailean – KE-len – Kind
Ciarán – KI-ran – der kleine Dunkle
Conrígh – KON-rih – König
Dànaidh – DAN-ni - gälische Form von Daniel
Eanruig – EN-rik- Herrscher über das Haus
Eik - Aik- Eiche
Gleann - GLEN- Tal
Grídur - GRI-dur – Gier
Hildur - HILL-dur – Kampf
Iain – I-en – gnädiges Geschenk
Iaro – JA-ro -Westen
Nathair – NA-her – Schlange
Niall – NIIL – Streiter
Ruaraidh – RU-a-ri – roter König
Virkt – Wirkt - Fürsorge

Länder, Inseln, Städte, Wälder, Flüsse, Berge und Burgen

Abhainh – A-vin - Fluss
Acair – ACH-kir – Anker
Alastríona – ÄL-äs-tri-na – Verteidiger der Menschheit
Araiscain – ÄR-es-kin – von der Höhe der Klippe
Ársól- AAR-SOO-l -Morgensonne
Artair – AR-ter- wie ein Adler
Ayleen – AI- lien - Schein des Mondes
Balloch – BAL-loch – von der Weide
Balmoral -bal-MOR-il – vom königlichen Dorf
Barclay – BARK-läi - Birkenlichtung
Bradana – bra-DA-na- Lachs

Brae – BRÄI- Hang
Brianag – BRI-a-nak - Stärke
Brios – BRIS – schnell bewegend
Cairns – KERNS - Steine
Corc - KORK – blutrot
Corraidh – KOH-ri - Schlucht
Crannog – KRAN-nog - See-Bewohner
Cùllodain – kuhl-LO-din – Winkel des Sumpfes
Dálach – DAH-lach- Zusammenkunft
Daracha – DA-rach-a - Eiche
Dimmbrá – dimm-br- A – von dunkler Erscheinung
Dunmor – DUN-mor – Festung auf dem Hügel
Dynfara – dün-fa-ra - Axt
Elfting- elf-ting -Schachtelhalm
Elfur – elf-ur- Strom
Eilidh – ÄI-li – Licht
Èonan – JO-nan- Jugend
Fianait – FI-a-nit- Reh
Gandála – GAN-da-la – scheues Tier
Gormal – GAW-mal -blauäugig
Gráda – GRA-da- edel
Halastjarna – hallas-tjar-na- Komet
Kaldyrja – kal-DÜR-ja - Regenwetter
Kinnskjóna – kinsk-JO-na – gescheckte Wangen
Kórónа – KO-RO-na – Krone
Krummatá – kru-ma-TA- Rabenfuß
Leith – LIH- breiter Fluss
Líadan – LI-a-dan – graue Dame
Luag – LU-ak - Licht
Lýsistrata – li-sis-TRA-TA- Auflöserin des Krieges
Melasól – mel-a-SOL- Mohn
Moireach – MOH-rach – Siedlung am Meer
Mòrag – MO-rach - bitter
Ross – Roß - Vorgebirge
Sealsaidh – SCHELL-si – Seehafen
Seòras – SCHOH-rass- Farmer
Struana – STRU-a-na -aus dem Fluss
Torra – TOR-ra – aus der Burg
Tjálga- Tj-AL-ga – kleiner Ast
Uallach – U-al-lach – stolz, hochmütig
Yldís – ILL-disch – wärmende Göttin

Über Schottland und das Gälische

Hätte man mir vor meinem ersten Schottland-Urlaub gesagt, dass ich mich mal derart in ein Land, seine Menschen und seine Kultur verlieben würde, hätte ich es vermutlich nicht glauben können. Aber genauso ist es. Auch in diesem Roman hielt meine Schottland-Leidenschaft Einzug, zum einen stand für das tosende Meer, die satten Farben, die grünen Wiesen und Wälder ganz klar die schottische Landschaft Pate. Zum anderen finden sich in dieser Geschichte unzählige gälische Namen wieder. Dies ist mein kleiner Tribut an ein Land, dessen Besuch mein Leben nachhaltig verändert hat. Obendrein legte ich Andreana, einer Weißen Priesterin (für deren Orden mir die Riten und Bräuche der Kelten Vorbild waren) ein paar gälische Wörter in den Mund, die sinngemäß folgende Bedeutung haben:

Gun dìonadh - Gott schütze uns
Slan leat, a charaid choir – Auf Wiedersehen, mein guter Freund!

Bei den Fabelwesen sind natürlich die Kelpies schottischen Ursprungs, obwohl sie (wenn auch unter diversen anderen Namen) in den verschiedensten Legenden aus allen Teilen der Welt auftauchen. Wer sich für die Ursprünge der anderen Fabelwesen interessiert, sollte vielleicht in die ortsansässige Buchhandlung oder Bibliothek gehen und nach einem ausführlichen Legenden- oder Sagenbuch fragen.

Danksagung

Ich danke meinem Papa, der mich all die Jahre bei der Erfüllung meines großen Traumes unterstützt hat und auch in allen anderen Lebenslagen immer für mich da ist.

Danke an meine drei besten Freundinnen Katrin, Melanie und Christina, die seit ewigen Zeiten jeden noch so steilen Weg mit mir gemeinsam gehen. Unvorstellbar, wie mein Leben ohne euch aussehen würde.

Meinen Kollegen von der moses Ag möchte ich für ihre Begeisterung, was die Entstehung dieses Buches betrifft, danken. Ihr glaubt nicht, wie sehr mich das motiviert hat! Besonders hervorheben möchte ich da meine Bücherwürmer, die mir immer mit Rat und Tat zur Seite stehen, sowie Patrick Küpper, der zum wiederholten Male immense Geduld für einen EDV-Versager wie mich bewiesen hat. Vor allem Danke an Euch alle für die tröstenden Worte, als es aufs Ende zuging und ich einen Nervenzusammenbruch nach dem anderen hatte.

Ferner danke ich meiner Familie, besonders meinem Onkel Horst, meiner Tante Ine und meiner Cousine-Rosine Lena, sowie dem Kellerkinder-Kern. Ihr alle habt mich mein Leben lang begleitet und zu dem Menschen gemacht, der ich heute bin: einem Menschen, der seinen Träumen folgt, egal wie holprig der Weg auch sein mag.

An dieser Stelle möchte ich auch mal besonders meiner „Tante“ Edith Danke sagen; für alles, was du für Papa und mich in den letzten Jahren getan hast. Nach Mamas Tod hast du versprochen, für uns da zu sein und du hast dieses Versprechen mehr als gehalten. Das können wir dir niemals zurückgeben und du und deine ganze family seid ein unersetzbarer Teil in unserem Leben. Danke!

Ich danke Albert Michels dafür, dass er mich auf den Twentysix-Verlag aufmerksam gemacht und mich dadurch ein gutes Stück näher an die Erfüllung meines Herzenswunschs gebracht hat.

Selbstredend danke ich auch meinen Romanfiguren, dafür, dass sie mein Leben bereichern und mich ihre Geschichte nun zum richtigen Zeitpunkt erzählen lassen.

Der größte Dank jedoch gilt dir, Max. Dafür, dass du mich in den Hintern getreten, angefeuert und so lange getriezt hast, bis ich es wirklich angepackt habe. Am Ende sogar über Kontinente hinweg. Ohne dich würde es dieses Buch nicht geben!